Beethoven – Mozart
Zwiegespräche

Für Melanie, Carla und Marcus

H. Ardjah

Beethoven – Mozart Zwiegespräche

Roman

Prof. Dr. Hassan Ardjah, geboren in Teheran. Abitur und Studium der Medizin und Philosophie in Deutschland. Autor zahlreicher Publikationen.

Bibliografische Information der Deutschen Nationalbibliothek:
Die Deutsche Nationalbibliothek verzeichnet diese Publikation in der
Deutschen Nationalbibliografie; detaillierte bibliografische Daten sind im
Internet über http://dnb.dnb.de abrufbar.

Lektorat: Dr. phil. Melanie Ardjah und Barbara Leitsch
Umschlaggestaltung und Konzeption: Barbara Leitsch

Herstellung und Verlag: BoD – Books on Demand, Norderstedt

ISBN: 978-3-732234066

Die Fantasie zerlegt die ganze Schöpfung in Gesetze, die im tiefsten See-
leninneren entspringen, sammelt und gliedert die Teile und erzeugt daraus
eine neue Welt.

Charles Baudelaire

Angenommen, wir wären technisch in der Lage, ein Raumschiff zu
bauen, dessen Geschwindigkeit so nahe wie möglich an die absolute
Höchstgeschwindigkeit, nämlich der des Lichts, herankäme, so
könnte sie dennoch nie, auch nur annähernd die imaginäre Geschwindigkeit unserer Fantasie erreichen.

Prolog

Die Musen der Musik kündigen eine Fabel der ewigen Klänge an, in der diese Geschichte erzählt wird.

Ruhig und verträumt liegt Wien an diesem kalten Wintermorgen unter dem wolkenlosen Himmel, dessen leuchtendes Blau das Tor zum Universum zeigt. Der Wagen fährt von der Ringstraße in den südlichen Teil der Stadt, überquert via Schwarzenbergbrücke den Wienfluss, passiert das Belvedere und erreicht über den Rennweg und die Simmeringer Hauptstraße den Zentralfriedhof. Vor dem zweiten großen Tor ein Überangebot von Blumen, die daran erinnern, nicht mit leeren Händen einzutreten. Ich schreite schweigend den ungepflasterten Weg zwischen Reihen von Grabmälern hinab. Einige nur mit Namen und Todestag der Verstorbenen gekennzeichnet, andere tragen kurze Gedenkschriften, wieder andere prunkvolle Marmorkonstruktionen, von Barock bis Abstrakte und Moderne gemeißelt, Bronzeplastiken, Büsten und andere Kunstwerke, die die ewig Ruhenden auszeichnen. Am Ziel angelangt, bleibe ich vor dem Kreis eines großen Familiengrabes stehen. In der Mitte liegt eine Grabplatte aus grauem Marmor, am oberen Rand ein Obelisk, versehen mit einer Harfe und einem Schmetterling in einem goldenen Kreis. In die Grabplatte sind zwei Inschriften eingemeißelt: *Ludwig van Beethoven *1770 (16. Dezember) in Bonn † 1827 (26. März) in Wien.* Eine Erinnerungstafel: *Beisetzung am 29. März 1827 im Währinger Friedhof. Die Überführung in den Zentralfriedhof fand 1888 statt.*

Ich entferne die vertrockneten Blumen aus der Steinvase, stecke behutsam die drei mitgebrachten weißen Rosen hinein und bleibe schweigend stehen. Nicht weit entfernt von Beethovens Grabmal entdecke ich eine Herme, die mit einer Erinnerungstafel versehen Wolfgang Amadeus Mozart ins Gedächtnis ruft. Kein Grabmal nur eine Erinnerungstafel. Danach verharre ich sinnend eine Weile bequem auf einer in der Nähe stehenden Bank.

7

»Du lieber Himmel!«, ruft plötzlich eine ältere Frau beim Vorbeigehen überlaut. »Sie missachten die Ehre und Würde unserer verstorbenen Künstlergrößen, wenn Sie es sich so frei auf der Bank bequem machen. Hier ruhen große Österreicher! Hier ruht der große Beethoven, unser nationaler Kompositeur! Hier ist keine Picknickwiese!«

»Aber ein Friedhof«, rufe ich höflich zurück und fröstele ein bisschen. Die Kälte kriecht mir ins Mark. Ich schweige einen Augenblick, kann aber meinen Missmut nicht unterdrücken. »Und wo ruht der große Mozart?« Sie scheint deutlich überrascht und verhöhnt durch meine Frage. »War er kein Österreicher? Was hat man mit ihm gemacht? Verschollen und vergessen?«

Die alte Frau, wie vor den Kopf gestoßen, will sich so schnell sie kann aus der Affäre ziehen. »Ich rate Ihnen«, sagt sie mit bestimmendem Ton, »gehen Sie durch den dritten Torweg zum jüdischen Friedhof, dort können Sie machen, was Sie wollen, nur nicht hier, auf unserem Friedhof!«

»Wo ruht eigentlich der andere >Große< Österreicher, Adolf Hitler?«, frage ich lapidar.

»Er war Deutscher«, schreit sie zurück und macht, dass sie weg kommt. »Kommen Sie! Lassen wir doch die Verstorbenen selbst reden. Wirkliche Größen sind gestorben, aber nicht tot!«, rufe ich ihr nach. Sie hat mich wohl gehört, bleibt mir aber eine Antwort schuldig.

Und so überlasse ich mich dem Wechsel lebhafter Fantasien: Was wäre wenn …? Motiviert durch das Gefühl, das nämlich die Unsterblichen für uns lediglich außer Sicht- und Hörweite sind, fange ich an mein Garn zu spinnen. Früher kamen die Geister aus der Vergangenheit und mahnten uns, aus der Geschichte zu lernen; heute sollen sie uns in eine visionäre Zukunft weisen.

Gräber sind für mich immer die unparteilichsten Prediger. Ich besuche sie insbesondere, wenn ich spüre, sie könnten in Vergessenheit geraten. Ich verehrt sie, wenn sie ohne Prunk und einsam am stillen Ort verborgen sind. Aber auch Gräber von Verscholle-

8

nen, die nicht zu finden, aber in meinem Gedächtnis verborgen sind, für die es weder ein Grab, noch eine Gedenktafel gibt. Die großen vereinsamten Geister, wie Mozart und Beethoven... sind nicht verschollen, sie sind unter uns, verewigt in unserem Gedächtnis, in unseren Träumen, Visionen und Fantasien. In ihrer Nähe höre ich sie sprechen: ... *Unsere Musik soll erwecken, nicht einschläfern, sie soll kein Opium für Leid und Not der Bürger, sondern ein Hymnus für die Befreiung des Geistes und den Widerstand gegen die Tyrannei sein, für die Wiederherstellung der Rechte und Würde der Menschen...*

Wer zu einem authentischen Bild von Mozart und Beethoven vordringen will, muss eine große Anzahl von Legenden, Fehl- und Vorurteilen aus dem Weg räumen. Manche Zeitgenossen halten Mozart und Beethoven als Glück und Segen für die Menschheit. So stehen in unserem Geschichtsbewusstsein Haydn, Mozart, Beethoven allein ebenbürtig den älteren Meistern Palestrina und Orlando di Lasso gegenüber. Jene >Klassische Trias< Haydn-Mozart-Beethoven aber sehr früh schon vorgezeichnet zu haben, muss als Ergebnis herbstlicher Abschiedsstimmung im Jahre 1792, da Beethoven sich für immer vom Rhein abwandte, dem Grafen Waldstein zugeschrieben werden. Er war ein Repräsentant jener Gesellschaft, die das Wunderkind Mozart verwöhnt und die es nicht zu verhindern vermocht hatte, dass die idealistische Entsagungsbereitschaft des reifen Meisters zum tragischen Opfer wurde. Beethovens Wiener Erfolge wurden von der gleichen Gesellschaft, zum Teil sogar noch von den gleichen Persönlichkeiten getragen. So glaubten manche, sie hätten einiges gut zu machen, was sie Mozart verweigert haben. Manche Zeitgenossen hielten Beethoven für einen Königsohn, 'Nationalheros' und Mozart für ein Genie und Wunderknaben. Andere Zeitgenossen wie Karl Maria von Weber oder Richard Wagner nannten Beethoven einen 'Halbwahnsinnigen' oder 'Verrückten', der in die Irrenanstalt gehöre. Beide, Mozart und Beethoven, wurden von den so genannten Psychohistorikern des 20. Jahrhunderts in Abwesenheit >psychoanalytisch< begutachtet: Mozart der Kränkelnde und Extrovertierte, Beethoven der Taube und Introvertierte, haben ihre Krankheiten, worunter sie gelitten und schließlich gestorben sind, teilweise sich selbst zuzuschreiben, als Folge körperlicher Reaktion ihres >neurotischen< Verhaltens! Gibt es eine Genialität ohne neurotische Umwälzungen?

Ein Kunst- und Musikliebhaber kann kein Skeptiker sein, wenn er die wahre Schönheit und den Zauber der Klänge wahrnimmt. Seine Liebe zur Musik ist reine Inspiration, sein Glaube, wie immer man sich drehen und wenden mag.

Jahrhunderte lang beschäftigten sich Historiker, Ästhetiker, Humanisten, Musiker und Philosophen mit der „Bedeutung" in der Musik. Die Abhandlungen sind zahlreicher als alle Kompositionen und deren Interpreten.

Meine Fantasie befasst sich nicht nur mit Fakten und Analysen der Interpretationen, sondern mit der psychosozialen Bedeutung der Musik und mit dem in mystischem Dunkel gehüllten Komponisten selbst. Machen Sie mit! Wir werden erfahren, dass die Schönheit ihrer Musik aus der Verschmelzung von mathematischer Genialität und leidenschaftlicher Magie geboren ist. Wir hören sie sprechen von Harmonie, Liebe, Rhythmus und von Gottheiten, die eine Melodie zum Erklingen bringen. Sinnend stehen wir den mystischen Grenzen unseres Begreifens gegenüber und erwarten Antworten auf die >magischen< Fragen.

Können Mozart und Beethoven diese Fragen beantworten? Reinkarniert reisen sie um die Welt, wie Weltbürger, die sie ja sein wollten. Sie begegnen vielen Zeitgenossen: den Komponisten Verdi, Weber, Mendelson und anderen, den Dichtern, Humanisten und Philosophen wie Schiller, Goethe, Schopenhauer und Kant, den Künstlern Runge, Botticelli und vielen anderen, aber auch Künstlern, Musikern und Dichtern der modernen Zeit: Bernstein, Barenboim, Thomas Mann, Freddie Mercurie, John Lennon, Michael Jackson und anderen.

… Fragmente unbegrenzter Phantasien und Leidenschaften ermutigen das Herz und erwecken den Geist zum Aufbruch in eine neue Zeit. Es ist, als sollten wir aus ihnen, mit Hilfe schöpferischer Musik gelehrt wer-

den, dass es uns gegeben ist, den Frieden, die Freiheit und die Brüderlich-
keit zu verkünden. Eine höhere Botschaft also. Und unser Werk soll den
Geist oder das Herz der Menschen erreichen, am liebsten beides…
>Die schönen weißen Wolken ziehen dahin
durchs tiefe Blau, wie schöne stille Träume;
mir ist, als ob ich längst gestorben bin
und ziehe selig mit durch ew'ge Räume.<
Hermann Allmers / Johannes Brahms „Feldeinsamkeit"
Schon Zarathustra und Buddha lehrten, dass man mit kosmischem
Geist irdische Unzulänglichkeiten überwinden kann.

Also erzähle ich, und alles, was ich erzähle,
habe ich geträumt; und wenn ich mich als Träumer
täuschen konnte, täusche ich Sie nicht als Erzähler!

Die Geschöpfe des Prometheus OP. 43/ Ouvertüre

I

An diesem kalten Morgen im Januar sieht der Zentralfriedhof Wiens aus, als habe der Schnee sich für ein außergewöhnliches Ereignis besonders schön gemacht. Die breite Straße in gerade noch erkennbare Gehwege geteilt, die wiederum in noch kleinere Fußwege verzweigt, führen zu Grabstätten, die in der Vielfalt ihrer Formationen die besondere Atmosphäre prägen. Diesig und trübe, aber erfrischend ist die Luft. Wie anmutig sich die letzten Ruhestätten in seltsamem Licht ausnehmen, verborgen unter Schnee im Winterschlaf liegen. Aber an diesem Morgen ist alles anders als an jedem anderen kalten Wintertag. Die weiße Pracht verhüllt die Landschaft wie ein Zaubermantel, der sich mit imaginärem Schwung öffnet und etwas noch nie Dagewesenes aus dem Nichts hervorruft: Ein Grabstein bewegt sich zur Seite, nicht aus der Öffnung, aus der Herme am Grab schlüpft Ludwig van Beethoven. Gerade auferweckt, streckt er sich, steht unbeholfen und verdutzt vor dem seltsamen Panorama. Alles scheint hell erleuchtet, gerade so, als öffne sich das Firmament, um ihn feierlich zu empfangen.

Ohne Orientierung reibt er sich den Schlaf aus den Augen, tastet sich mehrmals ab: Bin ich es wirklich? Dann, mit einem kurzen Blick zum Grab, macht er, dass er weg kommt. Er braucht nicht weit zu gehen. Nach einigen Schritten steht er schon vor der Kulisse seines Lebens, das ihm in perfektem Detail vorgeführt wird: Beethoven sieht sehr gepflegt aus: seegrüner Frackrock, grüner Hose, weißseidene Strümpfe, Schuhe mit schwarzen Schleifen, weißseidene geblümte Weste mit Klappentaschen, die Weste mit echter goldener Kordel umsetzt, frisiert mit Locken und Haarzopf, Klackhut unterm linken Arm, seinen Spazierstock in der rechten Hand.

>Sterbe ich in Halluzinationen oder lebe ich als Geist in der metaphysischen Welt meiner Träume?< Alles trägt seinen Anteil dazu bei, was er sieht und wahrnimmt scheint real und authentisch, dass er bald keinen Boden für Irrealität unter den Füßen spürt. Er denkt und flüstert: >Der Tod ist ein ehrwürdiger Komponist, genialer Maler und Bildhauer. *Mit dem Tod ist es auch mit der Genialität vor-*

bei. Unter den kräftigen Händen des Todes nimmt ein Gesicht erst recht Würde an – mehr kann nicht passieren. Eine befreiende Erhabenheit, je nachdem wie man ihm begegnet. Im Grunde genommen ist aber der Tod ein gnadenloser Künstler! Ein Egoist, unversöhnt und rechthaberisch. Ein Absolutist – nicht nur für mich, für alle Romantiker, die ihre letzte Hoffnung in metaphysischen Illusionen sehen... armer Amadeus Mozart!<

Aus allen Himmelsrichtungen ertönt nun die Klarinette und versetzt die kalte Luft in Schwingungen und streut eine anmutige Melancholie in die Schneelandschaft. Ja, gestorben muss man sein, um erst nach 250 Jahren, wie ein Nationalheld gefeiert zu werden. Beethoven sucht in jeder Ecke, jedem Seitenweg und Winkel nach seinem Grab, vergebens. Er überlässt die Suche seinem Improvisationsvermögen. Er kommt zu einem Pavillon, setzt sich auf eine Bank, schaut eine Weile in der Landschaft herum und versinkt in Gedanken. An die wenigen Ereignisse, welche sich bis zu seinem Lebensende ereigneten, reihten sich diese ersten: Es ist der 15. Dezember 1770.

>Ich kann gut nachempfinden, was an diesem Tag geschah. Ich befinde mich im Geburtsweg in unserem Haus in Bonn. Ich muss an meine liebe arme Mutter denken, wie tapfer sie mich erträgt.

Zur gleichen Zeit ist der vierzehnjährige Amadeus zwischen Salzburg und Wien im Gespräch mit seinem Vater. Wir wissen von einander nichts. Als ich mich in jener kalten Nacht widerwillig in der Geburtsperiode befand, hätte ich mich vor Wut und Scham vor dem von Kneipen herumirrenden Heimkehrer, vom Alkoholrausch verwirrten Vater mit meiner eigenen Nabelschnur erwürgen können, statt freiwillig in die kalte Welt hinein zu gleiten. Ich entschied mich für das Letztere, denn ich hörte in jener ungewöhnlichen Nacht Lebens ergreifende Klänge einer extrauterinen Tonkunst. Später erfuhr ich, es handelte sich um das Violinkonzert Nr. 1 B-Dur von Wolfgang Amadeus Mozart. Gerade geboren, wurde ich vom Vater stürmisch mit großer Freude empfangen, als ob er der glücklichste Mensch auf der Erde wäre. Glücklich wegen mir?<

Weit weg von der imaginären Welt am Zentralfriedhof fragt sich Mozart: >Wer bin ich? Wo bin ich? Wohin gehe ich?<

Unter einem verschneiten Baum, mit wenigen dunkelrot schimmernden Äpfeln sucht er Schutz. Durchnässt und mit kalkiger Erde verschmiert, zittert er vor Kälte – Geister und zittern! Er reibt sich die Hände warm, und kann nicht fassen, was er hört – seine Musik.

Eine sanfte Stimme hallt durch die Landschaft: >Musik ist eine ewige Kunst. Und deine erst recht. Was hier geschieht, ist nichts anderes als die Herabkunft des von der Gunst des Elysiums und Thalia gerufenen Mozart, eine Art Menschwerdung des Göttlichen in der Kunst. Es ist imaginär das Glücksreich der Musik zu betreten. Und Musik ist für dich einzig und allein das Glück. Das Reich des musizierenden Menschen ist die Vollendung der freien Selbstverwirklichung.<

>Diese ignoranten und launischen Wiener!<, murmelt er vor sich und zittert wieder vor Kälte oder Wut, oder beiden!

>Was haben sie mit mir gemacht? Wohin haben sie mich, wie Müll weggeschafft, unbarmherzig zu meinem gleichen Habenichts, möglichst rasch, mit viel Kalk unter die Erde verfrachtet? Möglichst schnell, möglichst weg aus dem Blick der leichtlebigen Opportunen. Warum wurde ich auf einmal so wertlos? Ich war so einsam, so geschwächt, nicht durch die Pest, wie diese Egoisten so gefürchtet haben, nein, von Einsamkeit und Versagen der vitalen Funktionen meines Körpers, zerstört von Kinderkrankheiten, die mich lebenslang begleiteten.<

In Gedanken versunken, rafft er sich auf und bemüht sich in beschwerlichem Schritt die Wiese hinunter zu schreiten. Die Eiseskälte und den bösen Wind beachtet er nicht mehr, denn in seinem Inneren kocht heftig die Wut eines Enttäuschten.

>Ihre Kälte! Oh diese Kälte!
Machte meine Seele erstarren.
Hat einer je dies mein Herz
an mir glühen und klopfen gefühlt?
Nein. Sie sind kalt, diese Wiener!<

Ärmlich und abgerissen gekleidet, würdig mit der Aura eines Buddhas sucht er sich einen Weg. Einen geschrumpften roten Apfel hält er als Souvenir auf dem ausgefransten Jackett an der Brust fest. Vertieft in Gedanken sagt er sich lautlos: >Nun, was ist aus dem Mythos des >ewigen< Kindes Wolfgang Amadeus Mozart geworden? Wie das Hündlein seinem Herrn nachläuft, ihm bald vorauseilt, bald um Liebe bettelt, so folgte ich seit meiner Geburt meinem über alles erhabenen Vater Leopold Mozart.<

>Schon Homer berichtet, dass die Kinder Gottes zeitlos und unveränderlich sind! Aber sie altern, sie sterben, weil wir alle sterblich sind, Wolfgang mein allerliebstes Kind<, so sprach mein Vater. >Die Götter beneiden uns, weil wir sterblich sind<, sagte er auch immer wieder.

>Ja, wir müssen erst sterben, um beneidet zu werden!<

>Nein Wolfgang, so ist es nicht. Wir sterben, um unvergesslich und verewigt zu werden. Vom Sterben reden wir aber später. Vom Leben und Arbeit, Amade, davon wollen wir sprechen.<

Mozart verfällt wieder in die Angst der Einsamkeit. >Jeder geht daran zugrunde, ich bin keine Ausnahme, dass ein entsetzliches Schicksal die Sprache meines Herzens verwirrt hat. Eigentlich war ich durch eine unsichtbare Schranke von Anfang bis Ende meines Lebens geschieden; in der eisigen Kälte zwischen der Gesellschaft und mir.< Plötzlich schlau. >Ein Geist, der sich so frei bewegen kann, braucht niemanden!<

Er hat gerade den vernebelten Hügel hinter sich gelassen, geht um einen haushohen Felsblock herum. Der Weg krümmt sich, so dass er ihn nicht übersehen kann, und dies ist es, was eine sonderbare Begegnung ermöglicht. Er läuft praktisch in eine Gestalt hinein, die vor ihm steht – eine wahrhaftige Gestalt, die sich auf dem Weg triumphierend – imponiert, ja ihn geradezu versperrt, und dessen Anwesenheit durch die Rundung des Felsens verborgen war. Er bewahrt einen Augenblick lang die Fassung oder das, was er dafür als Geisteswesen ausgibt, macht ganz >gelassen< mitten im Gehen einen Schwenk um 180 Grad, als kehre er am Ende eines Spaziergangs um, und ist gerade dabei sich trittsicher zu wenden …

>Aber mein Sohn hab keine Angst! Freust Du dich denn nicht mir hier in dieser Einsamkeit zu begegnen?<

Mozart, ganz Funke und Strahl, lässt die Facetten seines Herzens mit derartiger Geschwindigkeit kreisen, dass nur ein Geist und seines Gleichen wissen können, welche Gefühlswandlungen er durchläuft, welche Überraschungsangst er verspüren muss. Aber was soll er tun? Einer, der selbst immer im Zentrum der eigenen Emotionen lebte, hielt sich fest, klammerte sich an – sagte ja, wenn er eigentlich nein sagen wollte, und nun, wenn er sich vorgenommen hatte, ja zu sagen – lies sich zu sehr auf Empfindungen ein, bemitleidete die Menschen zu sehr, ohne bemitleidet zu werden, stürzte sich zu tief in das Gefühls- und Glücksleben anderer; und vom Schicksal getroffen, gab er mehr als zu bekommen. Vom Vater in den Arm genommen, wird er wie wachgerüttelt, als ob er noch im Schlummern wäre!

>Aber mein Sohn, bist Du nicht glücklich mich wieder zu sehen?<

>Doch, doch lieber Papa. Aber was ist das Glück, von dem Sie so überzeugt sprechen? Ich habe keine Chance gehabt, ihm zu begegnen. Glück war dort, wo ich nie war. Vielleicht mein Sterben war mein Glück!<

>Aber mein Sohn, wir sind doch freie Geister. Wir sollten von anderen Dingen statt vom Unglück und Sterben reden. Bitte bleib so wie Du bist, ständig und ewig mein Kind, liebster Amadeus! Schon zu Lebzeiten sagte ich Dir: Erwachsen werden, heißt Entscheidungen treffen, die einem Virtuosen nicht genehm sind. Dazu bin ich ja da, Dein Dich immer liebender Vater! Sei stets auf der Hut! Die Menschen sind alle Bösewichte! Je älter Du wirst, je mehr Du Umgang mit den Menschen haben wirst, je mehr wirst Du diese traurige Wahrheit erfahren.<

>Aber ich liebe die Menschen. Haben Sie, lieber Papa Schiller nicht gelesen? *Alle Menschen werden Brüder*, wie sollte ich das verstehen?<

>Das ist Schillers Traum, mein Sohn. Traue niemandem!<, erwidert Leopold Mozart, >mache auf der Reise mit niemandem genaue

Freundschaft! Von Frauenzimmern will ich gar nicht einmal sprechen, denn da braucht es die größte Zurückhaltung und alle Vernunft, da die Natur selbst unser Feind ist, und wer da zur nötigen Zurückhaltung nicht aller seine Vernunft aufbietet, wird sie als dann umsonst anstrengen sich aus dem Labyrinth herauszuhelfen; ein Unglück, das meistens erst mit dem Tod endet.<

>Nach Gott kommt gleich der Papa, dachte ich lebenslang. So wurde mir in dem Familienleben eingeredet. Ich fragte mich nur, wenn die Frauen so verheerende und gefährliche Objekte sind, warum hält er so an seiner Familie, Frau und Kindern fest? Wäre ich je geboren ohne seine Frau, ohne meine liebe Mama? Dachte ich damals ohne ein Wort darüber zu verlieren. So war die Welt nun einmal, und irgendwie musste ich in ihr leben. Mein allerliebster Papa, meine allerliebste Mama! Meine über alles geliebte Nannerl! Ich wünschte, ich könnte Euch ein Bild von meinem inneren Dasein vermitteln. Nicht von mir in jenen letzten tragischen Monaten und Jahren, wo es mit mir abwärts ging, sondern von mir, wie ich in der Blütezeit meiner schöpferischen Jahre war. Habt Ihr jemals vernommen, wie einsam ich in all jenen guten und schlechten Zeiten war? Ich musste immer gegen Vaters Ansichten kämpfen, Frauen seien verführerisch und rätselhaft. Hat ein Wolfgang Amadeus kein Recht auf eigene Erfahrungen in der Liebe? In einer Welt, deren tiefste Not es vielleicht ist, dass sie überschüttet ist von Pseudomoral und arm an Liebe, habe ich dennoch viel Liebe verbreitet. Ich wollte nicht bejubelt und gefeiert werden, wie ein artiger Affe. Oft war es mir danach von Euch und von Menschen geliebt zu werden, oft habe ich das Gegenteil erfahren. Gott, es gab Augenblicke, da hätte ich am liebsten mein ganzes Unglück in den Himmel hinausgeschrieen – jenes Leben, jene Welt bäumte sich vor mir auf – dass ich tatsächlich Not und Leid die Stirn zeigte und mit mehr Arbeit meine ausgebrannte Seele beruhigte.<

>Aber mein liebster Sohn, was hilft es zu jammern! Es lebten Menschen in Deiner und meiner Welt, die lernten durch Leiden sich über das Leid zu erheben, indem sie es trugen. Oft kommt es vor, dass unerhörte Not sich plötzlich löst in unerhörtes Heil.<

>Ja, mein Heil war mein Tod.<

>Komm mein Sohn, wir wollen nicht mehr mit dem Schicksal kämpfen. Unsägliches Leid hat eine geheimnisvolle Beziehung zwischen Dir und der Gottheit gestiftet: Du bist ein Auserwählter, der für die Menschheit lebte. Höre Deine Musik, dann ist das Leid erträglicher, durchlichtet von dem unabänderlichen Willen, sich dem Unbegreiflichen zu beugen. Das Leiden selbst wird zum idealen Wert, es wirkt auf einmal zum Heil der Welt; aus dem Fluch wird Gnade. Mein Sohn, höre zu was ein Dichter namens Kierkegaard über Deine und seine eigene seelische Verfassung schreibt: *Ein unglücklicher Mensch, der tiefe Qualen birgt in seinem Herzen, aber seine Lippen sind so gebildet, dass, der Weile seufzen und schreien über sie hinströmt, es tönt gleich einer schönen Musik [...] und die Menschen scharen sich um den Dichter und sprechen zu ihm: Singe bald wieder, das will heißen: möchten doch neue Leiden Deine Seele martern.* Ein anderer Virtuose, Franz Schubert, hat am 13. Juni 1816 in sein Tagebuch eingetragen: *Wie von Ferne leise hallen mir noch die Zaubertöne von Mozarts Musik [...]. Sie zeigen uns in den Finsternissen dieses Lebens eine lichte, helle, schöne Ferne worauf wir mit Zuversicht hoffen. O Mozart, unsterblicher Mozart, wie viele, o wie unendlich viele solche wohltätigen Abdrücke eines lichteren, besseren Lebens hast Du Dich in unsere Seelen geprägt.*

>Ich kann diese Verehrungen nicht oft genug hören. Komm mein Sohn, lass uns Frieden schließen, den Geist zum Singen, die Seele zum Tanzen bringen.<

Leopold Mozart macht sich gleich auf den Weg, mit seinem leichtfüßigen Gang bleibt dem Sohn ein wenig voraus; mit einer Handbewegung gibt er den Weg zur Ouvertüre der Zauberflöte frei.

Man hört drei Knaben, ihre punktierten Rhythmen, ihre dreimalige Weisung: *Sei standhaft, duldsam und verschwiegen.* Sarastro fährt, wie die Original-Partitur verlangte und wie es Schikaneder praktiziert hat, in einem von sechs Löwen gezogenen Wagen auf die Bühne. Seine Hoheit ist mit den ersten Takten seines Rezitativs *Steh auf, erheitere dich, o Liebe* schon beschworen. >Erinnerst Du Dich mein

Sohn?< Dann als Sarastro: >*O Isis und Osiris* mit liturgischer Feierlichkeit. Diese Arie ist der reinste Ausdruck Deiner Idee der Humanität.<

Mozart erwidert als der verzweifelte Prinz (Tenor) mit einer Arie und bleibt stehen. Auf einmal ist es wieder still um ihn, als ob die Welt aufgehört hätte zu existieren. Mozart hebt die Hand, um sich die Tränen fortzuwischen, die ihm zur eigenen Überraschung die Wangen hinunter fließen; er genießt die Wärme. Er schließt die Augen und lässt die warmen Tränen über die Wangen und den Hals laufen.

>Adieu Wolfgang, mein liebster<, ruft Leopold Mozart und ist gleich außer Sichtweite.

Auf dem Zentralfriedhof geht der mystisch illustrierte Januartag leise und sanft in eine frühabendliche Stimmung über – tritt über die Schwelle, tauscht seinen schneeweißen hellen feierlichen Ernst gegen die dunklere Melancholie des Abends. Beethoven sitzt bezaubert von der Stimmung und doch bekümmert auf der Bank.

>Schon als kleines Kind hatte ich je und je gesponnen und an Wunder geglaubt<, denkt er. >Im ersten Moment nach meiner Ankunft ins metaphorische Sein, begann mich dieses Gefühl zu überflügeln, Amadeus Mozart würde mir bald folgen. Ich verspüre einen Impuls der Fantasie freien Zügel zu verleihen: Denn unermüdlich streben wir doch von Wunsch zu Wunsch nach etwas höherem, einem unerfüllten Traum. Denn solange uns fehlt, was wir wünschen, erscheint uns an Wert alles zu übertreffen. So geht es denn entweder ins Unendliche, wo ich mich befinde, oder, was seltener ist und schon eine Kraft des Glaubens voraussetzt, bis wir auf einen Wunsch treffen, der vielleicht erfüllt werden kann: dann haben wir gleichsam, was wir suchen nämlich etwas, was wir jeden Augenblick statt unseres eigenen Wesens als die Quelle unseres Glücks ansehen können, und wodurch wir nun mit unserem Schicksal Frieden schließen. Der Glaube versetzt alle Hindernisse des Nichtglaubens<, sinniert er und wartet. Und wieder zurück in Erinnerungen

>Ich war viel zu aufgeregt, um mich über meinen Urheber, meinen Vater zu ärgern. Dann habe ich die Liebe und Zärtlichkeit meiner von Leid und Schmerz befreiten Mutter erfahren, das erste und schönste Erlebnis meines Lebens. Und er, anscheinend hoch erfreut im feierlichen Rausch von der Geburt seines Kindes und mehrfach geleerten Gläsern begann zu singen – nicht mal schlecht. Die Welt empfing mich also feierlich musikalisch. Kaum drei Jahre alt, erfuhr ich meinen ersten großen Schmerz: Mein Großvater, Hofkapellmeister Dominus Ludovicus van Beethoven, erlag am 24. Dezember 1773 einem Schlaganfall. Ich kannte ihn wenig, aber ich liebte ihn unermesslich. Meine Mutter war sehr traurig über den Verlust. Maria Magdalena Keverich stammte aus Ehrenbreitenstein. Eine liebevolle, aufmerksame, tapfere und mutige Frau. Nur durch ihre Liebe konnte ich mich mit den rauen Bedingungen der Herrschaftszeiten am Rhein zu Recht finden. Schon im Knabenalter spürte ich, dass der Weg zur Aristokratie mir nicht zusagte. Ich hatte einen anderen Drang, eine heftige Sehnsucht nach anderen Regeln in der Musik. Nicht nur mein Vater und der Organist Zensen, sondern auch van den Eden, sie erkannten den inneren Trieb zu anderer Musik in mir, alle wollten zu meiner >Perfektionierung< beitragen. Ich war 11 Jahre alt, musste die erste Prüfung meiner Tauglichkeit überstehen. Ich trat vor einem Orchester auf, das nur auf meine knabenhafte Aufmachung konzentriert war. Gott stand mir bei. Ich habe weder das Orchester noch den Kurfürst von meiner Tauglichkeit enttäuscht. Mit einer zweistimmigen Fuge für Orgel in D >in geschwinder Bewegung< glaubte ich mein Herz mit Anspruch für einen neuen Horizont in der Welt der Musik zu eröffnen. Dann wollte ich keine Karriere im Dienste von Aristokratie und Militär, die nur Unruhe und Krieg stifteten, und auch nicht den Gelehrten nachgehen, die nicht mehr als Giftmischer waren. Ich wollte die Welt mit meiner Musik beeinflussen, Liebe und Freude unter den Menschen, jeder Art und Herkunft verbreiten. Mozart hatte den Anfang gemacht und mir den Weg gezeigt. Ich will nicht sagen, Mozart war mein Prometheus, aber er gab mir, gewollt oder ungewollt, ein Beispiel, die Musik als philosophisch-politisches Instru-

ment für die Aufklärung der Gesellschaft zu verstehen. Er schien selbst von alledem unberührt, aber Schein und Sein, Denken und Meinen, Fühlen und Tun, das sind nur Substantive, Umwälzungen und Änderungen sollten keine Konjunktive bleiben. Ja, für die Kraft meiner Musik ist Mozart mein Orpheus, das mythische Inbild. Nur er und kein anderer, wurde mein Leit- und Vorbild. Mit seinem Ansporn sollten wir gemeinsam mit Musik, Gesang und Saitenspiel die Welt in Schwung versetzen, sie von Gewalt und Krieg befreien.
Orpheus bin ich, der den Schritten Eurydikes durch diese düstere Ebene folgt, die noch niemals ein Sterblicher betrat.<
Jeder tritt aus dem Leben, als sei er soeben geboren.

Die Sehnsucht nach imaginären Vorstellungen, wie in einem Traum, bricht alle Bindungen, ja sie treibt den Geist zu unvorstellbaren Überwindungen und facht in Liebenden einen Wetteifer an, der sie unermüdlich macht den Jüngeren zu suchen.
>Zeit meiner wiedererlangten Seelenruhe freue ich mich wie die Götter.<

Den Blick nach Westen gerichtet, bleibt Mozart für einen Moment des Nachdenkens stehen, fasziniert vom Panorama des Sonnenuntergangs in der Schneelandschaft, entdeckt er plötzlich die Silhouette der Großstadt Wien, blickt zurück auf den langen Schatten hinter sich, wie ein Gespenst, das ihn verfolgt. Er bleibt solange stehen und weicht nicht von der Stelle, bis die Sonne untergeht; und mit ihr der überdimensionale Schatten, der immer kleiner wird und verschwindet. Er lächelt, ein bitteres gewagtes Lächeln. >Wir Geister sind schattenlos, mein Verfolger war ein Schattenbaum.< Die Abendröte bemalt den teils blauen, zum großen Teil bewölkten Himmel mit verschwenderischen Farbenmischung, wobei Rot in Feuerrot tendenziös überragen. In höheren Ebenen beginnt es langsam und zögernd wieder zu schneien.

Plötzlich erschrocken – abrupt abgeschnitten von seinen Gedanken – greift er, über einen Hang stolpernd nach einem Halt, dem Ast eines Ahorns, denn er war dabei in die Tiefe zu stürzen, insistierend fährt eine brennende Angst durch seine Seele, wie ein Blitz und versetzt ihn in Panik.

>Guter Gott, das Leben habe ich schon längst verloren, aber die Angst vor dem Sterben wohl nicht.< Kaum auf einem sicheren Weg, kommt er auf seinen Leitgedanken. >Das Sein ist nicht immer das Gute. Für mich jedenfalls nicht. Ja, mein liebster Vater, ich hatte Angst vor dem Leben, noch mehr Angst vor dem Verlust meiner Liebsten, aber keine Angst vor dem Tod ... >Furcht ist der Preis für unsere Gabe<, hast Du mal gesagt. Da der Tod, genau zu nehmen, der wahre Endzweck unseres Lebens ist, so hatte ich mich seit ein paar Jahren mit diesem wahren, besten Freund des Menschen so bekannt gemacht, dass sein Bild allein nichts erschreckendes mehr für mich hatte, sondern recht viel beruhigendes und tröstendes und ich danke meinem Gott, dass er mir das Glück vergönnt hat mir die Gelegenheit ... zu verschaffen, ihn als den Schlüssel zu unserer wahren Glückseligkeit kennen zu lernen. Der Tod schwebte mir von Anfang an nicht allein als Ende, als Flucht, als Abkehr ins Nichts vor, sondern als freier Entschluss zur Vollendung, als rauschhafte Feier endlicher Hingabe in der Vernichtung des Selbst. – Ich lege mich nie zu Bette ohne zu bedenken, dass ich vielleicht, so jung als ich bin, den anderen Tag nicht mehr sein werde ... In deiner Gegenwart fühlte ich mich immer auf seltsamste Art wie neu geboren – vielleicht, weil ich dachte mein Vater sei stolz auf mich –, überrascht; da mein Wesen auf die feinsten Schwingungen meiner Seele reagierte, schien ich unentwegt die Stimmung zu wechseln, von einer tiefen Depression in eine euphorische Lebensfreude zu springen.<

>Es ist kein Frevel in dieser Sphäre, in der wir uns befinden, nach den Sternen zu greifen. Und wie die Sehnsucht eine Versuchung für Menschen ist, derer sie Herr werden, so könnte das Imaginäre als

22

eine Versuchung des Geistigen erscheinen, aber eine weit mächtigere, sogar unüberwindlichere. Unser eigentliches Leiden begann erst, als wir einander ignorierten, uns von einander entfernten, so dass die Ignoranz des Einen, das Versäumnis des Anderen zur Folge hatte: darin hat Amadeus Mozart in Übereinstimmung mit mir das Versäumnis erkannt. Und wie ich hoffe, er ist auf der Suche nach mir unterwegs, wie ich nach ihm diesen Weg bestreite. Ich fühle es! Ich wünsche es!<

Beethoven erhebt sich hoffnungsvoll von seinem Sitz, verzaubert von der Atmosphäre auf dem Friedhof. Im weißrot schimmernden Abenddunst hört er die Vögel bei der Nestsuche singen und zwitschern... Das Tosen und Toben der Stadt im Hintergrund. Überwältigt stürzt er wieder tief in seine Visionen. Während ihm die Phänomene Zeit und Ort entschwinden, schwebt er über einer rot schimmernden Wolkenformation hinaus ins Universum seiner Fantasien auf der Suche nach Wolfgang Amadeus Mozart.

>Allzeit habe ich mich zu den größten Verehrern Mozarts gerechnet, und werde es bis zum letzten Lebenshauch bleiben.< Erinnert er sich an sein Schreiben an Maximillian Stadler, Februar 1826. Und sinniert fort: >In Ansehung der arrangierten Sachen bin ich herzlich froh, dass Sie dieselben von sich gewiesen. Die unnatürliche Wut, die man hat, sogar Klaviersachen auf Geigeninstrumente überpflanzen zu wollen, Instrumente, die so einander in allen entgegengesetzt sind, möchte wohl aufhören können! Ich behaupte fest, nur Mozart könne sich selbst vom Klavier auf andere Instrumente übersetzen sowie Haydn auch. – Und ohne mich beiden großen Männern anschließen zu wollen, behaupte ich es von meinen Klaviersonaten auch. [...] Ich habe eine einzige Sonate von mir (Klaviersonate E-Dur, OP. 14, Nr. I) in ein Quartett von Geigeninstrumenten verwandelt, worum man mich so sehr bat, und ich weiß gewiss, das macht mir nicht so leicht ein anderer nach.< An Breitkopf und Härtel in Leipzig am 13. Juli 1802. >Wir verfügen über unermessliche Kräfte. Auch wenn wir gestorben sind. Denn unser Geist möchte ewig sein. Erinnern wir uns an Kant: >Ich musste das Wissen aufheben, um zu glauben Platz zu bekommen. Das morali-

sche Gesetz in uns und der Gestirne am Himmel über uns! Kant!!!
Das Wissen? Unser Wissen jedenfalls ist begrenzt, aber unser Glauben und Vertrauen… Man muss nur daran glauben. Was bleibt, ist Geduld, ist aber auch Überzeugung, Enthusiasmus, ungeheuerliche Neugier und Zauber. Und nun<, murmelt er vor sich hin. >Warten und Gedulden. Aber wie es wird, wann es geschieht, wer kann das sagen? Wer kann wagen, zu prophezeien? Ich konnte in jedem Augenblick, da sich die Wege des Geistes in verlockender Vielfalt nach allen Seiten zu öffnen scheinen, mir entgegenkommen! Wer weiß? Wir sind gestorben, um den Geist vom Leid des Körpers zu befreien. Nun überlassen wir dem Geist den freien Gleit. Ja, Geister kennen keine Schranken und Hindernisse, sie überwinden alle Unmöglichkeiten. Ich hatte nie mit mehr Inbrunst gehofft und nie die große Kraft der Imagination lebhafter empfunden. Und dennoch gibt es diese plötzlichen, diese unerklärlichen Momente – wenn einen die Sehnsucht überfällt – wie eine Verkündung trifft sie – auch einen Geist – mitten ins Herz, erreicht einen hier auf der Erde, dort im Universum, im Himmel – überall – im Jenseits, über Wolken, in der Atmosphäre, Stratosphäre, im Orbit und Exorbit. Der leidenschaftliche Geist ist reanimiert von der Liebe, und belauscht das Rauschen der Wolkenformationen, die über Felder, Städte, Land und Kontinente fliegen. Der Geist begräbt die Einsamkeit in der Vollkommenheit des metaphysischen Geschehens.<

Es herrscht eine melancholische Stille auf dem Friedhof, frostig kalt, aber friedlich. Eine leichte Brise weht durch den Pavillon, berührt sanft Beethovens Haar, bringt diesen Geruch nach Winter mit sich, trägt den Wohlgeruch des Waldes mit Tannen und Harz heran. Beethoven streckt sich noch einmal, schaut sich um und verfällt wieder in seine mystische Welt.
>Ich will warten, mich einhüllen lassen von der stillen Melancholie der Atmosphäre. Ich brauche dieses universale Schweigen. Ich brauche es, um im Einklang mit meinem kosmischen Langmut warten zu können. Ich brauche Mozart, ich brauche ihn gegen das Leid

der vergangenen Welt; seinen Anblick, seine Stimme für die Erheiterung meiner Seele. Ich brauche seinen Beistand gegen das tückische Gift der Einsamkeit. Ein Kosmos ohne diese Erwartungen wäre höllischer als die teuflische Welt, jene Welt, in der uns die Liebe untersagt blieb. Wie soll der Geist frei schweben können, ohne Begierde, ohne Sehnsucht nach Erfüllung der Versäumnisse, ohne Freude am Wiedersehen? Ein inniger Wunsch darf aber nicht ohne einen starken Willen sein. Wir verfügen über unermessliche Energie, womit wir die Ungeduld überwinden. In der unsterblichen Seele ruht die gigantische Kraft der Geduld, die dem kosmischen Sein zur Ausdauer verhilft. Ich glaube an unsere metaphorische Existenz. Daher ist unsere Musik auch eine metaphysische Kunst. Es war der Tod, der im gleichen Augenblick seine Befreiung und seinen Schrecken gab. Nur durch diesen unvermeidbaren Tod bekommt die Zeit für uns Kosmonauten ein ewiges Naturell. Und diese Zeit brauche ich. Und nicht weniger brauche ich Geduld, denn das Eine ist nicht ohne das Andere denkbar, also warte ich. Wenn ich ihn endlich hören könnte.< Er streckt sich, ändert seine Position und lacht über seine nächsten Gedanken. >*Was kratzest Du da wieder für dummes Zeug durcheinander? Du weißt, dass ich das gar nicht leiden kann. Kratz nach den Noten, sonst wird Dein Kratzen wenig nutzen*<, sagte mein Vater, als er zufällig mich mit der Violine erwischte. Beethoven mit einem Lächeln im Mundwinkel erinnert sich noch: Hin und wieder streifte ich beim Vorbeigehen um das Klavier herum und griff mit der rechten Hand etwas umständlich, als ob ich etwas Verbotenes tat, auf die Tastatur. >*Was sprudelst Du da wieder? Geh weg, sonst geb' ich Dir Ohrfeigen*<, sagte mein Vater einmal etwas überrascht. Das tat er aber nicht. Sie sind alle gleich, Väter und Lehrer, liebevoll und streng. Sie machen das >Brechen des Willens< zur Grundlage der Erziehung. Dieses Brechen des Willens und Vernichten der Persönlichkeit war bei Mozart nicht gelungen und würde bei mir nicht gelingen, dazu waren wir zu willensstark und hart im Nehmen, sehr pragmatisch und stolzer Natur. Bei Mozart war es dem Vater nicht gelungen seine Persönlichkeit zu brechen und trotz seiner Strenge und Disziplinmanie, den Sohn gegen sich in Aufruhr zu versetzen. Mit gebrochenem Herzen verehrte er seinen Vater bis zu seinem Lebensende. Ich weiß, was für eine Wirkung die rücksichtslose, lieblose und strenge Erziehung hat. Sie kann die Lust und Laune zur schöpferischen Arbeit vernichten. Eine Aggression gegen sich selbst auslösen (Autoaggression). Diese Aggressionsumkehr kann viel Unheil anrichten, einen lebenslang verfolgen und zugrunde richten. Dann ist die Genialität in schöpferischer Arbeit dahin. Der Mystiker ist frei von irdischen Zwängen. Mozart war einer und zugleich war er Autodidakt, denn seine Fähigkeiten etwas Besonderes zu sein, blieben unversehrt – vielleicht erst recht. Er war durch und durch Genie, durch und durch Märtyrer. So vernahm er jede Schelte, jede Kritik, jede Kälte oder Missbilligung des Vaters als Schicksalsschelte und tolerierte sie. Was seine Leidenschaft und Liebe zu nahe stehenden Menschen betraf, sei es Konstanze, Mutter und Schwester, er nahm ihretwegen alle Missbilligungen hin. Er komponierte die heroischste und leidenschaftlichste Musik, die Liebe verbreitet und Leid und Schmerz verdrängt, eine noch nie dagewesene Musik, eine heilende messianische Musik. Menschen zu lieben, ihnen und ihrer Liebe gerecht zu werden, ihnen Leid, Wehmut und Trauer zu nehmen, Anmut und Freude zu schenken, wurde zu seiner Religion.

Aber kann ein Mensch Liebe vermitteln, ohne sie zu empfangen? Die Antwort ist genauso einfach, wie die Tat: Mozart und ich sehen die Erfüllung des Lebens in der Freude der anderen, ohne Ego und Narzissmus. Ich meine ohne Wehmut über das eigene Schicksal. Sie wurde uns verweigert, ist uns fern geblieben. Wir waren während unseres kurzen Erdendaseins – er viel kürzer als ich – zwei vollkommen unterschiedliche Geschöpfe, eines davon könnte man die Verkörperung eines Mystikers nennen und das andere, einen Romantiker, der nach der Vollkommenheit suchte. Nun überlassen wir es der Nachwelt über uns zu urteilen.< Schweigen.

>Hat Mozart verdient am Ende seines Lebens vergessen, vereinsamt und verarmt zu sterben, trotz allen seiner triumphalen Hymnen für die Menschen? Muss er, müssen wir für unsere Liebe zu Menschen noch bestraft werden? Haben die Menschen vom Schick-

sal unseres Lehrers und Meisters Salieri, der in Isolation und Abgeschiedenheit zugrunde ging, nicht gelernt? Ach, lieber Amade, dieses Ende hast du wahrlich nicht verdient. Warum, Mozart, hast du nie mit mir über deine Zweifel, dein inneres Leid gesprochen? Warum hast du mir kein einziges Mal mitgeteilt, dass du in Not bist und Hilfe brauchst? Warum musste ich von deinem unendlichen Leid, deiner Not durch andere erfahren, die es mir mit zurückhaltendem Bedauern erzählten, obwohl es Grund zur Scham gewesen wäre? Wenn es einzig die Krankheiten waren, die dich schließlich in den Tod trieben, dann hätte ich dagegen auch nichts tun können. Aber beim seelischen Leid der Einsamkeit, ist die Kraft der Worte nicht zu unterschätzen! Mit jemandem sprechen, könnte heißen, sich vielleicht von Ängsten zu befreien, und dem Schicksal die Stirn zu zeigen. Warum hast du mit mir nie gesprochen? Mit mir, der dich immer bewunderte?<

Beethoven, beeinflusst von den diversen Gedanken, steht auf, geht wieder die Treppen des Pavillons hinunter; auf dem blanken Schneefeldweg läuft er auf und ab, übt mehr Ruhe und Geduld zu bewahren.

>Wäre ich am Leben, würde ich in dieser meiner besonderen Stimmung die Zehnte Symphonie von 1818 vollenden. Wallenstein identifizierte das Schicksal mit dem Herzen – und aus geschichtlicher Perspektive hat er wohl recht, denn mit dem `Herzen´ setzt sich das Schicksal durch:

Recht stets behält das Schicksal, denn das Herz
in uns ist sein gebieterischer Vollzieher.

O Himmel, hilf mir tragen! Ich bin kein Herkules, der dem Atlas die Welt tragen helfen kann oder gar statt seiner... Lange wird's nicht mehr währen, dass ich die schimpfliche Art hier zu leben weiter fortsetze: die Kunst, die Verfolgte, findet überall eine Freistatt. Mozart fand doch Dädalus, eingeschlossen im Labyrinth, die Flügel, die ihn oben hinaus in die Luft emporgehoben. O, auch ich werde sie finden, diese Flügel!<

Immer, wenn Du verzweifelt bist, bist Du verzweifelt, weil du Deine Natur nicht bedenkst. Du bereitest Dir nämlich selbst grenzenlose Ängste und Begierden. Epikur

Mozart wendet sich von dem mit Schnee umhüllten riesigen Baum ab, schüttelt den Kopf, versucht sich erneut zu orientieren. Er zieht an seinem ausgefransten, durchnässten Jackett und geht im Schatten des Baumes den Weg hinunter.

>Die Magie braucht das Dunkle, das Mysterium.< Ermutigt er sich. >In jener träumerisch verspielten Zeit, zwischen meinem Berühmtwerden in der Wiener Gesellschaft und dem großen Maskenball, war ich geradezu glücklich und machte mir keine Gedanken über die Vergänglichkeit des Ruhmes und die Nichtigkeit des Lebens. Vielmehr verspürte ich sehr nahe, hautnah, dass ich für etwas Höheres geboren bin. Ich bin mir nicht sicher, ob ich es wusste? Einst glaubte ich es zu wissen, dass ich das nötige Rüstzeug mitbringe, um etwas Besonderes zu sein, um hoch hinaus zu gelangen. Das Versprechen stand für Genialität und Eroberung der Welt der Musik. Ich habe die Ernte des Versprechens eingefahren. Ich war ein angesehener Wunderknabe, bald ein anerkannter Komponist. So richtig geliebt wurde ich jedoch nicht; von niemandem, außer meiner lieben Familie, die ich auch über alles liebte. Ich war die Musik, die mit lieblichen Tönen verwirrte Herzen zu beruhigen wusste und bald zu rebellischem Zorn, bald zur Liebe vermochte ich selbst eisigste Stimmen zu entfachen. Diese und viele andere träumerisch leidenschaftlichen Impulse inspirierten mich und meine Seele. Und so gelang mir immer wieder die Befreiung vom Gefangensein, von Eskapaden des unverstandenen Seins…<

Mozart hört wieder die Klarinette, je näher zur Stadtgrenze, umso intensiver. >Ach lieber Anton Stadler, Dir zuliebe habe ich das Klarinettenkonzert dessen Finalrondo am 7. Oktober 1791 instrumentiert wurde, geschrieben.< Erinnert er sich. >Wien feiert Dich und Deine Musik – und wie lange wird diese Laune anhalten? Das Wort eines Künstlers hat in Wien keinen beständigen Klang, keinen bodenständigen Wert. Haydn, meinem Freimaurer-Bruder, widmete ich sechs von meinen Streichquartetten. Damit wollte ich ein Zeichen setzen, dass die leichtlebigen Wiener ihn nicht so schnell vergessen mögen. Ich sah doch, wie sie mit Salieri umgingen. An jedem Ruhm klebt ein verräterisch vergänglicher Geruch. Was verstehen sie schon, diese Leichtlebigen in Wien, was sie in Salzburg nicht verstanden haben, dass mir die Musik allein am Herzen liegt …

Unsere Bestimmung ist ungewiss! würde Beethoven sagen, vorausahnend, was er in diesem Moment denkt. Also leiden und unglücklich sterben. Nun, hast Du es auch zu spüren bekommen, als Du mir und meinem Ruhm nachgegangen bist. Warum denn? Du doch nicht. Du warst doch ohnehin himmelsnah, ehrwürdig und unantastbar. Du würdest sagen: Doch, weil ich keine Angst vor dem Tod hätte haben müssen, den ich so ersehnte! Das Unglück, das Dich heimsuchte war Dein Schicksal – taub in stiller Einsamkeit zu sterben – das war Deine Bestimmung, wovon ich angeblich keine Ahnung hatte. Du irrst Dich! Du irrst Dich gewaltig, Ludwig van Beethoven, mein geistiger, gütiger, frommer Komponist. Ich habe in meinem Leben mehr geahnt und mich weniger geäußert. Ich sehnte mich nach Leiden, die mich bereit und willig machten zum Sterben. Also gestorben muss sein, Beethoven, wenn Du Deine Befreiung entgegen nehmen willst. So vergingen die Jahre unserer schönen künstlerisch fruchtbaren Zeiten. Wie soll ich meine Gedanken am Besten beschreiben. Ich hege morbide, düstere Gedanken. Oft ist mir zu mute, als habe mein Leben keinen Sinn und Zweck gehabt, keine Erfüllung. Der Wunderknabe der Melodie erstickte in der stillen Einsamkeit. Ich würde Dir heute etwas sagen, etwas, was ich schon lange weiß, auch Du weißt es – glaube ich jedenfalls, aber Dir ist es nicht bewusst. Ich sage es Dir, wenn ich Dich treffe. Du weißt schon viel über mich, ich hoffe jedenfalls, über mein Leben, von meinem Leidensweg, werde ich Dir mehr erzählen.

Im Kopf kann alles passieren, aber im Grab nicht mehr! Man muss die Toten ausgraben, nur aus ihnen kann man über die Vergangenheit und die Zukunft erfahren. Nun, lass uns treffen und von unseren Leidenschaften sprechen! Ich beschwöre Dich nicht zu unterlassen, mich aufzusuchen, mich zu beglücken. Wir sind doch freie Geister, willig uns zu sehen. Ich weiß, ich spüre es, dass Du auch in diesem Moment an mich denkst, gib nicht auf, ich beeile mich, ich sehne mich nach Dir …

Du hast Dich auch mal gefragt – vielleicht? Vielleicht auch nicht. Warum lässt der gütige Gott alles zu? Die Atheisten, die unbeugsamen Philosophen sind konsequenter, als wir unverbesserlichen Romantiker; sie verjagen den alten Gott als der angebliche Schöpfer aller guten Dinge aus der verpfuschten Welt. Ja, sie töten ihn wie Schopenhauers bedeutendster Schüler Nietzsche verkündet, der seinen Lehrer als 'Ritter zwischen Tod und Teufel', als 'erste eigenständige und unbeugsame Atheisten…' rühmt. Wenn ein Gott diese Welt gemacht hätte, bekennt Schopenhauer, dann wollte er dieser Gott nicht sein. Das Leiden seiner Geschöpfe würde ihm das Herz zerreißen. Die Schöpfung wäre besser 'zu Hause' geblieben.

Du fragst Dich: Warum gerade ich, der eher hören als atmen will, der mit Klängen aufwachen, und ohne sie lieber tot sein will. Hast Du nie gedacht: entweder hören oder sterben? Je mehr Du daran gedacht und Dich gefragt hast: Warum gerade ich? Umso größer wurde Deine Not, umso tiefer bist Du in Deine Einsamkeit, Isolation und Verzweiflung versunken, wie ein Würger, ein Strick um Deinen Hals, der nicht Dein Ende, sondern Deine Qual, möglichst viel Qual, möglichst lange erwirken will. Und alles, was Du in Deinem Leben als göttlich und heilig bewundert hast, Dein selbstloser Glaube an Gott hat Dir nicht geholfen und Du bist unverschuldet zum Verderb und Leiden verurteilt, und wenn alles so ist, wie ich vermute, dann sollst Du wissen, dass es bei mir noch schlimmer war. Als Mensch geboren, musste ich wie ein Hund verrecken. Mein Glaube und meine Gebete fanden keine Resonanz, weder irdisch noch kosmisch. Ich bekam keine Zuwendung oder Mitleid! Was sage ich, ich bekam keine Luft mehr zum Atmen, ich erstickte einsam und verlassen. Ich bin durch die Hölle gegangen und nannte das mein Leben. Ich habe an Leib und Seele erfahren, dass meine naive Vorstellung von einem Leben mit Eloquenz und Wahrhaftigkeit, Glauben an Gott und Menschen, an gute Taten, Leiden, Opferbereitschaft und Menschenliebe nicht das geringste mit dem, was ich gelebt habe zu tun hat. Das Leben machte aus mir den Narren, um mich nach dem Tode mit falschen heroischen Andachten, Denkmälern und Nachrufen zu feiern. Hier im Jenseits haben wir diese falschen Huldigungen nicht mehr zu befürchten. Lass uns treffen, uns über ein Wiedersehen erfreuen, und von Sinn und Unsinn des Lebens, des Wirkens und des Schicksals, aber vor allem von unserer Musik, von Deiner göttlichen Musik reden. Ich verspreche Dir, diesmal werde ich nicht den gleichen ignoranten Fehler machen! Nie wieder!

Ich kann es kaum erwarten, Dich zu sehen. Ich freue mich so sehr. Das Schlimme ist – wenn ich nachdenke – hätte ich mein Leben noch einmal zu leben, ich fürchte, ich würde alles genauso machen, die gleichen Taten, die gleiche Musik und die gleichen Fehler! Und Du? Ich wurde gefeiert, aber nie geliebt. Viele meiner Werke schrieb ich in tiefster seelisch-materieller Not und Pein der Einsamkeit. Und doch in keinem einzigen Werk klage ich über mein eigenes Schicksal. Sie sind voller Liebe, Liebe zu Menschen. Eigentlich lebte ich schon lange nicht mehr, nein! Denn in der kalten Welt, wo die Menschen mich auf einmal ignorierten, war mein Herz und mit ihm meine Seele eingefroren. Wie kann nun ein Wesen, wie ich es bin noch leben? Nun, ist alles vorbei. Wohin mit soviel Wehmut? Ach! Wo suche ich Trost, wenn nicht bei Dir. Zu Dir führt mich meine Sehnsucht. Zu Dir führt mein Weg mit schimmernder Hoffnung in Dein Reich, ins Paradies, denn wo der große Weltbürger Beethoven weilt, da finde ich das ewige Glück. Ich bin Amadeus Mozart, der Einsame, der Deinen Fußstapfen im Schnee nachgeht.

In Zeiten meiner Verzweiflung kam mir mehr und mehr zu Bewusstsein, dass die Ursache der Schwächung meines febrilen Körpers nicht nur auf irgendwelchen Mängeln meiner Natur beruhte, sondern auch auf dem nicht zur Harmonie gelangten von Gott verschenkten Reichtum meiner Gaben und meiner inneren Unruhe. Ja, ich war ein Genie des Leidens und zugleich Meister des Verbergens. Ah, diese Schwermut! … Wo ist doch der Weg, der mich schneller zu ihm führt! Goethe! Goethe, Du Narr, Du hast wieder so Recht: *Nur wer die Sehnsucht kennt, weiß was ich leide!*<

Wie wohl würde er einen Weg gehen, dessen Ende, das ist, uns zusammen zu führen?

Beethoven reckt sich, setzt seinen Klackhut auf, geht die Stufen des Pavillons wieder hinunter, schaut sich um, blickt erwartungsvoll in die Ferne. >Welche Ehre ist Deiner Freundschaft würdig, mein ersehnter Freund, der mich in meinem einsamen Exil im Reich der Mythen besucht?< Das Largo in C-Moll, Klavierkonzert Nr. 3 ertönt aus der Ferne.

>Eines haben die aufgeweckten Geister gemeinsam: Sie sind neugierig. Ich gebe zu, ich bin neugierig wie ein Kind am Heiligen Abend, nicht auf die Geschenke, nein, das beste Geschenk an diesem Abend ist unser Treffen, hier jenseits von allen Umständen und Hindernissen, die einst verhinderten uns näher zu kommen. Mein Lieber, so wird bald dieser Wunsch gewährt. Glaubst Du wirklich? Kann ich hoffen?<, fragt sich Beethoven.

>Weiß Wolfgang Amadeus Mozart eigentlich, was für eine Musik er hinterlassen hat? Verträumt und leidenschaftlich, aber nicht ahnungslos von Deiner Botschaft warst Du durchs Leben gegangen. Du durchdrangst mit Deiner Musik, die Du mit der Leichtigkeit einer jugendlichen komponiertest, nicht bloß die Herzen des Adels und eitlen Herrschers zu erheitern, Deine Musik ermutigte die Geister Deines Publikums jeder Schicht und hob die Schranken der Pietät auf, mit der sich die Gesellschaft in oben und unten teilte. Deine Musik durchdrang alle Ebenen der Gesellschaft, durchleuchtete das betriebsame, beherrschte, kontrollierte Getue, die ganze Falschheit, die Eitelkeit der oberen Zehntausend, das manipulierte und pompöse Spiel der eingebildeten, mit für bankrotterklärten Geistigkeit, und von Gott und Mythos Mensch entfernten Geistlichkeit. Mozarts Musik geht viel weiter als ich erklären kann. Sie durchdringt das

Herz aller Menschen. Du verdrängst mit einer einzigen Partitur den Pessimismus und Zweifel eines jeden Empfindsamen, führst zu mehr Mut und Selbstvertrauen, Freude und Glauben an den Sinn des Menschenlebens überhaupt. Du wolltest vielleicht auch mahnen: *Schaut solche Affen sind sie! Schaut, da sind die Moralisten und jene Gottesmänner. Schaut ruhig hin, seht ihr diese Menschenaffen, wie sie mit Euch umgehen, wie Wilde aus dem Käfig.* Aber lieber, lieber Mozart, ich bin für Dich zwar der Jüngling oder Neuling, unerfahren, vielleicht auch unverdorben, lass Dir gesagt sein: Man kann den Menschen keine unrealistische Klassenversöhnung vorgaukeln und selbst leben wie ein Tollhäusler, den anderen Moral, Toleranz und Eloquenz verordnen und selbst agieren wie ein Anarchist! Man muss selbst als Beispiel vorangehen, um die Menschen zu ermutigen, vielleicht ihnen einen Weg zeigen, wie sie sich von dem eingefrorenen Frust und Lethargie befreien können. Ist das nicht genau das, was Du mit Deinen großartigen Opern sagen willst? Obwohl ich über Dein Leben wenig weiß, habe ich doch allen Grund anzunehmen, dass nicht Existenzanarchie und Weltverachtung, sondern romantische Selbstopferung der Grund für Dein Martyrium und Absage an den Realismus war, denn so schonungslos kritisch wie Du von Adel und Aristokraten sprichst, hast Du Dich selbst aber nie ausgeschlossen. Immer warst Du selbst der Erste, gegen den Du zu richten wusstest, immer warst Du selbst der Erste, den Du mit Hass und Verachtung bestrafen wolltest. Ich frage nicht warum, weil ich nicht in das tiefe psychopathologische Labyrinth Deiner Persönlichkeit eindringen und plötzlich mich selbst erkennen will. Du wirst nicht wissen oder glauben, wir haben etwas Gemeinsames und das ist die bedingungslose Liebe zu Menschen. Hast Du Robert Schumann gehört: *Licht senden in die Tiefe des menschlichen Herzens – des Künstlers Beruf.* Von unserer Herkunft und Erziehung will ich weniger reden. Dein Vater streng und für einen Musiker unseres Geschmacks konservativ, altmodisch mit pietätischem Drang für ernste und phlegmatische Erziehung. Mein Vater hingegen leichtlebig mit großem Genuss und Durst an Wein, egozentrisch und für einen Musiker und Sänger zu lasch und disziplinlos, aber liebevoll, genau wie Dein Vater. Wir sind beide im Grunde genommen autonome Geister, schon als Kind, was die Reifung der Persönlichkeit betrifft. Wir sind Autodidakten und viel zu selbstständig, viel zu früh auf uns selbst gestellt, Gesellen der neuen Welt, unserer Welt mit revolutionärer Musik. Die Welt lag offen vor uns, den Künstlern, die im Grunde schon einer anderen Welt gehörten. Mitten in unserem Leben, auf der Höhe der Schaffensperiode, in der sich unser Geist bewegte, kamen uns Verlangen von einer entsetzlichen Fremdheit über die Lippen: Mit uns nimmt's hoffentlich bald ein Ende. Ein anderes unumstößliches Leben schien auf uns zu warten – das ewige! Gibt's denn so was? Ich sagte mir: Du darfst nicht Mensch sein, für Dich gibt's kein Glück mehr als in Dir selbst, in Deiner Kunst. O Gott, gib mir Kraft, mich zu besiegen! Mich darf ja nichts an das Leben fesseln.

Nun, Du hast ihnen allen, den Altmeistern, Fürsten und Baronen, Königen und Kaiser gezeigt, wer Du bist – ein Auserwählter, ein Vulkan mit einer unermesslichen Kraft und Dynamik für eine noch nie da gewesene Musik. Deine Musik wird in Wien, Prag, Paris, London, ach, was sage ich, sie wird in der ganzen Welt mit einem erquickenden Klang alle Menschen erfreuen, und wenn wir schon Jahrhunderte tot sind, wird Deine Musik lebendig bleiben. Hörst Du nicht die Klänge, die aus der Ferne Deine zweihundertfünfzigste Geburtstagsfeier ankündigen? Meinen Gedanken folgen meine Wünsche: Lass uns nicht mehr das Schicksal verklagen, der Erfolg und Ruhm fordert seinen Tribut, mein lieber Amadeus Mozart.<
Im dichten Schnee bleibt Mozart stehen und beobachtet die weißen Flocken die umher tanzen. Unterschiedliche Lichter prägen die Silhouette der Stadt Wien. Häuser mit schneebedeckten Dächern, Mauern und Gärten. Es herrscht eine friedliche und romantische Stimmung, aber er fühlt sich sehr einsam und verloren. Sein Animus schwankt bald als tot, bald als lebendig. Wenn er lebendig ist, gibt der Tote in ihm Acht, kontrolliert und lenkt, was er denkt und beabsichtigt; und in dem Moment, wo er tot ist, bleibt er stumm. In dem Moment der auferweckten Seele, will er nach ihm suchen. Nun, so führe mich von der Schwelle! Zu keinem anderen als zu

dem jungen Künstler mit dem ernsten treuen Blick. Während er in seinen Gedanken wühlt, stellt er sich gleich jenen neuen Kometen vor, der im Begriff war die Welt mit seiner neuen Musik zu erobern. In seinem Herzen spürt er ein bisschen Neid, aber mehr Wehmut als Neid.

Schafft Euch liebe Erinnerungen!

Im Selbstgespräch lacht er. >Guter Gott! Franz Liszt, Du hast ja so Recht! Das Reich der Erinnerungen muss nun mein Reich werden.< Sie überfallen ihn mit einem unvorstellbaren Tempo, verdrängen die schwarze Wolke der Verzweiflung. Er lacht wieder. Er kann sich kaum vor solch sprunghaften Gedanken und lebhaften Emotionen wehren. >Da stehst Du nun – wo kommst Du her? – Wolfgang Amadeus Mozart, und weißt nicht wohin? Du bist am 27.1.1756 in Salzburg geboren, Du hast diese Stadt gehasst, Du wusstest aber warum. Dann hast Du, wie das Hündlein Deinen Herrn umkreist, bist ihm gefolgt und hast gehorcht, bist ihm vor und nachgelaufen. So hast Du Deine schönste Kindheit Deinem egozentrischen und strengen Leopold Mozart aus Augsburg geschenkt. Nach Gott kommt gleich der Papa. Ja, so hast Du ihn vergöttert, noch mehr: *Meine größte Freude und die beste Belohnung war immer der Beifall meines Vaters, den er mir für sehr gute Leistungen und fügsames Benehmen spendete. Meine größte Furcht war, dem Vater zu missfallen, was ich nur durch rituelle Sühne abwenden konnte. So folgte ich, der brave Hund Wolfgang, dem Herrchen, den ich trotz aller Strenge über alles liebte. Ich hatte eine besonders zärtliche Liebe zu ihm und meiner Mutter. Ich komponierte eine Melodie, die ich immer vor dem Schlafengehen, wozu mich mein Vater auf einen Sessel stellen musste, vorsang. Der Vater musste allzeit die Sekunde dazu singen, und wenn dann diese Feierlichkeit vorbei war, welche keinen Tag unterlassen werden durfte, so küsste ich den Vater mit innigster Zärtlichkeit, und legte mich dann mit vieler Zufrieden-*

35

heit und Ruhe zu Bett. Diesen Spaß trieb ich bis in mein zehntes Lebensjahr.< Er schüttelt den Kopf und sinniert. >Gibt es jemanden, der mich versteht? Du warst ein Wunderkind mit der besonderen Begabung für eine modernere Musik mit einem imaginären Schwung, womit Du den ernsten Aristokraten-Vater und eingestaubten Altmeister in Erstaunen versetzen konntest. Dir wurde die schwerfällige Musik Deiner Lehrer und großen Musiker, Haydn oder Salieri bewusst, sie taten sich schwer, einen mit lockerem Tempi, schwärmerischem Rhythmus, leidenschaftlichen Klang zu komponieren. Du hast nicht nach Ruhm oder Reichtum, sondern nach Erleuchtung und innerer Befreiung gesucht. Mit schöpferischem Exzess und extremer Lebensweise hast Du auf niemanden Rücksicht genommen, weder auf Dich selbst, noch auf die eingebildeten Aristokraten mit ihren konservativen Sitten und Pseudomoral. Keine Ultima Ratio, keine faulen Kompromisse für ein Leben zwischen Snobismus oder Individualismus. Du hast Dich für das letztere entschieden. Und er? Mon très Père nahm es mal gelassen hin, aber meist mit dem Zorn eines beleidigten Fürsten feuerte er Dich, den mit überschwänglicher Leidenschaft verträumten Sohn an, mehr zu arbeiten und an neue Ideen zu denken, ohne zu ahnen, dass gerade die schöpferische Arbeit unter strengen Bedingungen der Enthaltsamkeit zu einer Qual werden kann. Wie schmerzvoll muss es wohl für jeden Künstler sein, der bei überdurchschnittlicher Sensibilität soviel Härte und strengen Maßregeln unterworfen wird,< ruft er laut vor sich hin. >In Wien sagte man doch: Er ist ein Genie, ein Wunderkind seines hoch geachteten, hochgeschätzten Vaters. Von einer Mutter, meiner allerliebsten Mama war keine Rede. Jetzt kann ich sagen: Er hat zwar meinen Respekt als guter Vater vom dankbaren Sohn, aber meine Mama und meine Schwester behalte ich bis hierher in die Ewigkeit in meinem Herzen. >*Weh mir unglücklichem Liebenden! Darf ich also nicht hoffen, dass die Bewohner der Erde meine Bitten erhören? Soll ich als irrender Schatten eines unglücklichen unbegrabenen Leichnams des Himmels und der Hölle beraubt sein? So will ein grausames Schicksals, dass ich in diesem Todesschrecken, fern von Dir, mein Herz vergeblich Deinen Namen rufe, und mich betend und weinend verzehre? Gebt mir meine Ruhe; meine innere Ruhe, meine Liebe; die Konstanze; mein Glück zurück, Götter im Himmel!*< Mozart schließt die Augen. >Ich sehe uns beide Hand in Hand laufen. Davon laufen. Vater bedeutet Entkommen – gefahrenvolles Entkommen! Befreiung!<

Vom nicht fernen Hintergrund hört er Communio / Lux aeterna / Chor / Sopran Requiem KV626 D-Moll.

Wehmütig wendet er sich der vom Schnee verborgenen, verträumten Landschaft zu. Welch schöner Anblick, diese zarten Zweige der jungen Buche, die unter der Last des Schnees in der Luft erzittern, und dahinter der faszinierende, feuerrot strahlende Wolkenhimmel. Nie zuvor hatte er etwas so ergreifendes gesehen. Er hat schon einmal von dem großen Friedhof gehört, auf dem die großen Künstler, Gelehrten und Komponisten ruhen, >aber wie komme ich dorthin<, fragt er sich. >Unter den schönsten leuchtenden Sternbildern wirst Du einen Platz finden, vielleicht bei ihm, vielleicht in seiner Nähe. Durch ihn werde ich meine ewige Ruhe finden, glücklich von meinem Leid, aber auch von meiner Leidenschaft reden. Der Weg bis hierher war lang, der Weg zu ihm mag bitte kurz sein; ist dies auch der richtige Weg? Jeder kann für sich entscheiden, keiner kann sich verlaufen. *Was einer für sich selbst hat, was ihn in die Einsamkeit begleitet, und keiner ihm geben und nehmen kann: dies ist viel wesentlicher als alles, was er besitzt, oder was er in den Augen anderer ist.* Einsam sein und sich fühlen wie Arthur Schopenhauer! Einsam, aber nie allein!

Beethoven richtet seinen Blick in die Tiefe des Horizonts, als ob er sehen könnte, mit wem er spricht. >Wer will schon sterben, wenn er glücklich ist. Sterben ist schwer. Das Gute daran ist, dass das Vorrecht der Toten sei, nicht mehr sterben zu müssen! Das sind aber eigenartige Gedanken, womit Du Dich beschäftigst<, mahnt sich Beethoven und kehrt wieder in den Friedhofspavillon zurück. >Genug mit dem nihilistischen Grübeln und den depressiven Gedanken! Geistigkeit heißt Standhaftigkeit und Zuversicht. Wozu hat man die magische Telepathie, wenn nicht zu Überwindung alle erdenklichen weltlichen Barrieren? Sieh Dich doch um! Gewähre dieser untreuen Stadt Wien keine Achtung mehr, nachdem sie Mozart verrecken und verschollen ließ. Du hast rechtzeitig das Schwanken der Gemüter unter den Menschen erkannt, womit ein Künstler immer rechnen muss. Du hast Dich nicht immer auf die Treue Deines Ruhmes verlassen, ein bisschen Skepsis hat Dir nicht geschadet.< Nachdenklich und versöhnt blickt er um sich, wie einer, der erwartungsvoll auf das Eigentliche gespannt ist, es aber keinen merken lassen will. Erneut vertieft er sich ins Selbstgespräch. >Auf den Genuss eines Künstlers kamen Mozart und ich, wie es das Schicksal wollte. Mein Vater war ein Berufsmusiker bereits in der zweiten Generation. Er gab uns dreien, Karl, Johann und mir, den musikalischen Vorgeschmack. Nicht so streng und penetrant wie Leopold Mozart, aber auch nicht so geschickt und zielbewusst wie er. Wir wurden zuhause, Caspar, Nicola und Louis gerufen. Seit zwei Generationen waren die Rovantini professionelle Musiker. Sie kamen aus Breitenstein, der alten rechtsrheinischen Festungsstadt gegenüber der Moselmündung. Der jüngere der beiden Vettern meiner Mutter unterrichtete mich in Violine und Bratsche. Aber meine Vorbilder in humanistischer Weltanschauung, Ethik und Moral waren der Urgroßvater Michael, von dem meine Mutter viel sprach und insbesondere der Großvater Ludwig, weil ich mich besser an ihn erinnern kann. Es ist gut und wichtig, dass man sich an seine Ahnen erinnert, an die Wurzeln seines 'Ich'. Schon als Kind dachte ich immer wieder nach, wie das Leben mit uns spielt. Unglaublich, als ob alles, woran ich mich erinnere in den letzten Momenten passiert wäre. Schon als Kind hörte ich von ihm, von dem großen Mozart. Ich bewunderte ihn als einen neuen Kometen in meinen Träumen. Dieser Vorstellung eiferte ich nach, ohne zu wissen warum. Immer wieder hörte ich die an mich gerichteten Worte >himmlisch<, >göttlich<, als Bote des Ansporns. Am Tage überließ ich mich den wechselhaften Vorstellungen und nachts träumte ich davon, ich würde seine kosmische Ebene erreichen, eine andere, neuere Musik komponieren, an der auch der große Mozart gefallen finden würde, und darüber hinaus. *Wohlan, wo man kann! – Freiheit über alles lieben! – Wahrheit nie, auch sogar am Throne nicht, verleugnen!* Ach, wenn das Leben nicht durch dieses Extrem, entweder – oder, gespalten wäre! Schöpferisch arbeiten, ohne dafür den großen Preis des Lebens zu bezahlen! Leben ohne zu hören, was um einen vor sich geht.< Beethoven schließt die Augen. >Ich sehe uns beide laufen, davonlaufen. Almosen, milde Gaben und Unverständnis für die wahre Kunst entgegennehmen, bedeutete Erniedrigung und Schmach, die wir nicht verdient haben. Eine Frage, die ich mir oft stellte, war: Was ist aus ihm geworden? Ich weiß, nur er kann sie beantworten. Auf diese messianische Antwort habe ich ein Leben lang gewartet und hoffe nun, im Kosmos könnte dieser Wunsch vielleicht in Erfüllung gehen.< Beethoven ist im Begriff zu verzweifeln. >Uns alle verlangt doch nach Leidenschaft, Ludwig<, sagt er laut. >Dionysische Leidenschaft ist Leben. Muss Gefühlsdrang darum so mit Leid und Schmerz verbunden sein und dazu noch strafbar? Kann man mit Leidenschaft für die Freiheit, Brüderlichkeit und Gleichheit arbeiten ohne abgeschottet zu werden? Wohl kaum, in einer Zeit der Tyrannei. Gerade hatte ich mich mit der Großartigkeit seiner Musik vertraut gemacht, erlosch schon mein Jupiter und mit ihm die mythische Erleuchtung der Welt. Ich bin mir nicht sicher, ob ich seinen Erwartungen nachgekommen bin, ob ich überhaupt das nötige Rüstzeug mitgebracht habe, um seinen Vorstellungen zu entsprechen, um ein ehrwürdiger Vollstrecker seines künstlerischen Vermächtnisses zu sein. Mozarts Zensur wäre für mich die Absolution. Eine Befreiung von Ängsten vor unterlassener Leistung etwas Großes vollbracht zu haben.< Er steht wieder auf, schaut sich um, reibt sich die Hände warm, schlägt den Klackhut zusammen und blickt wieder in die Ferne. >Meine Musik sollte die frohe, aber auch ernste Botschaft sein, nicht nur für Feierstunden und Amüsement der oberen Zehntausend. *Ich meines Ortes bin der festen Meinung, dass, wenn der musikalische Geschmack wieder einmal eine gänzliche Revolution erlebt, welches doch über kurz oder lang gewiss geschehen wird, diese nicht in Wiederherstellung des alten Schlendrians, sondern in einer schönen*

Vereinigung, der gewissenhafteren Reinheit unserer Vorfahren, mit der größeren Reichhaltigkeit und Gedankenfülle unserer Zeitgenossen bestehen wird. Vater Haydn legte bereits den ersten Grund dazu, und es bedarf nur noch eines einzigen Mannes, der mit solchem Forscherblick, mit solcher Fülle des Genies, mit so kühnem und allumfassendem Geist, die tiefsten Tiefen, die geheimsten Irrgänge der Kunst zu durchschauen vermag, als es dieser Inbegriff musikalischer Größe nun schon dreißig Jahre hindurch gethan hat und noch thut – und die Sache ist richtig. Hierauf darf sich jedoch schwerlich unsere und die nächstfolgende Generation Rechnung machen; denn nicht jedes Jahrhundert bringt in einer und derselben Kunst so ein Non-Plus-Ultra hervor. So die ermutigende Erinnerung an die Zensur von Dulon 1807 über seine Vorstellung von einer revolutionären Musik. Wen konnte er gemeint haben, wenn er von dem einzigen Mann sprach, der seiner musikalisch-philosophischen Weltanschauung entsprach? Ich war noch mitten in meiner Arbeit und gerade zweiunddreißig Jahre alt. Dieses Genie und musikalische Größe konnte ich doch nicht sein, oder?<

>Ludwig, nur keine falsche Bescheidenheit. Ich sah schon vom Himmel hoch erfreut wie Du Dich entwickelt hast<, sagt die ermutigende Stimme des Großvaters. >Hier im Himmel konkurrieren Mars und Venus in Schönheit. Da, unten auf der Erde wart ihr, Mozart und Beethoven, die sich immer wieder übertrafen. Hast Du die vertrauten Briefe von Johann F. Reichhart nicht gelesen, wie überwältigt er von Deiner, Eurer Musik spricht. Also grübele nicht so viel, bis bald, bis irgendwann!<

>Aber Großvater, bitte sprich weiter.<

>Beruhige Dich Ludwig, mein Liebster, Du musst an das, was ich gesagt habe glauben. Wenn Du an Deiner göttlichen Botschaft zweifelst, dann höre doch mal einen Choral von Johann Sebastian Bach, am Besten seine Matthäuspassion. Du wirst sehen, dass er, der wie einen Hund sterbenden Jesus am Kreuz, der Siegende ist, der bei seiner Auferstehung selbst die römischen Soldaten, die ihn hinrichteten zu Gott und seinem göttlichen Auftrag bekehrt. Mozart war nicht betrunken, als er verkündete: Ich bin König eines imagi-

nären Landes. Mozart und Beethoven, Ihr seid mehr als alle Fürsten und Könige. Ihr seid die Hypernovas unseres Schöpfers in unendlichen Galaxien. Und lass Dir noch etwas gesagt sein, mein lieber Ludwig: Genius ist die ewige Geduld – herstellen und verwerfen und neu anfangen. Ich weiß, Du hattest es immer schwerer als Mozart, mit Deinen Entscheidungen – verfassen und komponieren. Aber bedenke doch, ihr hattet unterschiedliche Aufgaben: Mozart erweckte die Liebe und Leidenschaft unter den Menschen. Und Du posauntest Frieden, Freiheit und Brüderlichkeit. Eine himmlische Botschaft also für jede Generation. Ich gebe zu, dies ist keine leichte Aufgabe.<

Die Stimme des Großvaters löst sich in Nichts auf.

>Ich weiß nicht, ob es überheblich klingt: Einst glaubte ich zu wissen, ich bin ein Auserwählter, ein pragmatischer Humanist<, murmelt Beethoven vor sich hin. >War ich das, habe ich für meinen Glauben an die Menschheit alles getan?<

Von weitem erklingt Mozarts bezauberndes Konzert für Harfe und Flöte. Er hört fasziniert zu.

>Eine vortreffliche Musik für meine Stimmung, lieber Mozart, Komplement.<

Den Kopf an eine der Säulen des Pavillons stützend, begibt er sich in die Magie und den Zauber der Flöte. Seine Seele beginnt mit den schwebenden Schneeflocken zu tanzen. Der Zauberklang umwälzt auf wundersame Weise die Natur am Zentralfriedhof. Von einem Moment zum anderen: Eine atemberaubende Frühlingslandschaft und blühende Vegetation entzückt die geplagten Vögel, die sich aus ihren Nestern und Verstecken mit ihrem Gezwitscher und Gesang zurück melden, als ob sie darauf gewartet hätten, auf das Wunder dieses Schauspiels, das in der Schönheit alles übertrifft.

Vertieft in Gedanken und ermutigt durch die Worte des Großvaters, lacht er vor sich hin und mit einer Handbewegung schlägt er die Takte vor, um dem Orchester das Gefühl für die Zeiteinheit zu geben. Die Pastorale schildert die Natur in ihrer schlichten Schönheit, die durch ihre bunten, flimmernden, freudigen Komponenten nicht übertroffen werden kann. Erster Satz: Allegro ma non troppo/ Symphonie Nr. 6 F-Dur Op.68 Pastorale.

>Das ist meine Antwort auf dieses imponierende Schauspiel der Natur. Worauf es mir letztlich ankommt<, erinnert er sich an eine Notiz aus dem Jahre 1816, die er Kants 'Allgemeine Naturgeschichte und Theorie des Himmels' entnahm: >>... *Wenn in der Verfassung der Welt Ordnung und Schönheit hervorleuchten, so ist ein Gott.*<<

>Mit der Pastorale will ich die Harmonie zwischen Mensch und Natur als existenzielle Bedingung verkünden. Im ersten Satz komme ich mit einer objektiven Musik der heiteren Empfindungen der Erwartungen eines schönen Daseins im Leben entgegen. Lasst uns in eine friedfertige, von Natur und Schönheit, vor allem von Imagination beseelten Welt treten. Im zweiten und vierten Satz versuche ich die Natur mit ihrer ganzen Vielfalt und Schönheit ins Bewusstsein zu bringen, weil vieles uns – wie ich meine – nicht bewusst ist. Im scherzoartigen dritten Satz stelle ich den Gegenpol dar, der in sich selbst versunkenen, von Frieden und Harmonie beseelten Natur. Um die Menschen mit ihrer Umwelt und Natur zu versöhnen, versuche ich durch den vierten Satz 'Gewittersturm' die Menschen auf die Gefahr mancher Naturphänomene aufmerksam zu machen, die hin und wieder sintflutartig das friedliche Leben bedrohen. Die Natur, mit ihrer Schönheit und Vielfalt braucht uns nicht, aber wir brauchen sie. Uns muss bewusst werden, dass wir der Natur gegenüber zu Dank verpflichtet sind, sie schützen und pflegen müssen. Auch wenn sie manchmal mit ihren rauen Launen und Gelüsten unerträglich erscheinen mag. Im letzten Satz, nachdem die zerstörerischen Naturkräfte sich beruhigt und ein heiteres Beisammensein angekündigt wird, pflegen wir unsere Dankbarkeit feierlich mitzuteilen, wie nach einer Rettung aus der Katastrophe. Ich kann Dich beruhigen, Wolfgang Amadeus Mozart<, sagt er vergnügt, als ob er direkt mit ihm spricht, >die Pastorale ist meine Antwort auf einige Deiner Konzerte und Partituren, die ebenfalls auf Einklang Mensch und Natur hin klingen. Eins wollten wir beide ins Bewusstsein der Menschen rufen: Die Welt und die Natur in Frieden und Freiheit sind zu retten, vor allem in der modernen Zeit! Du und ich und die

Menschen, alle wissen, was zu tun ist. Wann fangen sie an? Was das Leben selbst betrifft: Ich habe nie von Unsterblichkeit geträumt, aber von Verpflichtungen war ich besessen. Das Leben, welchem ich entkommen bin, ist das Leben eines Musikers in Wien, genau genommen wie Deines! Es gab solche, die uns beneideten und welche, die uns nicht mochten; das ist Geschmackssache. Mir graute vor der Unberechenbarkeit des Lebens. Mir graute so sehr, dass ich mein Leben manchmal als Todesurteil empfand, vor allem dann als ich mit meinem Gehör endgültig am Ende war, als ich nichts mehr hörte. Das Sein war nicht mehr das Gute. Verstehst Du, was ich sagen möchte, Mozart? Dann erschien Zarathustra: Das ist die heimlich feierliche Stunde, wo kein Hirt seine Flöte bläst. Der Himmel lacht wieder. Die Schwermut ist gewichen, die Seele atmet wieder.<

Am Friedhof angekommen, erblickt Mozart das von Schnee verschleierte Licht der Morgensonne. Er beschleunigt seine Schritte und schlittert über das von einer dünnen Eisschicht bedeckte Pflaster aus groben Steinplatten. Die Kälte lässt das Blut in den Adern gerinnen, aber wenn kein Blut mehr in den Adern fließt, kann es auch nicht gerinnen. Die Bäume sind unter der Last des Schnees verkümmert, in Winterschlaf versunken. Einige betagte unter ihnen haben den Widerstand aufgegeben und liegen herum. In der Luft hängt ein abgestandener Geruch, wie Leichengeruch, als wäre irgendjemand tot.

>Ich bin schon lange tot, ich bin Atmosphäre, also geruchlos. In meinem achtzehnten Lebensjahr wurde ich vom Jammer des Lebens so ergriffen, wie kein anderer in seiner Jugend, als ich zwischen Krankheit, Schmerz und Tod schwebte. Die Wahrheit, welche laut aus dem Leben sprach, war, dass dieses Leben kein Werk eines allmächtigen Wesens sein konnte, wohl aber eines Teufels, der Geschöpfe ins Dasein gerufen, um am Anblick ihrer Qual sich zu vergnügen.

Ich spielte mit dem Gedanken, mein Leben zu beenden: >Mach Schluss mit dieser Hölle. Lösche den brennenden Ofen!< Er schlägt sich leicht auf den Kopf. >Tollheiten! Ich wusste sehr wohl, dass ich es niemals tun konnte und doch lockte es, der gefährliche Taumel am Rande des Abgrundes. *Wohin gehst Du, mein Schicksal? Ich will Dir folgen. Doch mach` es mir nicht schwer, diese meine kurze Zeit mit Euch oder ohne Euch. Welche geheimnisvolle Macht zerrt mich gegen meinen Willen fort aus diesem Schrecken, dieser unendlichen Qual, und führt mich dem verhassten, süßen Tod entgegen.*<

>Lieber Amade, lieber Wolfgang, raffe Dich zusammen, mein Sohn, gib nicht wieder auf, Du kannst es, ich weiß es. Hör doch auf diese Musik. Ist sie nicht vortrefflich und ermutigend?<

>Sind Sie es, mein allerliebster Vater?< Mozart versucht sich mit allerletzter Kraft zusammenzuraffen, um Vaters ehrwürdiger Aufwartung gerecht zu werden. Er bricht aber wieder zusammen und geht zu Boden. Beschützend versucht der Vater ihn zu ermutigen.

>Komm mein Sohn, auch die Geister brauchen Aufmunterung! Hör auf Deinen Vater, hör zu, diese Musik, die aus nächster Nähe ertönt, wird Dir helfen, das ist Beethovens Pastorale: Erwachen mit heiteren Empfindungen … Komm beiß in den sauren Apfel, den Du über die ganze Zeit so fest in der Hand hältst, tue das, was Dein Vater sagt, das wird Wunder wirken.<

Mozart macht die Augen auf, beißt den Apfel an. >In der Tat, diese Musik versetzt die Welt, wie in einen Jungbrunnen. Eine messianische Musik.<

>Sage ich doch<, erwidert der Vater.

>Aber sie ist nicht von mir!<

>Nein, sie ist nicht von Dir, mein Sohn. Diese Musik ist die Proklamation göttlicher Naturereignisse und deren Schönheit. Sie ist eine Botschaft für alle diejenigen, die den Blick gegen Sonnenaufgang gewandt, erwarten eine Lebens erweckende Helligkeit und Wärme zu empfangen, an göttliche Macht und deren mystische Kraft glauben, womit sie hoffnungsvoll in die Zukunft schauen.<

Vor Rührung außerstande zu sprechen, streckt Mozart den Hals und versucht sich aufzurichten.

>Ich ahne es, nein ich weiß es! Diese Musik kann nur von ihm sein, den ich suche, bei dem ich meine ewige Ruhe finden werde.<

>Ja, mein Sohn, das ist die Pastorale von Ludwig van Beethoven. Er gibt die himmlische Tonart an und verkündet damit einen friedlichen Ort, nämlich jene ersehnte von Unheil befreite, mit Frieden beseelte Welt. Die Elemente seiner Musik sind symbolisch, dekadent und ästhetisch, kurz göttlich.<

Mozart junior, der seine Sehnsucht nicht besser in Worte hätte kleiden können, noch seine Neugierde, denn ihm offenbart sein Vater die tiefsten Geheimnisse einer neuen Musik, hört zu und schweigt. Doch im Schweigen keimt die Hoffnung, es möge ihm aber bald gelingen, Beethoven zu finden.

>*Die Freude winkt auf allen Wegen, die durch dieses Pilgerleben gehen; sie bringt uns selbst den Kranz entgegen, wenn wir am Scheideweg stehen*<, sagt Leopold Mozart mit ermutigender Stimme. >Er wartet auf Dich. Es wird eine imposante Begegnung. Steh auf mein Sohn, gib Dir Mühe ...<

Plötzlich überkommt ihn ein Gefühl von Ermutigung. Er reckt sich, bleibt stehen, schaut sich um und hebt den Kopf zum Himmel, als ob er Beethoven dort suchen würde. Die Tauben, die er im Morgenrot nach Süden fliegen sieht, machen es ihm vor, sich fortzubewegen. Er beißt abermals in den Apfel, den er noch wie eine Zauberkugel in der Hand festhält. Er hört nun aufmerksam den Auftakt zum vierten Satz der Pastorale. Er wird durch die elementaren, zerstörerischen Naturkräfte mit großartigstem Ausmaß der Tonmalerei wachgerüttelt.

>O weite Welt! Es wird dunkel. In der Ferne laufen Waldrücken und Wolken grau ineinander, es donnert und blitzt, dann diese unheimliche Stille, bis ans Ende der Welt, wo er sich befindet. Das ist doch das Ende. Das ist der Weltuntergang...!<

>Aber mein Sohn warte doch ab, hab Geduld.<

Dann der erlösende Dankgesang nach der Rettung aus der Katastrophe, der Mozart endlich zur Versöhnung mit sich und seinem Schicksal stimmt. Plötzlich, wie von einem Blitz getroffen, steht er da, in Gestalt eines Mitte Zwanzigjährigen, elegant in Frack und

Kostüm gekleidet, frisch frisiert, hoch gestimmt, tastet sich mehrmals ab, kann nicht verstehen, was mit ihm geschehen ist.

>Nun mein Sohn, geh` und siehe zu ihn nicht wieder zu verpassen, den Beethoven, den guten Gärtner der Herzen, der die Hoffnung begießt. Mein lieber, lieber Sohn, trage nicht nach, verzeih meine strenge Liebe zu Dir! Ich weiß wie feinfühlig und zartfühlend Du bist und wie streng ich zu Dir. Was sollte ich tun, um Deine göttliche Kunst zu schulen, zu protegieren und zu publizieren, um der Musik und Menschheit zu dienen. Beethoven war zu jung, aber reif genug, um Dich zu verstehen, er war vielleicht der Einzige, dem Du vertrauen und Dein Herz ausschütten konntest. Er hat Deine Musik, nicht nur sie, er hat Deine Welt, Deine Weltanschauung verstanden. Vielleicht hat er auch als einziger Komponist Dich bewundert und geliebt ohne Neid, vielleicht … Sei Dir Deines Glücks bewusst mein Sohn, Adieu.< Die Stimme des Vaters klingt mit mehrfachen Echos des Satzes aus: Beethoven erwartet Dich, beeil Dich! Beethoven erwartet Dich, beeil Dich! Beethoven …

Das Tor zum Friedhof öffnet sich, die Pastorale übertönt die morgendliche Stimmung mit ihr das Gezwitscher der aufgeweckten Singvögel. Die aufgehende Sonne hat inzwischen mit magischer Kraft eine besondere Heiterkeit verbreitet. Wolfgang Amadeus Mozart tritt ein, seine Augenlider zucken, er blinzelt unentwegt, als könne er nicht oder wolle er nicht wahrhaben, was er sieht. Er ist bleich, als müsste ihn jeden Moment eine Ohnmacht überkommen.

>Geister sind mächtig und standhaft<, murmelt er. Er hört die Streicherpassagen des Finalsatzes der Pastorale klar und deutlich. Er fühlt sich wieder ermutigt und verspürt eine Wärme, sein kreideweißes Gesicht bekommt rosige Farbe. Das ist mehr Gefühl als Farbe; ein wohltemperiertes Gefühl. Versöhnt und zuversichtlich geht er durch das Tor des Friedhofs, wie durch den Eingang ins Paradies. Er tritt ohne zu zögern in die Arena der >Großen< ein. Er fühlt sich sonderbar, unsicher und zerstreut, wie aus einem schrecklichen Alptraum aufgewacht. Er bleibt wieder für einen Augenblick stehen,

schnuppert und riecht an einigen ihm nahe stehenden Ästen und Zweigen, den noch nicht aufgeblühten Knospen. >Können Geister riechen, sehen und hören? Wohl nicht physisch und objektiv, sondern metaphysisch. In der Magie, die wir besitzen, stecken mehr Geheimnisse, als alle kognitiven Fähigkeiten des Lebenden.<

Erweckend, dann bedrohlich, dann lyrisch, mystisch hört er weiter die Musik. >Selbst die Götter sollen wissen, woher diese Musik kommt! Wolfgang, beweg Dich! Raffe Dich auf… Diese Musik hat einen Auftrag: Die Menschen für Aufrichtigkeit und Glaube an eine bessere Welt zu bewegen.< Die überschwängliche Pastorale Allegro ma non troppo mit ermutigendem und dynamischem Charakter des ersten Satzes erweckt bei ihm heitere Empfindung bei der Ankunft auf dem Friedhofareal. Hier öffnet sich Andante molto mosso, die Szene am Bach mit einem fröhlichen Willkommen.

Mozart hört aufmerksam zu und sinniert. >In jedem Ton steckt Beethovens Herzblut. Dass diese Töne nicht vergehen, liegt an jener Kraft, die er besitzt, sich über alle Leiden des Daseins hinwegzusetzen: Er hat ungebeugten Lebensmut gezeigt. Die Resignation, der er sich als Mensch nicht beugte, hat ihm in der Kunst doppelte Entschädigung beschert. Ihm zu folgen gewährt mir Hoffnung und Zuversicht.<

Beethoven ist in seiner eigenen Welt. Er ist so tief in Gedanken, dass er nicht einmal die wundersame Umwandlung der 'kalten' Nacht in einen bezaubernden Frühlingsmorgen wahrnimmt.

> *Wenn ich denke,*
> *dass ich nicht mehr an dich denke,*
> *denke ich immer noch an dich.*
> *So will ich denn versuchen,*
> *nicht zu denken,*
> *dass ich nicht mehr an dich denke.*   Zen-Ausspruch

Beethoven lächelt mit einer Geste voller Hoffnung. >Warum soll man den verwobenen Gedanken keinen freien Lauf geben?<

>Wie siehst Du wieder so schmutzig aus, Du solltest Dich etwas properer halten.<

>Wem liegt daran?<

>Wenn ich einmal Herr werde, dann wird man mir das keiner mehr ansehen.< Er lacht vergnügt vor sich hin. >Schade, dass sie nicht sieht wie fein ich heute aussehe. Ach, das waren doch schöne Zeiten. Wir Kinder hatten andere Sorgen, oder auch keine gehabt. Ich lag eines Morgens im Fenster meines Schlafzimmers nach dem Hofe zu, hatte den Kopf in beide Hände gelegt und sah ganz ernsthaft aus. Cäcilia Fischer kam über den Hof und rief: >Wie siehst Du aus, Ludwig?< Sie erhielt aber keine Antwort. Später fragte sie mich einmal, was es bedeutet, keine Antwort sei auch eine Antwort. Ich sagte: >O nein, entschuldige mich, ich war da in einem so schönen tiefen Gedanken beschäftigt, dass ich mich gar nicht stören lassen konnte, wollte.<

Mein Vater wurde langsam, aber sicher auf mich aufmerksam und hatte den Wunsch, aus mir einen zweiten Wolfgang Amadeus Mozart zu machen, um aus seinem Wunderkind Kapital zu schlagen. Dass die Väter immer an dasselbe denken! Hat er nicht gesehen, wie unromantisch das alles mit dem Geld ist, und wie unglücklich Mozart über seine väterlichen Ambitionen war? Wir suchten sentimentale und esoterische Ebenen der Kunst, also hin zur Metaphysik, aber die Väter wollten etwas handfestes, möglichst pures Gold. Ach, wie war es doch aufregend mein erstes Konzert. Den Konzertzettel von meinem ersten öffentlichen Auftreten am 26. März 1778, habe ich gut in Erinnerung. Ich war acht Jahre alt: *Heute dato den 26ten Martini 1778, wird auf dem musikalischen Akademiesaal in der Sternengaß der churköllnische Hoftenorist Beethoven die Ehre haben Zwey seiner Scholaten zu produciren: nämlich: Mdlle. Adverdonc Hofaltistin, und sein Söhngen von 6 Jahren. Erstere wird mit verschiedenen schönen Arien, letzterer mit verschiedenen Clavier-Concerten und Trios die Ehre haben aufzuwarten, wo er allen hohen Herrschaften eine völliges Vergnügen zu leisten sich schmeichelt, um je mehr da beyde zum größten Vergnügen des ganzen Hofes sich hören zu lassen die Gnade gehabt haben. Der Anfang ist abends um 5. Uhr. Die nicht abonnierten Herren und Da-*

men zahlen einen Gulden. Die Billets sind auf ersagtem Akademiesaal, auch bey Hrn. Claren auf der Bach im Mühlenstein zu haben.<

Beethoven ist auf einmal so vergnügt. >O ja, die Erinnerungen können einen manchmal zum Lachen bringen.< Nach einem Moment. >Ach, waren die Lehrzeiten so verspielt. Christian Gottlob Neefe war mein erster prominenter Lehrer. Der Hoforganist und Theaterdirektor war liebenswürdig und gab mir auch zum Komponieren Unterricht, aber sehr dogmatisch und schwerfällig. Ich bin ihm trotzdem zu Dank verpflichtet. Haydn und Salieri waren seiner Zeit die großen Lehrmeister und Ikonen der Musikgeschichte, aber ich eiferte Mozart nach, denn er war keine Ikone, er war ein Star und ich ein Schüler. Er komponierte eine neue Musik, eine neue, bahnbrechende, eine weltbewegende, revolutionäre Musik, die jeden erfreut, alle ermutigt und der Welt die Hoffnung auf bessere Zeiten verkündet, das Bürgertum aufgeklärt, um sich zu erheben und dem Patriarchat die Zähne zu zeigen. Komponieren ist Mutsache, wie die Philosophie und darüber hinaus unausgesprochen, aber verständlich für jeden, eine rücksichtslose metaphysische Kunst, die die Zivilcourage postuliert. Kants kritische Philosophie der Aufklärung, Platons Idealismus und Weisheitslehren des Orients, die Lehren Zarathustras und Buddhas werden erst durch die Musik lebendig und authentisch.

Mein Vater hatte wohl langsam an mir und meiner Arbeit Freude gefunden. Er soll einmal in meiner Abwesenheit gesagt haben, erzählte Frau Fischer, die Hausbesitzerin: >*Mein Sohn Ludwig, daran habe ich jetzt meine einzige Freude. Er nimmt in der Musik so zu, er wird von allen mit Bewunderung angesehen. Mein Ludwig, mein Ludwig, ich sehe ein, er wird mit der Zeit ein großer Mann in der Welt werden. Die hier versammelt sind, und es noch erleben, gedenken sie meiner Worte.*<

>Es mag sein, dass es ihm langsam bewusst wurde, dass er überhaupt einen Sohn hat! Und dazu keinen unfähigen. Aber ich achtete nicht viel auf solche Schmusetaten. Meine glücklichen Stunden waren, wenn ich von allen gesellschaftlichen Verpflichtungen befreit war, wenn ich alleine war, fantasieren, nachdenken und arbeiten

konnte. Ich genoss die intellektuelle Stimulans der Begegnungen mit großen Denkern und Musikern. Soeben fällt mir Jean Baptiste Cramer ein, der berühmten Klavierspieler: Sei still, hör doch zu was Mozart hier vollbringt, das ist genial, dieses Klavierkonzert in C-Moll, außerordentlich einfach; ja göttliche Botschaften sind immer einfach, damit sie für jeden zu verstehen sind. Aber doch schön von perspektivischem Ausklang. Cramer, Cramer! Wir werden niemals imstande sein, etwas Ähnliches zu schreiben!<

>Gib Acht<, sagte Cramer, >hör zu, wo das Motiv sich wiederholt und zu einer Steigerung bearbeitet wird.<

Beethoven, sehr bewegt, lacht über seine klaren Erinnerungen. >Hingerissen schwenkte ich mich hin und her, dem Takt nach, und gab ihm meine enthusiastische Freude zu erkennen.<

Cramers Stimme zuversichtlich und gelassen: >Wir werden niemals imstande sein solches zu vollbringen, aber ein genialer und göttlicher Mozart wird sich wundern, Du Beethoven wirst alles übertreffen.<

>Ich fühlte mich geschmeichelt und dankbar für seine motivierenden Worte und schwieg, wollte diese Äußerung nicht ganz ernst nehmen. Und sollte ich doch, wie sie sagen, großes Vollbringen, dann vollbrächten meine Lehrer und Vorbilder, meine Wegweiser, noch Größeres.< Beethoven stößt die Worte so klar hervor, als stünde Cramer vor ihm.

Nach einer Weile. >Erst lassen sie ihn wie einen Hund verrecken, dann rühmen sie ihn zum Mythos Wolfgang Amadeus Mozart! Diese Schwadrone der Paläste und Hofmarschälle, Bischöfe und Moralprediger!< Beethoven verzieht schmerzlich das Gesicht während er diese Worte spricht!

Plötzlich gibt er mit einer Handbewegung den Auftakt zur Ouvertüre von Idomeneo, Rè di Creta, der großen heroischen Oper frei, als ob er der Obrigkeit die Zähne zeigen will! Und ruft: >Dies ist die Antwort auf die Dummheit vieler, die ihn fallen ließen.< Er stellt sich vor das imaginäre Orchester und dirigiert. Es sieht alles so aus, als wäre die Zeit vom 29. Januar 1781 im Münchner Hoftheater stehen geblieben. Vater Leopold und Schwester Nannerl sitzen stolz in der Loge. >Als ich ihn, nicht lange vor der angesetzten Premiere, richtig besorgt über sein 'Nichtstun' fragte: Mein Sohn, wann beginnst Du endlich mit der Komposition?<, antwortete Wolfgang mit verblüffend lässigem Satz: >Komponiert ist es längst, ich muss es nur noch niederschreiben...<, erzählt Leopold Mozart mit unverwechselbarer Stimme des Ernstes.

>Haben Sie ihm dies geglaubt?<, fragt Beethoven mit Respekt.

>Ja, es war ihm durchaus zuzutrauen, ganze Opern im Kopf entworfen und noch nicht niedergeschrieben zu haben, bevor er daran ging, die erste Note zu realisieren<, erwidert Leopold Mozart besonders freundlich. >Aber Sie mein Sohn, Ludwig – wenn ich Sie so nennen darf – Sie machen es richtig. Sie schreiben sofort auf, was Ihnen einfällt. Das habe ich von Aloys Fuchs, dem bekannten Wiener Musikautographensammler erfahren<.

>Aber vielleicht auch deshalb, muss ich öfter meine niedergeschriebenen Noten verwerfen!<

>Genius ist die ewige Geduld, entwerfen, verwerfen und neu anfangen, mein Sohn. Ihr seid bei Gott beide göttlicher Natur, unterschiedlichen Temperaments. Aber die Impulse, die von Euch ausgehen, werden unsere Zeit überdauern und die Welt in ewige Schwingung versetzen.<

Die Idomeneo-Ouvertüre versetzt Beethoven in die Welt von Amadeus Mozart. Er dirigiert und verfolgt die hellen, in der Reihenfolge des Dur-Dreiklanges aufsteigenden Akkorde und genießt Mozarts Vorliebe für mehrnotige, schnelle Auftakte, so genannte >neapolitanische Schleifen<, die, meist in sechszehntel oder zweiunddreißigstel Triolen, zum neuen, längeren Notenwert aufsteigen. Als ihm bewusst wird, dass die ständigen Variationen der Auftakte die Lebendigkeit des >Idomeneo< hervorrufen, lacht er vor Begeisterung hell auf.

>Das wäre nicht von Deiner metaphorischen Welt, wenn Du die Ouvertüre in einem vollen Forte schließen würdest. Nein, Du lässt in einem Pianissimo-Nachspiel (in D-Dur) die Streicher, Fagotte

und Oboen, über einen Vorhalt vom b zum a in den zweiten Geigen überspielen. Ich stimme mit Dir überein, es kommt nicht immer auf eine imposante Großartigkeit des Finales an, sondern auf den Ausdruck der Dramatik. Ich sage Dir in aller Deutlichkeit, man spürt die innere Dramatik Deiner Visionen, Du versetzt mich nach Kreta, in die Zeit nach dem Trojanischen Krieg, wie das Reich eines Königs funktioniert, Glanz und Pracht und dann die Sforzati, schnelle Crescendi, mit ihrem fragenden, resignierten Finale, die schicksalhafte unabwendbare griechische Tragödie. Mozart, Mozart!<, flüstert Beethoven vor sich hin. >Oh, was für eine himmlische Inspiration!<

Mit der Geste einer Umarmung des Abwesenden, blickt er in die Ferne. Er wird wieder nachdenklich und ungeduldig. >Klage und Schmerz ist hier zu spüren, die Frage muss aber vor der eigentlichen Oper für mich geklärt werden: wer ist hier der Leidende, wenn nicht der Bürger, der immer die Zeche bezahlt? Philosophen und Denker unserer Zeit debattieren über die moralischen Grundsätze; als Oberlehrer suchen sie aber keinen Dialog mit dem Volk. Wir haben den Philosophen den einfacheren Weg der Aufklärung gezeigt, nicht von oben herab – wie es die Könige und Herrscher tun –, sondern mit der Sprache des Herzens zu sprechen. Das Wesen der Welt ist nicht nur der Geist, die Vernunft, der 'Logos', sondern auch der Wille, und zwar kein rational lenkbarer, verfügbarer, sondern ein blinder, drängender, treibender Wille. Wille zur Macht als Leben, als Natur, als Religion, als Gesellschaft, als Wille zur Wahrheit, auch als Wille und treibende Kraft zu einer humanen Gesellschaft. Dieser Wille darf aber nicht entarten, das Ziel verfehlen. Was der Mensch hat, ist Elend, das will er nicht, und was er will, das hat er nicht, und das nenne ich: Erkenntnis. Unausgesprochen darf diese Maxime nicht mehr bleiben, die eine Wende und Abkehr von Tyrannei verkündet. Eine solche Erkenntnis könnte den sozialen Frieden hervorrufen und seine Befürworter so 'konkurrenzfähig' machen wie unsere Musik sein will. Wir sind in der Dekadenz der Welt unserer Väter vergraben, in der alle blutigen und barbarischen Perioden der Geschichte vertuscht werden: die kriegerischen Zeiten des Mittelalters und die Schlachten von Alexander und seiner Nachfolger einschließlich Cäsar in Rom und Karl in Aachen – Tod oder Taufe. Der Trojanische Krieg und Kriege der Christianisierung haben der Menschheit genug Unheil beschert. Menschen sterben in Südamerika, in Afrika und China im Namen Christi. Blutige Kreuze werden aufgestellt und die Menschen daran erinnert, dass er, dieser Jesus für sie, nur für die Gläubigen gestorben sei. Zwangsarbeit und Sklaverei blüht, Jesus' Kirche triumphiert. Komm, Mozart, lass uns aus dem Jammertal der tröstenden Musik unserer ehrwürdigen Lehrer Bach, Händel, Haydn, Salieri … verschwinden. Lass uns zum Zentrum der irdischen Macht des Christentums gehen, da wo wir die heiligen Passionen, Requien, Choräle …, die die Gottesfürchtigkeit verkünden und die Menschen in großen Kathedralen klitzeklein zu gehorsamen Gottesanbetern hypnotisieren. Lass uns die Menschen mit lebendiger, lebensfroher Musik entfesseln, damit sie sich aus der Lethargie heraus für die Säkularisierung der Welt mit Freiheit und Brüderlichkeit erheben. Hast Du etwa nicht Schiller und Goethe gehört, wie enthusiastisch sie sich für die Weltherrschaft des Geistes, Deismus und Kosmopolitik einsetzen. Du und ich wir sind Philanthrope, das heißt, für alle Menschen Freund und Bruder. Komm, lass mich nicht länger warten.

Nun zurück zu Deiner griechischen Mythologie. Weißt Du eigentlich, dass Christo Willibald Ritter von Glück den gleichen Weg zur Geschichte beging und doch andere Ansprüche hatte? Gerade Deine Komposition >Idemeneo< zeigt, wie weit Zeitgenossen voneinander entfernt, ja einander entgegengesetzt sind: Für Glück ist das Libretto die grundlegende Zeichnung, die der Musik nur die Farbe verleiht, für Dich hingegen muss, was auch meinem Geschmack entspricht, >die Poesie stets der Musik gehorsame Dienerin< sein. Nach dem Vorspiel beginnst Du noch in der Art früherer Opern mit einem Rezitativ. Die großartige Selbständigkeit, die Du den Streichern gibst, lässt die Schönheit in der Führung der Stimmen erst imaginär werden. Gerade das hat mich bis zu meiner Arbeit bei den Streicherquartetten beeinflusst. In keiner bisher bekannten Oper sind die Rezitative, die die Träger der dramatischen Erzählung und Handlung sind, so reichhaltig und in der Wirkung so fesselnd, wie bei Dir. Noch mehr Drama, noch einprägsamer scheint mir auch der häufige Wechsel der Tempi zu sein. Ich meine wie im ersten Rezitative der Ilia, im Zwiespalt ihrer Gefühle zwischen Pflicht und Liebe, die Tempi von Andantino zum Allegro, zum Andante agitato, zum Adagio, zum Allegro und nochmals zum Adagio, dann erst setzt eine Arie >Andante con moto< ein, mit einer Brise von hauchdünnen Bläsern, zurückfallen, synkopieren, agitieren Strichergängen, teilweise im Sekundenabstand und mit spannenden, von Vorschlägen durchsetzten Geigeninstrumenten. Ach lieber, lieber Mozart, wenn Du nur da wärest, könnten wir uns eine Menge erzählen.<

Dann verfolgt er wieder, was auf der Bühne passiert. Se il padre perdei, in te lo ritrovo (Wenn ich den Vater verlor, in Dir find' ich ihn wieder), singt Ilia, Tochter des Priamos (Sopran), diese Arie im Gespräch mit Idomeneo, König von Kreta (Tenor). Hier entdeckt ihn Ilia, weit mehr durch die Eindringlichkeit der flehenden, innigen Sprache der vier konzentrierten Bläser (Flöte, Oboe, Horn und Fagott), als durch den Text ihre Liebe zu seinem Sohn Idamantest (Alt). Und der König versteht auch, in einem nur von Streichern begleiteten Rezitativ, sofort. Er übernimmt dieselbe Streicherfigur, und fällt in Tempo dele aria ein, und folgt mit Überzeugung einem neuen Thema. Elektra, (Agamemnons Tochter)(Sopran), Arbaces (Bariton), Freund des Idomeneo, Oberpriester (Bass), sind um König Idomeneo besorgt. In ihm bricht die volle Erkenntnis der Folgen seines Gelübdes durch, dass sein eigener Sohn durch das Schwert des Vaters sterben muss.

>Mozart, Du hast gut verstanden, was sage ich, Du bist Meister der Inszenierung und Implantation der Chöre, mein Kompliment. Während Du im ersten Akt einen großen Doppelchor (in C-Moll) mit starker Besetzung einsetzt, lässt Du hinter der Bühne den Chor der Schiffbrüchigen und auf der Bühne das Volk mit einer lebendigen Partitur repräsentieren. Ich hätte die Position des Volkes noch mehr in den Vordergrund gestellt, denn kein Herrscher kann ohne Volk existieren. Das Volk soll sich aufgeklärt äußern: Wir wissen,

dass immer wieder das Unglück auf uns stößt. Die Kriege, Macht und Herrschergelüste, sind nie zu unserem Besten, schon gar nicht unsertwillen! Das Volk darf sich nicht mit >Untertan sein< abfinden; alles aufs Schicksal zu schieben, und die Herrscher dürfen nicht wie bisher die Heiligen spielen, sich die Hände in Unschuld waschen. Das aufgeklärte Volk wird sich zur Wehr setzen und gegen Unrecht und Tyrannei Widerstand leisten. Stell Dir vor, Mozart, die Bürger erheben sich, Du und ich werden ihre Anführer. Wortführer der Aufklärung, mal was anderes als Belustigung und Befriedigung der verwöhnten Oberen Zehntausend.

Das Volk begrüßt die gelandeten Kreter – Idomeneo als Befreier mit einem fröhlichen Marsch in D-Dur. Dieser Marsch ist festlich und heiter. Du verwendest sehr geschickt einen kurzen Chor begleitet mit Holz, Blechbläsern und Streichern. Die Klarinetten bleiben hier stumm, sie haben bei Märchen nichts zu suchen, sie sind für ganz besondere Stimmungen, die mit lieblichen Tönen die Glückseligkeit beschwören und den Frieden ankündigen.< Beethoven gerührt von der Entwicklung der Szenerie spricht lautlos für sich weiter. >Wir müssen mit dem uralten Konflikt zwischen der Liebe und einem den Göttern geleisteten Schwur zeitgemäß umgehen. Wir kennen ihn schon aus der Bibel, wo der Feldherr Jephta ein Gelübde tut und seine Tochter opfern muss. Hier ist es Idomeneo, König von Kreta, der in höchster Seenot dem Gott Poseidon gelobt, als Preis für seine Rettung den ersten Menschen zu opfern, der ihn bei seiner Heimkehr begrüßte. Es ist sein Sohn Idamantes, der dem Vater entgegen läuft und so das Leben verwirkt hat. Der König versucht, dem Versprechen zu entgehen. Er will Idamantes außer Landes schicken. Aber nun zeigt Poseidon seine furchtbare Macht. Abbate Gianbattista Varesco ist gelungen diese griechische Dramaturgie zu schildern. Im Barocktheater, wo solche Szenen besonders gut zur Geltung kommen, kann man durch einen entsetzlichen Sturm auf dem Meer und ungeheuren Emporsteigen aus der Tiefe einen entfesselnden Effekt erreichen. Nur Künstler können Magie begreiflich machen. Nur in der Kunst findet die Natur ihre Resonanz. Schon ist Idomeneo bereit, seinen Sohn dem zürnenden Gott zu opfern, da hindert ihn Ilia, die Idamantes liebt, daran. Sie erklärt sich selbst zum Sterben bereit. Gott nimmt aber diesen Tausch nicht an und schenkt beiden das Leben. Gott liebt also die Tapferkeit und Opferbereitschaft der Liebenden. Idomeneo dankt zugunsten seines Sohnes ab, der nun an der Seite seiner Gattin Ilia regiert.<

Beethoven dreht sich um und blickt wieder in die Ferne. >In München saß ein Fürst, der Dir und Deiner Musik sehr gewogen war, der Mannheimer Karl Theodor, der schon aus seiner früheren Residenz ein europäisches Kunstzentrum gemacht hatte und nun im Begriff war, München zur nächsten Metropole der Musik zu erheben. Noch 1780, bei der letzten Probe zum Idomeneo, scherzte der Kurfürst von Bayern mit dem schmächtigen jungen Künstler: >Man sollte nicht meynen, das in einem so kleinen Kopf, so was Großes stecke.< Ich frage mich immer wieder, was hätten wir gemacht, wenn es solche Fürsten, Könige und Kaiser nicht gegeben hätte, die unsere Kunst gefördert haben? War es ihnen bewusst, dass sie zwar Regierende, aber keine Götter auf Erden sind? Hatten wir Musiker die Pflicht ihnen dies ins Bewusstsein zu bringen? Wussten die Herrscher von den eigentlichen Problemen der Bürger, ihrem Leben und ihren Bedürfnissen? Wen mussten wir wachrütteln – die Herrscher oder die Knechte? Jeder Mensch findet, wenn er morgens aufwacht, das ganze Chaos seiner Zeit wieder, den miniaturweise auf ihn gerichteten Kampf um seine Existenz. Die Bürger sind durch Klassenunterschiede und Schichtzugehörigkeit der Privilegierten gespalten und einander entfremdet. Wenn wir gestehen, wir lebten in einer Zeit der glücklichen musikalischen Errungenschaften, aber des >unglücklichen Bewusstseins<, so ist mir bange um unseren Auftrag: die Vermittlung und Bewahrung der Liebe unter den Menschen. Unsere Gedanken waren rein, aber wie dachten die Musikliebhaber, die gleichzeitig die Machthaber waren? Am Ende des 18. Jahrhunderts vollzog sich eine Wende in der Weltanschauung, im Denken und Handeln. Wir durften nicht untätig bleiben, denn wir hatten etwas zu vermitteln: Mut zur Erneuerung. Es führte uns zu erkennen, zu analysieren und zu handeln. Dazu kam nun noch jener große Drang, Musik zum Zweck der Aufklärung zu instrumentalisieren. Wir mussten taktieren. Wenn jemand etwas Gutes tat, mussten wir ihm triumphal huldigen, und wenn der Gleiche selbst zum Tyrannen wurde, hatten wir die Pflicht ihn zu demaskieren. Ich spreche von eigenen Erfahrungen. Die Zeit war reif für den freien Geist. Wir mussten Mut und Courage zeigen, dann hatten wir keinen Grund mehr uns bei dem Gedanken zu schämen, wir hätten uns so lange mit Passivität begnügt. Die französische Revolution war eigentlich nichts anderes als die Fortsetzung des Renaissance-Humanismus. Sie wollte die verkrusteten Fundamente der Gesellschaft erneuern. Von unserem Anspruch auf hohe Ideale unserer Epoche konnten wir bei Winckelmann und Schiller erfahren, dass die Musik den Menschen, im Sinne Kants – der keinesfalls ein Musikfreund war, >erhaben< mache, dass er, in einer Rückbesinnung auf Prometheus, im Grunde erst durch die Musik zum gebildeten Menschen wurde. Es war 1781, Du warst fünfundzwanzig und komponiertest das gigantische Werk >Idomeneo<. Und ich war elf Jahre alt und bewunderte Dich. In Riga erschien ein Buch, das beide Schulen der Philosophie vereinigen sollte: Immanuel Kants >Kritik der reinen Vernunft<. Du hast Dich vielleicht nicht viel mit dieser Materie beschäftigt, während ich mich ständig mit Kant, Schiller und Schellings auseinander gesetzt habe, um etwas mehr von Rationalisten, beziehungsweise Empiristen zu erfahren. Die unterschiedlichen Wege der Philosophie der Aufklärung von Descartes, Malebranche, Spinoza, Leibniz und Wolff bis Hobbes, Locke, Hume und Condillac, haben es nicht gerade leicht gemacht das zentrale Problem, die Gewissheit, zu verstehen. Für die Einen beruhte die Gewissheit auf der sinnlichen Wahrnehmung, für die Anderen auf der Vernunft. Aber fast alle waren überzeugt, und ich schließe mich selbst nicht aus, dass, wenn die Menschen ihre Welt erneuern wollen, müssen sie mit der Kultur beginnen. Es ist Zeit, dass Du kommst, ich habe Dir einiges, eigentlich vieles zu erzählen, auch vom Geheimrat Goethe.<

Nachdenklich geht er erst die Treppen des Pavillons rauf, dann doch wieder hinunter, blickt auf die schweigenden Grabsteine und murmelt vor sich hin. >Engel und Heilige, mahnende, düster mit ihren starr gemeißelten Gesichter, stehen da unbewegt, unantastbar, übermenschlich und doch von Menschenhand und seiner geistig künstlerischen Phantasie geschaffen. Streng und stumm sind sie, triumphieren über die Sterblichkeit ihres Schöpfers!<

Jetzt in diesem Moment vermisst er Mozart noch mehr. >Dir hat man nicht einmal eine Ruhestätte gegönnt!<

Mehrmals wendet er sich zum Gehen und seine Grabesstimme mit ihm, und immer zieht es ihn wieder zurück. >Aber ich habe ihm doch so vieles zu erzählen … Vielleicht könnten wir über Schiller und Goethe oder auch Kant und sein Manifest der Aufklärung reden. Eine außergewöhnliche Epoche haben wir durchlebt, vieles wurde totgeschwiegen. Was sagt ein Mozart zu dem toten Frieden? Ich hatte nichts Stetes mehr in unserem Zeitalter erwartet. Mehr Schein als sein. Nur dem blinden Zufall hat man Gewissheit. *Ich hatte einige Mal angefangen, wöchentlich eine kleine Singmusik bei mir zu geben, allein der unselige Krieg stellte alles ein. – Zu diesem Zwecke und überhaupt würde es mir lieb sein, wenn sie mir die meisten Partituren, die sie haben, wie zum Beispiel Mozarts >>Requiem<<, wie von Haydn, Bach… nach und nach schickten. [...]* Das war am 26. Juli, 8. August und 2. November 1809 aus Wien an Breitkopf und Härtel in Leipzig.< Erinnert er sich und schmunzelt.

>Hat Mozart Grillparzers Drama gelesen?<

Lebendig warmen Wort,
das, von dem Mund der Liebe fortgepflanzt,
empfangen wird vom Liebesdurst, gen Ohr.

Dies Ohr fehlt: der Kaiser wünschte sich zu Anfang, nicht mehr als ein Ohr zu sein… Es ist eine Eigentümlichkeit des Menschen, dass er der unbegrenzten Fantasien seiner Gedanken guter Schüler ist.

Johann Peter Eckermann fragte einmal Goethe, wen er für den bedeutendsten Philosophen hielte: *>Kant [...] ist der Vorzüglichste, ohne allen Zweifel. Er ist auch derjenige, dessen Lehre sich fortwirkend erwiesen hat [...]. Er hat auch auf sie gewirkt, ohne dass sie ihn gelesen* *haben<*, und Goethe fügte hinzu: *>Jetzt brauchen sie ihn nicht mehr, denn was er ihnen geben konnte, besitzen sie schon.<*

Dem aufklärenden Einfluss Kants auf die Gesellschaft bot sich die ermutigende und wiederbelebende Musik Mozarts an. Deine Musik besitzt nichts Revolutionäres, was man gesellschaftlich-politisch als Werkzeug einer delikaten Handlung sehen kann, aber was Musik selbst betrifft, hast Du den schrittweisen Übergang zwischen der Epoche des Barock und Rokoko und jener, die man >klassisch< nennt, wesentlich beeinflusst. Die bekanntesten Künstler vor Dir sind Bach und seine Söhne, Stamitz und Haydn. Aber eine radikale Veränderung, nicht nur in der musikalischen Technik sondern im musikalischen Denken, findet erst durch Dich und Deine Musik statt. Die Musik begann in jener Zeit und zu meinem Glück überhaupt eine Bedeutung für die gesellschaftlich-politischen Belange zu bekommen. Du und ich haben gezeigt, wie ich denke, dass die Musik mehr ist, als nur ein Mittel zum Vergnügen und leichtlebigen Wohlbefinden und Amüsement höfischer Tafelrunden. Unsere Musik sollte ein Heilmittel und ein Weckamin des Zeitgeistes und kein Opium für leere Mägen sein. Zwei Begriffe der Aufklärung beschäftigten mich immer, worüber ich gerne mit Dir sprechen will. Der gesellschaftspolitische Begriff und die wissenschaftliche Definition der Aufklärung wurden von Georg Forster (1754-1794) beschrieben, der an der Cookschen Weltumsegelung teilnahm und später zum Protagonisten der Französischen Revolution zählte. Vielleicht sollten wir auch um die Welt segeln, um zu erfahren, was manche Revolutionen vollbracht haben. Uns, lieber Mozart ist jede Lehre mit allen ihren Begriffen recht, solange sie die Menschenrechte proklamiert. Seit die Befreiung der Menschheit 1776 in Amerika begann, so behaupten die Humanisten und Revolutionswissenschaftler, wird versucht durch die Französische Revolution die Würde des Menschen, durch Beseitigung der Monarchie wieder herzustellen. Diese einzigartige Idee ist rationalistisch republikanisch und universal. Das Beste, was der Menschheit passieren konnte, darf aber in der Sozialstruktur nicht diktatorisch werden. Denn Diktatur, egal ob monarchisch oder sozialistisch, also von oben herab, kann keine humane Gesellschaftsform garantieren. Also wenn die Menschen durch die Dialektik der Aufklärung, so weit im Geist vordringen, dass sich die Revolution der Vernunft dem Deismus oder Atheismus verpflichtet, dann wird die Humanität in der Politik neben sozialer Gerechtigkeit ihr höchstes Ziel sein.<

II

Eine Stimme reißt Mozart aus den tiefen Gedanken. >Glauben oder nicht glauben, darf den Verstand nicht ausschalten.

>Oh Cielo, Che Veggio!   O Himmel! Was sehe ich!
Deliro! Vaneggio!   Fiebertraum! Wahnbild!
Che Creder non so?   Ich weiß nicht, was ich glauben soll.

Ist es die Angst eines lädierten Geistes, der aus metaphorischer Schwäche heraus fürchtet, es könnte nur ein Wahnbild, eine Halluzination sein.<

Mozart beruhigt sich wieder und wartet auf seine Reaktion. Überrascht dreht sich Beethoven, reibt sich die Augen und Ohren, will wieder in den Pavillon zurückgehen. In diesem magischen Moment drängt das Sonnenlicht durch die Baumspitzen und Äste in durchbrochenen Linien zerstreut herab, die jedoch alle so zusammenfallen, dass das Licht an der, von dem ganzen Geschehen perplexen Gestalt Mozarts zurückprallt und sich an die Wände der im Schatten befindliche Pavillon einschließlich des davor stehenden Beethoven bricht. Auf diese Weise entsteht der Eindruck, dass Mozart vom Himmel herabgestiegen nur von der Sonne begleitet werde.

>Komm Ludwig Du hast wieder das gehört, was Du hören möchtest!<, mahnt er sich.

»Nein, mein lieber Ludwig van Beethoven! Sie haben richtig gehört. In der Tat, ich bin Wolfgang Amadeus Mozart, Ihr heimlicher Bewunderer und Verehrer! Wohl weiß ich, dass unser Treffen imaginär ist, doch nehmen wir dieses Glück als Wiedergutmachung des Himmels an.« Er macht eine Atempause. »Es bedarf größerer Leidenschaft, um die Welt mit der Kunst der Musik zu erquicken! So viele Meister sind daran gescheitert, weil sie die Leidenschaft mit der Begierde nach dem Ruhm verwechselten. Mein lieber Junge, reicht es Ihnen nicht, dass Sie die Welt mit Ihrer Musik erobert haben? Nun wollen Sie noch als Revolutionär Europa von der Schmach der Königshäuser befreien?«

Mozart kommt hinter den Grabsteinen hervor, geht durch das Gebüsch auf den Pavillon zu. Er blickt um sich, als sähe er zum ersten Male diese Welt. Schön ist die Welt, seltsam erscheint ihm die Atmosphäre auf dem Friedhof. Mit einem verzückten Lachen streckt er die Arme aus.

In bedächtiger Freude, noch mit Tränen in den Augen, murmelt Beethoven: »Gott, was hast Du noch mit uns im Sinn? Gelassen will ich mich also allen Veränderungen unterwerfen und nur auf Deine unwandelbare Güte, O Gott, mein einziges Vertrauen setzen.«

Er dreht sich hastig um, Mozart zu begrüßen. Er entspricht ganz und gar nicht dem Bilde, welches er sich nach Schilderungen gemacht hatte. Viel liebenswürdiger und zurückhaltender ist er, und während die mittelgroße Statur des Mannes schlank und jugendlich wirkt, scheint seine Gestalt von der besonderen Eleganz eines Ritters, als wäre er gerade von seinem Ross abgestiegen. In der Tat Mozart erscheint mit der Vitalität eines messianischen Hoffnungsträgers einer neuen Zeit, ein Jugendtypus als Überwinder der alten, abgelebten Welt, der einen glücklicheren, schöneren und friedlicheren Anfang ankündigt.

Beethoven sammelt sich und überlegt. >Unglaublich! Es geschehen doch Wunder, man muss nur daran glauben.<

Er streckt sich, während er die Szene mit Vorbehalt beobachtet. Als sie sich die Hände schütteln und umarmen, fällt Beethoven auf, wie gefühlvoll Mozarts Finger sind und wie kraftvoll sein Händedruck.

»Einen schöneren Tag konnte ich mir nicht vorstellen lieber Wolfgang Amadeus Mozart, wenn es auch so eisig kalt und frostig ist!«

Mozart voll Freude. »Wer spricht von Kälte und Frost, wenn er die Hitze in sich trägt, mit der er gestorben ist.«

»Wir sind gestorben, aber wir sind nicht tot!«, ruft Beethoven und hört das mehrfache Echo seines Ausrufs.

»Mein Gott, dass es auf einmal Frühling ist!« ruft Mozart, indem er sich von dem letzten Gedankenschwarm zu befreien sucht.

Es herrscht für kurze Weile eine ungewollte Stille.

Beethoven bricht als erster das Schweigen. »Warum hast Du nie mit mir über Deine Sorgen, Deine Zweifel, Deine Nöte, Deine innere Zerrissenheit gesprochen? Warum hast Du mir nie einen Brief zukommen lassen, damit ich erfahre, dass Du leidest? Warum musste ich von Kaufmann Michael Puchberg in Wien erfahren, dass ein Göttlicher auf Erden – der große Mozart, in Geldnöten und Sorgen ist?«

Mozart schweigt.

»Ich erfuhr viel zu spät von Deinem erschütternden Brief an jenen Kaufmann in Wien und ich war konfus nichts getan zu haben. Ich weiß, Dein Stolz ließ nicht zu, sich an den Jüngeren, Unbekannten, Unbetuchten und Unvertrauten zu wenden!«

»Warum! Warum? Immer wieder diese Frage… Der große Beethoven soll mir bitte meine Befangenheit verzeihen. Ich kann mich gut an jenen Brief erinnern. Ich war besorgt um Konstanzes Gesundheit, obwohl mir selbst elend war und das hatte viele Gründe, und wie es im Leben immer ist, ein Unglück kommt selten allein. Das war 17. Julius 1789, ein schrecklicher Tag und fürchterliche Nacht, als ich diesen Brief schrieb: >*Sie sind gewiss böse auf mich, weil Sie mir gar keine Antwort geben! Wenn ich Ihre Freundschaftsbezeugungen und mein dermaliges Begehren zusammen halte, so finde ich, dass Sie vollkommen Recht haben. Wenn ich aber meine Unglücksfälle (und zwar ohne mein Verschulden) und wieder Ihre freundschaftlichen Gesinnungen gegen mich zusammen halte, so finde ich doch auch, dass ich Entschuldigung verdiene. Da ich Ihnen, mein Bester, alles, was ich nur auf dem Herzen hatte in meinem letzten Brief mit aller Aufrichtigkeit hinschrieb, so würden mir für heute nichts als Wiederholungen übrig bleiben. Nur muss ich noch hinzusetzen, I mo, dass ich keiner so ansehnlichen Summa benöthiget seyn würde, wenn mir nicht entsetzliche Kösten wegen der Kur meiner Frau bevorständen, besonders, wenn sie nach Baden muss. 2 do, da ich in kurzer Zeit versichert bin, in bessere Umstände zu kommen, so ist mir die zurückzahlende Summa sehr gleichgültig, für die gegenwärtige Zeit aber lieber und sicherer, wenn sie groß ist. 3tens muss ich Sie beschwören, dass, wenn es Ihnen ganz unmöglich wäre, mir diesmal mit dieser Summa zu helfen, Sie die Freundschaft und Bruderliebe für mich haben möchten, mich nur in diesem Augenblick mit was Sie nur* *entbehren können, zu unterstützen, denn ich stehe wirklich darauf an. Zweifeln können Sie an meiner Rechtschaffenheit gewiss nicht, dazu kennen Sie mich zu gut. – Misstrauen in meine Worte, Aufführung und Lebenswandel können Sie auch nicht setzen, weil Sie meine Lebensart und mein Betragen kennen. Folglich, verzeihen Sie mein Vertrauen zu Ihnen, bin ich ganz überzeugt, dass nur – Ohnmöglichkeit Sie hindern könnte, Ihrem Freund behülflich zu seyn. Können und wollen Sie mich ganz trösten, so werde ich Ihnen, als meinem Erreter, noch jenseits des Grabes danken, denn Sie verhelfen mir dadurch zu meinem fernsten Glück in der Folge. Wo nicht, - in Gottes Namen, so bitte und beschwöre ich Sie um eine augenblickliche Unterstützung nach Ihrem Belieben, aber auch um Rath und Trost. – Ewig Ihr verbundenster Diener. P.S. Meine Frau war gestern wieder elend. Heute auf die Igel befindet sie sich gottlob wieder besser; - ich bin doch sehr unglücklich – immer zwischen Angst und Hoffnung! – und dann! – Dr. Closset war gestern auch wieder da.<*

Beethoven wischt sich die Tränen ab. Er hat ihm aufmerksam zugehört, sagt jedoch nichts. Mozart bittet ihn mit einer Geste um Verständnis und Vergebung, dass er alles so penibel und im Detail erzählt.

»Mein liebster, junger Freund ich will jetzt durch die Schilderung meines unglücklichen Geschicks das gutmachen, was ich zu Lebzeiten versäumt habe, mich an Dich edlen und wahrhaftigen Menschen zu wenden. Dies ist Beweis meines Vertrauens zu Dir, zu meinem Glück. Nicht die Götter, allein die Musik als metaphysische Kunst hat uns dieses Rendezvous arrangiert.«

Beethoven ist tief erschüttert und betroffen. Er versucht von der düsteren Stimmung abzulenken. »Prometheus, ein den Menschen freundlich gesinnter Titan der griechischen Mythologie, Bruder des Atlas, Vater des Deukalion, hatte ein ähnliches Schicksal. Prometheus brachte gegen die Weisung von Zeus den Menschen das Feuer, wird zur Strafe im Kaukasus an einen Felsen gekettet und von einem Adler gequält, der an seiner immer wieder nachwachsenden Leber frisst. Mozart brachte den Menschen die göttliche Musik. Zur Belohnung wird er in Not und Einsamkeit vergessen, von Fürsten und Adel missachtet, von >Freunden< im Stich gelassen, bittet und bettelt er um sein Leben. Einen Herakles, der Prometheus befreit hat, gab es für Mozart nicht!« Beethoven kann seine Enttäuschung nicht mehr verheimlichen. »Ich schäme mich ein Wiener zu sein. Es ist eine Schande, ein Skandal. Ich begreife die Menschen nicht mehr...«

Mozart mit geschlossenen Augen, versinkt in Gedanken. Keiner von beiden spricht während der Talfahrt der Erinnerungen auch nur ein einziges Wort.

Dann Mozart mit sanfter Stimme: »Hier in Elysium sind wir mächtiger denn je. Ich verließ die Erde in unverdienter Einsamkeit. Kein anständiges Begräbnis und kein eigenes Grab. Viel Leiden und Sterben zur rechten Zeit, als Rettung und Heil der leidenden Seele.«

»Das unermessliche Leid zum Auftakt der ewigen Unsterblichkeit!«

»Mich beruhigt Dein Schweigen. Als Du den letzten Satz ausgesprochen hast, habe ich erkannt, dass der beste Lehrer der ist, welcher von seinem Schüler lernt«, erwidert Mozart mit der Geste einer Umarmung.

Beethoven fühlt sich geschmeichelt. »Ich studierte gerade noch an der Universität Bonn. War Bratschist an der Hofkapelle, als mein Vater aus dem Hofdienst entlassen wurde. Ich musste die Verantwortung für die Familie übernehmen, da mein Vater sich dem Trunk ergab. Er war verzweifelt und wir waren mittellos. Lieber Mozart, ob wir wollen oder nicht, wir strampeln im Netz der Hinterlassenschaft unserer Väter, in einer Gesellschaft mit hierarchischer Struktur und Hierokratie der Kirche. Der Nichts hat, der zählt nicht. Der sich nicht unterordnet, geht vor die Hunde. Das war keine gute Zeit, nicht nur für unsere Familien, nicht für die Welt. Die Königshäuser sahen ihre Fortuna im Glanz und Gloria ihrer Schlösser und ihren Genuss und Befriedigung in Intrigen und Kriege. Die schamlose Missachtung der Menschenrechte von den Männern im Gewand der Bischöfe, Kardinäle und Päpste war mehr als ein Unglück für die Bürger.« Beethoven grinst, dann mit einer Geste: »Als die Kinder im Königshaus Frankreichs von Revolte und

Protestmärschen überrascht fragen: >Was wollen denn diese Leute?< >Brot meine Lieben! Brot!< Die Kinder, begreifen nicht und sagen spontan >Sie sollen doch Kuchen essen. Gebt doch diesen Armen Kuchen<.« Beethoven senkt die Stimme: »Gib doch diesen Armen Kuchen! Was naiv klingen mag angesichts der Unwissenheit der Kinder von Leid und Not der Bürger. Die Ausgesetztheit gegenüber der Willkür und die Akkumulation der Frustration erwidert der aufgeklärte Bürger mit einer heroischen Reaktion: Revolution! Nichts hinnehmen! Und sich nicht dem >Schicksal< der Unterdrückung unterwerfen. Das ist kein Schicksal, das ist Unterwerfung!«

Beethoven gibt mit einer Handbewegung den Auftakt zur Ouvertüre/Egmont Op. 84. Dann ertönt der Monolog: *Verschwunden ist der Kranz! Du schönes Bild, das Licht des Tages hat dich verscheucht! Ja sie waren's, sie waren vereint die beiden süßesten Freunden meines Herzens. Die göttliche Freiheit, von meiner Geliebten borgte sie die Gestalt, das reizende Mädchen kleidete sich in der Freundin himmlisches Gewand. In einem ernsten Augenblick erscheinen sie vereinigt, ernster als lieblich. Mit Blut befleckten Sohlen trat sie vor mir auf, die wehenden Falten des Saumes mit Blut befleckt. Es war mein Blut und vieler Edlen Blut. Nein, es ward nicht umsonst vergossen. Schreitet durch! Braves Volk! Die Siegesgöttin führt dich an! Und wie das Meer durch eure Dämme bricht, so brecht, so reißt den Wall der Tyrannei zusammen und schwemmt ersäufend sie von ihrem Grunde, den sie sich anmaßt hinweg.*

Trommeln näher. Horch! Horch! Wie oft rief mich dieser Schall zum freien Schritt nach dem Felde des Streits und des Siegs! Wie munter traten die Gefährten auf der gefährlichen rühmlichen Bahn! Auch ich schreite einem ehrenvollen Tode aus diesem Kerker entgegen, ich sterbe für die Freiheit, für die ich lebte und focht und der ich mich jetzt leidend opfere.

Der Hintergrund wird mit einer Reihe spanischer Soldaten besetzt, welche Hellebarden tragen. Ja führt sie nur zusammen! Schließt eure Reihen, ihr schreckt mich nicht. Ich bin gewohnt, vor Speeren gegen Speere zu stehn, und rings umgeben von dem drohenden Tod, das mutige Leben nur doppelt rasch zu fühlen.

Trommeln. Dich schließt der Feind von allen Seiten ein! Es blinken Schwerter – Freunde, höh'ren Mut! Im Rücken habt ihr Eltern, Weiber, Kinder! Auf die Wache zeigend: Und diese treibt ein hohles Wort des Herrschers, nicht ihr Gemüt! Schützt eure Güter! Und euer Liebstes zu erretten, fallt freudig, wie ich euch ein Beispiel gebe.
Trommeln. Wie er auf die Wache los und auf die Hintertüre zugeht fällt der Vorhang, die Musik fällt ein und schließt mit einer Siegessymphonie das Stück.

»Eine ausgezeichnete Arbeit, Ludwig, wenn ich Dich so nennen darf, so vollständig wie packend mit profunder Tiefe.«

»Der Geheimrat war anscheinend auch zufrieden! Das Schauspiel wurde 1791 in Weimar und 1810 in Wien uraufgeführt.«

Mozart ist fasziniert. In solchen Momenten vergisst er alles außer Musik. »Eine vollkommen neue Dimension von Musik. Auch die Dramaturgie. Ist die Dichtung von Ihm?«

»Ja, sie ist von Goethe.«

Mozart ist vom leidenschaftlichen Werk des jungen Freundes angetan. Es zieht einen Hauch Lächeln in sein müdes und verbittertes Gesicht. So gepflegt und elegant er auch erscheint, seine Traurigkeit kann er nicht verbergen.

»Alles auf Erden ist würdig in seinem idealen Wesen, tragisch in seinem Geschick und unabwendbar für Betroffene, vor allem wenn sie keinen Ausweg finden. Die Philosophen sagen, dass die hässliche Leere in der Gesellschaft, die brutale Kälte unserer Zeit, an der auch wir Künstler leiden, die Armut der Unterschicht im Gegensatz zum Wohlstand der Oberschicht, die Tyrannei der Fürsten und Königshäuser und Ignoranz der Kirche gegenüber der Dekadenz der Bistümer, kein Leitgedanke seien für Denker und, dass die Gesetze ihres Metiers es ihnen leider verbieten, sich mit solchen Themen zu beschäftigen.«

»Bevor wir uns mit zeitgenössischen Denkern, Dichter und Humanisten beschäftigen, muss ich Dir etwas verraten, lieber Amade, wenn ich Dich so nennen darf – beide lachen –, dass ich vor Deiner ersehnten Ankunft über Ideomeneo tiefe Gedanken wälzte.«

Mozart hoch erfreut, fängt an so richtig zu erzählen. »Am 29. Januar 1781 war die Uraufführung im Münchner Hoftheater. Stell Dir vor wie stolz ich war, als ich in einer Loge meinen Vater und meine liebe Schwester Nannerl sah, da habe ich nach langer, langer Zeit etwas Glück verspürt. Das war vielleicht der glücklichste Moment meines Lebens. Schon während der intensiven Arbeit an der Komposition war ich von einem glücklichen Gefühl gestimmt, das eine Weile anhielt. Ich war wiederholt krank, erkältet und apathisch, aber zufrieden. Die Komposition, die in meinem Kopf längst fertig war, wurde erst nach vier Monaten, statt einigen Wochen fertig. Ähnliches hatte ich schon mal erlebt, das war in Mannheim 1777 und 1778, wo ich mich Hals über Kopf in Aloisia Weber verliebte. Doch sie wollte lieber Mätresse des Fürsten, Adel und Großgrundbesitzer sein, als Gemahlin eines Hofmusikanten...« Mozart stürzt wieder in starke Niedergeschlagenheit. »Ach lieber Ludwig, versteh doch, ich suchte Wärme und Liebe, aber sie, im Besitz einer Engelsstimme und kaltem Herz missachtete meine Gefühle. Ich war ein ewiger Romantiker, ein fatalistischer Idealist. Der Mensch kann doch ohne Liebe nicht existieren, geschweige denn schöpferisch arbeiten.«

Beethoven nickt zustimmend.

»Meine Mannheimer Zeit wurde zur Qual und musikalisch unfruchtbar. Mannheim hatte derzeit das beste Orchester der Welt und ich konnte mich nicht konzentrieren. Ich war unglücklich. Ich hatte während unserer Proben Aloisia Weber kennen gelernt und wie gesagt, mich in sie verliebt. In einer Zeit, in der andere Kurfürsten Kriege führten, hat Karl-Theodor sich um die Kunst und die Musik gekümmert. Es handelte sich demnach, wie Du siehst, um eine freie Wahl. Niemand trifft streng genommen unter möglichen Schwierigkeiten eine Wahl, doch man wählt die Herausforderung, und die Herausforderung wählt die Entscheidung. Also ich fuhr allein zum ersten Mal ohne meinen Vater nach Mannheim. Die Enttäuschung konnte ich schon bald verkraften, weil ich meine liebe Frau, Konstanze, die Schwester von Aloisia Weber kennen gelernt und bald danach geheiratet habe. Ach lieber Freund, lieber Ludwig! Warum ist das alles im Leben so schwer, nicht nur mein Vater, sondern auch meine liebste Schwester Nannerl war gegen meine Heirat. Ach, wenn meine Mutter sie erlebt hätte, wäre sie bestimmt mit

Konstanze einverstanden. Ich wollte, nein ich war immer ein aufmerksamer Sohn auf der Suche nach etwas Liebe. >*Ach meine allerliebste Mama! Mein Herz ist völlig entzückt aus lauer Vergnügen, weil mir auf der Reise so lustig ist, weil es so warm ist in dem Wagen und weil unser Kutscher ein galanter Kerl ist, welcher, wenn es der Weg ein bisschen zulässt, so geschwind fährt. Die Reisebeschreibung wird mein Papa der Mama schon erklärt haben, die Ursache, dass ich der Mama geschrieben, ist zu zeigen, dass ich meine Schuldigkeit weiß, mit der ich bin in tiefsten Respect ihr getreuer Sohn. Carissima Sorella mia! Sima arrivati a wirgel (Meine liebste Schwester! Wir sind in Wörgel angekommen).*< So schrieb ich einmal an meine Mama, das war 1769 im Dezember als wir nach Italien unterwegs waren.«

Von einem anerkennenden und verständnisvollen Nicken Beethovens ermutigt, fährt Mozart fort: »Jäh mit Herzrasen erröten, wenn man von ungefähr an manchen Handlungen seiner Jugend denkt; Torheiten begangen haben aus empfindsamem Herzen und darüber enttäuscht sein, nicht weil man deshalb im Salon lächerlich würde, sondern in den Augen einer bestimmten Person in diesem Salon! Als Zweiundzwanzigjähriger mit Leib und Seele in eine Frau verliebt sein, die zwar eine Engelsstimme besitzt, aber ein Herz, das nicht für den Künstler schlägt, sondern für Fürsten und Barone, für Macht und Geld. Je hochstrebiger das Wesen einer Frau ist, desto schrecklicher sind ihre Abweisungen. *Wie der düsterste Himmel das schwerste Gewitter verkündet* Don Juan!«

Beethoven verständnisvoll. »Das ganze spektakuläre Risiko der Liebe läuft, scheint mir, darauf hinaus, dass man genau das sagt, was der augenblickliche Grad von Trunkenheit mit sich bringt, das heißt, dass man seiner Seele nicht der Vernunft Gehör schenkt.«

»Jedes Mal, wenn ich am Ende war, schrieb ich einen Brief, für die Befreiung meiner Seele, so auch an Abbé Bullinger in Salzburg. *Allerbester Freund! Für Sie ganz allein. Paris le 4 Julliet 1778. Trauen Sie mit mir, mein Freund! – Dies war der traurigste Tag in meinem Leben. Dies schreibe ich um 2 Uhr nachts. Ich muss es Ihnen doch sagen, meine Mutter, meine liebe Mutter ist nicht mehr! Gott hat sie zu sich berufen. Er wollte sie haben, das sahe ich klar, mithin habe ich mich in Willen Gottes gegeben. Er hatte sie mir gegeben, er konnte sie mir auch nehmen. Stellen Sie sich nur alle meine Unruhe, Ängste und Sorgen vor, die ich diese 14 Tage ausgestanden habe. Sie starb, ohne dass sie etwas von sich wusste, löschte aus wie ein Licht. Sie hat 3 Täge vorher gebeichtet, ist commniciert worden und hat die heilige Ölung bekommen.Die letzten drei Täge aber phantasierte sie beständig, und heuter aber um 5 Uhr 21 Minuten griff sie in Zügen, verlor alsogleich dabey alle Empfindungen und alle Sinne. Ich drückte ihr die Hand, redete sie an, sie sah mich aber nicht, hörte mich nicht und empfand nichts. So lag sie, bis sie verschied, nämlich in 5 Stunden um 10 Uhr 21 Minuten abends. Es war niemand darbey, als ich, ein guter Freund von uns, den mein Vater kennt, Hr. Haina, und die Wächterin.«*

Mozart weint.

Beethoven denkt an den Tod seiner Mutter und murmelt: »In der Not sind wir alle wieder fromm!«

»Die ganze Krankheit kann ich Ihnen heute ohnmöglich schreiben. Ich bin der Meynung, dass sie hat sterben müssen. Gott hat es so haben wollen. Ich bitte Sie unterdessen um nichts als um das Freundstück, dass Sie meinen armen Vater ganz sachte zu dieser traurigen Nachricht bereiten. Ich habe ihm mit der nämlichen Post geschrieben, aber nur dass sie schwer krank ist. Warte dann nur auf eine Antwort, damit ich mich darnach richten kann. Gott gebe ihm Stärke und Muth! Mein Freund! Ich bin nicht itzt, sondern schon lange hergetröstet! Ich habe aus besonderer Gnade Gottes alles mit Standhaftigkeit und Gelassenheit übertragen. Wie es so gefährlich würde, so bat ich Gott nur um 2 Dinge, nämlich um eine glückliche Sterbstunde für meine Mutter und dann für mich um Stärke und Muth. Und der gütige Gott hat mich erhört und mir die 2 Gnaden im größten Maße verliehen. Ich bitte Sie also, bester Freund, erhalten Sie mir meinen Vater, sprechen Sie ihm Muth zu, dass er es sich nicht gar zu schwer und hart nimmt, wenn er das Ärgste erst hören wird. Meine Schwester empfehle ich Ihnen auch von ganzem Herzen. Gehen Sie doch gleich zu ihnen, ich bitte Sie. Sagen Sie ihnen noch nichts, dass sie tot ist,

sondern präparieren Sie sie nur so dazu. Thun Sie, was Sie wollen, wenden Sie alles an, machen Sie nur, dass ich ruhig sein kann und dass ich nicht etwa ein anderes Unglück noch zu erwarten habe. – Erhalten Sie mir meinen lieben Vater und meine liebe Schwester. Geben Sie mir gleich Antwort ich bitte Sie – Adieu, ich bin dero gehorsamster, dankbarste Diener, Wolfgang Amadé Mozart. Aus Fürsorg. Rue du gros chenet. Vis à vis celle du croißant. À 1´hotel des quatre fils aimont!

Versehentlich hatte ich den Brief statt 3. Juli mit 4. Juli datiert.«

Beide Schweigen.

Mozart ist ernst. »Was gibt es nach dem Tode? Die Religion, die Wissenschaft und die Philosophie, alle haben versagt, diese Frage zu beantworten.«

»Nun sind wir daran, denn um diese Frage zu beantworten, muss man erst gestorben sein. Jedes Mal, wenn wir aus dem Gebein in der Gruft in unserem metaphysischen Wesen erwachen, lassen wir alles andere hinter uns, treten ein in unser eigentliches Selbst; in unsere Gestalt als kosmisches Wesen, in dem ursprünglichen, ewigen Sein. Wir, die Geister der Musica Reanimata, sind die Kometen, die sich im Gegensatz zu den Sternen nicht von der Anziehungskraft des anderen irren lassen und hin und her schweifen. Nein, wir lassen uns nicht mehr irren. Wir verkörpern die Seele nicht, wir sind die Seele selbst.«

»Der Leidtragende und Abgeschottete mit gebrochenem Herzen steht immer vor dem Tod und muss ihn rufen und feiern als Vollender einer verfallenen, gerade in ihrer Größe unmöglich gewordenen Wirklichkeit.«

»Aber merkwürdig ist es doch, Amade, qualvoll leben, um reif zu werden für den Tod!«

»Doch diese Übelstände haben wir bereits überwunden, Ludwig.«

»Nie werde ich die Untröstlichkeit vergessen, die mich überfiel, als ich das erfuhr. Ich dachte immer, dass so etwas unmöglich sei, und ich konnte es bis ans Ende meiner Tage nicht begreifen, was Dir geschah. Der Künstler muss schon im Leben sterben, lebend den Tod vorwegnehmen, indem er den Leib als Ort des Übels und des Elends verlässt und verachtet. Der Tod ist also nicht das Ende, kein

Sturz ins Nichts, sondern ein besonderer Anfang, ein Ausgangspunkt, an dem die von der Last des Leibes befreite Seele leicht wie ein Schmetterling in einem ewigen, reinen und metaphorischen Ort, wie hier, sich erhebt.«

»Dies ist die tiefere Antwort auf die Frage nach dem Warum und dem Sinn des Leids. Das Leben ist kurz, ist ein Transfer. In der Transformation vollendet es sich in das, was wir metaphorisch >ewig< nennen.«

»Amade, das Leiden weist immer auf Schuld zurück, aber das Verhältnis, nach dem es bemessen wird, lässt sich nicht bestimmen. Ein Gott aber, der die Menschen >liebt<, ist nicht mehr ehrwürdig, wenn er auch zu fürchten ist. Von ihm verlangte ich nichts mehr! Von ihm war ich verlassen, nachdem ich taub war. Ich habe nur von mir selbst etwas verlangt. Ich musste mein Leben in den Griff bekommen! Sonst würde er mit mir weiter mit falschen Karten spielen.«

Mozart ist sehr betroffen. Seine Augen füllen sich mit Tränen. »Ich sagte doch, ich verabscheue Gottes Art mit Menschen zu spielen. Ich hasse seine Einmaligkeit und Allmächtigkeit. Also reden wir nicht mehr von Pandoras Vater. Nun zu Dir: Was ist Dir nur? Du brichst mir das Herz! Du bist doch mein Halt und moralische Instanz, mein Gott in der kosmischen Einsamkeit. Ja, auch mein junger Gott auf jener von Liebe verlassenen, von Leid und Elend verseuchten Welt. Seit wann gibt es ein Wollen für uns? Gehorchen mein Lieber, gehorchen und verkümmern ist uns zugeteilt, nichts zu machen, nichts zu ändern, stets hinnehmen, was kommt. Seit wann unterscheiden sich Dein und mein Leben? Wir haben wohl nichts anderes verdient! Wir teilen es. Wir haben einen Lebensbund geschlossen, ohne zu wissen!«

Beethoven schüttelt den Kopf. »Aber wie soll ich mit Dir teilen, mit Dir leiden und mich freuen, wenn ich Dich nicht hören kann?«

»Die Liebe! Meine Liebe zu Dir ist nicht zu hören, sie sollst Du fühlen, wenn ich Dich ansehe, wenn Du mich ansiehst, wenn Du meine Anwesenheit spürst!« Mozart verbirgt das Gesicht mit beiden Händen, wendet sich von ihm ab, schluchzt auf und ruft »Die Welt verstummt, still wie im Grab! Der taube Komponist bezaubert die Welt mit himmlischen Klängen und die erbarmungslosen Götter stellen sich taub!«

>Es wird wohl besser sein, wenn ich weiter erzähle, damit er sieht, das was ihm zugeteilt war, nicht mehr, aber auch nicht weniger ist, als das, was ich durchgemacht habe!<

Mozart schluchzt unaufhaltsam.

Beethoven erzählt und tröstet ihn. »1787 schien mich der Himmel mit einem kleinen Lichtwinkel zu erleuchten. Der Kurfürst konnte endlich bewogen werden, mich nach Wien zur weiteren Ausbildung zu schicken. Zu meinem Lehrer war kein anderer, als Mozart bestimmt worden!«

Mozart wird neugierig. Verwundert blickt er um sich, als er dies hört.

»Ich erhielt die Erlaubnis und eine finanzielle Unterstützung, um nach Wien reisen zu können. Aber nicht Mozart hat es mir untersagt – wenn er auch jäh im Handeln war; die Schicksalsmacht hat es mir untersagt in den Genuss Deiner Lehre und Zuwendung zu gelangen. Denn nach einigen Monaten erreichte mich die Nachricht, dass meine Mutter schwer erkrankt sei, und ich eilte nach Hause an ihr Sterbebett. Der unabänderliche Tod meiner Mutter am 17. Juli 1787 war für mich ein grausamer Schock, weil ich neben dem tragischen Verlust sah, dass ich nunmehr für die ganze Familie Sorge tragen musste.«

Mozart ruft: »O kämpfen wir nicht mit dem Schicksal! Unsägliches Leiden hat diese geheimnisvolle Trennung zwischen uns gestiftet!«

Beethoven bescheiden. »Ich trug's zu leben, das war mein endgültiger Entschluss. Der Mensch muss sich selber fassen. Ich habe mich überwunden zu leben, wollte nicht mehr glauben, dass es einen Gott gibt, der einen für immer im Stich lässt. Mein Vater, dem der Verlust seiner Frau den letzten Halt genommen hatte, verfiel immer tiefer dem Trunk und in ein Schattendasein. So sahen plötzlich der dreizehnjährige Caspar Anton Carl und der elfjährige Nikolaus Johann in mir, dem siebzehnjährigen Bruder, das Familien-

73

oberhaupt, der für alles zu Sorgen hatte. Schlecht und recht, durch Petitionen an den Kurfürsten um das Gnadengehalt meines Vaters, durch Stundengeben, durch mein eigenes kleines Gehalt als Orchestermusiker, versuchte ich, meine Familie zu ernähren und meiner Verantwortung für die jüngeren Brüder gerecht zu werden. Ich schrieb am 15. September 1787 einen Brief an Josef von Schaden: *Den 15ten Herbstmonat Bonn 1787. Hocheldelgebohrner insbesonders werther Freund. Was Sie von mir denken, kann ich leicht schließen; dass Sie gegründete Ursachen haben, nicht vorteilhaft von mir zu denken, kann ich Ihnen nicht widersprechen; doch ich will mich nicht eher entschuldigen, bis ich die Ursachen angezeigt habe [,] wodurch ich hoffen darf, dass meine Entschuldigungen angenommen werden. Ich muß Ihnen bekennen: dass, seitdem ich von augspurg hinweg bin, meine freude und mit ihr meine Gesundheit begann aufzuhören; je näher ich meiner Vaterstadt kam, je mehr briefe erhielte ich von meinem Vater, geschwinder zu reisen als gewöhnlich, da meine Mutter nicht in günstigen gesundheitsumständen wär. Ich eilte also, so sehr ich vermochte, da ich doch selbst unpässlich wurde: das Verlangen meine kranke Mutter noch einmal sehen zu können, setzte alle hindernisse bei mir hinweg, und half mir die gröste beschwerniße überwinden. Ich traf meine Mutter noch an, aber in den elendsten gesundheitsumständen; sie hatte die Schwindsucht und starb endlich ungefähr vor sieben Wochen, nach vielen überstandenen Schmerzen und leiden. Sie war mir eine so gute liebenswürdige Mutter, meine beste freundin; O! Wer war glücklicher als ich, da ich noch den süßen namen Mutter aussprechen konnte, und er wurde gehört, und wem kann ich ihn jetzt sagen? Den Stummen ihr ähnlichen bildern, die mir meine einbildungskraft zusammensetzt? Solange ich hier bin, habe ich noch wenige vergnügte Stunden genossen; die ganze Zeit hindurch bin ich mit der engbrüstigkeit behaftet gewesen, und ich muß fürchten, dass gar eine Schwindsucht daraus entsteht; dazu kömmt noch melancholie, welche für mich ein fast eben so großes Übel als meine Krankheit selbst ist. Denken sie sich jetzt in meine lage, und ich hoffe Vergebung, für mein langes Stillschweigen, von Ihnen zu erhalten. Die außerordentliche güte und freund-*

schaft, die Sie hatten mir in ausburg drej Krlin zu leihen, muß ich Sie bitten noch einige nachsicht mit mir zu haben; meine reise hat mich viel gekostet, und ich habe hier keinen ersatz auch den geringsten zu hoffen; das Schiksaal hier in Bonn ist mir nicht günstig. Sie werden verzeihen, dass ich Sie so lange mit meinem geplauder aufgehalten, alles war nöthig zu meiner entschuldigung. Ich bitte Sie mir Ihre Vererun[g]swürdige freundschaft weiter nicht zu versagen, der ich nichts so sehr wünsche, als mich ihrer freundschaft nur in etwas würdig zu machen. Ich bin mit aller hochachtung ihr gehorsamster diener und freund, L.V. beethoven, kurf.- kölnischer hoforganist.«

Beethoven fröstelt, dann sagt er düster: »Immer wieder wurde ich von einer schmerzvollen Einsamkeit heimgesucht, und dachte, so verlassen kann doch kein Mensch sein.«

Mozart ist tief betroffen. »Doch! Oh, doch! Manchmal ist das Leben grausamer als der Tod! Ich erzittere beim bloßen Gedanken an den schmerzlichen Tod meiner Mutter, auch meines Vaters. Nicht nur wegen des Verlustes, allein das entstandene Vakuum machte mein Leben unerträglich.«

»Die Einsamkeit verhindert nicht die Angst, sie erzeugt sie, sie ist Gift für die Seele. Die Einsamkeit gibt den besten Nährboden für Krankheit ab. Wir sind gestorben, um den Geist vom körperlichen Leid zu befreien. Nun, wollen wir ihm überlassen, wohin er uns führt. Komm lieber Freund, schauen wir, was aus anderen Zeitgenossen geworden ist.«

Still und behutsam schreiten sie einen schmalen, immer noch mit Schnee bedeckten Weg zwischen Reihen von Grabmalen hinab. Plötzlich stehen sie vor einem im Barockstil aus purem Marmor und Edelmetall gebautem Mausoleum. Die Gräber um herum sind hingegen aus einfachem Granitstein, nur mit dem Namen, andere auch mit dem Todestag des Verstorbenen versehen.

Beethoven sagt ironisch: »Hier ruht wohl ein wohlhabender Fürst, der nicht einmal im Grab ohne Pomp sein kann!«

»Wem hilft's? Dem im Leben verwöhnten und im Grab geachteten Fürsten bestimmt nicht mehr! Das hilft den Heuchlern, Erbschleichern und Nachkommen, die sich mit solchen Bauten ihren eigenen Platz in der Gesellschaft sichern wollen.«

>Er scheint wieder am Gespräch Spaß zu finden<, denkt Beethoven und weist auf einen anderen Weg, der zu Gräbern führt, die einfacher ausgestattet sind. »Keiner pflegt sie, weil keiner von ihren Nachkommen noch lebt oder keiner unter den Lebenden sich ihrer entsinnt.«

Mozart plötzlich schlau. »Jetzt weiß ich, was es heißt, tot sein. Der Tod gehört dem Leben an, das seiner Existenz nicht mächtig, nicht Meister wird. Geheimnisvoll... unüberwindlich leben... Todesbeziehung, vom Beginn an eine Fahrt zum Fall, zur Endstation, zur Hochzeit im Grab ist das Lebens innerstes Wesen. Das Grab schützt uns vor unserer Jugend Träume! Hier, wenn man überhaupt von Hier und Dort sprechen kann, betrachtet oder empfindet man die Welt nicht mehr physikalisch, wie wir musiziert haben, wo wir uns durch die Schallwellen entstandener Töne, Klänge und Melodien erfreuten. Also Phänomene, die wir beschreiben können. Aber wie beschreiben wir nun unser Wesen? Das Wesen der Seele, des Geistes oder der Sehnsucht oder der Liebe... und alle solchen telepathischen, intuitiven und metaphysischen Phänomene?«

Beethoven pathetisch. »Hier beginnt die poetische Fantasie des unsterblichen Geistes, die unwiderruflich und ewig in Schwingung bleibt!«

Einige teils monumentale, teils zierlich aufrechte Grabsteine erinnern an große Künstler und Musiker, Dichter und Komponisten.

»Siehst du Amade, so haben wir auch unter ihnen die ewige Ruhe gefunden, mit oder ohne Prunk.«

Mozart seufzt und reibt sich die Augen frei. »Aber wie komme ich zu dieser Ehre, wenn ich weiß, dass alle, die mich und meine Musik so geliebt haben, sich von mir abgewandt haben. Ich bin einsam und allein gestorben, verlassen und vergessen auf den Acker geworfen.«

Beethoven schüttelt heftig den Kopf. »Ich muss Dir aufs Entschiedenste widersprechen, Amade. Große Künstler brauchen kein Grabmal. Sie sind und bleiben universal, fern der Erde und Masse.«

Mozart lächelt gezwungen, in der Absicht, dem Gespräch den bitteren Ernst zu nehmen. Er fühlt sich Beethoven sehr nahe. Gern wäre er Arm in Arm mit ihm gegangen. Zugleich verspürt er die aufgerissenen alten Wunden. Ihnen zum Heilen verhelfen, ist kein leichtes Unterfangen. Die Sonne ist indessen versunken. Sie suchen wieder den Weg zurück zum Pavillon.

»Friedhof! Wie es klingt, das müsste eigentlich Friedenshof heißen! Des Künstlers Finger stimmt die Saiten zur Harmonie des Friedens. Denn ihre Toten walten mit dem Geschehen auf Erden; sie rufen, vereint mit den Humanisten, zur Rache gegen Tyrannen.«

»Damit wir sagen können, das Erdenleiden war nicht umsonst. An das Walten des Friedens und an den Erhalt der Freiheit des Menschen war unser Leben gerichtet«, ruft Mozart.

Beethoven nickt. »Was mich angeht, ja du lieber Himmel! Mein Reich war in der Luft, wie der Wind oft, so wirbeln die Töne, so oft wirbelt's auch bis hierher in meine Seele.«

Als Virtuose in der Überredungskunst versteht es Mozart meisterhaft Beethoven für einen Ausflug um die Welt zu gewinnen. Er sagt übergangslos: »Komm, Ludwig, lass uns verschwinden! Nur weg von hier!«

Beethoven schließt die Augen. Es tut wohl, sich Mozart verbunden zu fühlen. Tränen schießen ihm in die Augen; er täuscht einen Hustenanfall vor, und wendet den Kopf von ihm ab. Sie gehen schweigend. Die einzigen Laute sind hier und da das Knacken von Zweigen und das Rascheln des trockenen Laubes.

>Würde Beethoven seinen Vorschlag annehmen?< Mozart hat inzwischen gelernt, dass Beethoven sich umso bereitwilliger erklärt, je weniger man ihn drängt. Am Besten gar nicht.

»Aber wohin und wie?«

Mozart lacht zum ersten Mal. »Nichts leichter als das! Du weißt doch, wir sind Geister. Wir verfügen über metaphysische Kräfte, über die Magie der Universalität. Wir können überall sein von Moment zu Moment, beliebig und unbegrenzt.«

Beethoven ist überrascht durch die Wendung in Mozarts Stimmung. »Universal? Was meinst Du damit?«

»Wo willst Du sein, sage es mir, Ludwig?« sagt Mozart lapidar.

»In Schönbrunn«, sagt er spontan.

»Nichts leichter als das. Komm gib mir Deine Hand und mach die Augen zu. Nun live your passion – Liebe Deine Leidenschaft, Ludwig!«

Mancher Geist kann seine eigenen Ketten nicht lösen, und doch ist er dem Freunde ein Erlöser.

III

Wohlan, lasset uns hernieder fahren und ihre Sprache daselbst verwirren, dass keiner des anderen Sprache verstehe.   Genesis 11,7

Schönbrunn, Wien

»Aber Ludwig, mach' doch die Augen auf, wir sind schon längst da.«

Beethoven öffnet die Augen. »In der Tat, schneller als der Blitz, Amade. Wie hast Du das geschafft? Ich habe gewusst, Du bist und bleibst außergewöhnlich.«

Mozart ist selbst von der Magie und dem Zauber der Transformation seiner Fantasie überrascht. »Mein Leid war ein Teil meines Körpers, aber das war nicht ich. Ich war mein Leid, und ich war mein Körper, aber sie waren nicht ich. Beide habe ich überwunden, nicht physisch, viel mehr metaphysisch.« Mozart klopft sich auf den Leib. »Nichts außer Kalziumphosphat, kalt und versteinert. Ich bekenne mich zu diesem Gebilde, diesem Fossil. Das hat mich, meine Seele und mein Leid getragen. Ludwig, jetzt wirst Du erfahren: Immer wieder, wenn wir aus dem Leib, aus dem Knochengerüst aufwachen ins uns selbst, lassen wir das andere hinter uns und treten in eine andere Welt ein, die Welt der Überschreitungen. Du denkst, da war doch etwas? Du erinnerst Dich an jemanden, an einen Ort oder an einen Gegenstand, den Du begehrst, im gleichen Moment Deines Denkens steht Dein Ziel, Deine Begierde vor Dir, ohne Bezug zur Wirklichkeit, ein Abstrakt.«

»Jenseits der Wirklichkeit. Wie wirklich ist die Wirklichkeit?«, ruft Beethoven.

Die melancholische Abendstimmung reißt bei beiden alte Wunden auf. Die schönen, weniger schönen und manch böse Erinnerungen werden wach. Beethoven erzählt von seinem Traum, dem Tod seiner Mutter.

»Alles sieht aus, als wäre die Zeit am 20. November 1805 in Napoleons Hauptquartier in Schönbrunn stehen geblieben. Ich erinnere mich noch so klar und deutlich, als hätte ich diesen Traum jetzt gehabt. Ein Grab öffnet sich, und es entsteigt demselben meine Mutter im schwarzen Kleid. Sie eilt mit einer weißen Fahne in der Hand ins Schloss Schönbrunn, wo sich Napoleons Generalität befindet. Französisches Militär füllt alle Räume, nicht nur des Schlosses, sondern auch des Opernhauses. Sie gibt dem Kapellmeister Schlösser, der aus Darmstadt stammt, das Zeichen er möge endlich anfangen und das Publikum nicht länger warten lassen – die Uraufführung von Fidelio soll stattfinden. Sie sammelt die Waffen, trägt sie auf beiden Armen, kehrt glücklich zurück und steigt mit den Gewehren wieder ins Grab. Die Erde schließt sich, der Grabstein gleitet über die Öffnung. Nur die weiße Fahne bleibt über ihrem Grab gehisst. Das Schlimme ist, dass die an frivolere Kost gewöhnten Franzosen durch Wein, zum Teil auch durch die Sprachbarriere, die ethische Reinheit und keusche Schönheit meines Werkes nicht zu verstehen wussten. Ich frage mich nun, ob unsere Träume nicht näher bei den Begierden siedeln, worauf wir insistiert sind, dass sie wahr werden mögen.«

Er hält inne, fixiert Mozart mit aufforderndem Blick und wartet auf seine Reaktion.

»Dein Interesse an Träumen überrascht mich nicht, Ludwig! Viele Deiner Werke sind traumhaft. Ja, ich glaube, im Traum macht der Mensch den Lehrstoff früheren Menschentums noch einmal durch. Doch Träume besitzen für die Realität meist keinen festen Boden. Mir fällt auf, wie die Träume genau entgegengesetzt sind. Wir träumen vom Frieden, welcher die Menschheit retten soll, während der Tyrann in seinem Traum vom Krieg und Sieg erfüllt ist.«

»Ja, das will mein Traum wohl bezeugen. Und entspricht ganz meiner Überzeugung. Den Tyrannen loben, heißt Humanismus missachten!«

»Ich verstehe jetzt Deinen Zorn, Ludwig. Du sprichst wieder aus tiefer Überzeugung. Ich meine auch, Napoleon hat Deinen Lobesgesang nicht verdient.«

Beethoven wird ruhiger und erzählt ausführlich von seinen Sehnsüchten und Fantasien. »Also der Mensch ist gut, seine Tugend muss geschult werden. Lange habe ich nach einem sozial-politischen

Sujet gesucht. Ich war von der Idee der Gerechtigkeit und Liebe unter Menschen überwältigt.«

»Ich kann mir gut vorstellen, lieber Freund, mit solchen moralischen und ethischen Ansprüchen kann nur einer wie Du arbeiten, und solch große Werke vollbringen.«

Beethoven fühlt sich verstanden. Erneut ist ihm zu weinen.

»Und diese Tränen, Ludwig?«

»Wie Du eben >lieber Freund< sagtest, wie oft habe ich das Wort >Freund< gehört, doch bis zu diesem Augenblick habe ich nie wirklich einen Freund gehabt. Ich konnte nur von einer Freundschaft träumen, die zwei Menschen im Geist und Wesen und in ihrem Streben nach Höherem zusammenführt. Unverhofft, erst heute und hier an diesem Ort finde ich sie! Wir haben, jeder auf seine Weise an der Vollendung der Metapher >Freundschaft im Himmel< gearbeitet. Ich bin Dein Freund.«

Mozart mit einem Lächeln. »Und ich kann so frei sagen, Du bist mein Freund. Wie schön das klingt. Ja, wir sind Freunde. Ich möchte es immer wieder und wieder hören. Nun, lieber Freund!« Mozart lacht, als er dies ausspricht. »Dann lass uns ans Werk gehen, lass uns die Welt erobern!«

»Gepriesen sei die Liebe, gelobt die Freiheit und gehuldigt der Brüderlichkeit«, ruft Beethoven und gibt mit einer Handbewegung den Auftakt zur Eroica. Zwei Tuttischläge, und schon erklingt das Hauptthema.

Mozart hört neugierig zu. Er nickt anerkennend. »Ein großartiges Thema: nichts anderes als die Noten eines Dur-Dreiklangs und ein modulierendes Anhängsel Noten, also ein wahres Minimum an Elementen: Allegro Con brio. Ein gewaltiges sinfonisches Gebäude, aufgetürmt aus einem einfachen Thema, durch die Kraft der Verwandlung, der Steigerung, der Anhäufung, dank dem >Feueratem< den ich fühle und der Flammen aus alltäglichem Gestein, die ich empfinde. Meinen Respekt, Ludwig! Und meine Liebe dazu! Das zweite Thema wirkt in großartigem Kontrast zum ersten, dem es an Entschiedenheits- und Entschlossenheitskraft nicht fehlt, stimmungsvoll, vom Gefühl erfüllt. Haydn und ich, soweit ich mich

81

entsinne, vertrauten die Themen nahezu immer einem einzigen Instrument an, meist den Streichern; Du hingegen verteilst diese auf verschiedene – Oboe, Klarinette, Flöte, Violinen – und gibst den schwebenden, weichen, einen metaphysischen Charakter.«

»Der zweite Satz ist der Trauermarsch >sulla morte d'un eroe<, auf den Tod eines Helden«, wirft Beethoven ein.

»Das Objekt ist also ein Mensch, der betrauert wird. Es ist wie ein tief greifendes, vom Schmerz erfülltes Gebet. Die Tonart C-Moll führt nun für eine lange Zeitspanne zur tragischen Stimmung. Feierlich und demütig setzt sie pianissimo ein, wie von leisem Schluchzen geschüttelt. Dann eine zweite Melodie, sie wirft ein kleines Licht in die düstere Trauer, betont gleichzeitig aber den schmerzlichen Verzicht. Dann erhebt sich der Satz zur gewaltigen Kraft, gruselige Visionen von Totenreigen und jüngstem Gericht, die den Helden quälen. Der Schluss sinkt unter besonderen Paukenschlägen in die Stille des Beginns zurück, in die verhaltene Stimmung des Trauerns und Weinens.«

Beethoven nickt und bittet Mozart um Gehör für das Scherzo, den dritten Satz.

Mozart wie hingerissen. »Du beleuchtest den Helden in einer anderen Facette heroischen Charakters, als bisher! Dieser Satz passt hierher in unser metaphysisches Sein, nicht ins irdische. Mein Lieber Ludwig! In jedem Satz gelingt Dir erneut ein Drama.«

Beethoven ist hoch erfreut.

Als sich der ungewöhnliche Allegro molto, vierter Satz zum Ausklang und Ende neigt, ruft Mozart voller Begeisterung. »In einer meiner besten Klaviersonaten habe ich versucht etwa wie hier in dem Finalsatz, die Einleitung zu gestalten, aber an ein Sinfoniefinale hätte ich nie gedacht.«

»Das Thema verwende ich noch zweimal: in den >Geschöpfen des Prometheus< und in den Klaviervariationen, Op.35«, sagt Beethoven beglückt von Mozarts Interpretation.

»Aber wir sollten gestehen, die Eroica ist opernhaft und hat wie alle Deine Kompositionen eine innere Programmatik, Ludwig.«

Erneut füllen sich Mozarts Augen mit Tränen, als er diesen Satz ausspricht.

Es wird wieder still. Sie gehen schweigend den schmalen Weg im Schlosspark.

»Nach dem Tod meiner Mutter, umsorgten mich Konstanze, meine Schwester Nannerl und mein Vater mit liebevoller Zuneigung. Dieses Glück war kurzlebig. Nach der Uraufführung des >Idomeneo< in München im Januar 1781, war Carneval eine gute Abwechslung, um die Obsessionen loszuwerden, die sich während meiner unseligen Pariser Reise angesammelt hatten. Ach!« Er seufzt. »Wir haben eine kurze, aber frohe Zeit erlebt, aber bald musste ich meinem Vater beteuern, dass ich ein ernstes und seriöses Leben führen werde, denn seine Missbilligung zu meiner Heirat mit Konstanze war nicht aus der Welt geschafft. Im Gegenteil, in Wien legten sich gerade wegen meiner Heirat wieder schwere Schatten auf unsere Beziehung. Als ich den >Befehl< des Erzbischofs, ihm nach Wien zu folgen bekam, schrieb ich mit Freude meinem Vater, Mon très cher ami, wie glücklich ich in seiner Nähe bin und wie herzensfroh, dass er meine Arbeit nunmehr schätzen und mich loben würde. Aber mein Glück war brüchig und meine Freude kurzlebig. In Wien erwachte ich schnell zu der ernüchternden Wirklichkeit meiner Stellung, in der ich ein Lakai des Salzburger Erzbischofs war. Ich zerbrach die Ketten der Erniedrigungen und wollte als freier und unabhängiger Künstler arbeiten, den man bis dato die Not des Lebens spüren lies und die Leidenschaft zum schöpferischen Schaffen erschwerte. Ich war so arglos und vertrauensselig und dachte mit der Befreiung von den Fesseln der Fürsten und des Erzbischofs, könnte ich die Welt überzeugen, dass ich ein Künstler und kein Hofnarr bin. Als ich in Wien ankam, noch vom Glück der Münchner Monate zehrend, ahnte ich nicht, was mir bevorstand. Nein, ich erwartete in der Tat nicht, dass ich schon an der letzten Etappe meines von Leidenschaft, Liebe und Dynamik angereicherten Lebens angelangt war, wo ich nun mehr als zehn Jahre meist sehr einsam für meinen Drang des Schaffens und Wirkens lebte.«

»Und gerade in dieser Zeit, sind doch ein großer Teil Deiner besten Werke entstanden!«

»Das stimmt, Ludwig. Wo war der Zeuge, jenes >Ich<, welches sich selbst täuschte? Mich schwindelt, wenn ich nur daran denke.« Mozart schweigt für einen Moment, dann: »Oh gerechter Gott warum dieses schreckliche Schicksal? Stirb zur rechten Zeit! Wer kann das schon?«

Diese Worte erschüttern Beethoven zutiefst.

Mozart spürt es. »Allerdings erreichte ich mit meinen Kompositionen die Zufriedenheit meines Vaters nicht. Im Gegenteil, mir war, als hätte ich ihn enttäuscht. Ich bin nicht seinen Ratschlägen gefolgt, oder ich hätte auf Konstanze verzichten müssen. Er sagte immer wieder Frauen verderben die Persönlichkeit. Oder den Satz >Der Verstand einer verliebten Frau arbeitet auf niedrigster Stufe des Intellekts<. Nun, ich habe mich für sie entschieden. Überdies, Ludwig habe ich als Sohn versagt. Ich war nicht der, den er sich als Sohn gewünscht hatte. Schlimmer noch, mir war seine Zufriedenheit nicht mehr wichtig!«

»Geißle Dich nicht, Amade. Du gehst immer zu hart mit Dir ins Gericht. Hast Du Dich etwa danach gesehnt ein Märtyrer zu werden? Ich glaube uns ist es vom Schicksal vorbestimmt, einsame Wanderer zu sein, von einer Hoffnung zur anderen. Unsere Mütter haben uns in eine lieblose, kalte und teuflische Welt hinein geboren. Es wäre besser, sie hätten es nicht getan.«

»Wir wurden ins Leben hinein geworfen. Wir mussten sehen, wie wir damit fertig wurden. Für kurze Zeit, nach meiner Ankunft in Wien, war ich geradezu glücklich, hatte dabei doch niemals das Gefühl, dies sei nun die Endstation, vielmehr spürte ich deutlich, dass alles bis jetzt ein Vorspiel meiner Lebenskarriere war, dass alles nun aufwärts gehen würde, dass das Eigentliche, Schöne erst kommen würde«, sagt Mozart ein bisschen schroff.

»Es ging Dir also erst recht gut. Das ungestörte Schaffen und das freie Denken, das braucht man, wenn man etwas Ordentliches vollbringen will.«

»Ja, ich gebe zu, es ging auch mit mir erst aufwärts, was meine Visionen betraf. Auch meine Konstanze hat mir viel Liebe und Geborgenheit geschenkt. Hübsch, jung, guter Laune, in der Liebe sehr klug und auf meine Arbeit gestimmt. Keine intellektuelle Emanzipierte, die alles besser wissen wollte.«

»Also Du hast alles gehabt, was du brauchtest?«

»Nein, Ludwig, so war es auch nicht. Ich war nicht dafür geschaffen glücklich zu sein. Glück war für mich nicht vorgesehen. Mein Leben war das Gegenteil.«

»Dann sind wir uns einig, wir sind nicht zum irdischen Glück geboren!«

»Ja, Ludwig, du hast Recht. Zugegeben, ich war unglücklich und sehr einsam.«

»Trotz Konstanze!«

»Ja, wenn man eine Frau liebt, möchte man stets von der schönsten Seite der Liebe sprechen. Man unterschlägt natürlich dieses und jenes, Dinge die missverstanden werden könnten, zum Beispiel Erotik. Aber die Zeit mit Konstanze war eine meiner besten Schaffensperioden.«

»Wie kommt das?«

»Weil ich keine Angst mehr hatte, nicht mal vor dem Tode, wovor ich mich erst am meisten fürchtete. Das Leben war für mich im physiologischen Sinne schon abgelaufen. Die Obsessionen, die mich heimsuchten, haben mir jede Lust und Begierde geraubt. Es war meine Bestimmung auf das Unglück zu warten.«

»Aber wie war es mit dem Glück, das du mit Konstanze gefunden hattest? Warum brachte dies Dir keine Befreiung?«

»Ich war dankbar für das Glück des Zusammenseins. Ich war der Poet, sie war die Poesie. Aber eine Befreiung aus meiner Obsession war dieses Glück nicht! Als wir zusammen geführt wurden, weinten wir vor Freude, Konstanze und ich. Davon wurden alle, sogar der Priester, gerührt. Ungerührt, eher zornig reagierten meine Schwester Nannerl und mein Vater, was mir bis zu meinem Lebensende zu schaffen machte. Ich hatte mich mit der Ignoranz meines Vaters abgefunden. Eine Aussicht auf bessere Tage war mir nicht vergönnt. Kannst Du dir vorstellen, wie das Leben Dich so in die Enge treibt bis Dir die Existenz höllisch wird? Du denkst, Du bist zu größeren Taten bereit, nimmst viel Leid auf Dich. Plötzlich merkst Du, dass diese untreue Witwe, die kalte Welt, Dich nur sterben sehen will, auch wenn Du für großartige Taten bereit bist, macht sie keine Ausnahme.«

»Sollten wir annehmen«, sagt Beethoven, »dass wir jede unserer Taten, jedes Leid, welches uns widerfährt, so bis in alle Ewigkeit immer wieder erleben werden?«

»Ja, die ewige Wiederkehr besagt, dass wir jede Entscheidung, die wir treffen, für immer zu treffen bereit sein müssen. Das gleiche gilt für jede untersagte Liebe, jeden Misserfolg, jedes Unheil, jedes Unglück, jede Ungunst. Und alles ungelebte Leben wird ewig von dem erlebten Ungetüm begleitet.«

»Aber Leiden und Sterben und etwas hinterlassen, wie ein Mozart, ist ein heroisches Leiden. Frage nicht wer mehr oder weniger zu ertragen hat. Leben und sterben zur rechten Zeit. Frage nicht nach dem Sinn des Einen oder des Anderen. Ein Sandkorn im Bauch einer Muschel – für die Muschel ist es schmerzhaft. Daher umhüllt sie das Sandkorn mit feinsten Staubpartikeln. So entsteht die kostbare Perle. Dabei hat die Muschel nicht an die Perle, sondern an die eigene Befreiung vom Schmerz gearbeitet. Du warst die Muschel, Dein Schicksal das Sandkorn und Deine Musik die kostbare Perle!«

»Du hast gut Reden, Ludwig. Du hast das große Los auf Dich genommen, der befreiende, der revolutionäre und der göttliche Komponist zu sein, den man nicht nur auf Erden, sondern im ganzen Universum hören wird. Du kannst beruhigt sein, ich weiß wovon ich rede.«

»Ich habe nie nach Ruhm und Erhebung gesucht. Ich war stets auf der Suche nach anderen Dimensionen, wie Erleuchtung. Ja, ich wollte im Reich Mozarts den ewigen Frieden finden.«

Mozart lächelt breit und hebt den Zeigefinger. »Aber genau das ist es doch! Du sagst es selbst! Genau dort liegt das Problem! Und weshalb verspürten wir keinen Frieden? Weshalb keine Erlösung? Darauf zielte meine Antwort vorher, als ich von der ewigen Wiederkehr des Unglücks sprach. Übrigens, alle diese Gedanken, meine und Deine, die zwischen uns schweben, erscheinen mir so vertraut, so altbekannt, so aus meinem Leben und Schicksal geschöpft!«

»Aber meinst Du nicht, dass Du Dich hier vielleicht irrst, wenn Du das, was Du da sprichst, nur für Gedanken hältst?«

»Was denn sonst? Es sind auch Gefühle und Instinkte, mein Lieber! Es sind Rückschläge im Leben eines Menschen namens Mozart, dem das Grauen des Schicksals zu schaffen machte. Ich weiß wohl, je mehr Gefühl und Sensibilität, umso mehr hat man zu ertragen. Unsere Vorbilder und Lehrmeister haben es nicht besser gehabt oder?«

Beethoven nickt. »Aber die Altmeister haben es, was das Leben selbst betrifft, besser gehabt.«

»Ganz recht.« Mozart erinnert an die Gottergebenheit der Altmeister. »Johann Sebastian Bach huldigt seinen Tod mit dem Lied >Komm, süßer Tod< in festem christlichen Glauben und damit mit der Vorstellung von der Erlösung aus dem irdischen Jammertal durchs Eingehen in das himmlische Jerusalem zu Jesus, sieht unser lieber Bach, dem Tod mit freudiger Erwartung entgegen. Das Schlimme ist, dass die Altmeister ihre Musik mehr dem Lieben Gott und dem Tod als dem Leben und den Menschen gewidmet haben. Wir hingegen sagen, unsere Musik ist für die Menschen. Im Mittelpunkt unserer Musik muss die Liebe zu den Menschen und seine Freude am Leben und Dasein stehen. Den Menschen, nicht dem Heiligen Geist huldigen. Sein Lied >Komm, süßer Tod< steht in der >Schwarzen< C-Moll. Alles ist ganz still, ohne Lebenszeichen oder musikalische Verzierungen, so wenig Vitalität wie möglich, nur Untergangsstimmung, keine Sensibilität fürs Leben, fatale Endzeitstimmung. Nur weg, nur zu ihm!«

Beethoven nickt und singt die erste Strophe. Er wird von Mozart begleitet:

Strophe 1:	Komm, süße Ruh!	Anzahl der Takte	2
	Komm, sel'ge Ruh!		2
	Komm, führe mich in Friede,		3
	weil ich der Welt bin müde.		3

Ach, komm! Ich wart auf dich,	3
Komm bald und führe mich,	3
Drück mir die Augen zu.	3
Komm, süße Ruh!	2

»'Weil ich der Welt bin müde' also Abschied von Eskapaden der Erde«, sagt Mozart, »Sehnsucht nach Ruhe und Frieden. Auch der Beginn g-a-h-c ist ganz ähnlich wie der Beginn des Chorals 'Es ist genug'«

»Nur, dass dort statt C noch ein Leitton Cis eingefügt ist, was bei einem Lied möglich wäre«, erwidert Beethoven.

»Du lieber Himmel«, ruft Mozart überlaut, »wenn ich das höre, dann stelle ich mir vor: man ist in der Kirche, hört den Evangelisten singen, wohnt untertänigst nicht einem Konzert, sondern einem Ritual, einem Gottesdienst bei. So empfinde ich diese Musik!«

Beethoven grinst. »Ich habe das Gefühl, man betet Bach an. Er ist Vermittler zwischen Gott und Menschen, zwischen Himmel und Erde. Jesus spielt dabei keine Rolle mehr! Man glaubt an seine Göttlichkeit. Bach ist Bach, wie Jesus ist Jesus, Gott ist Gott!«

Ungewollt verlässt Beethoven die Szene, versinkt in Gedanken. >Wir ringen auf sonderbare Weise darum, wer wem die größere Hilfe sein kann. Vielleicht sollte ich mich mehr öffnen, aufhören zu klagen und zu jammern. Mozart kennen lernen ist eine Herausforderung! Ist er ein Fatalist oder Existenzialist? Alles deutet darauf hin, dass er die Menschen liebt. Es gab vorher beim Singen in der Tat eine fatale Endzeitstimmung. Mir war geradezu, als befände ich mich im realen Lebenskampf. Vielleicht helfen mir die Gespräche mit ihm! Vielleicht auch ihm?<

Mozart, wie aus einem Sekundenschlaf gerissen, sinniert: >Manchmal ist es schwer sich richtig zu öffnen. Er versucht mich herzlich genau zu verstehen; er versucht fast väterlich mir indirekt die Last der Hemmung zu nehmen, indem er immer wieder mit Beispielen aus dem Leben, das zwischenmenschliche Vertrauen in den Vordergrund stellt. Er versucht mir zu klären, dass die Gespräche die Befreiung von Zwängen bedeuten würden. Beethoven kennen lernen ist eine Bereicherung, aber auch eine große Verantwortung! Ich versuche mir klar zu machen, wer dieser großartige Mensch ist! Ist er ein Humanist, Sufist, Zoroarist? Jedenfalls nichts lässt einen Zweifel zu, dass er die Menschen über alles liebt. Ich trage eine alte Last, ihn verkannt zu haben. Ich ringe um die Wiedergutmachung. Aber ich bin kein Beethoven; ich erkenne meinen Fehler und will ihn aus der Welt schaffen, aber wie? Beethoven ist kein Alltäglicher. Doch auch ich genieße das Privileg eines Sonderlings, der weiß, was es heißt, von einem Menschen überzeugt zu sein, den man liebt und verehrt!<

Mozart versucht das Thema zu wechseln. »Komm lass uns in dem schönen Park von anderen Dingen reden, obwohl auch ich die irdischen Obsessionen loswerden will. Ich möchte viel mehr von einem Rückblick aufs Leben reden, mit der Sehnsucht, dem Mythos Mensch näher zu kommen. Ich inszenierte keinen eigenen heroischen Abgang, viel mehr suchte ich als Normalsterblicher Trost angesichts des nahenden Todes, verfiel nicht in Fantasien einer Begegnung mit Jesus im Paradies, sondern hoffte auf die Trauernde, auf meine Konstanze, die mich nicht so schnell vergessen möge…«

Beethoven ist gerührt, schließt wieder die Augen. Es bereitet ihm Wehmut, sich Mozart verbunden zu fühlen. »Du hast Dir selbst eine Ikone geschaffen, finde in ihr Trost. Zum Mythos Mozart gehört Genie im Blut. Ohne Talent geht nichts – ohne Martyrium kein ewiger Ruhm. Vielleicht bist Du doch gläubiger, als Du denkst!«

»Vielleicht«, erwidert Mozart und schweigt.

»Du blickst nicht von oben herab wie Bach, der Oberchrist und Moralist, der Gottesfürchtige, sondern von der Ebene, von Mensch zu Mensch, auf die Irdischen, und beobachtest ihre Reaktionen, wie von einer Bühne. Mit Singen, Tanzen und Musik führst Du das Leben als Schauspiel vor. Selbst bei Deinem Tod bist Du liebenswürdig und ermutigend. Du bist für mich Gott, der vom Himmel zur Erde herabsteigt und sagt: Ich bin die Liebe, ich bin die Leidenschaft.«

Mozart ist überwältigt. Er zeigt seine Dankbarkeit für diese Huldigung mit einer tiefen Verbeugung, versinkt wieder in Gedanken. >Einst glaubte ich, niemandem werde ich je begegnen, der mich versteht und meine Seele beruhigt, aber jetzt hänge ich einem großen Menschen an den Lippen, und von Moment zu Moment wird meine Überzeugung unerschütterlicher, dass er mir den Seelenfrieden herbeiführen kann. Einst war ich in der Blütezeit meines Lebens, verspielt und unachtsam, verpasste dabei meinen Seelenretter. Jetzt nicht mehr! Einst war ich viel zu viel mit mir und meiner trivialen Welt beschäftigt, maß mich mit anderen Großen. Ich war vielleicht leichtsinnig und selbstsüchtig. Hier im Jenseits nicht mehr! Seine Liebenswürdigkeit ist überwältigend, sein Intellekt überflügelt alles. Ich himmle ihn an. Ich verehre ihn wie keinen anderen. Ist das alles viel zu viel? Will ich, dass er über mir steht und über alles erhaben ist? Wie steht es mit ihm selbst? Ich möchte nichts wissen, von seinem Leben und Leid, seinen Schwächen und Fehlbarkeiten. Ich darf nicht mehr grübeln. Nicht mehr.<

Beethoven bleibt erst stumm, wartet auf eine Reaktion Mozarts.

»Sag« drängt Beethoven, »was hältst Du von dem Altmeister, von dem wir geredet haben?«

Schweigen.

»Amade, was denkst Du?«

Schweigen.

»Amade! Amade, wo bist Du in Gedanken?«

Mozart gibt sich einen Ruck, öffnet die Augen und sieht Beethoven an. Immer noch sagt er nichts. Wie aus heiterem Himmel fängt er an zu singen:

1. Abend ist`s, die Sonne ist verschwunden,
und der Mond strahlt Silberglanz.
So entfliehn des Lebens schönste Stunden,   Mozart
fliehn vorüber wie im Tanz.
2. Bald entflieht des Lebens bunte Szene,
und der Vorhang rollt herab.
(Mit Freude wird er von Beethoven begleitet):
Aus ist unser Spiel! Des Freundes Träne   Beethoven
Fließt schon auf unser Grab.
3. Bald vielleicht — mir weht wie Westwind leise
eine stille Ahnung zu —

schließ ich dieses Leben Pilgerreise,   Mozart
fliege in das Land der Ruh.
4. Werd`t ihr dann an meinem Grabe weinen,
Trauend meine Asche seh`n?
Dann, o Freunde, werde ich euch erscheinen   Beethoven
und will Himmel auf euch weh`n.
5. Schenk auch du ein Tränchen mir, und pflücke
mir ein Veilchen auf mein Grab,   1x Mozart allein,
und mit deinem seelenvollen Blick   dann zusammen
sieh dann sanft auf mich herab (wiederholt)
6. Weih mir eine Träne! Und ach! Schäme
dich nur nicht, sie mir zu weihen   Mozart
O sie wird in meinem Diademe (mehrfach wiederholt*)*
dann die schönste Perle sein (dto.*)*

Beethoven ist sehr gerührt. »Nur ein großer Künstler kann so würdig, und liebevoll Abschied nehmen. 'Dann o Freunde, werde ich euch erscheinen' solche Prophezeiungen waren sonst Propheten und Göttern vorbehalten. Du hast durch Deine Musik und Liebe zu Menschen alle metaphysischen Barrieren überwunden. Und auch wenn die Obristen, Bischöfe, Fürsten und Könige Dich nicht zu schätzen wussten, hast Du Dich stellvertretend für die Bürger vom Adel hervorgehoben und mit einem Diadem der Würde geschmückt, um sie zu ermutigen. Die >Freunde<, die Du herbei zitierst, deren Treue, Traue und Mitleid suchst, sind nicht die Mitstreiter der Lust und Vergnügen, die um Dich herum schmeichelnde opportune Karnevalisten, sondern die anonymen Masse, die Dir bis in die Ewigkeit die Treue halten und Dich lieben werden. Gegenüber der Melodie, die mir von einem Hauch italienische Rhythmik vorweist, geschieht ein überraschender Wandel. Die begleitenden Achtelfiguren stocken, die Pausen schneiden ein, die Harmonik bewegt sich in lamentierenden melancholischen Zuckungen. Die Endzeitstimmung ist plötzlich innerhalb der vielen Passagen des Lamentierens herbei geholt: Abendstimmung, kühle, dunkle Atmosphäre. Still und unheimlich, beängstigend und bedrohend. Wie kommt ein sonst so fröhlicher Mozart auf den Verfall in diese Endzeitstimmung?«

Mozart ringt mit sich. Seine Endzeitstimmung? Er staunt, wie sensibel Beethoven sich für seine Gefühle in der Einsamkeit interessiert. »Ja, ich habe in der Tat den bevorstehenden Tod gespürt und bin von Angesicht zu Angesicht dem Tod begegnet. O, Beethoven, mein lieber Ludwig, wenn ich Dich so frei und erhaben sprechen höre, fühle ich mich befreit von aller Schmach und Erniedrigungen in meinem Leben. Ich sah meine Rose, Blatt für Blatt verblühen. Sie lebten in solchen Schlössern in prunkvollem Überfluss« Mozart zeigt frustriert auf das Schloss Schönbrunn »und ich musste um mein Überleben betteln und für Almosen und Hilfe für den kranken Vater und Konstanze bitten, nun kannst Du meine Enttäuschung verstehen. Du verstehst sowieso alles besser, als ich mir je erträumen konnte. Du bist meine Hoffnung. Ich schöpfe Hoffnung. In unserem Beisammensein, in unseren Gesprächen spüre ich die Heilkraft für meine Seele und ich hoffe, dass Du sie auch empfindest, und ich bin fest davon überzeugt. Eineinhalb Monate vor dieser Komposition, war ich aufgrund der Erkrankung meines Vaters sehr besorgt und traurig. Ich versuchte in einem Brief Trostworte für ihn zu finden: *Wien, den 4t April 1787, Mon très cher Père! Mein allerliebster Vater! … Diesen Augenblick höre ich eine Nachricht, die mich sehr niederschlägt – umso mehr, als ich aus ihrem letzten vermuthen konnte, dass Sie sich Gott lob recht wohlbefinden. – Nun höre aber, dass Sie wirklich krank seyen! – Wie sehnlich ich einer tröstenden Nachricht von Ihnen selbst entgegen sehe, brauche ich Ihnen doch wohl nicht zu sagen. – Und ich hoffe es auch gewiss, - obwohl ich es mir zur Gewohnheit gemacht habe, mir immer in allen Dingen das Schlimmste vorzustellen. – Da der Tod (genau zu nehmen) der wahre Endzweck unseres Lebens ist, so habe ich mich seit ein paar Jahren mit diesem wahren, besten Freunde des Menschen so bekannt gemacht, dass sein Bild nicht allein nichts schreckendes mehr für mich hat, sondern recht viel Beruhigendes und Tröstendes! – Und ich danke meinem Gott, dass er mir das Glück gegönnt hat, mir die Gelegenheit (Sie verstehen mich) zu verschaffen, ihn als den Schlüssel zu unserer wahren Glückseligkeit kennen zu lernen. – Ich lege mich nie zu Bette, ohne zu bedenken, dass ich vielleicht, so jung als ich bin, den anderen Tag nicht mehr seyn werde. – Und es wird doch kein Mensch von allen, die mich kennen, sagen können, dass ich im Umgange mürrisch oder traurig wäre. – Und für diese Glückseligkeit danke ich alle Tage meinem Schöpfer und wünsche sie von Herzen jedem meiner Mitmenschen. – Ich habe Ihnen in dem Brief (so die Storace eingepackt hat), schon über diesen Punkt (bey Gelegenheit des traurigen Todesfalls meines lieben besten Freundes des Grafen von Hatzfeld) meine Deckungsart erkläret. – Er war eben 31 Jahre alt, wie ich. Ich bedaure ihn nicht, - aber wohl herzlich mich und alle die, welche ihn so genau kannten wie ich.- Ich hoffe und wünsche, dass Sie sich, während ich dieses schreibe besser finden werden; sollten Sie aber wider alles vermuthen nicht besser seyn, so bitte ich Sie bey ... mir es nicht zu verfehlen, sondern mir die reine Wahrheit zu schreiben, oder schreiben lassen, damit ich so geschwind als es Menschen möglich ist, in ihren Armen seyn kann; ich beschwöre Sie bey allem, was uns heilig ist. – Doch hoffe ich, bald einen trostreichen Brief von Ihnen zu erhalten, und in dieser angenehmen Hoffnung küsse ich Ihnen samt meinem Weibe und dem Carl 1000 mal die Hände, und bin ewig Ihr gehorsamster Sohn W. A. Mozart.«*

Während Mozart mit sorgfältigem Detail und Respekt seinen Brief nacherzählt, lässt Beethovens Aufmerksamkeit keinen Augenblick nach, im Gegenteil, er wird neugieriger und versucht ihm mit Kopfnicken zu verstehen geben, dass er alles sehr gut hört und versteht und seinen Schmerz mitempfindet.

»Väter, die es gut meinen und erwarten, dass wir gefälligst dem gut gemeinten Rat auch folgen, sind nicht nur Narzissten, sie sind vielmehr von der eigenen Meinung und Erfahrung überzeugt. Sie verstehen unsere Laune und Lust nicht, womit wir für eine kurze Weile das Grauen der Kompromisse vergessen wollen.«

»Du hast den Nagel auf den Kopf getroffen, Ludwig! Kaum hat man die Qual des einen Kompromisses überwunden, überfällt Dich die nächste.«

»Unser Gedächtnis ist so selektiv. Immer wieder kommen wir auf diese Ereignisse. Immer erinnern wir uns an die Jugend mit guten, aber auch unguten Dingen. Was mir vor allem nicht schwer fiel, war die Versuchung der Kompromisse zu widerstehen.«

»Hast Du unbeeindruckt von undurchsichtigen Übereinkünften arbeiten können? Konnte ein Idealist wie Ludwig van Beethoven falschen Kompromissen widerstehen?«

»O ja. Stets war ich bemüht keine faulen Kompromisse zu machen und nicht nach Lust und Laune der Fürsten, sondern nach meinen seelischen Empfindungen zu komponieren. Ich vertiefte mich in meine Arbeit, genau wie Du. Also habe ich mich in zwei Dimensionen der Äußerung meines Empfindens hinein manövriert. Musik soll der Sprache der Gefühle zur Hilfe kommen.«

»Oder die Dichter sollen an unserer Musik partizipieren.«

»Aber die Sprache muss melodisch, wohlklingend und singbar sein, Amade.«

»Du hast Recht«, ruft Mozart, »ich hätte sonst meine Oper in Deutsch aufgeführt.«

Beethoven mit dem Anflug eines Lächelns. »Auch die Worte müssen melodisch sein, wenn sie Aufmerksamkeit erwecken wollen. Erst wenn sie einen Rhythmus besitzen, werden sie ihre Wirkung erreichen, Licht auf die Tragödie werfen. Die deutsche Sprache ist nicht melodisch genug, Amade. Sie kann sentimentale Bedürfnisse nicht formen. Liebe und Leidenschaft, Heimweh und Sehnsucht, Glück und Freude oder Verlust und Trauer kommen, auch wenn der Dichter sich solche Mühe gibt, ohne Impulse für Emotionen nicht zum Ausdruck. Dagegen ist die Musik, wenn sie ohne Text die Stimmung thematisiert, besser in der Lage tiefere Regionen der Menschenseele zu erreichen. Dies empfinde ich bei Deinen Sinfonien und Klavierkonzerten wesentlich ungehemmter als in manchen Liedern. Da gehst Du ohne Schweife, wortlos Deinem empfundenen Schmerz nach. Mit Instrumentalmusik können wir also Menschen direkt ansprechen, ohne ein Wort zu verlieren, sie sensibilisieren und inspirieren, aber auch wachrütteln und ermutigen, um Verantwortung für einander zu übernehmen, solidarisch mit benachteiligten Mitmenschen zu sein.«

Beeindruckt von Beethovens philosophischen Gedanken, sagt Mozart: »Der Fehler liegt nicht in den Sternen, sondern in uns selbst.« Er denkt spontan an den Vater mit seinen Vorstellungen von den moralischen Pflichten eines Künstlers. »Disziplin, Moral und Anstand waren seiner Meinung nach die Fundamente für schöpferische Arbeit. >Wer weiß wie viele Genies ihr Talent mit Faulheit, Albernheit und Trivialität vergeudet haben<, sagte er immer wieder. Die vielen schmerzlichen Erfahrungen, die er in seinem Leben hatte aushalten müssen, verliehen seinen Mahnungen eine gewisse Autorität. Niemand, vor allem ich, wagte ihm zu widersprechen. Zwar parodierten wir Kinder, meine Schwester und ich, seine Worte. In seiner Abwesenheit gab es Hohn und Gelächter, und selbst meine Mama, wenn sie deswegen mit uns schimpfte, zeigte doch manchmal ein flüchtiges Lächeln, das uns beruhigte. Am meisten glaubte ich an seine Integrität. Er war stets mein erstes Publikum, meine moralische Instanz, wie Du jetzt meine Hoffnung bist, Ludwig. Selbst ganz am Ende seines Lebens, als die Krankheit ihn schwächte, sein Geist sich gelegentlich verwirrte und sein Gedächtnis nicht mehr so gut funktionierte, selbst dann und wann merkte ich wie liebevoll er eigentlich mit mir war und wie genial sein Urteilsvermögen, was Musik betrifft. Ihm unterbreitete ich uneingeschränkt meine Sinfonien und Konzerte und war mächtig stolz, wenn er hin und wieder deutlich erfreut sagte >Gut gemacht, mein Sohn, artig und fleißig<.«

Beethoven in dessen Blick eine Erinnerung funkt, fragt bedächtig: »Warum dann solch düstere Äußerungen: *Ich lege mich nie zu Bette, ohne zu bedenken, dass ich vielleicht, so jung als ich bin, den anderen Tag nicht mehr seyn werde.* Welch fatale Gedanken! Ein Vollbringer der noch nie da gewesene Musik, muss mehr Mut zum Leben besitzen. Hat Dein Vater die seelische Vereinsamung und drohende Obsessionen, die Dich offensichtlich verfolgten nicht wahrgenommen? Vielleicht hat er selbst nicht zur rechten Zeit gelebt! Wer nicht zur rechten Zeit lebt, wird nie die Geheimnisse des Lebens kennen lernen, wird nie zur rechten Zeit sterben können. Er hat nicht nur Angst vor dem Tod, er hat Angst vor dem Leben!«

Mozart nickt. »Der Tod verliert seinen Schrecken, wenn einem das Leben zur Hölle gemacht wird. Wenn man dann nicht zu leben weiß, kann man auch nicht in Frieden sterben! Frag Dich selbst, Ludwig. Hast Du Dein Leben gelebt?«

»Du beantwortest Fragen mit Fragen, Amade! Du stellst Fragen, deren Antwort Du kennst.«

»Meine Obsessionen verfolgten mich erst Recht, nachdem er starb: Am 28. Mai 1787 starb mein Vater und mit ihm mein Halt und Rückgrat. Und auch nach seinem Tode blieb er das, was er immer für mich war: mein liebster Vater und der große Lehrer. Er blickte mir immer über die Schulter, hörte, überprüfte meine Arbeit. Je länger ich ohne ihn war, desto mehr musste ich gegen die Angst ankämpfen, meine Freude an der Arbeit und mein 'Glück' würden mich verlassen.«

Er wird tröstend von Beethoven in den Arm genommen.

»Du weinst ja!«

»Ja, Tränen der Trauer, Ludwig, aber auch der Freude, wie Du mich umarmst!

Dann kam die unerträgliche Missbilligung meiner Musik gerade von den Herren der Macht und Einfluss, die mich angeblich liebten. Dann sah ich das Ende …«

»Aber Deinem Vater hätte das Klavierkonzert in d-Moll, das alle Geister zur Auferstehung bewegt, gut gefallen!«

»Ich weiß es nicht.«

»Aber ich, mein Lieber, ich weiß, dass er mit Deinen Werken triumphierend vor dem Jüngsten Gericht seine Aufwartung macht: *Diese göttliche Musik hat mein Sohn Amadeus vollbracht.*«

Mozart bleibt plötzlich stehen, blickt um sich, dann zum Himmel und weiß nicht, was er sagen soll.

»Manchmal sagt man mehr, wenn man schweigt!«, flüstert Beethoven, schüttelt den Kopf. Dann wird er laut. »Es bedrückt mich, Dich so verzweifelt zu sehen. Auch in mir ballte sich immer wieder einiges zusammen, Amade, solche Erfahrungen lauern in unserem

Gedächtnis für immer. Sie zehren an unserer Seele und erregen das Gemüt, vor allem dann, wenn Kritik und Missbilligung unserer Arbeit von einflussreichen Fürsten und Königshäusern kommt. Es ist ungerecht, wie vieles in der Welt ungerecht ist, nicht nur die Kunst, Kreativität und Virtuosität, sondern die Persönlichkeit wird durch ihre Ignoranz zerstört. Ich wünschte, die Machthaber würden ihren krebsartigen Einfluss auf die Kunst verlieren. Denn der kreative Mensch braucht Visionen, die sich ohne Zwangsjacke formen lassen; wenn sie uns ablehnen, zertrümmern sie gleich die Pyramide unserer Fantasien. Einen Mozart so hilf-, mittellos und einsam sterben lassen, ist ein Verbrechen an der Menschlichkeit.«

Beethovens Augen füllen sich mit Tränen. Ganz hinten im Bewusstsein, an seinem äußersten Rande ein bisschen verschleiert, streift ihn der Gedanke, dass er es mit einem hoch sensiblen Geist zu tun hat, der durch die Hölle gegangen ist, dass er ihm noch mehr Verständnis entgegen bringen muss.

Mozart tritt vor ihn. Ein melancholischer, hilfloser Anblick huscht über sein Gesicht. Dann aber, als Beethoven wieder mit offenen Armen auf ihn zukommt, bereitet auch er seine Arme aus. Er senkt die Stimme und spricht: »Ich lerne einiges von Dir, Ludwig. Ich beginne zu verstehen, dass was wir als Leben zu bewältigen hatten, ein Kampf war. Früher war ich nur ein Fatalist und habe alles dem Schicksal überlassen. Dann dachte ich immer unsere Kunst sei, mit der Philosophie der Denker und anderen Wissenschaften verglichen, nicht ernst zu nehmen.«

Beethoven schüttelt den Kopf. »Unterschätze unsere Arbeit und ihre geistige Potenz nicht, Amade. Die Zeit wird es zeigen. Unser Leben war ein Übergang, in dem wir einiges erduldeten und ertrugen. Unsere glorreiche geistige Zeit kennt keine Almosen und Missstände. Unsere Zeit ist jetzt, nachdem wir dieses erbärmliche Wiener Tal verlassen haben, nachdem wir tot sind, und hier im Universum feierlich empfangen werden.«

Mozart möchte gerne glauben. »Vielleicht, vielleicht hast Du Recht, vielleicht auch nicht. Mir scheint, dass gerade das Phänomen Zeit uns überrollt hat. Es ging doch so vieles und blieb so vieles, dass wir bewältigen wollten. Immer wieder, wenn ich aus dem Humus meines Leibes aufwache, lasse das andere hinter mir, trete ein in mein Selbst, sehe das wundersame Phänomen der Metaphysik und glaube in solchem Augenblick ganz nahe zu einem geistigen Kosmos zu gehören, dem eigentlichen wahren Leben. Doch will ich nicht mehr erfahren, wie die Seele in den Körper eintritt und ihn wieder verlässt! Bis zum Tode glaubte ich an die Liebe und Gerechtigkeit in meinem kurzen Leben, denn ich hatte das, was mir zugeteilt war, hingenommen und mich mit meinem Schicksal abgefunden. Doch jetzt und heute weiß ich, wie viele Wege zur Erkenntnis es gibt, und dass der Weg des Geistes nicht der einzige, aber vielleicht der Beste ist. Das ist unser Weg, wir sind auf dem richtigen Weg. Dies ist meine Erkenntnis und sie verdanke ich Dir und der göttlichen Kunst Deiner Sprache und Deiner Liebenswürdigkeit. Ich bin auferstanden. Ich höre die Posaunen des Jüngsten Gerichts. Ich höre den kurzen Gesang, das Lied eines Vogels, der den Frieden verkündet. Ich höre das Schicksal, das an die Tür der Schlösser klopft und den Aufbruch einer neuen Zeit von Ludwig van Beethoven verkündet. Jetzt weiß ich, und ich habe keine Angst mehr. Ich werde nimmer allein sein. Was für eine Zeit, was für eine Wendung in meinem und Deinem Leben. Komm lass uns mit unserem Schicksal Frieden schließen.«

»Vielleicht müssen wir die Fehlschläge, Rückschläge und mit ihnen den Missmut eins ums andere abstreifen, bis das Leben als solches nicht mehr bedeutet, als eben leben. Ist es erst seines Schreckens an Bedeutung beraubt, werden wir in ihm die vergängliche, wertlose, all zu kurze Periode erkennen, welche sie war, welche wir durchlebten. Also akzeptieren wir Fehlschläge! Haben wir Mut sie zu überwinden! So erhöht der Geist die Bedeutung der Seele. So erringt man Erleuchtung!« Auf einmal scheint er von allen Sorgen um Mozart befreit. »Wie stolz bin ich, dass ein Mozart mit meiner Musik; mit der Fünften, die das Schicksal überwindet, zufrieden ist. Etwas Besseres konnte mir nicht passieren.«

Mozart ist völlig überrascht von dieser Wende. »Nein Ludwig, keine falsche Bescheidenheit! Etwas Besseres konnte der Menschheit nicht passieren. Deine Musik ist unwiderruflich die göttlichste, die es jemals gegeben hat und geben wird.«

>Endlich!<, denkt Beethoven >Eine langsam anbahnende fruchtbare Unterredung, eine Diskussion, die mir viele Vermutungen bestätigt. Ich habe mit einem Mann zu tun, den die Last seiner Kunst, seiner Kultur, seiner Stellung, seiner Familie, im Vordergrund der Vater, so niederdrückt, dass er seinen eigenen Willen, was das Leben angeht nie erfahren hat. So sehr wurde er zur Konformität geknetet, dass er mich hilflos ansieht, wenn ich von faulen Kompromissen spreche, als rede ich mit seiner Zunge. Halte ich ihm vor, er habe durch seine Flucht in die Freimaurer, das Feld der sozialen Konflikte der Kirche überlassen, bestreitet er liebenswürdig, wie er ist und entgegnet, Schikaneder und er haben die internationale, weltbürgerliche Bewegung mit humanitärer Zielsetzung nicht als Flucht, sondern als Rettung der Gesellschaft gesehen. Die geheime Botschaft der Zauberflöte sei Weisheit, Stärke und Schönheit. Wegen ihrer Geheimlehre und antikirchlichen Haltung lehnen die katholische und orthodoxe Kirche die Freimaurer ab. Die Menschen- und Bürgerrechte definiert von Marie Joseph Motier Marquis de la Fayette seien integrale Gesinnung des Freimaurertums. Immerhin hat diese Idee, von Europa in die USA gewandert, zur Grundlage der Bürgerrechtsbewegung beigetragen… Erstaunlich, wie schnell er in jungen Jahren zu der fundamentalen Erkenntnis gekommen ist, zum Bewundern und Verehren. Wie stolz und überzeugt er von der Idee spricht: >Bettler werden Fürsten Brüder…< Ich habe noch viele Lieder zu singen. Der Meister steht im Osten, wo die Sonne aufgeht. Zarathustra ruft immer lauter: Gute Gedanken – Gute Worte – Gute Taten. Damit erfuhr unsere Arbeit eine Wendung. Der Anstoß zur kosmopolitischen und interkonfessionellen Welt. Mozart ist das Tentakel, aus welchem Mysterium, Liebe und Leidenschaft quellen. Ich nenne dies 'Philanthropie' obschon es Religion heißt.<

Ein anderes Antlitz, eh' sie geschehen,
ein anderes zeigt die vollbrachte Tat.　　　Schiller

Zurück im Gespräch, sagt Beethoven: »Erst der Tod hat uns näher gebracht, denn zu Lebzeiten hatten wir kein Glück, uns näher zu kommen. Du warst weit weg von meiner Hemisphäre, unerreichbar für den Anfänger und zu groß, Dich mit dem Kleinen abzugeben!«

»Aber lieber, lieber Ludwig Du peinigst mich ja wieder, als ob ich ein Streuner ständig nach Ruhm wäre!«

»Nein, das nicht. Ich glaube Gott hat es so gewollt und Schiller hat wohl wieder recht, denn verdient oder unverdient, setzt sich das Schicksal immer durch: >*Recht stets behält das Schicksal, denn das Herz in uns ist sein gebieterischer Vollzieher*<. Denn wir waren viel zu viel mit uns beschäftigt. Jeder hatte mit seinem Schicksal zu kämpfen, Du mit Deinem Dir zugeteilten Leid, und ich mit meinem neidischen Dämon, der meiner Gesundheit einen schlimmen Streich gespielt hat und mein wichtigstes, sensibelstes Organ, mein Gehör zerstört hat.«

Mozart dreht den Kopf, nicht überrascht von dem, was Beethoven erzählt.

»Wie ein Verbannter musste ich leben. Die soziale Isolation durch meine Schwerhörigkeit, begann schon 1798, gerade 28 Jahre alt. Hör mal, Amade, die schwer klingende D-Dur Klaviersonate „largo e mest".«

Mozart glaubt, etwas von der Ahnung dieses schweren Weges in dem Werk wieder zu finden, nickt mit einer Geste des Mitgefühls.

»1801, im Alter von 31 Jahren die Verschlimmerung: Schwerhörigkeit mit Hochtonverlust und Sprachverständlichkeitsverlust, quälende Ohrgeräusche, Verzerrungen und Überempfindlichkeit für Schall (Hyperakusis). Dr. Franz Gerhard Wegeler, meinem Jugendfreund, schrieb ich am 29. Juni (1800): *Der neidische Dämon hat meiner Gesundheit einen schlimmen Streich gespielt, nämlich mein Gehör ist seit drei Jahren immer schwächer geworden [Schwerhörigkeit]... nur meine Ohren, die sausen und brausen Tag und Nacht fort, als wolle mir in jedem Moment der Schädel zerspringen. Ich bringe mein Leben elend zu. Seit zwei Jahren meide ich alle Gesellschaften, weils mir nicht möglich ist, den Leuten zu sagen, ich bin taub. Hätte ich ein anderes Fach so gings noch eher, aber in meinem Fach ist es ein schrecklicher Zustand... Die höheren Töne von Instrumenten und Singstimmen höre ich nicht, wenn ich etwas weit weg bin, auch die Bläser im Orchester nicht. Manchmal auch höre ich den Redner, der leise spricht, wohl, aber die Worte nicht, und doch, sobald jemand schreit, ist es mir unausstehlich. [...]- leb wohl[,] guter, treuer Wegeler [,] sey versichert von der Liebe und Freundschaft deines Beethoven.* Kant sagte einmal mit Recht: Schlechtes Sehen trenne von den Dingen, Schwerhörigkeit hingegen trenne von Menschen. Recht hat er, der gute Kant.«

Mozart ist fassungslos, denn bis dato dachte er, er sei das ärmste, gepeinigteste Geschöpf, das es je gegeben hat. Tief in seiner trockenen Kehle summt ein Ton des Mitgefühls und Verständnisses, als er die Wehmut in Beethovens Augen aufkommen und explodieren sieht.

»Die Tugend der Genialität ist, Leiden hinnehmen, um den schöpferischen Auftrag zu erfüllen. Glaub ja gar nicht, wir sind die Einzigen, auserkoren zu leiden.«

»Aber soviel Grauen war mir zugeteilt, viel zu viel, dass ich immer wieder versuchte zu Selbstmitleid zu greifen. Man sagt jede Krankheit ist ein Zeichen der Disharmonie zwischen Körper und Seele, beide sind von einander abhängig. Die Musik kann die therapeutisch wirksame Harmonie bedeuten. Aber ich war taub, wie sollte ich diese Arznei kosten!«

»Erwarte, Ludwig, von Gott keine Erklärung und sage nicht warum gerade ich! Wir alle sind Gottes Werkzeug, sein Spielzeug, ob es uns passt oder nicht! Er hat es so gewollt, genauso hat er es gebilligt, dass wir uns hier jenseits vom Trubel des Lebens begegnen, nicht unsertwegen, nein, um Himmelswillen, um seine Allmächtigkeit und Magnifizenz zu beweisen.«

»Welche Motive mag wohl der Herr über Leben und Tod gehabt haben, mich aus Fleisch und Blut, Seele und Geist zu einem Krüppel zu machen. Wer hat etwas davon, dass ich die Unerträglichkeit des Lebens als Prüfung ansehen und akzeptieren soll, Wolfgang! Wer kennt die Antwort auf solche Fragen? Wer war Jesus, der sich angeblich für die Menschheit geopfert haben soll und warum jener schändliche Tod? War es eine Demonstration der Macht mit der selbstherrlichen Inszenierung der Auferstehung. >Mache Dich auf, werde Licht.< Was wollte er uns mit solch profanen Märchen erzählen? Ich sehe keinen Sinn darin. Die mystischen Motive, die göttlich sein sollen, habe ich vergeblich gesucht. Was ich fand, war nichts als seine kühne Ignoranz und Selbstherrlichkeit. Ich muss gestehen, dass meine Einsamkeit, je unerträglicher sie wurde, umso mehr mich von ihm entfernte. Nicht mit ihm als 'Herrgott', sondern mit mir selbst muss ich Frieden schließen, sagte ich mir. Aber wie sollte ich den Menschen, die ich liebte, mein Leid mitteilen? Ich bat meinen Arzt Professor J. Adam Schmidt, dass er, sobald ich tot bin, in meinem Namen meine Krankheit beschreibe, … damit wenigstens soviel als möglich die Welt nach meinem Tode mir versöhnt werde …, ich wollte nicht als Heiliger, sondern als Menschenfreund sterben.« Schweigen. »Die Frommen, ach diese Frommen«, fährt er seufzend fort, »sie haben von meinem Leid gewusst und mich doch am meisten im Stich gelassen. Diese Brüder, die nennen sich 'Gemeinschaft der Heiligen' und nehmen keinen Kummer und Not von den Menschen ab. Im Gegenteil, sie missachten ihre Würde, indem sie immer wieder darauf hinweisen, dass Jesus alles für uns Menschen ertragen hat. Wir sollten doch diese Opferbereitschaft als Beispiel nehmen und nicht so viel jammern. Ja, diese Heiligen Brüder, sie sind die 'echten' Menschen, die jüngeren Brüder des Heilands. Triumphierend genießen sie das irdische Leben, vergnügt unterwegs zum Heilland, zu endlosem, zeitlosem Leben im Schoß Jesus.«

»Aber Ludwig sei nicht ungerecht zu den Scheinheiligen, sie sind Heuchler und Schwächlinge aus Fleisch und Blut, opportun zu jeder Gunst und jeder Zeit. Zu ihnen gehören wir nicht. Wir sind Derwische; Bettelmönche, die nicht als Messner, sondern als Diener der Liebe unter Menschen gelebt haben. Nur so konnten wir, die unglücklichen Komponisten, zu Glücksbringern der Menschen werden.«

»Wir sind genauso genommen hier im sagenhaften Paradies, ohne Schatten und Irreführungen auf uns und auf die Erinnerungen eingestellt, sonst gar nichts.«

Mozart drückt die Worte so überzeugend aus, als sei er sich ganz sicher, Beethoven würde ihn verstehen.

»Sollten wir, wie Du sagst, Großes vollbracht haben, dann vollbrachten andere Künstler, Maler, Dichter und Humanisten größeres, oder? Höre Schillers Gedicht:

Ausgang aus dem Leben:
Aus dem Leben heraus sind der Wege zwei dir geöffnet,
zum Ideale führt einer, der and're zum Tod.
Siehe, wie du bei Zeit noch frei auf dem ersten entspringest,
ehe die Parze mit Zwang auf dich auf dem anderen entführt.«

»Nun zum Leben selbst ein kurzes Wort: Auf der Erde sagen die Skeptiker oft, dass das Leben langfristig gesehen auch eine Krankheit mit unabwindbarer Todesfolge ist. Wer lebt, muss auch sterben. Daran ist nichts zu ändern. In den kritischen Phasen meines Lebens gefiel mir diese Einstellung. Aber jetzt geistere ich mit Dir hier im unendlich weiten Universum herum. Meine Seele ist entzückt von der uneingeschränkten Freiheit. Vor allem keine Zwänge mehr. Seitdem wir uns gefunden haben, bin ich sicherer denn je, was Glückseligkeit heißt, dass wir sie hier finden und empfinden werden. Schau doch dort die hellen Wolkenformationen. Sie stellen sich gebieterisch zur Konversation auf.«

»Wo? Wer?« fragt Beethoven verdutzt.

»Dort über den hellen Wolken. Runge, Goya und Botticelli bewegen sich tänzerisch auf einander zu.«

»Ich sehe nichts! Ich höre nichts!«

»Ludwig, ich glaube wir warten noch einen Moment, bis die Wolken sich verzogen haben.«

»Ich grüße die Söhne des Friedens!« ruft plötzlich Runge.

»Die Welt ohne Mozart und Beethoven wäre eine stumme, kalte Welt, ohne Emotionen, ohne Liebe«, sagt Goya.

»Und unser ständiger Begleiter ist die Sehnsucht nach Vollkommenheit Eurer Kunst«, verkündet Botticelli feierlich.

»Machen uns auf, wir sind Licht!«, ruft Beethoven.

»Ja wir sind Lichter der Leidenschaft und Liebe«, erwidert Runge und singt: *»Spielt ich still und sorgenlos,*

103

freudvoll Stunden!
Auf der Mutter Erde Schoß:
Wie so bald verschwunden,
grüße Freunden?
nur beim Scheiden
habe ich eueren Wert empfunden …

Alle diese und viele andere Gedanken, die mich überfielen, erschienen so nah und vertraut, so aus meiner eigenen Weltanschauung, und Lebensphilosophie geschöpft! Ich nannte Beethoven und Mozart die Unsterblichen, denn Ihr seid universal wie die Sterne sind. Sie erleuchteten den Himmel und spendeten Trost, wenn es dunkel wird. Ich hörte Mozarts himmlische Konzerte …, Beethovens 5. Sinfonie mit lebenserweckender Partitur. Was haben diese einleitenden drei Noten, diese drei G und ein Es vollbracht? Die göttliche Pastorale, Egmont, Fidelio, Eroica, die Neunte, die Geschöpfe des Prometheus und …« Runges bohrender Blick lässt nicht von Beethoven ab, während er spricht. Beethoven ist überrascht; Runges Konzentrationsstarre zeigt an, dass er noch nicht mit seinem Repertoire fertig ist, nein er fährt fort: »die himmlische Zauberflöte, die Entführung aus dem Serail, Idomeneo, Le Nozze di Figaro, … Jupiter Symphonie und … und … diese bis in alle Ewigkeit klingende Musik, hören die Menschen immer noch. Hört Ihr, wie gut Ihr mit Jupiter und Mars im Universum konkurriert, warum Ihr unsterblich seid?«

»Adieu ihr philanthrophen Seelen begrenzten irdischen Zeit, nunmehr unsterblichen Romantiker im ewigen Kosmos«, rufen sie feierlich, und lösen sich ins Nichts auf.

Beethoven schüttelt den Kopf. »Wo gibt's denn so was? Warum so kurz und unverbindlich?«

»Wo denn sonst, wenn nicht hier. Wie ein Blitz aus heiterem Himmel kommen und wie Donner im Nichts erlöschen.«

»Scheint so. Weißt Du, Amade, Philipp Otto Runge war einer der kühnsten Vordenker der Romantik in Deutschland und eines der größten musischen Talente seiner Epoche. Runge hat mit seiner Niederschrift der Märchen von >Machandelboom< und vom >Fischer und syner Frau< zwei der schönsten niederdeutschen Sprachdenkmäler geschaffen und im Austausch mit Goethe die Lehre vom Farbkreis zur Dreidimensionalen, alle Aspekte zwischen Hell und Dunkel sinnvoll ordnenden Farbkugel vervollkommnet hat. Es waren die bürgerlichen Darstellungsmedien Schattenriss und Scherenschnitt, handwerkliche Alltäglichkeiten, die er schon in seinen Jugendjahren mit überragendem Geschick betrieben hat. Die Schriften von Ludwig Tieck und von Novalis hatten größten Einfluss auf Runges Denken und seine Fantasie und bestärkten ihn in den Überlegungen, wie die Malerei der Zukunft aussehen könnte. Den entscheidenden Einfluss auf die angepeilte Richtung bekam er im Jahr 1801, als er bei dem von Goethe mit ausgelobten Malerwettbewerb in Weimar über Themen der >Odyssee< eine demütigende Rüge bezog. Die Genies auf der Lichtlilie aus dem zerschnittenen >Großen Morgen> und die Tageszeiten werden für Runge zu Allegorien der Geschichte. Kunst muss aus dem Inneren kommen. Ich war hingerissen und im Himmel als ich 1805 >Die Ruhe auf der Flucht< sah. Runge vermittelte psychologisch schwer darstellbare antike mythologische Romantik.«

»Was war Runges Sonderstellung unter den Maler der Romantik?«
»Amade, um Runges Sonderposition als Maler, als Pionier des von allen gesellschaftlichen Attributen befreiten Bildnisses darzustellen, werden wir ihn ein weiteres Mal treffen müssen!«

»Na, dann. Wohin? Wo willst Du sein, Ludwig?«
»In Bonn«, sagt Beethoven spontan.

Es ist eine Eigentümlichkeit des Menschen, dass er zu Heimweh fähig ist.

Bonn am Rhein

»Nun Ludwig, wie fühlst Du dich hier am Rhein?«

Beethoven ist hoch erfreut und glücklich, aber auch nervös. »Zur Zeit des Churfürsten Clemens August in den 1724iger Jahren«, er zeigt mit der rechten Hand auf ein Haus, »wohnten meine Großeltern in dem Haus in der Rheingasse 934, der Hofkapellmeister und Sänger Maria Joseph Balluineus Ludwig van Beethoven mit seiner Ehegemahlin; sie hatten ein Kind, einen Sohn, Johann van Beethoven; sie wohnten auf der zweiten Etage zur Miethe ... Meine Großeltern waren bürgerlich und gebildet. Johann van Beethoven, mein ehrwürdiger Vater war schon früh von seinem Vater auf dem Klavier und zum Singen angeführt, und wurde auch später als Hof-Tenorist angestellt ... Johann van Beethoven verstand sich wie Du, Amade auf die Weinproben; er war auch zur rechten Zeit ein guter Weintrinker, dann war er munter und fröhlich, hatte alles genug; er hatte keinen üblen Trunk an sich.«

Mozart ist überrascht von Beethovens Vergleich und lacht hell auf. »Ich hätte ihn gerne kennen gelernt.«

»Aber Amade, wir waren noch nicht mal geplant, geschweige denn geboren!«

»Mein Vater war sehr ernst und nicht zum Vergnügen und Genießen da!«

»Im Gegensatz zu meinem! Als Johann van Beethoven, mein Vater, seinem Vater die Freundin vorstellte und seinen Wunsch sie zu heiraten kundgab, da erschien sie meinem Großvater, nicht angemessen genug ...«

»Immer dasselbe Palaver! Mein Vater akzeptierte Konstanze von Anfang an nicht. Mit zwanzig Jahren sah ich dies noch nicht als eine lebenslange Eskapade für meine Seele.«

»Recht hat doch Barnave, wenn er schreibt: *Wie viel Lärm, wie viel geschäftige Leute! Wie viel Zukunftspläne in einem zwanzigjährigen Kopf! Wie viel Ablenkungen für die Liebe!*«

»Aber Ludwig, ich ahnte schon bald, dass es mir den Atem verschlagen würde. Mir kam es vor, als befinde ich mich in freier Natur mit einer frischen Brise, aber ich bekam keine Luft. Überheblichkeit und Snobismus der Väter! Sie wollen uns glauben machen, es geht schließlich nur um unser Glück. Wir sind noch unreife pubertierende Geschöpfe. ›Die angebrachte Enthaltsamkeit könne uns von verhängnisvollen Katastrophen bewahren‹ mit solch hirngespinstigen Parolen können sie uns doch nicht verdummen. Wir sind nicht blöder als unsere Väter, oder?« Mozart ist richtig echauffiert. »Am besten gleich kastrieren!«

>Jetzt reicht's<, ertönt Leopold Mozarts Stimme, >Jetzt reicht's. Übe Nachsicht mit meinen Fehlern, mein Sohn. Immer mehr kommst Du mir vor wie ein selbstgerechter Richter, der mir vorwirft, dass ich ein Absolutist und Tyrann sei, dass ich vor der Leidenschaft eines jungen Menschen die Augen verschließen würde. Ich spüre in Deinem Ton, wie viel Zorn Du in Dir trägst und möchte zu Gott beten, dass er bei Dir den Sinn für Gerechtigkeit und Güte zum Verzeihen stärken möge.<

Die Stimme erlischt wieder im Nichts.

Mozarts Augen weiten sich. Er ist sehr überrascht. >So frei können Geister sein! Sie sind doch überall. Das müsste ich doch wissen!< »Vater verzeih' bitte meine Überreaktion!«

»Aber nicht doch! Du hast recht. Wir waren schwach, die Ohnmacht lähmte uns zu agieren. Wir waren schon von unserer verklemmten Kindheit an, zum unbedingten Gehorsam gezwungen.«

»Ludwig, lassen wir das Thema lieber! Kein depressives Wort mehr. Es ist vorbei, wir können uns nicht mehr erheben, wenn wir auch wollten.«

Wut und Entrüstung klingt in Mozarts heiserer Stimme. »Erzähl Du nur weiter von Deiner Jugend am Rhein.«

»Traurig? Mach mir nichts vor, Amade, Du bist ein Fatalist. Alles was auch passieren mag, überlässt Du dem Schicksal!«

»Du etwa nicht?«

»Doch! Lass uns weiter gehen.«

»Sie war eine zierliche junge Frau bürgerlicher Herkunft. Maria Magdalena Keverich aus Ehrenbreitenstein«, erzählt Beethoven weiter. »Die alten Urkunden konnten aufweisen, dass sie bei vornehmen Herrschaften gedient, und eine gute Erziehung und Bildung erhalten hatte. Aber der Hofkapellmeister, mein Großvater, hatte sich über sie erkundigt und war sehr dagegen, dass er, mein Vater, ein Kammermädchen heiraten will. >das hätte ich nie von dir geglaubt und erwartet, dass du dich so heruntergesetzt hättest ...< Aber

Johann van Beethoven hat am 12. November 1767 Maria Magdalena Keverich aus dem Thal Ehrenbreitenstein geheiratet ... Sie war trotz Abneigung des Schwiegervaters eine zufriedene und glückliche Frau. Johann van Beethoven, mein Vater, war von mittlerer Größe, längliches Gesicht, breite Stirn, runde Nase, breite Schultern, ernsthafte Augen, etwas Narben im Gesicht, dünnes Haarzöpfchen...«

Mozart wirft einen prüfenden Blick auf ihn. »Aber vieles von dem, was Du beschreibst, spiegelt sich in Dir wider, mit dem Unterschied, dass Du keine Narben im Gesicht hast und Deine Augen tiefgründig und treuherzig sind.«

Beethoven greift stolz zu seinem vollen Haarzopf und lacht. »Ja, und Madam van Beethoven war eine kluge, liebenswürdige Frau, die eine sittlich-bürgerliche Familie in Frieden zu führen, in der Lage war. Der Mensch lebt halt gerne in Gesellschaft und die Gesellschaft besteht aus Familie, Kindern und Sippschaft, Sitten und Gebräuchen. Jedem soll doch die Freiheit gegeben werden, mit wem er leben möchte. Der eine mit einer Frau, der andere mit einem Hund!«

Mozart lacht. »Du bist ein Mann der Liebe mit höherem Instinkt. Ein Mann mit weiser Pädagogik, kein Philister und platter Materialist mit Kirchturmhorizont. Zynisch konservative Vorstellungen von unseren Vätern: Standeszugehörigkeit, Wohlstand, womöglich auch Bildung führen uns Individualisten nur ins Unglück! Obwohl die Väter meinen, dass es alles zu unserem Glück sei. Die Arroganz der moralischen Exorzisten wird nur durch ihre Dummheit übertroffen. Sie begreifen nicht, dass ihre Verordnungen mit Keuschheitszwängen Selbsttäuschung ist, und Selbstbefriedigung zu Verklemmung und Depression führen. Sie wundern sich nicht einmal, wenn viele von uns so jung und doch lebensmüde sind!«

»Amade! Sei vorsichtig, der Feind hört mit!«

Sie lachen.

Einen Augenblick lang scheint Beethoven tief in Gedanken nach einer Erklärung zu suchen. »Man müsste nach den Ursprüngen unserer väterlichen, großväterlichen Weltanschauungen forschen, ob sie von sentimental niedrigen Instinkten oder nur von einfach wie-

dergekäuten Lektionen her, ihren lehrmeisterhaften Pflichten nach-
gehen wollten. Man muss doch uns die freie Wahl überlassen, welche Art der Lebensweise und mit wem. Man müsste sie fragen, ob
sie uns mit ihrer selbstverschuldeten Unmündigkeit und verklemmten schwarzen Pädagogik strafen wollten? Haben unsere Väter unter
ihrer Ehe gelitten? Obwohl sie brav behaupteten und womöglich
glaubten eine gut situierte Ehe sei, wenn sie standesgemäß ist, die
segensreichste aller Institutionen!? Litten sie selbst unter einem Ö-
dipus-Komplex und gönnten uns ein Leben >nur< auf der Basis
einer Liebe mit einer von uns auserwählten Frau nicht? Sie sprachen
ihre fürsorglichen Befürchtungen aus, die man ihnen beigebracht
hatte, denen sie selbst naiv auch gefolgt waren, obwohl sie nicht
abgeneigt wären, es auch mal mit Liebe zu probieren?«

»Ludwig, wer hat das letzte Wort? Wenn sich ihre so genannten
Lebenserfahrung als stupide Farce entpuppt, ihr Gewissen anfängt
zu bröckeln und zu wackeln und die Schatzkammer ihrer Weishei-
ten zu stinken beginnt? Nun genug damit. Kannst Du Dich gut an
Deine Mutter erinnern?«

»Aber ja, sehr gut sogar. Sie war eine liebe, sehr mütterliche Frau.
Sie war großzügig und bedacht, dass es uns gut geht. Sie war sehr
gerecht. Sie erzählte uns gerne von früher: >An schönen Sommer-
tagen wurdet Ihr Kinder, Du und Dein Bruder, von den Mägden an
den Rhein oder in den Schlossgarten geführt, wo Ihr auf dem Sand-
boden mit anderen Kindern gespielt, dann wieder nach Hause gebracht wurdet. Wenn die Witterung ungünstig war, habt Ihr auf
Fischers Hofe auch mit deren Kindern gespielt...<. Ja, ja, wir waren
oft den Mägden überlassen. Mein Vater war sehr streng, wir sollten
nicht so arg verwöhnt werden. Mein Bruder Nicola hatte eine
Schürfwunde am Kopf, die vernachlässigt, zu einer dauerhaften
Narbe wurde. Ich soll viel Spaß und Vergnügen gehabt haben, wenn
die Kinder mich Huckepack trugen ...«

»Ich kann mich kaum an diese Zeit erinnern, geschweige denn an
Spielen mit anderen Kindern. Ich war gerade drei Jahre alt, als meine siebenjährige Schwester Nannerl vom Vater Klavierunterricht
erhielt, der dafür ein Notenbuch angelegt hatte, das vorwiegend

Menuette und andere kurze Stücke zeitgenössischer Komponist enthielt und mit steigendem Schwierigkeitsgrad zu spielen war ...«

Mozart sieht Beethoven forschend an, als wünschte er, dieser möge sich über diese für ihn besondere Situation äußern. Doch Beethoven bleibt stumm.

»Ach Ludwig, ich versuche meine frühkindliche Neugierde und Faszination von Musik zu erklären. Mein geheimer Wunsch war, mit meiner Schwester zu wetteifern, um meinen Teil an der Aufmerksamkeit des Vaters zu erringen. Ich brachte endlose Stunden am Klavier zu. Mich interessierte vor allem das Zusammensuchen der Terze, welche mich anstimmten. Im Alter von vier benutzte ich Nannerls Notenbuch, das bei den einzelnen Nummern bald die stolzen Eintragungen meines Vaters erhielt, z.B. >*Diesen Menuet hat d. Wolfgangerl auch in vierten Jahr seines alters gelernet*< oder mit bereits größer Genauigkeit und im Bewusstsein der Bedeutung: >*Diesen Menuet und Trio hat Wolfgangerl den 26ten Januarii einen Tag vor seinem 5ten Jahr um halbe 10 Uhr nachts in einer halben Stunde gelernt*<. Schon nach wenigen Wochen schrieb mein Vater im gleichen Notenbuch meine erste Komposition auf, ein Andante und Allegro für Klavier KV 1a und 1b, und bis zum Ende des Jahres 1761 folgten weitere kleine Stücke. Noch früher habe ich versucht den großen Geistern nachzueifern und zu komponieren und was ich vollbrachte, nannte ich >Concerto<, wofür ich meine eigene Notation erfand.«

»Wie reagierte Dein Vater?«

»Er nahm sie mir weg und zeigte ein Geschmiere von Noten, die >meistentheils< über ausgewischte >dintendolken< [Tintenklecksen] geschrieben waren, Hoftrompeter Schachtner, einem Freund unserer Familie.«

»Mein Vater war als Hoftenorist hoch angesehen und gab Söhnen und Töchtern der in Bonn lebenden englischen, französischen und kaiserlichen Gesandten, auch Herren und Töchtern von Adel und anderen angesehenen Bürgern Lehrstunden auf dem Klavier und im Singen.«

»Dann hattet ihr keine materiellen Engpässe zu befürchten.«

110

Beethoven grinst. »Ja. Die Gesandten einiger Herrenländer waren ihm sehr zugehalten. Sie hatten ihren Hofadministratoren erlaubt, wenn es ihm an Wein mangele, solle er nur zu ihnen schicken, dann brachten die Kellerdiener ihm ganze Pausen (Schalen) Wein ins Haus.«

»Wann wurde der Hoftenorist auf Dich aufmerksam?«

»Ach, an sich relativ früh, und wenn er nüchtern war, durfte ich auch manches vorspielen, oder besser gesagt improvisieren. Er hatte Mozart, das kleine Jungengenie, als Vorbild im Kopf und wollte aus mir einen zweiten Wolfgang Amadeus Mozart machen, um wie Leopold Mozart, aus dem Wunderkind Kapital zu schlagen.«

Mozart lacht hell auf.

Beethoven lacht mit und fährt fort: »Ich studierte Orgel und Klavier und gab mein erstes Konzert mit acht Jahren. Christian Gottlob Neefe, Hoforganist und Theaterdichter, war mein erster Lehrer. Er gab mir Unterricht über Bachs wohltemperiertem Clavier und ich spielte Bachs Stücke bis in meine erste Wiener Zeit. Neefe gab mir auch Kompositionsunterricht.«

»Ich kann Dich und Deine Situation gut verstehen, Ludwig, wenn Du nur das Wort >Lehrer< aussprichst. Haydn, Salieri … waren gute Techniker, aber sie konnten die Virtuosität in unserer Leidenschaft nicht erkennen. Wir waren keine bequemen Schüler, die sich an Partituren und Vorgaben stockkonservativer Lehrmeister orientierten. Wir waren unbequem und für neue, moderne, ja besondere Musik geboren. In den anderen Bereichen der Kunst begann der Aufbruch zur Veränderung früher. Schau doch Michelangelos stolzen, kecken Gedanken das herrliche Pantheon als Kuppel auf seine Peterskirche zu setzen oder Sandro Botticellis >die Geburt der Venus< den nackten Körper als Reinheit und Schönheit darzustellen, in einer Zeit der falschen Keuschheit und Verschleierung der Sinnlichkeit. Die Bildnisse, die er im Zusammenhang mit den Hingerichteten der Pazzi-Verschwörung 1478 an der Fassade des Palazzo della Signoria festhalten konnte, wurden leider 1494 zerstört. Um 1477 schuf er außer der Madonna del Mare, viele andere Werke, die seinen Ruhm in Thematik und Realisierung der Visionen von der Poesie der Schönheit und Sehnsüchten der Menschen darstellen.«

»Amade, Du hast für meine Vorstellungen von der modernen Musik mit großartiger Improvisation und genialen Phantasien den Bach'schen Klassizismus und Haydns brave und verschlafene Musikwelt revolutioniert. Erst durch Dich und Deine alles übertreffende Musik fand eine authentische Umwälzung auch in meiner musikalischen Weltanschauung statt. Ich muss aber gleich hinzufügen, dass ich auf das Neue und modernere Klänge vorbereitet war. Daher war der Vergleich mit dem kühnen trotzigen Turmbau von Migelangelo, auf den Du hingewiesen hast und auf den so leicht keiner weiter etwas setzen wird ohne sich Hals zu brechen, allegorisch für unsere Musik berechtigt.«

»Musik ist die bessere Kunst, simultan die sentimentalen Sehnsüchte des Menschen zum Ausdruck zu bringen, findest Du nicht, Ludwig?«

Beethoven nickt. »Andere Künstler, Dichter und Maler sind handelnde Personen. Sie interpretieren ihre Vorstellungen von Moral, Humanismus und Politik, um nach kopernikanischer Revolution erneuerbare Grundsätze für die Allgemeinheit verständlich zu machen. Sie nennen die Probleme mit Namen.«

»Ich bin keineswegs überzeugt, Ludwig, dass sie es tun; dass man sich diese erneuerbare Grundsätze zu Eigen machen muss. Auch wir Musiker, was haben wir für das Wohlergehen der Menschen getan, außer unseren Herrn zu dienen? Unsere Lehrmeister weigerten sich, gefesselt an heilige Messen und Traditionen des deutschen Konservatismus bis dato zu akzeptieren, was jeder Schüler längst begriffen hat: dass auch unsere Kunst, die Musik, eine Aufgabe hat und einer Erneuerung bedarf.«

»Wir haben doch versucht, Amade, mit unserer Musik sozialpolitischen Einfluss auf die Gesellschaft zu nehmen, zweigleisig, ermahnend auf Herrschaftshäuser und ermutigend und aufklärend auf das Volk. Bach oder Haydn waren zu konservativ oder taktisch >vernünftig<, um Könige zu kritisieren. Erst seitdem es einen Mozart gab, begriff der Bürger, dass Könige, Bischöfe und Päpste nicht die

Vertreter vom Allmächtigen sind, die sich hier auf der Erde alles erlauben dürfen.«

Mozart lächelt breit und schüttelt den Kopf. »Du bist derjenige, der die Musik revolutionierte, nicht ich.«

»So mag es sein, Amade! Aber die Impulse kamen von Dir. Wir beide haben relativ spät wahrgenommen, dass auch wir etwas zu sagen haben, um mit der Musik auf Gesellschaft und Politik Einfluss zu nehmen. Die Opern, Sinfonien, Konzerte und andere instrumentale Musik haben die geistig moralischen Phantasien des Bürgers beflügelt. Dichterische Sprache und philosophische Gedanken in der Musik verhalfen den Menschen ihre Rechte zu erkennen und sich perspektivische Ideen zu entwickeln, die die Masse des Volkes aus der Lethargie herausholen kann. Das haben wir jedenfalls beabsichtigt.«

»Aber wir waren wohl nicht taktvoll genug, wie seiner Zeit Haydn. Ich habe es auch darauf kommen lassen, dass mancher Fürst und König mich mit meiner Art zu musizieren ablehnte und in Ungnade verbannt hat. Aber Du, Ludwig, Du warst von Anfang an ein unabhängiger, politischer Komponist, der die gesellschaftlich-sozialen Bewegungen durchschaute und aufgrund dessen auch in der Lage war, mit der Musik in die Politik der Fürsten einzugreifen. Deine sprachlose Musik hat mehr für Frieden, Gerechtigkeit, Freiheit und Gleichheit verlautbaren lassen, als alle bisher komponierten Opern. Du hast programmatisches Denken mit ermutigendem Handeln verbunden. Du hast wohl Dein ganzes Leben lang davon geträumt, dass die Welt kosmopolitisch regiert wird, damit sich die Menschen in Frieden verständigen können. Als du Deinen Einfluss wahrnahmst, hast Du auch Worte eingesetzt, aber immer wieder für das gleiche Thema >Freiheit< und immer wieder für die gleiche Leidenschaft, die >Liebe zu den Menschen<, selbst in Sinfonien. Mit der >Bonaparte<-Sinfonie 3 >Eroica< 1804 hast Du zwar eine herbe Enttäuschung erfahren, aber Dein Werk ist jedem großen Helden gewidmet, der das Bürgertum vom Joch der Unterdrückung befreit. Dass der eine sich selbst zum Kaiser krönte, hast Du ja nicht ahnen können. Als Virtuose in der Kompositionskunst hast

Du es verstanden dem Bürger meisterhaft seine Rechte im Bewusstsein zu erwecken. Dein >Fidelio< und die Sinfonie Nr. 9 D-Moll, Op.125, für vier Solisten (Sopran, Alt, Tenor und Bassbariton, gemischten Chor zu vier Stimmen und Orchester), übertreffen alles, was ich mir je erträumen konnte. Mit der Vollendung dieses Werkes hast Du alle bisher komponierten Werke übertroffen. Ein himmlischer Appell an die Menschheit für Frieden, Gleichheit, Brüderlichkeit. Ich bin nur traurig, dass ich alles nicht erleben durfte.«

Glücklich über Mozarts Worte, bescheiden, wie es sein Naturell verlangt, blickt Beethoven ihn an. Seine Augen drücken eine innige Dankbarkeit aus.

»Das Leben ist und bleibt ein Rätsel und ein Kampf zwischen Triumph und Niederlage. Daran wird sich nichts ändern. Weder an Dasein, noch an der Existenz ist etwas zu rütteln, solange man fatalistisch alles hinnimmt, was einem zugeteilt wird. >Das Schicksal< ist dann die Rechtfertigung für die faulen Gemüter. Der Existentialist aber gestaltet sein Leben mit mehr Mut und Courage, leistet Widerstand gegen Unrecht und Gewalt, ignoriert die Vorsehung! Lieber Amade, wir waren die Auserwählten, die bereit waren sich mit der Musik gegen das Leid des Volkes und die Tyrannei der Obrigkeit zu stellen. Es gibt in der Welt viel zu viel Leid und unbestreitbar viel Böses. Man kann sich dem gegenüber mehr oder weniger neutral zeigen, als ob es einen nichts angeht, akzeptieren und alles als unabänderlich halten, aber man kann nicht leugnen, dass es existiert. Wie es die Philosophen taten! Ja, Amade, sie meinten man sollte die Menschen nicht als Mittel zum Zweck missbrauchen! Also blieben sie zur Politik distanziert.«

»Und wie erklärten sie das Menschenleid?«

»Das Leid scheint das Grundgesetz der Weltordnung zu sein, und dies vornehmlich für Arme und Benachteiligte, weil dadurch die Weltordnung aufrechterhalten werden kann. Philosophen, nicht alle, jedoch die meisten, blieben stumm und die Kirche führt mit viel Tam Tam und Litanei das Leid Christi vor. Wir hätten die Strafe für unsere Sünden hinzunehmen und das Leid zu ertragen. Die Sünde bringt die Reue mit sich und gleichzeitig eine Strafe, da die Ordnung des Herrschaftssystems göttlicher Herkunft sei! So erklärt es auch der Gesetzgeber im Einvernehmen mit der Kirche. Eine schwere >Todsünde< verdient eine >ewige< Strafe. Die Kirche spricht immer von Sünde und Strafe: Es wäre göttliche Ungerechtigkeit, eine solche Sünde nicht mit einem gleichartigen Leid zu bestrafen!«

»Ludwig, sie wollen uns einreden, es sei in der kosmischen Ordnung und in der Schöpfung vorgesehen, dem Menschen einen Werdegang mit Schmerzen zu bereiten; er muss das Leid als Voraussetzung für seine Existenzberechtigung akzeptieren!«

»Gewiss, aber sie wollen mehr, sie wollen uns einreden, sie seien Gerechte, Weise, sie wissen wovon sie reden. Sie reden nämlich immer vom Jenseits und versprechen vieles. Ich hatte das Gefühl, dass der Masse des Volkes das Recht zum Sterben bewusster gemacht werden sollte, als die Freude am Leben. Das Vorrecht der Toten sei, nicht mehr sterben zu müssen! Und nur dann haben sie ihre >ewige< Ruhe!«

»Nicht mehr sterben zu müssen! Die >ewige Ruhe<!«

»Reif muss der Mensch werden, Amade, dazu kann der Künstler beitragen. Der Mensch kann durch Bildung und Erziehung seine Instinkte polieren; die Musik sensibilisiert diese Instinkte bis in die dunklen Ecken der unbewussten, unbekannten Zonen der Persönlichkeit vorzudringen und sich auf diese Weise auf eine neue Stufe des Seins zu erheben – einen erhabenen geistig-moralischen Typus, des modernen Philosophen Nietzsche – den Übermenschen! Nein, Nietzsche war weder verrückt, noch hat er halluziniert, als er Gott für tot erklärte. Er trug eine schwere Last. Er rang um die Befreiung der Menschheit und vor allem seine eigene. Aber er war kein Messias, der Erlöser; er erkannte sein Unglück und empfing es mit offenen Armen. Aber die Bürger, sie wollte er wachrütteln, nicht alles hinnehmen. Doch auch Nietzsche wusste, was es heißt, von einem Jesus besessen zu sein, den man gleichermaßen liebt und verflucht!«

»Ich bin keineswegs überzeugt, Ludwig, dass wir uns diese morbide Weltanschauung zu Eigen machen sollen. Der Schopenhauer Musterschüler übertrifft ihn mit seinen pessimistischen Thesen.«

»Pessimistisch? Frage Du Dich doch einmal, Amade, warum alle großen Philosophen pessimistische Weltanschauung verbreiten? Frage Du Dich doch folgendes: Wer sind die, welche Sicherheit, Behagen, dauerhaftes Glück erlangen? Ich will es Dir sagen: jene mit starsinnigem Egoismus - Goethe und seinesgleichen!«

Beethoven gibt mit einer Handbewegung den Auftakt zur Ouvertüre Egmont Op.84 frei.

Mozart ist tief beeindruckt von Nietzsches Gedanken, noch mehr aber von dem was er hört. »Viele Deiner Werke wie >Egmont<, >Eroica< oder >Schicksalssymphonie< klingen nicht mehr wie die üblichen klassischen Werke. Sie sind unmissverständliche Boten für die Befreiung aus Frustration und Lethargie der Ohnmacht. Oh, Ludwig, der Himmel trotzende Prometheus des Proletariats, ich liebe Dich!«

Beethoven ist sehr gerührt, aber er sagt nichts. Er blickt um sich, als sähe er zum ersten Mal die Welt, denkt nach. >Schön ist die Welt, bunt und ermutigend, ergreifend und erweckend! Ich musste mich von der Masse absondern, um der Masse dienen zu können. Sinn und Wesen meines Lebens sollen nicht irgendwo verloren gehen. Es war doch nicht umsonst, mein Leben und mein Werk!<

Mozart versteht sein Schweigen nicht. »Habe ich etwas Falsches gesagt? Habe ich Dich nicht richtig verstanden? Du weinst ja!«

»Ja, Tränen der Sehnsucht, Amade. Aber auch Freude, wenn ich bedenke, von wem diese Huldigung kommt, wenn nicht von meinem geliebten Mozart!«

Mozart erleichtert, atmet auf. »Nun musst Du mir aber noch etwas erklären, Ludwig, was haben unsere großen Dichter und Philosophen in der unruhigen und bewegenden Zeit vollbracht?«

»Welche meinst Du, Amade?«

»Ich meine die Herren Kant, Goethe und Schiller ... Wer trägt zur Aufklärung bei, wenn nicht die Philosophen und Dichter!«

»Ursprünglich beschäftigte ich mich nicht ungern mit Leibniz. >Essais de Theodicée< (1710) sein Hauptwerk, das philosophische Gedankengebäude, die so genannte Monadenlehre: die Welt besteht aus unendlich vielen Seelen, Kraftzentren (Monaden), die in sich abgeschlossen (>fensterlos<) sind und deren miteinander durch die von der obersten Monade (Gott) gesetzte >prästabilisierte Harmonie< bestimmt ist. Leibniz sah unsere Welt folglich als die >Beste aller Möglichen< an, zu der das böse System notwendig gehöre. Leibniz war kein musischer Mensch, streng genommen war er taub für unsere Kunst!«

»Zarathustra, der persische Prophet um 600 vor Christus hat es einfacher erklärt: Die Welt wird von zwei Elementen beherrscht >Ahura Mazda< das Gute und >Ahriman< das Böse. Es ist daher ein ständiger Kampf zwischen beiden um das Sein. Nicht Gott, sondern der Mensch ist dafür verantwortlich aus seiner Welt die Hölle oder das Paradies zu machen. Und Zarathustra war sehr musisch. Er vermittelte seine einfachen Thesen mit Gesang und poetischen Parodien.«

»Seid rein wie das Licht, wahrhaftig schöner kann man das Phänomen Menschsein nicht ausdrücken, Amade! Die Philosophie hat es schwer gehabt, die Musik als ihre Schwester anzuerkennen. Es dauerte eine Weile bis wir Musiker ernst genommen wurden. Man warf unserer Musik vor, dass sie sich stärker an das Empfindungsvermögen, als an die Vernunft wenden würde, dass ihr die Bedeutung, Logik und Dialektik und die Kraft der Poesie und die erfassbaren Eigentümlichkeiten von Malerei und Skulptur fehlten. Deshalb wurden wir und unsere Kunst nicht ernst genommen.«

»Der Vorwurf des mangelnden Einfühlungsvermögens Kants ist berechtigt. Wie kann einer, der die Gefühle andere Menschen nicht versteht, nachvollziehen, was für eine heilende Wirkung die Musik für die Seele besitzt!«

»Aber Amade, gerade in seinem Sinne haben Winckelmann und Schiller auf die Ideale unserer Epoche hingewiesen, dass die Musik den Menschen, im Sinne Kants, >erhaben< mache, dass er, in einer Rückbesinnung auf die Prometheus-Sage, im Grunde erst durch die Musik zum gebildeten Menschen werde. Erst wurde man auf die strengen mathematischen Gesetze der Harmonie der Musik aufmerksam, wonach Leibniz dann seine philosophisch kritischen Äußerungen über die Musik los werden wollte, Musik sei >exercitim

117

arithmeticae occultum, nescietis se numerare< (eine dunkle Ausübung der Arithmetik durch einen Geist, der nicht wisse, dass er
rechne). Gleicher Leibniz, der nicht bereit war…«

Mozart grinst.

»Oder nicht fähig war! … nicht bereit und fähig war, die Musik als
eine schöpferische Kunst der Harmonie, von Herz und Verstand
zum Ausdruck gebrachter Gefühlsausdruck über Sehnsüchte der
Seele zu verstehen, schrieb er einmal >Nichts sei angenehmer als
die wunderbare Harmonie der Natur, wovon die Musik uns einen
Vorgeschmack und einen einfachen Beweis liefere<. Die koperni-
kanische Revolution und der Verlauf der barock'schen Periode haben großen Einfluss auf die Musik als Brücke für Verständigung
und Harmonie zwischen Mensch und Umwelt genommen. Harmonie aus der Musik formt unsere Vorstellungen, unsere Visionen,
unser Bild von der Welt. Wie alle anderen Künste entwickelte sich
die Musik vom vergnüglichen Konservatismus und lethargischen
Katholizismus, über Realismus und Spiritualismus zum Idealismus.
Man kann einen Zyklus in der klassischen Musik feststellen, der erst
zwei Jahrhunderte gebraucht hat, bis humanistische Akzente sich
nach und nach entwickelten, um erst bei Dir, meinem großen Mozart, in voller Klarheit und Tiefe ihren Ausdruck zu finden.«

Mozart lächelt zurückhaltend: »Wenn es so ist, wie Du sagst, dann
lass mich nie allein. Und … ich danke Dir.«

»Wofür, Amade?«

»Für Deine Liebe, für Deine Freundschaft.«

»Wir sollten uns von den Fabeln Werthers, besonders solcher von
Philosophen nicht täuschen lassen, sie sind wertlose Parodien.
Wenn man meint, Bach und Haydn seien veraltet und Mozart nichts
anderes als kurzlebige Metapher. Diese und viele andere Äußerungen vor und nach uns, die von >Gelehrten< kundgegeben werden,
rauben einem Genie Mozart nichts. Botticelli, Goja, Rembrandt,
sind sie alt? Nein, sie sind ewig jung und neu. Der Großgeist, der
Egoist Kant gewährt in seiner >Kritik der Urteilskraft< den einzelnen Künsten einen geringen Raum zum Existenzrecht. Für die Musik möchte er kaum Raum geschweige denn ein Existenzrecht ein-

ordnen. Leibniz, der Denker aus Königsberg, hat mehr von sich gegeben um die Musik zu verschmähen: > - *den Wert der schönen Künste nach der Kultur schätzt, die sie dem Gemüt verschaffen [...]; so hat Musik unter den schönen Künsten sofern den untersten [...] Platz<*. Waren Kant und Leibniz vielleicht von Geburt aus taub? Dann kann ich doch mich glücklicher schätzen, dass ich erst mit 28 an Schwerhörigkeit litt.«

Tief rührt sich in den Stunden solcher Diskussionen das Blut des Großvaters in Beethoven, der Stolz und die Verachtung des Philanthrophen gegen egozentrische Philosophen.

»Aber Ludwig! Du willst doch nicht sagen, dass sie instinktlos sind? Oder doch! Sie scheinen wirklich keine Ahnung davon zu haben, wie die menschlichen Begierden beschaffen sind!«

»Sage ich doch, Amade, sie sind instinktlose Moralisten! Über was sollen wir uns noch beklagen, über den einen oder den anderen Egozentriker, der weder uns, noch unsere Musik leiden konnte? Doch noch eins: >*Außerdem hängt der Musik einen gewissen Mangel der Urbanität an, dass sie, vornehmlich nach Beschaffenheit ihrer Instrumente, ihren Einfluss weiter, als man ihn verlangt (auf die Nachbarschaft), ausbreitet, und so sich gleichsam aufdringt, mit hin der Freiheit anderer, außer der musikalischen Gesellschaft, Abbruch tut [...].*« Beethoven betont mit höherer Stimme: »Die Philosophen werden sehen, hören und lernen, dass die Musik für den Menschen in Wechselbeziehung zu seiner Welt und Natur einen besonderen Status bekommen wird, wo sich die Philosophie nicht einmal annährend heranwagt: in kosmischen und imaginären Sphären des Seins. Die großen Geister der Vergangenheit sind unsere Gefährten, ob die Philosophen wollen oder nicht. Wir überlassen die Entscheidung, ob unsere Kunst würdig ist oder nicht den Menschen, die uns Gehör schenken.«

»Ludwig, Du hast so Recht! Siehe da kommt einer und mit ihm viele andere. Schopenhauer mit einer Brise von Verständnis für uns und unsere Musik. >*Wer mir gefolgt und in meine Denkungsart eingegangen ist, [wird] es nicht so sehr paradox finden, wenn ich sage, dass*

gesetzt es gelänge eine vollkommene, richtige, vollständige und in das Ein-
zelne gehende Erklärung der Musik, also eine ausführliche Wiederholung
dessen was sie ausdrückt in Begriffen zu geben, diese sofort auch eine ge-
nügende Wiederholung und Erklärung der Welt in Begriffen, oder einer
solchen ganz gleich lautend, also die wahre Philosophie seyn würde [...]<.
Er schlägt deshalb vor, Leibniz` Formulierung zu ersetzen.

Mozart, und nicht nur er, auch Beethoven ist gespannt, was jetzt
kommt.

>Musica est exercitium metaphysices occultum nescientis se philosopha-
ri animi< (die Musik ist eine dunkle Ausübung der Metaphysik durch
einen Geist, der nicht weiß, dass er philosophiere). Mit Musik haben wir
eine universale Sprache, mit der alle Völker sich verständigen können. Wer den Platz der Musik unter den Künsten streitig machen
will, der hat weder von der Sprache noch von Universalität etwas
begriffen, egal wer er ist oder sein will ...<, parodiert Schopenhauer
und schwebt gut gelaunt weiter fort.

»Hast Du gehört, mein lieber Ludwig? Selbst den Nihilisten Schopenhauer >Das Sein ist nicht das Gute<, hast Du inspiriert. Deine
Musik, erst mit ihr können wir sagen, die Musik ist eine Kunst und
zwar die metaphysische Kunst, die jeder versteht. Sie ist mit ihrer
Tiefe jedem zugänglich, hebt nicht nur die Stimmung, verbreitet
Freude und tröstet Einsame, Benachteiligte und beflügelt die Begierden aller Menschen, indem sie alle in Reihe und Glied, jede Ras-
se und Herkunft zum Tanzen versetzt. Ja, Ludwig, Du siehst, ich
lerne schnell, Du wirst aus mir einen Revoluzzer machen!«

Mozart hebt die geballte Faust vergnügt und ruft: »Wer kämpft,
kann verlieren, wer nicht kämpft hat schon verloren.«

»Nein, mein lieber Amade, wir revoltieren nicht. Nein, wir zünden
nur das Feuer an, brennen tut es dann von selbst.«

»Wir brennen mit, aber verbrennen werden die Absolutisten, die
Blutsauger und Herrscher ohne Moral.«

Beethoven ruft pathetisch: »*Wohltun, wo man kann! – Freiheit über*
alles lieben! – Wahrheit nie, auch sogar am Throne nicht, verleugnen!
Wir wollen aufklären und Sprachrohr des Volkes sein. Denn unsere
hoch geschätzten und begabten Dichter und Philosophen dienen

lieber als Geheimräte und Minister. Sie haben keine Beziehung zum Volk, wie sollen sie denn von seiner Not und seinem Leid wissen, und wie sollen sie und wen, bitte aufklären? Und warum, wenn sie in höheren Kreisen schweben und den Boden der Not und Missstände nicht berühren? Nichts passiert, nichts drängt. Kein Mitleid, kein Mitgefühl für die Anderen, nur auf sich konzentriert. Sie sind Egoisten. Ich vergesse, dass ich sie einmal verehrte, diese unsere Gelehrten! Bis er mich aufweckte. >Dieser Charakter gefällt mir nicht<, sagte einmal Schiller über >Geheimrat< Goethe.«

»Wenn man bedenkt, wie verlogen die Zeit war, lebte man frustriert, aber man lebte.«

»Wenn man gut lebte, wie er, vergeht keine Zeit ohne Vergnügen und Genuss. Man hat kein Interesse an unschönen Dingen, die anderen das Leben erschweren.« Beethoven scheint plötzlich an satirischen Parodien Spaß zu finden. »*In seinem Werther hat er sich ausgeliebt, abgebrannt, zum Bettler geschrieben.* Ludwig Börne in seinem Tagebuch, 11. September 1819. Sprechen? Mit wem und worüber? Über Opportunität der Gelehrten, die mehr zu sagen und verwalten haben, als ein Musiker, ein Komponist? Ich glaube, in mir regten sich alarmierende Anzeichen dessen, was für den sensiblen Blick eines Pazifisten der größte Verdruss ist: Dass mein Ideal sogar in den Krieg zieht. >Goethe – Goethe – Goethe! Ich dachte: Du musst doch zeigen, dass hinterm Berge auch noch Leute wohnen<. So hat Karl Leberecht Immermann, der Schriftsteller aus Magdeburg satirisch den Geheimrat und Minister nach seinen neuen Pflichten gemahnt. Der Vater der Poesie und Dichter vom >West-östlichen-Divan< zieht in den Krieg gegen die französische Revolution. Seine Soldaten nennen ihn den >Feldpoet<. Es war kein Zufall, dass der Herzog seine Eminenz Goethe zum Heeres-Sammelpunkt bei Longwy rief, und keine Entscheidung aus der Laune eines Duodezfürsten, der andere Vorstellung hatte, als Achtung und Vertrauen zu einem Dichter und Allwissenden. In der Zeit zwischen seiner Ankunft in Weimar und dem Aufbruch nach Italien fanden immer wieder geheime und ordentliche Sitzungen des herzoglich-preußischen Militärs statt. Unser Dichter Goethe war immer dabei, wenn es um entscheidende Dinge wie Krieg oder Dispositionen in Kriegskommission, Wegbaudirektion oder andere wichtige Ausschüsse ging.«

Mozart, wie ahnungslos. »Goethe, als Kriegsminister! Hätte ich das doch zur rechten Zeit erfahren, hätte ich Idomeneo, Ré di Creta in Idomeneo, Ré di Weimar umgeschrieben: Nun endlich fällt dem Volk der Schleier von den Augen, es begreift das intrigante und doppelbödige Wesen des Geheimrates. Mit Freude ist es bereit der unterirdischen Stimme Poseidons nachzukommen, und er muss wie das Orakel es erheischt, den Kopf mit viel Wissen ohne Gewissen am Felsen der Opfergabe lassen.«

Beethovens Begeisterung ist zurückhaltend. »Weißt Du, wir lebten in einer Zeit, in der die Dichter und Philosophen sich aus den öffentlichen Angelegenheiten und sozialen Belange heraus hielten. Die Gelehrten, vorn an die Philosophen sagten und meinten auch: >Ethik ist umfassendes Vorgehen<.«

»Kann ein Philosoph sich in die Politik einmischen?«

»Amade, die Philosophen meinen: Man soll die Menschheit nicht als Mittel zum Zweck missbrauchen.«

»Also keine Politik!«

»Ach, diese Gelehrten! Sie lebten in ihrer eigenen Welt, in der Welt der absoluten Abgeschiedenheit. Zwischen dem, was sie sagten, und was für die Menschen von Bedeutung war, bestand für den normalen Bürger eine unüberwindbare Schwelle. Die Gelehrten schienen keine Ahnung davon zu haben wie die Menschen beschaffen sind, noch schienen sie zu wissen, welche Bedürfnisse sie haben, was sie essen, wo sie wohnen, was sie empfinden, an was sie erkranken und wie sie sterben. Mit leerem Magen kann ein Mensch kein erkennendes Wesen werden, es sei denn, er nimmt gerade noch seinen Untergang, seinen Tod wahr. Amade, wir könnten Kant zustimmen, wenn er meint: >*Aufklärung ist der Ausgang des Menschen zu seiner selbst verschuldeten Unmündigkeit. Unmündigkeit ist das Unvermögen, sich seines Verstandes ohne Leitung eines anderes zu bedienen. Selbstverschuldet ist diese Unmündigkeit, wenn die Ursache derselben nicht am Mangel des Verstandes, sondern der Entschließung und des*

122

Mutes liegt, sich seiner ohne Leitung eines anderen zu bedienen. Sapere aude! Habe Mut, dich deines eigenen Verstandes zu bedienen ist also der Wahlspruch der Aufklärung.< Kant, Du sprichst aus unserer Seele. Allein der letzte Satz hätte gereicht eine Revolution herbei zu führen, wenn die geistige Bereitschaft und Verständnis unter den Bürgern geschult wäre, und die Sprache der Gelehrten nicht so geheimnisvoll akademisch und nur für Absolventen höherer Schule gedacht wäre! Wie soll der Bauer und der Arbeiter Imanuel Kant verstehen, wenn Kant sich wie alle seines Gleichen in einer >elitären< Konversation zu übertreffen versucht? Es fehlt diesen Herren die Klarheit der Sprache des Volkes und der Mut zur sozialen Aufklärung. Es fehlt ihnen auch die Fähigkeit das Bürgertum zu verstehen, geschweige denn zu lieben.«

Angesteckt von Beethovens Enthusiasmus ruft Mozart: »In der Tat. Aber unsere Musik ist nicht nur befreiend, sondern ermutigend, sich für Recht und Gleichheit, Brüderlichkeit und Freiheit zu äußern und, wenn notwendig, zu kämpfen. Kein Kampf, wie die Eminenz mit Waffengewalt, viel mehr mit Aufruhr der Emotionen für Solidarität mit dem Volk und gegen die Piraterie der Obrigkeit, gegen die Königshäuser.«

»Ich gebe zu, ich habe Goethe als Dichter und Denker und dazu noch als Kosmopolit verehrt«, sagt Beethoven, »aber seine Zuneigung zu Macht und Einfluss und Genuss von Überfluss habe ich nicht verstehen können.«

Mozart schmunzelt. »Und seine Schwäche für die jüngsten Knospen aus Herrengärten, seine Liebschaften und amouröse Leidenschaften, davon sprichst Du kaum Ludwig, warum?«

Während Mozart sich über seine Anekdoten amüsiert, bleibt Beethoven ernst: »Wir wollen doch Goethe nicht hinstellen als Egoist, Aristokrat, Fürstenknecht, und dazu noch ein Casanova im Eroberungswahn, indem wir neidvoll sein Talent zur Dichtung der Romantik und seine Verdienste um die deutsche Literatur außer Acht lassen.«

Mozart unnachgiebig. »Er war ein Schürzenjäger und Genießer, lieber Ludwig. Ein liebender Mann, der 73jährig in die 19jährige

Ulrike von Levetzow verliebt ist, schreibt: >*Alle Übel der Welt sind entstanden durch Liebesmangel. Ulrike und er werden, weil sie einander genügen, die Welt von allen Übeln erlösen*<.«

Beethoven angesteckt von Mozarts Fabeln. »Poesie braucht wie alle anderen Künste Nahrung, wie die Lampe das Öl!«

»Ich verstehe, ohne die Liebe zu erfahren, kann man den Verlust nicht empfinden, um Suleika zu dichten. Aber irgendwie habe ich ihn als Dichter und Poet der Oberen Zehntausend gesehen.«

»Ich weiß, was Du meinst, aber wenn die Zeit reif ist, wird ein anderer gefeiert, es wird ein Fest aller Deutschen geben und die Freudenfeuer werden um den ganzen Erdball herum flammen. Die Geburt Schillers, wird für alle Pazifisten, Humanisten und Philanthropen, die Geburt der Aufklärung werden.«

»Und der Herr von Goethe steht daneben und feiert als ob es seine wäre!«

»Nein Amade, er wird auch gefeiert, für seine Weltoffenheit und seine Liebe zu fremden Kulturen. Denn mit seinem >West-östlichen Diwan< hat er schon die Herzen der Kulturnation, der Perser, erobert. Er malte sich die Stadt Shiraz, wo große Dichter und Philosophen wie Hafez und Saadie gelebt haben als Garten der Poesie. Das achte Buch seines Diwans heißt >Suleika< und besteht aus 51 Gedichten, unter deren Eindruck man unwillkürlich nach einer besonders schönen Frauengestalt sucht, die dem Dichter gegenwärtig war und ihm vorschwebte.«

»War sie eine Fiktion, oder die Metapher von einer Frau?«

»Nein, Amade, die wirkliche Suleika war Marianne Willemer. Als 1819 der >West-östliche Diwan< erschien, wussten selbst Leute um ihn, dass sie der Gegenstand einer Reihe der schönsten Suleikalieder war. Zudem ahnte niemand, dass einige besonders schöne Verse des Diwans, die mit Suleikas Namen zum Ausdruck kamen, nicht von Goethe, sondern von Marianne Willemer herrührten, dass sie im west-östlichen Diwan nicht nur gesungen, sondern an demselben auch dichterisch beteiligt war. Nein, vom dichterischen Talent Marianne Willemers wusste keiner. Nur wenige aus dem engsten Kreis des liebenden Paares, die von der geheimnisvollen Abmachung zwischen Dichter und Suleika wussten, ahnten, dass für Marianne Willemer das Glück mit ihm zusammen zu sein wichtiger war, als dichterischer Ruhm. Goethe kam sie als poetische Kollegin sehr gelegen: *Denke nun, wie von so Langem prophezeit Suleika war!*«

»Hat nun Goethe etwas von diesem Geheimnis durchsickern lassen?«

»Ja, und nein. Goethe hat die Leser des >West-östlichen Diwan<, ohne das Geheimnis zu verraten, mit dichterischen Hinweisen dahin geführt, dass das Buch >Suleika< nicht allein von ihm sei. Man liest im 36. Gedicht:

> *Behramgur, sagt man, hat den Reim erfunden,*
> *Er sprach entzückt aus reiner Seele Drang;*
> *Dilaram schnell, die Freundin seiner Stunden,*

> *Ewidert mit gleichem Wort und Klang.*
> *Und so, Geliebte! warst du mir beschieden*
> *Des Reims zu finden holden Lustgebrauch,*
> *daß auch Behramgur ich, den Sassaniden,*
> *Nicht mehr beneiden darf: mir ward es auch.*
> *Hast mir dies Buch geweckt, du hast's gegeben:*
> *Denn was ich froh, aus vollem Herzen, sprach,*
> *Das klang zurück aus deinem holden Leben,*
> *wie Blick dem Blick, so Reim dem Reime nach.*

> *Nun tön' es fort zu dir, auch aus der Ferne*
> *Das Wort erreicht, und schwände Ton und Schall.*
> *Ist's nicht der Mantel noch gesäter Sterne?*
> *Ist's nicht der Liebe hochverklärtes All?*

Man muss zugeben, Goethe selbst war in dieser Zeit von der Idee der Weltpoesie begeistert.«

»Die Poesie ist wie die Musik kein Monopol, sondern die Sprache aller Völker.«

»Gewiss Amade, aber gewiss. 1812 hatte Josef von Hammer seine Übersetzung der Gedichtsammlung (Diwan) des großen persischen

Dichters Hafez aus Shiraz publiziert. Sie kam Goethe wie gerufen und er kam auf die Idee, ein gleiches Werk im Sinne der westlichen Poesie und deutschen Dichterkunst zu schaffen. Ein Freund der Familie Willemer, der Arzt Ehrmann aus Straßburg, hatte eine Gesellschaft aus bedeutenden Männer gestiftet, und nannte sie: die Gesellschaft den >Orden der verrückten Hofräte<. Goethe sah seine Stunde und ergriff zu handeln. Er wünschte ein Diplom und erhielt auch es wegen seiner west-östlichen Denk- und Dichtungsart: >ob Orientalismus occidentalem<. Goethe war beflügelt, hoch gestimmt und sehr produktiv. >Mein Talent versagte mir nie, es gehorchte mir zu jeder Stunde.< >Genie ohne Tugend< hat ihn Jean Paul nicht unberechtigt genannt. Er war tief besorgt über sein >Exzellenzverhalten< zu Schiller, Hölderlin, Lenz, Herder, Fichte, vergessen wir Grillparzer nicht, und unzählige >Freunde< und nicht zuletzt auch dem alten Diener Seidel war sein Egoismus zu wider. Ihm war unheimlich, dass es ihm (Goethe) wohl nicht bewusst war, wie schändlich er mit >Freunden< umging.«

»O Amade, lieber Amade, ich weiß zu gut, was Du empfindest, aber manchen gelingt es sogar dem Schicksal mit dem Januskopf zu begegnen. Mit dem Doppelcharakter des Seins, konnte er wohl jedem so scheinen, wie er wünschte. Ich persönlich hatte kein Problem mit seiner Selbstherrlichkeit. Nur seine Ignoranz gegenüber anderen, störte mich sehr. Jakob Michael Reinhold Lenz und Goethe waren sich 1771 das erste Mal im Elsass begegnet. Eine leidenschaftliche Freundschaft bahnte sich an. Gemeinsamkeiten was Kunst, Theater und Poesie betrifft, war Zeichen einer geistigen Verständigung. Für Lenz war der Frankfurter Bürgersohn mal Bruder, mal Retter, auf jeden Fall einer mit dem er immer rechnen und ewig verbunden sein möchte. Als Goethe überstürzt aus dem Elsass abreist, kümmert sich Lenz um die Pfarrerstochter Friederike Brion, die an die Liebe des Genies Goethe glaubte. Sie wurde mit einigen Versen bedacht ...«

Mozart hört sehr interessiert zu, ruft unvermittelt: »Lenz! Meine Hochachtung.«

»Lenz tröstete Friederike mit viel Zuwendung und Verehrung. Er schenkt Friederike, der Liebe vom Land ein Gedicht, das zu seinen schönsten zählt. Von eigenen Gefühlen ist keine Rede, viel mehr von zerbrochener Seele durch Goethe.

Denn immer, immer, immer doch
Schwebt ihr das Bild an Wänden noch,
Von einem Menschen, welcher kam
Und ihr als Kind das Herze nahm.
Fast ausgelöscht ist sein Gesicht,
Doch seiner Worte Kraft noch nicht.

Danach kam für Goethe die nächste Auserwählte, die außergewöhnliche Frau von Stein.«

Mozart hört mit missbilligender Miene zu, schüttelt den Kopf. »Die nächste Blume!«

Beethoven fröstelt, fährt fort: >*Die Stein hält mich wie ein Korckwamms über dem Wasser, dass ich mich auch bei gutem Willen nicht ersäufen könnte.*< Lenz bleibt im Abseits und beobachtet die Karriere eines Genies. >*Im Kochberg, in einem Schlösschen entdeckte ich meine liebsten, zärtlichsten Stunden mit meiner geliebtesten Charlotte von Stein*<, schreibt Goethe an Jakob Michael Reinhold Lenz. Lenz merkt langsam aber immer noch gläubig, dass von der alten Freundschaft nichts übrig geblieben ist; er will das nicht wahrhaben und folgt ihm nach Weimar. Lenz weiß, dass er die Welt der Emporkömmlinge und Minister nie verstehen wird, aber er nimmt den Auftrag an, die Baronin von Stein in Englisch zu unterrichten. Schon am dritten Tag ein euphorischer Brief an Goethe: >*Ich bin glücklich, Lieber, als daß ich Deine Order, von mir nichts hören zu lassen, nicht brechen sollte. Dir alle Feerei zu beschreiben, in der ich itzt existiere, müsste ich mehr Poet sein als ich bin.*< Dann ein Stich als Schlusssatz, der den Geheimrat ins Herz trifft: >*Mit dem Englischen geht's vortrefflich. Die Frau von Stein findet meine Methode besser als die Deinige.*< Goethe ist außer sich, eifersüchtig und beleidigt. Lenz fällt in Ungnade aber er weiß es noch nicht. Goethe verhöhnt ihn wegen seines ungeschickten Benehmens bei Hof. >Lenz ist uns wie ein krankes Kind< brüllt er immer wieder.«

Mozart klatscht in die Hände und lacht. »Goethe ist eifersüchtig. Er hat Angst vor jedem Nebenbuhler.«

Beethoven lacht mit. »Bevor Lenz den Stein'schen Sommersitz verlässt und sich in die Einsamkeit Berkas begibt, schreibt er ein düster weitsichtiges Gedicht, Verse voller Abschiedsschmerz: ... *Ich aber werde dunkel sein und gehe meinen Weg allein.* Nach wenigen Wochen der Vereinsamung kehrt er nach Weimar zurück. Er ist wie ausgewechselt, nicht mehr der Lenz mit Höflichkeit und Freude. Verbittert versucht er, wenn auch nur verbal satirisch manches, was in Hof abläuft, über Charlotte von Stein und Geheimrat Goethe loszuwerden. Jedenfalls so viel, dass Goethe richtig getroffen wird. Er spricht von einer >*Eseley*< einem groben Vorstoß gegen die politische Vernunft. Unter Drohung von Polizeigewalt, wird Lenz am 28. November 1776 aus Weimar verwiesen. Um Gnade bittet aber Lenz nicht, wo bleibt Gerechtigkeit, lässt er verlautbaren.«

»Ich finde bei Goethe nicht das gallige Temperament, das den bedeutenden Naturen eigentümlich ist und über jede Handlung den Schleier der Leidenschaft wirft. Im Gegenteil seine egoistische Natur lehnt alle Vermittlungsversuche von Freunden und Bekannten ab, er handelt wie ein Stier!«

»Ja, Amade, und das Schlimme ist, dass solche morbiden Ränkespiele und narzisstische Intrigen verkörpert in einem genialen Geist namens Goethe der Öffentlichkeit geheim bleiben! Ich habe mir angewöhnt bei meinen Handlungen stets meinem Herzen zu folgen und weder an Missbilligungen noch an Folgen zu denken. Ich bin mir sicher, dass Du dieser Gesinnung zustimmst.«

Mozart nickt. »Wenn ein hochbegabter Künstler und Genie kein Herz hat, kalt und egozentrisch handelt, verdient er keinen Respekt.«

»Nein, er verdient keinen Respekt«, betont Beethoven. »Lenz schrieb der von Goethe im Stich gelassenen Cornelia: >*Engel, Trost, Beglückung meines Lebens, Kleinod das der Himmel meinem Herzen* *zutraf ... Beruhigung und Ziele aller meiner Wünsche, Cornelia! Corne-lia!!!<* Aber Cornelia hat diese Zeilen niemals gelesen.«

»Wer war Cornelia, Ludwig?«

»Cornelia war die Schwester des Naturforscher Oken, die nach dem Scheitern ihre Liebe zu Goethe, den Oberamtmann Johann Georg Schlosser geheiratet hat. Lenz hat diesen Mann nicht gemocht. Cornelia hat von Lenz` Gefühlen für sich nie erfahren. Sie hatte die erste Schwangerschaft mit Glück überlebt, aber sie war verdammt zur Austragung einer zweiten Schwangerschaft und starb nach der Geburt von Juliette. Lenz bricht zusammen, für ihn ist dies das Ende und er will nicht mehr. Die Freundschaft ist hin. Arm und einsam geht Lenz zurück in die Heimat, erst nach Emmendingen, dann in die Schweiz. Er bekommt die Nachricht Cornelia hat eine Tochter geboren und er wollte gerne der Taufpate sein. Er dichtet für die neugeborene Juliette spontan:

Willkommen kleine Bürgerin
Im bunten Tal der Lügen!
Du gehst dahin, du Lächlerin!
Dich ewig zu betrügen!
Was weinest Du? Die Welt ist rund
Und nichts darauf beständig.
Das Weinen nur ist ungesund
Und der Verlust notwendig.

Nach dem Tode Cornelias schreibt er: >*Soll ich denn ewig leiden? Ich winde mich als ein Wurm im Staube und flehe um Erlösung. Ja, Glück und Glas, wie bald bricht das? O, ich elender Mensch! Ich werde wohl zerbrechen gleich einem Glas, doch wollte ich gerne, dass es bald möchte geschehen<.«*

»Ludwig, so ähnlich habe ich mich nach dem Tod meiner Kinder gefühlt.«

Beethoven ist sehr betroffen. Wie versteinert versinkt er in ferne Gedanken. >Nach dem Tod meiner Kinder – Mozart! Mozart, was mutest Du mir noch zu. Wie reagiere ich nun? Die Geschichten, die er über einen erzählt, und die Geschichten, die man über sich selbst erzählt: Welche sind tragischer? Aber wenn ich mich aufschließe, jemanden im Innern zu verstehen? Ist der Stoff, aus dem wir bestehen >der Geist< ein Ort für die Trauer? Oder sind die unversöhnlichen Schicksalsschläge, die ewige Schatten unsere ständigen Begleiter? Aber wir Geister sind doch ohne Schatten!<

»Wie war die Reise, Ludwig? Soviel ich aus Deinem Schweigen ersehe, kommst Du geradewegs aus der Ferne zurück!«

»Ich grübelte, wie ich den Tod Deiner Kinder verarbeite, verkrafte…«

»Aber ich schöpfe Trost. In unseren Gespräch ist viel Heilkraft, und ich bin fest davon überzeugt, dass auch wir Geister für die alten Wunden viel Trost brauchen.«

»Jedenfalls als ich 1792 von Lenz' Brief an seinen Bruder erfuhr, war ich tief betroffen, dass aus Menschen Hand soviel Unrecht geschehen kann. Nun, war das wahre Gesicht Goethes auch mir entbrannt. Ich bemitleidete mich wegen meiner Taubheit, und sah wie taub und stumm unsere Gelehrten sind.«

»Ludwig, sag mir, was wurde aus Lenz? Vermutlich nichts Gutes, denn ich selbst habe die Verlogenheit und die Kälte unserer Zeitgenossen hautnah erfahren!«

»Er wurde vom Bruder abgeholt, krank und gebrochen nach Riga zum Vater zurück gebracht. Erst arbeitet er als Lehrer, dann als Soldat. In St. Petersburg hält er >philosophische Vorlesungen für empfindsame Seelen<. Ohne Erfolg. Er versucht dann als Lehrer, Erzieher und Hofmeister in Moskau seinen Lebensunterhalt zu verdienen. Zu gleicher Zeit erfreut sich Goethe höflicher Höhenluft. Am 24. Mai 1792 finden Passanten Lenz tot auf einer Moskauer Straße. Jakob Michael Reinhold Lenz, der Lieblingskommilitone, blond, blauäugig, mit breitem baltischem Akzent, einer, den Goethe seelisch moralisch auf dem Gewissen hat, ist tot.«

Mozart ist in Zorn geraten. »Warum redete niemand über die unermesslichen Folgen seiner Taten? Warum schwiegen die Oberen Tausend, die Einflussreichen, darunter viele Gelehrte und …«

>Man hätte offener zu ihm reden sollen. Aber mit einem >Großen Manne< offen zu reden ist wohl nicht deutsche Art<, hallt Thomas Manns Stimme durch die Atmosphäre.

Beethoven laufen die Tränen. Er blickt um sich, als suche er nach einem Halt. »Ein Jahr davor musste ich, 21jährig, erfahren, dass mein Vorbild, das Genie namens Amade Mozart durch seinen frühen Tod, die kalte und verlogene Stadt Wien für immer verlassen und die Welt in ihre Verwirrung zurück gelassen hat. Um dem großen Mozart nachzueifern, vertiefte ich mich von 1791 bis 1792 in meine Arbeit mit Violinkonzert-Fragment und Schillers >Ode an die Freude<. Ich begegnete Lichnowsky. Mein Vater starb im gleichen Jahr Deines Todes. Dann wand ich mich an eine Dichtung von Johann Peter Uz von 1749: ·

Die Freude
Ergetzt euch, Freunde, weil ihr könnt!
Den Sterblichen ist nicht vergönnt,
von Leiden immer frey zu bleiben.
[…]
Du Tochter wilder Trunkenheit,
Fleuch ungestalte Fröhlichkeit,
Und rase nur bey blöden Reichen!
Sie mögen durch entweihten Wein
Die sanften Grazien verscheuchen!
O Freunde lasst sie Thieren gleichen:
Uns lasse Bacchus Menschen seyn!

»Aber lieber, lieber Ludwig! Egoisten gibt es immer, da brauchen wir uns wegen Goethe und seines Gleichen nicht wundern. Ich muss zugeben, ich höre zum ersten Mal von einem Dichter, J. M. R. Lenz, obwohl er laut Deiner Beschreibung, ein talentierter Poet, und ein armer Teufel mit aufrechtem Gang war. Von Johann Peter Uz hatte ich schon mal gehört, aber Du hast Dich für die Schiller'sche Version >An die Freude< entschieden, warum?«

»Ich hatte schon in meinen jüngeren Jahren in Bonn von Schiller einiges gelesen. Im Jahr 1786 erschien in der Zeitschrift >Thalia<

Schillers Freuden-Hymnus erster und später zweiter Teil der >Gedichte<. Das Gedicht hat mich gefesselt, und ich dachte ich könnte es komponieren. Ich sprach mit Staatsrat Fischenich darüber, in dessen Haus in Bonn ich immer wieder gerne willkommen war, er ermutigte mich, ich hatte das Gefühl, er erwartete etwas Besonderes und nicht Alltägliches von mir, weil er mir immer zu verstehen gab, dass er von meinem Können überzeugt sei. Die Ode hat mich nicht mehr losgelassen. Das wesentliche Verbindungsstück, eigentlich der Schlüssel zum Freuden-Finale der Neunten, ist der >Fidelio< 1804, 1805 und 1814 das aus Singspiel, Rettungs- und Schreckensoper destillierte Ideendrama. Was sollte ich tun, Amade, Du warst weg, der Prophet der himmlischen Klänge, der Star des Klassizismus, der Schöpfer der >Zauberflöte< war tot, und hat mir eine schwere Last hinterlassen. Dir und der großen Verantwortung nachzukommen, war für mich eine Herausforderung. Außerdem habe ich Schiller vergöttert, er ist und bleibt der größte Dichter und Humanist für alle Zeiten, die moralische Instanz für die Menschheit. Auch im letzten Finale des >Fidelio< habe ich aus Schillers Gedicht >*wer ein holdes Weib errungen, stimm` in unseren Jubel ein*< entnommen. Beide Finalsätze von Fidelio und der Neunten verkünden die gleiche Botschaft: den kategorischen Imperativ einer überirdischen, idealistischen Versöhnung der Menschen. >*Alle Menschen werden Brüder*<, diese Forderung erfüllen Leonore und Florestan, die zuletzt ihr individuelles Schicksal abwerfen und für die in Liebe vereinigte Menschheit stehen.«

»Schiller, der Idealist und Philanthrop, Goethe Snobist und Aristokrat, dazu noch Symbolist!«

»Was meinst Du, Amade, mit Symbolist?«

»Symbolist ist für mich einer, der sich und seine Vorstellung sinnbildlich und klangvoll darstellt und sich einen Dreck um die Mitmenschen kümmert.«

Beethoven im Scherz. »Könnte man ihn vielleicht auch Narzist nennen?« Hahaha. Beide lachen hell auf, und singen: *Freude, schöner Götterfunken, Tochter aus Elysium.* Dann abgerissene Sätze wie: *Fürsten sind Bettler* ...

Mozart ist beeindruckt. »Im Finale der Neunten kommt es meines Erachtens zum ersten Mal unter dem Vorzeichen höchst ungewöhnlichem, großartigem musikalischem Kunstanspruch, zu einer Annäherung der Weimarer und Wiener Klassiker. Und dies ist nicht nur Verdienst eines bedeutenden Komponisten und großen Dichters und Humanisten, sondern der Geistesverwandtschaft. Ihr seid beide beseelt von einem übermenschlichen Pathos des Idealismus, der ohne Rücksicht auf die gebrechliche Welt und ihre vergänglichen Vorkommnisse darauf besteht, dass der Mensch so ist, wie er geboren ist, mit Würde und Erhabenheit.«

Beethoven ist dankbar für diese Worte. »Wenn der große Mozart meine Arbeit so kommentiert, dann muss was daran sein. Ich war mir nicht sicher, vor allem am Anfang nicht, ob Schiller mit der Komposition zufrieden war. Ob der Gleichklang des Appells und die leidenschaftliche Botschaft an die Menschheit im Text und meiner Musik richtig zum Ausdruck kommt. Dann habe ich doch gesehen, dass wir, Schiller und ich, die gleiche Sprache sprechen, die überflügelt ist mit Liebe und Leidenschaft zu den Menschen.«

Beethoven und Mozart singen wieder:

Deine Zauber binden wieder,
was der Mode Schwerd getheilt;
Bettler werden Fürstenbrüder,
wo dein sanfter Flügel weilt …

»Dies ist eine Antwort auf die festgefahrene Meinung der Philosophen: Der Bürger soll sich fügen! >*Das aber Könige oder Königliche … Völker die Classe der Philosophen nicht schwinden oder verstummen, sondern öffentlich sprechen lassen, ist Beiden zu Beleuchtung ihres Geschäfts unentbehrlich und, weil diese Classe ihrer Natur nach der Rottierung und Clubbenverbündung unfähig ist, wegen der Nachrede einer Propaganda verdachtlos.*< Kant und seine Befürworter legen viel Vorsicht und Unkenntnis an den Tag. Ich hätte mir gewünscht, dass es Gelehrte, Philosophen und Dichter gäbe, die zugeben würden, dass es eine Philosophie der Unterdrücker und eine Philosophie der Unterdrückten gibt, die beide nichts miteinander gemein haben, die sich nicht verstehen, die nicht miteinander sprechen, aber man nennt sie beide >Philosophie<. Ich suche die Philosophie des Volkes, die Sprache der Masse, meine Herren Leibniz, Kant!« Mozart ist aufgebracht, er ruft so laut er kann: »Höret liebe Bürger diese göttliche Musik, lasset die stumpfsinnigen Philosophen weiter spinnen!«

>*Dein Zauber* ...<, singt er wieder, mit ihm Beethoven: >Freude<. Das Chorfinale versetzt den Kosmos in Schwingung.

Ein Monolog aus der Unterwelt interplanetarischer Geister: >Wohlan, Ludwig van Beethoven hat alle Grenzen und Mauern himmlischer Fantasien durchbrochen. Gott hat ihn der Menschheit geschenkt, damit sie den Sinn und Zweck ihrer Existenz begreift: Wer Frieden sät, soll Freiheit ernten. Nach Beethoven kann nur das dichterische Wort von Schiller die Musik erlösen. Aber nur Beethoven hat das Tor zu einem neuen Zeitalter der Musik aufgestoßen; zum Zeitalter des Musikdramas. Hört Ihr die abgerissenen Sätze: Freude, schöner Götterfunken ... werden zu einem Ganzen gebracht. Also eine Vertonung des Schiller'schen Gedichtes! Die Variationen bilden mit beiden, den jenseitig-ewigen sich öffnenden Ruheepisoden Andante mestoso: Seid umschlungen ... und Adagio ma non troppo: Ihr stürzt nieder ... einen hingerissenen und einigender Reigen, der seine spiralförmige Kreisbahn durch immer weitere, höhere Regionen zieht, bis hin zu Gott. Die Stimme klingt baritonal ab.<

»Also gut, vergessen wir einen Augenblick die Philosophen. Gelegentlich frage ich mich selbst, wozu ich mir überhaupt über solche Leute den Geist verwirre!«

»Ein Glück, dass kein Geisteswesen unsere anarchistischen Parolen hört.«

»Warum denn nicht, Ludwig? Das klingt doch nicht so schlecht: Anarchist! Wer war es eigentlich, der so erhaben von Dir sprach?«

»Ich glaube, Richard Wagner. Diesem >reinen< Ariergeist werden wir womöglich noch begegnen!«, knurrt Beethoven. »Alles Übel kommt von der Weltfremdheit der Gelehrten, und nicht vom Himmel. Alle diese Herren, die elitär denken und erhaben belehren, sind auf einmal überrascht, dass das französische Volk, die Idee des philosophischen Realismus, als Philosophie der Unterdrückten zum Hymnus ihres Aufstandes gemacht hat, um sich für seine Rechte zu erheben. Keiner von den vornehmen Herren Leibniz, Kant und selbst Voltaire, hat damit gerechnet, dass ein Aufruhr gegen das Unrecht von der Masse, also vom Bürgertum, nicht von elitär intellektueller Klasse ihren Zündstoff nehmen und wie ein Flächenbrand über europäische Königshäuser ziehen würde. Der Geheimrat Goethe und sein Fürst, >Gott auf Erden<, waren so überrascht, dass das Multitalent bereit war auch als Kriegsminister seinem Herren zu dienen.«

»Was soll man noch sagen, Ludwig, wenn ein Dichter und Poet lieber mit Eifer der Kriegsführung Stärke zeigt, statt an die sozialen Verpflichtungen der Fürsten zu appellieren.«

»Die einfachen Menschen spüren das Unrecht am eigenen Leib und können deshalb nicht an die >guten< Gedanken und Absichten der Gelehrten glauben. Daher wundert mich auch nicht, dass die Mehrheit der Bürger nicht mehr hinhört, wenn die intellektuelle Oberschicht mit ihren poetischen Balladen sie zu beruhigen sucht und dem Volk immer wieder eine bessere und schönere Zukunft verspricht. Sie sind nicht zufrieden, weil sie Leidtragende sind, aber jene Gelehrten, die in Fürstenhäusern verkehren und feudal leben, sind zufrieden. Für sie laufen die Geschäfte der Welt eigentlich ganz gut...«

»Aber lieber Ludwig, die Genialität der Gelehrten schließt ihren Egoismus und Ignoranz nicht aus. Sie haben ihre Gründe, die Welt als angenehm zu empfinden. Sie haben sich an der Sonnenseite der Gescheiten, Vornehmen, Bevorzugten und Elitären eingereiht und sehen durchaus keinen Grund die Welt zu ändern, im Gegenteil, sie mögen mit allen ihnen zur Verfügung stehenden Kräften ihren Standort schützen und, wenn es sein muss auch mit Gewalt. Sie mögen das Proletariat nicht, das tolerieren sie nur. Es wird darüber hinweg geschaut, wie schlecht das >brave< Volk zu leben hat. Ich hasse solche Gelehrten mit Macht und Einfluss, weil ich mich ohnmächtig fühle, gegen sie etwas zu unternehmen.«

»Also doch Anarchist! Ha, ha, ha… Der Begriff >Erkenntnis< stammt doch vom guten Geist Kant. Er hat uns lehren wollen, Erkennen und Erkunden seien die Voraussetzungen einer weitsichtigen Weltanschauung und der gute Grieche Demokrit sagte einmal: >Erkenne Dich, dann erkennst Du die Welt<. Betrachte doch die Werke der Künstler und Repräsentanten unserer Zeit Goya, Botticelli, Runge … Es ist gut, dass sie uns an die drei Welten erinnern: Götter, Menschen und Kosmos. Ich kenne keine kultivierte Gesellschaft, die sich nicht erneuern will, auch in der alten Welt, vor allem dort, wo man eine der Triaden wie Himmel – Erde – Hölle, Vergangenheit – Gegenwart – Zukunft, Götter – Menschen – Welt, Herrscher – Macht – Volk, Despot – Anarchie – Rebellion vorfindet.«

»Ludwig, habe ich richtig verstanden: Revolution?«

»Ich meine die Umwälzung korrupter Strukturen, mein lieber Amade! Der Mensch und seine Rechte müssen zweifellos die zentrale Stelle in unseren Handlungen einnehmen. Der Mythos Mensch lebt und besteht aus einem Komplex von Erfahrungen im Leben. Der Mythos des Daseins und der Existenz gibt uns ein Format, das wir als Charakter und Würde bezeichnen. Wenn nun die Königshäuser und Diözesen daran sind, die Menschen zu entmündigen, ihre Würde und mythischen Verwurzelungen zu demontieren, dann frage ich mich, was kann man tun, außer sich dagegen zur Wehr zu setzen und Nein zu sagen. Nein zu Versklavung und Erniedrigung, protestieren gegen die Verletzung der Menschenrechte und gegen die Rechtlosigkeit der Fürsten. Die Moral nimmt in dem Maße ab, wie die Gewaltherrschaft fortschreitet und die Persönlichkeit pervertiert, wenn der Mensch alles hinnimmt, was man ihm zumutet … Ich war zu jung, als mir zum ersten Mal diese Erkenntnis kam. Ich wurde todestraurig. Ach, um schöne Musik oder anderen Tand zu komponieren, und sie sei so imposant, ehrt es sich nicht Künstler zu sein. Für andere vielleicht, für unsere Lehrmeister, für gottesfürchtige Kirchenhocker möge es sich gelohnt haben, für mich aber nicht. Für mich ist die Kunst wertlos, wenn sie nicht den Menschen dient, um sie aus der Lethargie wachzurütteln, wie ein Erdbeben oder ein Sturm. Wenn die Musik nur zum Vergnügen instrumentalisiert wird, betäubt, paralysiert die die Menschen, versetzt sie in Rausch. Sie hat dann ihre eigentliche Aufgabe verpasst. Nein, Musik ist Geist, sie ist körperlos, mythisch und das ist der Beitrag, den wir für Aufklärung – Frieden, Gleichheit und Brüderlichkeit – leisten können.«

»Ludwig, da klingt nach Abenteuer!«

»Ist es auch!«

»Das ganze Leben ist ein Abenteuer, oder?«

»Wie wurdest Du zum Ritter vom goldenen Tam Tam, wie war das doch? Wie hieß das noch?«

Mozart lacht. »Am Ostersonntag, dem 15. April 1771, wurden wir, mein Vater und ich, im Petersdom von Papst Clemens XIV. empfangen, der mir anschließend den Orden vom Goldenen Sporn verliehen hat. In der päpstlichen Verleihungsurkunde hieß es dazu >In Anhörung der demütigen Bitte, die uns in dieser Angelegenheit bescheiden vorgebracht wird, schlagen wir Dich, von dem wir wissen, dass er sich seit frühester Jugend durch süßesten Klang am Cembalo ausgezeichnet, zum Ritter vom Goldenen Sporn<. Mein Vater konnte seine Freude und sein Gefühl nicht für sich behalten, schrieb an meine Mutter: *Wir sollen morgen eine Neuigkeit erfahren, die, wenn sie wahr ist, Euch in Verwunderung setzen wird. Es soll nämlich der Card: Pallavicini ordre haben vom Papst dem Wolfgang: ein Ordenskreuz und Diplomat zu überreichen. Sage noch nicht vieles davon: ist es wahr? – so schrieb ich Dir es kommenden Samstag.«*

»Wie kamst Du zu solcher Ehre?«

»Ludwig, im Grunde genommen war das Ganze für mich nicht so großartig, wie es mein Vater fand. Ich hatte in der Sixtinischen Kapelle Gregorio Allegris „Miserere" gehört und danach das neunstimmige Werk aus dem Gedächtnis aufgeschrieben.«

»Was wurde dann mit Deinem Orden? Solltest Du vielleicht der heilig-vatikanische Komponist werden?«

Mozart lacht. »Den wertlosen Kupferstand, wofür ich ausgelacht wurde, habe ich so schnell ich konnte abgelegt.«

Beethoven grinst. »Siehst Du, Amade, wie man von ernsten philosophischen Themen auf andere Gedanken kommt!«

Immer noch beeindruckt von den philosophischen Gedanken Beethovens, springt Mozart auf, umarmt ihn. »Ludwig, Ludwig, Du hast mich schon längst wachgerüttelt. Die Menschen nehmen alles hin, weil sie keinen Ausweg aus dem Dilemma des Unwissens kennen. Die Kirche verweist sie auf die Moral des guten Christen und die Belohnung der irdischen Entbehrung im Paradies. Der einseitige Gehorsam und die Sehnsucht nach einem Paradies und die ablehnende Haltung des irdischen Lebens verfängt sie immer noch. Es ist höchste Zeit, die alte Orthodoxie des Glaubens zu den alten christlichen Dämonen zu werfen. Mit dem Satz: Es reicht, weg mit den Despoten, denkt man an die französische Revolution. Du willst die Menschen zum Aufstand gegen Aberglaube und Unrecht bewegen? Mit unserer Musik, Ludwig, habe ich richtig verstanden?«

»Nicht nur, Amade, nicht nur mit Musik allein. Wir setzen auch die Stimme ein, damit wir mit den Menschen verbal kommunizieren, und sie inspirieren können. Denn die Ausgangsposition jeder Erneuerung ist eine Inspiration.«

Mozart springt auf und lacht. »Weißt Du an was ich denke?«

»Nein, Amade, aber Du wirst es mir gleich verraten.«

»Die Königshäuser haben Glück gehabt, denn wenn ich mit meinem jetzigen Kenntnisstand wie hier im Kosmos Dich zur richtigen Zeit am richtigen Ort kennen gelernt hätte, könnten wir die Herrscher zusammen zum Teufel jagen!« Ha, ha, ha…

Mozarts Augen sehen nicht Beethoven, sondern blicken nachdenklich nach innen, als lese er in einem inneren Text: >Ich lebe in einem Lande, wo die Musik jetzt sehr wenig Glück macht […].<

Die Stimmung kippt. Beethoven hört zu, als wünschte er, dieser würde sich richtig aussprechen.

Mozart seufzt. »*Was das Theater betrifft, so ist es in Rücksicht auf die Sänger schlecht bestellt. Wir haben keine Castraten und werden sie auch so leicht nicht haben, da sie gut bezahlt seyn wollen, und die Freygibigkeit unser Fehler nicht ist. Ich beschäftige mich indessen, für die Kammer und Kirche zu schreiben […]. Mein Vater ist Kapellmeister an der*

Metropolitan-Kirche. So ist mir Gelegenheit verschafft, für diese zu schreiben, so viel ich will... Ach, Ludwig, ich jammere wieder wie ein Waschweib um mein Empfinden gegenüber der Ignoranz und dem Unverständnis für die Kunst und unwürdige und taktlose Haltung der Fürsten und Kirchenmänner gegenüber unserer Musik zum Ausdruck zu bringen. Ich musste mich von der Kirche und Fürstenhäusern in Salzburg absondern, um eigenen Gedanken und Visionen folgen zu können. Mein Vater berichtete einmal von einem Gespräch zwischen Graf Firmain und dem Erzbischof: >*Nun haben wir eine Person weniger bey der Musik. Er [Firmain] antwortete ihm: Euer Hochf: Gden: haben einen großen Virtuosen verloren. – Warum? Sagte der Fürst: - - Antwort: Er ist der größte Clavierspieler, den ich in meinem Leben gehört. Bey der Violin hat er Euer Hochf: Gden: gute Dienste gethan, und er wat ein recht guter Componist. Der Erzbisch: Schwieg still und konnte kein Wort darauf sagen*<. Meine Musik repräsentierte zunehmend die klassische Norm, an der alle andere Subjektivität zu sehen ist, denn sie scheinen schon immer existiert zu haben und aus einer idealen Sphäre zu entspringen ...«

»Aber Deine Musik ist für die verstaubten Ohren der Kirchenmänner ein bisschen zu bewegend, heiter, schick, schwungvoll und erotisch!«

»Aber lieber Ludwig, nicht um Himmelswillen oder meinetwillen! Vielleicht um der Kunst willen, um Erneuerung und zur Erheiterung der kranken Seelen. Jeder Keim, auch das Korn der Revolution bedarf eines kultivierten Bodens, eines sensiblen Geistes und einer lebendigen und ergreifenden Sprache. So ähnlich hat es doch Kant gemeint!« Kurzes Nachdenken. »Aber die wahre Sprache der Revolution ist französisch.«

Beethoven nicht überrascht. »Du hast vollkommen Recht, Amade! Kein Land hat je die Herzen seines Volkes so tief durchdrungen, wie das Land der Dichter und Romantiker von Montaigne, Emile Zola, Hugo und Rostand. Während die Dichter und Denker diesseits der Grenze von Idealen phantasieren, besingen die Idealisten in Frankreich die Herrlichkeit ihrer Revolution.«

Mozart wie erleuchtet. »Daher warst Du zu Recht enthusiastisch und komponiertest für die revolutionären Franzosen eines Deiner gigantischsten Werke.«

»Du hast Recht Amade, für die Franzosen, nicht für den obersten Heeresführer, der seine idealen Visionen verriet.«

Mozarts begeisterter Blick lässt nicht einmal von Beethoven ab, während sie sich unterhalten. Er weiß, dass Beethovens Enthusiasmus als Humanist für Befreiung und Entfesselung der Menschen aus den Zwängen der Königshäuser in Europa viel tiefgründiger ist als seine temporäre Sympathie für Napoleon, daher ist er tief beeindruckt und lässt sich so leidenschaftlich, wie er, ist vom Gespräch mitreißen. Beethoven grinst und reibt sich selig die Augen. Er versinkt wieder in seine Schwärmerei. *>Sinnvoll, mich noch mehr um sein Wohl und Seelenruhe zu sorgen. Seit unserer Begegnung stehen zwei Musiker sich gegenüber, von diesen zweien bin ich der Erfahrene. Im Leben wohl bemerkt. Seltsam ich ahnte schon rechtzeitig, dass in ihm ein Vesuv steckt, mit brennendem Feuer große Werke auszuspucken. Vielleicht haben seine Werke auf meine Arbeitsweise mehr Einfluss genommen, als ich ahnte. Ich habe ihm wiederholt diese Einflussnahme angedeutet. Doch ich glaube, er spürt sie erst jetzt. Möglich, dass ich sie ihm indirekt ohne viel Tamtam mitteilte. Ich werde mich mit Mozart darüber unterhalten, er wird sich sehr freuen. Ich hoffe, ich hoffe sehr. Er ist herzlich und aufmerksam, von verbindlicher Höflichkeit. Er hat seinen Teil an seinem Schicksal getragen, sein Leben gelebt. Und nennt es Abenteuer: ob es schon ein höllisches Abenteuer heißt! Unterdessen vertrauen wir uns die intimsten Geheimnisse unseres Lebens. Je mehr wir von unserem Leben, unserer Not sprechen, umso mehr können wir uns gegenseitig aufrichten. Ja, auch die Seele braucht Hilfe...* Es gab heute einen kurzen Moment, da ich eine sonderbare Absence erlebte. Mir war geradezu, als lebte ich wieder. Vielleicht leben wir doch!<*

»Aber Ludwig wo bist Du wieder gewesen, kehre zurück, rede mit mir, so wie ich mit Dir.« Mozart sucht eine Ablenkung.

»Höre zu, was Dein >Lieblingsdichter< Goethe über Dich schreibt: *>Zusammengefasster, energischer, inniger habe ich noch keinen*

Künstler gesehen. Ich begreife recht gut, wie er gegen die Welt wunderlich stehen muss.<«

Beethoven dreht sich und blickt Mozart geradewegs ins Gesicht. »Wahre Freundschaft kann nur beruhen auf der Verbindung ähnlicher Naturen. Doch schweifen wir in unseren Gesprächen zu sehr ins gegenteilige Extrem ab. Ich kann mit Goethes Worten nichts anfangen. Du überforderst mich! Du machst aus mir einen Helden, aber Du sagst mir nicht, wie ich das überwinden, wie ich Deine Vorstellung in mir realisieren soll. Schöne Worte voller Liebe, aber für mich, in meiner Lage, nichts als liebe Worte und Sympathie. Wir müssen das große, gewaltige irdische Unglück in das kosmische Glück zurückverwandeln, welches es hier gibt! Wir tragen eine schwere Last. Ich ringe um Deine Befreiung. Und Du um meine.«

»Wo fängt man an? Der Anfang allen Unglücks ist ein falscher Schritt; er ist unverzeihlich in der Kunst, im Gang der Verse, im Spiel der Gestalten, und nicht anders steht es damit in Politik und Staat, im Verhältnis der Völker zueinander, die von der Musik inspiriert werden sollten. Wem die Harmonie nicht durch die Seele schwingt, der besitzt keine, der vermag nicht zu reagieren. Karl Jaspers würde sagen >Mit der politischen Freiheit wird der Mensch zu dem, der er ist: der Mensch<. Und ich sage, Ludwig, mit Harmonie in den zwischenmenschlichen Beziehungen beginnt der Frieden zu blühen.«

»Und ich sage, die Harmonie zwischen der Seele, dem Körper und dem Lebensrhythmus verhilft dem Menschen zu Glück und innerem Frieden. Meine politischen Gedanken kamen zu schwanken«, sagt er laut genug, um Mozarts Aufmerksamkeit zu erwecken. »Mir wurde bewusst, dass das Leben herausfordert, Mut verlangt und ein ständiger Kampf mit dem Tod ist, und zwar für jeden und auf jeder Ebene, in jeder Schicht der Gesellschaft; in Abhängigkeit von der biologischen Notwendigkeit der Nahrung kämpft der Arme um dem Hungertod zu entkommen, der Snob, der Übersättigte, der in seinem Fett zu ersticken droht, versucht mit Fasten in den Osterfeiertagen sein christliches Leben zu erhalten, der Lebenskünstler, der Lebemensch, der Kniffige, der dem Tod um jeden Preis entkommen will, geht dafür über Leichen. Und der sensible Intellektuelle, der naive >Versager< sieht im Tod die große Befreiung vom Leben. Sie alle haben eine eigentümliche Auffassung vom Leben und dessen Sinn. Die Gegenwart des Todes ist nicht nur ein biologisches Gesetz, sie ist die Vollendung des Lebens. Die Musik ist jedenfalls das Elixier des Lebens, aber gleichwertig Balsam für den Werdegang des Todes, eine Art Verständnisritual dieses Naturgesetzes. Sie regelt und erleichtert die Akzeptanz des Untergangs und dämpft falsche Hoffnungen auf das ewige Leben. Sie verhüllt so zu sagen die völlige Anarchie und die Tyrannei der nackten Gewalt des Todes. Ich behaupte: mutig sich dem Tode stellen, ohne Angst vor einer Bestrafung in der Hölle, oder irgendeine Belohnung im Paradies, weist auf unsere Größe und unsere geistige Reife. An Bettina von Arnim schrieb ich einmal …«

Mozart ist froh endlich von der Liebe zu hören, statt ständig den Tod zu verherrlichen. »Hast Du sie geliebt?«

Beethoven lacht. »*Wir wissen nicht, was uns Erkenntnis verleiht. Das fest verschlossene Samenkorn bedarf des feuchten, elektrischen Bodens, um zu treiben, zu denken, sich auszusprechen. Musik ist der elektrische Boden, in dem der Geist lebt, denkt, erfindet. Philosophie ist ein Niederschlag ihres elektrischen Geistes. Ihre Bedürftigkeit, die alles auf ein Urprinzip gründen will, wird durch sie gehoben, obschon der Geist dessen nicht mächtig ist, was er durch sie erzeugt, so ist er doch glücklich in dieser Erzeugung, so ist jede echte Erzeugung der Kunst, unabhängig, mächtiger als der Künstler selbst, kehrt durch ihre Erscheinung zum Göttlichen zurück, hängt nur darin mit dem Menschen zusammen, dass sie Zeugnis gibt von der Vermittlung des göttlichen in ihm.*«

»Du hast meine Frage noch nicht beantwortet!«

Beethoven lacht, hält sich beide Ohren zu und lacht. »Ich habe nichts gehört!«

»Ich sagte, Hast Du >sie< geliebt?«

»Wen?«

»Na, Bettina von Arnim!«

»Ich habe sie alle geliebt! Ich liebe Dich auch!« Beethoven lacht wieder. »Was war die Frage!« Er schweigt. »Ach, ich lasse Friedrich von Schiller antworten.« *>Und sie gesteht es mir! Sie verschweigt nicht den geringsten Umstand! Ihr schönes Auge verrät, auf mich gerichtet, die ganze Liebe, die sie für einen anderen fühlt!<*

Schweigen.

»Oft, in tiefster Einsamkeit, redete ich mit mir selbst. Nicht allzu laut, aus Furcht vor meinem eigenen leeren Echo. Das einzige, was diese Leere ausfüllte, war die Liebe zu den Menschen.«

Mozart hätte seine eigene Einsamkeit nicht besser in Worte kleiden können, noch seine Dankbarkeit, denn ihm offenbarte Beethoven seine tiefsten Geheimnisse. Doch in seinem Innersten keimt die Freude, es möge ihm gelingen, Beethoven ein würdiger Freund zu sein.

Beethoven schweigt für einen Moment. Dann spricht er von allegorischen Ebenen der Sehnsucht und mystischen Elementen der Musik. Plötzlich erzählt er wie einer, dem etwas eingefallen ist. »Ich glaube es war im Mai 1811 Sulpiz Boisserée, der bekannte Kunstsammler aus Köln und andere, unter ihnen auch Franz Oliva aus Wien, der Bankkaufmann und Musikliebhaber, sie waren beim Geheimrat Goethe geladen. Goethe hatte sich ein neues Musikzimmer einrichten lassen und ließ sich bei der Anschaffung eines Hammerflügels über die technische Qualität von Fachleuten beraten. Er wollte als Ästhetiker seinem Gehör nur Instrumente mit einem schlichten Exterieur zugänglich machen. Im Musikzimmer in Weimar hingen auch Bilder des erst kürzlich verstorbenen Philipp Otto Runge. Der graphische Zyklus >Tageszeiten< in vier Stichen, >Arabesken< oder >symbolisch allegorische Darstellungen von Morgen, Mittag, Abend und Nacht<. Boisserée erzählte später: Nun wurde die neue Errungenschaft, der Flügel, aufgeklappt und Olivia spielte Beethovens Klaviermusik. Angeregt durch diesen doppelten Genuss, führten wir ein lebhaftes und genüssliches Gespräch über die Ähnlichkeiten der Künste. Goethe wurde erst die Schönheit von Runges Darstellungen bewusst und er griff mir an den Arm, erzählte Boisserée: >Zum Rasendwerden schön und toll zugleich<. Und ich fügte hinzu: Ja, ganz wie die Beethovensche Musik, die Olivia da spielt, wie unsere ganze Zeit<. Ich gestehe, ich fühlte mich geschmeichelt.«

»Du siehst doch, Du hast die Ohren der Oberliga entstaubt. Du hast in der tiefen konservativen Seelenlandschaft in Weimar die Posaunen einer neuen Zeit, einer bewegten, unruhigen Epoche mit Sehnsucht nach Liebe und Freiheit erklingen lassen. Was willst Du mehr?«

»Ja, Amade, wie immer hast Du Recht, die Musik, Deine und meine, hat keine uneingeschränkte Zustimmung gefunden. Als der Herr mit Macht und Einfluss bei Hofe meine Musik gehört hatte, gab er Boisserées zu verstehen, dass meine Konzeption einfach sei. >Freilich, das will alles umfassen und verliert sich darüber immer ins Elementare, doch noch mit unendlichen Schönheiten im Einzelnen<.«

»Also das Hauptthema der Unterhaltung war die Assoziation zwischen Bildgebender Kunst und Musik. Goethe diskutierte gerne über Analogien zwischen Darstellender Kunst und Musik, auch später mit Carl Friedrich Zelter, hingerissen von Deiner Komposition >Wellingtons Sieg oder die Schlacht bei Vittoria< Vivat Genius, und hol der Teufel alle Kritik!«

»Ja, Zelters Ohr war nicht immer empfänglich für meine Musik. Er hat mich mal mit dem unsterblichen Michelangelo verglichen und mal nannte er meine Musik dichterisch/romantisch: >Töne durch Töne zu malen, können Haydn und Beethoven<. Aber er bezeichnete meine Musik auch als etwas Vergängliches und verglich meine Werke mit den zeitgenössischen Werken wie Spontinis, die er gering schätzte.«

»Errare Humanum Est. Irren ist menschlich, aber Deine Musik ist und bleibt göttlich und ewig. Zelter und seinesgleichen haben kein Inspirationstalent. Deine moderne Musik ist ihnen fremd, rebellisch, zu eigenmächtig und politisch.«

»Ich spreche nicht von Irrtümern und Unverständnis der Zeitgenossen, ich erinnere nur an die Umstände und Atmosphäre unserer Zeit.« Als Mozart bei ihm eine Geste der Enttäuschung verspürt, ruft er unvermittelt: »Willst Du wissen warum die >Schlachtensinfonie< kurioser Weise das mit Abstand erfolgreichste Werk zu Deinen Lebzeiten war? Sie umwälzte die Welt, führte die frustrierten Menschen zusammen und beunruhigte die Nutznießer der Herrschaftshäuser.«

Beethoven macht eine Geste, als ob er von der Landschaft am Rhein genug hätte.

Mozart, aufmerksam wie er ist. »Es ist Zeit von der herrlichen Landschaft am Rhein mit dem kurfürstlichen Schloss und der Aussicht auf das Siebengebirge Abschied zu nehmen. Wie wäre es mit einem Abstecher nach Weimar, dort wo Dein Goethe fürstlich residierte?«

Beethoven schmunzelt. »Ein vortrefflicher Vorschlag: Goethe und Schiller in mumifizierter Fossilgestalt unter der Lupe zu studieren, wie Laus und Schmetterling in Bernstein! Wie interessant könnte es sein, unvoreingenommen Goethes Eigennützigkeit gegenüber Schillers Selbstlosigkeit zu analysieren.«

»Ludwig, Ludwig, ich traue meinen Ohren nicht. Sollte ich richtig verstanden haben, Du willst uns in die Welt der Intrigen Weimars kutschieren? Glaubst du allen Ernstes, ich könnte so einen Wunsch, der alle meine Sinne erweckt, je abschlagen?«

»Dann nichts wie hin, Amade, worauf warten wir noch?«

>Erwarten Sie keine Schwäche von mir. Ich bin gerächt. Ich habe den Tod verdient, hier bin ich. Betet für meine Seele<.   Schiller

Weimar

Sie bleiben unbeweglich stehen, Beethoven schließt die Augen. Als er sie wieder öffnet, erinnert er an die Andächtigen, die aus der Kirche kamen und Schillers Tod bejammerten. »Kaum war die Tür geschlossen, so riefen sie: Großer Gott, der große Dichter ist gestorben! Großer Gott, der große Schiller ist aber nicht tot!«

»Wo war Herr Geheimrat?«

145

»Er hatte keine Zeit für solche traurigen Anlässe. *Außerdem, dass Leben ist mir lieb; Mein Spargel bekommt mir gut; ich genieße das Leben...*«

Mozart betrachtet entzückt wie Beethoven sich die hoch stehenden Haare glättet, den Mantel zuknöpft und seine erhabene Haltung überprüft. Er scheint plötzlich sehr ernst, nachdenklich und reagiert auf die Frage, wie er sich denn hier fühle, überhaupt nicht.

Beethoven selbst ist sonderlich zumute, als hätte er erst jetzt seinen Körper verlassen. »Aber ich verstehe nicht, ich bin doch lange tot, wir sind beide lange tot. Warum bin ich auf einmal leiblich und leidlich taub?«

Die Szene im Weimarer Park, wo sie sich befinden, hat etwas Sonderbares, auf jeden Fall ist alles anders als bisher; als folgen beide einem Schauspiel in der sagenhaften Inszenierung eines monumentalen Dramas. Was Mozart empfindet, will er Beethoven begreiflich machen, aber er hört nicht hin. Im Gegenteil, er fängt an mit trauriger Miene zu erzählen.

»Nun, mein über alles liebster Amade, Du sollst mehr über mein Leben und Leid erfahren, Du hast das Zeug dafür. Ich bin wie Du ein Komponist im Geist meines Wirkens, aber auch ein Humanist im Wesen meiner Seele. Der seelische Kummer, der mich bedrückte war vielseitig. Der Verlust des mir nahe stehenden Freundes Salomon aus Bonn, der Tod meines Bruders Karl, den ich lange Zeit leiden sah und nicht helfen konnte, überwältigte mich so, dass ich in mich kehrte und in Depressionen verfiel. Du kennst das doch, was wir empfinden, schlägt sich auf unsere Arbeit nieder. In solchen Fällen handelt es sich um seelisches Leid, das aus zwischenmenschlichen Beziehungen herrührte. Was aber viel schlimmer war und mein Leben unerträglich machte, war mein Gehörleiden, das meine rheinländische Natur zur Geselligkeit wesentlich beeinträchtigte. Mein grausames, erbarmungsloses Leiden überfiel mich im achtundzwanzigsten Lebensjahr, in dem Alter, wo ich die Welt erobern und alle Menschen umarmen wollte. Als erstes habe ich am 1. Juni 1801 meinem Jugendfreund Amenda meine Erkrankung anvertraut. Mir ging ungewollt ein wichtiger Teil meiner musikalischen Persön-

146

lichkeit verloren. Ich musste mein öffentliches Klavierspiel zunehmend einschränken und schließlich ganz aufgeben.« Beethoven wendet den Kopf ab, heftet den Blick auf den weißen Pavillon, wo Goethe angeblich seine Liebschaften empfing, und seufzt. Dann fährt er mit bebender Stimme fort: »*Aber welche Demüthigung wenn jemand neben mir stand und von weitem eine flöte hörte und ich nichts hörte; oder jemand den Hirten singen hörte, und ich auch nichts hörte, solche Ereignisse brachten mich nahe an Verzweiflung, es fehlte wenig, und ich endigte selbst mein Leben – nur sie die Kunst, sie hielt mich zurück, doch es dünkte mir unmöglich, die Welt eher zu verlassen, bis ich das alles hervorgebracht, wozu ich mich aufgelegt fühlte, und so fristete ich dieses elende Leben – wahrhaft elend; einen so reizbaren Körper, dass eine etwas schnelle Veränderung mich aus dem besten Zustande in den schlechtesten versetzen kann.*«

Mozart ist untröstlich. »Die Welt lag stumm und still vor Dir, dem Künstler der Töne, der im Grunde einer anderen Welt gehörte. Mitten in Deinen schöpferischen Plänen, auf der Höhe der Kraft, die Dein Geist erreicht hatte, kamen Dir Worte von entsetzlicher Fremdheit über die Lippen. *Mit mir nimmt's hoffentlich bald ein fröhliches Ende.* Und Du schriebst Worte, die das letzte Aufflammen des Lebens vor Deinem Erlöschen schildern:

Und spür' ich nicht linde, sanft säuselnde Luft,
Und ist nicht mein Grab mir erhellet?
Ich seh' wie ein Engel im rosigen Duft
Sich tröstend zur Seite mir stellen:
Ein Engel, Leonoren, der Gattin so gleich! –
Der führt mich zur Freiheit -, ins himmlische Reich!

An Selbstmord denkt nur ein gemeiner Sinn, Ludwig!«

Beethoven nickt und ist im Begriff, höflich einzuwenden, dass derlei intellektuelle Weisheit keine Abhilfe zu schaffen vermag, aber Mozart spricht aufgebracht weiter. »Wir haben nicht das richtige Los gezogen: nichts außer Obsessionen…«

Beethoven im ruhigen Ton. »Mein Tod sollte Beweis meines Gefühls für das Höchste sein, echte Aufopferung, nicht Flucht, nicht Befreiung.«

Ein tröstlicher Gedanke, findet Mozart, auch wenn er nicht verhehlen kann, dass die wachsende Vertrautheit und tiefgründigen Gespräche ihnen beiden gut tut und ein befreiendes Gefühl von depressiven Gedanken vermittelt. Und Beethoven führt, losgelöst von jeglicher Ironie, Selbstgespräche. *>Zeige Deine Gewalt, Schicksal! Wir sind nicht Herren über uns selbst: Was beschlossen ist, muss sein, und so sei es denn! Dachte ich und ich trug's zu leben. Mein unglückseliges Gehör plagt mich dort (in Baden bei Wien) nicht. Ist es doch, als ob jeder Baum zu mir spräche auf dem Lande: Heilig, heilig! – Im Walde entzücken! – Wer kann alles ausdrücken? – Schlägt alles fehl, so bleibt das Land selbst im Winter… Leicht bei einem Bauern eine Wohnung gemietet, um diese Zeit gewiss wohlfeil – süße Stille des Waldes! – Der Wind, der beim zweiten schönen Tag schon eintritt, kann mich nicht in Wien halten, da er mein Feind ist. >>Sinfonia Caracteristica<< oder eine Erinnerung an das Landleben. Man überlässt es dem Zuhörer, die Situationen auszufinden. Jede Malerei, nachdem sie in der Instrumentalmusik zu weit getrieben, verliert. - >>Sinfonia Pastorella<< - Wer auch nur je eine Idee von Landleben erhalten, kann sich auch ohne viele Überschriften selbst denken, was der Autor will. Auch ohne Beschreibung wird man das Ganze, welches mehr Empfindung als Tongemälde, erkennen.<*

Schweigen.

»Nun mein liebster Amade, die Pastorale ist keine Malerei, sondern spiegelt meine Empfindungen, welche der Genuss des Landes im Menschen hervorbringt, wobei manche positiven Einflüsse auf die Seele durch das Landleben geschildert werden. Du darfst nicht Mensch sein, für Dich nicht, nur für andere: Für Dich gibt's kein Glück mehr als in Dir selbst, in Deiner Kunst. O Gott, gib mir Kraft, mich zu besiegen! Mich darf nichts an das Leben fesseln…«

Mozart tief betroffen, will die Bahn der schmerzlichen Gedanken wandeln. »O lieber Ludwig! Kämpfen wir nicht mit dem Schicksal.«

Beethoven nickt. »Hier in Weimar stehen wir vor einer schön angelegten Parkanlage mit architektonischem Geschmack, aufeinander abgestimmten Häusern und Pavillons von Fürsten, auch von Herrn Goethe, und denken über manches nach, lieber Amade. Goethe war mein Prometheus, mein Idol. Aber wie oft wurden wir von unseren Vorbildern geistig moralisch im Stich gelassen!«

»Goethe und ein Idol, das ist wohl ein Scherz!«

Beethoven ist nicht überrascht. »Er hat den >Werther< geschrieben und sich unsterblich gemacht. Goethe behagte die Hofluft sehr, mehr als es einem Dichter ziemt. Dies habe ich bei einem kurzen Treff in Teplitz bemerkt. Er hat seinen besten Jugendfreund Jakob Michael Reinhold Lenz fallen lassen. Um selbst weiter zu kommen ging er über Leichen. Von Lenz befreit, denkt der Geheimrat sich auch von anderen Rivalen zu befreien. Maximilian Klinger und Johann Heinrich Merck spürten bald, was es heißt, von Goethe als Störenfried abgelehnt und gehasst zu werden. Klinger, einst glühender Verehrer des jungen Genies: *Goethe! O wenn ich seiner wert würde!* Das hatte er an Lenz geschrieben, ein knappes Jahr vor seiner Ungnade beim Geheimrat. Am 20. Dezember 1800 schrieb Karl von Stein, Charlottes Sohn über Goethe und Herzog Carl August: *Sie lassen einem spielen wie eine Flötenuhr, und wenn sie sich müde gehört haben, machen sie sich weg.*«

»Teufel, welches doppelbödige Format, und was für eine selbstherrlicher Zeitgenosse war doch dieser Goethe.«

»Klinger hatte Grund dankbar zu sein«, fährt Beethoven unbeirrt fort. »Goethes Mutter, Katharina Elisabeth war großzügig zu dem Wolfgang Freund und finanzierte sein Studium. Der kleine dankbare Maximilian ist begabt, fleißig und verfasst die ersten Dramen, Wirrwarr und später Sturm und Drang und wird der begehrenswerte Dichter der bewegenden wilden Epoche, die Goethe kurz literarisch Revolution nannte. Herde, Lenz, Klinger, Goethe standen im Rampenlicht der literarischen Gesellschaft und Schiller schaute am Rande zu. Diese Verbundenheit sollte mit der Ankunft von Klinger in Weimar und der freundschaftlichen Umarmung von beiden >Freunden< befestigt werden, konnte man meinen, es war aber

149

nicht so. >*Am 10.6.1776, das war ein Montag, kam ich hier an – lag an Goethes Hals und er umfasste mich innig mit aller Liebe.*< Die Freundschaftsliebe bröckelte als der gut situierte, gut aussehende, große, schlanke Dichter, der sich seines Aussehens bewusst war, für die eigene Karriere in Weimar aktiv werden wollte. Als erstes wollte Klinger gerne als Offizier in dem Heer des kleinen Herzogtums dienen. Er wurde sofort abgewiesen. Nicht vom Herzog, sondern von Goethe. >*Klinger kann nicht mit mir wandeln, er drückt mich, ich hab's ihm gesagt*<.«

»Er war verliebt in sich selbst, ein Narzisst, selbstsüchtig bis zum Mark!«

Beethoven nickt. »Um selbst weiterzukommen, muss er alle Verbindungen zu dem Rivalen und Dichter des >Sturm und Drang< und der literarischen Klicke abbrechen. >Der Tasso<, das Schauspiel über Genie und Macht, das Goethe über zehn Jahre beschäftigte, bekommt eine persönliche Dynamik. In der Gestalt des Tasso, der *Bein von meinem Bein und Fleisch von meinem Fleisch ist*, hat der Dichter und Geheimrat in Staatsdiensten seine Lebensphilosophie zum Ausdruck gebracht, ein Angebot an die Obrigkeit:

Doch glaube nicht, dass mir
Der Freiheit wilder Trieb den Busen blähe
Der Mensch ist nicht geboren, frei zu sein,
Und für den Edlen ist kein schöner Glück,
Als einem Fürsten, den er ehrt, zu dienen.

So wurde alles eingefädelt und den Rivalen der Köder hübsch hinter die Schlinge gehängt.« Beethoven lässt nicht nach. Wenn er einmal die Fährte aufgenommen hat, gibt er die Verfolgung so schnell nicht wieder auf.

»Und was wurde aus Herder, Lenz, Klinger und Schiller?«

»Amade, die richtigere Frage wäre: was wurde aus Klinger und Lenz? Denn sie wurden die ersten auserwählten Opfer! Nur kurze Zeit später, vielleicht Tage danach, mussten die Dichter, die nicht bei Goethes Plänen willkommen waren, aus seinem Blickfeld verschwinden. Anders als Lenz blieb Klinger nach der Ungnade nicht auf der Strecke, und brachte es sogar zu einem hoch dekorierten Offizier am russischen Zarenhof.«

Mozart schmunzelt. »Gern hätte ich >Die Entführung aus dem Serail< in >Unterwerfung in Weimar< umgeschrieben, denn die Rolle von Osmin, dem Haremswächter, wäre Herrn Geheimrat auf den Leib geschrieben.«

Beethoven lacht hell auf. »Dann nichts wie ran, mein Lieber!«

»Die Ouvertüre ist dreiteilig gebaut. Zwischen zwei Presto-abschnitten ein schneller Marsch mit ein wenig Schlagwerk. Um >türkische< Atmosphäre nach dem Geschmack der Zeit zu erzeugen, habe ich ein gefühlvolles Gesangsthema in Moll eingeschoben, das nach Aufgehen des Vorhangs von Jakob Michael Reinhold Lenz anstelle von Belmonte (Tenor) gesungen wird. Er steht in einem schönen Garten wie hier am Rande des Parks und besingt das Glück, nach langer Trennung seine Geliebte Cornelia (Konstanze) wieder zusehen. Goethe (Osmin) der Haremswächter (Baß) bei Pascha (Herzog August), dick, alt und missgelaunt, trällert, während er Feigen pflückt, ein Liebesliedchen. Lenz (Belmonte) tritt auf ihn zu und es dauert eine Weile bis Goethe(Osmin) mit ihm spricht. Als der Fremde (Belmonte - J.M.R. Lenz) nach Pedrillo (Schiller, Gärtner der Liebe - Tenor) fragt, ist die Geduld von Goethe (Osmin) überstrapaziert. Er vertreibt Lenz (Belmonte) und vertieft sich dann in einer urkomischen Arie über die hunderterlei Arten von Folter und Tod, die er allen Fremden und besonders jenen, die ihn in seiner Ruhe stören, von Herzen wünscht. Schiller (Pedrillo) ist gekommen und hat die Wut Goethes (Osmin) zur Weißglut angefacht. Dann, als der dicke alte Haremswächter Goethe (Osmin) endlich verschwindet und der Spitzbub Schiller (Pedrillo) ihm nachlächelt, verlässt Lenz (Belmonte) das Versteck, in das er vor dem Zorn Goethes (Osmin) geflüchtet war. Die zwei Freunde umarmen sich. Die Freude ist groß.«

Amüsiert blickt Beethoven auf Mozarts Gestik, mit der er die Dramaturgie der Szenen schildert. Sein Mund lächelt, als ob er nicht warten kann, wie es weiter geht.

»Schiller (Pedrillo = Gärtner der Liebe) erzählt, was vorgefallen ist. Cornelia (Konstanze), Lenz` (Belmontes) über alles Geliebte, ist samt ihrer Familie auf einer Reise entführt und an den Herzog = Bassa (Pascha) verkauft worden. Bewegt erfährt Lenz (Belmonte) von dem Schicksal seiner geliebten Cornelia (Konstanze), die von Goethe (Osmin) verachtet, aber zu der Favoritin des Herzogs (Pascha) erkoren ist. Ich habe der leidenschaftlichen Reinheit von Lenz (Belmonte) die Arie zugeteilt, in der er alles zum Ausdruck bringt, was er empfindet; das erregte Klopfen seines Herzens ist zu spüren, ja zu hören. Mit einer Kutsche kommt der Herzog (Pascha) mit großem Gefolge. Vorne dran Goethe (Osmin) mit einer Peitsche in der Hand. Charlotte von Stein (Blondchen) ist in Begleitung von Cornelia (Konstanze). Herzog August (Pascha) fragt Cornelia (Konstanze): >>Warum bist du so traurig mein Kind?<< Sie erklärt, dass sie ihren Bräutigam nie vergessen könne und wolle. Eine Arie mit großem Tonumfang, wie vorher bei Lenz (Belmonte) in höchster Gesangskunst mit schmerzlicher Melodie und perlender Koloratur bewegt die Szene. Der Herzog gibt vorläufig nach und glaubt Geduld und Zeit heile die Liebeswunden der Frau bis er sie zur Gemahlin nimmt. Goethe (Osmin) ist sich auch siegessicher. Lenz (Belmonte) und Schiller (Pedrillo) nähern sich dem Herzog (Pascha), dem Lenz (Belmonte) als ausländischer Baumeister vorgestellt wird, der in den Dienst des Herzogs (Pascha) einzutreten wünscht. Trotz allen Widerstands von Goethe (Osmin), wird Lenz in den herzoglichen Dienst aufgenommen, was ihm nicht besser passieren konnte.«

Beethoven ist hingerissen. »Du stellst mit dieser Arie die Treue in der Liebe als einen köstlichen Gesang dar. Sie preist menschliche Gefühle und Sehnsüchte. Die Arie verbreitet Optimismus und Vertrauen und entlarvt die heimtückischsten Eigenschaften der Akteure und Intrigen des Haremswächters Osmin.« Beethoven, grinst und blinzelt mit den Augen, als ob er Goethes Namen nicht erwähnen wollte.

Mozart ist glücklich über Beethovens gewandelte Stimmung.

»Und wie geht's weiter?«

»Gefällt es Dir, Ludwig?«

»Bisher schon. Den Geheimrat ein bisschen in die Mangel nehmen, tut gut.«

»Zu Beginn des zweiten Aktes, im Garten vor dem Lusthaus von Herrn Goethe, lehrt Blondchen dem mürrischen Osmin ein bisschen Menschlichkeit! Eine Arie in Singspielart, aber mit außergewöhnlichen Stimmkünsten neben vollendeter Grazie, die die Rolle von Blondchen auszeichnet. Osmin ist und bleibt unbelehrbar und lässt sich vor allem von Frauen nichts sagen. >Die Frauen gehören in den Harem, unter festen Verschluss, und haben vor allem zu gehorchen! Nichts zu machen, hinein mit Euch< beendet er das >Frauengejammere<. Nun tritt Konstanze auf. Bei ihr habe ich zwei Arien hinter einander eingesetzt, von denen besonders die zweite als ein Muster an künstlerischem Können der Sängerin wegen enormen Schwierigkeiten, aber auch an Großartigkeit ein Lob verdient; in ihr (der so genannten >Marternarie<) versichert Konstanze dem in sie dringenden Pascha, allen Qualen tapfer widerstehen zu wollen, um dem einzigen Geliebten in der Ferne treu zu bleiben. Pedrillo trifft Blondchen und teilt ihr die großen Neuigkeiten mit: Die Ankunft von Belmonte, die Vorbereitung zur baldigen Flucht. Blondchen bricht in Jubel aus: >Welche Wonne, welche Lust herrscht nun in meiner Brust!< Pedrillo beeindruckt von der Situation singt eine Arie in heldischem Ton: >Frisch zum Kampfe, frisch zum Streite!< Der vorbeikommende Osmin ist erst der frohen Stimmung skeptisch, aber das Angebot von Pedrillo, er möge doch den köstlichen Wein kosten, kann Osmin nicht widerstehen, er trinkt immer mehr. Nun ist der Alte im Alkoholrausch eingeschlafen. >Ist Konstanze mir wirklich treu geblieben, fragt sich Belmonte<. Ist mein Blondchen mir treu geblieben, fragt sich Pedrillo während Konstanze bei solchem Verdacht in erschütterndes Weinen ausbricht, findet Blondchen, das Mädchen aus dem Volk, eine passende Antwort, d.h. eine gewaltige Ohrfeige, die – es geht nichts über sachliche Argumente – Pedrillo völlig überzeugt. Alles löst sich in Wohlgefallen auf, ein kraftvolles Quartett (mit teilweise Kanonenmäßigen Einsätzen) bringt den Höhepunkt des zweiten Aktes. Nun müssen sie ans Werk gehen, die Befreiung (Entführung) zu versuchen. Sieg und Scheitern füllen nun den größten Teil des dritten Aktes. Im Schutze der Nacht legen die Männer Leitern an die Lusthausmauern (Palast). Belmonte singt eine heitere Arie, dann singt Pedrillo vom Streichquartett begleitet ein reizendes Ständchen. Leise öffnen sich die Fenster, und schon sind die Mädchen herabgestiegen, als triumphierend Osmin mit Wachen erscheint. Die Befreiung (Entführung) ist entdeckt, und Osmins Rachearie klingt wild, aber diese Wildheit ist begreiflich. Der Pascha kommt herbei, und alles scheint verloren. Doch der orientalische Fürst ist großzügig. Er schenkt Belmonte, der ein junger, eleganter Dichter ist, nicht nur das Leben, sondern gestattet ihm, mit Konstanze und dem noch jüngeren Dichter, Gärtner der Liebe, Pedrillo mit Blondchen in die Freiheit aus Weimar zu ziehen. >Wer so viel Huld vergessen kann, den seh' man mit Verachtung an<, lautet der Refrain des großen Schlussensembles, das Osmin verbannt, und die Oper krönt.«

»Ich spüre ein befreiendes Glück«, ruft Beethoven. »Weiß Gott, wie wir gerade der Entführung aus dem Serail verfallen sind, die mir nach der Zauberflöte das Liebste auf der Welt ist! Wer sind sie diese Herren, Goethe und Co, die zweiundachtzig Jahre gelebt und nicht einmal das Gespür haben, was wir empfinden >die Glückseligkeit<. Schiller, Klinger, Lenz haben wie auch der große Mozart keine Manie zur Elite oder solchen Ansprüchen wie Luxusleben, Langlebigkeit, Habgier. Sie sind stets frei von falscher Tugend wie Opportunismus, Konzessionen, Protektion und Egoismus. Die göttlichen Melodien und liebevollen Inszenierungen für die Gerechtigkeit wurden zu Deinem Ethos. Sterne haben auf der Erde nichts zu suchen. Sie sind dort lebensunfähig, aber im Universum leuchten sie immer und ewig.«

Mozart gerührt, wartet auf das, was Beethoven noch zu rezensieren gedenkt.

»Man mag das >Türkensujet< in der Entführung als trivial und zu vernachlässigende Mode der Zeit betrachten oder auch den durchaus immanenten Kulturkonflikt zwischen Christen, Juden und Moslems betonen, aber bei Dir geht es, wie immer um Liebe und Leidenschaft, Treue und Vertrauen, Opferbereitschaft und Engagement. Mein lieber Amade, Deine Musik wird in Jahrtausenden noch gehört werden und die Menschen zu ihrem Glück inspirieren. Wir brauchen uns nicht länger hier bei Herrn Goethe und seinem intrigenreichen Imperium in Weimar aufzuhalten. Wir gehören nicht hier her, wir sind Wanderer ohne Besitz. Unser Reich ist da, wo wir sind. Mit der Musik, die wir hinterlassen haben, die schönsten und reinsten Töne, die wir gewählt haben, bleiben wir für immer und ewig mit den Menschen verbunden. Die Ränke, Quertreiberei, Gier und elitären Ansprüche mancher Zeitgenossen beschämen mich zu tiefst. Aber vergessen wir nicht: Es sind auch andere Taten, die von Goethe vollbracht wurden, seine Dichtkunst, die Poesie des friedlichen Wortes. Sie ist so überwältigend, dass sie alles zum Verstummen bringt und jeder Provinzialismus zum jämmerlichen Kläffen wird. Deshalb sah ich Goethe als Verfechter der kosmopolitischen Weltanschauung an der Seite des jüngeren Schiller als >Heros< an.«

»Und ich erfahre erst jetzt, im Jenseits von Gut und Böse, warum Wegeler und Grillparzer erst Recht Dich, meinen liebenswürdigen Ludwig, als >Heros< andachten, und zwar unter den großartigsten Humanisten der Menschheitsgeschichte.«

»Lieber Amade, danke für die Blumen! Wir Komponisten sind den großen Dichtern dankbar und von der natürlichen Harmonie beseelt. Wir sind wie unsere Malerkollegen nonkonformistisch. Sie nehmen vor dem Modell die naturtreue Haltung des Kopisten ein. Die Beziehung zwischen ersehnter und durchdachter Harmonie und der Welt der Gefühle ist in Abhängigkeit von der Kapazität des Geistes ein transzendentales Bewusstsein, mit dem wir psychologisch die abstrakte Musik unserer Meister Bach, Händel und Haydn mit mehr Tiefe und Sentimentalität überwinden. Jene transzendentale Ebene, die wir in der Musik entdeckt haben, können wir bei Tizian, Velasquez, Botticelli, Goya, Rembrandt, Rubens und Turner finden. Denn auch ein Maler hinterlässt mit dem Strich eines Pinsels deutliche Charakteristika, die entweder auf neuzeitliche also moderne Schwärmerei oder legendäre mytisch-idealistische Werte hindeuten, oder eine der Natur nachgeahmte perfekte Komposition darstellen ...«

»Francisco de Goya hat etwas Revolutionäres in der Welt der Malerei hinterlassen. Ich kann ohne weiteres ihn und seinen Idealismus mit Dir vergleichen, Ludwig. Nehmen wir als Beispiel seine religiösen Bilder, die mit großer psychologischer Eindringlichkeit, wie Christus am Ölberg oder Themen der Mythologie, wie Saturn einen seiner Söhne verschlingt, Hexensabbat oder Wallfahrt zur wundertätigen Quelle des heiligen Isidor, alle diese Werke sind ergreifend und tiefgründig. Dann die Erschießung der Aufständischen am 3. Mai 1808 in Madrid. Es sind eindringliche Anklagen gegen menschliche Barbarei. Die Soldaten des napoleonischen Erschießungskommandos mit ihren abgewandten Gesichtern vermitteln erstmals in der Malerei der Neuzeit den Eindruck eines anonymen Perfektionisten und blind funktionierender Tötungsmaschinerie. Goyas Werk hat nicht nur das barocke Bild vom >göttlichen Menschen< zerstört, sondern einer ganzen Epoche der Malerei eine andere Kunstauffassung und Verpflichtung entgegengesetzt. Er hat mit seiner Kunst dem Protest der Masse gegen Unterdrückung, Gewalt und Tyrannei nachhaltig eine besondere Bedeutung verliehen.«

Beethoven nickt und schweigt. Dann sagt er vergnügt: »Mozart und Beethoven unterhalten sich in dieser Parklandschaft, wie auf der Bühne eines Theaters. Goethe und seine Freunde, die vorbeispazieren, lauschen ihrem Gespräch. Die Szene hat etwas Provisorisches, als könnte man sie jederzeit wie ein Märchenbuch zuklappen.«

Beethoven, von der eigenen Vision angeregt, seufzt tief und knöpft den Mantel wieder auf. Sie gehen schweigend Goethes Sommerhaus entgegen.

Würde Beethoven mehr von sich erzählen? Mozart weiß inzwischen, dass er nach jedem Schweigen umso freiwilliger seine Geheimnisse offenbart, also schweigt er auch.

Nach einer Weile spricht wieder Beethoven: »Händels, Bachs, Glucks, Mozarts, Haydns Portraits in meinem Zimmer, sie können mir auf Duldung Anspruch machen helfen. Aber was wird aus mir, wenn ich keine Hilfe mehr beanspruchen will?«

»Ich verstehe nicht, Ludwig. Du sprichst wieder im Gegensinn.«

»Ich meine damit, dass man keine Hilfe beanspruchen kann, ohne das moralische Gesetz in sich und den gestirnten Himmel über uns zu verleugnen. Zeige Deine Gewalt, Schicksal! Du bist mächtiger! Was beschlossen ist, muss sein, und so schrieb ich: >*Heilgnstadt am 10ten Ocktober 1802 so nehme ich den Abschied von dir – und zwar traurig – ja die geliebte Hoffnung – die ich mit hierher nahm, wenigstens bis zu einem gewissen Punkte geheilt zu sejn – sie muss mich nun gänzlich verlassen, wie die Blätter des Herbstest herabfallen, gewelckt sind; so ist – auch sie für mich dürr geworden, fast wie ich hierher kam – gehe ich fort – selbst der Hohe Muth – der mich oft in den schönen Sommertägen beseelte – er ist verschwunden - ... - o Vorsehung – lass einmal einen reinen Tag der Freude mir erscheinen – solange schon ist der wahre Freude inniger Widerhall mir fremd – o wann – o wann o Gottheit – kann ich im Tempel der Natur und der Menschen ihn wieder fühlen, nie? – nein – o es wäre zu hart.<*«

»Ach, lieber Ludwig, für was haben wir so viel Leid ertragen müssen! Was hielt Dich zurück? Ich kann von mir nicht behaupten, dass ich, wäre ich in Deiner Situation, den Suizidversuch nicht vollendet hätte!«

»*... die Kunst, sie hielt mich zurück, ach es dünkte mir unmöglich, die Welt eher zu verlassen, bis ich das alles hervorgebracht, wozu ich mich aufgelegt fühlte ...* Ich hatte jede Hoffnung auf Heilung meines Gebrechens verloren, ja die geliebte Hoffnung, die ich mit hierher nahm, wenigstens bis zu einem gewissen Punkte geheilt zu sein, sie muss mich gänzlich verlassen. Aber meine Herbststimmung war auch beeinflusst von Goethes Briefroman >Werther<. >Die Leiden des jungen Werthers<, wie die meisten Intellektuellen meines Zeitalters kannte ich gut. Ich war taub, aber mein Herz konnte ich richtig hören und frei ausschütten und meiner Seele freie Bahn lassen. Einmal dachte ich, als ich am Ende war: Mozart, dieses Genie musste sehr früh und so jung sterben, und ich jammere wie ein

Waschweib. Und dann war die Angst wieder da, aus heiterem Himmel. Ich merkte wie einsam ich war. Die Angst versetzte mich nicht in Panik, sondern in Melancholie und tiefe Depression. Ich merkte, wie es höher kam, wie die Augen müde wurden, als ob das Licht der Welt ausgeht, dann wie der Rücken, vor allem der Nacken sich versteifte. Die Hände tremolierten. Die Unruhe ging wie eine Welle von unterschiedlichen Schwankungen durch meinen Körper. Der Mund war wie ausgetrocknet und die Zunge wie ein Fremdkörper. Das Herz raste und im Kopf hämmerte der Puls. Die Arme zitterten noch heftiger, die Hände gingen in Pfötchenstellung. Ich dachte, ich erstickte, denn ich bekam schwer Luft. Ich spürte meine Beine nicht mehr. Die Füße wurden eiskalt. Ich war verloren ohne Kraft, ohne Verstand. Ich horchte in mich hinein: Es ist wieder so weit! Es hat alles keinen Sinn, niemand kann mir helfen. Hilf mir Du, der lang ersehnte Tod. Lass mich in Frieden sterben. Ich kämpfte nicht um mein Leben. Ich wünschte mir das Ende. Die Befreiung von den Fängen der Angst.«

Mozart ist fassungslos, versucht ihn abzulenken. »Ich habe gehört Goethe hatte gelernt sich gegen seine Ängste auszusetzen!«

»Gegen welche Ängte?«

»Na, gegen Höhenangst, Ludwig.«

»Ja, der Geheimrat hatte nur panische Angst vor der Höhe der Berge, aber keine Angst vor der gesellschaftlichen Höhe, im Gegenteil!« sagt Beethoven und grinst.

»Und was tat er dagegen?«

»Er stieg auf das Straßburger Münster und kauerte solange im Eck, bis ihn die Angst vor der Höhe freiwillig verließ.«

»Und Du kauertest vor dem Tod!«

»Aber meine Ängste waren stets mit Halluzinationen verbunden, die mich mit Fieber und Schüttelfrost heimsuchten. Von Zeit zu Zeit stellte ich mir vor, dass es für jeden eine geheime Portion von Leid und Tragik im Leben gibt und jeder muss versuchen sich damit abzufinden.«

»Oder wie ein Hund krepieren!« murmelt Mozart mit einem Hauch von Sarkasmus. »Als Kind sprachen alle von mir als einem

>Wunderknaben<. Mich bewegte diese Äußerung. Immer wieder wiederholte ich die schöne Deskription eines kränklich heranwachsenden >Wunderknaben<, was meine >Begabung< betraf. Ich malte mir oft aus, ich sänge mit heller Baritonstimme: der Wwwwunder Knaaaabe; ich rekapitulierte sie so, als ob ich auf der Bühne stünde weg vom Publikum nur auf die Reaktion des Vaters wartend.«

»Und was war mit dem Wunderknaben geschehen, dass er so leidlich war?«

»Eine gute Frage! Ich bin nicht sicher, ob ich es erklären kann.«

»Versuch es mal, Amade! Versuch es!«

»Meine Todeskrankheit überforderte das diagnostische Vermögen meiner Ärzte. Mein früher Tod war voraus gebahnt, viele Krankheiten, die ich im Kindesalter durchmachte, hinterließen unheilbare Narben in wichtigen Organen. Ich war nicht mehr zu retten; Prognose infaust. In dieser Hinsicht machte ich mir wüste Gedanken. Ich war ein Greis und Invalide, seit ich gerade Zwanzig war. Wie soll ich jene Gedanken am besten beschreiben? Ich hegte morbide, düstere Phantasien. Oft war mir zumute, als habe mein Leben seinen Zenit überschritten. Als ich die Pocken zum >Glück< überlebte, war ich genau 12 Jahre alt. Zweimal war ich in meinem ersten Lebensabschnitt dem Tode entronnen, einmal dem Typhus und einmal den Pocken. Und zweimal hatte ich an akutem rheumatischem Fieber mit Erythema nodosum leiden müssen. Die Ärzte definierten die Krankheitsbilder so, dass ich nichts verstand. Vom 13. Lebensjahr an bis zu meiner Niederlassung in Wien, Anfang 1781, also bis zu meinem 25. Lebensjahr, hatte ich die wohl schwerste Krankheit im Anschluss an meine erste Italienreise, vom Dezember 1769 bis März 1771. In jener Italienreise mit meinem Vater war ich schon kränklich und nicht gut beisammen, als wir die Reise antraten. Die lange Krankheit hatte meine Nieren angegriffen. Die Ärzte sprachen von einer >Glomerulonephritis<, die zu meiner eigentlichen Todeskrankheit führte. Auf der zweiten Italienreise vom August bis Dezember 1771 war ich so weit ich mich erinnere, immer müde und schläfrig. Von Zahnweh und Zahngeschwulsten heimgesucht, war ich in München von 1774 bis März 1775 mit der Komposition >La finta giardiniera< beschäftigt. Hin und wieder hatte ich Nasenblutungen. Vom Oktober 1780 bis März 1781, wieder in München, von Katarrh und Halsschmerzen beeinträchtigt, komponierte ich die Oper >Idomeneo, Rè di Creta<. Mein Vater war über den kränklichen Sohn besorgt, versuchte mir mit einer langen pseudo-medizinischen Diät-Epistel zu helfen, die er selbst ironisch aber rechthaberisch mit >Ita clarissimus Dominus Doctoor Leopoldus Mozartus< bezeichnete. Meine Todeskrankheit (Glomerulonephritis mit Nierenfunktionbeeinträchtigung und letzten Endes Urämie, also Nierenversagen) begann im Spätsommer 1791 in Prag. Dann der geheimnisvolle Auftrag für ein Requiem. In meinem Aufenthalt in Prag versuchte Konstanze im September und Oktober mich durch Spazierfahrten mit Freunden etwas aufzuheitern. Eines Abends meldete sich ein Abgesandter des Jenseits, mit dem Auftrag, meine eigene Totenmesse zu schreiben. Ich muss zugeben, dieser Auftrag hat meine morbide Fantasie erst recht umwälzt. Als ob alle auf mein Ende warteten. Mir wurde der Abschied würdiger und verantwortungsvoller. Von wem der Auftrag war, habe ich nicht erfahren.«

»Dahinter verbarg sich die dilettantische Wichtigtuerei des Grafen Walsegg, der das für den 1. Todestag seiner Frau komponiert haben wollte.«

»Ich wurde Ende Oktober 1787 bettlägerig. Die verordnete Bettruhe und Unterlassung jeglicher Anstrengung von Dr. Closset hat dazu beigetragen, dass ich mich erstmal etwas erholte, konnte wenigstens am 15. November in der Loge meine Freimaurerkantate >Laut verkünde unsere Freude< dirigieren. Zu Hause setzte ich dann die Arbeit am Requiem fort und war gezwungen wieder das Bett aufzusuchen.«

»Und deine Frau Konstanze? Wie war ihr das alles zu mute?«

»Konstanze war eine liebenswürdige und zartfühlige, schöne Frau. Sie war sehr geduldig mit mir, aber sie war auch machtlos.« Mozart reibt sich die Augen in der Bemühung, Beethoven möglichst ein besseres Bild von Konstanze zu malen, ganz nach seinem Willen, möglichst schön, sanftmütig, herzlich, aufmerksam und fromm wie ein Lamm. »In unserer Ehe war ich derjenige, der zu sagen und zu führen hatte. Sie hat eher bei mir Schutz gesucht. Sie verfügte über keine Kraft und Magie der Überwindung und Vertreibung von Traurigkeiten. Sie war wie ein Engel schuld- und hilflos. Ihre Leidenschaft litt unter ihrer Hilflosigkeit.«

Beethoven wendet den Kopf ab, heftet den Blick auf eine sehr alte Erle und spricht wehmütig: »Die Liebe aus Leidenschaft lässt sich im Hinblick auf Don Juan mit einem einsamen, steilen, unwegsamen Pfade vergleichen, der wohl inmitten von lieblichen Wäldern beginnt, sich aber bald zwischen schroffen Felsen verliert, deren Anblick für die Augen der Alltagsmenschen nichts verlockendes hat. Und die Magie von der Du zu Recht sprichst, brauchte den geeigneten Nährboden; das Mysterium.«

Mozarts Züge sind zur Maske, zur Totenmaske erstarrt, als ob er nochmals stirbt, während er spricht. »Mein Leben lang bin ich vor solchen Endzeitstimmungen angelangt, und habe mich wieder zusammengerafft, aber diesmal war nicht mehr Endzeitstimmung, nein, das war Endstation. Ich konnte das Bett nicht mehr verlassen. Ich schrieb liegend weiter, aber die zunehmende Schwellung des Leibes machte mich immer unbeweglicher. Dann trat auch Erbrechen auf. Gott hatte mit mir kein Mitleid mehr, denn meine Besinnung blieb indessen bis in die letzten Stunden erhalten. Ich war im Sterbebett mein einziger Begleiter, denn ich spürte im Gewitter der Neuronen meines Gehirns die widerspenstigen Etappen des Todes, wovon weder Konstanze noch die Ärzte Dr. Closset und Dr. Sallaba eine Ahnung hatten.« Mozart laufen die Tränen »Du willst bestimmt wissen, was aus dem Requiem wurde? Am 4. Dezember war ich ganz von Kräften, ich gab auf. Gegen 11 Uhr nachts kam Dr. Closset nochmals. Er verordnete kalte Umschläge auf meine fiebernde Stirn bei brennendem Schädel, dann verlor ich das Bewusstsein.«

Beethoven nimmt ihn in den Arm, zögerlich und verhalten. »In Wien saß ich wieder allein traurig und einsam in meiner Kammer und stellte mir den offenen Käfig vor, Du warst entflogen. Nach

161

Mitternacht, wenige Minuten vor 1 Uhr des 5. Dezember 1791, erlosch ein Stern, der die Menschen erleuchtete.« Er ist fassungslos. Seine Augen stehen voller Tränen, sie sehen Mozart nicht. Sie blicken eher nach innen, als suche er in seinen Erinnerungen nach Mozarts Todesurkunde. »Der Leichnam blieb einen Tag lang in der Wohnung in der Rauchensteingasse aufgebahrt und wurde dann in die Kathedrale überführt, wo die Leichenschau stattfand. Ein neuerlicher, genauer Eintrag in das Totenbuch erfolgte: >*Den 6ten Xbris. Der/ Titl/ Herr Wolfgang Amadeus [!] Mozart, Mozart 3te Class k.k. Kapellmeister und Kammer Compositeur, in der Rauchensteingasse im kl: Kaiserhaus Pfarre St: Stephan Nro 970, an hitzigen Friesel Fieber beschaut, alt 36.Jr. Im Freydhof a. St. Marx 8f 56 kr. Bezahlt .... 4.36. 4.20 wagen f3 _ 61*<. So >groß< die Fürsorge um Dich während Deiner Todeskrankheit war, um so geringer war die Anteilnahme bei Deinem Begräbnis. Bei strahlend sonnigem und fast warmem Wetter, man könnte meinen, der Himmel feierte die Aufnahme des neuen Sterns unter Venus und Jupiter, die Dich gegen die Kälte von Mars schützen sollten. Du wurdest allein zu Grabe getragen ohne jegliche Zeremonie, ohne eine Grabtafel in einem Gemeinschaftsgrab versenkt. Nachdem alles vorbei war, und um die Abwesenheit von Trauergästen zu beschwichtigen, wurde behauptet, dass das Datum im Sterberegister falsch sei und Mozart sei erst am 7. Dezember statt am 6. Dezember in die Kirche gebracht worden. Ein ungeheuerlicher Versuch, das Datum zu verschieben, weil das bekanntlich gute Wetter am 6. nicht mit mehreren Berichten über das schlechte Wetter auf dem Weg zum Friedhof übereinstimmte, welches man seinerseits als Erklärung dafür anführte, dass am Grab keine Trauergäste anwesend waren. Das ist eine Ungeheuerlichkeit, Heuchler und Betrüger sind sie alle! Ich liebe die Wiener genug, um sie bis in alle Ewigkeit für ihre Untreue zu Mozart zu verfluchen.« Beethoven schüttelt immer wieder den Kopf. »Das begreife ich nicht. Dieses Verhalten werde ich den leichtlebigen Wienern nie verzeihen.«

Mozart, kann seine Wehmut nicht in Worte kleiden, noch seine tiefe Dankbarkeit für das Mitgefühl Beethovens und hört ihm aufmerksam zu.

Beethoven erinnert an Shakespeares >Tod und Unsterblichkeit<.

»Unsterblichkeit der Liebe ist eben im Tod, und Tod in der Liebe: O love! O life! Not life, but love in death!«

Mozart spontan: »O Lieb'! o Leben! Nein, nur Lieb' im Tode!«

Beethoven: »Darum wird Liebe ins Grab gezogen,
        kann nur die Gruft wirklich vereinen:
        Or shut me nightly in a charnel-house,
        O'er – Cover'd quite with dead men's rattling bones,«

Mozart flehentlich: »Birg bei der Nacht mich in ein Totenhaus
        voll rasselnder Gerippe, Moderknochen,«

Beethoven gefasst: »Nun sind wir auf dem Wege zum Richtplatz,
        dass Allerseelentag ist:
        This, this All-Souls' day to my fearful soul
        is the determin'd respite of my wrongs.«

Mozart entschlossen: »Nun, Allerseelentag ist meines Leibs
        Gerichtstag.
        Dies ist der Tag, den wünscht' ich über mich.«
        [...]

Beethoven sehr fromm: »The fingers of the powers above do tune
        The harmony of this peace.«

Mozart seufzt: »Der himmelsmächtige Finger stimmt die Saiten
        zur Harmonie des Friedens.«

»Denn die Toten walten mit dem Geschehen auf Erden; Wir rufen, vereint mit den Geistern aller Pazifisten, zum Kampf gegen die Tyrannei«, ruft Beethoven.

»Nun, Ludwig zu meinem Abschiedswerk. Die Arbeit war trotz erbarmungsloser Situation meiner Verfassung doch soweit fortgeschritten, dass es mir gelang die aller letzten Sätze zu entwerfen. Ich bin mir aber nicht sicher, ob es mir gelang die Partitur zu Ende zu bringen.«

»Dein Schüler Süßmayer hat sie nach Deinen Anweisungen wohl gekonnt vollendet.«

»Und was hältst Du von der Partitur?«

»Ich war hingerissen, als ich sie zum ersten Mal hörte. Tiefe Trauer erfüllt den ersten Abschnitt des Requiems, die Bitte um ewige Ruhe für die Verstorbenen.«

Es sieht alles auf einmal so aus, als wäre die Zeit ab 1 Uhr des 5. Dezember 1791 stehen geblieben.

Mozart steht stumm mit geschlossenen Augen, als würde er auf etwas warten.

Beethoven, nach andächtigem Schweigen, streckt die Arme und gibt den Auftakt zur Partitur frei:

I. Introitus (Einleitung), Requiem (Chor/Sopran), Fagotte und Hörner tragen klagend in der kurzen Einleitung das ernste Requiemthema vor, vier herbe Akkorde der Posaunen schließen die Einleitung kurz ab. In düsterem Forte setzen die Chorstimmen ein, in engen Überschneidungen bringen sie das Requiemthema, von den Geigen in flehenden Synkopen begleitet.

II. Kyrie (Chor) (Bittruf) Nach kurzem Zwischensatz erklingt die Trauerstimmung in voller Kraft, >et lux perpetua luceateis< erklingt erschütternd im Sopran auf und verlöscht im Piano des chors. Dann die Doppelfuge: >Kyrie eleison< (Herr, erbarme dich!) und >Christi eleison< (Christus, erbarme dich), dazu eigenartige Barockthematik, die der Doppelfuge eine gewaltige Kraft verleiht, eine seltsame Melancholie, Schmerz der Vollendung des Todes mit dem irreversiblen Charakter.

>Da war er wieder, der Dämon, der mich nicht mehr los lies<, denkt Mozart.

III. Sequenz (Wiederholung auf höherer oder tieferer Tonstufe),

1. >Dies Irae< (Tag des Zorns) Anfang der Sequenz (Chor). Hier bricht das jüngste Gericht in all seiner Gewalt über uns herein, in greller Ausdrucksweise werden die Chorstimmen eingeführt.

Beethoven ist tief beeindruckt von dem kraftvollen Einsatz der Tenorposaune, der in erhabenem Dreiklangtempo eine Entspannung in unruhige Stimmung bringt. >Dies irae<(Tag des Zorns) wird mit folgenden Teilen fortgesetzt:

2. Tuba mirum (Sopran / Alt / Tenor / Bass)

3. Rex Temendae (Chor)
4. Recordare (Sopran / Alt / Tenor / Bass)
5. Confutatis (Chor)
6. La Crimosa (Chor).

Das >Tuba mirum< ist den Solostimmen übertragen, das großartige Motiv der Posaune wird vom Solobass übernommen, der Tenor bringt das Thema in gedämpfter Form in Moll, mit dem Einklang des Alt erhellt sich langsam die dunkle Stimmung, und dann der Sopraneinsatz bringt bescheidene Zuversicht zum Ausdruck (Hoffnung auf Erbarmung und Erlösung).

Beethoven wirft mit einer Geste der Bewunderung erneute einen treuen Blick zu Mozart und lässt die Handlung fortführen: Gewaltig und beängstigend ertönt es wieder aus dem Chor >Rex tremendae majestatis<, eine inständige Bitte gibt den Ausklang: >Save me< (rette mich). Beethoven und Mozart blicken skeptisch, unabhängig von einander empor. Eine imposante >Recordare< vorgetragen vom Soloquartett, vermittelt gemischte Gefühle der Hoffnung und Angst. Dann kommt wieder quellende Angst der Menschen im >Confutatis maledictis< an das sich >Lacrymosa dies illa< als eine ergreifende flehendliche Bitte um Vergebung anschließt.

Mozart gibt mit erhobener Hand ein Zeichen. »Bis hier kann ich die Authentizität bestätigen!«

»Amade, lass Dich überraschen. Lass uns weiter hören, wie treu Dein Schüler Süßmayer Deinen Anweisungen gefolgt ist!«

Die Partitur mit dem Offertorium wird fortgesetzt:

IV. Offertorium (Darbringung von Brot und Wein mit dazugehörigen Messgebeten, die die Konsekration verbreiten). 1. Domine Jesu (Chor / Sopran / Alt / Tenor / Bass). Das Offertorium erreicht seinen Höhepunkt in der Fuge >quam olim Abrahae promisisti<, die nach feierlich ernsten >Hostias< wiederholt wird.

2. Hostias (Chor).

Dann der einfühlsame Chor: V. Sanctus. In knapper Form, aber großartigem Ausdruck setzt der Chor mit kleiner Hosiannafuge fort, in zurückhaltender Ergebenheit, davon hebt sich aber das Benedictus als Soloquartett ab.

Danach folgen andächtig:

VI. Benedictus (Lobgesang) (Chor / Sopran / Alt / Tenor / Bass).

VII. Agnus Dei (Lamm Gottes, Bezeichnung und Sinnbild für Christus) (Chor).

Der Finalsatz, ist von stiller Gehorsamkeit und Geduld und Demut erfüllt: hier neigen sich die Gläubigen vor der Barmherzigkeit Gottes.

VIII. Communio, Lux aeterna, Chor/Sopran.

»Gelobt sei Jesus Christus«, sagt Mozart und mit klatschendem Beifall huldigt er Jesus oder dem Werk?

»Warum?« murmelt Beethoven leidend vor sich nieder starrend.

Mozart schweigt und steht stumm und trostlos vor ihm.

»Warum jedes Mal, wenn wir in Not sind, rufen wir nach ihm? Warum huldigen wir diesem Jesus, lieber Amade?«

»Weil er auch ein armer Teufel war, wie wir!«

Mit diesem Satz fühlt sich Beethoven bis ins Herz getroffen. Plötzlich verändert sich auch seine Stimmung. Als Virtuose in der Fantasie und Improvisationskunst versteht er es meisterhaft Mozart im Sterbebett zu begleiten. >*Es ist Mitternacht, in der sich die Tragödie vollendet, Wolfgang Amadeus Mozart liegt allein im Bett in seinem Zimmer, eine noch brennende Kerze auf dem Flügel, ein paar Stifte, mehrere Notenblätter verstreut über dem Bett und am Boden. Er sieht die weißen kargen Wände nicht, noch nimmt er das schmale offene Fenster wahr, er liegt in einem Schlafrock mit schiefem Saum, der lose, nicht mehr weiße Morgenmantel liegt auf dem Bett, darüber und darunter die Notenblätter. Er hält bei sehr leise, gerade noch hörbarem Stöhnen eine weiße Taube beharrlich in einer Hand fest. Er hört und fühlt die Taube nicht, die schwächlich unter seinen Fingern zappelt. Seine bloßen Füße sind bleich, prall geschwollen, und bläulichschwarz sind die Nägel. Die Taube flattert und flattert, versucht mit ihren Flügeln sich aus dem festen Griff zu befreien. Der Puls des sterbenden Mozart schlägt langsam, langsamer, aber schlägt noch. Das Gefieder vom Überlebenskampf erschöpft, schnabelt furchtsam nach Luft. Die weichen, aber noch kräftigen Krallen treten* *nach seinem Handgelenk. Für einen Herzschlag stiert das geheimnisvolle Gesicht des Auftraggebers des Requiems durch das Zimmerfenster herein, verschwindet gleich, um triumphal dem Fürsten den Tod des Genies zu verkünden. Mozart öffnet zum letzten Mal die Augen, sieht die weiße Taube um ihr Leben kämpfen, die rosa beliderten Augen zwinkernd. Vorsichtig öffnet er die Hand. Die weiße Taube flattert ein paar Mal durchs Zimmer hin und her, den Schnabel weit geöffnet, nach Luft schnappend, krönt sie das Haupt des einsamen Königs der Klänge. Dann gurrt sie engelhaft anmutig, fliegt zielbewusst durchs Fenster hinaus, kreist hoch und nieder um das Sterbehaus.<*

Beethoven erwähnt Mozart gegenüber den kurzen Abstecher in die Vergangenheit mit keinem Wort, noch spricht er darüber, dass er zutiefst betroffen ist. Er grübelt. >Also lenken wir uns ab. Gibt es ihn? Wenn ja, warum dann so viel Elend auf der Welt? Möglich, dass es falsch wäre einen Gott für alles verantwortlich zu machen, für Unheil und Tod. Möglich, dass es falsch wäre zu behaupten, es gebe ihn überhaupt nicht! Der einzige Beweis, den ich für die Existenz Gottes brauchte, ist Mozart. Und wo war dieser Gott, wo er allein und einsam starb! Und warum soviel Leid?< Er wird ruhiger.

»Und ich war ahnungslos verreist. In Aschaffenburg begegnete ich Franz Xaver Sterkel, dann war ich in Bad Mergentheim.« Schweigen. »Ich war beschäftigt mit der Komposition eines Violinkonzert-Fragments. Als ich von Deinem Tod erfuhr, war schon alles vorbei. In Wien saß ich wieder allein traurig und einsam in meiner Kammer und stellte mir einen offenen Vogelkäfig vor, Du warst entflogen!«

Mozart umarmt Beethoven, kann ihm seine Dankbarkeit nicht mehr verbergen. Er weint. »Ich starb und ein neuer Stern wurde geboren.«

»Du meinst wohl Grillparzer. Wer konnte sonst Deinen Platz einnehmen! Ich liebte und bewunderte ihn, seine Kunst, Poesie, Sprache und Dialektik, aber einen Mozart kann nur der Herrgott ersetzen, das soll ein für allemal gesagt sein!«

»Mein Lieber, sei nicht wieder so bescheiden. Du bist der neue Stern, Ludwig. Ludwig van Beethoven ist quasi mein Vermächtnis.«

»Herzog Karl August hat ihm 1776 dieses Gartenhaus geschenkt. Ein Haus in der Stadt und eines hier im Park an der Ilm.«

Aus dem Hintergrund erklingt das Konzert für Harfe und Flöte, KV 299.

»Du lenkst vom Thema ab!« sagt Mozart und lacht.

»Nein, nicht ich, Dein Konzert lenkt meisterhaft jeden von seinem Kummer ab.«

»Wo hat eigentlich Schiller gehaust, und wie war die Freundschaft zwischen den beiden Nationaldichtern?«

Beethoven schmunzelt, als ob er schon lange auf diese Fragen gewartet hätte. »Weniger erlaucht als wagemutig und eher bürgerlich und bedürftig lebte der geistige Revolutionär in Weimar. Der einzige Dichter und Philanthrop vielleicht, den Goethes maliziöse Nachsicht verschont hat, weil er ihn sich ebenbürtig wusste. >Er ist so groß am Teetisch, wie er es im Staatsrat gewesen sein würde<, läuft bis dato Gefahr, mehr von Gerücht und Gefühl verklärt, denn wirklich gekannt zu werden. Schiller selbst gibt in dem letzten seiner philosophischen Briefe 1786 den Grund dafür an: >Es ist ein gewöhnliches Vorurteil, die Größe des Menschen nach dem Stoffe zu schätzen, womit er sich beschäftigt, nicht nach der Art, wie er ihn bearbeitet<.«

»Mein lieber, lieber Ludwig, … ich finde in Dir den besten Advokaten, aber auch den unerbittlichsten Richter!«

»Nein, nicht ich, sondern Schiller war der Advokat der Benachteiligten und Richter des Humanismus. Er schrieb 1797 an Goethe: >Man muss die Leute inkommodieren, ihnen ihre Behaglichkeit verderben, sie in Unruhe und Erstaunen setzen. Eines von beiden, entweder als ein Genius oder als ein Gespenst muss die Poesie ihnen gegenüberstehen. Dadurch allein lernen sie an die Existenz einer Poesie glauben und bekommen Respekt vor dem Poeten.< Denn ohne Glaube und Respekt kann der Bürger die politische Absicht unsereins nicht verstehen. Wie soll ein Volk sich gegen Missstände in der Gesellschaft zur Wehr setzen, wenn ihm andere, bessere Umstände unbekannt sind? Solange das Volk ohne Kenntnis bleibt, resigniert es in seiner Passivität.«

»Aber die Paradoxie ist, dass auch seine Dichtung in geflügelte Worte für Feiern zerging und der Dämonisierung des politischen zu dienen hatte, wird erst auflösbar und zu verstehen sein, wenn die Gesellschaft, wofür die Anregungen und politischen Thesen gedacht sind, in der Lage ist, die Diskrepanz zwischen Absolutismus und Rechtsstaat zu unterscheiden. Dem Menschen zu seiner Würde verhelfen, wollten wir auch. Der Mensch darf nicht als ein imaginäres Glied einer eingebildeten Souveränität ohne individuelle Rechte, gottesfürchtig dahin vegetieren. Er muss sich behaupten. Ich glaube, das hat Schiller gewollt.«

»Nicht nur das, Amade, ein Aufklärer muss wie ein Geländer am Wasserfall sein, aber kein Krückstock. Ein Aufklärer muss die Wege weisen, vor denen die Bürger stehen. Er darf jedoch nicht den Weg wählen. Und Schiller war dieser Aufklärer: *Philosophen verderben die Sprache, Poeten die Logik, und mit dem Menschenverstand kommt man durchs Leben, nicht mehr.*«

Das Quartett der Humanisten

Die rötlichen Schimmer am Wolkenhimmel haben sich inzwischen verstärkt. Ein Feuerball kommt am Horizont hervor. Es weht eine Brise Ostwind.

Eine Stimme von oben herab: >Gut, dass ich Euch, Ihr Herren, in Pleno beisammen hier finde, denn das eine, was Not, treibt mich herunter zu Euch. Ah, meine Freunde,< sagt Schiller, >ich glaube in meinem ewigen Reich Stimmen zu hören. Habe mit diesem Vergnügen nicht gerechnet!<

»Der große Dichter hat Recht«, sagt Beethoven. »Wir wünschten uns so sehr seine Ankunft!«

>Dann habe ich wohl richtig vernommen, sogar den letzten Satz und seine Bedeutung, noch ehe Beethoven ihn aussprach, und war über: … und Schiller war dieser Aufklärer… hoch erfreut.< Schiller schweigt für einen Moment. Dann trägt er wie verträumt vor:

>O lasst Euch froh begrüßen
Kinder der verjüngten Au,

Euer Kelch soll überfließen
von des Nektars reinstem Tau.
Tauchen will ich Euch in Strahlen,
mit der Iris schönstem Licht
will ich Eure Blätter malen,
gleich Aurorens Angesicht.
In des Lenzes heiterem Glanze
lese jede zarte Brust,
in des Herbstes welkem Kranze
meinen Schmerz und meine Lust.<

Schiller bleibt für einen Moment stehen, lässt seinen Blick von der Baumkrone herab durch das Laub und die Wiesenlandschaft bis zum Gartenhaus wandern, als ob er nach jemand anderem suchen würde. Dann: >Alles, was ich hörte, klang revolutionär und schicksalhaft. Ein Teil meiner Seele sog Eure Worte auf und glaubte ihnen. Ein anderer Teil meiner Seele sehnte sich nach mehr befreienden Worten, kraftvollen Taten von den Symbolfiguren unserer Zeit, Beethoven und Mozart. Großer Gott, allein wenn ich diese Namen ausspreche, spüre ich das Bedürfnis beide zu umarmen. Mozart und Beethoven, die Mystiker und Überbringer der Friedensbotschaft. Ihr sprecht so gescheit und, mit Recht, misstrauisch. Da dachte ich, ich hätte ein Wörtchen mitzureden! Ich danke meinen Freunden in dieser ewigen Zeit; auch hier gelten die herzlich bedachten, taktvoll formulierten Worte. Redet nicht mit dem Volk, Kant hat sie alle verwirret, mich fragt, ich bin mir selbst auch in der Hölle noch gleich.<

Schiller mit schulterlangem Haar und weißem Gewand mit samt rotem, breitem Besatz steht vor Beethoven und Mozart. >Wir sind uns einmal im Leben so nahe gewesen, dass nichts unsere Freundschaft, politische Gesinnung und Bruderschaft zu hemmen schien und doch der große Geheimrat, Minister und Dichter Goethe keilte sich zwischen uns. Dann mussten wir so früh von einander Abschied nehmen. Der Tod lauerte, wie er ist, auf jeden.<

Beethoven ist gerührt. »Das Böse lauert überall und auf jeden.«

>Vor dem Tod erschrickst Du? Du wünschst unsterblich zu leben? Leb im Ganzen! Wenn Du lange dahin bist, es bleibt. Erst war es der große Wolfgang Amadeus Mozart, der die kalte verlogene Stadt Wien am 5.12.1791 verließ, dann war ich mit meinem Kampf gegen eine unheilbare Lungenkrankheit am Ende meiner Kräfte und lies den von Trauer und Verstimmung heimgesuchten Beethoven allein auf der heillosen Erde zurück. Ich starb am 9.5.1805.<

Beethoven nickt. »Die Weltgeschichte ist das Weltgericht. Ich habe in einer Strecke meines Lebens die kosmischen Visionen und transzendentale Gerichtsbarkeit abgelehnt und dachte: Uns geschieht hier auf Erden, wie wir glauben; der Hoffende hat seine Hoffnung, der Genießende den Genuss. Was wir Ewigkeit nennen, alle Inhalte des Jenseitsglaubens sind nur Riesenschatten unserer eigenen Schrecken im hohlen Spiegel der Gewissensangst.«

»Und nun, was sagt der große Dichtergeist und Philanthrop Friedrich von Schiller hier im Kosmos über jene seiner Weltanschauung von gestern?«

>Das war im mittleren Stadium der Menschheit gesprochen, nach der Vertreibung aus dem Paradies der Kindheit, der Unschuld – auf dem Weg in das Paradies der durch Schönheit und Sittlichkeit geläuterten Natur, die zu erringen Bestimmung des Menschen ist. Ich meine also nicht Rückkehr, sondern Aufbruch in ein geschichtliches Elysium.<

»Das ist den Verheißungen aller Revolutionen nahe und der Grund, warum sie ihn, willentlich oder unwillentlich irrend, in Anspruch nahmen und nehmen, gestern, heute und morgen!«, erwidert Beethoven.

Schiller nickt, macht eine Atempause und lauscht in die imponierende Parkanlage, mitten drin die Sommerresidenz des Ministers. Er schüttelt den Kopf, offensichtlich vom Ausmaß und der Gestalt des Lebens seines Dichterkollegen überrascht. Und doch fällt es ihm anscheinend schwer, triftige Einwände vorzubringen. >Aber meine lieben Freunde, das wäre für mich undenkbar. Diese Kunst des Adelslebens beherrschte ich nicht. Ich bin für dergleichen nicht geschult. Erinnern Sie sich an Ihr eigenes, dann noch meins.<

»Aber Professor Schiller, diese Kunst lässt sich an keiner Akademie erlernen. Weder ich, noch Ludwig van Beethoven, geschweige denn ein Friedrich von Schiller, wären der Eignung solcher Schule mächtig!«

Mozart lacht sich ins Fäustchen, als er diesen Satz zu ergänzen versucht. »Mit wem sollten wir kollaborieren? An wen sollten wir uns wenden? An den Herzog? Sollten wir uns ins Reich der seelen- und gewissenlosen Opportunisten stürzen? Mir war, wie Euch, der Sinn für Kniefälle abhanden gekommen.«

Schiller ist entzückt. >Heilig wäre mir nichts. Ihr habt mein Leben begleitet Freunde und wisst, was mir ewig das Heiligste bleibt. Und nun, was wissen meine Freunde von meinem Leben? Auf Befehl meines Landesherren Carl Eugen wurde ich Arzt, also Medicus, der sich selbst nicht helfen konnte. >Auf ewig bleibt mit Dir vereint der Arzt, der Dichter und Dein Freund<. So schrieb ich ins Stammbuch meines Kommilitonen und Freundes Johann Christian Weckherlin während der gemeinsamen Studienzeit an der Stuttgarter Karlsschule. Von 1775 bis 1780 besuchte ich die >medizinische Fakultät< der Akademie in Stuttgart auf der so genannten Karlsschule, die als >Pflanzschule< für verwaiste Soldatenkinder vorgesehen war und die inzwischen zu einer Kombination von Militärakademie, Bildungsinstitution und Kunstakademie mit einem Fächerangebot von Forst- und Agrarwissenschaft über Rechtskunde und Kameralistik bis zu Sprach- und Philosophie erweitert wurde. Zunächst von meinem Medizinstudium, vielmehr von meiner Dissertation. Von mir wurde zum Abschluss meiner medizinischen Ausbildung an der Karlsschule die Vorlage einer erfolgreichen Dissertation, einer so genannten Streitschrift verlangt. Sie galt als Probe der Reife und Kenntnisse des Eleven. Meine erste Dissertation (1779) lautete: >Die Philosophie der Phisiologie<.<

Beethoven runzelt die hohe Stirn. »Ein ungewöhnlicher Titel.«

>Es geht um die Frage, wie Köper (Materie) und Geist zusammenhängen, wo sie doch zwei verschiedene Substanzen sind ...<

»Die Lehre von den zwei Substanzen, res extensa und res cogitans, war doch, wenn ich mich recht erinnere, schon durch den Philosophen Descartes 150 Jahre davor aufgekommen und ist ein aktuelles Thema bis heute.«

>In der Tat van Beethoven; bemerkenswert wie gut Du Bescheid weißt! Aber ich entwickelte dazu eine eigene Theorie. Es gibt eine >Mittelkraft<, die in den Nervenkanälchen kreist und den Verkehr zwischen Leib und Psyche vermittelt. Meine Darstellungen und Erklärungen waren für pragmatisch agierende Gutachter zu dunkel und verworren.<

»Die Arbeit wurde also abgelehnt.«

>In der Tat, mein lieber Mozart, in der Tat. Im Juni 1780 erkrankte und starb mein Freund und Kommilitone August von Hoven an einem so genannten fauligen Fieber, eine schlimme Sache. Die Auseinandersetzung mit dem Tod hat mich richtig aufgewühlt und schwermütig gemacht. Mitten in dieser Krise, wurde ich zum Krankenwärter eines an schweren Depressionen leidenden jüngeren Zöglings bestimmt. Ich verfasste danach sieben Krankenberichte, womit ich die psychosomatischen Aspekte der Erkrankungen zum Ausdruck brachte. Ende des schwierigen Jahres 1780 reichte ich eine neue Arbeit ein. Auf Wunsch meiner Professoren war es diesmal ein streng medizinisches Thema: >De discrimine febrium inflammatoriarumm et putridarum< (Über die Unterscheidung von entzündungsartigen und fauligen Fiebern). Ich teilte die Fieberarten mit dichterischem Schwung in zwei Klassen: 1. Das entzündungsartige oder entzündliche Fieber ist eine hoch akute Erkrankung. Es „stürzt" sich wild „in offener Feldschlacht" auf die kräftigen Patienten, entsteht im Blutkreislauf, bricht plötzlich herein und macht die Säfte dick. 2. Das faulige Fieber hat eher trägen Charakter. Es „schleicht sich mit Heimtücke und dem Schein der Gutartigkeit bei dem Geschwächten ein", entspricht einer verdorbenen Galle, „entwickelt sich wie ein Keim aus den unteren Teilen des Bauches, zersetzt die Säfte und macht sie dünnflüssig". Auch diese Arbeit scheiterte bei den Gelehrten am Volumen der Argumente. Meine reifste medizinische Schrift lautete: >Versuch über den Zusammenhang der tierischen Natur des Menschen mit seiner geistigen<. Wieder ging es um Seele und Körper – diesmal als psychosomatischer Ge-

danke. Also im dritten Anlauf votierten die Herren der Wissenschaften positiv. Das Werk ging in Druck, und der frisch gebackene Regimentmedikus kann im Dezember 1780 die Anstalt verlassen.<

Beethoven schlau. »Dein Menschenbild, das Du durch Dein Medizinstudium entwickelt hast, hat großen Einfluss auf Dein literarisches aber auch philosophisches Denken genommen ...«

»Besonders die Erkenntnis von Geist und Körper als einer untrennbaren Einheit, im Gesunden wie im Kranken. Du schreibst ja in Deiner letzten, entscheidenden Dissertation >*Dies ist die wunderbare und merkwürdige Sympathie, die die heterogenen Prinzipien des Menschen gleichsam zu einem Wesen macht. Der Mensch ist nicht Seele und Körper, der Mensch ist die innigste Mischung dieser beiden Substanzen.*< Für mein Verständnis, eine vollkommen Definition.«

>Freilich, Wolfgang Amadeus Mozart<, fährt Schiller fort, >*Ein Arzt, dessen Horizont sich einzig und allein um die historische Kenntnis der Maschine dreht, die die gröberen Räder des seelenvollsten Uhrwerks nur terminologisch und örtlich weiß, kann vielleicht vor dem Krankenbette Wunder tun und vom Pöbel vergöttert werden; aber Euer Herzogliche Durchlaucht haben die hippokratische Kunst aus der engen Sphäre einer mechanischen Brotwissenschaft in den höheren Rang einer philosophischen Lehre erhoben.* Ich wies in meiner Widmung an den Herzog auf das Kernproblem, nämlich die Medizin behandelt nicht die Person, sondern deren Organe. Mein Bestreben war: Der Mensch als innigste Mischung von Körper und Seele zu verstehen geben. Ihr seht meine Freunde, wie eng manchmal Herrscher und Knecht, Krieg und Frieden, Recht und Unrecht ... beieinander liegen. Ein Patriarch gründet eine Schule für seine von ihm gewünschte Gesellschaft, großzügig und edel, könnte man ohne weiteres sagen, denn ich sollte nach dem Wunsch meines Vaters die geistliche Laufbahn einschlagen. Da dies nicht möglich war, versuchte ich es mit meinem kaum vollendeten 13. Lebensjahr auf Anweisung des Herzogs mit der Jurisprudenz. 1775 wurde die Karlsschule von Schloss Solitüde nach Stuttgart verlegt. Bei einer Inspektion stellte der Herzog fest, dass die Zahl der künftigen Advokaten, >Rechtsverdreher<,

die Anzahl der potentiellen Stellen bei weitem überwog. Unter den Jurastudenten, die daraufhin auf Wunsch seiner Majestät kurzerhand den Gerichts- mit dem Seziersaal vertauschen mussten, befand auch ich mich, ohne zu klagen. *Große Monarchen erzeugtest Du, und bist ihrer würdig, den Gebietenden macht nur der Gehorchende groß. Aber versuch es, O Deutschland, und mach es Deinen Beherrschern schwerer, als Könige groß, leichter, nur Menschen zu sein!*<

»Hast Du Dich nicht gefragt, was nun? Was kommt auf mich zu?«

>Nein, Ludwig, im Gegenteil, ich war zunächst froh darüber, da mir zur juristischen Disziplin die nötige Motivation fehlte und ich mit militärischen Lebensweisen Schwierigkeiten hatte. Mir war recht von der militärischen Juristerei wegzukommen und die mir vollkommen unbekannte Medizin war einerlei. Hingegen konnte ich die philosophischen Vorlesungen nicht abwarten. Philosophie gab mir auch einen Auftrieb für die Medizin. Ich konnte meine Lethargie überwinden und mich innerlich mit Interesse mit beiden Fächern auseinander setzen.< Schiller klatscht in die Hände. >Ah, wenn ich mich an meine Kinderzeit in Marbach erinnere: Wir waren arm, aber nicht unglücklich. Ich bin am 10. November 1759 dort geboren. In einer kleinbürgerlichen Familie. Meine Mutter Elisabetha Dorothea Kodweiß und mein Vater Johann Kaspar Schiller, hatten im Berufsleben kein Glück gefunden. Nach dem wirtschaftlichen Zusammenbruch meines Großvaters, des Vaters meiner Mutter, der aus dem Löwenwirt zum simplen Torwächter herabstieg, versuchte mein Vater sein Glück beim Militär. Ich bin das zweite Kind und der einzige Sohn zwischen zwei Schwestern. Kaum war ich vier Jahre alt, schon übersiedelten wir nach Schwäbisch-Gmünd, wenig später in Richtung Schorndorf bei Lorch. Wir drei Kinder erlebten in der schönen Natur des Remstals, mit Bergen und Wäldern und mit der berühmten Kirschblüte im Frühling, besonders schöne Jahre. Mein Vater war ernst, streng, aber auch sehr klug. Kein Wunder bei einem Werbeoffizier. 1766 übersiedelten wir nach Ludwigsburg. Da öffnete sich mir das Tor zur Welt des achtzehnten Jahrhunderts mit dem Hof und Herrschersitz des Barock-Tyrannen in Luxus, Pomp, mit dekorativer apotheosierender Kunstübung, vor allem

prunkvoller Architektur, mit Günstlings- und Mätressenwirtschaft, mit Oper, dem höfischen Maß an Bildung und mit frohnendem Volk. Im April 1772 wurde ich konfirmiert. Häufig musste ich mich wegen Erkältungen und Fieberanfällen ins Hospital begeben.<

Mozart schließt gequält die Augen. »Mir ging es nicht besser, was Kinderkrankheiten betrifft!«

>Ach, diese Zeit kam mir aber entgegen. Ich konnte mich endlich mit literarischen Studien befassen. Auf meinem Lektürekanon standen vor allem die modernen Werke: Kleist, Klapstok, Lessing, Goethe und Shakespeare...<

»Dein Interesse an Shakespeare überrascht mich nicht, Friedrich, denn diesen großen Dichter und Dramatiker haben wir alle aufgrund ...« Beethoven mit seiner Gestik der Vergebung, weil er ihm ins Wort gefallen ist.

Schiller lacht. >... aufgrund der sinnlichen Tiefgründigkeit seiner Poesie und unbestechliche Einmaligkeit seiner Sprache gemocht. In seinen Werken steckt ein Genie. Shakespeare war kein Dilettant, der sich die Gedanken von anderen angeeignet hat. Hut ab vor dem großen Geist der englischen Literatur. *Jeden anderen Meister erkennt man an dem was er ausspricht, was er weise verschweigt, zeigt mir den Meister des Stils.* Vier Jahre nach meinen Erkundigungen und Studien der Medizin und Philosophie war ich so frei, um eine Arbeit über >Philosophie der Physiologie< der Fakultät vorzulegen, worin ich mich mit der Wechselbeziehung zwischen Körper und Geist im menschlichen Organismus auseinander setzte.<

»Krankheit ist die Disharmonie zwischen Körper und Seele; die Harmonie ist folgerichtig die Heilung!«, sagt Beethoven, mit einem liebevollen Blick zum inzwischen vom Oberholz in den Park zu Ihnen geschlichenen, schweigenden Goethe und fährt fort, »Du hast gewagt, nicht nur alle bis dahin geltenden Hypothesen zu widerlegen, sondern auch die Unstimmigkeiten der neurologisch-mechanischen Erklärungen des Leib-Seele-Zusammenhanges zu überwinden, indem Du den bis dahin umstrittenen Sitz der Mittelkraft in den Nerven lokalisiert sehen wolltest! Was waren Deine

Argumente, Friedrich? Wie kamst Du nun als Philosoph und Poet auf solche Abwege?«

>Nach Argumenten könnt Ihr mich fragen, aber nicht nach Abwegen, Lieber Ludwig, Lieber Amadeus, denn Ihr wisst doch besser als ich, die uns unbekannten Wege sind höchstens gefährliche aber geheimnisvolle Wege, meint Ihr nicht? Habt Ihr beide nicht nach den Geheimnissen des Seins und Mythen der Existenz gesucht? Nun zu meinen Argumenten: Im Zentrum der Nerven findet meiner Meinung nach, auf der Grundlage von Assoziationen die Umwandlung der Sinneswahrnehmungen (materielle Reize) in Ideen statt. Dieser Vorgang verläuft in einer Art von Kettenreaktion, an deren Ende die Übertragung des ursprünglichen mechanischen Reizes in die Informationsverarbeitung des Gehirns steht.<

»Eine vortreffliche Erklärung. Vielleicht hättest Du mir mit dieser These bei meiner Schwerhörigkeit zur Taubheit helfen können. Denn die Übertragung der Schallwellen in meinen Ohren, in die Informationsverarbeitung im Gehirn fand nicht mehr statt. Wie sollte ich dann hören können?«

»Oder Dein Hörzentrum, also die Informationsverarbeitung im Gehirn war beschädigt, daher blieben die Schallwellen ohne Resonanz«, wirft Mozart ein.

>Oder es waren beide Dimensionen zerstört, sowohl die Übertragungswege wie auch das Zentrum. Recht behält stets das Schicksal, denn das Herz in uns ist sein gebieterischer Vollzieher. O Schicksal! Wie gelingt es einem, sich mit dem rauschenden Ohr und der Machtlosigkeit der Ärzte abzufinden?<

»Das war sehr schwer. Das ist aber auch sehr einfach! Es war ein einziger Krieg zwischen mir und der Krankheit. Der Verlierer war ich.«

Nachdenkliches Schweigen.

»Was wird aus Deiner Arbeit? Wo bleibt die Vernunft, das Herz und die Psyche, um die seelischen Zusammenhänge zu verstehen, fragte ich mich.«

>Ludwig, der Verstand ermöglicht es uns, Ideen zusammenzusetzen, zu vergleichen und gegebenenfalls zu verwerfen. Die Gedan-

keninhalte entspringen aus der Vernunft in Mitten der Seele. So habt Ihr komponiert und so schreiben wir für Euch die adäquaten Texte, die nicht nur von Herz und Seele, sondern auch von Vernunft geleitet werden. Ihr werdet es nicht glauben, nur der Herzog hat mich verstanden. Die drei zuständigen Gelehrten lehnten meine Dissertation ab.<

»War >Er< auch unter diesen Dilettanten?«

»Nein, Amadeus, >Er< hatte in Stuttgart keinen Einfluss.«

Goethe lauscht, wird aufmerksam als er Mozarts Zwischenfrage hört, dann seufzt er erleichtert und schweigt.

>Der Herzog war der Auffassung wir jungen Hitzköpfe bedürfen der Zügelung unseres Temperaments, Verfeinerung und Vertiefung unsere geistigen Anlagen. Dafür mussten wir uns, also die Karlsschüler, eine praktische Weiterqualifikation an den Stuttgarter Hospitälern absolvieren. Wir mussten also freiwillig einen praktischen Dient in Heilanstalten absolvieren. Für meine literarische Arbeit war diese Zeit willkommen. Da meine theoretische Ausbildung abgeschlossen war, konnte ich den medizinischen Lehrveranstaltungen fernbleiben. Stattdessen besuchte ich endlich wieder die Vorlesungen und Kollegs der Psychologie, Altphilosophie und Sprachkurse. In meinen nächtlichen Tätigkeiten auf der Krankenstation hatte ich immer wieder Zeit, wie zuvor als Patient, heimlich zu lesen und meine Fiktionen aufzuschreiben!<

»Heimlich?«

>Aber ja, Ludwig, unterschätze den gütigen Herzog nicht! Er kam hin und wieder ganz überraschend und allein, um persönlich nach Recht und Ordnung in den Hospitälern zu sehen. Die Dramen >Sturm und Drang< und >Die Räuber< entstanden also in nächtlicher Verschwiegenheit. Meinen Kommilitonen trug ich ungehemmt von meinen nächtlichen Träumereien vor.<

»Welche Mitstreiter waren dabei?«

>Amadeus, einige wie Wilhelm Friedrich Ernst Freiherr von Wolzog, Viktor von Heideloff und andere. Sie waren anscheinend begeistert, denn sie deklamierten selbst auch manche Verse und Dichtungen.<

»Die erste Auflage der >Räuber< 1781 habe ich enthusiastisch gelesen.«

>Diese Auflage hat mir im Schwabenländle kein Glück gebracht, Ludwig. Obwohl vor und neben den >Räubern< schon meine Gedichte entstanden, war doch das wilde fünfaktige Trauerspiel der eigentliche Beginn meines Schaffens, wenn ich so sagen darf. Dann konnte ich mich nach und nach mit den Themen >Wilhelm Tell< und >Demetrius< beschäftigen.<

Mozart ist kleinlaut. »Als Musiker war nicht nur Beethoven von Friedrich Schiller, dem größten Dichter und Dramatiker aller Zeiten und Völker begeistert, alle unsere Zeitgenossen einschließlich ich fanden Deine gigantische Schauspielreihe revolutionär.«

>Jeder junge Dichter entwächst seiner literarischen Gegenwart, den dichterischen Werken im Bewusstsein seines Volkes, von dem er umgeben ist, aus denen die von der Mode sichtbar bevorzugten, wenn ein Talent oder Begabung vorhanden ist, ihn packen, ihn motivieren, ihn bestaunen und beeinflussen, indem sie ihn zur Nachahmung und Nacheiferung, aber nicht zu Imitation bewegen. Beethoven hat einen Mozart gehört. Was hat er dann der Welt und der Menschheit geschenkt: die göttliche Musik, die die bis dahin erschaffene himmlische Musik im Sinne des Meisters Mozart übertroffen hat.<

»Du hast so recht, Friedrich, wir brauchen Vorbilder. Mozart war für mich das Non-Plus-Ultra, ein vollkommener, ein unerreichbarer Künstler von außerirdischem Format. Ihm nachzueifern, war für mich nach den Sternen greifen, und wie die Erde sich um die Sonne dreht, um lebensfähig zu bleiben, drehte ich mich um seinen Biorhythmus.«

Schiller lacht. >Deine Universalität, Deiner Genialität und Selbständigkeit war es zu verdanken, dass Du Dich nicht verbrannt hast, denn ein Mozart als Sonne zu bezeichnen, ist so volltrefflich wie brenzlig.<

Mozart sehr gerührt, versucht das Thema zu wechseln. »Ich habe von meinem Vater erfahren, dass Du die Bibel sehr eifrig gelesen hast!«

>Ja, unter anderem auch >Messias< von Klostock, Lessing, Wieland mit seiner Shakespeare-Übersetzung, Goethe mit dem Götz, dem Clavigo und Werther beeindruckten mich. Gerstenberg, Leisewitz, Klinger, Lenz, Maler, Müller, Wagner bildeten die geistige Generation meiner Zeit.<

»Und so kamst Du auf die grandiose Idee >Die Räuber< für die Bühne zu schreiben.« Beethoven trägt die fünfte Szene vom vierten Akt vor. »Nah gelegener Wald. Es ist erst eine ruhige Nacht. Ein altes verfallenes Schloss in der Mitte. Die Räuberbande gelagert auf der Erde.«

Beethoven und Mozart singen als die Räuber:

>>Stehlen, morden, huren, balgen
Heißt bei uns nur die Zeit zerstreun,
Morgen hangen wir am Galgen,
drum lasst uns heute lustig sein.
Ein freies Leben führen wir,
ein Leben voller Wonne.
Der Wald ist unser Nachtquartier,
bei Sturm und Wind hantieren wir,
der Mond ist unsere Sonne.
Mercurius ist unser Mann,
der's praktizieren trefflich kann.
[...]
Und wenn mein Sündlein kommen nun,
der Henker soll es holen,
so haben wir halt unsern Lohn,
und schmieren unsre Sohlen,
ein Schlückchen auf den Weg vom heißen Traubensohn
und hura rax dax! Geht's, als flögen wir davon.<<

Schiller lauscht, nickt immer häufiger und nachdrücklicher, den Blick stier vor Aufmerksamkeit. Als Beethoven und Mozart zum Schluss kommen, klatscht er in die Hände und lacht. >Das Laster nimmt den Ausgang, der seiner würdig ist. Der Verirrte tritt wieder in das Gleise der Gesetze. Die Tugend geht siegend davon. Wer nur so billig gegen mich handelt, mich ganz zu lesen, mich verstehen zu wollen, von dem kann ich erwarten, dass er – nicht den Dichter bewundert, aber den rechtschaffenen Mann in mir hochschätzt. Christian Friedrich Daniel Schubart von Obersontheim bei Schwäbisch Hall verdanke ich den Stoff der >Räuber<. Er war ein freiheitlicher, gegen die Höfe und Kirchen kritischer Schriftsteller. Er gab die Zeitung >Deutsche Chronik< heraus und wurde dafür 1777 – 1787 in der Festung Hohenasperg mit Einzelhaft bestraft. Bei meinem Besuch ermutigte er mich zu noch mehr Widerstand.<

»So ging es vielen Intellektuellen in Deutschland bis vor der Französischen Revolution!« sagt Beethoven. »Einmal besuchte ich Schubart auf dem Hohenasperg. Er ermutigte mich unter anderem zu dem Thema der feindlichen Brüder. In jener Zeit des Sturms und Dranges hatten sich auch Leisewitz und Klinger mit dem uralten Thema beschäftigt. Es ist einer der uralten tragischen Vorwürfe, der im alten Testament zur Geschichte von Kain und Abel wird, harmloser zum Konflikt zwischen Leibgericht und Erstgeburt bei Esau und Jakob, dann zwischen Eteokles und Polyneikes als große Tragödie – von mir in den Auftritten zwischen Mutter und Söhnen übersetzt, in dem Nachdichter schließlich den kunstreichen Gobelin der >Braut von Messina< zeugt und sicherlich in Grillparzers >Bruderzwist in Habsburg< nicht zum letzten Male behandelt worden ist.«

Mozart findet an den Ideen Schillers immer mehr Interesse. »Bruder gegen Bruder, ein gutes Thema, aber Schiller gegen Fürstenwillkür ist meines Erachtens das Beste und idealste Drama, was die Gemüter bewegen konnte.«

>Daher musste ich 1782 nach der Inszenierung >Die Räuber< in Mannheim, um meinen Hals zu retten, aus Württemberg fliehen! Es folgten weitere Arbeiten im Ton des Sturms und Drangs: >Die Verschwörung des Fiesko zu Genua< 1783; >Kabale und Liebe< 1784, >Don Carlos< 1787.<

»Wann hast Du den >Geheimrat< kennen gelernt?«

>Aber lieber, lieber Ludwig, wie konnten Normalsterbliche wie wir es waren, jemals einen erhabenen Dichter, ein Genie, einen Inquisitor und Feldherren wirklich kennen lernen?<

Mozart und Beethoven lachen hell auf. Goethe bleibt immer noch ruhig reserviert im Hintergrund und lauscht.

>Philosophen verderben die Sprache, Poeten die Logik, und mit dem Menschenverstand kommt man nicht mehr durchs Leben. Ich hielt mich in Mannheim still und verborgen. 1782 über Mainz, Worms, Nierenstein – mit einem Viertel guten Weins – wanderte ich mit meinem Freund Streicher nach Oggersheim bei Mannheim, wo wir im Gasthaus zum Viehhof mit Meyers zusammentrafen und nahmen dort für einige Wochen Quartier. Mit der Arbeit an >Kabale und Liebe< begann ich in Oggersheim, wo Andreas Streicher und ich nach der Flucht aus Stuttgart Quartier genommen haben. Ich war beeindruckt von den Gedanken Rousseaus (Neue Héloise 1761) aber auch von Lessings >Eilia Galotti< (1772). Ich nannte das Stück damals noch >Luise Millerin<. Es ist geflossen aus der Empörung gegen die Behandlung durch den Herzog Karl Eugen und aus meiner tiefen Einsicht in die Unmoral vieler Regenten unserer Zeit.<

»Das Bewusstsein der Kluft zwischen Adel und Bürgertum wurde Dir gerade damals durch Deine heftige Neigung zu Lotte von Wolzogen sehr eingeprägt.«

>Ja, ein Revolutionär wie Beethoven, kann meine Lage gut einschätzen. All dies verlieh mir die Sprache zu meinen sozialen Dramen...<

»Dem ersten dieser Art, das die deutsche Literatur aufweist.«

>Nachdem schon am 15. April 1784 die Uraufführung des Stückes in Frankfurt stattgefunden hatte, wurde es unter dem zugkräftigeren Titel >Kabale und Liebe<, den der Schauspieler Iffland vorgeschlagen hatte, am 17. April 1784 am Nationaltheater Mannheim in meiner Anwesenheit aufgeführt.<

»Und wie war die Reaktion des Publikums?« fragt Mozart neugierig.

»Grandios«, ruft Beethoven. »Andreas Streicher erzählte mir: >Nach dem zweiten Akt erhoben sich alle Zuschauer von den Sitzen und brachen in stürmische Beifallsrufe aus<.«

Schiller sehr gerührt, nickt. >Kabale und Liebe< eroberte zu meiner Freude rasch die Bühne. In Stuttgart dagegen blieb es auf Befehl des Herzogs Karl Eugen verboten! In Oggersheim konnte ich endlich die verlangte Umarbeit des >Fiesco< in Angriff nehmen.<

»Warum musste >Fiesco< geändert werden? Das begreife ich nicht.« Beethoven schüttelt den Kopf. »Oder sollte es sein, nicht zu begreifen?«

>Weil wir kein Geld hatten und auf jeden verlegerischen Vorschlag eingehen mussten<, sagt Schiller. >In Sachsenhausen hatten wir ein billiges Quartier genommen. Die Mittel gingen zur Neige. Ich glaube ihr kennt solche Situationen zu gut. Streicher hatte an seine Mutter in Stuttgart, um dreißig Gulden gebeten und ich einen Hilferuf an Dalberg gesandt, um Vorschuss für den >Fiesco<. Statt irgendeine Hilfe kam die Antwort: >Für einen Vorschuss muss Fiesco fürs Theater umgearbeitet werden.<

»Ich begreife solche Lage sehr gut«, sagt Mozart mitfühlend. »Und was hat Mutter Streicher verlangt? Dass endlich der Sohn nach Hause kommt?«

Schiller lacht, ein bitteres Lachen. >Nein, die dreißig Gulden von Mutter Streicher langten an und enthoben uns wenigstens der bittersten Not und Sorge. Mit dem Geld sollten wir aufs sparsamste umgehen und zur Umarbeitung des >Fiesco< einen noch billigeren Aufenthaltsort suchen. Dabei machte mir die eigene Unklarheit und Unsicherheit mehr Sorgen, wie der Schluss gestaltet werden soll, ob mit dem Fortleben des Fiesco >als Genuas glücklichster Bürger< oder mit seinem Untergang. Auf jeden Fall, schlug ich mich mit dem Gedanken herum, den geschichtlichen Graf von Lavagna, der zufällig umkommt zu interpretieren, was dramatisch unmöglich war, oder ich musste den Schluss frei finden und erfinden. Naturgemäß ist nur der Tragische berechtigt dramatisch zu sein, obwohl auch er gewaltsam ist und nicht mit Notwendigkeit aus der Handlung folgt.<

»Was wurde aus >Fiesco<?«

>Amade, die Umarbeitung des >Fiesco< wurde trotz Ifflands dringendem Fürspruch, wie die erste Fassung abgelehnt und mir

kein Vorschuss gegeben. In so einer Not hat wenigstens der Verleger Schwan >Die Verschwörung des Fiesco zu Genua, ein republikanisches Trauerspiel< als Buch im Verlag angenommen und zahlte mir wenigstens elf und einen halben Louisdor Honorar, womit die Gasthausschuld in Oggersheim, die nötigen Anschaffungen und die Reise nach Thüringen beglichen werden konnte.<

Beethoven ist ein wenig verwundert. »Du hast in der Tat mit nur elfeinhalb Louidors alle Deine Schulden, weitere Anschaffungen und Deine Reise nach Thüringen begleichen können?«

>Ja, und noch dazu die Reisekosten meiner Mutter und Schwester, die vor meiner Abreise zu Besuch kamen.<

Mozart sarkastisch. »Abreise oder Flucht?«

Schiller grinst und schweigt kurz. >*Reise behutsam o Wahrheit, der schwarze Jakob mit seiner Bande lauert dir auf, aber es gilt nur dein Geld.* Nun, sagte ich mir, nichts wie weg ins Ungewisse. Am 30. November bei harter Winterkälte brach ich auf und erreichte Bauerbach am Abend des 7. Dezember 1782.<

»Wo liegt Bauerbach? Wieso bist Du immer von einem Dorf zum anderen geflüchtet?«, fragt Mozart.

>In der Tat. Das war eine Flucht. Aber nicht vor Bauerbach. Ein kleines Dorf, zwei Wegstunden südlich von Meiningen, schon der Rhön nahe, woher wohl das Klima rauh und ungemütlich werden kann. Karger Boden, in vielen Wäldern arbeitende Menschen, unter ihnen auch Juden. Meiningens völlige Entlegenheit hat mir recht gut getan. Dazu kam es zu meinem Glück zu einer Bekanntschaft mit dem Meiniger Bibliothekar Reinwald, ein verbitterter kränklicher Sonderling, aber klug und gebildet mit Sachkompetenz. Der gute Mann hat später meine Schwester Christophine geheiratet. Aber wir wissen schon: Glück und Glas sind zerbrechlich!<

»Und ich habe zur gleichen Zeit Konstanze geheiratet…, gegen den Willen meiner Schwester und meines Vaters. Die Erfolge von meiner Arbeit brachten nur soviel, dass ich auch dauernd in finanzieller Not war. Also wir sind nicht nur Zeit-, sondern Leidensgenossen.«

>Du gingst auch verschwenderisch mit Deinen Einkünften um!< wirft Schiller ein und lacht.

Mozart lacht, fährt fort: »Während >Die Entführung< in Wien wenig Echo fand, war sie in Prag genauso erfolgreich wie später der >Figaro< und >Don Giovanni<. Im Laufe der Zeit habe ich auch viele Steine der Missgunst und des Neid aus dem Weg schaffen müssen.«

Schiller nickt verständnisvoll. >Ja, wir werden als unruhige Geister immer wieder gedemütigt. Ob Schriftsteller, Dichter oder Musiker, erniedrigt werden wir alle.<

Beethoven energisch. »Nein, wir werden gepeinigt inmitten unserer ausgetrockneten Seelenlandschaft isoliert, solange wir nicht schmeicheln, konzessieren und schleimen!«

»Ich kam von einer Konzertreise aus Amsterdam, traf Neefes und Franz Ries, mein Geigenlehrer. Neefes war außer sich und versuchte mir, dem Zwölfjährigen zu erklären, wie Unverständnis und Missgunst uns Künstler bedroht. Im Laufe der Zeit kam ich selbst zur Erkenntnis, dass Missgunst und Neid endemischen Charakter haben.«

Schiller nickt. >Manche Gefahren umringen Euch, ich hab sie verschwiegen. Aber wir werden uns noch aller erinnern – nur zu!<

»Dann der Krieg unter den Gelehrten!« sagt Beethoven, »Es ist skandalös, wenn ein C.F. Bretzner öffentlich Einspruch erhebt. *>Ein gewisser Mensch, namens Mozart in Wien, hat sich erdreistet, mein Drama >Belmont und Constanze< zu einem Operntexte zu missbrauchen. Ich protestiere hiermit feierlichst gegen diesen Eingriff in meine Rechte und behalte weiteres vor<. Das >weitere< folgte ein Jahr weiter, 1783 in öffentlicher Bekanntmachung (Literatur- und Theaterzeitung, Berlin, 21. Juni 1783: >Es hat einen Ungenannten (in dem offiziellen Textbuch von 1782istnur Bretzners, nicht Stephanus Name genannt) in Wien bleibt, meine Oper: Belmont und Constanze oder die Entführung aus dem Serail, fürs K.K. Nationaltheater umzuarbeiten, und das Stück in dieser Veränderung Gestalt drucken lassen. Da die Veränderungen im Dialog nicht beträchtlich sind, so übergehe ich solches gänzlich: allein der*

Umarbeiter hat zugleich eine Menge Gesänge eingeschoben, in welchen gar
herzbrechende und erbauliche Verslein kommen. Ich möchte den Verbes-
serer nicht gerne um den Ruhm seiner Arbeit bringen, daher sehe ich mich
genötigt, die von ihm eingeschobenen Gesänge nach der Wiener Ausgabe
und Mozarts Komposition zu spezifizieren.«

>Nach dieser vergleichenden Aufstellung umfasst sie nicht weni-
ger als dreizehn eingeschobene Arien und Rezitate<, ruft Bretzner
aus.

»Das heißt verbessern!«, sagt Mozart und grinst.

Schiller ist aufgebracht. >Und hat er danach Ruhe gegeben?<

»Ach wo!« sagt Mozart vergnügt. »In seinem zweiten Protest wendet sich Bretzner nur mehr gegen anonyme Frevler am Text. Ich
wüsste gerne wie er reagiert hätte, wenn er gewusst hätte, bis zu
welchem Grade auch ich für den neuen Text verantwortlich war
und wie heftig ich mich gegen die gedankenlose Sprache der Theaterdichter widersetzt hatte. Erst wollte er nichts mit mir zu tun haben und später doch und 1783 hat er sich mit mir ausgesöhnt und
wollte, dass wir gute Freunde werden. Im Jahre 1787 erschien, allerdings anonym, sein dreibändiger Roman >Das Leben eines Lüderli-
chen<, in dem er mir die Ehre gab, einen Gesang des Cherubino
aus der >Hochzeit des Figaro< zu zitieren und dieses Werk auch
ausdrücklich mehrmals zu erwähnen.«

Schiller schmunzelt. >Schreib die Journale nur anonym, so kannst
Du mit vollen Backen Deine Musik loben, es merkt kein Mensch.<

»Aber, mein lieber Amade Du hast Bretzner, der aus eigener Kraft
nicht weiter bekannt werden konnte, unsterblich gemacht, denn
sonst hätte keiner ein Wort über ihn verloren«, ruft Beethoven.

Der große Geist Goethes, der schon seit der Zusammenkunft des
Trios hinter einem Gebüsch schmort und beharrlich lauscht, tut als
sei er in eigene Gedanken versunken und gerade erst gekommen.
Unvermittelt meldet er sich mit einer, wie immer bestimmenden
Stimme zu Wort: >All unser Bemühen daher, uns im Einfachen
und Beschränkten abzuschließen, ging verloren, als Mozart auftrat.
>Die Entführung aus dem Serail< schlug alles nieder und es ist im

Theater von unseren so sorgsam gearbeiteten Stücken niemals die Rede gewesen.<

Mozart verdutzt. »Sie meinen wohl Ihre Bemühungen mit Ihrem >Freund< Kayser die italienische Operette in eine Art deutsches Singspiel zu übertragen, auch mit dem Spiel >Scherz, List und Rache<!«

Goethe stört es nicht, dass alle drei ihn mit >Sie< ansprechen, während sie unter sich per >Du< sind.

>Es bleibt dabei, einmal Respekt, immer Ehrfurcht vor dem Großen<, denkt Goethe wie immer erhaben.

Beethoven und Schiller bleibt die Verlegenheit Mozarts nicht verborgen. Beethoven lenkt ein. »>Die Entführung aus dem Serail<, wenn ich anmerken darf, versetzt uns in eine Märchenland, das in vielen Regionen der Welt Realität ist. Eine Welt mit fremdartigem Glanz, Sklaverei, Protektion und Opportunität der Ordination gegenüber Mächtigen, Liebeszwang, Willkür der Machthaber, in der sich die Standhaftigkeit, Unschuld und Treue des Herzens bewährt. Man klagt, aber nicht hoffnungslos. Das ist ein Spiel, ein Kinderspiel, ein Märchen mit einem guten Ende, denn wo die Kinder hantieren, ist immer eine gute, märchenhafte Welt, ohne Intrigen und Kuriositäten.«

Schiller kann die Intrigen der Zeitgenossen gut nachvollziehen, denn ihm ging es nicht besser. >Es war nicht leicht lieber Amade, mit der >Entführung< hast Du die Obrigkeit vielleicht verunsichert, um nicht zu sagen verärgert, aber die Augen der Bürger geöffnet, damit sie die Welt differenzierter sehen.<

»Wir hatten immer mit den schlimmsten Anfeindungen zu kämpfen, um kritische, vor allem politische Themen auf die Bühne zu bringen. Auch mit Künstlern und Sängern, die aufgewiegelt wurden und sich mit dem Thema und ihren Rollen nicht identifizierten, war nicht leicht zu arbeiten.«

Mozart erinnert sich. »Die zweite Vorstellung war trotz aller Intrigen ausverkauft. Ganz Wien war begeistert, auch Christoph Willibald Ritter von Gluck, der Komponist und begabte Kapellmeister am Burgtheater war richtig hingerissen. Er lud mich spontan zum

Essen ein, als ich sagte: Komm mein Freund, noch ist es nicht zu spät die Welt zu erobern.«

Der selbstherrliche alte Geheimrat im Hoffrack ändert kaum seine Position und lauscht interessiert der Unterhaltung zwischen Beethoven, Mozart und Schiller.

Mozart und Beethoven sind sich der Bedeutung der Begegnung bewusst. Sie sind zeitgemäß gekleidet. Schiller strahlt in gewohnter Noblesse.

Goethe plötzlich mit einer Stimme voller Kraft der Sprache: >Ich und Sie, meine besten Freunde, Gruß und Heil. Wie konnte ich so ahnungslos durch die Welt gehen, ohne den tieferen Sinn meiner Freundschaft zum Ausdruck zu bringen?<

Schiller schmunzelt. >Erinnert Euch an Charlotte von Stein und ihre dramatische Schmähschrift >Dido<, Herr von Goethe.<

Goethe sitzt stumm, mit geschlossenen Augen, als hätten ihn Schillers Worte hypnotisiert.

>Herr von Goethe! Herr von Goethe, wo sind Sie in Gedanken?<

Goethe gibt sich einen Ruck, öffnet die Augen und sieht Schiller an. Bleibt weiter stumm.

>Erinnern Sie sich … Dido …?<

Goethe nickt. Dann mit gerade noch hörbarer Stimme: >Nicht so ganz, aber wie ich sehe, werden Sie sie mir gleich vortragen.<

>In jenem Traktat von Charlotte von Stein ging es auch um tiefgründige Gedanken über Bindung und Freundschaften. Da machte mich ein Satz sehr nachdenklich. *Gelübde tun wir uns selber und können uns auch wieder selber davon entbinden.* Wenn nun manche meinen, wir, der Minister, Geheimrat und große Nationaldichter und ich, Charlotte von Stein, seien Busenfreunde, da will ich meine Zweifel mit diesem Gelübde zum Ausdruck bringen…<

>Ich verstehe das trotzdem nicht. Was hat das mit meiner Liebe und Freundschaft zu Euch zu tun?<

Beethoven liebenswürdig und schlagfertig: »Nun, wir wollen nicht so selbstsüchtig sein, über manche Untaten Gericht zu halten, die der Vergangenheit gehören. Nur sinnend wollen wir versuchen uns die Hintergründe zu erklären, warum Ruhm manchen zur Selbstsucht führt! Ist Egoismus eine Art krankhafter Manie, eine Art Irresein mit heiterem Gemütszustand? Eine Art Enthemmung zur Verantwortungslosigkeit?«

Goethe bleibt stumm.

Mozart atmet tief durch, fühlt sich, für das, was er nun vorbringt, gestärkt. »Am späten Nachmittag, gegen Abend des 9. Mai 1805 erlischt ein Stern, der bis dahin allen Republikanisch-Revolutionären als Wegweiser diente. Friedrich von Schiller war tot. Chrisiane Vulpius, die Haushälterin des Geheimrats hatte die Anweisung ihn nicht zu stören. Der Geheimrat schlief. Bei der Beerdigung hat unser Geheimrat sich wegen Krankheit entschuldigen lassen. Noch zwei Wochen vor Schillers Tod, er war sehr in Not, hat Exzellenz ihn mit unwichtigen Dienstanweisungen gequält. Er solle gefälligst in der Farbenlehre lesen…!«

Goethe beschwichtigend: >Meine Freunde, es ist nicht die Zeit mich an jene Schuld und Sünden zu erinnern. Es ist die Zeit unser Wiedersehen zu feiern. Ich war vom Ableben von jedem von Euch sehr betroffen, umso mehr traf mich Schillers Tod … *Ich dachte mich selbst zu verlieren, und verlor nun einen Freund und in demselben die Hälfte meynes Daseins.*<

Beethoven schaut Goethe verdutzt an. »Über zwanzig Nachauflagen goethischer Werke hat Verleger Göschen gedruckt. Und der Autor Schiller bekam nichts. Er lag schwerstkrank im Bett, die Lunge vereitert, Atemfunktion erschwert, Herzmuskel in Mitleidenschaft gezogen, unfähig sich zu melden, geschweige denn sich zu wehren…«

Aber der Geheimrat parodiert: >*Übrigens geht es mir gut, solange ich täglich reite…* Donner und Doria, wo bleibt ein bisschen Mitgefühl! Warum hat der große Dichter kein einziges Mal den schwerkranken >Freund< in seinen aller letzten Tagen besucht? Sein Zustand durch die Lungenentzündung und Herzschwäche verschlimmerte sich und der Patient konnte kaum noch atmen ...<

Mozart ist von Zorn gepackt. »Vom Frauenplan zum Haus an der Esplanade sind es keine 500 Meter! Hat der Geheimrat Angst gehabt, er könnte sich anstecken, daher ist er dem >Freund< ferngeblieben!?«

Beethoven hakt nach. »Er wusste vom trostlosen Zustand unseres geliebten Schillers. Aber er hatte keine Zeit. Er widmete sich seinen eigenen Werken, die für die Nachwelt so wichtig sind. Und wartete ungeduldig auf den für seine Gesundheit so wichtigen Spargel, der in diesem Jahr lange auf sich warten lies!«

Schiller hört neugierig und gelassen zu.

Beethoven gibt nicht nach, wenn es darum geht ein Unrecht zu enthüllen. »Ich will unseren hochgeschätzten Dichter Goethe um Gotteswillen nicht kompromittieren, aber jeden von uns interessiert schon manches, wie zum Beispiel die Publikation des Briefwechsels. Als der Geheimrat sich nach langem Zaudern entschloss, die Edition freizugeben, wurde im Frühjahr 1824 schriftlich festgesetzt, der Ertrag werde zwischen beyden Theilen gleich geteilt. Das hieß 50 Prozent für ihn, 50 Prozent für die Hinterbliebenen der Familie Schiller, für Charlotte und die vier Kinder, denen es ökonomisch nicht gut ging und Charlotte war sehr in Not. Cotts, der Verleger war bereit unter dem Strich jedem, Goethe und Schiller, je 5000 Reichstaler zu zahlen. Doch der Geheimrat zaudert, verhandelt und spekuliert. Charlotte Schiller drängt auf die Entscheidung für die Publikation. Sie braucht das Geld. Da beharrt der von mir hochgeschätzte Goethe gelassen, wie immer, den Vorschlag nicht unter Zeitdruck zu entscheiden, dem Hinterbliebenen im Dienste der Freundschaft einen Vorschuss von 2000 Talern zukommen zu lassen!« Beethoven stutzt und übergeht das zwischen den Zeilen gesagte, dann: »Verstehen Sie? Sie können doch nicht einen Bund mit den Freunden schließen, um dann, wenn es Ihnen nicht mehr passt, sich plötzlich krank melden und wenn der Freund in Not ist, sagen: Ach nein, ich widerrufe, ich weiß nicht recht. Herr von Goethe, das ist amoralisch und böse!«

190

Goethe sagt nichts. Er zeigt keinerlei Reaktion. *Was empfindet er? Versetzt ihm etwa die Eifersucht auf den jüngeren, gut aussehenden, unumstrittenen Schiller, an den sich die Musizi jetzt noch fester klammern, einen Stich? Eifersucht nach dem Tode? Kennt der Geist solche Empfindungen?*

Beethoven erinnert sich. »Es war Mitte Mai 1825. Zwanzig Jahre nach dem Tode des geliebten Friedrich von Schiller. Ernst von Schiller, der jüngere Sohn, Gerichtsassessor in Köln, mahnte erstmals freundlich. Sie, lieber Geheimrat, überließen die Antwort ihrem Sohn August. Die Söhne sollen nun miteinander verhandeln. Das Manuskript sei in wenigen Monaten druckfertig. Wieder eine Vertröstung. Ernst von Schiller schrieb der Mutter Charlotte wieder einmal: *Goethische Ausflüchte.* Herr Geheimrat warum diese Ignoranz? Sie wollten weder die Ausgabe zum Druck freigeben, noch irgendwelchen Betrag zahlen. Warum zum Donnerwetter! Warum?« Beethoven in klagendem Ton. »Ernst von Schiller war verzweifelt, wollte den Geheimrat verklagen. Charlotte Schiller stirbt an den Folgen einer Augenoperation am 7. Juli 1826. Können Sie sich erinnern? Wenn sie Geld gehabt hätte, um einen anderen Chirurgen zu konsultieren, hätte sie vielleicht die Operation überlebt. *>Goethes Mitwelt müsse erfahren, mit wem sie es zu tun habe, wie abscheulich sich der angebliche Freund unseres Vaters verhalte: dass der nun reiche Mann Verbindlichkeiten gegen die bedürftigen Hinterbliebenen zu erfüllen ablehnt, die auch der Bettler, wenn er redlich ist, nach Kräften zu erfüllen sich bestrebt<*, so schrieb voller Zorn Ernst von Schiller an seinen Bruder Karl. >Goethe wird sich schämen und zahlen<, dachte Karl dem väterlichen Glauben ans hohe Ideal der Bruderliebe zu erinnern. Vielleicht sollte man, statt zu prozessieren, doch lieber ans Gute glauben. Der hartleibige Schuldner werde sich am Ende gewiss eines besseren besinnen. Doch von unserem hoch geschätzten Geheimrat kam keinen Groschen.«

Goethe schweigt immer noch, ohne eine Miene zu verziehen. Er tut, als ob die Anwesenden über irgendeine Person sprechen, die er auch kennt. Plötzlich, wie versteinert und verunsichert versucht er sich zu rechtfertigen. >O rechtschaffender Beethoven, seien Sie mein ewiger Freund, tun Sie barmherziger urteilen. Sie wollen doch nicht hier vor dem Tribunal der Künstlerbünde, mich in die Mangel nehmen. Ich war es, der dem jüngeren Dichter eine Professur in Jena verschaffte.<

»Die Sie nichts kostete!« ruft Mozart.

>Ich war es, der den Dichter des >Don Carlos< und seine Verdienste dem Regenten von der Isar Ludwig I. vorstellte!<

»Die ihm nichts brachte!« ruft wieder Mozart.

>Obwohl ich vor dem König wegen des revolutionären Rufs Schillers enorme Sorgen vor Ablehnung und Missgunst hatte, empfahl ich Schiller als nationalen Dichter und...< Er räuspert sich ein paar Mal die Stimme frei, hält zornige Worte im Zaum und wendet den Kopf ab.

Beethoven gibt nicht nach. »Fair und ritterlich klingt die Rechtfertigung vom Geheimrat, ein bisschen zu ritterlich und gütig. Eloquenz duftet aus diesen seinen Äußerungen. Krank war ja die Welt, schwer zu ertragen, war das Leben – und hört hier scheint seine Seele aus dem Herzen zu entspringen, hier scheint ein himmlischer Botenruf zu tönen, trostvoll, mild, edler Reminiszenzen.« Prüfend sieht er Goethe an, zögernd wird er laut. »Doch Schiller, der Rebell und Freiheitskämpfer, war nicht mehr am Leben, um Zeuge der großen Tat seines >Freundes< zu werden! In seinem schwersten Lebensabschnitt, wo er gegen Krankheit und Not kämpfte, hat er nur die Kälte und Ignoranz des Fürsten Goethe zu spüren bekommen, statt Zuwendung und Freundschaft. Ich erinnere unseren hoch geschätzten Dichter, Philosoph, Wissenschaftler, Politiker und Kriegsminister ... an einen Brief von Christine Gräfin von Reinhard an ihre Mutter, zwei Jahre nach dem Tod unseres geliebten Friedrich von Schiller. Sie schreibt unter anderem: >*Er schwebt über dem menschlichen Elend gleich dem Bewohner eines anderen Himmelskörpers.*< Ich frage mich, ich frage mit aller meiner Verehrung für Goethe, warum um Gotteswillen dieser sinnlose Kampf, ein Titanenkampf zwischen den rivalisierenden Geistern im Reich der Poesie: der eine kämpft unter dem Feldzeichen von Gigantomanie der

Selbstverherrlichung eines Narziss, der andere ein Philanthrop und Träumer von Freiheit und Brüderlichkeit kämpft zwecklos um seine Existenz. Auf der einen Seite finden wir den Heros, den Halbgott, der für seinen Unsterblichkeitswahn über Leichen geht, auf der anderen Seite treffen wir den Bettelmönch, der für die Liebe unter den Menschen und seine Würde alles aufs Spiel setzt, auch sein Leben.« Beethoven bleibt versöhnend. »Ich bin kein Richter. Wollte es nie sein. Vergeben Sie mir meine harschen Worte, aber ich mache keinen Hehl daraus, dass ich an den Mythos Schiller glaube.«

Goethe wie entrüstet. >Schillers Mythos der Menschenliebe und Goethe, ein Tyrann und Liebhaber Pandoras!<

»Nein, kein Tyrann«, erwidert Beethoven. »ich zitiere nur Ludwig Börne in seinem Tagebuch: *Dir ward ein hoher Geist, hast du je die Niedrigkeit beschämt? Der Himmel gab dir eine Feuerzunge, hast du je das Recht verteidigt? Du hattest ein gutes Schwert, aber du warst nur immer dein eigener Wächter.* Sinn meiner Rede, Geheimrat: *Handele so, dass die Maxime Deines Willens jederzeit zugleich als Prinzip einer allgemeinen Gesetzgebung gelten könne.* Immanuel Kant.«

Goethe nickt und schweigt.

»Weiter«, fordert ihn Beethoven auf. »Ich möchte nur eine Antwort auf die Frage finden: Warum muss Schiller soviel Leid ertragen?«

Goethe schließt die Augen, denkt nach ohne ein Wort zu verlieren, dann: >*Ich sehe uns beide laufen, in panischer Angst davonlaufen. Schiller bedeutet Rivalität – existentielle Rivalität! Inwiefern, fragte ich mich. Schiller bedeutet Gefahr. Vor meiner Bekanntschaft mit Friedrich von Schiller, hielt ich die Regeln ein. Unterdessen war ich wohl eifersüchtig, mit der Übertretung der Regeln.*<

Beethoven bricht das Schweigen mit großem Ernst. »Herr von Goethe, Sie begingen den Fehler zu glauben, von Schiller könnte Ihnen die Krone stehlen! Er trug schon die Krone des Humanismus. Die große Persönlichkeit Schillers lässt sich nicht durch Missgunst des Rivalen brechen, darin liegt sein Mythos. Und die größte

Herausforderung besteht darin, mit und trotz soviel Leid und Ungerechtigkeit zu wirken.«

»Wenn man von einem Mythos Schiller spricht, muss man nicht
die Genialität des Geheimrats in Frage stellen!«

Schiller wirft Mozart einen zustimmenden Blick zu.

Beethoven ist erleichtert von Mozarts Worten. »In der Anwesenheit des Todes, sind wir alle gleich. Und dem Tod ins Auge zu sehen, gehört wesentlich zu den existenziellen Befindlichkeiten des
Menschen. Wir wissen doch: Der Tod lauert auf allen Seiten auf
uns, wo wir auch immer sein mögen, wer wir sind und was wir tun,
mit welcher Tracht und Namen, in welchem Gemüt, mit welchem
Gemächt, in welchem Gemach. Friedrich von Schiller ist schwerstkrank, konfrontiert mit der Überwindung des Todes und dem Ü-
bergehen in ein höheres Leben, ins Lebens eines Mythos, von dem
wir heute sprechen, dem wir heute begegnen dürfen. Er wurde von
dem mächtigen Freund allein gelassen. Für mich sind nicht die Taten, sondern die Untaten unseres Geheimrats sündhaft und unverzeihlich. Man fragt sich: Wo bleibt die Solidarität unter uns? Ist es
ist nicht angebracht, daran zu erinnern, dass auch ein Goethe sterblich war und auch er, trotz seiner Größe, ein Verlangen hatte mit
Würde, Wärme und Zuwendung zu sterben?«

Goethes Gesicht verfinstert sich. >Ich bin zutiefst traurig, wenn
Ihr so über mich urteilt, aber nicht traurig, wenn Ihr nicht verurteilt!
Ich bin in meinem Mythos eingeschworen, wie jeder von Euch in
den seinen.< Goethe kann es nicht lassen, er wirkt wieder erhaben.
>*Verdammt nicht gleich den anderen. Übt Milde. Verzeiht. Entschul-
digt. Denkt an eigene Schuld. Wenn jeder alles von dem anderen wüsste,
es würde jeder gern und leicht vergeben. Es gäbe keinen Stolz mehr, keinen Hochmut.* Mit der Weisheit des größten Universaldichters will
ich Euch, meine Freunde, und vor allem Schiller, mein tiefstes Bedauern zum Ausdruck bringen, denn wer ist reiner, wahrhaftiger
und weiser als Hafez.<

Beethoven etwas beruhigt. »*Das Heil hat seinen Ursprung in der
Erkenntnis des Irrtums,* so Seneca.«

Goethe ist sonderlich zumute. *Die Szene, die er wahrnimmt, hat etwas unwiderrufliches, als stehe er vor dem jüngsten Gericht. Was empfindet er? Versetzt ihm etwa immer noch der Neid auf den Mythos des jüngeren, dynamischen, gut aussehenden, gut gelaunten, moralisch unversehrten Schiller, an den sich jetzt Beethoven und Mozart so fester klammern, einen Stich ins Herz? Aber nein! Der Geheimrat verspürt nichts ähnliches, keinerlei Reue, keine Einsicht, gar nichts! Im Gegenteil, er wird sogar vor dem jüngsten Gericht versuchen – erhaben wie immer – zu beschwichtigen, soweit er die neue Lage entschärfen kann.*

Sie setzen ihren Spaziergang fort und Goethe folgt ihnen. Beethoven schmunzelt, als er sieht, dass es jetzt der Geheimrat ist, nicht der jüngere, der ihnen seltsam gezwungen und schwermütig nachläuft.

Mozart empfindet tiefes Mitgefühl mit Schiller. »Wie lange will Goethe wohl so selbstherrlich schweigen?«

Die Gruppe erreicht das Ende des langen Weges im Park, kehrt um und bewegt sich nun wieder auf Goethes Sommerhaus zu. Er hat etwas Schwierigkeit mit der Atemluft, obwohl er ganz langsam läuft. Er knöpft seinen Kragen auf.

>Will er vielleicht das Mitleid der Jüngeren erwecken?< denkt Schiller, >und die Situation zu seinen Gunsten kippen?<

So still wie er bisher war, so spontan spricht Schiller nun die Freunde an. *>Gott befohlen Brüder! In einer anderen Welt wieder. Schon fleugt es fort wie Wetterleucht, Dumpf brüllt der Donner schon dort. Die Wimper zuckt, hier kracht er laut, Die Losung braust von Herr zu Herr, Lass brausen in Gottes Namen fort, Freier schon atmet die Brust.<*

Goethe erwidert leise und kurzatmig: *>Oh! Lass die Jammer-Klagen, da nach den schlimmsten Tagen man wieder froh genießt.<* Dann plötzlich >Ich bin Euer Freund, bitte vergesst das nicht!<

»Goethe, Dein Schatten hat Angst vor Dir!« Zwischenruf von Mozart.

»Es ist nicht möglich! Nicht möglich! Diese himmlische Hülle versteckt kein so teuflisches Herz – und doch! Doch! Wenn alle

Engel herunterstiegen, für seine Unschuld bürgten – wenn Himmel und Erde, wenn Schöpfung und Schöpfer zusammenträten, für seine Unschuld bürgten – es ist sein Werk – ein unerhörter, ungeheurer Betrug, wie die Menschheit noch keinen erlebte.«

Schiller nach einer Atempause: >Das war Goethe, dieser Gentleman, der mein Recht nicht nur mir, sondern meiner Familie verweigerte.<

»Goethe ist nicht bestimmt, das wohltätige, was herzliche Verbindungen geben kann, sich zu Eigen zu machen. Ich beneide auch seine einsamen Stunden nicht, denn er muss doch manchmal eine dunkle Ahnung davon haben, dass es nicht gut ist, dass der Mensch alleine stehe. Ich habe auch keine Sehnsucht nach seiner Nähe; mir ist gottlob! die Welt noch nicht wieder so eng gewesen als in seinen Zimmern! so schrieb Ernestine Voss an Charlotte Schiller am 15. August 1805 kaum drei Monate nach dem Tod Friedrich von Schiller.«, erinnert Beethoven als Hinweis, dass viele Goethe nahe stehenden Freunde seine Überheblichkeit und Egoismus erkannt hatten und ihm daher fern blieben.

Endlich, Goethe wird besonnen und zeigt Reue und Einsicht. >*Alles was Ihr wollt, ich Euch wie immer gewärtig Freunde, doch am Ende bin ich allein, einsam und soviel Pein! Ich halt es nicht aus.*<

Schiller ist besonnen wie bisher. >Wem zu glauben ist, redliche Freunde, das kann ich Euch sagen: Glaubt dem Leben, es lehrt besser als Redner und Buch. Mein Leben lang bin ich vor solchen Freundschaften gewarnt worden. Und doch habe ich heute ein Zeugnis von Euch, Eurer Redlichkeit, Treue und Liebe, womit ich in einem Atemzug meine Dankbarkeit erklären kann: Teuer ist mir der Freund, doch auch den Feind kann ich nützen, zeigt mir der Freund was ich kann, lehrt mich der Feind was ich soll. Wie dem auch sei, liebe Freunde, nichts von alledem hatte ich im Sinne, als ich Euch traf, als ich das Leuchten zweier Sterne beim Anblick am Horizont, die Botschaft des Friedens und der Brüderlichkeit sah, als ich Beethoven und Mozart im Firmament meiner Visionen und Träume wahrnahm. Ich war glücklich, ich bin glücklich … mehr will ich nicht, vor allem keine Rache und keine Feindseligkeit, keine Klagen und keine Wehmut.<

Goethe ist wieder beruhigt. Er nickt zwar verständnisvoll, erweckt jedoch den Eindruck als hätte er Schillers Liebeserklärung an Beethoven und Mozart nicht gehört, oder es könne ihn nicht im Entferntesten berühren. Aber er ist sich seiner Abseitsposition und der Distanz der Freunde bewusst, es scheint jedenfalls so, denn er setzt sich auf eine Bank vor seinem Haus und krümmt sich zusammen, als ob ihm kalt wäre. Beethoven befindet sich in der Zwickmühle. Goethe würde selbstverständlich erwarten, dass der Anstifter des Streits und Disputs auch einen Weg zur Schlichtung und Versöhnung bereit hat, denn er will sich nicht nachsagen lassen, dass er nicht friedfertig sei.

Beethoven bleibt seiner Manier getreu. »Liebe Freunde lasset die alten Differenzen und den Unmut, allein das Wiedersehen ist ein Grund zu feiern, nicht der Hochmut.«

Schiller mit eingefrorenem Grinsen sagt: >Lass die Sprache Dir sein, was der Körper den Liebenden. Er nur ist's, der die Wesen trennt und der die Wesen vereint.<

Goethe holt tief Luft, erwidert mit Schillers eigenen Worten: >*Jeden anderen Meister erkennt man an dem was er ausspricht, was er weise verschweigt, zeigt mir den Meister des Stils.*<

Mozart bleibt unnachgiebig. »*Gutes in Künsten verlangt Ihr? Seid ihr denn würdig des Guten, das nur der ewige Krieg gegen Euch selber erzeugt?*«

Goethe flüstert: >Wie der Mensch das Pfuschen so liebt! Fast glaube ich dem Mythos, der mir erzählte ich sei selbst ein verpfuschtes Geschöpf.<

Schiller hängt nach: >*Nur zwei Tugenden gibt's, o wären sie immer vereinigt, immer die Güte auch groß, immer die Größe auch gut!*<

Beethoven sucht nach einem Schlusswort. »Lieber Gott, lass die Erde frei sein« Er blickt erst zu Goethe, dann zu Schiller und Mozart »von Intoleranz, Trockenheit, Kälte und Krieg! Wie trügerisch ist doch das Ganze: Leben und Existenz! Wenn wir sterben, brechen wir ins Unbekannte auf. Das hat mich immer neugierig gemacht. Aber jetzt weiß ich, dass dieser Mythos über uns wacht, und das stelle ich mit Vergnügen fest. Alle anderen Umstände nehme ich einfach hin. Wie immer. Warum sollte ich skeptisch sein? Wurde das Leben dadurch besser und Sterben leichter, wird meine Geistesexistenz rosig und schöner, dass man sich weigert zu glauben? Bloß weil man gebildet, intelligent, weise und >auserwählt< ist und alles besser weiß? Was haben sie davon, die bis zu ihrem Lebensende eingeschworene Agnostiker und Egoisten bleiben? Angenommen, es ist alles ein Märchen, dass man nach dem Tod an einen anderen Ort gelangt, wo andere Bestimmungen herrschen, wo ein Gott mit seinen Engeln für Recht und Ordnung sorgt, ist es nicht trotzdem schöner, daran zu glauben, wenn dieser entscheidende Augenblick des Abschieds gekommen ist? Diesen entscheidenden Augenblick haben wir schon längst hinter uns, also nehmen wir zur Kenntnis, dass alles so ist, wie es zu sein scheint. Wohlan, lasset uns glauben und dulden: *Im Namen der Toleranz sollten wir daher das Recht beanspruchen, die Intoleranz nicht zu tolerieren. Karl Popper.*« Beethoven entschieden und gefasst. Es herrscht eine melancholische Stimmung in der Luft der Parklandschaft. Plötzlich ruft er so laut er nur kann: »Nobody is perfect – unser Geheimrat nicht ausgeschlossen. Komm, Liebster, lass Dich umarmen!« Beethoven zieht den strahlenden Schiller an sich.

Mozart, Beethoven und Schiller stehen nun freundschaftlich gestimmt um den sitzenden Goethe und singen als Zeichen der Versöhnung:

Freude, schöner Gotterfunken,
Tochter aus Elisium,
wir betreten feuertrunken,
Himmlische, dein Heiligtum.
Deine Zauber binden wieder,
was die Mode streng geteilt,
Alle Menschen werden Brüder,
wo dein sanfter Flügel weilt.

...

Sein umschlungen, Millionen!
Diesen Kuss der ganzen Welt!
Brüder – überm Sternenzelt

muss ein lieber Vater wohnen.
Freude, schöner Götterfunken.

Goethe ist entzückt von der glücklichen Wendung. >Meine Freunde, nie zuvor habe ich so ein Bedürfnis nach Versöhnung und Verbrüderung gespürt als heute. Nun will ich Euch zeigen, dass ich etwas aus diesem Disput gelernt habe.<

Während er sich zu Schiller bewegt, fängt er mit gesammelter Seele und Geist den Blick des Jüngeren mit seinen Blicken ein, fleht, bittet, himmelt ihn an.... Schiller ist stumm und rührselig, sein Blick starr, die Arme hängen herab, seine Reaktion gelähmt, fassungslos ist er Goethes Unterwerfung erlegen. Umso mehr ist er beeindruckt, als der Alte sich mehrmals vor dem Jüngeren verneigt und mit segnender Gebärde zögerlich um Vergebung bittet.

Schiller ehrfürchtig und verlegen: >O, Goethe, diese Deine Verneigung zeigt Deine Größe. *Freiheit des Geistes und Liebe, Wissenschaft und Kunst verbrüdern die entferntesten Geister.*<

Goethe begibt sich in Bescheidenheit versunken zu Beethoven, um ihn zu umarmen, dann zu Mozart, dann wieder zu Schiller. Beethoven ist zufrieden.

Und Goethe nun pathetisch: >Und so bitte ich um Eure Freundschaft, mit den lieblichen Zeilen Enweris, welcher so anmutig als schicklich, einen Werther Dichter seiner Zeit verehrt: *Dem Vernünftigen sind Lockspeise schedschaai's Gedichte, hundert Vögel wie ich fliegen begierig darauf. Geh mein Gedicht und küss' vor dem Herren die Erde und sag ihm: Du, die Tugend der Zeit, Tugendepoche bist Du mein lieber, erhabener Beethoven! Denn, ohne Dich wäre ich nie so frei wie heute.*<

Goethe zittert und greift an seinen Kopf, als hätte er plötzlich Fieber.

Mozart murmelt vor sich hin. »Und jetzt beim Abschied spricht er so moderat und ermutigend! Gutes Zeichen, Einsicht verlangt Nachsicht!«

>Nicht Goethe, das Delirium hat aus ihm gesprochen!<

Beethoven ist neugierig. »Aber von wessen Delirium sprichst Du, Friedrich?«

>Seht Ihr nicht wie er fiebert? Er ist doch für das, was er sagt nicht mehr verantwortlich! Genauso, wenn man für die irrealen Geschehnisse und bizarren Verwicklungen eines Traums verantwortlich sein soll. Der febrile Geist im senilen Körper kann verrückte, bedeutungslose, wahrscheinliche und unwahrscheinliche Geschichten fabrizieren! Ich kenne das zu gut!<

>Febril ja, aber nicht senil!<, erwidert Goethe zur großen Überraschung der Freunde. >Das Leben verging wie ein Blitzstrahl, viel Lärm und Panik um nichts: *Ach, was soll der Mensch verlangen? Ist es besser, ruhig bleiben? Klammernd fest sich anzuhängen? Ist es besser, sich zu treiben?*<

>Der Mensch soll etwas tun. Erst dann, wenn die Erde und der Himmel wieder ruhig sind, etwas verlangen! *Melodien verstehst Du noch leidlich elend zu binden, aber gar jämmerlich Freund bindest Du Wort und Begriff.*<

Goethe weiß nun, wo die Grenzen dessen liegen, was er mit Schiller zu teilen hoffen kann. >*Was soll mir aber Euer Hohn über das All und Eine! Der Professor ist eine Person! Gott ist keine. Wenn der Einsichtige in ewiger Furcht schwebt, dem Gesetzgeber in ihm selbst, in der Sinnenwelt zu begrenzen, und in allem, was schön und trefflich ist, einen Freund erblickt, so kennt die schöne Seele kein süßeres Glück, als das Heilige in sich außer nachgeahmt oder verwirklicht zu sehen, und in der Sinnenwelt ihren unsterblichen Freund zu umarmen.*< Dann ruft er mit einsichtiger Geste: >Die Leiden des jungen Werther besitzen solche Kraft. Werthers Liebeskummer ist jedermanns Kummer. Gewiss habt Ihr das, meine Freunde erfahren. Ich liebe Euch so feierlich und so wahrlich ich hier stehe.<

Schiller entgegnet feierlich: >*Aus dem Leben heraus sind der Wege zwei Dir geöffnet, zum Ideale führt einer, der andre zum Tod. Siehe, wie Du bei Zeit noch frei auf dem ersten entspringest, ehe die Parze mit Zwang Dich auf dem anderen entführt.*<

Beethoven ist enthusiastisch und wehmütig zugleich. »Mein Herz und meine Seele sind mit Dir, denn was soll ich dagegen tun? So lasst uns, liebe Freunde, unsere Liebe an die Menschheit verkünden.

Freude, schöner Götterfunken,
Tochter aus Elysium,
wir betreten feuertrunken,
Himmlische, Dein Heiligtum.
Deine Zauber binden wieder,
was die Mode streng geteilt,
Alle Menschen werden Brüder
Und Schwester wo Dein sanfter Flügel weilt.

Schiller wehmütig beim Abschied:
>Nehmt hin die Welt rief Zeus von seinen Höhen
und wir von hier in All
Den Menschen zu, nehmt, sie soll euer sein.
Euch schenken wir sie zum Erb' und ew'gen Leben,
doch teilt euch brüderlich darein...<
Ordnung ist des Himmels oberstes Gesetz.

Alexander Pope

Mozart reibt sich die Augen frei. »Na, Ludwig! Das war doch gar nicht so schlecht hier in Weimar?«

Beethoven ist noch von der Szene fasziniert. Goethe und Schiller entschwinden Hand in Hand.

»Siehst Du Amade, Gute Geister versöhnen sich. Sie tragen nicht nach.«

»Wie ist es mit den Bösen Geistern?«

»Von denen reden wir ein anderes Mal! Aber mit Goethe sind wir nun im Frieden. Ist das nicht himmlisch? Der göttliche Schiller, ach, wenn ich doch mehr für ihn gesprochen hätte! Plötzlich stand er da, strahlend wie immer, der die schwankenden Phantasien meiner Sehnsüchte übertraf, dann die Lebens erweckende Umarmung! Die sanfte Stimme, die mein Herz anmutig bewegte. Plötzlich hatte ich eine Ahnung, ich konnte ihn hören! Ich konnte ich die Welt umarmen! Das geschah alles von Angesicht zu Angesicht, lieber Amade!«

»Gelobt sei die Metaphysik, ich stand doch neben Dir.«

»Plötzlich konnte ich Euch wahrlich, nicht wahrscheinlich, alle hören!«, flüstert er vor sich hin. »Es begann sich alles um mich im

Kreis zu drehen. Amade, ich war sehr besorgt, Schiller und Goethe zu begegnen und nicht in der Lage sein für Recht und Gerechtigkeit zu sprechen, das wäre eine Katastrophe.«

»Aber Du hast mich doch bei unserer ersten Begegnung auf dem Friedhof in Wien sofort gehört.«

»Ja! Lieber Amade, Dich höre ich doch immer; auch wenn ich tot auf dem Friedhof ruhe. Aber hier in Weimar dachte ich, ich könnte vielleicht wieder leben! Plötzlich sah ich ein Licht am Horizont meines dunklen und stillen Daseins. Begreifst Du das? Das Leben war wieder da, und meine Seele tanzte in Hochstimmung. Ich atmete wieder, ich spielte am Flügel und bereitete die Partitur für die 10. Symphonie, die ich Dir, dem großen Mozart widmen wollte.«

»Hier im Jenseits ist es wohl so, wir erfahren immer wieder neue Dimensionen der geistigen Existenz! Wir erleben die ewige Gegenwart mit Verzerrungen und Überlagerungen durch frühere Erlebnisse und durch Zukunftserwartungen!«

»Wie es klingt: Zukunftserwartungen! Stell Dir doch einmal vor, wir könnten in der Tat nochmals leben! Was würdest Du als erstes tun?«

»Als erstes würde ich Ludwig van Beethoven umarmen und solange küssen, bis er aufwacht und sieht, dass wir noch leben; nur in anderer Form und anderer Gestalt. Übrigens, jenseits aller Fantasien, solange Du bei mir bist, vermisse ich nichts! Auch das irdische Leben nicht! Nun müssen wir uns auf den Weg machen, denn wir haben noch einiges vor, Ludwig!«

»Wohin nur, nach dieser großartigen Begegnung, Amade?«

»Erzähl mal von Deiner >Neunten<, solange wir noch hier sind, solange bis wir uns entscheiden wohin? Bitte, bitte!«

»Die Kunst, die uns treibt, hängt, wie der gute Schiller sagen würde, immer zu eng an unserem Empfinden. Wir komponieren danach, was wir fühlen und empfinden für den Menschen und seine Freude, seine seelischen Bedürfnisse und Sorgen, aber auch für unsere eigene Leidenschaften und Träume vom Glück und Frieden. Zwölf Jahre lang war ich mit der Idee einer universalen Sinfonie beschäftigt. Bereits 1793 schrieb ich in mein Skizzenbuch >Lass uns die Worte des Unsterblichen singen!< Die erste gedruckte Ausgabe der neunten Symphonie D-Moll Op. 125 erschien 1826 und ihr Titelblatt lautete: >Sinfonie mit Schluss-Chor über Schillers Ode An die Freude<, für großes Orchester, 4 Solo- und 4 Chor-Stimmen.«

»Oh, wie gern hätte ich, Ludwig, dieses Werk einmal dirigiert!«

Geheimnisvoll über leeren Quinten zuckt und blitzt es aus dem dunklen Hintergrund. In erregendem Crescendo wird es langsam lichter, und dann bricht mit elementarer Gewalt das machtvolle Hauptthema herein und eine zelebrierende Frauenstimme ruft: >Gelobt sei Ludwig van Beethoven! Hört ihr Schwärmer und unverbesserlichen Philanthropen wie der Himmel Euch feiert?<

Vom Zauber der Stimme überrascht, ruft Beethoven: »Bist Du Bettina?«

Keine Antwort.

Nach einer Pause. »Eleonore, Nanette, Giulietta, Therese, Amalie, Marie, Antonie oder Josephine … o, sage es mir!«

Die Stimme erlischt in ihrer Metapher. Aber die Musik gibt die magische Antwort: In dämonischem Trotz bäumt es sich auf, um dann wieder in das dämmrige Zwielicht des Anfangs zurück zu sinken, aus dem es sich aber erneut aufrafft zu gewaltigeren Schlägen.

>Was ist das absolute, das magische und die Apotheose der Musik überhaupt?< fragt eine männliche Stimme.

>Erlaubt mir den großen Beethoven meinen Freund zu nennen.<

»Nenne mich so, wie es Dir gefällt. Willst Du mir nicht sagen, wer Du bist?«

»Entschuldige, Ludwig«, sagt Mozart verdutzt, »ich glaube ihn an seiner Stimme mit dem italienischen Akzent zu erkennen. Das ist unser hoch geliebter Maestro Giuseppe Verdi.«

Beethoven lächelt breit, ist bis ins Herz erfreut. »Wahrlich ich bin überrascht und hoch erfreut.«

>Molto Grazie< Verdi lacht beglückt. >Silentium obesequiosum. Ihr müsst ein ganzes Ohr sein, um die rhythmischen Triebkräfte von Molto Vivae zu spüren, seine dröhnenden Paukenschläge, seinen vorwärts jagenden heißen Atem. Das Grundmotiv in dem zwei-

ten Satz besteht eigentlich aus nichts weiter als den ersten drei Noten: ein Oktavsprung abwärts, ein punktierter Dreierrhythmus.<

Nachdem wieder Ruhe eingekehrt ist, sagt Mozart: »So wenig und doch so gewaltig.«

Verdi lächelt väterlich. >Aber genau das ist doch die Virtuosität! Wenn wir uns die Fünfte in Erinnerung rufen, dann sehen wir, dass es kein Zufall, sondern nur die Genialität ist, die einen befähigt solche göttliche Musik zu komponieren.<

Er bittet erneut um Konzentration und dirigiert. Im Trio hellt sich die Atmosphäre auf, D-Moll wird zu D-Dur, das rasende Tempo hält inne, eine weite Kantile tritt an ihre Stelle. Aber die freundliche Vision erlischt, als der besessene Rhythmus mit dröhnendem Schlag von neuem hereinbricht.

Mozart neugierig mit einem bedächtigen Blick zu Verdi. »Wie kommt das Scherzo an den Platz, der bis dahin stets einem mehr oder weniger langsamen Satz vorbehalten war?«

»Entschuldige, Amade!«, flüstert Beethoven. »Das Scherzo musste an die zweite Stelle rücken, um den langsamen, von überströmendem Gefühl betonten Satz, als Ruhepunkt vor der höchsten Anspannung zu überwinden, bevor es zum Aufbruch des feierlichen Finales kommt.«

>Grande dio!< ruft Verdi, >keine Sprache ist fähig, um das was ich in dem langsamen Satz, Adagio molto e catabile empfinde zum Ausdruck zu bringen!<

Beethoven lächelt und hebt den Zeigefinger. »Aber genau das ist es doch! Sie sagen es selbst! Exakt hier kommt doch die Stimme der Musik zu Hilfe. Ich habe immer versucht, die tiefsten Gefühle von Freude und Menschenliebe in den langsamen Sätzen zum Ausdruck zu bringen und sie von meinen eigenen Emotionen nicht zu trennen, die ich in schnellerem Tempo dem Ausbruch von Leidenschaften widmete.«

>Keine falsche Bescheidenheit, Ludwig van Beethoven! Hier erreichst Du in der Tat den Himmel, indem Du nach Überwindung der Welt die Vollendung in die Ewigkeit verkündest.<

Verdi verbeugt sich vor Beethoven und mit einer Handbewegung setzt er die Partitur in B-Dur, dem sechsten Grad der Grundtonart D-Moll fort. Durch zwei vorbereitete Takte wird das Thema tiefer Andacht, nach schweigendem Gebet eingeführt. Dann wird durch das sehr langsame Grundtempo etwas in D-Dur beschleunigt. Aber die Andachtstimmung wird behalten.

Mozart ist überwältigt. »Dieser lange Satz imponiert und beglückt gleichzeitig. Besser kann man Frieden und Vertrauen nicht ausdrücken!«

>Und Liebe und Hoffnung<, ergänzt Verdi und setzt konzentriert auf die Wechselstimmung den Satz fort. Endlich erklingt in den Oboen eine neue, einfache Art, andeutungsweise die Freudenmelodie. Plötzlich wird das idyllische Bild vom wild hereinbrechenden vierten Satz zerstört. Eine gewaltige dissonierende Explosion des Orchesters bricht auf. Noch einmal ertönt, nunmehr zustimmend, das Rezitativ der Bässe, und dann greifen sie selbst das Thema auf und führen es einmal im zartesten Pianissimo einstimmig vor. Es ist die schlichte Melodie, die später vom Chor zu den Worten >Freude schöner Götterfunken< aufgegriffen wird. >Seid umschlugen, Millionen!< bringt den hinreißenden Höhepunkt des Chorfinales. Der machtvolle Unisonoeinsatz der Männerstimmen, dem jauchzend dann die Frauenstimmen folgen, ist von überwältigender Größe und in seiner besonderen Wirkung mit mystischem Charakter versehen.

Ahnest Du den Schöpfer, Welt?
Such ihn überm Sternenzelt!

»Ich bin gespannt, was Giuseppe zum Finalsatz sagt!« flüstert Mozart.

Jetzt setzt die große Doppelfuge voller Jubel ein, in der sich die Freudenmelodie mit dem grandiosen Thema >Seid umschlungen, Millionen< vereint.

>Bravissimo, Maestro Beethoven, Molto Grazie!< ruft Verdi feierlich mit einer ehrwürdigen Verneigung vor ihm. >Hier und jetzt habe ich erfahren, dass der Einsatz der Singstimmen erst dann erfolgt, nachdem das sinfonische Geschehen bereits entschieden und der Logik der Form Genugtuung widerfahren ist.< Verdi versucht

seine einst kritische Haltung gegenüber dem Finale der Neunten zu revidieren. >Ich gebe Wagner Recht, er sah im Finalsatz die von denkbar höchster Autorität gegebene Bestätigung für seine These, dass nach Beethoven nur das dichterische Wort die Musik erlösen könne und selbst das Tor zu einem neuen Zeitalter der Musik aufgestoßen habe, zum Zeitalter des Musikdramas.<

»Ich freue mich, Molto Grazie«, singt Beethoven etwas pathetisch zögernd, betont auf jedem Laut verweilenden Stimme. »Ich bin sehr glücklich, zu erfahren, dass meine Musik Euch berührt und den Geschmack der Genies trifft.«

»Lieber Giuseppe! Lieber Maestro Verdi! Sarai sempre nei nostri cuori e nei nostri pensieri. Du wirst für immer in unseren Erinnerungen unvergesslich bleiben«, rufen Beethoven und Mozart ihm zu, als er sich wieder in seine kosmische Bahn begibt.

Beethoven seufzt tief erleichtert. Nach einer Pause holt er nach: »Zwölf Jahre lang war ich mit der Idee der Neunten beschäftigt und 1824 war das Werk fertig gestellt. Anderthalb Jahre davor hatte die Londoner Philharmonie mir 50 Pfund überwiesen, so zu sagen als Anzahlung für eine der Philharmonie zu widmende Sinfonie. Ich habe die Bestellung nicht für die Neunte aufgefasst und eine Kopie nach England geschickt. Das war mein Vermächtnis für die Menschheit, sonst sollte kein Anderer Anspruch auf die Neunte haben. Nur die Menschen in der ganzen Welt, global und universal.« Beethoven, mit einer Geste der Verneigung. »So ungeheuer die Wirkung dieser Sinfonie und ihres mythischen Chors auf Euch sein mag, es fehlte nicht an kritischen Stimmen, die sich gegen die Vermischung der Genres aussprachen. Ja, Kritik gab es genug, gute aber auch schlechte. Ich selbst konnte sie nicht hören. Ich war sehr einsam und von meinem Gehörleiden lebendig begraben. Mein leidenschaftliches Herz sehnte durch so viele Jahre hindurch sehnsüchtig nach einer Gefährtin! Ich war verlassen von Freunden und mir weniger freundschaftlich Gesinnten...«

Eine kratzige, makabere Stimme ertönt aus dem Hintergrund: >In so einer Situation hätte jeder andere den Glauben an die Menschheit, ja sogar an Gott verloren! Aber nicht Beethoven! Je einsamer er ist, desto mehr sorgt er sich um benachteiligte Menschen. Je weniger Zärtlichkeit er erfährt, desto mehr wünscht er zu geben...<

»Wer spricht dort? So verständnisvoll?« ruft Mozart.

Seufzend tritt eine hagere Gestalt in gepflegter Garderobe, weißem, hoch sitzendem Kragen mit einer in Eile zusammengebundenen Schleife vor.

»Hol ihn der Teufel, ich kann es nicht glauben! In der Tat, da steht Carl Maria von Weber, der Antisemit, der durch Verwechslungen einer mit Salpetersäure gefüllten Weinflasche die schöne Stimme verlor!« flüstert Mozart verdutzt.

Weber melancholisch, aber auch enthusiastisch, spricht pathetisch: >Ein Beethoven konkurriert mit der Sonne, er erleuchtet die Welt mit diesem Werk. Es gibt keine großartigere Hymne für die Liebe an die Menschheit, an die unsterbliche Hoffnung und an die höchsten Ideale des Seins, als die Neunte Sinfonie dieses großen Mannes. Sie ist die göttlichste aller Symphonien und befreiender als alle bisher mir bekannten Hymnen!<

»Habe ich richtig gehört? Befreist Du mich von meiner Zwangsjacke, Carl Maria von Weber!? Bin ich rehabilitiert?« Beethovens Erinnerung ist die maßlos ablehnende Haltung von Carl Maria von Weber auf seine früheren Werke wie Nr.4: >Er ist nun verrückt, Anstaltsreif!< Hol' Sie der Teufel, ich mag nichts mehr von Ihrer ganzen Moral wissen! Ich halte es keineswegs für berechtigt mich durch Ihr infames Urteil ins Irrenhaus schicken zu wünschen, Carl Maria von Weber! Wie kommen Sie mit Ihrem Gewissen zu Recht, wenn Sie so leicht über andere urteilen. Haben Sie ...«

>Aber bedenken Sie doch<, unterbricht ihn Carl Maria von Weber, >ich habe mich geirrt. Ich habe ein überaus empfindliches Nervenkostüm geerbt, das zeigt meine Empfänglichkeit für Reue und Schmerz über das, was ich verleumdet habe. Als ich zum ersten Mal die Vierte hörte, sprühten alle Neuronen in meinem Hirn. Sie

brannten und feuerten und versetzten mein Gemüt in Unruhe und Panik …<

»Aber bedenken Sie nun lieber von Weber, eine derartige neurale Überempfindlichkeit konnte durchaus von guten Nervenärzten behandelt werden. Und Sie wären befreit!«

>Befreit von was?<

»Von Missgunst, Verleumdungswahn und Paranoia, mein lieber von Weber! Sie und Richard Wagner waren noch nicht reif für das Verständnis meiner Musik. Wann wollten Sie soweit sein? Post Mortem, in der Gruft als Gerüst ohne Geist? Die Zeit war reif, da die Menschen die Erkenntnis nicht mehr fürchteten, Unterdrückung und Gewalt nicht mehr als >Schicksal< hinnahmen, den Mut fanden, die Fesseln der Tyrannei zu sprengen.«

Karl Maria von Weber fällt keine Entgegnung ein. Seine Strategie sich zu rechtfertigen liegt in Trümmern. Er richtet sich auf und begibt sich auf den Weg dorthin, von wo er gekommen war. Aber er hört noch was Mozart spricht: »Solle sich der Künstler vom schrillen Lärm der Kunstkritik beirren lassen? Woher nehmen diejenigen, die selbst nichts schaffen können, das Recht, den Wert schöpferischer Arbeit beurteilen zu können? Was wissen sie schon davon? Wenn ein Werk das Herz ergreift und Emotionen erweckt, braucht man keine Befürworter wie Ihr verwirrten Geister.«

>Es gab aber auch Mendelson, der erste Dirigent, der volle Rechenschaft über die Bedeutung der Neunten ablegte. Sei beruhigt van Beethoven, kein Komponist wird von der Menschheit so geliebt wie Du!< Ruft einer jenseits vom Fluss.

Beethoven spitzt die Ohren. »Habe ich richtig gehört? Oh mein lieber Maestro! O mein treuer Musik- und Menschenfreund!«

Mozart blickt Beethoven verwundert an. »Mit wem sprichst Du?«

Beethoven lacht. »Mit Otto Nicolai.«

>Beruhigen Sie sich, es ist alles in bester Ordnung, Wolfgang Amadeus Mozart. Beethoven hat mich sofort erkannt, meine Stimme ist mein Glück… Nun, Ludwig van Beethoven, Du sprichst von der Erkenntnis, wohin wird sie die Menschen führen? Gelänge es die Bedeutung des Friedens aufzudecken, was geschähe dann? Wür-

den Sie friedlich miteinander leben? Vielleicht, vielleicht nicht! Vielleicht muss die Bedeutung des Friedens anders komponiert werden, bis Mensch sein nichts anderes bedeutet als friedlich, denn Frieden lässt noch auf sich warten! Aber Eure Musik ist schon zur Hymne dessen geworden, wovon sie träumen: Frieden.< Ohne auf eine Antwort zu warten, fährt Nicolai fort. >Euer Geist ist das Auge der Seele der Menschheit, nicht die Kraft; ihre Kraft ist das Herz voller Leidenschaften für Eure Musik. Ohne Seelengröße ist kein wahrer Mut möglich. Mut gegen das Unrecht, Mut gegen Tyrannei, Mut in Unternehmungen; das ist die Kühnheit, die die Menschen gegen Lethargie stärkt, um sich standhaft gegen Ungerechtigkeit und Willkür zu widersetzen. Na, versteht Ihr wovon ich rede? Van Beethoven sei beglückt, 15 Jahre nach Deinem Scheiden aus dem mutigen Leben, eröffnen wir – die Wiener Philharmoniker – eine neue Ära in der Musikgeschichte mit Deiner Neunten Symphonie. Ein Orchester mit sage und schreibe 450 Musikern und 750 Chorsängern gab sich die Ehre der Menschheit die Friedensbotschaft Ludwig van Beethovens zu überbringen.<

»Wohltun, wo man kann! – Freiheit über alles lieben! – Wahrheit nie, auch am Throne nicht verleugnen! Denken Sie auch ferner Ihres Sie verehrenden Freundes.«

>Und sie denken und verehren Ludwig van Beethoven<, sagt Nicolai. >1845 wurdest Du von unserem großen Kollegen Spohr mit einer großartigen Aufführung der Neunten bei der Einweihung des Beethovendenkmals in Deiner Heimatstadt Bonn gewürdigt.< Beethovens bohrender Blick lässt nicht von Nicolai ab, während dieser spricht. Otto Nicolai kennt das schon von früher, im Leben. Beethovens Konzentrationsstarre zeigt an, dass er nicht nur alles im Detail in sich aufnimmt und bedenkt, nein, das Gesagte geht durch seine Seele.

»Otto Nicolai, was hälst Du von Wagner?«

>Auch ein Rassist, herrisches Naturell und Antisemit namens Richard Wagner bewunderte die Neunte. So ist halt die Kunst und so ändern sich die Künstler, wie sich auch die Zeiten ändern. Dieser Musiker war einer der wenigen, der mit seiner Musik die Ouvertüre

zum Verbrechen des Dritten Reichs komponierte. Richard Wagner schrieb nicht nur Musik, sondern auch antisemitische Tiraden. Für viele Juden sind seine Opern der Soundtrack der Nazizeit. Rassismus und Antisemitismus und das neue Wort >Herrenrasse< prägten die >Philosophie< der Wagnerschen Zeit. Viele Musiker, Künstler, Maler und Dichter wurden verbannt. Aus dem Mutterland der Dichter, Denker und Künstler – Deutschland und Österreich, aus dem der Tyrann und Verbrecher Adolf Hitler stammte, und sein Reich mit der Vereinigung beider Länder gründete, wurde ein Vesuv, der die Welt in Brand und Asche versetzte. Dort wurden nicht nur die Pazifisten Beethoven und Mozart heimatlos.<

Mozart fröstelt, schüttelt den Kopf, seufzt… »Warum um alles in der Welt tun solch schizoide Charaktere der Menschheit dieses Unheil an?«

Beethovens Miene wechselt schlagartig. Er reißt die Augen auf. So weit, dass Nicolai viel vom Weiß der traurigen Augen sieht. »Guter Vergleich: Vesuv, der Killervulkan«, sagt er. »*Der Mensch ist frei geboren, und überall liegt er in Ketten. Einer hält sich für den Herrn der anderen und bleibt doch mehr Sklave als sie. Wie ist dieser Wandel zustande gekommen? Ich weiß es nicht,* dies stellt Jean-Jacque Rousseau gleich zu Beginn seines *Gesellschaftsvertrags* fest.«

Otto Nicolai ist nicht ganz so pessimistisch. >Es regnet und regnet immer noch auf der Erde im Alltagsleben der Menschen. *Locke, Hume und Kant, Hegel, Marx, Spencer, Spengler und Freud, sie alle waren unbestritten große Denker, aber irgendwie hinterließ ihr philosophisches Forschen eine Leere in der Welt, und die Masse der Menschen blieb durch sie unberührt,* so schrieb einst Wilhelm Reich, der Protagonist der Menschenwürde und Neinsager zur elitären Herrenrasse.<

Beethoven reagiert sehr betroffen. »Bei Gott, ich bin kein Pessimist, aber was in der Neuen Welt passiert, ist erschreckend.«

Otto Nicolai holt bei Wilhelm Reich nach. >Es ist möglich, dass der Mensch den Reifeprozess noch nicht hinter sich hat. *Nach der vernichtenden Erfahrung, die die Menschheit bei ihrem jüngsten Versuch in Russland gemacht hat, ihr Schicksal in die Hand zu nehmen, ist die*

Verführung groß, sich den Standpunkt der Katholiken zu Eigen zu machen. Allzu drastisch waren die Katastrophen, in die solche Bemühungen gemündet sind. Wohin wir auch blicken, sehen wir Menschen, die im Kreis herumtappen, als säßen sie in der Falle und suchten verzweifelt, aber vergebens nach dem Ausgang.<

Beethoven weiß, dass Nicolai von dem, was er spricht selbst sehr erschüttert ist, doch er will nur mit seinem Bericht fortfahren. Er sucht keine Hilfe, keine Lösung, die größere Frage aber ist: Wer hilft den Menschen dort auf dem heißen Pflaster der Erde? Von wem erwartet nun der Mensch Befreiung, Trost und Glück? Die Machthaber werden den Menschen noch mehr Unglück aufbürden. Sie stoßen von einem Unglück ins größere. Wo führt das hin? Wie stößt man das große Unheil von seinem Sockel? Wie verleiht man den Menschen wieder Würde? Und wie befreit sich der Mensch selbst aus der verhängnisvollen Falle?

Beethoven plötzlich schlau. »Und überhaupt, wissen die Menschen über ihre verhängnisvolle Misere Bescheid? Wer sich aus seinem Gefangensein befreien will, muss zuerst verstehen, dass er eingesperrt ist. Diese Falle, von der Nicolai spricht, hat ihre emotionale Struktur im menschlichen Charakter. Diese und andere Fälle samt ihren Zwängen sind nur an einer einzigen Stelle von Interesse: Wo geht es aus der Falle hinaus, um mit der Dialektik von Wilhelm Reich zu sprechen.«

Nicolai befindet sich in einer Sackgasse. Wo findet er einen Ausweg. >Beethoven und Mozart haben mit der Musik versucht ermutigend die leidgeprüften Menschen aus ihrer Falle zu locken. Das war ein guter Versuch. War es nicht aufrührerisch genug? Vielleicht, ich weiß es nicht. Ich weiß auch nicht, wie solche Typen, wie Richard Wagner die Kunst für Verbrechen an der Menschlichkeit instrumentalisieren!<

Beethoven nickt. »Wir gaben uns der Liebe hin, weil sie uns fühlen lässt, was wir nicht begreifen können.«

>Aber lasst Euch doch nicht aus der Fassung bringen<, sagt Nicolai moderat. >Eure Musik ist und bleibt befreind aus geistiger Gefangenschaft. Fidelio, Prometheus-Szenar, Egmont, Egmont und

nochmals, Idomeneo, die Entführung, Figaro, die Zauberflöte, Don Giovanni, fan tutte und La Clemenza die Tito… Alle diese Werke haben die Menschen ermutigt und emotional gestärkt. Die Neunte, von Beethoven, ist zur Hymne der kosmopolitischen und interreligiösen Welt geworden, und das Dritte Reich samt Nazis und Wagner ist verschwunden. Die Deutschen und nicht nur sie, auch die Österreicher sind, wie sie sich nun nennen >Demokraten< und alle wollen angeblich nur Frieden. Dies ist, hoffe ich, keine Utopie.< Otto Nicolai mit einer skeptischen Geste. >Nun warten die Menschen ab, wann es wieder donnert und Menschblut vergossen wird! Ich traue dem Frieden nicht!< Nicolai blickt in die Ferne. Plötzlich wird er laut: >Sie rüsten wieder auf, aber diesmal sind die Waffen viel präziser und zerstörerischer, sie nennen sie Atombombe, Wasserstoff- oder Neutronenbombe, die letztere zerstört nur >das Leben<, Städte und Mauern bleiben unversehrt! Unverschämt und pervers finde ich diesen Hochmut, der immer wieder hervorblitzt. Nein, der >moderne< Mensch ist noch nicht reif! Aber der Mythos Mensch existiert. Nun habe ich Euch Philanthropen genug aufgehalten, Ihr wollt doch weg aus Weimar, aber wohin?<

Mozart und Beethoven schauen sich gegenseitig mit einer Geste der Unentschlossenheit an. »Mal sehen.«

>Dann macht's gut und vergesst mich nicht, der Euch liebt, der Euch verehrt. Ich bin schon weg!< Otto Nicolai tritt ab.

Es ist wieder still im Park.

»Ich habe niemanden erlebt, der sich so selbstlos in seinen Erinnerungen verlieren kann, wie Otto Nicolai!«

Beethoven lacht. »Wir erleben, lieber Amade, nicht mehr, wir revidieren nur!«

>Fast hätte ich vergessen<, ruft Nicolai, >in Eurem Namen werden mit innovativen Ideen Geschäfte gemacht. Aus ehemaligen Schurken sind ehrenwerte Geschäftsleute geworden. Es gibt von Beethoven und Mozart Schallplatten, CDs, Videos, Filme und Theaterproduktionen, Kuchen, Likör, Schokoladen, sogar Mozart-Kugeln und viel anderen Schnickschnack…<

»Kugeln?« schreit Mozart aufgebracht.

>Ja, aus Marzipan! Ach macht Euch nicht viel daraus, auch das vergeht! Was aber bleibt, seid Ihr, meine Lieben, für immer und ewig. Adieu Mozart, adieu Beethoven. Ihr seid nun beide Österreicher!<

»Und Hitler?« fragt Beethoven.

>Er war Deutscher!<

Von Weitem hört man Nicolai vergnügt lachen. Sie lachen mit.

»Hast Du das gehört, Ludwig?«

»Ja, die Jenseitsstimmen höre ich gut. Aber was wir hören, ist weniger gut.«

Ein Lächeln huscht über Mozarts Gesicht, ein bitteres Lächeln. »Warum lernen die Menschen nichts aus den Verbrechen und dem Unheil ihrer Geschichte?«

»Wir haben Wort für Wort von der Apokalypse der >modernen< neuen Welt gehört und vieles war nicht gerade ermutigend.«

»Alles was Otto Nicolai sagte, klang unglaublich und erschütternd, ein Teil meiner Seele sog seine Worte auf und findet sie mahnend. Ein anderer Teil meiner Seele trauert und nimmt zur Kenntnis, dass der Mensch immer noch unfähig ist Frieden zu schaffen.«

»Ist es so, dass alles, was wir tun, aus Unwissenheit vor den Folgen getan wird, Ludwig? Ist es deswegen, dass wir Dinge tun, die wir am Ende des Lebens bereuen werden?«

»Bereuen und vielleicht auch bedauern. Aber aus der Geschichte lernen, dafür finden wir keine Zeit!«

»Der Mensch ist verwirrt, Ludwig, wägt man das verwirrte Gegenwartsmoment ab vor dem Hintergrund eines langen Lebens, der Geschichte der Menschheit, der Evolution des Bewusstseins, dann gewinnt diese Verwirrung seine überragende Bedeutung.«

»Daran ist wohl nichts zu ändern, Amade. Seit der Kernspaltung sind die Menschen unberechenbarer und gerissener, als wir uns je vorstellen konnten. Am Anfang haben die Menschen sich einen Gott geschaffen, der Ihnen überlegen war. Jetzt haben sie ihn abgeschafft und schaffen ihr Ebenbild selbst durch klonen. Sie kopieren je nach Bedarf alles, warum nicht sich selbst?«

Beethoven wie beschwingt durch einen Sturm, schreit in die Stille: »Legt der Mensch Hand an seine eigene göttliche Herkunft?«

Mozart ist bemüht Beethoven zu beruhigen. »Mein lieber Ludwig hör mal zu, was der moderne Franzose Eric Rohmer über unsere Musik fantasiert: *>In meiner Reflexion über die großen Werke der Darstellungskunst habe ich jene Methode anzuwenden versucht, die ich als Erfindung der >Formen< nenne. Dies wird von meiner Sicht bei Mozart und Beethoven, genauso sein. Ich möchte bei ihnen den Prozess der Schaffung absolut eigentümlicher Formen einkreisen – Formen, die – wie man sehen wird – gegebenenfalls auch >Farben< sein können... Ich will versuchen, den Leser gleich vor die reine Schönheit der Formen in ihrer wesentlichen Einmaligkeit zu stellen und dabei dem Begriff der Form all das zu belassen, was er seiner Etymologie schuldet: forma ist Schönheit<*. Siehst Du, Ludwig, der moderne Mensch kann auch eine romantische Sensibilität besitzen, die selbst uns überrascht. *>Wie Mozarts Musik gegen Ende seines Lebens, so nimmt auch die Beethovens einen immer deutscheren Charakter an... ..., dass das Deutschland, welches Beethoven zum Träumen veranlasste, noch nicht jenes ist, das Wagner zu seinen pangermanischen Delirien verleitete. Dieses Deutschland (und Österreich) war besonnen und friedfertig, ...<* Die Menschen können wohl sehr gut unterscheiden zwischen Gut und Böse, Recht und Unrecht, human und inhuman. Gepriesen sei der Spiritus rector, der belebende Geist der Kosmopoliten.«

>Was hättet Ihr getan, hättet Ihr das Millennium überlebt?< Hallt die monotone Stimme des Gewissens.

Beethoven blickt überrascht um sich. »Wir haben die Welt und die Menschen nicht geschaffen!« ruft er. »Ich wünschte, wir hätten es getan, dann würden wir alle Schuld auf uns nehmen müssen, dass der Mensch sich so entpuppt hat.«

»Aber was die Musik betrifft, haben wir, wie ich hoffe, keine Missetat hinterlassen, Ludwig.«

>Was wäre gewesen, wenn Beethoven und Mozart überhaupt nicht gelebt hätten? Oder es hätte sie nie gegeben?< ertönt wieder die Gewissensfrage. >Hätten wir, ohne Möglichkeit eines Ver-

gleichs, Mozart und Beethoven die göttliche Genialität zuschreiben können?<

»Gewiss wäre die Entwicklung der Musik von Bach, Haydn und mir bis zu Beethoven anders verlaufen. Ebenso hätte sich die Welt anders entwickelt, wenn Darius und Alexander sich geeinigt hätten, die Welt nicht durch Krieg, sondern mit Frieden zu reformieren. Nun das, was Beethoven mit der Neunten hervor gebracht hat, beantwortet doch alles. Jenseits aller musikalischen Gesetze hat er einen Sprung ins Jahr 2000 und darüber hinaus gewagt. Einigen Komponisten war seine moderne Art Symphonien zu komponieren nicht unbedingt willkommen. Schade nur, dass ich schon längst unter der Erde lag, sonst hätte ich mich an die Seite der Masse der Modernen gestellt, um Beethoven zu feiern. Die Menschen im Millenniumrausch feiern ihn und seine Musik als göttliche Hymne. Sie hören seine Musik als Hymne der Befreiung von ihren Obsessionen. Mit der Erlösung von den Geiseln, und Erfüllung der Sehnsüchte, erheben sie sich, gestärkt durch die Kraft des Selbstvertrauens gegen Unrecht und Tyrannei. Was Beethoven mit der Neunten geschaffen hat, ist der Aufbruch zu einem neuen Zeitalter, in dem Frieden, Freiheit und Gleichheit herrschen wird. Noch Fragen?« Mozart streckt den Hals und lacht.

>Welche Fragen?< Die Stimme des Gewissens schweigt.

»Unter uns, Ludwig, das Schicksal wollte solange wir gelebt haben, dass wir nicht zueinander finden. Das ist traurig genug. Daher will ich dies nicht mehr dem Schicksal überlassen, ich verbleibe in diesem unseren jenseits Leben für immer und ewig auf Deiner Seite Ludwig, hast Du gehört?«

Beethoven gerührt, umarmt ihn. »Ich muss an Schillers >Don Carlos< denken, Amade! >*Ich bin nicht schlimm. – Heißes Blut ist meine Bosheit – mein Verbrechen Jugend. – Schlimm bin ich nicht, schlimm wahrlich nicht – wenn auch oft wilde Wandlungen mein Herz verklagen – mein Herz ist gut.*< Ich gehe immer meiner inneren Stimme nach und keiner bringt mich davon ab. Ich folge Dir mit ganzem Herzen bis ans Ende meines Seins.«

»Wohin nun Ludwig? Du hast die Wahl: Leipzig, Prag oder Sankt Petersburg.«

»Zauberer bist Du, Amade! Aber bevor Du uns nach Prag versetzt, würde ich gern noch etwas über >Eroica< erzählen, damit Du erfährst, die Verehrung für Bonaparte war nicht ohne Grund. Er war ein gebildeter Mann bürgerlicher Herkunft und ein Idealist mit freiem Geist, mit Herz und Verstand für Freiheit und Brüderlichkeit.«

»Also ein Revolutionär?«

»Ja, Amade, so konnte man ihn auch nennen. Vielen großen Zeitgenossen, unter ihnen Goethe, Schiller und Wieland erschien Napoleon auch als Befreier, der die Ideale der Französischen Revolution durchsetzen würde.«

»Habe ich richtig gehört, Goethe auch?!«

»Ja. Im Grunde genommen ja. Lieber Amade, ich bin ein Gegner des Absolutismus. Ein bisschen Freiheit gibt es nicht. Was sollte ich tun, als diese frische Brise aus der Ferne nur willkommen heißen. Von allen schönen Künsten hat die Musik den meisten Einfluss auf die Emotionen und Leidenschaften, und sie sollte einen Friedensstifter auf jeden Fall unterstützen.«

»Also geistig-moralisch dem wahren Revolutionär huldigen.«

»Amade, Du sprichst wie immer mit Herz und Verstand.«

»Eine heroisch musikalische Solidaritätserklärung und Huldigung der guten Taten, von Meisterhand geschaffen, berührt unfehlbar das Gemüt und hat viel mehr Wirkung, als viele philosophischpoetische Erklärungen, die auf die Vernunft, aber nicht auf Emotionen Einfluss nehmen.«

»In der Tat, Amade, nach meinem Empfinden, war Bonaparte ein Auserwählter mit dem tiefen Sinn für Humanismus.«

»Aber ja, Ludwig, ich kann Dein Empfinden nachfühlen und Dein Engagement würdigen. Hast Du ihn persönlich kennen gelernt?«

»Nein, aber unser Geheimrat Goethe hat bei ihm eine Audienz ergattert...«

»Wo?«

»In Erfurt.«

»Wie hast Du das erfahren?«

»Eines Tages begegnete ich Charles Maurice de Tajéran, Talleyrand Herzog von T.-Périgard, Fürst von Benevent ...«

Mozart schmunzelt. »Mein Gott, solche Namen könnte ich mir nie merken, hingegen Napoleon Bonaparte.«

»Fürst von Benevent wurde am 2.2.1754 in Paris geboren, war von Jugend an verkrüppelt und widmete sich dem geistlichen Stand. Er war Bischof von Autum; 1791 wurde er wegen seiner revolutionsfreundlichen Haltung vom Papst gebannt.«

Mozart, hat kaum Papst gehört, weiß schon was kommt. »Ach, diese Päpste, die können es nicht lassen. Sie wollen jeden freien Geist im Keim ersticken.«

»Möglichst schon im Mutterleib!« ergänzt Beethoven. »Von 1797 bis 1807 war Talleyrand Außenminister unter Barras und Napoleon. Er hatte entschiedenen Anteil an den Friedensschlüssen von Lunéville, Amiens und Pressburg. Jedenfalls erzählte er mir von der Audienz unseres Geheimrats bei Napoleon: >Herr Goethe, ich bin erfreut, Sie zu sehen,< begrüßte Napoleon den Dichter.

>Sire, ich sehe, dass wenn Eure Majestät reisen, Sie nicht versäumen, Ihre Blicke selbst auf kleinste Dinge zu richten.<

>Ich weiß, Sie sind der erste dramatische Dichter Deutschlands.<

>Sire, Sie beleidigen unser Land; wir glauben unsere großen Männer zu haben: Schiller, Lessing und Wieland müssen Eurer Majestät bekannt sein.<

>Ich gestehe, dass ich sie noch nicht kenne. Ich habe jedoch den `Dreißigjährigen Krieg´ gelesen. Dieses Werk, verzeihen Sie, schien mir nur dramatische Sujets für unsere Boulevards zu liefern.<

>Sire, ich kenne Ihre Boulevards nicht, aber ich vermute, dass sich dort Szenen für das Volk abspielen. Es schmerzt mich, Sie, eines der herrlichen Genies der Neuzeit, so streng beurteilen zu hören< ... erwiderte Goethe sehr diplomatisch.«

»Hat Napoleon auch Schiller oder Wieland eine Audienz erteilt?«

»Amade, diese war auch meine erste Frage an Talleyrand. Er erinnerte sich in der Tat an eine Zusammenkunft von Wieland mit Bonaparte in Erfurt 1808. Schiller war leider schon verstorben, und

Napoleon bedauerte es sehr. Er nahm sich Zeit für ein Gespräch mit Wieland. >Sagen Sie, Herr Wieland, warum sind Ihr `Diogenes´, Ihr `Agathon´ und Ihr `Peregernus´ so doppelsinnig geschrieben? Sie versetzen den Roman in die Geschichte und die Geschichte in den Roman. Bei einem so hoch stehenden Mann, wie Sie es sind, müssen die Gattungen vollkommen geschieden sein. Jede Vermischung führt leicht zu Verwirrungen. Deswegen lieben wir auch in Frankreich so wenig das Drama. Aber ich fürchte, mich hierin zu weit zu wagen, denn ich habe es mit einer starken Partei zu tun, umso mehr, als sich meine Worte ebenso an Herrn Goethe als an Sie richte<.«

»War er wirklich über Wielands Arbeiten informiert, oder war es nur fürstliches Gehabe von Bildung und Wissen?«

»Nein, Amade, kein Gehabe. Napoleon war ein sehr belesener und kultivierter Mann. Überheblich wurde er später. Man kann sagen: seinen perspektivischen Gedanken nach, war er ein Befreier, aber seine Handlungen gerieten aus dem Gleis seiner humanistischen Visionen. Er war übergeschnappt. Wieland erwiderte: >Sire, Eure Majestät mögen uns gestatten, zu bemerken, dass es im französischen Theater sehr wenig Tragödien gibt, in denen Geschichte und Romantik nicht vermengt sind. Übrigens bin ich da auf dem Gebiet des Herrn Goethe; er wird selbst darauf antworten und sicher gut. Ich hingegen wollte den Menschen ein paar nützliche Lehren geben, dazu bedurfte ich der Macht der Geschichte. Ich wollte, dass die von mir entliehenen Beispiele leicht und angenehm nachzuahmen wären, und deshalb musste ich das Ideale mit Romanhaftem vereinigen. Die Gedanken der Menschen sind mehr wert als ihre Handlungen, und die guten Romane taugen mehr als die Menschen. Vergleichen Sie, Sire, das `Zeitalter Ludwig XIV´ mit dem `Telemach´, in dem sich die besten Lehren für Fürsten und Völker befinden. Mein `Diogenes´ ist rein auf dem Grund seines Fasses.<«

»Meinen Respekt, Wieland! Du wolltest dem sich zum Kaiser der Franzosen ernannten Napoleon einen Denkzettel geben. Das nenne ich Courage, empfand ich mit Genugtuung.«

»Genauso empfinde ich jetzt auch, Ludwig. Mit anderen Worten, aus der Geschichte erfährt man mehr! Pass auf Bonaparte!« ruft Mozart, dann flüstert er gleich vor sich hin: »Ich weiß aber nicht, wie ich über Napoleons Absichten denken soll.«

»Denke nicht, Amade! Fegen muss man bei Napoleon!«

»Ziele und Absichten eines Erneuerers entspringen der Kultur und dem Geist seines Individuums, Amade. Mit der Luft atmet man sie ein. Alle, die ich schätzte, an deren Spitze Schiller, Goethe, Wieland ... und vor allem Mozart. Sie alle atmeten die gleichen Ideale ein. Sie alle wollten die Befreiung des Menschen aus der Tyrannei der Königs- und Kaiserhäuser.«

Mozart ist sich der Ehre bewusst, in die Reihe der großen Zeitgenossen avanciert zu werden. »Und wie reagierte Kaiser Napoleon auf Wielands Erläuterungen?«

Beethoven mit einem Lächeln. »Der Kaiser sagte: >Aber wissen Sie auch, was denen geschieht, die immer nur die Tugend in der Dichtung zeigen? Man glaubt Ihnen schließlich nur noch, dass die Tugend nichts als ein Hirngespinst sei. Die Geschichte ist sehr oft von den Historikern selbst verleumdet worden<.«

»Wie bist Du auf die Idee gekommen, ihm so ein bedeutendes Werk >Symphonica Eroica< zu widmen?«

»Das Jahr 1802/1803, also drei beziehungsweise vier Jahre nach Deinem Tod, zeichnete sich bei mir eine tiefe Krise ab. Im Oktober 1803 schrieb ich, von beginnender Ertaubung heimgesucht, mein `Heiligenstädter Testament´. Czerny, vertraute ich einmal an: ich bin mit meinen bisherigen Arbeiten nicht zufrieden. >Dann streng Dich an, erwiderte er, Du bist für viel größere Werke auserwählt, streng Dich an, Du kannst viel mehr. Nur nicht lethargisch werden, schon gar nicht verzweifeln, das passt nicht zur Dir. Frage nicht dauernd warum? Warum gerade ich? Mit ernstem Blick zum Himmel sagte Cerny noch: Er hat sich was dabei gedacht! Du bist ein Geschenk des Himmels<.«

Beethoven starrt voller Emotionen auf den ruhig fließenden Fluss. Mozart gerührt, lässt ihm Zeit zum Nachdenken. Er hofft, Beethoven wird sich und seine Gedanken wieder fangen.

Beethoven sagt unvermittelt: »Von diesem Moment an habe ich einen neuen Weg eingeschlagen und meine Position im Hinblick auf Leben und Arbeit hinreichend erklärt. In meinen Visionen gewannen immer mehr Allegorien von der Wirkung des Tanzes auf den Menschen eine besondere Rolle. Ich hatte meine Depression überwunden. Nun wollte ich antidepressiv wirken und arbeiten, die Menschen und ihre Gemüter entfesseln. Das Sujet >Die Geschöpfe des Prometheus< kam mir sehr gelegen. Das Prometheus-Szenar endet zum Beispiel unter festlichen Tänzen, die den im Verlauf des Bühnengeschehens erdachten Titanen Prometheus wieder zum Leben erwecken. Seid froh und glücklich wollte ich am Ende jedem Schicksalsschlag verkünden, auch am Ende des Titan Prometheus, des Menschheitsretters. Bonaparte schien mir der neue Held und Retter, vergleichbar mit Prometheus, dem Helden der antiken Mythologie. Ich war in meiner Haltung nicht allein. In ganz Europa hegten viele Intellektuelle Sympathien für den Befreier. Ich muss zugeben, meine Vorliebe für historische Vorbilder inspirierte mich als Romantiker. Auf meinem Arbeitstisch stand eine Miniaturbüste des Lucius Junius Brutus, des sagenhaften Konsuls, in welchem viele Republikaner des Sturm und Drangs, und auch ich, ihr politisches Leitbild sahen. Das Opus 35 Es-Dur mit Fuge 17 besteht aus Eroica-Variationen, die auf einen Contretanz zurück zu führen ist, den ich im Finalsatz des Balletts `Die Geschöpfe des Prometheus´ Op. 43 1800-1801 verwendete ...«

»Der hingerissene, befreiende >Reigen< des Scherzos bildet den weiträumigen Auftakt zum gewaltigen Variationen-Finale, in dem Du aus dem tänzerischen Impuls des Contretanz-Themas eine neue Welt aufbaust, aus der die düsteren Töne endgültig verbannt sind. Also, man kann das Eroica-Finale einen prometheisch, idealisierten Tanzsatz nennen.«

»Aber ja! Doch! Der Aufbruch in die neuen Gefilde monumentalisiert, erhabener Empfindungen manifestieren sich in allen vier Sätzen der Dritten Symphonie Es-Dur Op. 55. Ursprünglich lautete der Titel: `Sinfonica Eroica ... Composta per festeggiare il souvenire di un grand uomo ... Also komponiert zur Feier des Andenken an einen großen Menschen. In der Tat hatte ich die Absicht, die Symphonie, deren Komposition im Jahr 1803 fertig gestellt war, mit dem Namen `Bonaparte´ zu versehen. Im Mai 1804 hat er sich, Napoleon, mein Idol, zum Kaiser krönen lassen!«

»Erst alle Königshäupter entkronen, dann sich selbst Kaiser und Herrscher Europas nennen, das ist ein starkes Stück!«

»Ich glaubte an ihn und träumte von der Vereinigung aller Menschen und ersehnten Frieden in der Welt. Nun man kann sich, wie so oft im Leben, irren.«

»Ich kann Deine Enttäuschung nachempfinden, aber wenn er Dich zu diesem großartigen Werk inspiriert hat, dann hat er ungewollt entscheidenden Einfluss auf Deine schöpferische Arbeit gehabt.«

»Vielleicht, vielleicht. Aber blicken wir tiefer, und wir werden sehen, dass die Lust, auch die Begierde nach Herrschaft ist, worauf die >Revolutionäre< hinarbeiten. Der >Befreier< ist nicht einer, welcher >befreit<, im Gegenteil, er strebt nach Alleinherrschaft, Alleinbesitz der Macht. Er hat sich die Welt als eigenes kostbares Gut vorgeschwärmt. Er ist ein selbstsüchtiger Drache seines Wahns! Er liebt nicht die Menschen – nein, vielmehr sind ihm alle anderen Menschen nichts …«

Beethoven schreit plötzlich wie ein alleingelassenes Kind. »Warum diese unsägliche Enttäuschung?« Nach einer Weile, dann mit einer sanften Geste: »In der >Eroica< wuchs der von einem heroischen Willen beseelte Impuls für die Zeitgeschehnisse. Signale für Freiheit, Gleichheit und Brüderlichkeit waren revolutionäre Inspiration für leidgeprüfte Menschen. Ich bin mir sicher, Du hättest genauso gehandelt mein lieber Amade.«

Mozart ist gerührt. Man hört nun den befreienden >Reigen< des Scherzo, der den weiträumigen Auftakt zum gewaltigen Variationen-Finale bildet, in dem Du aus tänzerischem Impuls des Contretanz-Thema eine neue Welt aufzubauen versuchst, aus der die düsteren Töne endgültig verbannt sind.

»Das ist phänomenal, Ludwig.«

»Du belohnst mich mit Deiner sachlichen Anerkennung mehr als alle Imperatoren«, sagt Beethoven mit einer dankbaren Geste.

Beethoven schweigt und denkt, denkt und schweigt, dann: »Das Leben heißt doch ertragen: Erfolg und Misserfolg, geteilte Begeisterung; geteilte Enttäuschungen; geteiltes Leid; geteilte Freude; gemeinsame Trauer... Das Licht der Befreiung darf nicht wieder im Dunst und Nebel der Macht des Tyrannen verschwinden. Diese Idee wurde für mich zur Fackel meiner politischen Weltanschauung und Leuchtturm meiner Hoffnung.« Er wird wieder schwermütig. »Ist das der Tribut, den ich zahlen musste, dass ich selbst alles nicht mehr hören konnte?« Ein Schluchzen schüttelt ihn plötzlich. Er knickt neben Mozart zusammen.

Mozart umarmt ihn. »Mein lieber Ludwig, in unserer Welt gab es ganz einfache und für jedermann deutlich sichtbare Dinge, zu deren Verständnis kein Genie vonnöten ist, höchstens etwas gesunder Menschenverstand und Urteilsvermögen. Zu diesen Dingen gehören die Geschicke des Lebens, was Du Schicksal nennst. Dazu gehören maßlose Verteilung von Gut und Böse, Genialität und Leid, Macht und Ohnmacht. >Christus musste angeblich auf Golgatha am Kreuz sterben, aber nicht weil er eine Gefahr für das Römische Reich war. Andere haben das Römische Reich in Gefahr gebracht und dennoch überlebt. Christus musste sterben, aber nicht weil er den Priesterstand durch seine schroffen Worte der Kritik gegen sich aufgebracht hatte. Andere hatten den Hohen Rat kritisiert, andere hatten die Scheinheiligkeit der mechanistischen talmudischen Juden angeprangert und blieben dennoch am Leben. Christus starb nicht als Geächteter, weil er behauptete, der König der Juden zu sein. Er dachte nicht im Traum daran, der König der Juden zu sein. Er hätte ein solches Ansinnen selbst dann weit von sich gewiesen, wenn es vom römischen Kaiser selbst an ihn herangetragen worden wäre. Christus hätte gar nicht gewusst, wie man es anstellt `König der Juden´ zu sein. Können wir uns Christus vorstellen, wie er mit gezogenem Schwert auf dem Rücken eines feurigen weißen Hengstes an der Spitze einer Truppe berittener Makkabäer daher galoppiert kommt und, in die frühe Morgensonne blinzelnd, brüllt: >Hei

Hopp! Hopp hei! Zum Angriff, voraus!< Das ist absolut unvorstellbar. Wir könnten uns Cäsar, Napoleon und viele Ihresgleichen in solchen Situationen gut vorstellen, auf keinen Fall aber Jesus. Er passt einfach nicht in das Bild unserer Vorstellungen. Christus blieb nichts anderes übrig, als den grausamen Märtyrertod zu sterben. Das soll der Sinn seines Lebens sein, leiden und sterben für eine Idee und nicht für die Menschheit! Im sechzehnten Jahrhundert war ein anderer unter Millionen dran >Auserwählt< zu sein, um für das Leid der Menschheit Buße zur tragen. Giordano Bruno hatte den Weg entdeckt, der zur Erkenntnis Gottes führt, und darum musste er sterben. Und in der Tat starb er einen Tod, der neun lange Jahre währte, von 1591 bis 1600, als er im Namen der Liebe unseres Schöpfers am frühen Morgen des 16. Februar von den Anhängern desselben Christus unter Gebeten zum Scheiterhaufen geführt und der nackte, lebendige Leib den Flammen übergeben wurde. Also denken wir nicht nur an Nero, Caligula, Dschingis Khan und Hitler – ein Monster unter den größten Verbrechern aller Zeiten. Die katholische Kirche hat sich grausamere Strategien von Imperialherren angeeignet, um über Millionen gläubiger Seelen ihre Macht auszuüben. Du siehst, mein lieber Ludwig, nicht Gott, sondern die Menschen sind grausam. Nun, wen sollte der Herrgott wieder auserwählen, Jesus, Giordano Bruno und Millionen mit ihm waren geopfert. Sollte er einen Tyrannen, einen Kaiser oder König auserwählen, der für die Menschheit seinen Kopf hinhält? Nein, er wollte keinen Mord durch menschliche Hand begehen, sondern einen Mystiker mit Sinn und Begabung, der bereit war für die Erfüllung himmlischer Klänge Opfer zu bringen, und dieser, mein Lieber warst Du! Ludwig van Beethoven sollte der Sinn des Lebens sein, leiden und sterben für die Menschheit!«

Beethoven sieht Mozart mit großen Augen an. »Sieh einer an, unversehens ist aus dem Komponisten der Prediger geworden! Du sprichst glaubhaft wie Seneca. So soll man also das gerechte Schicksal verstehen?«

»Ja, so ungefähr, Ludwig, wenn man nicht verrückt werden will.«

»Oder gleich so früh sterben, wie Du, mein allerliebster Amade!«

»Es ist kein Jammer mehr, dass ich gestorben bin, daran kann man nichts ändern, aber einen Beethoven, den Giganten der Klänge wider Napoleons Kanonen nicht erlebt zu haben, das ist eine unverdiente Strafe des Himmels.«

»Grausamer war >leben< und nicht in der Lage sein die schönsten, die reinsten Töne von Mozarts Musik zu hören, die meine eingesperrte Seele befreit hätten können. Ich studierte die Partituren, und ahnte schon jene metaphysischen Klänge…«

»Du bist immer so verschwenderisch in Güte und Liebenswürdigkeit.«

»Kein Wunder, die Antwort liegt auf der Hand: Wir holen alles nach, auch die schönen Komplimente. Leidgeprüfte verstehen sich besser in der Aufmunterung ihrer Geister.«

Sie lachen und schweigen.

Mozart atmet tief durch, fühlt sich freier. Beethoven macht es ihm nach.

»Lass uns aufbrechen. Von Weimar glaube ich, haben wir genug. Lass uns weiter herumgeistern.«

»Aber nicht ziellos, Ludwig.«

»Hast Du die Zauberflöte dabei? Dann würde ich gerne, Dein Einverständnis vorausgesetzt, in Prag ein bisschen bummeln.«

Mozart lacht. »Gute Idee.«

Es ist kein Trost für bessere Menschen, ihnen zu sagen, dass andere auch leiden. Allein, vergleichen muss man wohl immer anstellen, und da findet sich wohl, dass wir alle, nur auf eine andere Art leiden, irren.
Beethoven an Gräfin Anna Marie Erdödy, 1816

Prag

»Nun Ludwig, wie fühlst Du Dich hier auf dem Wenzelsplatz an der Moldau?«

Keine Antwort.

»Sag Ludwig«, drängt Mozart, »was hältst Du von Maestro Salieri und Lorenzo DaPonte, dem kaiserlichen Hofdichter? Wie bist Du mit diesen älteren Herren zu Recht gekommen?«

Beethoven steht stumm, mit geschlossenen Augen, als hätten Mozarts Worte ihn in Schlaf versetzt.

>Langsam vortasten!< mahnt sich Mozart, als er Beethoven im Wachtraum erwischt. >Nur nichts überstürzen! Bedenke nur, wie viel Erinnerungen in ihm umwälzt werden, und welche Ereignisse wir hier erlebt haben!<

Nächster Versuch. »Ludwig, Ludwig, wo bist Du mit Deinen Gedanken?«

Beethoven zögert zunächst, gibt sich einen Ruck, öffnet die Augen und sieht Mozart an. Immer noch sagt er nichts.

»Ich sehe Ludwig, dass Du keine Lust auf eine Konversation hast, dann wollen wir erst mit Schweigen und Schlendern die Gemüter erfrischen, damit Du auf neue Gedanken kommst…«

Schweigen.

Ein paar mal reißt Beethoven den Kopf hoch, als wolle er etwas sagen. Dann, »ich fühle mich erschöpft wie nie zuvor. Wir sind doch gerade angekommen und mir ist zumute, als wären wir Tage und Nächte ohne Pause unterwegs gewesen.«

»Ja, ich spüre es auch. Ich dachte Geister kennen keine Müdigkeit.«

»Nun, wissen wir mehr: Alles ist kosmisch, alles ist neu, alles ist Erfahrung. Lass mich erzählen Ludwig.«

»Oh ja, tu das, Wofgangerl.«

Mozart muss lachen. »Die Position der Italiener in Wien wurde verstärkt, als Da Ponte, 1783 auf Veranlassung Salieris, als Poet und Dichter der italienischen Oper zum kaiserlichen Hofliterat und Nachfolger des berühmten, am 12. April 1782 verstorbenen Metastasio, festangestellt wurde. Wie der Name klingt: >Tochtergeschwulst<. Wenn er auch dem Giambattista Casti kein Wasser reichen konnte, war Da Ponte doch ein begabter Dichter, der die Verbindung von Dichten und Macht für italienische Opern verstand.«

Bei diesem letzten Satz wird Beethoven richtig neugierig. »Waren Salieri und Da Ponte auf Anhieb begeistert von Deiner Musik, von dem Verfechter der deutschen Oper? Oder wie ich die Italiener einschätze, mauerten sie mit einem Komplott wider Mozart?«

»Nein, so schlimm war es nicht. 1783 haben Salieri und Da Ponte schon eine gute Zusammenarbeit entwickelt und er hat ...«

»Wer?« will Beethoven wissen.

»Na, Da Ponte natürlich. Er hat mir einen Operntext in Aussicht gestellt. Das war eher eine Geste italienischer Höflichkeit, also nichts Ernstes.«

»Aber zwei Jahre später, nachdem Salieris Oper keinen Erfolg hatte, wandte er sich an Dich?«

»Ja, in der Tat, aber diesmal mit ernster Absicht für eine Zusammenarbeit und ich war mir sicher, meine Widersacher mit ihren eigenen Waffen zu schlagen. So Ihr Italiener! Ihr werdet Euch wundern!«

»Was war er für ein Mensch, dieser Signore Da Ponte?«

»Ein merkwürdiger Mann. Da Ponte und Salieri waren nicht nur befreundet und Landsleute, sie waren von besonderem Charakter, unzufriedene Geister, um nicht zu sagen Neider. Die Unzufriedenheit bestand laut Theophrast, in grundlosen Klagen über das, was ein gütiges Geschick uns zuteilt. Dem Unzufriedenen kann es einfallen, wenn ein Freund ihm einen Bescheid von der Mahlzeit zuschickt, dem Überbringer zu sagen: *Du hast mir die Suppe und das Schlückchen Wein nicht gegönnt und mich deshalb nicht zur Tafel geladen. Bekommt er von seiner Geliebten einen Kuss, so sagt er: Es soll mich wundern, wenn Du mich von Herzen lieb hast... Findet er auf der Straße einen Geldbeutel, sagt er: Aber freilich, einen Schatz habe ich noch nie gefunden....* Salieri und Da Ponte waren nahe Geistesverwandte, Ludwig. Sie gehörten als Menschen nicht in die Familie der kühnen, reichen und großen Herzen, auch nicht als Künstler in die Gruppe der lebenswahren, bewunderungswürdigen Menschendarsteller. Die Muse der Komposition hat einem wie Beethoven den Griffel geführt, die Muse der Dichtkunst den Zauberstab Schillers. Bei den Salieri und Da Ponte nichts als intrigierten.«

»Du überschüttest mich wieder mit Deiner Liebenswürdigkeit, Amade! Bei einem Vorbild, Wolfgang Amadeus Mozart dürfte der Nachfolger, der etwas auf sich hält, unterlassen zu versagen, sein Vermächtnis zu bewahren.«

»O Ludwig! Danke für die Blumen. O mein Liebster, Du sprichst so ergreifend, dass mein Herz wieder lachen kann!«

»Dann lass uns lachen und schöne Geschichten erzählen, Amade.«

»Der Wunschtraum einer deutschen Oper von Kaiser Josef II. ging trotz meiner großen Bemühungen nicht in Erfüllung. Der Einfluss der italienischen Ensembles der Sänger, und die intriganten und mächtigen Salieris, mir gegenüber nicht unbedingt freundschaftlich gesinnt, war sehr stark. Da Ponte und ich haben einander im Mai 1783 bei einem ›Musikliebhaber‹, dem Bankier Raimund von Plankenstern, kennen gelernt. Ich schrieb gleich meinem Vater: *Wir haben hier einen gewissen Abate Da Ponte als Poeten. Dieser hat nunmehr mit der Correctur im Theater rasend zu tun, muss per obligo ein ganz neues Büchel für den Salieri machen (eben diesen ›Reichen eines Tages‹, der dann durchfiel). Das wird vor zwei Monaten nicht fertig werden. Dann hat er mir ein neues zu machen versprochen; wer weiß nun, ob er dann auch sein Wort halten wird, oder will! Sie wissen wohl, die Herren Italiener sind ins Gesicht sehr artig! Genug, wir kennen Sie! Ist er mit Salieri verstanden, so bekomme ich mein Lebtag keins – und ich möchte gar zu gerne mich auch in einer welschen Opera zeigen.«*

»Hoffnung als Funke zwischen Frust und Erwartungen. Eine zaghafte Situation, Amade, und es ist doch sehr seltsam, dass wir den Erwartungen so viel Aufmerksamkeit schenken, nicht aber der Frustration?«

»Da Ponte sah nicht, dass allein mit Macht und Einfluss keine Kunst, vor allem keine nennenswerte Kunst entstand.«

»Macht und Einfluss! Salieri besaß beides«, wirft Beethoven ein.

Mozart nickt. »Da Ponte schrieb für mich zunächst das Libretto ›Il sposa diluso‹, das ich nach Vertonung von vier Stücken als unbrauchbar fand. Da Ponte, bei aller Begabung und Erfahrung, passte nicht in meine Weltanschauung, er war ein Anfänger in der Dramatik. Ich schlug das Sujet des ersten gelungenen gemeinsamen

Werkes vor: >Le marige de Figaro, ou la folle journie< von Beaumarchais. Das Lustspiel von Beaumarchais, das die Übergriffe des Adels, seine Laster und plumpe Willkür, und die Schläue der unteren Stände, die sich mit Erfolg gegen die alten Vorrechte zur Wehr setzen, beißend schildert, hatte nicht nur Paris sondern Europa bewegt. 1781 wurde es zum Druck eingereicht. 1783 privat, 1784 öffentlich aufgeführt. Kaum war das Spiel gedruckt, waren die revolutionären Absichten des Autors und nach der Aufführung auch des Komponisten in aller Munde. Als man den Text Ludwig XVI. vorlas, erschrak der Monarch über die kühne Sprache, aber sein Verbot half nichts. In der >Hochzeit des Figaro< kündigt sich ein Aufstand an, zunächst literarisch und auf der Bühne, der sich 1789 der Straße bemächtigte. Für mein Dafürhalten hat Napoleon richtiger darauf reagiert. Er nannte >Les noces de Figaro< mit richtiger Empfindung >La révolution déjá en action<«, ruft Mozart enthusiastisch.

»Siehst Du, unvoreingenommen und begeistert von Napoleon war ich auch, aber …«

»Aber wie er sich selbst krönen ließ und zum Imperator wurde, habe ich nicht mehr erlebt, Ludwig. Auch Kaiser Joseph II., obwohl er nach außen als warmherziger und weitsichtiger Tolerant erschien, war sehr beunruhigt durch die Vorgänge, die das Stück in Paris auslöste. Er verbot das Lustspiel von Beaumarchais und die von Emmanuel Schikaneder zum 3. Februar 1785 im Kärntnertor-Theater angekündigte Aufführung.«

»Der Kaiser hat gesprochen! Ich hatte es Dir gesagt, Amadeus Mozart: Untastbar bleibt allein die Ehre des Kaiserreichs!«

Mozart lacht. »Und ich war der Meinung: Unantastbar bleibt allein die Ehre des Volkes.«

»Wir sprachen beide gegen taube Ohren.«

»Ich schrieb >Le mozze die Figaro< in der unglaublich kurzen Zeit von sechs Monaten, also von Herbst Anfang November 1785 bis April 1786. Die Uraufführung fand am 1. Mai 1786 im Wiener Hofburg-Theater statt.«

»Der Kaiser bin ich! Und ich will geliebt werden… Auch von den Künstlern. Gerade sie müssten dies doch wissen«, schreit Beethoven mit tiefer Stimme. »*Es ist beinahe unmöglich, die Fülle der sich immer wieder verwirrenden Ereignisse sicher im Gedächtnis zu behalten. Es ist viel Fülle als Länge, mehr geistreicher und phantasievoller Witz als Tricks. Die Oper ist gedrängt voll Handlung; sie schäumt über von Ereignissen, Einfällen und Verflechtungen…*, so entschuldigte sich Da Ponte schon zum ersten Libretto.«

Mozart macht eine kurze Pause, blickt wehmütig in die Ferne. »Ludwig! Das Libretto beinhaltet das Zusammenspiel von Begehrlichkeit, raffiniertem, hartnäckigen und einfühlsam inszenierten Verführungsversuch, intrigantem, ränkevollem Widerstand und gelungener Irreführung. Aber Da Ponte wollte den revolutionären Sinn nicht erwecken. Er änderte das Libretto in verschlungenes Liebes- und Intrigenspiel.«

Beethoven ist entrüstet. »Wenn in einer Oper wie >Die Hochzeit des Figaro<, die revolutionär-politischen Akzenten der Libretto gezielt von Da Ponte gestrichen wurden und dazu noch die opportunen Sänger, die Partitur >sehr schwierig< fanden und nicht willig waren der Kunst, sondern der Willkür zu dienen, dann ist es kein Wunder, dass dieses großartige Werk zum Misserfolg wurde! Wie stand Salieri dazu? Wie war seine Reaktion? Er hatte doch mit der Ungunst und Verleumdung des Wiener Publikums mehr Erfahrung. Man sagte Salieri vieles, wie >Vergiftung< des Genies nach!«

Mozart eloquent wie immer. »Nein, Salieri hatte sicherlich viel Einfluss, aber er hat weder mit meinem Tod noch mit dem Misserfolg meiner Oper zu tun gehabt. Er war voll und ganz ein konzessionsfähiger Gentleman und guter Lehrer, auch für Franz Schubert. Er war nur sehr geltungsbedürftig. Tatsache ist, dass meine Oper schnell vom Spielplan abgesetzt wurde; Ob dies auf Intrigen der italienischen >Partei< in der Wiener Musikszene zurück zuführen war, will ich nur vermuten. Ich war enttäuscht, gebe ich offen zu, aber nicht demoralisiert, denn vom Standpunkt als Komponist war ich überzeugt von der Besonderheit meiner Opfer in >Die Hochzeit des Figaro<. Der wahre Siegeszug meines Werkes ging hier von

Prag aus. Anfang des Jahres 1787 reiste ich hierher und am 20. Januar dirigierte ich selbst die Oper, nachdem ich bei der ersten Aufführung drei Tage davor stürmisch umjubelt wurde.«

»Der Teufel ist der Feind des Glaubens«, sagt Beethoven spontan.

»Und der Königshäuser Feind ist die Aufklärung!«

»Wolfgang! Wir Komponisten haben die Pflicht, das Volk vor beidem, vor dem Teufel und vor den Tyrannen, zu beschützen.«

Nachdenkliches Schweigen.

»He, Ludwig mach' die Augen richtig auf, schau Dir mal Prag an. Ist diese Stadt nicht überwältigend?«

Beethoven lacht. »Doch ich habe sie auch in guter Erinnerung.«

»Der große, tiefgehende Erfolg in der böhmischen Hauptstadt hat Folgen hinterlassen, denn der Prager Theaterdirektor bot mir einen Opernauftrag an, und so entstand im gleichen Jahr der >Don Giovanni (Don Juan)<. Aber zurück zu >Figaro<. Sie wurde schnell auf Deutschlands Bühnen heimisch. Gleichzeitig tauchte das Problem der Übersetzung auf. Die Wirkung meines Lustspiels beruht auf der Konfluenz zweier Elemente – Sprache und Musik, sie können ergreifen, wenn sie sich ergänzen. Die Wirkungskraft dieser beiden Elemente kann verloren gehen, wenn z.B. der Text in eine andere Sprache übertragen wird, die weder melodische noch ironische Akzente besitzt. Dann werden Akzente und Pointen meist nicht genau an die gleichen Stellen, wie im Original gesetzt werden können. Genauso schwer ist, die Rezitative immer naturgetreu zu bewahren. Was im Italienischen selbstverständlich klingt, wirkt im Deutschen unnatürlich. Was bei der Originalsprache wichtig, witzig und ironisch wirkt, hört sich im Deutschen lapidar an. Ersetzt man aber die Original-Rezitative durch gesprochene Dialoge, leidet die Musik an Kontinuität und Resonanz, die das Wesen und den Charakter des ganzen Vorhabens ungünstig beeinträchtigt.«

»Also, man befindet sich in der Zwickmühle!«

»Ganz recht, allerdings macht der Italiener aus >Le Mariage de Figaro< ein Libretto für Mozart! Er musste dem Kaiser in der Wiener Hofburg versichern, dass kein Wort von Sozialkritik oder revolutionären antimonarchischen Dialogen stehen bleiben würde.«

»Aber keiner kam auf die Idee das ganze in der Heimatsprache, also in Deutsch zu schreiben?«

Mozart grinst noch breiter. »Nein, weil der Sinn eines Lustspiels in der Harmonie von Musik und unpathetisch-belanglosem Dialog sein sollte. Sowohl die Mächtigen um den Kaiser, als auch die zuständigen Direktoren und Minister für Kunst und Musik einschließlich Salieri, waren konservativ …«

»Ich weiß, ich habe die verstaubte Atmosphäre zu spüren bekommen, aber die Machenschaften der Italiener nicht ganz durchschauen können. Trotzdem ist diese Zulassung von höchster Seite, die Förderung des aus revolutionärem Stoff geminderten und nun behaglichen Opernwerkes erstaunlich und als Glücksfall zu bezeichnen.«

»Ja, Ludwig, Da Ponte hat gekonnt dem Libretto alle Schärfe genommen, nur das Thema blieb unverändert. Denn die progressiven Elemente der Handlung blieben erhalten: Ein Diener nimmt den Kampf gegen seinen Herren, den Grafen auf. Wenn Figaro vom >Tänzchen< singt, zu dem er dem Grafen aufspielen werde, so ist das nicht revolutionäre Handlung, wohl aber Aufforderung zum Zweikampf, bei dem andere Waffen, als die üblichen zur Anwendung kommen sollen.«

»Bewegender Begriff: >Der tolle Tag< wie der Untertitel des Werkes lautete, den die Oper beibehalten hat. In der Tat, >Der tolle Tag< ist wirklich ein solcher, an dem eine Menge unerwartete Verwechslungen vorkommen, Intrigen, Enthüllungen, Missgunst, Missverständnisse, Hinterhältigkeit, Doppelbödigkeit und die Doppelmoral … Du konntest Dich doch ausgiebig und >frei< ins Zeug setzen. Es gibt keine Stimmung, die für Deine Musik nicht genau den richtigen Ton träfe: für die Gefühlstiefe der Gräfin, ihre Noblesse, für den zielbewussten, entwaffnenden, liebenswerten Übermut Susannas, für die naive, rührende Verliebtheit Cherubinos, für den arroganten, liebestollen, hochmütigen Grafen, für die knifflige, gutmütige, gerissene Tüchtigkeit Figaros. Alles passt in Frequenz und Tonhöhe auch für Basilios Intrigantentum und Marzellinas groteske Weiblichkeit, für Bartolos Überheblichkeit und von sich eingenommene Selbstherrlichkeit und Barbarinas unschuldiger Jungfräulichkeit, für Antonios charakteristisch ordinäre Manier und schließlich Don Curzios stotternde Ergebenheit und Untertänigkeit (als Diener Geborensein). Deine Musik triumphiert über Gesang und Sprache hinaus und quellt ohne Unterlass. Auf jeder Partiturebene erklingen die Melodien mit einem ergreifenden Zauber der Schönheit. Von einem lyrischen Ruhepunkt ausgehend, überfluten die Ensembles mit atemberaubendem Schwung ihrer Rezitative das Geschehen. >Le nozzi di Figaro< ist die schönste Oper, die in der Verherrlichung der Liebe je komponiert wurde. Erinnerst Du dich, Amade, was ich Dir von der Liebe und Leidenschaft in Schönbrunn erzählte? Von Begeisterung und Enttäuschung, meines überwältigenden Enthusiasmus vom befreienden Napoleon? Gerade in solch enttäuschenden Momenten im Leben, ist der Trost der getrübten Seele die Liebe.«

»Das Dilemma ist nur, dass wir mit Fehlschätzungen und Kompromissen leben müssen, Ludwig.«

»Aber ja, Amade! Auch das haben wir lernen müssen. Zurück zu Figaro: Alle Phasen und Fasern der Liebe sind in >Le nozze di Figaro< asymmetrisch gestaffelt und doch in ein Gebilde der Beharrlichkeit und Harmonie gestaltet, allen Gefahren und Gegenkräften der Intrigen zum Trotz wird die Liebe vollendet. Der >Figaro< ist reifer als das programmierte Glück der >Entführung<; nicht so heimtückisch, listig und satirisch wie >Cosi fan tute< und weit weg vom Dämonenschauer besessenen >Don Giovanni< und doch voller Reinheit und Natürlichkeit der Glückseligkeit. >Le nozze die Figaro< ist für mich die vollendete Kunst der Sinnlichkeit und Leidenschaft der Liebe. Sie ist die vollendete Inspiration.«

»Von Zeit zu Zeit stelle ich mir vor, dass es für einen jeden eine schicksalhafte Entwicklung gibt«, sagt Mozart, glücklich über das Urteil Beethovens. »Eine tief greifende, unbeeinflussbare Gewalt, die zum alles beherrschenden Mythos unseres Lebens wird. Als Kind sprach man von mir, als einem >Wunderknaben<, aber vom Rest meiner seelischen Beschaffenheit wollte niemand etwas wissen, nicht einmal meine Schwester Nannerl oder mein Vater. Von der leeren, lieblosen, pubertierenden Teenagerzeit bis zum Erwachsen sein, habe ich von der leidenschaftlichen Liebe geträumt. Von Dämonen heimgesucht, verwandelte ich mich zu einem Schamanen, der mit Geistern sprach. Und sie flüsterten mir geheimnisvolle Klänge mit mythischer Harmonie zu, das ironische Nachahmen, das provokante Eingreifen, die Enthüllung der Maskeraden in der Obrigkeit, das höhnische Herausfordern, sinnliche Leidenschaften und künstlerische Umwälzung. Ich weiß bis heute nicht, ob ich diesem mir von Geistern überlassenen Schatz der Verantwortung gerecht geworden bin!«

»Aber natürlich mein lieber Amade, Deine Musik ist eine Deklaration eines Künstlers, der die Welt der Klänge verändert hat, ein Zeugnis über das Schöne aber auch das Hässliche in der Welt, unabhängig von irdischer Macht, immer mit einem Hauch von Misstrauen gegenüber der Obrigkeit, ein Plädoyer für Wahrhaftigkeit und Gerechtigkeit. Du hast nach einer Spanne voller geistig moralischen Eskapaden, allen Armeen der Welt samt Königshäuser den Kampf angesagt: Da hilft uns jetzt nur noch die Kunst. Die Musik ist unsere Wunderwaffe. Die Kunst als Droge, zum Wachrütteln der von Lethargie und Mutlosigkeit des Nichtstuns heimgesuchten Menschen. Die Kunst als Mentorin zum Aufbruch in eine neue Zeit. Hoffnung allein macht feige, die Verzweiflung mutig!«

Mozart ist ermutigt durch Beethovens Worte. »Du hast Recht, Ludwig, und wie Recht Du hast. Musik gegen Frustration. Wenn ich an meine Teenagerjahre denke! Ach Gott, was habe ich alles mir gewünscht. Von etwas mehr Wärme träumt mein Geist heute noch. Nichts als Frustration und Kälte. Was dem Vater nicht gelungen war, das gelang nun dem >Wunderknaben<. Geniales Vollbringen, um der Einmaligkeit und Barmherzigkeit des Schöpfers zu dienen, das war für meinen Vater wichtiger, als die Befreiung meiner verklemmten Seele. Gott wurde mir ein treuer Freund und er ist es heute noch.« Mozart wird ironisch, satirisch. »Wer ist so mächtig, wie er? Wer ist so imaginär, geheimnisvoll, phantastisch, romantisch und barmherzig erotisch, wie er? Er ist ein Zauberer und die Muse der Verführung zugleich. Er schuf mich, mit dem sehnsüchtigen

Knabenherzen, mit schönen und wunderlichen Empfindungen...« Mozart sieht neugierig Beethoven an. »Und Dich! Er lies Dich erst das Licht des Lebens erblicken, dann vermachte er Dir die noch nie dagewesene Genialität. Um Dich für immer zu bändigen, raubte er Dir das Gehör und verbannte Dich in die ewige Einsamkeit, um einen Grund zu finden, Dich zum König der Herzen zu krönen. Ja, Ludwig, er ist sehr eigen. Er macht es mit allen Auserwählten so, wie mit den Propheten. Du solltest auf niemanden außer ihn hören!«

»Ich habe noch viele Lieder zu singen, Amade! Mein geplagter Geist ist übersättigt mit solch melodischen Klagen. Gott ist stark, groß, selbstherrlich, allmächtig und unbarmherzig zugleich.«

Mozart denkt nach, wie er das Gespräch wenden kann.

Aber Beethoven fährt fort. »Außerdem, eine Schwäche hat er auch, genau wie wir: Er will geliebt werden.«

Mozart lacht wie einer, der sich bestätigt fühlt. »Er ist der Herrscher, wie es der Herrschernatur gehört. Er wendet Gewalt an und bringt Tausende und Abertausende um, raubt ihnen die Sinnesorgane, Er löscht jede Flamme des Geistes in ihnen aus. Er ist schlau, macht seine Hände nicht schmutzig. Seine Lieblinge, die Auserwählten machen es für Ihn. Sie führen Kriege, setzen Land und Gut seiner Feinde in Brand. Mit Katastrophen, die Er herbeiführt, sollen sie, die Blasphemisten sehen, dass selbst die Natur Ihm folgt und nur Er die Menschen und die Welt retten kann. Ja, Er will nicht nur geliebt und geehrt werden, Er will mehr, Er will gefürchtet und mit Buße bedacht werden.«

»Er verwandelt seine Geheimnisse in große Mythen und spielt auf mächtiger Harfe das Lied der Schöpfung: Jeder soll seinen Mythos leben.«

Mozart mit einem giftigen Grinsen. »Wenn Er mit seinen Auserwählten spricht, versetzt Er sie erst in einen Zustand der tiefen Hypnose. Sie werden zu heiligen Papageien. Farbenprächtig wiederholen sie das, was sie gelernt haben. Erst jetzt werden sie als Seine Agenten, Geheimnisträger des Himmels und wir Gottesfürchtige erkennen sie als auserwählte Propheten an. Sie sollen über den

Verstand des Menschen in jedem Zustand, in nüchternem wie im Delirium Wache halten ...«

»So wirkt auch der Wein, Amade, erst macht er heiter und neugierig, dann betäubt er nicht nur den Verstand, sondern trocknet die Seele aus.«

»Das stimmt, Ludwig, irgendwie hast Du wieder Recht. Es ist wie mit allen Genussmitteln. Ich probierte verschiedene Weine, trank bis ich zu ihm fand, zu dem imaginären Gott, dann überfiel mich ein so schauderhaftes Gefühl von Elend und Zorn, dass ich beschloss, nie mehr zu trinken. Dann wieder das Gefühl der Einsamkeit, Kälte und Heimweh nach dem Unbekannten. Und ich ging wieder los und trank!«

»Ich auch, Amade, ich auch! Ich konnte auch nicht mehr ohne diese Freundin der Einsamkeit entkommen.«

»Dass Leid war unausweichlich. Hoffentlich nimmt er es uns nicht übel, wie wir über ihn lästern! Egal, dann kann man sowieso nichts ändern.«

Beethoven erinnert an die griechische Tragödie: >Das Leid ist da; alles kommt darauf an, wie sich der Mensch vor ihm verhalte<. Wer ist Zeus, wenn er Prometheus solche Qual überliefert, nur weil er – nach eig'nem Rat, sondern Furcht vor Zeus zu hoch die Menschen liebt –, wenn er...

»Mein liebster und treuester Freund Ludwig! Mir wird durch diese Gespräche erst Recht der Sinn des Lebens und des Leidens bewusst, erst jetzt verstehe ich die Bedeutung der Musik, was zum Beispiel eine Oper für eine Wirkung auf uns hat, wenn Du mit zugleich tieferen teilweise flüchtigen Rezitaten voller Ironie die Hintergründe des seelischen Leids erklärst. Stell Dir nur vor, ich habe nie mit Irgendeinem über meine Zweifel an meinen inneren Leidenschaften und Visionen gesprochen, geschweige denn von meinen Ängsten und Träumen ...«

»Warum hast Du, Amade, nicht mit Da Ponte gesprochen, dem geschickten Textdichter, der einmal Priester war?«

Mozart sieht auf. Die kühle Luft am Mittag aus dem Donautal strömt durch die Altstadt und die engen Gassen. Er atmet auf und sagt in vollem Ernst: »Mit einem Dichter Da Ponte hätte ich über meine Phantasien und Visionen sprechen können, aber nicht von meinen Ängsten.«

»Und mit Salieri?«

»Um Gotteswillen, Du weißt doch, alle diese großen oder möchtegerngroßen Lehrer haben eine Schwäche für den Braven unter ihren Schülern, damit sie immer von oben herab blicken können. Nein, mein Lieber, mit Italienern konnte ich nie über meine Ängste sprechen. Lass uns weiter gehen.«

Mozart zeigt den Weg über die Karlsbrücke, mit ihrem reichen Statutenschmuck, durch den Altstädter Brückenturm, die Marktsiedlung auf der rechten Seite des Flusses, in die Altstadt. »Die meisten Bauwerke des Mittelalters hier in Prag gehen auf die Förderung Karls IV. zurück.«

Beethoven nickt. »Auch der Dreißigjährige Krieg ist eng mit dem Namen dieser Stadt verbunden. Nicht unerwähnt darf der Prager Fenstersturz bleiben!«

»Wie wäre es, wenn wir die Bethlehemkapelle besuchen? Sie wird Dir gefallen, Ludwig!«

»O ja, von Herzen gern.«

Ein schlichter Hallenbau, auffällig durch seinen markanten gotischen Doppelgiebel, taucht nicht weit entfernt auf. Es ist Sonntag, viele Menschen sind unterwegs. Einige gehen in der Kapelle ein und aus.

»Es ist erstaunlich, dass es viele Menschen, überwiegend junge und jüngere in die Gotteshäuser zieht! Ob sie uns sehen oder womöglich erkennen?«

»Es sind überwiegend Touristen und außerdem kann keiner uns wahrnehmen, vergiss nicht, dass wir körperlos sind, also beruhige Dich!«

»Hörst Du diese bezaubernde Musik ... Amade? Wo sind wir?«

Mozart streichelt ihm über das Haar. »Wir sind«, er lacht hell auf, »in einem Theater, Ludwig! Unterschätze mein Improvisationstalent nicht und warte ab! Komm, wir gehen erst hinein, in den großen rechteckigen Kirchenraum. Siehst Du, die hohen Bogenfenster, durch die ein buntes Licht zu uns dringt?«

»Ja, ich bin doch nicht blind!« Beethoven ist entzückt von der Kanzel des großen Saales als Mittelpunkt der Szene.

»Die Bethlehemkirche wurde erbaut als Predigerkirche, nicht zur Feier der Messe. Daher gab es auch keinen Tabernakel. Sie ist also die Vorläuferin der protestantischen Predigerkirche?«

»Ja, Ludwig, ihre große Bedeutung erlangte die Bethlehemkapelle allerdings nicht aufgrund ihrer Architektur, sondern als Schauplatz der ersten Phase der Reformation. Jetzt aufgepasst!« Er bildet mit beiden Händen einen Blickwinkel, wodurch Beethoven >Die Hochzeit des Figaro< sehen soll. Er flüstert: »Die erste Szene, pass gut auf Ludwig.«

Die Ouvertüre beginnt presto-pianissimo.

»Was für ein großartiger Einfall, welche Kühnheit, Amade! Ein siebentaktiges Unisono der Streicher und Fagotte…«

»Ludwig gib Acht! Im achten Takt folgt diesem quecksilbrigen Grundmotiv ein großer Melodiebogen der Oboen und Hörner.«

»Immer noch piano.«

»Ja, dann erst, im zwölften Takt, setzt das volle Orchester fortissimo ein.«

»Das ist ein Anfang, den bis dato die Musikwelt nicht kannte! Und wie geht's weiter?«

»Bald wirst Du den wirbelnden Achtellauf des Themas von Bläsern überholt hören, bald folgen kurze Fortissimo- oder Forte-Akzente des Orchesters.«

Beethoven hört sehr gespannt zu, dann: »Gut gedacht, Amade. Immer ist die Melodie im Fluss; die Bläser lösen einander lebhaft ab, es folgt ein scharf akzentuiertes Seitenthema, mit schwellenden Steigerungen, einem neuen Melodiebogen, kurzen Forteschlägen, bei liegenden Bläserakkorden, vorwärts stürmenden Geigen, die allzu gern die Oberhand gewinnen würden, jedoch immer wieder eingefangen werden und sich sogar im Pianissimo der Reprise schicken müssen.«

»Ja, erst in der Stretta dürfen die jagenden Läufer dahineilen. So zusagen, konkurrierend lösen sich Streicher und Bläser einander ab, mit kurzen Pausen und dann steigern lebhaft vibrierend zu gewaltigen Schlägen des D-Dur.«

»Was suchst Du?«

Beethoven ist sich nicht sicher, was er sieht – ein leeres Zimmer.

»Atto Primo (Camera non affatto ammobiliata, una sedia di appoggio in mezzo).«

Beethoven ist überwältigt.

In der Tat. Erster Akt (völlig unmöbliertes Zimmer, ein Sessel in der Mitte). »Dann pass gut auf, Du in unserer Sprache und ich auf Italienisch, mal hören wie es klingt!« sagt Mozart. »Szena I, Susanna e Figaro.«

»Szene I, Susanna und Figaro« erwidert Beethoven.

»Figaro con una misera in mano e Susanna allo specchio che si sta mettendo un Cappellino ornato di fiori.«

»Figaro mit einem Metermaß in der Hand. Susanna am Spiegel, probiert einen Hut auf.«

»Figaro (misurando).«

»Figaro (misst).«

»Cinque … dieci … vent … trenta …Trentasei … quarantare …«

»Fünf … zehn …zwanzig … dreißig … sechsunddreißig … dreiundvierzig …«

»Warum lachst du?«

»Die Zahlen hören sich lustig an, Amade, aber melodisch.«

»Susanna: cosa stai misurando Caro il mio Figaretto? Recitativo.«

»Susanna: was misst Du da eigentlich, mein kleiner Figaro?«

»Rezitativ, Ludwig aufgepasst, es geht los!«

Figaro: Io guardo se quel letto che ci destina il conte Farà buona figura in questo loco.

Figaro: Ich schaue nach, ob das Bett, das der Graf uns schenken will, sich an dieser Stelle gut ausnimmt.

Susanna: E in questa stanza?

Susanna: Und in diesem Zimmer?

Figaro: Certo: a noi la cede generoso il padrone.

Figaro: Sicher, der Herr überlässt es uns großzügig.

Scena XIII: Figaro e Susanna

Szene XIII: Figaro und Susanne

Figaro: Tutto è tranquillo e placido; Entrò la bella venere;

Figaro: Alles ist in Ruhe und Frieden. Die schöne Venus ging hinein.

Larghetto: Co vage mrte prendene nuovo vulcan del secolo in rete la Potrò.

Larghetto: Ich, ein neuer Vulkan aus diesem Jahrhundert, kann sie mit dem schönen Mars im Netz einfangen.

[...]

Scena ultima: I suddetti, Antonio, Basilio, Servitorie con fiaccole accesi; poi Susanna, Marcellina, Cherubino, Barbarina; indi la Contessa.

[...]

Letzte Szene; Die vorigen, Antonio, Basilio und Diener mit Fackeln. Später Susanne, Marcellina, Cherubino, Barbarina, die Gräfin.

[...]

Allergo assai: Questo giorno di tormenti, Di Capricci, e di follia, in Contentie in allegria solo amor può terminar.

Allergo assai: Diesen Tag der Leiden, der Verrücktheiten und Tollheiten in Zufriedenheit und Freude zu beschließen, ist nur die Liebe fähig.

Sposi, amici, al ballo, al gioco, all mine date foco! Ed al Suon di lieta Marcia Corriam tutti a festeggiar.

Geliebte, Freunde, zum Tanz, zum Spiel! Zündet das Feuerwerk! Und bei den Klängen eines fröhlichen Marsches eilen wir alle zum Fest.

Fine dell` Opera

Ende der Oper.

Beethoven öffnet die Augen. »Es ist schwer, die Gedanken sprechen zu lassen!«

Den großen Kopf mit dem üppigen, lockigen Haar an die Treppe der Kanzel gelegt, schließt er wieder die Augen. Erneut dem Sturm seiner Empfindungen ausgesetzt, denkt er nach.

Mozart treibt ihn an. »Ludwig, was hast Du empfunden? Was ging in Dir vor, während dieser Improvisation?«

»Amade, Belis ... molte grocie ... So viele Dinge, Wolfgang, so viele ...«

»Beschreibst Du sie mir?«

»Es ist zu vieles, als dass es Sinn ergäbe.«

»Sei nicht wieder zu ernst, forsche nicht nach einem Sinn. Versuche es mit Deinen vielfältigen Phantasien, mir zu liebe.«

Beethoven reißt die Augen weit auf und sieht Mozart prüfend an, dann lässt er seinen Blick in den Raum wandern, dann: »Le nozze di Figaro ist grandios in der Verherrlichung der Liebe und verheißungsvoll in der Sinnlichkeit der Treue und Keuschheit. Sie beweist: Das Leben kann geistig heiter und romantisch sein.« Plötzlich ist er still. Eine gottesfürchtige Ruhe erfüllt den Raum, und Beethoven weiß noch, dass er selber diese Ruhe, die kühle Stille und das gebieterische Schweigen immer liebte. Er erinnert sich an die Fluten seines ersten Orgelkonzerts in Bonn in ganz jungem Alter. Er dreht den Kopf, eine Hand vor dem Mund, flüstert: »Wir dürfen hier nicht auffallen. Im Gotteshaus sollten wir ruhig sein. Weißt Du was Plato wissen wollte?«

»Nein, aber mein lieber Ludwig wird es mir gleich verraten.«

»Was würden wir tun, wenn wir sehen, aber nicht gesehen werden könnten?«

»Was denkst Du?«

»Amade, ich stelle die Frage anders: Was würden wir tun, wenn wir nicht sehen, aber gesehen werden könnten?«

»Aber Ludwig, Platos Frage kann man auch so beantworten: Wir die ewigen Geister sehen und hören alles, ohne gesehen und gehört zu werden. Also folgerichtig würden die Geister sehen und hören und nur von Ihresgleichen gesehen und gehört werden.«

»Aber wir wissen nicht, ob wir von Menschen wahrgenommen werden oder nicht!«

Schweigen.

Mozart starrt gedankenverloren an die Decke der Bethlehem-kappelle. Beethoven wartet gespannt, hat er sich doch klar ausge-drückt. Er hofft, Mozart werde sich nun endlich äußern. Oder hat er schon wieder andere Dinge im Kopf?

»Nein, wir werden von den Menschen nicht wahrgenommen«, sagt Mozart entschieden.

»Wir existieren für sie nicht als Wesen, sondern als Teile ihrer Gedanken und Erinnerungen ... wenn überhaupt!« Mozart geht durch die Kappelle und umarmt jeden ... »Und nun Ludwig, hast Du von irgendeinem eine Reaktion bemerkt?« Dann durch das bun-te Glasfenster. »Nicht einmal das zerbrechliche Glas bemerkt unsere Existenz! Also noch einmal, Ludwig: Wir werden hier weder gehört noch gesehen. Wir sind schon lange seine ätherischen Sklaven im Himmel.«

»Aber ewige Stars in seiner Hölle – ich meine auf der Erde! Als Du angefangen hast in Italienisch zu sprechen, hörte ich wie melo-disch Deine Rezitative klangen. Aber gleichzeitig überfielen mich viele andere Gedanken.«

Beethoven streckt den Kopf, schaut herum, um sicher zu sein, dass wirklich Niemand ihnen zuhört. »Es ist schwer, die Wahrneh-mungen getreu wiederzugeben. >Die Hochzeit des Figaro< stellt die Position von Mann und Frau samt ihrer psychosozialen Stellung in der bürgerlichen Gesellschaft dar. Das Bild des Mannes, der, ge-sellschaftlich überlegen ist, oder sein will, und deshalb ernst ge-nommen werden will, kommt gut zum Ausdruck. Noch interessan-ter scheint mir sein Kampf um den Erhalt dieser Position. Dafür ist er bereit alles zu tun, um seine Macht gegenüber Konkurrenten abzusichern, und unter Frauen den amourösen Held zu spielen. Die Frau hingegen ist die Herrscherin der Gefühle. Ihre Macht steckt in ihrer Psyche und ihrer berechenbaren Persönlichkeit, ihre Stärke in Konzession und Treue.«

Mozart ist überwältigt, denn Beethoven offenbart ihm die tieferen psychologischen Aspekte der Dramaturgie im Figaro, an die er nie, jedenfalls nicht so tiefgründig, gedacht hatte.

»Als ich die Stadt wieder sah, zog mir eine nie zuvor erlebte Woge von Wiedersehen und Heimatgefühl durchs Herz«, sagt Mozart. »Oh, diese Triumphe, Feiern und Freude hier in dieser Stadt, die Karlsbrücke, mit ihrem reichen Statutenschmuck, der Altstädter Brückenturm, die Marktsiedlung und die Altstadt! O wie schön, dass ich Dir alles zeigen kann. Kaum hast Du von Prag gesprochen, sehnte ich mich schon nach dieser Stadt.«

»Hast Du keine Angst gehabt, wir kommen hier her und finden alles anders vor, verändert, zerstört, in Trümmern durch den Krieg oder unkenntlich verbaut?«

»Doch. Diese Sorge hat man immer, wenn man für längere Zeit der zweiten Heimat fern geblieben ist.«

Mozart ist den Tränen nahe, als er den Blick auf die hohen Bogenfenster heftet, durch die buntes Licht hereinstrahlt.

»Ich weiß immer noch nicht, ob Dir meine Oper gefällt. Was hältst Du von der Partitur?«

Beethoven hält inne, fixiert Mozart mit liebenswürdigem Blick und überlegt wie er anfangen soll. Schließlich holt er tief Luft und sagt: »Alle Farben, Gefühle und Temperamente der Liebe und Eskapaden der Leidenschaft sind vertreten, gekonnt, meisterhaft inszeniert. Ich empfinde bei allen Deinen Opern, nicht nur bei >Figaro< und >Opera Buffa<, wie >Don Giovanni<, der im Textbuch als ein >Dramma giscoso< genannt wird, Deine Liebeserklärung an die Menschen, überall und immer.«

»Was fehlt noch, nach Deinem Geschmack, was könnte man besser machen, Ludwig? Du warst selbst besessen von der Bedeutung und Aufgabe der Musik!«

»Gewiss, aber ich denke immer wieder daran, ob wir mehr mit unserer Kunst bewerkstelligen könnten, als die uns vorgeschwebte Sammlung von ethisch-moralischen Grundsätzen, wenn Menschen Hungers sterben, Opfer von Krieg und Unterdrückung werden und alle erdenklichen Arten von Ungerechtigkeit erleiden. Ich denke, unsere Musik müsste die Menschen ermutigen sich mehr in sozialpolitischen Problemen zu engagieren, zu erneuern statt zu dulden und zu beten!«

»Lieber Ludwig, ich gebe Dir ja Recht, und doch können wir nicht die ganzen menschlichen Tragödien in Musik umsetzen, nicht weil es den Dichtern und Philosophen an Geschick mangelt, sondern weil allein die Vorstellung dieser Unternehmung sich selbst aufheben würde.«

»Warum das?«

»Weil, wenn unsere Musik alles sagen könnte, was sie zu sagen in der Lage ist, wäre dies das Ende ihres metaphorischen Sein: Es gäbe nichts mehr zu komponieren, und ohne Musik würde die Welt aufhören perspektivisch romantisch zu sein. Ich gebe zu, in der Bearbeitung meiner Opern habe ich nicht immer auf Deine Grundsätze geachtet!«

»Das wäre zu viel verlangt. Du hast weder von mir noch von meinen Grundsätzen gewusst.«

»Sicherlich. Das mag einer von vielen Gründen sein, Ludwig, dass ich mehr auf die langen Ohren meiner Wiener die groteske Szene zwischen Leporello und Zerline (10 b-d), und für Catarina Cavalieri als Donna Elvira das wunderbare Rezitativ mit der Arie >Mi tradi quell` anima ingrata< (Mich verriet der Undankbare) in Es-Dur (Nr. 21a) nachkomponiert habe. Dadurch wurde die Oper zu lang und Scena ultima wurde gestrichen.«

»Aber gerade mit dem Bänkelsängerlied von Bluttaten, wärest Du dem Wiener Geschmack nachgekommen.«

»Gewiss, wer die Scena ultima streicht, hat mich nicht verstanden. Es ist genau so wie, wenn ich nach einem Hauptsatz den bedeutenden Nebensatz unterlasse. Wer das tut, zerstört den Charakter des Satzes, des Dramas >Don Giovanni< und es bezeichnet, dass ich auf die Beschwörung der jenseitigen Welt, auf Höllenspuk und ewiges Gericht, ein Nachspiel folgen lasse. Keiner hat weniger als ich, den Hörer mit dem Eindruck des Tragischen entlassen wollen. Ich wollte, den Menschen trotz alledem, was Tragik und schwarze Wolken betrifft, am Ende doch die Freude und Hoffnung, zum Schluss in jeder Oper immer das Licht, die Sonne vermitteln.«

»Und das ist Dir auch genial gelungen, mein Lieber. Dass der ins Wanken und Verzweiflung gebrachte Zuschauer der Tragödie mit der Scena ultima so heiter die Spielarena verlässt, ist Dir und Deiner Kunst zu verdanken. Indem Giocoso die Tragödie aufhebt, macht es die unverwechselbare Genialität von >Don Giovanni< aus.«

Beethovens Aufmerksamkeit lässt nicht nach, im Gegenteil, er setzt alle seine Überredungskunst ein, dass Mozart nicht wieder von Melancholie erfasst wird. »Deine Opern sind Dramen einer ersehnten Verwandlung und keine Täuschung. Die glücklichen Ausgänge hinterlassen einen Moment der Nachdenklichkeit und des Unbehagens. Du beantwortest die Fragen der Macht, Unterwerfung und Unterdrückung nicht. Dein Misstrauen gegenüber Königen, Priestern und Prinzen ist zutiefst in Deinem Wesen, Deinem Innersten eingegraben. Du bringst Dich nicht selber ein, um Deinen Mythos von bon Prince zu bestätigen. >Grausamkeit und Schamgefühl haben ihren Platz in Mozarts Bild von der menschlichen Fehlbarkeit<, so ähnlich lautete Kermans Rezension. Lass uns durch die Altstadt gehen, schnuppern, Erinnerungen auffrischen und vielleicht ein Gläschen trinken!« sagt er mit einem Lächeln.

»Gute Idee, Ludwig.«

Als sie die Bethlehemkappelle verlassen, sagt Mozart mit Wehmut: »Ach, diese liebenswürdigen Menschen, sie ahnen von der Kuriosität des Lebens nichts, oder doch?«

Sie schlendern unbefangen durch die Gassen. Haus um Haus, nebeneinander aufgereiht, mit Wirts- und Zunftschildern, alten kunstvoll geschnitzten Türen und Fenster und vielen bunten Blumentöpfen an Fenstersimsen, bestrahlt von den letzten Streifen der untergehenden Sonne, alles vermitteln den Passanten das friedliche Bürgerleben mit einem Hauch Romantik und Gefühl von Gemütlichkeit in Stuben und Gaststätten, zwischen Weib und Kind, Familie und Nachbarschaft.

»Na, Ludwig, würdest Du gerne wieder leben?«

»Warum?«

»Ich denke, wir sind in einer uns unbekannten, friedlichen postmodernen Zeit!«

»Der friedliche Schein trügt, mein Lieber, lass Dich nicht täuschen, Amade. Hast Du etwa unsere romantische Ära denn ganz vergessen, jene schöne Zeit in Wien, mit Intrigen und Ignoranz? Ist davon nur Deine Melancholie übrig geblieben? Willst Du, Amade, etwa alle unsere schönen Erinnerungen zum Nichts erklären?«

Einen Augenblick, unmessbar im Kosmos, malt sich Mozart aus, wie er mit Konstanze die Straße entlang läuft. Mein Gott, wie schön wäre es! Doch die Vorstellung, Konstanze nie wieder zusehen, stimmt ihn traurig.

»Ach, meine Konstanze«, sagt er, »sie nahm meinem Alleinsein den Strick. So weit ich zurückdenke, habe ich mich von der Leere in mir selbst gefürchtet. Nicht weil ich hier in Prag keinen so gut kannte. Mein Alleinsein hatte damit nichts zu tun. Verstehst Du, was ich meine?«

Beethoven nickt. »Man kann einsam sein, aber nie allein!«

»Ah! Wer kann es besser wissen als Du! Manchmal dachte ich, kein Mensch auf der Welt ist so einsam, wie ich es war. Und heute weiß ich, das hing für mich ebenso wenig wie für Dich von der Gegenwart anderer ab – mich beängstigte sogar, wenn Menschen um mich herum sich amüsierten, meine Einsamkeit störten und mir dennoch kein Gefährten sein konnten.«

»Wie meinst Du das, Amade?«

»Indem sie stumpfsinnig herum alberten. Hin und wieder dachte ich so tief nach, dass ich, wenn ich mich umsah, erschrocken feststellte, dass mich keiner verstand und mein einziger Begleiter ich selbst war.«

»Ich bin mir nicht sicher, ob mein Alleinsein, Deinem vergleichbar ist. Ich war nach dem Verlust meines Gehörs froh allein zu sein. Ich war der Musik trotzdem dankbar, obwohl ich sie nicht mehr hören konnte, dankbar, dass sie meine Einsamkeit aufhob. *Geduld – so heißt es –, sie muss ich nun zur Führerin wählen. Ich habe es. – Dauernd, hoffe ich, soll mein Entschluss sein, auszuharren, bis es den unerbittlichen Parzen gefällt, den Faden zu brechen. Vielleicht geht's besser, vielleicht nicht – Ich bin gefasst. [...]«*

Teilnahmsvoll geht Mozart einige Treppen hinunter und Beethoven hinter ihm.

>Vielleicht lenke ich ihn mit einer simplen Frage ab<, denkt Beethoven. »Nun sag' mir Wolfgang, wo kommt eigentlich die Moldau her?«

Mozart lächelt, ahnt seine Absicht. »Die Moldau, der Hauptfluss Böhmens, ist 425 km lang und ein Nebenfluss der Elbe. Sie nimmt ihren Ursprung im Böhmerwald, wo die warme und die kalte Moldau zusammenfließen und erst nach Slowenien wendet sie sich bei Hohenfurth durch die Teufelsmauer nach Norden, nimmt dort rechts die Maltsch, Lainsiz und Sazawa, links die Wottawa und Braun auf und mündet schließlich gegenüber Melnik, einer Bezirksstadt im Norden, in die Elbe.«

»Meinen Respekt. Du hast in Geographie gut aufgepasst, im Gegensatz zu mir.«

Beethoven ist froh, dass ihm die Ablenkung gelungen ist, denn Mozart fährt fort. »Mon cher, Louis! Liebster! Ich kann mich unmöglich entschließen, so schnell wieder Prag zu verlassen. Das Wetter ist zu schön und hier am Ufer ist es in der Abenddämmerung gar zu angenehm.« Mozart kehrt wieder in die Prager Erinnerungen zurück: »*Figaro und ewig Figaro schrieb ich am 15. Jänner 1778 an Gottfried Freiherr von Jaccquin in Wien unter anderem … Gleich bey unserer Ankunft (Donnerstag, den 11ten um 12 Uhr zu Mittag) hatten wir über Hals und Kopf zu thun, um bis 1 Uhr zur Tafel fertig zu werden. Nach Tisch regalierte uns der alte H. Graf Thun mit einer Musik, welche von seinen eigenen Leute aufgeführt wurde und gegen anderthalb Stunden dauerte – diese wahre Unterhaltung kann ich täglich genießen – um 6 Uhr fuhr ich mit Graf Cona auf den so genannten Breitfeldischen Ball, wo sich der Kern der Prager Schönheiten zu versammeln pflegt. Das* wäre, was für Dich gewesen, mein lieber Ludwig! Mozart schwärmt weiter von alten Zeiten und seinem Schreiben an den Freund von Jaccquein. *Ich meyne, ich sehe sie all den schönen Mädchens und Weiber nach – laufen, glauben Sie? – Nein, nachhinken! – Ich tanzte nicht und löffelte nicht. – Das erste, weil ich zu müde war, das letztere aus meiner angeborenen Blöde. Ich sah aber mit ganzem Vergnügen zu, wie alle diese Leute auf die Musik meines Figaro, in lauter Contretänze und Teutsche verwandelt, so innig vergnügt herum sprangen; denn hier wird von nichts gesprochen als von – Figaro; nicht gespielt, geblasen, gesungen und gepfiffen als – Figaro. Keine Oper besucht als – Figaro und ewig Figaro. Gewiss große Ehre für mich.«*

Beethoven ist überwältigt von Mozarts plakativer Erzählweise und noch mehr ist er froh, dass er sich wieder gefangen hat. >Ist Nihilismus ansteckend? Ich fange auch an alles, was schön und lustig ist zu verneinen!<

»Und wie ging es weiter mit Deinem Brief?«

»Du musst Dir vorstellen, wir waren überglücklich. Ich hatte die Rivalität zwischen dem aufgeklärten Schikaneder und Marinellis Kasperl bei der Gestaltung der Zauberflöte hinter mir. Noch nie hatte man >Figaro< so herzhaft aufgeführt; noch nie hatten die Menschen mir mit Ihrer Freude so viel Glück gebracht. Alles dem Menschen ermöglichte Glück schien mir in jenen Tagen zusammen geronnen.«

»Die Prager Begeisterung für Dich war mehr als eine ästhetische Motivation. Dadurch wurden bei den Böhmern die josephinischen Ideen, Ideen des >Nationaltheaters< im Gegensatz zur nationalistischen, der italienischen Oper, erweckt.«

»Ich hatte ein ganz gutes Pianoforte in mein Zimmer bekommen. Nun kannst Du Dir leicht vorstellen, dass ich es jeden Abend nicht so ungenutzt und ungespielt lassen konnte. Es ergibt sich ja von selbst, dass wir ein kleines Quatuor in Caritatis Camera (und das schöne Bandel hammera) unter uns gemacht haben und auf diese Art den ganzen Abend abermals sine linea verloren gegangen sein wird.«

»Was war eigentlich Bandel hammera für ein Stück? Ich kenne es nicht!«

»Ach, ein nicht so wichtiges. Das war ein Terzett. ... *Nun leben Sie wohl liebster Freund, liebster Hikkiti Horky! – Das ist ihr Name, dass Sie es wissen; wir haben uns alle auf unserer Reise Namen erfunden, hier folgen sie: Ich Punkititi – meine Frau Schabla Pumfa. Hofer Rozka*

Pumpa. Stadler Notschibikitschbi. Joseph, mein Bedienter Sagadarata. Der Gourkel, mein Hund Schomanntzky.«

Mozart lacht so vergnügt, dass Beethoven unweigerlich mitlacht, ohne nach dem Sinn der Parodien zu fragen. Beide sind heiter wie schon lange nicht mehr.

»Ja und so glücklich standen wir, Konstanze, Carl und ich, hier am Donauufer und genossen jene leider kurze, schöne Zeit in Prag.« Er schwärmt fort: »>Wolferl< flüsterte Konstanze mir glühend ins Ohr, >O, was bist Du für ein Zauberer für unsere Welt! Ob ich je in der Lage sein werde, Dir die Liebe zu geben, die Dir zusteht? Du verdienst mehr, Dir gehört die Liebe der Menschheit!< Tief in meinem Herzen spürte ich das einmalige Glück, als ich diese Liebeserklärung hörte.«

»So empfindet der sensible Mensch, so empfand auch Deine Konstanze. So ist Deine Größe, Amade, das Du durch das Fluidum Deiner Musik deutlicher als der Text Da Pontes ahnen lässt, welche enthusiastischen Emotionen sie bei Menschen induzieren kann. Der Textdichter musste die revolutionäre >Verlegenheit< Beaumarchais abschwächen. Um ein Verbot in der Heimat zu vermeiden, hat er nicht so sehr das Unerhörte, Umstürzlerische, sondern die Raffinesse des an Handlung überreichen Librettos betont. Du bist dieser frivol-ironischen Seite des Textbuches nichts schuldig geblieben. Die Handlung, all die kleinen Versuche des feinen Betrugs, sind ungeschmälert übernommen, ohne dass von der Kraft der Aktion etwas verloren geht. Denn die Musik übertönt Kraft ihres Charakters die >naiven< Handlungen und bewirkt eine spirituelle Befreiung, die jeder zu spüren bekommt.«

»Dann lass uns die D-Dur Arie Bartolos hören«, schlägt Mozart vor.

Plötzlich zieht die Melodie >La vendetta< (süße Rache) in erhabenen Schritten einher und kündigt die erfühlte Rache an.

»Amade! Das Duett Marcellina-Susanna, das durch die höhnischen Triolen der Geigen bestimmt ist, erweckt heitere Emotionen, auch wenn sie von der ergreifenden Melodie des Gesanges übertönt wird. Den großartigen Schluss des ersten Aktes darf man nicht überhören: das >Non Più andrai< (dort vergiss) Figaros, das erhöhnisch-belustigt dem zum Regiment verbannten Cherubino singt, ihm das neue Leben mit Kampf und Gefahr ausmalt…«

Mozart ist beglückt. »Die Darstellung Cherubinos durch eine Sängerin hat viele Vorteile, durch den weiblichen Liebreiz, den der Page so gewinnt, durch die gleichzeitige doppelte Verkleidung (als Mädchen ist er richtig gekleidet, im Sinne der Rolle aber verkleidet), wird auch das mehrpolige seiner Verliebtheit aufgehoben. Ludwig, die Erotik wird hier abgeschwächt, aber der Zuschauer empfindet trotz männlicher Kleider in Cherubino eine Frau.«

»Dass diese verspielte Liebe des Pagen so beglückend, belebend und erregend wirkt, ist der Darstellung der Rolle durch eine Sängerin zuzuschreiben, dann die ergreifende Szene mit der wunderschönen Arie in F-Dur: >De, Vieni, non tadar, o gioia bella< (o säume länger nicht). Welche schlichte Anmut vermag diese Tonart auszudrücken, insbesondere auch das begleitende Bläserkolorit (Flöte, Oboe, Fagott). Susanna singt das Liebeslied ihrem wirklichen Geliebten, während es dem Grafen zugedacht ist. Die dramatische Dynamik der Szene wird durch die Musik erzeugt… Mein lieber Amade, Dein >Figaro< ist mit allen Farben und Temperamenten der Liebe versehen. >Le nozze die Figaro< ist für mich die schönste Oper, die je in der Verherrlichung der Liebe komponiert ist. Figaro ist der Trost für die ausgelaugte Seele, sie ist geistig heiter, wie nur wenige Phänomene der Welt.«

Eine Weile wird nicht mehr gesprochen. Unvermittelt schweigen sie, doch dann setzt Beethoven den Gedankenaustausch fort. »Aus der nüchternen und drückenden Luft Wiens herausgekommen, tat ich große Flügelschläge der Wonne und Freiheit. Wenn ich sonst im Leben je und je zu kurz gekommen bin, so habe ich doch von Zeit zu Zeit die Aufmerksamkeit großartiger Menschen auf mich lenken können. Im Frühjahr 1796 fuhr ich mit dem Fürsten Carl von Lichnowsky hierher nach Prag…«

»Einige Jahre davor machte ich auch mit ihm diese Reise«, wirft Mozart ein.

»Prag war meine erste große Konzertreise, Amade. Mit viel Freude und auch Erfolg folgten Leipzig, Dresden und Berlin. In Prag war ich guter Dinge, komponierte die Konzertarie >Ah, perfido!< für Josephine, Gräfin von Clary (spätere Gräfin Clam-Gallas). Sie war eine gute Sängerin. Die Arie (Op. 65) war nach dem Vorbild von Haydn Scena die Berenice …«

»Warst Du verknallt ins sie?« scherzt Mozart.

»Ich habe sie verehrt Amade, man kann nicht jede schöne Frau gleich lieben! Die Arie wurde von Deiner aufrichtigen Freundin Madame Josepha Duschek ins Repertoire genommen.«

»Sie war eine ausgezeichnete dramatische Sopranistin. Ich habe sie anlässlich der Aufführung >Don Giovanni< in ihrer Sommervilla bei Prag kennen gelernt, wo Konstanze und ich wohnten.«

»Ja, Prag war eine Stadt der Begegnungen, Amade. Hier lernte ich auch den bekannten Pianisten Friedrich Heinrich Himmel kennen. Die Tage flogen dahin. All zu früh war wieder die Zeit zum Abschied gekommen. Erneut Wehmut im Herzen. Aber bevor ich von Prag nach Dresden, Leipzig und Berlin reiste, schrieb ich am 19. Februar 1796 einen Brief an meinen Bruder Nikolaus Johann, um ihm mitzuteilen, dass es mir gut geht und die Geldsorgen behoben sind, einigermaßen. Amade! Lass uns fortgehen, sonst fange ich wieder an zu grübeln.«

»Und ich grübele mit, Ludwig. Jedes Mal, wenn ich nach Wien muss, habe ich ein leeres Gefühl, beängstigend wie ein Dämon, der mein strotzendes Wohlbefinden überlistet und meine Seele ins Stocken versetzt. Dabei habe ich auch schöne Zeiten in Wien erlebt.«

»Aber Amade, mein Bester! Wir müssen doch nicht unbedingt nach Wien. Wir sind frei und niemandem zur Rechenschaft verpflichtet.« Beethoven denkt etwas nach. Dann erzählt er von einer Begegnung in der Wiener Gesellschaft. »Bei einer der seltenen Gesellschaften, denen ich sonst aufgrund meiner Hörschwierigkeit fern blieb, sah ich ein zierliches, ja zartes, junges Mädchen. Es waren eine Menge Leute da. Sie tanzten, tranken, amüsierten sich und führten ihr gewohntes Getöse vor, und ich saß mit einer Notenmappe unter dem Arm in einem abseitigen Lampenwinkel. Es waren Sonatinas, Adadio und Andantecon Variazioni für Klavier und Mandoline. Tief in Gedanken versunken klang die Mandoline in meinem Kopf, wie eine Liebeserklärung oder ein Gutenachtkuss ...«

»Du warst verliebt, gib es doch zu!«

Beethoven lacht vergnügt. »Ja, ich war immer verliebt in die Unbekannte und Nichtgreifbare... Das Mädchen trat heran und sah mir über die Schulter. Sie sprach mich hinter meinem Rücken an.

>Warum sitzen Sie hier so allein, Herr van Beethoven?<

Es ärgerte mich, da ich sie nicht richtig hörte. Sie wiederholte den Satz. Ich habe sie verstanden, sagte aber nichts.

>Nun, bekomme ich keine Antwort?<

»Verzeihung Fräulein, aber was soll ich denn antworten? Ich sitze allein, weil es mir Spaß macht. Das stimmte natürlich nicht. Ich konnte, wenn viele um mich herum sprachen, verrückt werden. Das war unerträglich. Ich wollte aber nicht jedem preisgeben, dass ich taub und sehr einsam bin ...«

>Dann störe ich Sie also?<

»Was sagten Sie?«

>Ich wollte Sie nicht stören, Herr van Beethoven.<

»Nein, Sie stören mich nicht. Nun, was wollen Sie wissen, junges Fräulein?«

»Ist sie Deine unsterbliche Geliebte, Ludwig, von der Du immer wieder sprichst?«

»Nein, sie war ein reizendes junges Ding und hatte keine Lust die Zeit mit tanzen und dahinalbern zu vergeuden. Sie wollte sich vernünftig unterhalten. Und ich erzählte ihr von meinem Leben in Bonn und dann in Wien. Sie interessierte sich sehr für Philosophie und Geschichte. Da konnte ich schon mitreden, Plato, Kant ... Wir kamen auch auf Herders >Blumenlese aus morgenländischen Dichtern<, Hafez, Khayyam, Saadie u.s.w. Ich hatte mich wohl in meiner philosophischen Gedankenführung weit über das romantische Ziel des jungen Fräuleins hinausgewagt.

>Für einen Komponisten sind Sie sehr gebildet. Man könnte meinen, Sie seien ein Philosoph!< sagte sie in vollem Ernst.

»Danke für die Blumen, mein Fräulein! Denken Sie etwa, Komponisten können nur Hämmern, Streichen und Blasen?«

Wir lachten und schwiegen eine Weile. >Sind Sie nun ein Philosoph oder ein Komponist?<

Ich schnitt eine Grimasse.

>Ich versuche es anders<, fuhr sie fort. >Nicht weil Sie komponieren und verheißungsvolle Briefe schreiben, sondern weil Sie die Natur und die Menschen so verheißungsvoll lieben, können Sie beides sein. Kennen Sie Sophie Brentano-Mereaú?<

»Ja, ich schätze sie sehr. Auf ihr Gedicht ˋFeuerfarb´ von 1792 komponierte ich 1805 Opus 52, ein Jahr vor ihrem Tod. Nachdem ich ihr großes Interesse geweckt hatte, fing ich an Opus 52 *Feuerfarb* zu singen: Ich weiß eine Farbe, der bin ich so hold,

die achte ich höher als Silber und Gold,

die trag' ich so gerne um Stirn und Gewand,

und habe sie *Farbe der Wahrheit* genannt.

[…]

Ohne zu zögern erwidert sie:

>Nur *Wahrheit* bleibt ewig, und wandelt sich nicht:

Sie flammt wie der Sonne allleuchtendes Licht.

Ihr hab' ich mich ewig zu eigen geweiht.

Wohl dem, der ihr blitzendes Auge nicht scheut!<

Und ich sang die letzte Strophe:

»Warum ich, so fragt ihr, der Farbe so hold,

den heiligen Namen der *Wahrheit* gezollt? –

Weil flammender Schimmer von ihr sich ergießt,

und ruhige Dauer sie schützend umschließt.«

Nach unserem Duett schien sie wie umwandelt, trug pathetisch aus Sophie Brentanos Tagebüchern vor: >Ich bin mir selbst der Repräsentant der Menschheit, und ich leide nicht, dass den Menschen etwas zuteil wird, was ich nicht auch in mir fühle.<

Und ich erwiderte: >Du, Freiheit und Frankreich – nur diesen

Himmel, wo alle meine Gefühle, alle meine

Lieblingsbilder sich begegnen – <.

Scheinbar überrascht erwidert sie:

>Was suchst Du hier? Die Stunden sind verweht,
Vergangenheit nahm sie in ihren Schoß.
Die Blume stirbt – ein neu Gebilde entsteht,
Und keine Stunde reißt sich wieder los.<

»Die Tagebuchblätter von Sophie Mereaú sind wie ein durchsichtiges Glas Wein, der rot schimmernden Inhalt verbergen will: Gefühle, Sehnsüchte, Ereignisse und Entschlüsse.«

>Ein Paradox!<, sagte sie. >Verschwiegenheit existiert nur in Einsamkeit; sobald sie geteilt wird, löst sie sich auf.<

Sie hob den Kopf und wischte sich mit einem Lächeln die Tränen aus dem Gesicht. Ihr Blick war auf mein Gesicht gerichtet und wich nicht aus. Ihr Gesicht war wie ein ruhiges Meer, tiefgründig und von Aufmerksamkeit gespannt. Sie hörte mir zu und bekam Kinderaugen, die ihrer Reinheit entsprachen. Ich wagte, sie hemmungslos mit naiver Finderfreude zu betrachten und entdeckte, dass sie sehr schön war. Von der Schönheit fasziniert, hörte ich auf zu sprechen. Sie blieb auch still. Dann zuckte sie zusammen und blinzelte ins Lampenlicht.«

»Wie heißen Sie eigentlich, Fräulein?« fragte ich neugierig doch vorsichtig.

>Elisabeth<.

»Sie hatte eine Haut wie Rosenblätter. Als ich sie ansah, errötete sie.«

>Sie können mich Bettina nennen<.

»Ich war sehr glücklich Elisabeth (Bettina) von Brentano kennen gelernt zu haben. Es war der Mai 1810, der Wunden schlug; er heilte sie auch wieder. Es geschah durch Bettina Brentano, die in diesem Monat nach Wien kam. Ich war mit der Familie Brentano bekannt und ab und zu traf ich bei Hofrat Birkenstock, den Vater der Frau Antonie Birkenstock-Brentano. Der alte Herr war 1809 verstorben. Antonie und ihr Mann Franz Brentano (er war der Halbbruder Bettinas) lebten bis 1812 in Wien, wodurch sich eine Freundschaft mit der Familie entwickelte. Ja, dieselbe Bettina, die mit mir zu philosophieren begann, erfuhr von meiner abgewiesenen Liebe zu Therese Malfatti. Durch einen Freund namens Gleichstein war ich mit der

Familie Malfatti bekannt geworden. Gleichstein verlobte sich mit der Tochter Anna und ich verliebte mich in die andere Tochter Therese. Während Gleichstein 1811 Anna heiratete, wurde ich abgewiesen. Thereses Onkel, Dr. Malfatti, sprach aus, was die anderen dachten: >Er ist ein konfuser Kerl, darum kann er doch das größte Genie sein.<

Malfatti und seinesgleichen sagten dem tauben armen Teufel unermesslich unwahres Zeug und hielten mich auf diese Weise für die Reife zum Tod – so wie Hamlet zur letzten Bereitschaft geheilt wurde: >Men must endure –
  Their going hence, even as their coming hither:
   Ripeness is all.<
Mozart, als habe Beethoven auch in seinem Namen gesprochen, erwidert: »Dulden muss der Mensch
  sein Scheiden aus der Welt, wie seine Ankunft:
   Reif sein ist alles.«
Er umarmt ihn. »Liebe ist eben im Tod, und Tod in der Liebe:
  >O Love! O Life! Not life, but love in death!
  O Lieb´! O Leben´! Nein, nur Lieb´ im Tode!<
Darum wird die Liebe ins Grab gezogen, kann nur die Gruft wirklich vereinen, so Shakespeare in Tod und Unsterblichkeit.«

Beethoven nickt. >If not to heaven, than hand in hand to hell.<
»Wo nicht zum Himmel, Hand in Hand zur Hölle! Das Leid ist da; alles kommt darauf an, wie sich der Mensch vor ihm verhält.«

»Was war sie für eine Frau, diese Therese?«

»Ein ruhig-heiteres Wesen. Ich begnügte und beruhigte meine Sehnsüchte mit Briefen, die ich an sie schrieb. *Deine Nachricht stürzte mich aus den Regionen des höchsten Entzückens wieder tief herab. Wozu denn der Zusatz, Du wolltest es mir sagen lassen, wenn wieder Musik sei? Bin ich denn gar nichts als Dein Musicus oder der anderen?«*

»Wie reagierte Bettina, nachdem sie von Deinem Liebeskummer erfuhr?«

»Sie saß still und betrachtete die Tanzenden, aber ich spürte, dass sie Mitleid mit mir hatte. Im Laufe der Zeit hatte ich in Bettina eine vertrauensvolle Freundin. Mit ihr konnte ich reden, diskutieren, so recht aus meiner Seele reden … *>Meine Ohren sind leider, leider eine Scheidewand, durch die ich nicht leicht freundlichere Kommunikation mit Menschen haben kann. Sonst, vielleicht, hätte ich mehr Zutrauen gefasst zu Ihnen. So konnt' ich nur den großen gescheuten Blick Ihrer Augen verstehen, und der hat mir zugesetzt, dass ich's nimmer vergessen werde. Liebe Bettina, liebes Mädchen! Die Kunst! Wer versteht die! Mit wem kann man sich bereden über diese große Göttin! Wie lieb sind mir die wenigen Tage, wo wir zusammen schwatzten oder vielmehr korrespondierten; ich habe die kleinen Zettel aufbewahrt, auf denen ihre geistreichen, lieben, liebsten Antworten stehen. So habe ich meinen schlechten Ohren doch zu verdanken, dass der beste Teil dieser flüchtigen Gespräche aufgeschrieben ist.<* Diese und viele andere romantische Ausflüge meiner Sehnsüchte, beruhigten meine Seele.«

Mozart hört wie betäubt zu. Beethovens Ton erinnert an seine eigene leidenschaftliche Erklärung für die Kunst und Liebe; sie bewegt ihn sehr. >Woher hat er das bloß? Doch wohl nicht vom Großvater, den er kaum in Erinnerung hat. Er starb, als er noch keine drei war. Kann Begabung und Talent zur Genialität gar Schwermut vererbt werden?<

Beethoven sinniert. *>Seid sie weg war, habe ich verdrießliche Stunden gehabt. Schattenstunden, in denen man nichts tun kann; ich bin wohl an drei Stunden in der Schönbrunner Allee herumgelaufen als sie weg war, und auf der Bastei; aber kein Engel ist mir da begegnet, der mich gebannt hätte, wie Bettina der Engel. Verzeihen Sie, liebste Bettina, diese Abweichung von der Tonart; solche Intervalle muss ich haben, um meinem Herzen Luft zu machen<*. »Diese Korrespondenz war für mich befreiend. Sie hat dann von mir an Goethe geschrieben. Weißt Du Amade, die Hoffnung hat mich genährt. Sie nährt uns alle. Was würde sonst aus den Menschen, wenn es keine Hoffnung gäbe! Ich schrieb ihr: *Kennst Du das Land, als eine Erinnerung an die Stunde, wo ich sie kennen lernte. Ich schicke auch das andere, was ich komponiert habe, seit ich Abschied von Dir genommen habe, liebes, liebstes Herz!* Ja, diese verführerische Hoffnung!«

»Ja, die Hoffnung stirbt als letztes, aber sie stirbt! Kannst Du mir sagen, ob diese platonische Liebe Dich glücklich machte oder elend, oder beides?«

»Aber Amade, Du musst es doch besser wissen, die Liebe ist kein Heiltrunk, um uns glücklich zu machen; sie ist ein Experiment, womit wir erfahren sollen, wie stark wir im Leiden und Ertragen sind!«

Das versteht Mozart, er kann aber nicht verhindern, dass ihm etwas wie ein leises Stöhnen statt einer Antwort aus tiefer Kehle kommt. Beethoven sieht es in seiner Mimik.

»Ah«, sagt er, »kennst Du das auch? Jeder hat seine Erfahrungen mit der Liebe.«

Beethoven ist ein frommer Mann, was die Liebe betrifft, das weiß Mozart. Doch er hat damit nicht gerechnet, dass Beethoven von ihm ein ebensolches unglückliches Liebesleben erahnt. Mozart erkennt, dass er in dieser Frage aufbegehren muss: Es ist unabdingbar, dass er sich auch offenbart und zwar hemmungslos. Nur dann, so seine Überlegung, würde Beethoven erfahren, dass schrankenlose Offenheit zwischen zwei Menschen zu mehr Vertrauen führt.

»In welcher Verfassung muss man sein, Ludwig, dass man die Schwelle des Leidens überwindet, um die Leidenschaften der Seele zu beschreiben?«

»Ich glaube, wenn man sich vergisst, verlässt man alle Barrieren und Schranken. Man ist frei und spricht sich aus… Nein, das Herz spricht für ihn: *Herz, mein Herz, was soll das geben? Was bedrängt Dich so sehr? Welch ein fremdes, neues Leben! Ich erkenne Dich nicht mehr. Ja, liebste Bettina, antworten Sie mir hierauf, schreiben Sie mir, was soll mit mir, seit mein Herz ein solcher Rebell geworden ist. Schreiben Sie Ihrem treuesten Freund.«*

»Aber hast Du durch Bettina die unglückliche Liebe zu Therese vergessen können?«

»Nein.«

»Oh, Du liebst sie immer noch, diese unreife Therese?«

»Ich liebe doch alle.«

Beide lächeln.

»Was hat wohl Bettina an Goethe berichtet? Sie war doch Goethes auserkorene junge Dichterin!«

»Was Bettina mit Goethe sprach, war für mich nicht wichtig. Als ich eine große Welle des Mitleids, der Sympathie erfuhr – bemitleidet werden, wollte ich nie; das war im wesentlichen mein endgültiges Geheiß – entschloss ich mich zu warten, denn ich konnte nicht, nein, ich konnte mir das einfach nicht vorstellen, ohne Liebe zu leben, so wandte ich mich an meine mir stets treue Geliebte, die Natur. Immer wieder streifte ich durch die wundervolle Umgebung der Stadt Wien, am liebsten in die Wälder. Ich sah die Bäume und Berge, Matten, Obstbäume und Gebüsche und bewunderte die stille Geduld, als ob sie auf mich warteten, um bewundert zu werden. Und so begann ich die Natur zu lieben. Sie würde mir nie nein sagen, mich nie abweisen. Es kam ein beruhigendes, erfüllendes Verlangen in mich, mich in die Natur zu verlieben. So empfand ich ein tieferes Gefühl für mein Leben und schließlich mit meiner Seele den Frieden.«

»Aber lieber Ludwig, viele sagen sie lieben die Natur. Sie gehen hinaus und freuen sich über ihre Schönheit, zertreten die Wiesen und reißen die schönsten Blumen und Zweige ab, um sie wieder wegzuwerfen. So lieben viele die Natur. Sie nehmen ohne ihr etwas zu geben. Sie hätten es ja nicht nötig, denn der Mensch sei die >Krone< der schönen Natur!«

»Die Natur lieben und verstehen ist eine Kunst, mein lieber Amade, eine göttliche Kunst. Ich hörte Niemanden, aber den Wind vieltönig in den Kronen der Bäume klingen, hörte Bäche durch Schluchten brausen und stille Berge die Ströme bis in die Ebene leiten, von gewaltigen Gletschern in die ruhige See, und ich wusste, dass diese Töne Gottes Sprache waren, dass es ein Wiederfinden des Paradies wäre, diese geheimnisvolle Sprache zu verstehen …«

»Und so kamst Du auf Deine Pastorale und den Dankgesang nach der Rettung aus der Katastrophe?«

»So mag es gewesen sein. In der Fünften Symphonie schafft sich das intelligente Subjekt die Welt mit unerhörter, heroischer Energie und als mit höchster Phantasie begabtes Wesen. Die Kontemplative, gleichwohl von aktiver Einbildungskraft geprägter Begegnung des Subjekts mit dem Anderen, das im Begriff der Natur kulminiert, ist das Hauptthema der Sechsten, der pastoralen Symphonie.«

Kaum ist Beethoven mit seinem Satz fertig, ertönt eine bezaubernde Stimme über die Donau: >... *dass ich an einen göttlichen Zauber glaube, der das Element der geistigen Natur ist, diesen Zauber übt Beethoven in seiner Kunst ...*<

»Hörst Du, Ludwig, wer da spricht?«

»Ja, ich höre wohl sehr gut. Das ist Bettina, aber mit wem spricht sie? Wohl nicht mit Herrn Geheimrat Goethe!«

»Das werden wir bald erfahren.«

»Siehst Du, Amade, es hat sich gelohnt, dass wir eine Weile hier in Prag geblieben sind.«

»Sei ruhig, lass uns hören.«

>*Mein Kind, Du explodierst ja vor Begeisterung...*<, sagt eine Bassstimme.

»Ludwig gib' Acht, das kann nur Goethe sein. Wer hat gedacht, Bettina Brentanos und Johann Wolfgang von Goethes Kobold hier in Prag.«

>*Wer könnte uns diesen Geist ersetzen?*<, fragt die sanftmütige Bettina. >*Von wem könnten wir Gleiches erwarten? – Das ganze menschliche Treiben geht wie ein Uhrwerk an ihm auf und nieder, so allein erzeugt frei aus sich das ungeahnte, unerschaffene; was sollte diesem auch der Verkehr mit der Welt, der schon vor Sonnenaufgang am heiligen Tagwerk ist, und nach Sonnenuntergang kaum um sich sieht, der seines Leibes Nahrung vergisst, und von dem Strom der Begeisterung im Flug an den Ufern des flachen Alltagslebens vorüber getragen wird, er selber sagte.*<

Beethoven streckt den Hals, um ja alles richtig zu hören.

Bettina fährt fort: >*Wenn ich die Augen aufschlage, so muss ich seufzen, denn was ich sehe, ist gegen meine Religion, und die Welt muss ich verachten, die nicht ahnt, dass Musik höhere Offenbahrung ist als alle Weisheit und Philosophie, sie ist der Wein, der zu neuen Erzeugungen begeistert, und ich bin der Bacchus, der für die Menschen diesen herrlichen*

Wein keltert und sie geistestrunken macht; wenn sie dann wieder nüchtern sind, dann haben sie allerlei gefischt, was sie mit aufs Trockene bringen. <

Beethoven ist gerührt und hört fasziniert zu, was Bettina dem aufmerksamen Goethe berichtet.

»Stimmt es, Ludwig, was Bettina hier erzählt?«

»Ja, Amade, Bettina ist wie zu ihren Lebzeiten ehrwürdig und eloquent!«

> *Ich hätte mich sehr gefreut, wenn Beethoven die beiden Lieder, von mir komponiert, mir zuschicken würde …* <, sagt plötzlich Goethe in gehobenem Ton.

»Die Helden mögen dem Dichter, wie alles vaterländische, im Leben viel näher gewesen sein, als wir ahnen; und doch stehen ihre Namen fremd in seinem Werk; seine große Dichtung geht über sie hinweg«, flüstert Mozart.

> *Gestern Abend, so kommt es mir vor* <, spricht Bettina, > *schrieb ich noch alles auf, heute Morgen las ich's ihm vor. Er sagte: Hab' ich das gesagt? Ja, mein Lieber. Ja, mein Schatz, weißt Du nicht mehr …* <

»Keinen Freund hatte ich, ich musste mit mir allein leben«, flüstert Beethoven vor sich hin, »in meiner Kunst, ich ging ohne Furcht mit ihm um …«

Bettina spricht etwas lauter, weil sie das Gefühl hat, dass Goethe wieder abwesend ist. > *Man fürchtete sich, mich zu ihm zu führen, ich musste ihn allein aufsuchen; er hatte drei Wohnungen, in denen er abwechselnd sich versteckte. Eine auf dem Lande, eine in der Stadt und die dritte auf der Bastei. Da fand ich ihn im dritten Stock. Unangemeldet trat ich ein. Er saß am Klavier, ich nannte meinen Namen, er war sehr freundlich und fragte ob ich ein Lied hören wollte, was er eben komponiert habe. Dann sang er scharf und schneidend, dass die Wehmut auf den Hörer zurückwirkte. `Kennst Du das Lied´ nicht wahr, es ist schön? sagte er begeistert, Wunderschön! Ich will's noch einmal singen. Er freute sich über meinen heiteren Beifall. > Die meisten Menschen sind gerührt über etwas Gutes, das sind aber keine Künstlernaturen, Künstler sind feurig, die weinen nicht<, sagte er. Dann sang er noch ein Lied von Dir, das er auch in diesen Tagen komponiert hatte: `Trocknet nicht Tränen* der ewigen Liebe´. Wenn er sprach, war er von Leidenschaft erfüllt. Er sprudelte richtig über schöne Dinge, über die Kunst, dabei sprach er laut, blieb auf der Straße stehen und vergaß die Welt. Einmal traten wir in eine große Gesellschaft bei uns zum Dinner ein, man war sehr verwundert, ihn mit mir Hand in Hand vertieft im Dialog zu sehen. Später setzte er sich unaufgefordert ans Instrument und spielte lange und wunderbar, sein Stolz fermentierte zugleich mit seinem Genie; in solcher Aufregung erzeugt sein Geist das unbegreifliche, und seine Finger leisten das Unmögliche. Danach kam er alle Tage, oder ich ging zu ihm. Darüber versäumte ich Gesellschaften, Galerien, Theater und sogar den Stephansturm. Beethoven sagte einmal: `Ach, was wollen Sie da sehen! Ich werde Sie abholen, wir gehen gegen Abend durch die Allee von Schönbrunn´. >Bettina, meine Liebe<, sagt Goethe selbstherrlich, >Ihr seid verliebt gewesen, ohne diese Leidenschaft zum Ausdruck zu bringen! Ich bin mir sicher, dass Deine Begeisterung mehr war als eine Verehrung!<

>Kann man in so einen göttlichen Geist verliebt sein? Nein, ich himmelte ihn an, ich vergötterte ihn so sehr, dass es allen auffiel und mir gut tat.   >Seid ich ihn gesehen,
glaube ich blind zu sein;
Wo ich hin nur blicke,
seh' ich ihn allein;
wie im wachen Traume
schwebt sein Bild mir vor,
taucht aus tiefstem Dunkel
heller nur empor.
Sonst ist Licht und farblos
Alles um mich her,
nach der Schwestern Spiele
nicht begehr` ich mehr,
möchte lieber weinen
still im Kämmerlein;
seit ich ihn gesehen,
glaub` ich blind zu sein<

>Mein Kind, das ist aber nicht von mir, was Du gerade vorgetragen hast!< ertönt es aus der tiefen Kehle Goethes. *>Nein, Adalbert von Charmisso versteht Frauenherzen und die Liebe wie kein anderer!<* Goethe verschlossen. *>Ich verstehe Deine Begeisterung. Ich sagte doch damals, wenn Du Dich erinnerst, dass ich gern Opfer bringen würde, um seine persönliche Bekanntschaft zu haben, wo denn ein Austausch von Gedanken und Empfindungen gewiss den schönsten Vorteil brächte; vielleicht vermagst Du so viel über ihn, dass er sich zu einer Reise nach Karlsbad bestimmen lässt, wo ich doch beinahe jedes Jahr hinkomme und die beste Muse haben würde, von ihm zu hören und zu lernen; ihn belehren zu wollen, wäre wohl selbst von Einsichtigeren als ich, Frevel, da ihm sein Genie vorleuchtet, und ihm oft wie durch einen Blitz Hellung gibt, wo wir im Dunkeln sitzen und kaum ahnen, von welcher Seite der Tag anbrechen wird.<*

>Mein Herz schlägt mir bis zum Hals; mit fiebriger Ungeduld warte ich auf diese Antwort<, sagt Bettina, *>denn Beethoven verehrt Goethe über alles. Für ihn ist Goethe der Inbegriff der Kunst aller Künste, der Poesie.<*

Goethe hoch erfreut. *>Aber ich glaube er verehrt Friedrich Schiller mehr...<*

Bettinas und Goethes Stimmen erlöschen wieder in der Atmosphäre über der Donau.

Beethoven ruft spontan: »Nein, ich habe ihn geliebt. Einen Schiller kann man nicht nur verehren und bewundern, Amade ...« Er ist von der Herzlichkeit Bettinas überwältigt. »Können wir noch ein Weilchen hier bleiben?«

»Aber, mon cher, was heißt ein Weilchen, dieser Begriff existiert nicht für uns, wir sind die Weile selbst, jederzeit.«

»Durch Bettina bin ich wieder zu Goethe geführt worden. Auch die Arbeit zu *>Egmont<* hat uns näher gebracht. Die Ouvertüre habe ich 1810 komponiert und sie wurde schon am 24. Mai 1810 aufgeführt. Ich habe sie bloß aus Liebe zum Dichter geschrieben und auch, um dieses zu zeigen, nichts dafür von der Theatraldirektion genommen, welche sie auch angenommen und zur Belohnung,

261

wie immer von jeher sehr nachlässig meine Musik behandelt hat, etwas kleineres als unsere Großen gibt's nicht. Doch nehme ich die Erzherzöge davon aus ...«

»Sie hat Dich in der Tat sehr geliebt, Ludwig. Hast Du gehört, wie sie um Dich und Deine Musik gekämpft hat?«

»Wer?« fragt Beethoven und lacht.

»Na, Bettina. Sie kämpfte um Deine Stellung bei dem arroganten Geheimrat.«

»Sie hat gewusst, dass ich sie liebe. Und sie? Hat sie mich auch geliebt? So ist das mit dem Liebhaben. Eine unsichere Sache. Es bringt Schmerzen und ich habe deren in der folgenden Zeit viel erlitten. Aber es liegt so wenig daran, ob man leidet oder nicht! Man will am Leben teilnehmen und sich nicht dauernd beklagen, wie schlecht einem alles Unschöne zugeteilt worden ist. Ich würde alles geben, was ich nur geben könnte, wenn ich dafür einmal ohne Schranken in die geheimnisvolle Periode meines Lebens hineinsehen könnte.«

»Ludwig! Es tut mir bitter weh, meine Augen, die das sehen, meine Ohren, die das hören.«

»Mein lieber Amade, auch der schöne Stolz und Eigendünkel bekommt seine Risse ab, aber im Nachhinein ist man so still, so befreit, alles hinter sich zu haben ... *>Geben doch Wälder, Bäume, Felsen den Widerhall, den der Mensch wünscht!<* Ich fand mich wieder in der Landschaft wohl, suchte Trost und Ruhe. Im Oktober 1810 schrieb ich Quartetto Serioso. Dieses Quartetto war die Frucht der Maitragödie, eine herbsüße Frucht, die ich in Baden gebrochen, wo ich vom August bis in den Oktober hinein weilte. Ich widmete F-Moll, Op. 95 meinem treuen Freund und Cellisten Nikolaus Zmeskall von Domanowicz. Er konnte nicht mehr gehen; 1824 war er schwer krank, aber die Aufführung der Neunten Symphonie wollte er nicht versäumen. Er lies sich in einem Tragesessel bringen.«

»Lass uns, Ludwig das Scherzo hören, das sich in den Motiven als wirkliches Serioso bewährt. Man hört die straffe Rhythmik, die sich marschartig zusammen ballt; man hört darüber hinweg, was dahinter liegt. Das zweimal auftretende Trio gleich einfallendem, freilich noch gedämpftem Sonnenschein; man glaubt wieder an die Sonne ... Das Quartett singt ein ergreifendes Lied über den Verlust Thereses.«

»Vielleicht.«

»Aber Bettina blieb Dir ein Gewinn.«

»Ja, wir waren Freund und Freundin.«

»Wie gelang es Dir, mit dem Schmerz der Verweigerung fertig zu werden?«

»Das ist einfach zu erklären, aber schwer zu ertragen. Es war eben ein Krieg zwischen mir und den leidenschaftlichen Sehnsüchten meines Herzens. Bald gewann ich eine Schlacht, bald verlor ich andere. So balgten wir uns weiter, und zuweilen hatte selbst der Himmel etwas Mitleid mit mir und ich wurde von imaginären Fantasien heimgesucht und dachte dies sei die Belohnung meiner Keuschheit. Dann gab es schließlich einen Waffenstillstand. Wir passten auf einander auf und lagen auf der Lauer, bis wieder ein Sturm der Leidenschaften mich heimsuchte und meine Seele konfus machte. Es blieb mir nichts übrig als wieder fort zugehen. Dann bummelte ich stundenlang in meinen vertrauten Wäldern, dann wieder in Prag. Hier konnte ich wieder aufatmen. Aus der nüchternen und drückenden Luft der Heimat heraus gekommen, tat ich große Flügelschläge der Wonne und Freiheit. Wenn ich sonst im Leben je zu kurz gekommen bin, so habe ich doch das Göttliche in mir, der unerschöpflichen Natur dankbar zu sein. Was will ich mehr. In solcher Verfassung war mir auch immer danach an die >*unsterbliche Geliebte*< zu schreiben, nur um mich auszusprechen, meine Seele zu beruhigen: *Mein Engel, mein Alles, mein ich!* ...«

Mozart wählt seine Worte mit Bedacht. »Findet man aus einem seelischen Konflikt nicht heraus, und kommen noch, wie es im Leben ist, andere Sorgen dazu, denn ein Unglück kommt selten allein, dann kracht die Seele zusammen. Die so entstandene seelisch-körperliche Bedrohung kann zur Psychose führen. Schwere Depressionen oder Manie sind dann die Folgen.«

»Melancholiker hungern sich zu Tode oder bringen sich um. Maniker überlassen sich der Resignation, oft bis zur tödlichen Erschöpfung.«

»Freilich«, sagt Mozart, »diese extremen Fälle haben auch etwas mit dem Empfinden gemein, aber die Kunst hat uns vor dem Suizid bewahrt.«

Beethoven lächelt. »Sind wir vom Glück denn begünstigt, Amade? Haben wir unser Versprechen, nur für die Kunst zu leben, eingelöst?«

»Nur für die Kunst! Nur für Sie haben wir gelebt, Ludwig und für nichts anderes! Mitten in der Arbeit an der >Zauberflöte<, die mir wahnsinnig Spaß machte, erhielt ich aus Prag den Auftrag der dortigen Stände, eine Krönungsoper zu Ehren Kaiser Leopold II. zu schreiben. Die Zeit war sehr knapp, aber was sollte ich tun. Ich musste den Auftrag annehmen, denn ich benötigte dringend Geld. Also so schnell wir konnten, es war gerade Mitte August 1791, machten wir uns, Konstanze, mein Schüler Süßmayer und ich, auf den Weg nach Prag. Während der dreitägigen Fahrt schrieb ich rastlos, indem ich das im Reisewagen skizzierte abends in Partitur brachte. Während Süßmayer die Rezitative verfertigte, schrieb ich in höchster Eile die geschlossenen Nummern. Der sächsische Hofdichter Cattérino Mazzola hat den bereits über sechzig Jahre alten Text bearbeitet, aber wohl nicht für mich, denn dafür war die Zeit zu kurz.«

»Warum sollte Leopold nochmals in Prag gekrönt werden?«

»Lieber Ludwig, das fragte ich mich auch, aber das ist halt Politik. Leopold II. wurde traditionsgemäß in Prag zum böhmischen König gekrönt und ebenso traditionsgemäß wurde bei solchem Anlass eine neue Oper aufgeführt. Ich vertonte die rührende Geschichte des edlen Kaisers Titus, genau genommen: Flavius Vespasianus Titus, der von 79 an römischer Kaiser war. Er liebt Servilia, die Schwester des Sextus, und verzichtet deshalb auf die ihm zugedachte Vitellia, Tochter des Kaisers Vitellius. Man hätte meinen können, es sei nun alles in Frieden und Feierlichkeit beschlossene Bindung, die Geschichte macht. Doch Vitellia will die Zerstörung ihres Traumes, selbst Kaiserin zu werden, rächen und stiftet den ihr völlig ergebenen Sextus zum Mord an Titus an. Der Kaiser bittet Sextus um die Hand Servilias. Dieser aber weiß, dass Servilias Annius liebt. Als der Kaiser dies erfährt, gibt er den Gedanken an Servilia auf und vereinigt sie mit dem Geliebten. Nun beabsichtigt er mit einem taktischem Zug Vitellia zu heiraten um den Intrigen entgegen zu treten, die er verspürt. Doch bevor er sie dies wissen lassen kann, hat sie Sextus zum Mordanschlag gegen Titus getrieben. Der Kaiser entgeht dem Todesstreich, weil in diesem Augenblick ein anderer seinen Mantel trägt. Sextus wird verhört, aber er schweigt hartnäckig. So wird er zum Tode verurteilt. Da bekennt Vitellia sich schuldig, um die Strafe mit ihm zu teilen. Titus aber begnadigt beide.«

Beethoven findet an dem guten Ende gefallen. »Ich bin von der universalen Bedeutung dieser Tradition ebenso, wie von der besonderen Stellung des Idealismus und Humanismus in der deutschen Philosophie überzeugt.«

»Das dachte ich mir, als ich Dir von der Oper >Seria< erzählte! Die Uraufführung fand in Prag am 6. September 1791 statt.«

»Die höchste Inspiration und Dein vollendetes Können. Bravo Amade!«

»Der Beifall war mäßig. Ich musste schleunigst die >Zauberflöte< vollenden, daher reisten wir wieder ab. Schikaneder machte es mir auch nicht einfach. Mit jedem Textbuch, gut oder weniger gut, musste ich arbeiten. Ludwig, stell Dir vor, Mitte September legte ich letzte Hand an die Partitur. Ouvertüre und Priestermarsch für die >Zauberflöte< konnte ich knapp vor der Uraufführung fertig stellen, die am 30. September 1791 im Theater auf Wieden zu Wien stattfand.«

»Ja, ich weiß, Du wurdest stürmisch bejubelt …«

»Was mich aber am meisten freut, war der stille Beifall.« Mozart erstarrt für einen Moment, nickt dann zum Zeichen, dass ihm etwas eingefallen ist. »Da tat mir irgendetwas in meinen Kopf weh, wie wenn eine Ader gesprungen wäre. Ich war bereits sehr krank, aber mit großer Freude konnte ich noch alles wahrnehmen und ging so oft wie möglich ins Theater. Ludwig, stell Dir vor, ich habe einmal das Glockenspiel im Orchester bedient und dabei den singenden Schikaneder als Papageno mit dem Lied >Ein Mädchen oder Weibchen< in Schrecken versetzt. Ich habe einen Akkord gespielt, der nicht vorgesehen war, und so verdeutlicht, dass Schikaneder gar nicht selbst das Glockenspiel bediente, wie er Glauben machte. Schikaneder aber, ein gewiegter Stegreifschauspieler, schlug mit der Hand auf die Glöckchen und rief dem Publikum zu >Halts Maul<, worüber das Publikum und ich lachen mussten. Ein anderes Mal war auch Salieri mit seiner Freundin bei einer Vorstellung, wo er von der >Zauberflöte< begeistert gewesen sein soll!«

Plötzlich ertönt wieder eine Frauenstimme über die Donau. >Wer möchte glauben, dass diese strahlende, heitere, sonnige Oper im Schatten des Todes meines geliebten Wolferl geschrieben wurde? Mit welcher Freude Du an dieser Oper gearbeitet hast, weiß nur ich. Nie warst Du reifer, gelöster gewesen, nie so sehr Herr über alle musikalischen Geheimnisse ...<

»Bist Du es, meine liebste Konstanze?«

>Ja, mein Wolferl, mein Leben, mein Alles! Als ich von der Tragik erfuhr, war es schon zu spät.<

»Ich trat in einen unwiderruflichen Weg ein und sah ihm, dem mächtigen Tod ins Gesicht, sagen konnte ich nichts, aber er war gnädig und willkommen. Niemand war in meiner Nähe. Mein Gott, war ich froh in meiner Not, dass meine liebe Konstanze nicht anwesend war, um mich und meinen Tod zu erleben. >*Wie gerne würde ich Ihrem Rat folgen, aber wie sollte es mir gelingen? Mein Kopf ist verwirrt. Ich halte mich mit Mühe aufrecht, aber ich kann das Bild jenes Unbekannten vor meinen Augen nicht bannen. Ich sehe ihn immer wieder vor mir, wie er bittet, wie er mich antreibt und wie er die Arbeit von mir fordert. Ich setze sie fort, weil mich das Komponieren weniger ermüdet als die Ruhe. Von anderswoher habe ich ja nichts mehr zu fürchten. Ich merke an meinem Zustand: Die Stunde schlägt; ich fühle mich nahe dem Tode. Ich bin am Ende, bevor ich mich meines Talentes freuen durfte. Und das Leben war doch so schön, meine Laufbahn begann unter so glücklichen Umständen. Aber an dem zugemessenen Geschick lässt sich nichts ändern. Keiner kann seine Lebenszeit bestimmen. Man muss sich fügen, wie es der Vorsehung gefällt. So beendige ich meinen Grabgesang. Ich darf ihn nicht unfertig zurücklassen* (Wien, 7bre 1791)<.«

Beethoven ist sonderlich zumute, als hätte er ein schlechtes Gewissen. »Du hast die Welt in jener Nacht vom 4. zum 5. Dezember 1791 in Eile verlassen. Dein Schüler Süßmayer vollendete die Komposition Deines Requiems. Ich verzeihe den Menschen nicht, die Dich so allein und einsam sterben ließen! Die Schwäger Hofer und Lange, die geliebte Konstanze fehlten. Die Freunde von Swieten, Salieri, Albrechtsberger, Roser von Reiter, Orsler, selbst Süßmayer und Dein Schikaneder hatten keine Zeit den Toten zu begleiten. Mein Leben lang bin ich vor solchen Unzulänglichkeiten gewarnt worden. Und doch habe ich mit solcher Herzlosigkeit nicht gerechnet. Das ist ein Skandal. Und ich war weit weg vom Ort des Geschehens. Ich ahnte nicht wie hart das Schicksal mit Dir war. Die Grablegung wurde durch die Totengräber besorgt, denn am Grab fand keine Zeremonie statt. Als Konstanze 1800 erstmals das Grab besuchen wollte, vermochte niemand die Lage des Grabes anzugeben. Die Wiener Gesellschaft hat Mozart gegenüber versagt.«

Beethoven singt: *»Komm, süßer Tod.«*

Mozart singt mit: *»Komm, süße Ruh!(2mal)*

Komm, sel'ge Ruh!(2mal)

Komm, führe mich in Frieden,(3mal)

weil ich der Welt bin müde.(3mal)

Ach komm! Ich warte auf Dich,(3mal)

Komm bald und führe mich,(3mal)

Drück mir die Augen zu.(3mal)

Komm, süße Ruh!(2mal).«

Sie schweigen.

»Ludwig, in dem Augenblick, ich hatte schon zur Antwort angesetzt, als Du Deine Solidarität kundgabst, geschah in mir etwas Merkwürdiges. Es erschien mir plötzlich, in einer einzigen Sekunde, alles was ich von klein auf gedacht und erwünscht und sehnlich erhofft hatte, mein ganzes Leben, meine Arbeit, meine Musik, imaginär zusammengedrängt vor meinem plötzlich aufgeschlagenen Augen! Ich sah große Menschenmengen, die auf uns warten. Ich hörte unsere Musik die den Erdball in Schwung versetzte. Ich sah Menschen begeistert mit glücklichen Gesichtern. Selbstbewusste emanzipierte Männer, Frauen und Kinder sah ich in den Straßen in Paris, Berlin, New York, San Franzisco, Prag, Moskau, London, Kairo, Damaskus, Isfahan, Teheran, Peking, Shanghai, New Dehli … Die ganze Menschheit sprach von Beethoven und Mozart. Sehen, bewundern, staunen – die ganze Fülle der modernen Welt glänzte in flüchtigem Augenblick vor meinem Auge auf, und wieder wie in unseren träumerischen Zeiten, fiel mir etwas auf: Die Menschen sind viel hektischer, immer in Eile, immer unterwegs, als ob sie nach etwas suchen. Es ist zwar eine moderne Zeit, vieles ist uns fremd, aber die Modernität hat ihren Preis: Rassismus und Antisemitismus und ein neues Wort >Herrenrasse< prägt die Philosophie dieser Zeit. Viele Musiker, Künstler, Maler und Dichter werden verbannt. Im Mutterland der Dichter und Denker will ein Tyrann aus Österreich das Tausendjährige Reich gründen, und das Volk ist plötzlich reinrassisch und Arier und folgt ihm blind. Nachdem sie die halbe Welt in Brand gesteckt haben und Millionen von Menschen zum Opfer gefallen sind, geben sie auf etwas Besseres, Höheres sein zu wollen. Sie sind anscheinend wieder brav und >tüchtig< …, jetzt führen sie einen anderen Krieg, einen Wirtschaftskrieg. Die ganze Fülle des Lebens glänzt vor meinen Augen und wieder schwebt etwas in meiner kurzen Erinnerung in mir mit unwillkürlichem Zwang, diesem neuen Frieden nicht zu trauen …«

»Amade, sie arbeiten wohl nun an ihrer postmodernen Zeit mit viel neuen Innovationen und High Technologie…«

»Aus Erfahrungen kann man lernen, Ludwig, und die modernen Menschen machen da keine Ausnahme, auch sie werden begreifen, dass eine fortschrittliche Gesellschaft ohne Frieden und Freiheit nicht zu erreichen ist.«

Beethoven schweigt einen Augenblick. Offensichtlich denkt er über Mozarts blitzartigen Überlegungen nach. Dann nickt er. »Gut gedacht, Amade, und klug formuliert. Wer war in Deinem Leben ein politisches Vorbild oder anders ausgedrückt, wer hat Dich zum politischen Denken motiviert? Dein Vater etwa?«

Offenbar überrascht von Beethovens Frage, antwortet Mozart wie der Schüler einem liebevollen Lehrer:»Ich, Amadeus Mozart, der Mythos vom ewigen Kind meines Vaters…«

Schweigen.

»Arbeite mein Sohn, nimm Dich in Acht vor Königshäusern! Pflegte er zu sagen, wenn ich jemals überschwänglich vom König sprach. Er saß in seinem Schaukelstuhl, in dem niemand sonst sitzen durfte, die Bibel in der Hand, den Kopf – wie immer – von oben her nach vorne gestreckt.«

Beethoven sieht Mozart an und stellt sich die Szene vor, wie Leopold Mozart mit seinem von Disziplin und Ehrfurcht erfüllten schneidenden Blick den Sohn ansieht. Er spürt die unglaubliche Stärke des Vaters, den die katholische Kirche nicht brechen konnte.

»Amade, wie fromm war Dein Vater?«

»Fromm, ja, aber kein falscher Christ. Die katholische Kirche bildete den Mittelpunkt im Familienleben Mozart. Wir waren Mitglieder der Kongregation Mariä Himmelfahrt, der größeren von zwei Kongregationen, die den marianischen Kongregationen in Augsburg unterstanden. Aber mein Vater flüchtete aus Augsburg und sein Abgang von dortiger Universität bedeutete auch seine Verweigerung Autoritäten anzuerkennen, denen er nicht glaubte. Und so fing er an in Salzburg Musik zu studieren.«

»Aber sein äußerlich höfisches Verhalten und Erscheinen?«

»Seine Geringschätzung für die Mächtigen habe ich, Ludwig, von Anfang an gemerkt.«

»Und die Bibel?«

»Er gab mir einmal die Bibel, das neue Testament. Sie war, wie er sagte, sehr gut zu lesen. Moin tres cher pere! Sie glauben doch kein Wort davon, sagte ich zu ihm als wir einmal wieder Zeit für ein Gespräch hatten. Er lächelte. >Es ist schön geschrieben<, sagte er, >eine metaphorische Sprache.< Ich wunderte mich nicht. Ich hatte die Bibel nie wirklich gelesen, kannte nur die geflügelten Worte, wie viele andere. Ich staunte nur über die Besonderheit der Dramaturgie: Im Zentrum der Religionslehre steht eine Hinrichtungsszene, die ich barbarisch finde, sagte mein Vater einmal. Mein Sohn, stell Dir vor, eine Erschießungs- oder Exekutionsszene, eine Guillotine oder ein Galgen wäre unsere religiöse Symbolik, anstelle eines Kreuzes, wie hätte für Christen diese Symbolik dann ausgesehen? So hatte ich das noch nie gesehen, ich war wie perplex, weil dieser Satz mich überraschte. So war mein ehrwürdiger Vater. Er sah wie immer die Dinge mit anderen Augen.«

»Dann war er für Dich ein großes Vorbild.«

»Ja, er war mehr als ein Vorbild; ehe ich fünf Jahre alt war, hatte mein Vater bereits geahnt, dass mein musikalisches Talent ein geeignetes Instrument für seine eigenen Ambitionen sein konnte und zudem ein Mittel, um das Unrecht der Lebensbedingungen wieder gutzumachen, die ihn den Weg zu eigenem Ruhm versperrt hatten.«

>Mit der politischen Freiheit wird der Mensch zu dem, der er ist, der Mensch.<

Leopold Mozarts Stimme hallt im Donautal. >Aber meine Lieben, selbst als Geist kann man von den Philosophen der modernen Zeit viel lernen, wie ich von Karl Jaspers >Politische Freiheit<. Die Stimme erlischt wieder.

Mozart ist der kurze Auftritt des Vaters eine willkommene Geste des guten Willens. Er seufzt. »Wie gern, Papa, hätte ich einen Vater gehabt, mit dem ich auch über diese Dinge hätte reden können! Über Gott und sein allmächtiges Getue, über die Verherrlichung der Gewalt, über den Schwachsinn der blutigen Christianisierungskriege, über…«

Mozart weint bitterlich. »Von Frieden und Freiheit hörte ich selten und wenn, dann immer in leisen Tönen. Also ich blickte immer begieriger in den Abgrund der Dinge …«

»Ich musste mich mit solchen Hiobsbotschaften nicht plagen«, sagt Beethoven, »denn die Dinge, die ich sah, reichten aus. Sie waren fern von sozialer Mitverantwortung der weltlichen und kirchlichen Institutionen. Ich hörte lieber den Wind vieltönig in den Kronen der Bäume klingen, hörte Bäche durch Schluchten brausen, die zu leisen Strömen wurden, und ich empfand, dass diese Töne Natursprache und ein Appell an die Menschen waren. Sie mögen ihre Natur und Umwelt lieben lernen, den Frieden bewahren, indem sie die Liebe, nicht den Hass, unter sich verbreiten. So schrieb ich manch sentimentale Dinge. >Mein Dekret hat nur im Lande zu bleiben: *Wie leicht ist in jedem Flecken dies erfüllt! Mein unglückliches Gehör plagt mich hier nicht. Ist es doch als wenn jeder Baum zu mir spräche auf dem Lande, heilig! Heilig! Im Walde entzücken wer kann alles ausdrücken, schlägt alles fehl so bleibt das Land selbst, im Winter wie Gaden untere Brühl etc. leicht bey einem Bauer eine Wohnung gemiethet um diese Zeit gewiß wohlfeil.* Süße Stille des Waldes! Der Wind, der beim zweiten schönen Tag schon eintritt, kann mich nicht in Wien halten, da er mein Feind ist. Manchmal ergriff mich ein starkes Gefühl, als wäre alle diese Schönheit der Natur, als sehnten sich die Sterne, Berge und Seen nach einem, der ihre Schönheit und das Leiden ihres stummen Daseins verstünde und als wäre der Friede dieser Eine, der den Menschen die Schönheit der Natur zum Ausdruck bringen sollte.«

»Der Humanist und Philanthrop der Musikwelt weiß, was ihm selbst verweigert ist, und nimmt diese Verweigerung an: Den Einen krönt das Glück, und der Andere sieht die Träume zerrinnen! Du wolltest den Menschen ein Beispiel geben, nicht nur auf den eigenen, sondern auf den Herzschlag der Erde zu hören, am Leben des Ganzen teilzunehmen und im Eifer der eigenen Geschicke nicht zu vergessen, dass wir nicht alleine das Recht auf Dasein und Existenz haben, dass wir Kinder in allen Kontinenten und des kosmischen Ganzen sind.«

Beethoven nickt. »Wie soll ich meine Gefühle am besten beschreiben? Ich wollte die Menschen zu mehr Brüderlichkeit bewegen, auch in der brüderlichen Liebe zur Natur, wo Quellen der Freundschaft und Solidarität mit Schwachen und Benachteiligten entspringen. Diese Welt ist doch unsere! Nehmt doch endlich Vernunft an! Ich wollte erreichen, dass man sich weigert Tyrannen und Kriegern zu folgen und die Diktatur zu dulden. Und ich wollte vor allem auch die magische Wirkung der Liebe im Herzen der Men-

271

schen wiederbeleben.« Beethoven schweigt und überlegt, ob er seine Gedanken richtig zum Ausdruck gebracht hat.

»Ja, richtig so. Nun, ich denke unsere Gedanken waren rein; außerdem war unsere Liebe zu den Menschen immens. Nimm Dich selbst als Beispiel: Die Welt lag still vor Dir, dem Musiker, der im Grunde schon einer anderen Welt gehörte. Du warst am Ende Deines Lebens kein Irdischer mehr. Je ruhiger es um Dich wurde, je stiller Deine Umgebung, desto grandioser wurde der Klang Deiner Musik. Man könnte auch sagen: Im Substrat der Einsamkeit und Isolation lag die historische Chance zur revolutionären Instrumentalisierung der Musik, die der befriedeten Gesellschaft ermutigende Impulse vorzugeben hat.«

Beethoven schweigt, als ob er nach einer passenden Antwort oder einer Erklärung sucht.

»Durch einen bösen Zug des Schicksals war ich von meiner eigenen und Freundes Stimme entfernt, weit weg bis hin in mein Grab.«

»Aber mein liebster Ludwig, ich glaube, dass was wir gelebt haben, kein Leben für Normalsterbliche war, sondern ein transientes Dasein, und unser Tod eine Transformation. Hier geht es um >love-devouring death<; auch Julia ist es bewusst, dass Liebe zum Leben, aber auch zum Tode gehört.«

»Wie ist es aber mit der glücklichen Jugend, mit allen Sehnsüchten nach Leben? Vielleicht ist hier der Grund, von dem aus Shakespeare das Ringen mit dem Tod begann; von hier musste er immer wieder zum Leben, aber auch zum Tode zurück, sozusagen von Lebensfreude unter günstigen Bedingungen, aber auch von der Todestrunkenheit leidenschaftlicher, liebender entschiedener Jugend, die das Glück nicht errungen sieht.«

»Von diesem unabänderlichen und doch ungewissen Werdegang des Lebens her, begreifen wir das ständige Mühen der Menschen um das Reifsein, eine gewisse Sicherheit im Tode bedeutet. Denn mir ist es nicht egal verdient oder unverdient in die Hölle zu kommen.«

Mozart nimmt plötzlich Beethovens Arm. »In der Not denkt jeder an den lieben Gott!«

>This, this All-souls'day to my fearful soul.
Is the determin'd respite of my worngs<
sagt Richard der III. auf dem Wege zum Richtplatz, das aller Seelen-
tag ist: >Nun, Allerseelentag ist meines Leibs Gerichtstag.
Dies ist der Tag, den wünscht` ich über mich.<
»Ja, Amade, in der Not sind wir alle fromm. Und zuvor schon erin-
nert sich Hastings zu spät des Priesters, der ihm vor seinem Hause
begegnet war.« >O, now I need the priest that spake to me:
I now repent I told the pursuivant,
As too triumphing, how mine enemies.
Today at pomfret bloodily were butcher`d,
And I myself secure in grace and favour<, so König Richard III.
Oh! Jetzt brauch` ich den Priester, den ich sprach:
Jetzt reut es mich, dass ich dem Heroldsdiener
zu triumphierend sagte, meine Feinde
in Pomfret würden blutig heut geschlachtet,
Derweil ich sicher wär' in Gnade und Gunst.<
»Er trachtet mehr nach der Gnade der Menschen als nach Gnade
Gottes … So steigt die Seelennot der Menschen unter der un-
gerechten Herrschaft, bis endlich Richard III., nachdem er, wie er
fühlt, Christi Gnade vergeblich angerufen: >Have mercy, Jesus<,
verzweifelt in die Hölle stürzt: >If not to heaven, then hand in hand
to hell<. Wo nicht zum Himmel, Hand in Hand zur Hölle!«
»Was wäre nicht vom Tod der Könige zu sagen, dem letzten Aufschrei des seherischen, erwachten Heinrich VI: >O God! Forgive
my sins and pardon me<. O Gott, vergib mir meine Sünden, und
verzeih mir! Oder dem Zerfall König Johanns, der die Hölle in sich
selber fühlt: >Within me is a hell; and there the poison
Is as a fiend confin`d to tyrannize
on unreprievable condemned blood.<
In mir ist eine Hölle, und das Gift
Ist eingesperrt da, wie ein böser Feind,
Um rettungslos verdammtes Blut zu quälen.<
Ich glaubte auch in meinem Leben an keine glücklichen Tage mehr.
Alle meine Hoffnungen waren verschwunden. Aber ich glaubte an

273

Menschen und nur um sie zu lieben und zu ermutigen, lebte ich weiter …«

»Aufhören! Aufhören! Nicht mehr! Ich friere über das, was Du sagen willst«, ruft Mozart. »Wir hatten an das Leben keine Forderungen zu stellen! Wir waren seine Gefangenen, gefesselt an dunkle Obsession; sie hat uns kaum den Fluchtweg gewiesen. Warum hoffen, wo nichts zu ändern und alles verloren ist? War mein Herz und Deines erst recht nicht erhitzt durch die Liebe zu Menschen, werden wir denn ihren Beifall erwarten? Werden Sie uns vermissen? Sind wir tot, und das war es, vergeben und vergessen?«

Plötzlich ertönt eine makabere männliche Stimme von jenseits des Flusses. >Die Ungekrönten erlangen ein würdiges Dasein; künftige Zeiten wollen sich Beethoven, Mozart entschleiern; ihr werdet zu Propheten, wie die Könige alter Zeiten Propheten sein wollten. *Der Jugendtraum der Erde ist geträumt… Und nach den Zeichen sollt' es fast mich dünken, wir stehen am Eingang einer neuen Zeit.* Die Menschen kommen in die Gotteshäuser, Kirchen, Moscheen und Tempel, um Erbarmung zusammen, so posaunt Eure Musik, so will Gott die Nacht zum Tage machen, und die Menschen mit begeisternden Chören Buße nehmen, und als eine andächtige Würdigung werden alle Glocken in der Welt für Euch und für Frieden läuten…<

»Ist dort Franz Grillparzer?«

>Ja, Eure Seelenruhe ist meine heiligste…< Die Stimme erlischt in der feierlichen Messe mit >Andacht< der Anrufung des Allerhöchsten. Ein paar gehaltene Takte, dann ruft der Chor seine >Kyrie forte< in die Welt, und die einzelnen Menschen, gleichsam vertreten durch die Soli, rufen dasselbe dazwischen.

Mozart ist überwältigt, nickt anerkennend mit der Bitte um die Fortführung der Messe. Hoffnungsvoll ertönt im Andante assai den marcato der Anruf Christi, des Mittlers zwischen Gott und den Menschen. Allerorten ruft es: Die Stimmen verschlingen und verweben sich zu buntem Gesiebe. Das feierliche Kyrie löst das wieder ab, bringt den Anruf pismissimo nur mit letztem Aufschrei, und dann geht es pianissimo zu Ende.

Beethoven will eben erklären, dass diese Art Andacht der Anrufung eine Befreiung sei, doch Mozart ist nicht zu bremsen. »Du erweckst religiöse Gefühle ohne Trauer. Auch bei mir war Kirchenmusik das Höchste und Erhabenste, was mit Musik zu erreichen ist. Höheres gibt es nicht, als der Gottheit sich mehr als andere Menschen nähern und von hier aus die Hoffnung auf Frieden unter den Menschen verbreiten.« Nach andächtigem Schweigen. »Wann hast Du diese grandiose Arbeit vollbracht, Ludwig?«

»Zwischen Frühjahr 1824 und 1825 lag sie schon beim Schott & Söhnen Verlag. Das Erscheinen des Werkes als Op. 123 habe ich aber nicht mehr erlebt. Um wahre Kirchenmusik zu schreiben, habe ich alte Kirchenchoräle der Mönche durchstudiert, darunter Prosodie aller christlichen Psalme und Gesänge. Aber um Gesangspartien so zu verwirklichen, habe ich Deine unvergleichlichen Arbeiten studiert und mir immer wieder Notizen gemacht.«

Grillparzer, wie gerufen: >Dein großartiges Werk erschien im April 1827 nach Deinem Tod.<

Mozart neugierig: »Wie heißt das Werk?«

»Missa Solemnis (feierliche Messe) und steht in D-Dur, Amade.«

»D-Dur ist immer richtig, gibt die Stimmung wieder, die Du selbst empfindest.«

»Sie ist für vier Solostimmen, gemischten Chor, Orchester und Orgel geschrieben und wurde Erzherzog Rudolf gewidmet. Es sind fünf Teile: Kyrie, Gloria, Credo, Sanctus und Agnus Die. Die Sprache ist lateinisch; die Worte habe ich genau verdeutschen und mit Betonungszeichen versehen lassen, Amade.«

»Dann lass uns das Gloria hören.«

Gleich ertönt das prächtige Gloria, als Freude des Menschen an Gottes Ruhm. Das >Friede den Menschen< äußert sich in einem ruhigen Zwischensatz. Dann folgt in verschiedener angemessener Andeutung das Benedicimus, Laudamus (Dich, Gott, loben wir) und das ehrfürchtige Adoramus te (wir beten Dich an). »Benedicimus ist italienisch, Ludwig, wenn schon, dann Benedectus lateinisch!«

Er hört weiter sehr aufmerksam das Mono allergo in dem das Gracias agimus in sanften Tönen zum Ausdruck kommt. Hier hebt Beethoven die rechte Hand und die Posaunen bestätigen den Pater omni potens, bei höchster Kraftentfaltung. Er scheint zufrieden und gibt ein Zeichen zum Larghetto über ein eindringlich-demütiges Thema: qui tollis Peccata mundi, misere nobis – Sali und Chor wechseln darin ab; die Welt und den einzelnen Menschen wiederum versinnbildlichen.

»Ludwig, grandios. Je mehr ich höre, um so mehr erfahre ich, dass wir gleiches Empfinden haben, wenn es um befreiende Stimmung geht. Ich bin gespannt auf das, was noch kommt.«

Qui sedes ad dexteram patris. Dann wird die Bitte lebhafter: O miserere, o miserere nobis! Dann hallt es forte aus. Die Überzeugung tritt darauf mit dem Allegro maestoso hervor: quoniam tu solus sanctus! Das in fließenden Figuren, die zur Fuge gebunden sind, macht einer flutenden Abschluß: Amen – Amen, das in einem Piu allergo mächtig ausklingt.

»Das überaus strahlende Gloria Presto überführt mich nun endgültig in Trance.«

»Nichts könnte mich glücklicher machen, als Dein Urteil. Ich bin dankbar bis in Ewigkeit, wenn ich einen Mozart begeistern kann.«

»Begeistern? Ich bin hin, überwältigt mein lieber Ludwig. Überzeugter Glaube kommt in dem Motiv des Credos zum Ausdruck.«

Im Credo beginnt abwechselnd in den einzelnen Chorstimmen, in psalmodierendem Ton läuft daneben der Text des Glaubensbekenntnis weiter. Langsam baut sich eine Steigerung auf, die besonders imponierend zu den Worten >expecto resurrectionem mortuorum< ihren erleuchtenden Höhepunkt erreicht.

»Ja, daran schließt sich als gewaltige Coda des Riesensatzes die Fuge zu den Schlussworten des Credos >et vitam venturi saeculi, amen. Im Andante, et homo factus est, mein lieber Amade, klingt diese überirdische Stelle aus. Und nun wiederum eine andere Stimmung. Adagio expressivo: Crucifixus est, ist ein Satz, worin die schnellen Noten auf die guten Taktteile belastend wirken.«

»Solange die Harmonie ungestört bleibt, wird die Seele diese gut empfinden. Wenn man ein Gebet in der Andacht für die gesamte Menschheit komponieren und gleichzeitig eine feierliche Stimmung erzeugen will, dann hat Ludwig van Beethoven mit dieser Messe die Probe auf das Exempel gesetzt.«

»Wenn Du meinst. Dieser Teil senkt sich sozusagen bei den letzten Worten: et septulus est, herab – auf die lang gehaltenen Noten, die Sopran und Bass aushauchen. Nun verkündet der Tenor das et resurrexit, das ein Allergo molto alla breve bewegt aufnimmt und mit aufsteigenden Sekunden >et ascendit< malt. Über das Credo in Spiritum sanctum leitet es dann über in das expecto resurrectionem et vitam venturi saeduli, um dann in eine schwungvolle Fuge und großer Steigerung aufs mächtigste auszutönen und schließlich pianissimo, Amen, auf getragenen Klängen zu verhallen.«

»Hier wird die Hingabe und die Überzeugung des Menschen zu überirdischen Kräften des Glaubens zum Ausdruck gebracht. Sanctus – heilig! Mit Andacht wird das Wort begriffen, die Töne ergründen es immer eindringlicher. Allergo pesante schließt an und gibt in bewegten Gängen das pleni sunt coeli und osana in excelsis, letzteres in einem Presto.«

»Nun, es ist soweit, Amade, das innige dunkle Präludium leitet das Benedictus ein, in dem dann eine Solovioline in silbernen Höhen den Gesang umschlingt – ein Satz im breiten Zwölfachteltakt: Andante molto cantabile, voll beherzter Innigkeit. Mit einem überfrohen Osanna in excelsis endet der Satz.«

»Ludwig, mein Komplement, meinen Respekt! Du hast mit dem Benedictus Sanctus einen bemerkenswerten Satz vollbracht. Keiner wäre auf diese Solovioline gekommen.«

»Ich danke Dir, Amade. Mit Deinem Urteil schenkst Du mir die innere Ruhe wieder. Als Dank, hören wir nun den demütigen Satz: Das Agnus Dei, das ist ein h-moll Adagio. Dann folgt das Dono, hier bitte ich um inneren und äußeren Frieden, das heißt für mich, der die vernichtende Not des Leibes und der Schmerz der Seele kennt, bedarf es keiner Erklärung mehr.«

»Gut formuliert Ludwig. Ich verstehe Dich vollkommen. Das lebhafte Allegretto vivace drückt dies mit Inbrunst aus. Du bringst hier die Erregung in der Orchesterstimme zum Ausdruck >perfeto<, würde Salieri sagen! Bravo, Bravo!«, schreit Mozart aus tiefer Kehle.

»Für die Gesangsstimmen heißt es: Durchaus simpel – bitte – bitte – bitte. Schließlich erläutern noch Worte in Skizzen die Stimmung: Stärke der Gesinnung des inneren Friedens über alle ... Sieg! Hier fügt sich dann das straffe Presto mit der eindringlichsten Bitte um Frieden an. Und Friede, Friede, mit dieser zum Schluss nochmals fast angstvoll hervor gestossenen Bitte um Frieden entlässt uns diese feierliche Messe, deren letzten Ausklang das Orchester in triumphierendem D-Dur ertönen lässt.«

Mozart umarmt Beethoven, hebt ihn empor. »Mit welcher Inbrunst Du diese wahrhaft himmlische Messe geschrieben hast, kann ich nur ahnen. Die tiefe reine Empfindung und Sehnsucht nach Frieden fern jedem Dogma, hast Du in kunstvollsten Sätzen zum Erklingen gebracht. Ich bin überwältigt.«

»Ich gebe große Stücke auf Deine Meinung, Amade! Du bist ein Meister im Zuhören. Der Mensch ist dem Menschen alles: von Herzen – möge es wieder zu Herzen gehen!«

Übergangslos und ohne auf eine Frage zu warten, erzählt Beethoven: »Am 13. Juli 1823 subskribierte König Friedrich August von Sachsen nach liebenswürdiger Vermittlung des Erzherzogs Rudolph die Missa Solemnis.«

»Erzherzog Rudolph und Fürst Karl Lichnowsky waren Musikkenner und Kavaliere der Kunst«, wirft Mozart ein.

»Auch der Großherzog von Hessen war der Musik sehr freundlich eingestellt. In Weimar blieb die Reaktion aus, obwohl ich an ihn geschrieben hatte ...«

»Ich ahne es, an Geheimrat Goethe, nicht wahr?«

»Ja, Amade, er sollte den Großherzog dazu überreden, dass die Messe, die auch als Oratorium aufzuführen war zu unterstützen. Weimar blieb stumm. Keine Antwort von Goethe. Bayern lehnte auch ab. Der König von Frankreich Ludwig der XVIII. hingegen unterstützte die Messe. Sein Kämmerer schrieb dazu: >Je m'empresse de vous Prévenir, Monsieur, que le roi a accueilli avec bonté l, hommage de la Partition de votre messe en musique et m´a chargé de vous faire parvenir une médaill d`or á son effigie. Je me félicite d´avoir á vous transmettre le témoignage de la satisfaction de sa Majesté, et je saisis cette occasion de vous offrir l´assurance de ma consideration distinguee.< Dieser Brief hat mir sehr gut getan. Anerkennung ist Nahrung für kreative Kunst.«

»Ja, ohne Lob und Unterstützung konnten wir nicht existieren, geschweige denn komponieren.«

»Und was hast Du mit der goldenen Medaille von 21 Lousid`or Gewicht gemacht, Ludwig?«

»Ich schrieb mit Freude an den bekannten Geiger Louis Spohr, der seit 1822 in Kassel als Hofkapellmeister diente. Denn ich benötigte dringend Geld. Mit Medaillen und Ehrungen allein kann man doch nicht leben.«

»Und was ist aus dem viel versprechenden Louis Spohr in Hessen-Kassel geworden?«

»Haben wir nicht schon mehr als genug über dieses Thema gesprochen? Soll ich tatsächlich ein weiteres Mal in den leeren Schatzkammern unserer Einkünfte stöbern? Gelegentlich ärgerte ich mich selber darüber, dass wir Künstler abhängig von der Gunst solcher Leute sind, die uns immer wieder so borstig behandeln. Der fröhlich klare Spiegel meiner Seele bekam immer mehr Risse, doch im Stillen trug ich in mir die verborgene Hoffnung, es werde mir eines Tages gelingen, eine Musik zu schreiben, ein großes, kühnes Werk, das der Sehnsucht der Menschheit nach Freiheit, Frieden und Brüderlichkeit entspricht. Aber die Melancholie war stupider und hartnäckiger. Sie kam zuweilen für einen Tag, vor allem in der Nacht, als eine einschleichende Trauer, verschwand wieder spurlos und kehrte über kurz oder lang wieder zurück. Sie war allmählich in meiner Seele heimisch geworden, wie eine vertraute, lieb gewonnene Freundin, nach der ich Heimweh empfand, wenn sie weg war. Ich hieß sie willkommen, empfand keine Qual, vielmehr ein erschöpfendes Müdesein, das seine eigenen Charakteristika mit einem Hauch von süßer Traurigkeit besaß. Wenn sie mich nachts heimsuchte, lag ich statt zu schlafen stundenlang in Angst und Panik, lebendig im Grab meiner Ängste und wartete auf das befreiende Ende. Diese seelische Stimmung wurde zur Grundlage meines Daseins und bestimmte meine Existenz. Ich wusste nicht mehr wozu noch leben ...«

»Der Menschheit zu dienen, Ludwig! Die kosmische Perspektive verkleinert alles Tragische und ungerechte Schicksalsschläge. Von hier aus gesehen, hört selbst die Hölle auf, höllisch zu sein. Die Resignation wäre ja zu menschlich gewesen! Wir sind doch keiner gewöhnlichen, menschlichen Natur. Wir sind hart im Nehmen, Ludwig! Wie hätten Dich die ahnungslosen Menschen trösten sollen? Nun lass uns die letzten Augenblicke in Prag nicht mehr mit den bitteren Erinnerungen verbringen.«

Offenbar gerührt von Mozarts Appell, antwortet Beethoven liebenswürdig, wie der Lebenserfahrene dem Jüngeren. »Ich werde Dir beizeiten noch erzählen, wie ich das eigentliche Dilemma überwand. Zuerst müsste ich leben lernen, und der erste Schritt hierzu liegt in der Erkenntnis, dass dem, welchem das schöne Leben nicht gegönnt ist, keine andere Wahl bleibt, als sich mit dem Schicksal zu arrangieren.«

»Früher oder später musste das Schicksal weichen, Ludwig. Wir haben trotzdem auf unsere Weise gesiegt: Nicht, indem wir uns jeder Gelegenheit beugten und den Gewinn suchten, sondern indem wir uns mit einer unbeirrbaren ritterlichen Reinheit erst als Künstler und Humanist durchkämpften – geleitet von starken sittlichen Idealen und Menschenliebe. Komm Ludwig, lass uns nach Norden aufbrechen, wir brauchen etwas Abwechslung.«

»Wo der kühlere Wind weht«, sagt Beethoven und grinst nach längerem wieder, »was würden die Leute denken, wenn sie uns sehen und hören würden?«

»Aber lieber Ludwig, Du hast wieder vergessen, dass wir metaphysischer Natur sind, also körperlich existieren wir nicht mehr.«

»Wenn sie uns doch sehen könnten, würden sie denken, die zwei sind entweder glücklich, oder betrunken. Es gibt doch Menschen, die behaupten, sie stünden mit Geistern in direkter Verbindung!«

»Eigentlich bin ich froh, dass wir inkognito unterwegs sind, gehen können, wohin wir auch wollen, Amade. O, was bist Du für ein Zauberer. Allein ein Wort von Dir verdrängt alle Dämonen!« Tief in seiner Kehle summt ein Ton des Glücks, als er diese Worte spricht. »Ich folge Dir bis ans Ende der Welt.«

»Aber Ludwig, für uns gibt es weder Anfang noch, nicht mehr! Wir sind Engel und universal, überall, in jedem Augenblick!«

»Engelsein verpflichtet.«

»Zu was?«

»Zur Authentizität!«

»Was meinst Du mit Authentizität?«

»Amade, ich meine, wenn wir Flügel hätten, könnten wir um die Welt flattern.«

»Gedacht, getan, Ludwig! Schau mich doch an, bin ich nun ein Zauberer, der ein unglaubliches Kunststück vollbringt?«

Beethoven kann es nicht fassen. In der Tat, Mozart steht mit imposanten Flügeln vor ihm. >Nur nicht nervös werden<, mahnt er sich. Damit er nicht noch mehr erschreckt, vollendet sich seine Metamorphose langsamer und Mozart amüsiert sich dabei.

»Nur nichts überstürzen! Alle imaginären Phänomene haben eigene Regeln und Gesetze«, sagt Mozart und lacht. Doch Beethoven bleibt ungerührt von dem, was mit ihm selbst geschehen ist.

»Aber begreifst Du denn nicht?«

Beethoven schüttelt den Kopf. Plötzlich wird ihm bewusst, dass er auch beflügelt ist.

»Amade, Amade, wir sind Engel, wir können fliegen«, schreit er vor Freude.

»Na, dann wollen wir mal«, sagt Mozart und sie heben ab.

»Dem Himmel sei dank dafür! Wir wollen nach Norden.«

»Lebt wohl, Freunde! Liebstes Prag.«

Sie singen: >Auf die vorhabende Reise<

     Wenn ich werde nach Berlin ver ------- reisen,

     Hoff` ich mir fürwahr viel Ehr und   Ruhm.

     Doch acht` ich geringe alles ------------preisen,

     bist du, Weib, bey meinem Lobe ------ stumm;

Wenn wir uns dann wieder sehen, ----- küssen,
drücken, o der Wonne vollen ---------- Lust!
Aber Thränen – Trauerthränen   fließen
Noch ehvor – und spalten Herz und   Brust.

Wie ist es möglich, denkt Beethoven, dass er im Jenseits durch das aben-
teuerliche Universum reist und dabei das Gefühl hat, als bräche er zum
ersten Mal mit einer Verspätung von hundert Jahren, nach Dresden auf.
Die Sonne ist indessen hinter aufsteigenden, dräuenden und dunklen
Wolken verschwunden.

Dresden

»Wir haben uns wohl einen Scherz erlaubt!« Er sucht zaghaft nach
etwas, aber was? Verdutzt beäugt er sich. »Schade, ich hätte sie gerne behalten. Mit Flügeln habe ich mich sicherer gefühlt. Jederzeit
fliegen, wohin man will!«

»Ludwig, sei beruhigt, mit oder ohne Flügel, wir sind universal!«

Mozart schweigt wieder. Beethoven beobachtet die Wiesenlandschaft am Fluss. »Der Tau fällt auf das Gras, wenn die Nacht am
verschwiegendsten ist«, flüstert er.

Unvermittelt fängt Mozart an zu erzählen: »Mit der Aussicht den
deprimierenden Verhältnissen Wiens zu entfliehen, erwachte in mir
gleich der alte Übermut und begann in dem sechsstimmigen Dop-
pelkanon >Lebt wohl, wir sehen uns wieder<, zu singen und zu
dichten. Fürst Karl Lichnowsky, Dein Verehrer, Ludwig, musste
sich mit Rücksicht auf schlesische Besitzungen und seinen Offi-
ziersrang in der Preußischen Armee fallweise am Potsdamer Hof
blicken lassen. So habe ich die Ehre gehabt, ihn und den Kurfürsten
Friedrich August III. von Sachsen kennen zu lernen. Fürst Lichnowsky war seit 1784 Mitglied der Loge >Zur wahren Eintracht<,
in der auch ich aufgenommen war. Er war leidenschaftlich an Musik
interessiert und wurde mein Schüler und sprach immer wieder von

der Genialität eines Beethoven. Seit 25. November 1788 war Lichnowsky mit Komtesse Christine Than, Tochter von meiner treu sorgenden Gönnerin Gräfin Wilhelmine Than verheiratet. Hier in der Hofkirche hörte ich eine Messe von Johann Gottlieb Naumann und überall mein Heimweh nach Konstanze und meinem vierjährigen Söhnchen Franz Xaver Wolfgang. *>Hätte ich doch auch einen Brief von Dir! Wenn ich alles erzählen wollte, was ich mit Deinem Portrait anfange, würdest Du wohl oft lachen. Zum Beispiel, wenn ich es aus seinem Arrest heraus nehme, so sage: Gruß Gott, Stanzerl! Grüß Dich Gott, Spitzbub, Knallerballer, Spitzignas, Bagatellerl, Schluck und drück!<* ... Und in Gedanken an Konstanze verflogen die Sorgen und wurde wieder der alte >Narrenspossen< - Geist lebendig. *>O Stru! Stri! Ich küsse und drück Dich 1095060437082 mal(hier kannst Du Dich im Aussprechen üben) und bin ewig Dein getreuester Gatte und Freund ...<* Was mich noch mehr traurig machte, war im Vergleich zu anderen deutschen Ländern hier in Dresden, Hauptstadt Sachsens, die große Verelendung der Bauern ... und jahrzehntelange Bauernkriege in Sachsen und Schlesien gegen Ende des Jahrhunderts.«

»Und die Ursachen dieses Elends?« fragt Beethoven und erklärt: »Ausgebreitete Gesindelzwangsdienste von Seiten der Junker und durch immer stärker wachsende Steuern. Der Handel dagegen hatte mit dem Zentrum der Handelsstadt Leipzig einen ungeheuren Aufschwung genommen, vor allem im Hinblick auf den durch die merkantilistischen Verordnungen im Vordergrund stehenden Export: staatlich subventionierte Manufakturen und Verlage mit Heimindustrie (Weber, Spinner, Klöppler im Erzgebirge und der Oberlausitz) schossen aus dem Boden und bedeuteten für die Arbeiter, Bergbauarbeiter und Tagelöhner wegen der anwachsenden Abgaben eine doppelte Ausbeutung. Bemerkenswert ist auch, dass die sächsischen Kurfürsten nicht wie andere deutsche Fürsten das aufkommende Bürgertum als politisches Gegengewicht gegen die Feudalaristokratie ausspielten, indem sie aus ihm hohe Beamte und Regierungsvertreter zogen. Damit konnten die sächsischen Herrscher die reichen Bürger und den Neuadel von den Regierungskreisen fernhalten, dagegen den Landadel aber unterwerfen und an sich binden, indem sie ihn agrarisch aushöhlten (Verbot von Profit steigernden Maßnahmen) und auf den Dresdner Hof und seine Ämter konzentrierte… Die Niederlage im Siebenjährigen Krieg (1756- 63) war für den Landadel eine Katastrophe. Sie verloren nicht nur Hab und Gut, sondern auch ihre Selbständigkeit und Souveränität. Der Landadel konnte sich nicht mehr als ein Gegengewicht zum Hof in Dresden erheben. Der Herrscher mit dem Zentralabsolutismus war mächtiger denn je. Kurfürst August II. hieß auch deshalb August der Starke, der seit 1697 das Land mit eiserner Hand regierte…«

»Der gleiche August, zugleich König von Polen mit Zweitregierungssitz in Krakau, hat den Handel mit Osteuropa gestärkt.«

»Amade, August II. war in der Tat ein Despot, daran ist kein Zweifel! Das Bürgertum blieb politisch ohne Einfluss. Die Hofhaltung in Dresden blieb bei der zentralistischen Ausbeutungs- und Expansionspolitik mit allem Prunk und Repräsentationsübertreibung erhalten. Obwohl die Staatskasse hoch verschuldet war, wurden immer neue Anleihen und Schulden gemacht. Von 1744 – 1750 wurden Teile der zeitweilig zu Sachsen gehörenden Grafschaft Henneburg (Franken) für 3,5 Millionen Taler an England verpfändet, um die Staatskasse zu >sanieren<. Die Ursache der ungeheueren Staatsverschuldungen waren neben den hohen Ausgaben für das Militär …«

»Ludwig, ein Despot braucht seine militärische Macht! Und für Eroberung und Landgewinn außerhalb Sachsens (Polen) in erster Linie die Prestige- und Prunkbauten (Kirchen und Schlösser) und das exzessive Hofleben in Dresden.«

»Große Feste, Prunkbankette, festliche Opernaufführungen, Jagden und Feuerwerke stürzten die Hofkasse in tiefe Schulden und die Landeskinder in entsetzliche Ausbeutung.«

»Ja, ja, dieser Auspressung der Bevölkerung um königliches Luxusleben entspricht dem Stil der Regierung August des >Starken<, seine >Keksweiber< nach belieben zu rauben und zu schwängern.«

Mozart plötzlich schlau: »Angeblich hat er 354 uneheliche Kinder gezeugt! Und die Frauen, denen August die Kinder machte, werden auch alle geglaubt haben, >dass ein ungeregeltes Liebesverhältnis mit einem Großen, wie August für eine Person nichts Entehrendes enthalte, das vielmehr auf eine solche etwas von dem Splendeur ihres Amanten übergehe<. >Splendeur< soll also der Glanz sein … Die kommenden Generationen werden sich über die perverse >Adeligenpotenz< wundern, wenn eines Tages Prinzen und Prinzessinnen, wie Pilze aus dem Boden schlüpfen!«

»Im Hungerjahr 1719 gab der Lüstling August für sein Hofvergnügen vier Millionen Taler aus! Die Musiker mussten sich mit Hungerlöhnen unter dem Existenzminimum durch Stundengeben, Notenkopieren, Botengänge am Hof und andere Hofdienste über Wasser halten. Meist reichte es dennoch nicht. Anderen Volksmannschaften wie Lehrer, Maurer … ging es auch nicht besser. Ein Maurer konnte beim Bau der Dresdner Frauenkirche, der etwa zwei Jahre dauerte, im Jahr etwa 78 Taler verdienten …«

»Sie haben für den lieben Gott und Jesus gearbeitet!«

»So etwa werden wohl die Herren des Staates gedacht haben, Amade, und die hungrigen Mäuler ihrer Familien mussten ihre Fastenzeit verlängern. Ein Dorfschulmeister verdiente 40–100 Taler im Jahr. Ein städtischer 200–400 und ein Universitätsprofessor bis 1200 Taler im Jahr. Wenn sie überhaupt ihre Gehaltszahlungen bekamen. Oft blieben sie Monate, ja jahrelang aus. Die Lage der Hofmusiker war nicht besser. Sie hungerten solidarisch mit. Was sollten die armen Menschen tun außer verzweifelt Bitten und Flehen bei der Obrigkeit!«

»Protestieren, sich erheben und Widerstand leisten gegen Unrecht!«

»Aber Amade, Widerstand gegen die Staatsgewalt! Hier in Sachsen? Ein Ding der Unmöglichkeit. Das Volk war noch nicht reif dafür. Die Aufklärung durch Dichter und Denker fand kaum oder halbherzig statt …«

»Und unser Geheimrat in Weimar ruhte auf seinem hohen Ross und ließ den kranken Friedrich Schiller und seine Familie im Stich.«

»Amade, die Missachtung der Rechte, fehlende Moral und schamlose Ausbeutung waren bei den hohen Herren Kavaliersdelikte. Sie deklarierten die Missverhältnisse als Umstände des unvermeidbaren Schicksals! Das zentrale Gebrechen, an dem die Not der Zeit sich darstellte, war die Oligarchie.«

»Und der Opportunismus manch einflussreicher Gelehrten!«

»Und die Konzession der Oberschicht, Amade! Nun fällt mir doch noch eine Geschichte von 1719 ein: >Der begabte Johann David Heinichen war neben Schmidt Kapellmeister der Hofkapelle. Nach dem Beylager komponierte Heinichen noch eine Oper, welche nach der Rückkehr des Königs aus Polen aufgeführt werden sollte. Bei der Probe aber, die auf dem königlichen Schloss, in Gegenwart des Musikdirektors Baron von Mortax gehalten wurde, machten die beiden Sänger, Senisino und Berselli, einen ungeschliffenen Virtuosenstreich. Sie zankten sich mit dem Kapellmeister Heinichen über eine Arie, wo sie ihn, einem Manne von Gelehrsamkeit, der sieben Jahre sich in Wälschland aufgehalten hatte, Schuld gaben, dass er wider die Worte einen Fehler begangen hätte. [Die Musik nach damaliger Lehre >Dienerin der Worte<, hatte die im Text enthaltenen Bilder, Gefühle und Bewegungen getreulich wiederzugeben.] Senesino, welcher seine Absicht schon nach England gerichtet haben möchte, zerriss die Rolle des Berselli, und warf sie dem Kapellmeister vor die Füße. Dieses wurde dem König August in Polen berichtet. Inzwischen hatte zwar der damalige Graf von Wackerbart, der sonst ein großer Gönner der Wälschen war, den Kapellmeister und die Kastraten zu des Kapellmeisters völliger Genugthung, in Gegenwart einiger der Vornehmsten vom königlichen Orchester, als Lotti, Schmidt, Pisendel, Weiß u.a. wieder miteinander verglichen. Es kam aber ein königlicher Befehl zurück, dass alle wälschen Sänger abgedankt seyn sollten.< Hiermit hatten die Opern für diesmal ein Ende.«

»Gerissen, dieser August!«

»Ja, Amade. Er spielte den Ehrenmann: Die Deutschen werden von Wälschen beleidigt! Das ist untragbar für die Ehre eines deutschen Fürsten. Alle wälschen Sänger werden entlassen, ohne Abfindung, ohne Rente. Endlich, dachte vielleicht Bach, der Großmeister, jetzt zeigt der Kurfürst, wer der Herr ist und dass die Wälschen nicht jedem Deutschen auf der Nase herum tanzen können!«

»Bach wusste auch, dass die Hofkasse total verschuldet war. Also Einsparung durch Entlassung wie im Falle Hasse, und das noch mit politischem Scharfblick: Der Ausländerhass hat doch Tradition und tiefe Wurzeln unter Deutschen!«

»Ja, aber nicht nur unter Deutschen! Der Ausländerhass vieler deutscher Musiker, aber auch Nichtmusiker, wurden befriedigt, der Kurfürst erschien als deutscher Mann, der Retter der deutschen Nation. Chauvinismus konnte den Blick für die wahren Gründe der Entlassung vernebeln und Augusts Ansehen steigen lassen.«

»Ludwig, Du meinst, es gab genug angepasstes Bürgertum mit dem Kern >anständiger< Beamte und Unternehmer, flankiert von einigen akademischen Berufen wie Ärzte, Juristen, Lehrer und Professoren, aber auch Handwerkerberufe, vor allem Selbständige. Diese beiden Berufe kannten weder unter sich noch gegenüber dem Volk eine Verpflichtung geschweige denn Solidarisierung. Immer auf Konzessionen bedacht, immer nach oben und vorn, nicht nach hinten und unten schauen. Erstaunlich war, dass sie in Momenten der Gefahr einer Aufruhr der Benachteiligten sich immer einig waren, immer gegen >unten< und damit wollten und konnten sie jede Revolution in Deutschland im Keime ersticken.«

»Ja, ja, wir haben von Kriegsminister Goethe gehört, wie er wider die Französische Revolution die Führung der Kriegsmaschinerie seines Fürsten übernahm.«

»Ludwig! Wo ordnest Du Johann Sebastian Bach, unseren Altmeister ein?«

»O, Amade. Es ist schwer sich über Bach ein Urteil zu erlauben. Bach war ein Moralist. Musikalisch hat er viele Erneuerungen eingeführt, was später uns Neulingen als Vorlage zur Weiterentwicklung der klassischen Musik diente. Er war im Ganzen der Unangepasste und in seiner Musik unabhängig vom Geschmack des Adels. Bach schrieb sehr individuelle Werke. Er war nicht wie Quantz, der 300 sich ähnelnde Flöten-Konzerte schrieb, oder ein am Geschmack des Publikums orientierter Telemann. Seine Souveränität galt der musikalischen und genialen Perfektion der Harmonie. Während die Kollegen dem Geschmack der oberen Zehntausend nachliefen, war Bach für die Prinzipien der Musik. Dafür kämpfte und stritt er hartnäckig bis querköpfig. Er wollte die Musik als selbständig, unverwechselbar mit allen anderen Zweigen in der Kunst sehen, vielleicht als einzige für die höhere Ebene des Gefühls und Geistes, daher seine vielen kirchlichen Musik-Kompositionen. Er ist 1685 in Eisenach geboren. Mit 18 Jahren wurde er in Arnstadt Organist. Aber ein pädagogisches Talent hat er wohl nicht gehabt. Öfters wurde er bei der Kirchenbehörde vorgeladen: *Er beschimpfe und reize Schüler, so dass es zu Schlägereien komme. Er unterweise die Chorschüler schlecht, überschreite den Urlaub um einige Monate ...«*

Mozart lacht so laut er kann, reißt Beethoven mit.

»Verwirre die Gemeinde beim Choralbegleiten durch wüste Modulationen, gehe während der Predigt Wein trinken...«

»Hätten wir auch getan, wenn die Gottesmänner baren Unsinn redeten«, sagt Mozart und beide lachen wieder aus voller Kehle.

»Ein anderes Mal kam er entgegen aller Vorschriften mit einer Frau auf die Empore, um mit ihr Musik zu machen ...«

»Mein lieber Sebastian, das solltest Du nicht tun, vor allem nicht öffentlich!« ruft Beethoven.

»Die Herren der Kirche, Bischöfe, Kardinäle und selbst der Papst, machen es, auch mit Jungfrauen, nicht nur Musik! Aber um Gotteswillen, nicht öffentlich!« Ha, Ha, Ha, Ha…

»Es bedarf großer Kunst, um die Leidenschaft zu überwinden! Zu viele sind schon dran gescheitert.«

»Aber nicht Johann Sebastian Bach, Amade.«

»Von 1723 bis zu seinem Tod 1750 war Bach in Leipzig in Nachfolge Kuhnaus städtischer Musikdirektor. Er war vermutlich in Leipzig genauso enttäuscht, wie ich es in Salzburg war, denn in vielen Briefen an Jugendfreund Erdmann, der als russischer Beamter in Danzig einigen Einfluss hatte, erklärte und bat er um Mitgefühl und vielleicht auch um Hilfe...«

»Amadeus, warum ging er eigentlich von Köthen weg? Er war doch am Hofe Leopolds von Anhalt-Köthen als fürstlicher Kapellmeister sehr erfolgreich. In Köthen entstanden auch noch die Brandenburgischen Konzerte und der erste Teil des wohltemperierten Klaviers und…«

»Also Leopold oder seine Frau, die 16 Monate nach der Heirat verstarb, konnten nicht der Grund sein. Ich weiß nicht warum er höflich und freundlich seine Entlassung bekam!? Ich ging aus Salzburg weg, weil ich die unwürdige Haltung der Obrigkeit für die Musik und die Komponisten und vor allem die Schikanen des Salzburger Erzbischofs nicht mehr ertragen konnte. Trotz seiner Verehrung für Leopold hat Bach die Ereignisse 1719 in Dresden, die plötzliche Entlassung der italienischen Musiker, als diktatorisch gesehen, so dass er im Sinne Telemanns >sich in einer Republik niederlassen< wollte. Sehnte er sich, mit dem Wort von Beer von 1719, als >fürstlicher Musiker nach der Stadt<? War es die Sorge um seine familiäre Sicherheit?«

»Der Fürst kränkelte; vielleicht malte sich Bach sein Schicksal nach dessen Tod aus! Würde der Nachfolger ein zweiter Friedrich Wilhelm I. sein? [Er war's: Leopolds Bruder August warf 1754 alle alten Musiker trotz Bitten des Vorstehers der Rentenkammer ohne Rente einfach hinaus.]«

»Der Orgelvirtuose und sein unermüdlich kontinuierliches Schaffen bleiben in der europäischen Musikgeschichte unvergleichbar.«

»Ja, Ludwig, Du hast absolut Recht, ohne Bach hätten alle unsere Vorgänger und wir keine orientierenden Fundamente.«

»Am Abend des 28. Juli 1750 starb der große Meister. Seine letzte musikalische Eingebung bestand in einem Diktat an den Schwiegersohn Johann Christoph Altnikol. Es war der Choral >*Vor deinen Thron tret` ich hiermit*<, mit welchem in der Regel Aufführungen der unvollendet hinterlassenen >*Kunst der Fuge*< abgeschlossen werden.«

»Was wurde aus den zahlreichen Kindern?«

»Amade, Johann Sebastian Bach hatte aus den beiden Ehen mit Maria Barbara (1684 – 1720) und Anna Magdalena Wilcken (1721 – 1760) zwanzig Kinder, aber die Kindersterblichkeit in jener Zeit, war auch in Bachs Familie sehr groß. Zehn Kinder erreichten nur das Alter von wenigen Tagen, Monaten oder Jahren. Ein hochbegabter Sohn aus erster Ehe, Johann Gottfried Bernhard, ein Schmerzenskind Bachs, wurde 25 Jahre alt und nur das letzte Kind aus zweiter Ehe hat uns beide überlebt. Du siehst, wie das Schicksal mit jedem so spielt. Nicht einmal bei Kindern macht es Ausnahmen. Am Ende sind wir alle ihm überlassen, dem Tod!«

»Mein lieber Ludwig, allein ja, aber nicht in Elend und Not! Keiner hat so trostlos die Welt verlassen, wie ich.«

»Und keiner, lieber Amade, keiner hat Deinen ewigen Ruhm erreicht!« Beethoven legt so viel Mitempfinden als möglich in seine Stimme. »Immer wieder der Kampf gegen schändliche Missachtung der Kunst derer, die Macht und Einfluss haben und sich als Musikkenner hergeben, aber in der Not einen im Regen stehen lassen. Du hast gelitten, und wer weiß, auf Umwegen mag Dein Leid und die Einsamkeit Einfluss auf Deine Krankheiten und frühen Tod genommen haben.«

Mozart versinkt wieder tief in Gedanken. Seit der Ankunft in Dresden verfolgen ihn Beethovens Worte: >*Die ewige Sanduhr des Schicksals wird immer wieder umgedreht. Die Trostlosigkeit, Einsamkeit in Elend und Not für die Kunst. Das Leben heißt: Opferbereitschaft. Das könnte auch ein Kampf bedeuten. Ist Dir eigentlich bewusst, was für eine göttliche Musik Du hinterlassen hast? Dein Leben war ein Menschheitsleben…*< »Aus der dicken und erdrückenden Luft der >Heimat< Salzburg herausgekommen, tat ich große Flügelschläge der Wonne und Freiheit. Wenn ich sonst im Leben je zu kurz gekommen bin und mit Krankheiten behaftet, so habe ich doch die Freiheit für schwärmerische Musik genossen. Nach meiner Umsiedlung nach Wien 1781, hoffte ich vergeblich auf eine feste Stellung und erhielt nur die mäßig dotierte Stelle eines kaiserlichen Hofkomponisten (als Nachfolger Glucks) … Ich fühlte mich weder in Salzburg noch in Wien zu Hause. Ich war heimatlos.«

>Habe ich ihn zu tief ins Grübeln gestoßen?< fragt sich Beethoven. >Kann unsere Freiheit die Verantwortung gegenüber Kunst bedeuten, die über unsere eigene Existenz hinaus reicht und uns zum Widerstand gegen uns selbst wachrütteln?<

Beethoven wählt seine Worte mit Bedacht. »Mir ging es nicht besser, was Kunstverständnis und Unterstützung der Fürsten betrifft. Was die Freiheit angeht, sie ist für die Kunst, wie die Luft zum Atmen, Amade!«

»Händel und Haydn waren vielleicht besser daran.«

»Daher wurden die Altmeister auch steinalt! Beneidest Du, Amade, etwa ihre Langlebigkeit? Haydn hat gut von seinen Kompositionen gelebt, vor allem nach seinen London-Reisen. Es blieb ihm auch das ungarische Kapellmeisteramt an der Esterhazyschen Hofkapelle zeitlebens erhalten … Aber wo bleibt Haydn, und wo ist Mozart, nachdem der Spuk vorbei ist.«

Seltsame Erinnerungen werden in wenigen Augenblicken in Dresden wach. Nichts kommt, wie sie gedacht haben. Haben sie überhaupt an irgendetwas gedacht? Können Geister noch funktional denken oder parieren? Es ist spannend und rührend zu gleich, wie zwei seelenverwandte Virtuosen versuchen sich gegenseitig bei Erinnerungen zu stützen, als ob sie Heimweh hätten. Geister und Heimweh! Sie gehen gerade unterhalb einer Gartenlaube und entfernen sich langsam von der Altstadt Dresdens. Der Duft gemischter Blumen steigt beiden in die Nase. Beethoven zieht die Luft kräftig ein. Ihm ist sonderlich zumute, als hätte er seinen Körper mit allen physiologischen Funktionen wieder. Er will atmen, riechen und hören! Die Situation, die sich ihm darbietet, hat etwas aufregendes. Was er empfindet, versetzt ihn in Panik und er kann darüber nicht einmal mit Mozart sprechen, der seinerseits die Welt der Gerüche vielleicht nicht verspürt, sonst hätte er doch etwas gesagt.

>Im Universum ist der nächste Weg von Stern zu Stern: aber dazu muss der Geist willig sein<, denkt Mozart. >Geister verirren sich, wenn sie sich zu weit wagen. Wir müssen uns begnügen, kleinere Schritte zu tun. Heute sind wir vielleicht zu schnell und übereilt gewesen.<

Der Untergang ist nahe oder der Anfang eines neuen Lebens…
Mir ist genauso, als würde ich Armer von Sinnen kommen.
Robert Schumann 1837

Leipzig

»Na, Ludwig, wie findest Du nun die Wirkungsstätte Johann Sebastian Bachs?«

Beethoven, wie aus tiefem Schlaf gerissen: »Sind wir schon in Leipzig?«

»Ja, Ludwig! Du warst so in Deine Gedanken vertieft.«

»Ich kenne solche Situationen wohl, in der ich weit weg von mir selbst in anderen Hemisphären nach einer Antwort auf unerklärbare Phänomene suche. Ich habe den Duft der Gartenlaube riechen wollen, vergeblich; ich erkannte die verlorenen Sinnesgelüste. Weißt Du noch, wie schnell ich von Dresden weg wollte, damit Du nicht auf die Idee kommst, mich nach den Charakteristika der Düfte zu fragen? Licht, Töne, Gerüche, zarte Haut, ja sogar Liebe und Leidenschaften, an alles können wir uns zwar erinnern, aber nicht mehr erfahren; nichts mehr! Wir haben keine Emotionen für solche Dinge. Die Farbe der Liebe ist hellrot, die der Leidenschaft blau, Angst und Panik intensiv rot. Vom Glück will ich nicht reden, das ist farblos weiß.«

»Und die Trauer hat auch keine Farbe, sie ist schwarz.«

»Anderes empfinde ich nicht, nur Trauer. Und Verlust, so viel Verlust.«

»Wie kommst Du darauf? Was hast Du heute verloren, Ludwig? Sage es mir.«

»All die liebenswerten und unvergesslichen Augenblicke mit Bettina sind dahin. Die Liebe, welche uns verband, wo ist sie geblieben? Alles zu Äther verdunstet. Dort in Dresden an der Gartenlaube habe ich begriffen, dass Bettina unwiederbringlich verloren ist.«

»Aber Ludwig, ich denke, Deine Liebe gilt doch der ganzen Menschheit!«

Beethoven seufzt. »Irgendetwas ist in mir zerbrochen. Zu hohem Fluge tauge ich nicht mehr.«

Erwartungsvoll und neugierig treten sie in die Thomaskirche zu Leipzig. Beethovens Schritte sind schüchtern, die Schultern eingezogen, ganz wie bei jemandem, der nicht eingeladen ist, aber trotzdem mal auf einen Sprung vorbei schaut. Mozart beobachtet ihn und grinst. Unbemerkt an den Gottesanbetenden und frommen Besuchern vorbei, setzt er sich an die Orgel und spielt. Beethoven ist begeistert; ein junger, modisch gekleideter Mann von göttlicher Ausstrahlung spielt mit großer Leichtigkeit alle harmonischen Kunstfertigkeiten, dann den Choral >Jesus meine Zuversicht< aufs Herrlichste aus dem Stegreif.

Jetzt blickt Mozart auf und ruft: »Das war für meinen Ludwig van Beethoven.«

Ungeachtet dessen, ob sie gesehen oder gehört werden, verlassen sie wieder die Thomaskirche. Mozart spürt Beethoven möchte noch gerne sprechen.

»Hast Du je mit Bettina über Deine Liebe zu ihr gesprochen?«

Beethoven sagt erst kein Wort. Seine Augen stehen voller Tränen. Er lässt den Kopf auf die Brust sinken. »Vergib mir, Amade, meine harschen Worte, die ich immer wieder von mir gebe. Wir haben über das Dilemma der verlorenen Liebe genug gesprochen.«

Beethovens Augen sehen nicht Mozart, sondern blicken eher nach innen, als lese er einem Fremden aus einem ihm vertrauten Text vor. »Weißt Du, dass keine Frau mich je so richtig geliebt hat? So gänzlich mit Leib und Seele. Auch sie, Bettina wollte von ihrem Adelsross nicht runter! Was sind wir Musiker für ein wertloses Volk, wenn es um uns und unsere sinnlichen Empfindungen geht. Weißt Du junger Freund, was es heißt, niemals geliebt oder begehrt zu werden? Weißt Du wie das ist?«

Mozart ist ernst und nachdenklich. Beethoven sieht ihn forschend an, als wünschte er, er möge ihm nur zustimmen, dass ihm Unrecht getan worden ist. Doch Mozart bleibt stumm. Und es dauert eine Weile.

»Bei aller Bravour, bei aller Leidenschaft ein moderner Komponist zu sein, welchem angeblich der Übermorgen gehöre, selbst trotz meiner angeblichen Genialität, um die ewige Musik, verfolgte mich die Angst, allein sterben zu müssen. Weißt Du, Amade, was es heißt andaucrnd davon träumen zu müssen, wie Dein Körper tage- oder wochenlang bis zur Verwesung in Deiner Kammer verwahrlost liegen bleiben würde, bis der Leichengeruch das Mitleid irgendjemandes erweckt? Das Innerste in mir war die Einsamkeit. Die Einsamkeit ist für den Betroffenen die Hölle, die brennt und vernichtet. Ich beklagte mich trotzdem nicht, im Gegenteil, ich versuchte mich zu beruhigen, oft in tiefster Stille der Einsamkeit, redete ich mit mir selbst. Nicht auffällig und laut, aus Furcht vor meiner eigenen Stimme. Das einzige Menschenwesen, die einzige Seele, welche diese Leere ausfüllen könnte, wäre sie. Aber sie, wie eine Blume, die ich nur ansehen durfte, nicht anfassen! Was habe ich von einem süßen Kuchen, den ich nicht kosten darf? Was habe ich von der Sonne ohne ihre belebende Wärme?«

Mozart, der seine Trauer nicht in Worten ausdrücken kann, noch seine Solidarität, denn ihm offenbart Beethoven seine tiefsten Geheimnisse, hört ihm still zu. Doch im Innersten seiner Seele keimt die Hoffnung, es möge ihm, vielleicht, doch wieder gelingen, ein >Freund in der Not< zu sein. >Ich muss sein Herzblut in seine Erzählung fließen lassen und ihn so wenig wie möglich unterbrechen. Ihn einfach aussprechen lassen.<

Plötzlich ertönt eine melodische Stimme aus nächster Nähe: >Bei aller Bravour, bei aller Leidenschaft und Klagen, Ludwig van Beethoven sei beruhigt! Ich habe noch viele Lieder zu singen. Mein Geist ist erfüllt mit Deinen Liedern!< Grillparzers Stimme wird kräftiger. >Kommt meine Freunde, ja, Du Ludwig van Beethoven und auch Du Wolfgang Amadeus Mozart, Ihr seid Lieblinge der Götter. Beklagt Euch nicht so sehr, und trauert nicht nach, kommt schaut zu.<

Beiden wird bewusst, wer da spricht. Sie drehen sich und blicken wie verzaubert durch ein Fenster in die Vergangenheit: Andreas Ignaz Wawruch berichtet von Beethovens Tod. >Am folgenden Morgen waren alle Symptome der herannahenden Auflösung da. Der 26. März war stürmisch, trüb. – Gegen die sechste Nachmittagsstunde erhob sich ein Schneegestöber mit Donner und Blitz. – Beethoven starb. – Würde ein römischer Augur aus dem zufälligen Aufruhr der Elemente nicht auf seine Apotheose geschlossen haben? Dann Beethovens Trauerzug, der an die zwanzigtausend Personen umfasst, setzt sich mit Mühe in Bewegung.<

Franz Grillparzer und der Schauspieler Anschütz stehen vor dem Friedhof. Es ist drei Uhr nachmittags den 29. März 1827 in Wien. Seyfried, der Kapellmeister, lässt im Geiste des Schöpfers die ernsten, frommen Grabestöne in vierstimmigem Vokalchor zu den Worten der Psalmen Equale a quatro Trommboni vortrefflich ausführen, die alternierend mit den dumpf dröhnenden Posaunenakkorden eine Schmerz ergreifende Wirkung hervorbringen. Auf die Priesterschar des ganzen Konduktes folgt nun die prachtvoll ornierte Bahre, umringt von Kapellmeister Eyble, Hummel, Seyfried und Kreutzer zur Rechten, Weigel, Gyrowetz, Gänsbacher und Würfel zur Linken, welche die herabhängenden weißen Bandschleifen halten, zu beiden Seiten begleitet von Fackelträgern, worunter Castelli, Bernard, Böhm, Czerny, Lablache, David, Pacini, Rodicchi, Meric, Mayseder, Merk, Lnnoy, Linke, Riotte, Franz Schubert, Weidemann, Weiß, Schuppanzigh und viele andere.

Von der Szene überwältigt umarmt Mozart Beethoven heftig. »Sieh mal an, Ludwig, die Wiener sind doch nicht so herzlos, wie ich dachte. Sie haben Dich geliebt und ehrwürdig verabschiedet.«

Beethoven ist gerührt von Grillparzers Ausführung. >Wallenstein identifiziert das Schicksal mit dem Herzen, denn mit dem Herzen setzt sich das Schicksal durch<:

>*Recht stets behält das Schicksal, denn das Herz*
in uns ist sein gebieterischer Vollzieher.<

»Ludwig, Du hast Recht. Hätte ich mehr an Schiller geglaubt, wäre ich fündiger, als immer in der Logik die Gründe meines Unglücks zu suchen.«

»Von keinem Leben lässt sich erkennen, ob es glücklich, ob es unselig sei, Amade, immer muss der Mensch auf Suche dessen, was er begehrt, sich ängstigen, Unglück treffe auch den Glücklichen.«

>Die grauen Wolken verschleiern nur begrenzt und nur kurz die Sonne. Ihr, meine Freunde neigt dazu, die Freude vom Leid überschatten zu lassen, das Leid viel tiefer zu erfahren als das Glück. Lieber Amade, das Leid war Dein engster Freund, aber das Glück war nicht Dein Feind, es begleitete Dich bis zum Tode.<

Grillparzer macht eine Pause.

>Das Leid ist da; alles kommt darauf an, wie sich der Mensch vor ihm verhalte van Beethoven.< Grillparzer blickt auf den Trauerzug.

>Ich behaupte Wolfgang Amadeus Mozart hat sich bis zum letzten Atemzug tapfer geschlagen.<

>Wer ist Zeus, wenn er Prometheus solcher Qual überliefert, nur weil er >nach eignem Rat, sondern Furcht vor Zeus zu hoch die Menschen liebt<, wenn er, für so entbrannt, deren Vater zwingt, sie auszustoßen und die sich verweigernde dadurch straft, dass Stierhörner aus ihrer Stirne wachsen und eine Bremse die Wahnsinnsverwirrte durch die Welt jagt? Eine Haltung zum Leiden kann nur der finden, der den Sinne des Leidens erschließt. Fromm handelt, wer die Toten ehrt! …< Mit diesem Satz macht Grillparzer auf den Trauerzug aufmerksam, der inzwischen mit Zöglingen des Konservatoriums, die Sankt-Anna-Musikschüler, weiterzieht und von angesehenen Persönlichkeiten wie Graf Moritz von Dietrichstein, den Hofräten von Mosel und Breuning (Beethovens Jugendfreund und Testamentvollstrecker) und unzähligen Menschen begleitet wird. Der vierspännige Paradewagen mit dem Leichnam fährt durch die Pforten des Friedhofes. Am Grab spricht Anschütz voller Weihe die von Grillparzer abgefasste Trauerrede.

»Ah«, sagt Beethoven, »ein besonderes Gefühl, bewegend, ein heiliger Augenblick. Deswegen muss ich weinen. Deswegen weine ich noch. Ich habe es nie zuvor vermocht. Seht Ihr Euch das an, ich kann die Tränen nicht zurückhalten!«

Von der Szenerie ergriffen sagt Mozart: »Es ist gut so, Ludwig. Diese Tränen reinigen die Seele.«

Anschütz hält theatralisch und meisterhaft ergreifend die Rede: >*Indem wir hier am Grabe dieses Vorbildlichen stehen, sind wir gleichsam die Repräsentanten einer ganzen Nation, des deutschen gesamten Volkes, trauernd über den Fall der einen hoch gefeierten Hälfte dessen, was uns übrig blieb von dahin geschwundenem Glanz heimischer Kunst, vaterländischer Geistesblüte. Noch lebt zwar - und möge er lange leben! — Noch lebt zwar — und möge er lange leben! - der Held des Sanges in deutscher Sprache und Zunge; aber der letzte Meister des tönenden Liedes, der Tonkunst holder Mund, der Erbe und Erweiterer von Händel und Bach,* *von Haydn und Mozarts unsterblichem Ruhme hat ausgelebt, und wir stehen weinend an den zerrissenen Saiten des verklungenen Spiels. Des verklungenen Spiels! Lasst mich ihn so nennen! Denn ein Künstler war er, und was er war, war er nur durch die Kunst. Des Lebens Stacheln hatten tief ihn verwundet, und wie der Schiffbrüchige das Ufer umklammert, so floh er in deinen Arm, o du des Guten und wahren gleichherrliche Schwester, des Leides Trösterin, von oben stammende Kunst! Fest hielt er an dir, und selbst als die Pforte geschlossen war, durch die du eingetreten bei ihm, und sprach zu ihm, als er blind geworden war für deine Züge, durch sein taubes Ohr, trug er noch immer dein Bild im Herzen, und als er starb, lag's noch auf seiner Brust. Ein Künstler war er, und wer steht auf neben ihm? Wie der Behemoth die Meere durchstürmt, so durchflog er die Grenzen seiner Kunst. Vom Gurren der Taube bis zum Rollen des Donners, von der spitzfindigsten Verwebung eigensinniger Kunstmittel bis zu dem furchtbaren Punkt, wo das Gebildete übergeht in die regellose Willkür streitender Naturgewalten, alles hat er durchmessen, alles erfasst. Der nach ihm kommt, wird nicht fortsetzen, er wird anfangen müssen, denn sein Vorgänger hörte nur auf, wo die Kunst aufhört. Adelaide und Leonore! Feier der Helden von Vittoria und des Messopfers demütiges Lied! – Kinder ihr der drei- und viergeteilten Stimmen! Brausende Sinfonie: >Freude, schöner Götterfunken<, du Schwanengesang! Muse des Liedes und des Saitenspiels: stellt euch rings um sein Grab und bestreut's mit Lorbeeren! Ein Künstler war er, aber auch ein Mensch, Mensch in jedem, im höchsten Sinn. Weil er von der Welt sich abschloss, nannten sie ihn feindselig, und weil er der Empfindung aus dem Wege ging, gefühllos. Ach, wer sich hart weiß, der flieht nicht! (Die feinsten Spitzen sind es, die am leichtesten sich abstumpfen und biegen oder brechen!). Das Übermaß der Empfindung weicht der Empfindung aus! Er floh die Welt, weil er in dem ganzen Bereich seines liebenden Gemüts keine Waffe fand, sich ihr zu widersetzen. Er entzog sich den Menschen, nachdem er ihnen alles gegeben und nichts dafür empfangen hatte. Er blieb einsam, weil er kein Zweites ich fand. Aber bis an sein Grab bewahrte er ein menschliches Herz allen Menschen, ein Väterliches den* *seinen, Gut und Blut der ganzen Welt. So war er, so starb er, so wird er leben für alle Zeiten! Ihr aber, die ihr unserem Geleite gefolgt bis hierher, gebietet eurem Schmerz! Nicht verloren habt ihr ihn, ihr habt ihn gewonnen. Kein Lebendiger tritt in die Hallen der Unsterblichkeit ein. Der Leib muss fallen, dann erst öffnen sich ihre Pforten. Den ihr betrauert, er steht von nun an unter den Großen aller Zeiten, unantastbar für immer. Drum kehrt nach Hause, betrübt, aber gefasst! Und wenn euch je im Leben, wie der kommende Sturm, die Gewalt seiner Schöpfungen übermannt, wenn euer Entzücken dahinströmt in der Mitte eines jetzt noch ungeborenen Geschlechts, so erinnert euch dieser Stunde und denkt: wir waren dabei, als sie ihn begruben, und als er starb, haben wir geweint!<*

>Meine lieben Freunde!< ruft Grillparzer zum Abschied: >Zwei Grundzüge von Beethovens Wesens haben ihn verewigt: die Überwindung des Schicksals und die Selbstüberwindung; er besaß ein Herz für die universale Liebe. Beethovens Musik ist nicht nur für uns, sie ist für die Menschheit. Du bist ein Kind Deiner Zeit, aber der Himmel, zu dem Du aufblicktest, wölbt sich über alle Zeiten.<

»Zu lenken wäre die Welt nur durch die Liebe, vom lebendig warmen Wort, das von dem Mund der Liebe fortgepflanzt, empfangen wird vom liebesdurstigen Ohr.« Mit Grillparzers eigenen Worten und Dankbarkeit erfüllt, sagt Beethoven wehmütig: »Adieu mein Freund. Adieu mein großer Dichter und Humanist, Du hast mir alles gegeben, was die Götter mir versagten!«

»Hast Du gesehen, Ludwig? Die großartige Feier, die große Menschenmenge, die Blumen, die das frische Grab bedecken und die Menschen, die still, ohne ein Wort zu verlieren beieinander auf den Bänken jenseits vom Grab saßen und Dich betrauerten und mit anderen Augen als sonst die Erde betrachten, in der Du liegst, und die Blumen und Bäume, die nun darüber wachsen, und die Vögel, deren Spiel ungehemmt und fröhlich durch den stillen Friedhof klingt. Daneben geht das Leben seinen Lauf, die Kinder, nicht nur sie, singen wieder Deine Lieder, balgen sich, lachen und wollen Geschichten hören, und sie alle gewöhnen sich unvermerkt daran, den Großen Beethoven nimmer zu sehen, aber für immer an einen unvergesslichen Engel im Himmel zu denken.«

Mozart und Beethoven schweigen eine Weile.

»Weißt Du, was ich denke?«

»Du denkst, wir sollten aufhören zu jammern.«

»Ja, Ludwig, aber eigenen Obsessionen zu entfliehen ist kein leichtes Unterfangen!«

Tränen rennen Beethoven über die Wangen, er schweigt. Dann hebt er den Kopf und blickt Mozart in die Augen. »Du hast sehr schön, sinnlich mit Herz und Seele gesprochen, Amade.«

Mozart verbeugt sich mit einer Geste der Liebenswürdigkeit und umarmt ihn. »Komm mein liebster Ludwig, lass uns weitergehen. Die grauen Erinnerungen dürfen unsere Seele nicht mehr verdunkeln. Du hast doch Grillparzer gehört, wir sind die Unsterblichen.«

»Ah, diese Verzweiflung… Wo war noch ein Meer der Hoffnung, indem man noch ertrinken konnte! Ich verlor mein Herz und alle meine Hoffnungen auf eine Antwort und eine sinnliche Reaktion. Ich verlor mein Gehör und ertrug die schrecklichen Qualen, denen ich bis zu meinem Lebensende ausgesetzt war. Keine Liebe, keinen Freund, der mir die Beichte abnahm. Man vergibt seinen Freunden viel schwerer als seinen Feinden.«

»Und deshalb hältst Du es für geboten, mir Dein Herz anzuvertrauen, weil Du merkst, dass ich Dich von Bewunderung abgesehen, noch mehr liebe, als je irgendeinen Freund?«

»Aus den Wienern werde ich nicht schlau!« flüstert Mozart.
Eine besonnene Stimme aus dem Hintergrund ruft: >Ich auch nicht!<

»Wer spricht dort?« fragt Beethoven.

>Euer ewiger Bewunderer Franz Liszt! Ich möchte nur Mozarts Zorn entschärfen: Wie sehr hatte ich mich danach gesehnt, dass der große Meister Beethoven mir einmal zuhört. Am 13. April 1822 war es endlich soweit. In der ersten Reihe unter viertausend Zuhörern im Redoutensaal sitzt mein Olymp und ich wie ein verwunderter Vogel auf dem Podium…<

»Mein liebster Franz Liszt, an Hummels H-Moll Konzert kann ich mich sehr gut erinnern. In der Tat, Du saßt wie ein scheuer Vogel am Flügel und achtetest auf den Augenblick Deines Einsatzes. Dann die befreienden Töne, der zwölfjährige Virtuose spielte mit so viel Andacht, so viel Hingabe, trotz enormer Spannung der Verantwortung.«

Franz Liszt überwältigt: >…während des Spiels warf ich immer wieder einen Seitenblick auf mein Idol, den Großen Beethoven…<

»Dann hast Du meinen enthusiastischen Beifall vernommen.«

»Adieu, Genius der göttlichen Klänge, Herold des Friedens.«

Beethoven schließt die Augen und versinkt in Gedanken. Keiner von beiden spricht, während sie blitzschnell Leipzig und Potsdam überfliegen.

>*Die schönen weißen Wolken ziehen dahin*
durchs tiefe Blau, wie schöne stille Träume;
mir ist, als ob ich längst gestorben bin
und ziehe selig mit durch ew'ge Räume.<
Hermann Allmers für Johannes Brahms Feldeinsamkeit

Berlin

Nun stehen sie an der Spree. Der Fluss ist still. Sie sind still und der Mond scheint auf Gerechte und Ungerechte. Beethoven reißt die Augen auf. Mozarts überraschende Ankündigung scheint ihn aufgeweckt zu haben, doch er schweigt.

Mozart bleibt beharrlich. »Lass uns diese Sonate hören, und ich versichere Dir, sie wird uns von Grund auf verwandeln.«

Übers Wasser ertönt die Sonate Op. 27, Nr. 2 >Mondscheinsonate<.

»Wie entstand dieses Werk, Ludwig?«

»Mit den Tönen der Sonate, welche der Gräfin Guicciardi gewidmet ist, wird das Märchen und die tragische Geschichte von einem zauberhaften Mädchen >Die Beterin< wieder lebendig. Der gehaltene, bittende Ton des >rhapsodischen< Adagio drückt die melancholische Stimmung aus. Nach dem Adagio entwickelt sich die Sonate zu einer leidenschaftlichen Fantasie; erst lächelt ein munteres Allegretto, dann stürzen wir uns in jenes mit einigen Freiheiten in Sonatenform gefasste, dämonische Presto agitato, das alle Musikfreunde erschüttern kann.«

Beethoven trägt mit leidenschaftlicher Sorgfalt Seumes Gedicht >Die Beterin< vor:

>*Auf das Hochaltares Stufen kniet*
Lina im Gebet, ihr Antlitz glühet,
von der Angst der Seele hingerissen,
zu des Hochgebenedeiten Füssen.
Ihre heissgerungenen Hände beben,
ihre bangen nassen Blicke schweben
um des Welterlösers Dornenkrone.
Genade flehend von des Vaters Throne;
Genade ihrem Vater, dessen Schmerzen
Ihrem lieben kummervollen Herzen
In des Lebens schönsten Blütetagen
Bitter jeder Freunde Keim zernagen;
Rettung für den Vater ihrer Tugend,
für den einz`gen Führer ihrer Jugend,
dem allein sie nur ihr Leben lebet,
über dem der Hauch des Todes schwebet.
Ihre tiefgebrochenen Seufzer wehen
Ihrer Andacht heises, heisses Flehen
Hin zum Opfer Weihrauch; Cherubinen
stehn bereit, der Flehenden zu dienen.
Tragt, Ihr Engel, ihre Engeltränen
Betend hin, den Vater zu versöhnen;

Frömmer weint um die Dornenkrone
Nicht Maria bei dem toten Sohne.<

Mozarts Züge sind zur Maske erstarrt. Er hält den Atem an, als Beethoven nach einem tiefen Seufzer fortfährt:

>*Siehe, Freund, in den Verklärungsblicken*
Strahlet stilles, seliges Entzücken;
Lina streicht die Träne von den Wangen,
Ist voller süßer Hoffnung weggegangen.
Eine Träne netzt auch meine Augenlider;
Vater, gieb Ihr Ihren Vater wieder!
Gern wollt` ich dem Tode nahe treten,
Könnte sie für mich so glühend beten.<

Mozart sieht, wie Beethoven wieder tief seufzt und sich zu beruhigen versucht.

»Ludwig, ich will ganz offen sprechen. Du stellst mit der Mondscheinsonate die Seele des echten Liebenden auf dem Weg durch die Tiefe dar. Ein unbewusst glücklich-vollkommener Zustand ist am Anfang; und diesen sollen wir auf dem Wege höchster Hingabe, im Stande >großer Dankbarkeit< wieder erreichen. Du versuchst mit Deiner Kunst den Menschen umzuschmelzen und für diesen Endzustand fähig zu machen.« Mozart schweigt für einen Moment. Dann fährt er mit einem neugierigen Lächeln fort: »Hast Du Julia (Gräfin Giulieta Guicciadi) geliebt?<«

»Mein teurer Freund, von der Liebe sprechen wir ein anderes Mal, aber von der Schwärmerei jederzeit.«

»Wie kommst Du zu dem Namen >Mondscheinsonate<?«

»Die Wiener nannten das Stück >Laubensonate<, aber der Berliner Kritiker Rellstab taufte sie auf den poetischen Namen >Mondscheinsonate<, der mir auch besser gefällt.«

Mozart in seine Gedanken vertieft. >Erotische Begierden! Kennt er solche überhaupt? Betrachtet er die Frauen ohne Ausnahme als maskierte Schönheiten? Er muss doch sinnliche Bedürfnisse haben. Was geschieht mit solchen Empfindungen wie Erotik und sexuellen Impulsen, wurden sie unterdrückt, bis sie mit ihm tot waren? Könnte dies die Ursache seiner Obsessionen sein?<

»Aber Du könntest doch gewiss eine andere lieben?«

»Nein«, sagt Beethoven entschieden.

»Oh, Du liebst immer noch diese hochnäsige Bettina?«

»Ich liebe jetzt und immer den lieben Gott, und er hat mich gelehrt, alle Menschen lieb zu haben, Dich und alle anderen auf der ganzen Welt. Wenn ich nur Eine liebte, was wäre für das Edle, Bessere geblieben? Ach diese reaktionären Egoisten!« schreit er plötzlich. »Wie sollten sie mich auch verstehen! Kaum, dass ich mich selbst verstehe. Alle diese Damen waren begabte Lebenskünstler und auf Adel und Profit bedacht! Nein, ich hätte nicht von der Großartigkeit meiner Liebe, Kunst und Freiheit reden dürfen, sondern von Erbarmungslosigkeit, Einsamkeit, Gefangensein, bösem Schicksal und Trostlosigkeit …«

Mozart weiß auf Beethovens Äußerungen nichts zu erwidern. Offenbar hatte Beethoven nichts unversucht gelassen, eine Antwort auf seinen Liebesbedarf, mit einem Nest für Familie und Geborgenheit zu bekommen. Doch ist dies nicht der geeignete Moment, darüber zu diskutieren. Oder hatte er nicht deutlich gemacht, dass er Bettina oder Therese oder Giulia oder Josephine oder die Unsterbliche zum Leben braucht? Verstand Beethoven nicht, dass man Gelegenheiten, die sich boten, beim Schopfe packen muss? Andererseits klang in seiner Bemerkung über Liebe und Geistigkeit, eine große Sehnsucht nach Harmonie und Zärtlichkeit. Ein sonderbarer Mensch, eine großartige Persönlichkeit. Wie leicht haben wir es uns gemacht, wie schwärmerisch und taktvoll war er und hat sich doch das Leben schwer gemacht. Mozart fragt sich, erneut, was hätte er zu Lebzeiten von ihm lernen können. Aber er war selbst in Not und brauchte Hilfe. Hätte ich ihm vielleicht helfen können? Ich, der selbst verzweifelt war? Nun es ist alles vorbei. Keiner von uns ist wirklich glücklich gewesen. Hat Konstanze mich wirklich verstanden? Hat sie gewusst, was Liebe ist. Mein armer Ludwig, ich weiß wirklich, was das ist, wenn man nicht geliebt wird. So ist es im Leben. Nicht geliebt werden, bringt Schmerzen. Auch ich habe sie in meinem Leben genug zu spüren bekommen. Das ganze Leben ist voller Schmerzen. Es geht also nicht darum, ob man Schmerzen leidet oder nicht! Wenn Du nur ein bisschen Verständnis und Mitgefühl erfährst und wenn man nur nicht allein gelassen wird. Ich trage eine schwere Last. Ich ringe um seine Befreiung und auch die meine. Aber ich bin kein Beethoven; ich erkenne mein Unglück und empfange es mit offenen Armen. Und Beethoven ist mein Seelenretter. Ich würde alle heiteren Tage, die ich zum Glück hatte, samt aller Verliebtheiten und samt meinen Kompositionen hergeben, wenn ich dafür einmal mit ihm, wenn auch kurz, leben könnte, wie in jenen jugendlich träumerischen Zeiten. Es tut mir so schrecklich weh, dass ich ihn damals leichtsinnig verkannt habe. Um ihm näher zu kommen, ihn zu ermutigen, lege ich mich heute bloß. Wenn er erfährt, dass es den anderen, scheinbar Glücklichen, auch nicht besser ergangen ist. Er wird verblüfft und überrascht sein, wenn er von meinem Schicksal im Detail erfährt. Ich werde seine Lage schildern, als sei es meine. Ich werde mich bemitleiden lassen und somit stillschweigend ihn selbst. Er ist kein normaler Mensch, er ist etwas Besonderes. Ich kann nicht vorher sagen, wie er reagieren wird. Hoffentlich überfordere ich ihn nicht. Vielleicht hat Bettina erfahren, dass er nicht für >normale< erotische Liebe geboren ist, vielleicht wollte sie nicht die göttliche Genialität eines Beethovens mit weiblichen Begierden ramponieren. Für die allermeisten Tugenden menschlicher Beziehungen zeigt er sich kulant als Gentleman, aber wenn er auf das Weib zu sprechen kommt, spürt man sofort seine Enttäuschungen. >Die Frauen sind berechnend und egoistisch<, sagte er immer wieder: das Gegenteil habe ich nicht erlebt! Und was Schönheit, Intelligenz und sozialen Stand angeht, hat er stets hohe Ansprüche gestellt? Kann die Abstinenz die Wurzel aller Depressionen sein? Werden die Obsessionen übermächtig, gar chronisch und ergreifen sie erst Recht die gesamten sensiblen Organe? Keiner trifft unter möglichen Folgen eine Wahl, doch man wählt die Flucht, und sie führt zur Abnormität eines Sonderlings, zu Genialität. Es klingt so paradox: Leiden für übermenschlich schöpferische Kunst und menschliche Größe!

»Nur in Deiner Kunst leben! Amade, so beschränkt Du auch jetzt Deiner Sinne halbiert bist, so ist dieses doch das einzige Dasein für uns«, bricht Beethoven sein Schweigen, als ob er ahnt, wonach Mozart grübelt.

»Aber was ist mit Leben, Lust, Leidenschaft und Liebe in der Welt, in der wir gelebt haben?«

»Die Welt ist ein König, und sie will geschmeichelt sein, soll sie sich günstig zeigen. Doch wahre Kunst ist eigensinnig und lässt sich nicht in schmeichelnde Formen zwängen.«

»Aber lieber Ludwig, wo bleibt denn das Leben?«

»In Deiner Kunst! Die Kunst ist und bleibt ewig, kurz ist das Leben. Mozarts größtes Werk bleibt >Die Zauberflöte<, denn hier erst zeigt er sich als deutscher Meister - >Don Juan< hat noch ganz den italienischen Zuschnitt, und überdies sollte die heilige Kunst nie zur Folie eines so skandalösen Sujets sich entwürdigen lassen.«

Mozart ist gerührt. »Wer ist Rossini?«

»Ein guter Theatermaler«, sagt Beethoven.

Mozart schreitet bedächtig zum Fluss. Er will mit seiner Frage auf heitere Themen lenken, aber es gelingt ihm nicht. Er dreht sich um. »Das war etwas von unserem Leben und Wirken. Es scheint mir, wenn ich es überlege, soweit ein Geist überlegen kann, als sei sie kurz wie eine Sommernacht gewesen. Zeitweise ein wenig Liebe, viel zu viel Leid, ein wenig Eitelkeit, viel zu viel Musik und Leidenschaft – aber es war schön, lebendig und lebenswert. Du sagst, Du seiest für Dein Lebenswerk bestraft. Aber Ludwig, sieh mich an, auch ich habe Grund genug mich über mein Leben zu beklagen, stets bemüht, wie eine flatternde Kerze im Wind, kämpferisch doch machtlos erloschen. Ich sage Dir: Es gibt kein Leben ohne Schmerz, ohne Leid und Trauer. Sei froh, dass Du nicht mehr in jene Hölle zurückkehren musst!«

Beethoven schließt die Augen und lässt den Kopf auf die Brust fallen. Er fühlt sich wie zerschlagen von dem, was er von Mozart hört.

»Zwei Frauen, die in meinem Leben eine Rolle gespielt haben, meine Frau Konstanze und ihre Mutter, Maria Caecilia Weber, waren bei Gott nicht die Heiligen, die zur Befreiung meiner Ängste und Erfüllung meiner Sehnsüchte mit mir lebten. Maria Caecilia war der tägliche Dämon meines Lebens, energisch, egoistisch, kühl berechnend, von grober Derbheit, ... aufgeblasen von dem hohlen Pathos hausmütterlicher Rechtlichkeit, launisch, wetterwendisch, zanksüchtig, intrigant aus Passion, in stillen Stunden dem Trunke nicht abgeneigt und zweifellos hysterisch.«

»Also eine >dämonische Hysterica.<«

»Die nicht anders konnte als zu lügen.«

»Eine >Kreuzspinne, der Mozart ins Netz geht<.«

»Ja, immer wieder zeigte sie ihre drohenden Krallen. Ich zappelte lebenslang an ihrer Angel. Einen befreienden Schlag auf den brennenden Kopf bekam ich nicht, denn sie brauchten Geld, viel zu viel Geld. Für ihre Vergnügen, Ausflüge, Kuraufenthalte, Kleider und Schmuck ...«

>Nun ist es soweit<, denkt Mozart. >Endlich kann ich auspacken und zwar gründlich. Nur nicht wie ein Neurotiker alles im Kopf deponieren, wie einen Haufen Schrott. Nein, jetzt will ich mich aussprechen und befreien ...<

»Höre, Amade, willst Du Deine Seele befreien, kämpfst Du gegen Obsessionen? Dann sprich Dich aus. Nur keine Hemmungen.«

»Ich war verliebt. Und Maria Caecilia Weber arbeitete systematisch und die Verheiratung erfolgte mit der Professionalität einer Bühnenmeisterin.«

»Die Schwiegermutter der Posse!«

»Ja, Ludwig, boshaft und primitiv im Geist.«

Über die Schwiegermutter her zu ziehen, scheint den beiden Spaß zu machen, denn von depressiver Stimmung ist bald keine Spur mehr.

»Welche Rolle spielte Konstanze dabei? War sie die naive Tochter, die nur der Strategie der Mutter folgte?«

»Als ich die Familie Ende 1777 in Mannheim kennen lernte, hatte der Familienvater vierzehn Jahre lang eine achtköpfige Familie mit 200 Gulden jährlich durchgebracht. 1779 starb er und Maria Caecilia geriet in eine schwierige finanzielle Lage. Sie sah zwei Möglichkeiten für Konstanze: die des moralischen und ökonomischen Ruins oder die einer sicheren sozialen Existenz...«

»Und sie hat sich für letztere entschieden, aber auch alle Mittel für ihr Ziel eingesetzt.«

»Ja, Ludwig, aber mir war die Notlage der Familie zu berücksichtigen. Ein Anliegen, das wichtiger war, als die Ebenbürtigkeit Konstanzes und ihre geistig künstlerischen Fähigkeiten. So unmusikalisch war sie eigentlich nicht. Auf der Salzburg-Reise im Jahr 1783 übernahm sie eine der beiden Sopranpartien bei der Aufführung der C-Moll-Messe.«

»Wärest Du mit einer geistig anspruchsvolleren Partnerin, die aber Dich und Deine Emotionen nicht verstanden hätte, glücklicher?«

»Nein, nicht unbedingt. Sie war einfach keine Intellektuelle, das ist wahr, aber für meinen Vater stand von Anfang an fest: Konstanze ist ein Nichts, ihre Primitivität ist nicht zu übersehen. >Als echte Weberische war sie in erster Linie ihrer triebhaft ungeistigen Veranlagung untertan … Sie wusste nicht abzuschätzen, was gut und was schlecht war … Konstanze war eine schlechte Hausfrau. Was sollte sie gelernt haben und von wem? Von ihrer Mutter wohl kaum. Sie war selbst eine fürchterliche Hausfrau und Mutter. Zwischen 1783 und 1791, also innerhalb von acht Jahren bekam sie sechs Kinder und sie konnte nicht gut mit Kindern umgehen, war ständig krank und wollte in die Kur. Ihre Krankheiten und Kuren in Baden verschlangen nicht nur viel Geld, sondern die Führung der Familie, Haushalt und Finanzen blieben auf der Strecke. Ich gab mehr aus als ich verdiente …«

»War sie ernstlich krank?«

»Nein, Ludwig! Sie war eine Hypochonderin. Sie bildete sich vieles ein. Konstanze war hingegen leichtsinnig und nicht selten über die Grenzen der Freundschaft hinaus verführerisch, ohne hier von Untreue oder Seitensprüngen reden zu wollen …«

»Gab es bei Dir auch vielleicht manche Liebschaften?«

»Ja, ich gebe zu wie sehr ich den Frauen gewogen war. Das war aber mehr Spaß und Spiel, als männliches Getue eines Casanova und Familienuntreue.«

»Hast Du Konstanze geliebt?«

»Ja, eindeutig ja, Ludwig. Kaum war ich weg von Zuhause, schon hatte ich Heimweh nach ihr. Ich schrieb jeden Abend: *Liebstes, bestestes Weibchen! ... Hoffe, Du wirst mein gestriges Schreiben auch richtig erhalten haben. Ich war nicht beym Ballon, denn ich kann es mir so einbilden und glaubte auch, es wird diesmal auch nichts daraus werden. Aber nun ist Jubel unter den Wienern! So sehr sie bisher geschimpft haben, so loben sie nun. ... Nun wünsche ich nichts, als meine Sachen schon in Ordnung wären, nur um wieder bey Dir zu seyn. Du kannst nicht glauben, wie mir die ganze Zeit her die Zeit lang um Dich war! Ich kann Dir meine Empfindung nicht erklären. Es ist eine gewisse Leere – die mir halt wehe thut -, ein gewisses Sehnen, welches nie befriediget wird, folglich nie aufhört, immer fortdauert, ja von Tag zu Tag wächst. Wenn ich denke, wie lustig und kindisch wir in Baden beysammen waren und welche traurige, langweilige Stunden ich hier verlebe! Es freut mich auch meine Arbeit nicht, weil, gewohnt bisweilen auszusetzen und mit Dir ein paar Worte zu sprechen, dieses Vergnügen nun leider eine Unmöglichkeit ist. Gehe ich ans Klavier und singe etwas aus Oper, so muss ich gleich aufhören. Es macht mir viel zu viel Empfindung ... Unterdessen, (wenn es nötig seyn sollte), würde ich Dir lieber zum Weinstein, als zum Luftwasser rathen. – Adieu, liebstes Weibchen, ewig Dein Mozart. Wien, den 7ten Juli 1791.«*

»Deine Liebeserklärung an Konstanze ist beeindruckend, Amade! Auch die Art Deiner Schilderung und Erklärungen Deines Gemütszustandes ist ehrlich: >Gehe ich ans Klavier und singe etwas aus der Oper<. Aus welcher? Nichts sagen, lass mich raten! Aus der Zauberflöte? Stimmt's?«

»Exakt, Ludwig, exakt. Ach, was bist Du für ein gefühlvoller Mensch!«

Beethoven schließt die Augen. »Ah! In sentimentalen Dingen bin ich zu Hause und seitdem ich Deine Zauberflöte gehört habe, fühle ich mich Dir, was Liebe und Leidenschaft betrifft noch verbundener. Der Teufel ist der Feind des Glaubens. Die Frau die Räuberin des Herzens. Doch wer schützt uns, die ewigen Romantiker? Wer warnt uns vor Gefahren weiblicher Knechtschaft?«

Mozart sieht Beethoven mit großen Augen an. »Sieh einer an! Wer hat es gedacht! Unversehens ist aus dem großen Komponisten der aphroditische Philosoph geworden! Du öffnest mein Herz, wie ein Psychotherapeut. Freud, der Wiener Psychoanalytiker moderner Zeit, könnte bei Dir in die Schule gehen. Nichts entgeht Dir. Die kleinen Bemerkungen in meinem Brief fügte ich ein, weil ich doch aufrichtig sein wollte, Dir, aber auch Konstanze gegenüber. Dennoch schmerzte die Wunde bis zum Ende meines Lebens. Nun wenn ich erfahre, wie man sie nach meinem Tod behandelt hat ... Reichte es nicht, dass die Wiener mich missachtet und tot geschwiegen haben? Wenn manche Historiker schamlos über Konstanzes Biographie herfallen, wie Aasgeier: >Konstanzes Ruhm besteht darin, dass Wolfgang Amadeus Mozart sie geliebt hat und damit in die Ewigkeit mitgenommen, so wie der Bernstein der Fliege<.«

»Gut formuliert, aber daraus folgt nicht, dass sie den Ruhm nicht verdient hat.«

»Aber anders gefragt: Wenn ihr schon keine Liebe und kein Ruhm gebührt, womit hat sie die Verachtung der Wiener verdient, die ihr so häufig entgegenschlug?«

Beethoven bleibt aufmerksam und hört zu.

»In früheren, jüngeren Jahren, hatte ich geglaubt, es müsse ein besonderes Gefühl sein geliebt zu werden, ohne selbst zu lieben. Durch Konstanze habe ich erfahren, wie schön eine Liebe ist, die ich erwidern konnte. Und schon war ich ein wenig stolz darauf, dass eine einfache junge Frau mich liebte und zum Manne wünschte ...«

Beethoven spürt, dass Mozart sich ernsthaft Mühe gibt Konstanze zu rehabilitieren. »Ich bin nie einer solchen Frau, wie Deiner Konstanze, begegnet. Ob ich sie richtig einschätze, das ist mir nichts gegen die Frage, ob Du Dich selbst mit ihr in Frieden wieder findest, lieber Amade, oder nicht.« Beethoven sorgfältiger: »Reich an Verwöhnung von Liebenden, naiv – aber liebenswürdig. Ehrlich und geradezu, überhaupt kindhaft; im Ganzen, was die Persönlichkeit betrifft, realitätsfremd. Ohne jedes Feingefühl für Leid und Not, im Affekt immer wieder narzisstisch und dem Kind nahe, ohne Kenntnis, ohne Mitgefühl für das Eigentliche – Mitverantwortung. Ein Gehirn mit einem Ansatz von Seele. Der Charakter einer Katze, inkorporiert in einer süßen Ehefrau. Grausam instrumentalisierte Schönheit, rückständiger Kinderegoismus – in Folge fehlender Erziehung. Ohne Liebe zu Wahrhaftigkeit, doch wahre Liebe zu Mozart. Daher liebe ich Deine Konstanze, daher liebe ich alle, mit allen ihren Fehlern. Makellose Menschen liebe ich nicht! Sie gibt es nicht! Manche bilden sich nur ein, sie seien Perlen weiß, ohne zu ahnen, dass die Schwarze viel wertvoller ist! Alle Menschen sind gleich, Amade. Ja, so habe ich es tatsächlich empfunden. Ich sagte mir: Du darfst nicht Mensch sein, für Dich nicht, nur für andere. Für Dich gibt's kein Glück mehr als in Dir selbst, in Deiner Kunst. O Gott gib mir Kraft, mich zu besiegen! Mich darf ja nichts an das Leben fesseln. Was immer jedoch der ursächliche Grund sein mag, die Philanthropie wurde zu meiner Religion.«

»Wie behandelt man eine solche Wunde, die alle Träume und Illusionen zerstört?«

Beethoven reißt die Augen auf. »Du nennst Erkenntnis und Gefolgschaft meiner Erleuchtung eine Wunde? Aber lieber, lieber Amade, bedenke doch, wie viel ich gelernt habe! Ich habe meinen Weg; meinen Lebensweg gefunden, und mich mit meinem Schicksal arrangiert.«

»Nur den Glücklichen werden solche Erkenntnisse zu teil!«

»Den Glücklichen? Nein Amade! Dem Toleranten, Selbstlosen und Einsichtigen. Ich erkenne, dass mein Leben verblasst, dass das Ende näher rückt, dass ich taub und einsam bin, dass das Leben nur einen wirklichen Sinn hat: Leiden und Sterben – und Du nennst mich glücklich!«

»Allein die Tatsache, dass Du Dein Glück in dem Glück des anderen gesehen hast, weist doch darauf hin, dass Du an Deiner Arbeit viel Spaß empfunden hast, dass Dein Dasein seinen Sinn erfüllt hat und wenn es so ist, dann musstest Du doch sehr glücklich gewesen sein. Einsam aber glücklich!«

»Einsam, aber nicht unglücklich! Merkwürdig, Amade, wie einfach und doch perfekt Deine Deutungen und Erklärungen sind. Aber wir sollten nicht außer Acht lassen, dass die Liebe auch zum Verhängnis, ja zur Hölle werden kann!«

»In der Tragödie des verwegensten Empörers, Christopher Marlowe, ist die Hölle gut geschildert: nicht mehr die der Glaubenszeit, sondern die Hölle, die den modernen Menschen umschließt. Nachdem Faust den Pakt vorgelesen und sich entschlossen hat, ihn zu besiegeln, gilt seine erste Frage der Hölle; Mephistopheles erwidert, die Hölle sei unter dem Himmel; sie sei überall, wo wir uns befänden; und dereinst, wenn die Welt ende, sei alles Hölle, was nicht Himmel sei. Hölle ist Ferne von Gott; Hölle ist im Grunde die ganze Erde, die Sphäre der Macht.«

»Gott ist aber unerreichbar geworden! Amade, in seiner letzten, entsetzlichsten Sekunde fühlt ihn Faust, der von den Teufeln fortgeschleppt wird: >My God! My God, look not so fierce on me!< Es ist der Schrei eines Verzweifelten, der in seiner Einsamkeit, seinen Glauben an einen gerechten Gott verloren hat …«

»Nun, Ludwig, wir waren normale Bürger, keine Auserwählten im Sinne des Adels, der Kirche und der Könige. Zum Teufel mit ihnen, lass uns weiter pilgern. Das Herz adelt den Menschen; und wenn ich schon kein Adeliger bin, so habe ich vielleicht mehr Ehre im Leib als mancher Graf.«

»Nein, ich war nicht unglücklich auf die Liebe einer Frau zu verzichten, denn das hätte womöglich meine Arbeit beeinträchtigt.«

»Ludwig! Ein lediger Mensch lebt in meinen Augen nur halb. Ich hab halt solche Augen, ich kann nichts dafür. Das Genie ist im praktischen Leben ein Kind, die Frau muss alles für ihn tun, ihm sogar das Fleisch schneiden …«

Beethoven findet plötzlich Spaß an Anekdoten. »Über Herrn Georg Benda, Hofkapellmeister in Gotha erzählte man: >Als er einst einem Bekannten begegnete und vermutete, dass dieser mit ihm reden und ihn begleiten würde, blieb er stehen, sagte kein Wort und sah sich immer um. Als der Andere fragte, ob er auf jemand warte, antwortete Benda: >Ich warte auf meine Frau< - >Sie haben ja keine Frau!< - und so ließ ihn sein Bekannter allein, wie er es wünschte …«

Mozart lacht und versucht die Parodie fortzusetzen: »Als er einmal mit seiner Frau verreisen will, ist der Wagen vor der Türe, schon alles aufgepackt und er ganz reisefertig. Während seine Frau noch hin und her geht und einiges verschließt, geht er hinunter und setzt sich in den Wagen. Der Postillon denkt, dies sei einziger Reisender, und fährt fort. Nach einer halben Stunde ruft er den Postknecht, wo seine Frau sei – er sieht, dass er sie vergessen hat, und sie kehren wieder um, sie abzuholen…«

Tief reiht sich in dem zeitlosen Gespräch das Gemüt in beiden, die mit Erinnerungen keine Rechtfertigung ihrer Taten, viel mehr ein Gedankenaustausch ausüben.

»Nun, Amade, sag mir auch dies, wenn Du auch nicht Benda heißt, so würdest Du doch Konstanze bei einer Reise nie vergessen, oder bist Du deshalb meist allein unterwegs gewesen?«

»Gewiss, Du triffst den Nagel auf den Kopf. In der Tat: Konstanze brauchte stets viel zu viel Zeit. Außerdem wollte sie nicht so früh unterwegs sein. Sie wollte länger schlafen … In den ersten fünfundzwanzig Jahre meines Lebens waren wir, Vater und ich, mit meiner Schwester Nannerl viel auf Reisen: München, Wien, rheinmainische Städte, Aachen, Brüssel, Paris, Versailles, London, Antwerpen, Den Haag, Amsterdam, Südfrankreich, Schweiz, Olmütz, Brünn, drei ausgedehnte italienische Reisen durch alle Hauptstädte des Südens (1769 – 1773), die Pariser Reise 1777 (1778) mit längerem Aufenthalt in Mannheim …«

»Dein Vater hatte doch amtliche Pflichten und Du warst in Fürsterzbischöflichen Diensten! Wie habt Ihr solche Reisen bewerkstelligt?«

»Der hohe geistliche Herr in Salzburg und sein Vorgänger haben zwar viel Verständnis für unsere privaten Künstlertätigkeit gezeigt, aber mich haben sie nicht gemocht. Weder Salzburg noch Wien waren die Städte meines Lebens, meines Glücks und Friedens, denn in einer der reichsten Städte der Welt, Wien bin ich wie Du ja weißt, in großer Armut und Einsamkeit gestorben.«

Beethoven bleibt still stehen, blickt auf ein Liebespaar in einem Boot auf der Spree, das stromaufwärts rudert. Mozarts Bemerkung besaß eine große Erschütterungskraft. Es ist nicht leicht, sie als eine schwermütige Äußerung abzutun. Und doch gibt er sich wieder Mühe. »Du glaubst doch nicht, wir hätten anderswo dem Schicksal entfliehen können? Gegen unser Schicksal gab es keinen Fluchtweg, nirgendwo!«

»Ludwig, im Nachhinein kann ich sagen, dass die Musik mein einziger Fluchtweg war. Für mich selbst und für alle armen Teufel wie ich! Mit ihr und in ihr fand ich ein Mittel gegen mein eigenes und das Leid der Bürger, die unter dem Joch der Kirche und Monarchen nichts zu melden hatten. Zugegeben Dir ist dieser Befreiungsversuch besser gelungen. Nicht so larviert, mehr offensichtlich und demaskiert.«

»Unser künstlerisches Schaffen war von dem persönlichen Erleben nicht zu trennen, lieber Amade. Alle gesellschaftlichen Vorkommnisse haben uns einen Denkzettel hinterlassen. Auch unsere eigene seelische Verfassung führte zu einer tief greifenden Stilrevolution und Du hast dafür die Pionierarbeit geleistet. Amade, Du warst mit anderen Worten der Aufklärer, der Komponist, der seine Seele nicht der Kirche und den Königshäusern, sondern den Menschen und ihren Emotionen gewidmet hat.«

»Die richtig bewegende Musik hast Du komponiert, Ludwig. Du hast die Herausforderung, die die Gesellschaft an den Komponisten stellte, angenommen. Deine Musik hat sich von der höfisch-galanten Manier befreit und ergriff die Subjekt orientierende Expressivität des 19. Jahrhunderts. Ich war wohl nicht politisch genug. Du bist der Messias auf den ich gewartet hatte.«

»Amade, Du überschüttest mich wieder mit Deiner Liebe! Händels, Bachs, Glucks, Haydns und Mozarts Porträts in meinem Zimmer; sie können mir auf Duldung Anspruch machen helfen.«

»Und das Portrait Deines Großvaters!«

»Und vergiss bitte nicht, dass ich Dich schon zu Lebzeiten Prophet der neuen Musik der modernen Zeit genannt habe. Ich habe Deine Musik als eine historische Rechtfertigung für unsere sozial-gesellschaftliche Verantwortung empfunden. Denn wir waren in einer unglücklichen musikgeschichtlichen Situation angekommen.

Die sprachlose Musikkunst war auf dem Höhepunkt höfisch, vergnüglich und unpolitisch bürgerlich. Ich wusste als politischer Mensch, dass wir es mit der Musik ohne Worte allein nicht schaffen würden, unsere Vorstellung von freiheitlich-demokratischer Ordnung in der Gesellschaft präzise und wirksam darzustellen.«

»Deshalb der Ausbruch des Vulkans zur Neunten, als ob Du geahnt hättest, dass gerade aus deutschem Boden, genau an diesem Ort Berlin Weltunfrieden und die Weltkriege entfacht würden…«

Beethoven richtig gerührt. Plötzlich mit einer schwärmerischen Geste, küsst er die Steinmauer der überschwemmten Ufer der Spree. Er schwingt sich auf die Brüstung und ist dabei sich ins Wasser zu stürzen. Mozart reißt ihn zurück; er wirft sich zu Boden und lamentiert: >O Heimat, die du meine Seele verbranntest …<

Beethoven steht betrübt auf und singt leise: >Wen bewein' ich, bebend, Grabmelodien an, oder ein Schattenlied, oder ein Todchorlied?<

Beide schweigen.

»Das Leben ist ein ständiger Kampf zwischen Gut und Böse, Glück und Unglück.«

»Und das wird sich nie ändern, Amade. Das ist das menschliche Verhängnis. Nur die Kunst vermag einen Ausweg aus der Verzweiflung zu weisen.«

Kaum ist Beethoven mit seinem Satz zu Ende, hört man das mächtige dreifach auftaktische G und das eisern in Fermate geklammte ES.

»Ich höre die Posaunen des jüngsten Gerichts, Ludwig, Du auch?«

»Es ist das Schicksal, das an die Tür klopft! Gefällt es Dir, Amade?«

»Aber ja, Ludwig. Großartig erweckt der Allegro Con brio im einfachen Charakter der Noten, aber mächtigem Klang den Mut, aufzubrechen zum Widerstand und Kampf. Steht auf! Lasst Euch nicht klein kriegen!«

»Aber die Geliebte vermöchte Dir kein Glück zu bringen, wenn sie nicht Deines Ranges wäre; Herrin Deiner Gefühle ist und bleibt die Kunst, und vielleicht vermag diese auch Liebe zu dem Menschen zu erwe-

314

*cken, der an die Stelle der Geliebten getreten ist. Für Beethoven gibt es
kein Glück außerhalb des schöpferischen Daseins.«*
Von dem Wunder der mächtigen Aussage im knappsten Rahmen
verwundert, schauen Beethoven und Mozart um sich.

>Ich bin der ewige und dankbare Schüler, Hector Berlioz, der
seinen Gefühlen Luft macht, und nichts zurück hält, was Verehrung
und Liebe hervorbringt.<

Beethoven ist entzückt. »Willkommen Berlioz im Jenseits aller
bösen Geister, aber warum gerade hier in Berlin? Merkwürdig!«

>Ludwig van Beethoven, nicht nur hier in Berlin, ich folge Euch,
den Geistern der Weltbürger seit meiner kosmischen Existenz überall. …als ich, am Tage nach meiner Ankunft in Paris, einem Konzert beigewohnt hatte, während dem die Zuhörer nicht einen einzigen Augenblick aus ihrer Kälte herausgekommen waren, und wo ich
der Vorführung von Wunderwerken, selbst solcher wie Beethovens
C-Moll-Sinfonie, vollkommene Ruhe folgen sah. Als ich mich über
diese Gleichgültigkeit wunderte, von der ich allerdings anderer Or-
ten nie ein Beispiel gesehen hatte, und mich über eine solche Aufnahme Beethovens beschwerte, sagte eine, auf ihre Weise vom großen Meister selbst hoch begeisterte Dame zu mir: >Sie irren; das
Publikum bewundert das Meisterwerk, so tief man nur bewundern
kann; und wenn es nicht applaudiert, geschieht es aus Ehrfurcht!<

Beethoven und Mozart strecken den Hals.

>Ich frage mich<, fährt Berlioz fort, >was das Klatschen für
Emotionen bedeutet. Dieses Wort, das in Paris und überall, wo die
schändlichen Manöver der Claque (versteht Ihr richtig: Klack; ge-
mietete Beifallklatscher) üblich sind, von tiefer Bedeutung wäre,
flößte mir, wie ich gestehe, lebhafte Befürchtungen ein<. >Das
starke Händeklatschen nach einem Concert ist der sicherste Beweis,
dass nur das Gehör beschäftigt war. Music, die ins Herz dringt,
muss uns vergessen machen, dass wir Hände haben<, sagte einst
Carl Friedrich Cramer. Auch ich bin in der Fremde mehr geachtet
als in meinem so genannten Vaterland. Nun liegen meine Knochen
in Paris, aber mein Geist, wie ich mir wünsche, ist bei Euch. Ich
wollte nicht in einem anderen Jahrhundert gelebt haben, ohne Beet-

hoven und Mozart zu erleben. Ich war lieber Weltbürger als Staatsbürger. Schiller erleben, heißt für mich den wahren ästhetischen Wert der Kunst verstehen. Schiller, der uns immer wieder auf das Geschichtliche, auf sein Tun und Handeln aufmerksam machte, war der französischen Revolution aufgeschlossen und würdigte den Untergang der Tyrannei. Das >In Tyrannos< auf dem Titelblatt der >Räuber< war keine Prophetie mehr. Aber was der Dichter des >Fiesco< zwei Jahre später von der Tragik des Staatsstreiches sagte, von der Unzulänglichkeit, Freiheit durchzusetzen, ohne sich an Freiheit zu versündigen, nahm den eigentlich bedeutenden Gehalt der französischen Revolution voraus ...<

Beethoven nickt. »Schillers tragische Kunst hat in der Tat diesen prophetischen Zug wie ein Gesetz gehütet.«

Mozart, von dem mächtigen Satz Beethovens ermutigt, ergänzt: »Im >Wallenstein< meldete sich fast zehn Jahre vor der Schlacht von Jena das eiserne Zeitalter Napoleons an. Europa wird zum Kriegsschauplatz; Herrschaft und idealistisch-revolutionäre Themen gewinnen an Bedeutung und der Dichter wird herausgefordert seine Pflicht zu tun.«

>Kein Wunder<, sagt Berlioz, >wenn Schiller im Jahre 1784 die Bühne als den moralischen Tempel betrachtet und den geistig-individuellen Aufstand rechtfertigt. Die Zusammenkunft von zwei Idealisten, Beethoven und Schiller, hat das Verständnis von der Kunst als Vermittler von Wahrheit und Recht ermöglicht. Die Wahrheit und der Mensch, das ist alles, was die Bühne zu geben hat; das könnte heißen die Wahrheit von Menschen als ein spirituelles und metaphysisches Wesen, dessen innere Beschaffenheit in Widerspruch zu Gewaltherrschaft steht ...<

»Dann philosophiert Goethe von seiner Welt«, erinnert Beethoven. >Sie ist eine gesprungene Glocke, die nicht mehr klingt. In ihr ist der Mensch nicht Person, kann er es nicht sein, denn er ist der königlichen Freiheit beraubt, vor dem unabänderlichen willentlich sein Gesetz zu erfüllen.< »Wir Skeptiker müssen ständig auf der Hut sein und beharrlich in Humanität. Das Verlangen nach Freiheit ist und bleibt unantastbar.«

Mozart singt: *>Duldet mutig Millionen!*
Duldet für die bessere Welt!
Droben überm Sternenzelt
wird ein großer Gott belohnen<

Berlioz ist von den Wellen des Enthusiasmus der Humanisten erfreut. >Das ist Schillers großer Auftritt auf der Bühne für die Proklamation der Freiheit, Gleichheit, Brüderlichkeit. Nach diesem Motto ist Deine >Neunte< die schlagkräftige spirituelle Armee. Kommt, Ludwig van Beethoven und Wolfgang Amadeus Mozart, lass uns den bösen Geist der Tyrannen destillieren und den ehrfurchtlosen Zaubertrank als Abschied für die Freiheit in die Kehle schütten.< Mozart ruft: »Im Verräter Wallenstein weitet sich die Erkenntnis des Bösen zur Weltsicht.«

»Dem bösen Geist gehört die Erde, nicht dem Guten. Sie mögen in ihrem eigenen grausigen Morast versinken. Die Macht und Herrschaft muss der Bürger den falschen Mächten abgewinnen. Widerstand gegen Böse, Aufstand gegen Tyrannei.«

»Ludwig, Du kannst es nicht lassen! Auch im Kosmos ein Revolutionär!«

»Ja, Amade, hier erst Recht. Hier bin ich frei. Hier kann mein Geist frei sprechen.«

>Ich sage adieu. Danke, dass ich einkehren durfte in das Imperium der metaphorischen Revolutionäre!< Berlioz tritt ab.

»Adieu, mein treuer Hector! >Recht stets behält das Schicksal, denn das Herz in uns ist sein gebieterischer Vollzieher.«

»Du hast Friedrich Schiller geliebt! Habe ich Recht, Ludwig?«

»Ja, Amade. Er war in den dunklen Zeiten, wie eine erleuchtende Hymne für meine einsame Seele. Ich hörte nicht, aber ich sah alles, was in unserer Zeit subversiv und dämonisch in der Gesetzesanwendung ablief. Das Recht war am Staat befestigt, nicht der Staat am Bürgerrecht. Und Dich, Amade: Ich sah Dich, wo Dich niemand sah als Gott und Deine Musik als Muse, Göttin der schönsten Künste. Komm lass uns, solange wir noch in Berlin sind, den Pianisten und Dirigenten des 21. Jahrhunderts hören.«

317

Im gleichen Augenblick hebt sich auf einer improvisierten Bühne in der Wiesenlandschaft der Vorhang und Daniel Barenboim sitzt am Klavier vor einer großen Orchesterbesetzung. Alles ist still.

>1786 vollendete Wolfgang Amadeus Mozart eine groß angelegte Synthese aller Elemente seines schöpferischen Konzerttypus<, führt Barenboim ein.

Mozart wird neugierig. Auch Beethoven ist gespannt auf das, was noch kommt.

Barenboim fährt fort: >Das Sinfonische steht neben dem Galanten, das Virtuose neben dem Intimen, die melodische Überfülle neben der straffen Form. Es ist denn auch populär geworden wie kein anderes von Mozarts Konzerten.<

Mozart atmet tief durch, bleibt gespannt.

>Keine stilkritische Untersuchung vermochte zu ermitteln, dass gleichzeitig mit dem ausgewogenen H-Dur-Konzert jenes C-Moll (KV 491) entstanden ist, das Pendant zu KV466, jedoch mit einem Zug ins Monumentale und >Beethovensche<.

»Hörst Du Amade mit welcher Achtung und Liebe die Menschen des 21. Jahrhunderts von Dir sprechen?«

»Hast Du auch gehört, dass Du und ich untrennbar sind?«

Bevor Barenboim dem Orchester einen Wink zum Start von Allegro maestos gibt, sagt er: >Unser großes Orchester will zur Würdigung des Werkes, den sinfonischen Anspruch, die langen Vor- und Nachspiele, bekräftigen. Das Allegro wird zu Ehren von Mozart mit einer Kadenz von mir, einem bescheidenen Schüler des 21. Jahrhunderts, als Übergang zum zweiten Satz sein. Das Es-Dur-Larghetto wird uns auf die Priestersphäre der >Zauberflöte< verweisen; das Finale variiert ein Marschthema von 16 Takten. Das C-Dur-Konzert ist ein Werk des Ausgleichs, ein Ausgleich zwischen sinfonischer Fülle und konzertanter Bravour. Das abschließende Allegretto ist ein kompositorisches Virtuosenstück. Aus einem harmlosen, ja scheinbar nichts sagenden Thema, wird ein Gebilde von harmonischen und kontrapunktischen Nuancen entwickelt, das uns alles sagt, was die Musik zu sagen in der Lage ist.< Barenboim wählt seine Worte mit Wehmut und Freude zugleich. >Nun wollen wir Wolfgang Amadeus Mozarts würdige Schüler sein.<

Das Orchester versetzt nicht nur die Menschen, sondern die ganze Wiesenlandschaft in eine aromatische Vibration und die Geister Mozarts und Beethovens schweben heiter und glücklich über die Spree zum weiten Himmel empor.

»Sag Ludwig«, drängt Mozart, »was hältst Du von dem Mann, den wir gerade gehört haben?«

Schweigen.

»Ludwig, was denkst Du?«

Beethoven schwebt neben ihm stumm mit geschlossenen Augen, als hätte ihn das C-Dur-Konzert hypnotisiert.

»Ludwig! Ludwig! In welchem Kosmos bist Du wieder?«

Beethoven lächelt, öffnet die Augen, sieht Mozart an. »Hast Du richtig zugehört, Amade, wie der moderne Musiker des 21. Jahrhunderts deskriptiv und einfühlsam von Dir sprach? Moderner Mensch, zaghaft und immer auf dem Sprung, der Hyperaktive, der noch Zeit und Sensibilität für die Muse hat? Es ist doch nicht umsonst gewesen, dass es uns gegeben hat, oder?«

»Ja, Ludwig. Ich war genauso wie Du beeindruckt vom Sachverstand und der Sensibilität der Menschen und ihrem Interesse für unsere Musik.«

»Der Mythos Mozart lebt also!«

»Nein, wenn, dann unser Mythos, Ludwig!«

»Der Theologe kämpfte für die Rationalisierung der leiblichen Überlieferungen und der Philosoph für die Reinheit der althergebrachten mythischen Sprache in ihrer bildhaften Wahrheit und Kraft. Aber wir Komponisten verherrlichen den Mythos Mensch; den Menschen mit all seiner seelisch-mythologischen Beschaffenheit.«

»Also, Ludwig, wir haben nicht umsonst gelebt!«

»Nein, Amade, ich glaube auch, und der Mensch ist würdig geliebt zu werden. Aber ob er von seiner Geschichte etwas lernt? Der ursprünglich ersehnte glückliche Zustand wird neu gegründet, aber nicht im Sinne eines Friedens, sondern als Zeichen für die moderne

Welt. Ich habe meine Zweifel, denn er stolpert immer noch über die Trümmer seiner Kriege. >Dasein ist die menschliche Seinweise in der faktischen Alltäglichkeit ihres Lebenswillens. >Existenz< dagegen ist die qualitativ höhere, erfülltere, wesentlichere Seinweise, die nicht faktisch gegeben, sondern bloß möglich und uns aufgegeben ist. Die zentrale Frage der >Philosophie< lautet, wie und wodurch Existenz im Dasein zum Durchbruch kommen kann<, so jedenfalls erklärt Karl Jaspers, der moderne Philosoph, der wie kein anderer der Wahrheit nahe stand. Weder die Seinweise noch die Existenz des modernen Menschen sind mit dem Ethos und der sittlichen Gesinnung eines Friedfertigen in Einklang zu bringen.«

»Woher kommt Deine Skepsis, Ludwig?«

»Lieber Amade, mach' doch Deine Augen richtig auf, wenn Du das gesehen hast, hörst Du auf zu schwärmen.«

Mozart gibt sich einen Ruck, reißt die Augen auf und sieht Beethoven an.

»Nicht zu mir! Nach unten sollst Du schauen, dort auf die Erde!«

Mozart senkt den Kopf. Immer noch sagt er nichts.

»Siehst Du nicht, Amade, das ist nicht die chinesische Mauer, nein, Du blickst auf die Berliner Mauer, die durch die Schandtaten der Deutschen in ihrem >Tausendjährigen Reich< entstanden ist.«

Mozart blickt nochmals mit aufgerissenen Augen zur Erde. »Du hast Recht, die Deutschen haben aus der Geschichte nichts gelernt! Lass uns von hier verschwinden!«

»Wohin Amade?«

»Nach Israel, wo die Juden endlich ein Zuhause gefunden haben!«

»Zuhause in Frieden? Wer in der Welt hat Dir Frieden versprochen? Sie mauern sich lieber ein, statt mit den benachbarten Palästinensern Frieden zu schließen. Der Krieg ist zum Lebensinhalt der Israelis geworden! Und wer in der Welt hat uns Toleranz versprochen? Nein, Amade Du musst lange nach einem >friedlichen< Ort suchen!«

Ich sehe deine Mutter, du Kind verarmter Zeiten,
wie sie ihren Spiegel die schwere Last der Jahre neigt
und kunstvoll den Busentüncht, der dich gesäugt!

Charles Baudelaire

Paris

Mozart blickt noch mal zurück auf die Erde. »Wie ich sehe, willst Du auch möglichst schnell weg von hier. Wie wäre es mit Paris?«

»Einverstanden, Amade.«

Gesagt, getan. Sie stehen auf der Wiesenlandschaft vor Versailles.

»Willkommen in Paris, Ludwig.«

»Danke, Amade.«

»Kaum höre ich Paris, denke ich gleich an Descartes…«

»Aber Descartes ist doch im März 1596 in La Haye bei Touraine geboren und am 11.2.1650 in Stockholm gestorben, also vor unserer Zeit.«

»Na und, René Descartes gilt als französischer Philosoph, der keinerlei Gewissheit durch die unscharfen Instrumente der Sprache und des Denkens erhoffte, sondern bei all seinem Suchen bestenfalls Zweifel gefunden hat – wobei nur am Zweifel selbst nicht zu zweifeln ist.«

»Ich verstehe nicht ganz!«

»Amade, der Zweifel und die Zweiteilung von Leib und Seele haben offenbar etwas gemeinsam, nämlich die Zwei, die selbst noch im >Teufel< zu hören ist, wie Samuel Beckett formuliert. Erinnerst Du Dich an Schillers Dissertation, wo er versucht die Trennung von Leib und Seele der Mediziner zu klären. Aber Descartes gilt noch als der klar argumentierende Wissenschaftler, der sich dann aus dieser Situation mit seinem berühmtesten und immer wieder variierten Aphorismus >Ich denke, also bin ich< zu retten versuchte und sich dabei wenigstens diese Form der Sicherheit verschaffte. Descartes ist ebenfalls derjenige, der in der evolutionären Erkenntnislehre der modernen Zeit Einfluss auf die Gedankenlehre hinterlässt. Man dreht den Satz gern um: >Ich bin, also denke ich<. Interessanter ist die Variante der Philosophen, die sich um die Frage der Ethik Gedanken machen und wissen wollen, woher unsere Regeln des Verhaltens kommen. Einer ihrer Grundsätze lautet: >Ich denke, also danke ich<. Das klingt auf Englisch genauso hübsch: >I think, therefore I thank<. Descartes wandelt zum Beispiel diese Aussage >Cogito, ergo sum, je pense, donc je suis< vielfach ab - >Ich denke, also bin ich< >Ich zweifle, also bin ich<, >ich werde getäuscht, also bin ich< und so weiter.«

»Kann es sein, dass er seiner Sache gar nicht so sicher war?«

»Amade, irren ist bekanntlich menschlich, und so hat Decartes sein Wirken verstanden.«

Als sie einen schmalen Weg hinunter gehen, glaubt Beethoven auszugleiten und sucht Halt an einem Baumzweig und lacht.

»Gib Acht, Amade, wir sind im Himmel besser aufgehoben.«

Er reicht Mozart die Hand, und sie stützen sich gegenseitig, als ob sie Eis unter den Füßen hätten.

»Ich denke soeben über unser Rendezvous mit Hector Berlioz nach«, sagt Beethoven, »wie aufrichtend er sprach.«

Mozart nickt und ist im Begriff, wieder von seinen Erinnerungen zu erzählen, aber Beethoven spricht voller Begeisterung von Berlioz weiter: »Wahre Freundschaft kann nur beruhen auf der Verbindung ähnlicher Naturen.«

»Und welche wäre die Richtige?«

»Deine Amade, Dein Naturell ist und bleibt für mich himmlisch. Opfere noch einmal alle Kleinigkeiten des gesellschaftlichen Lebens Deiner Kunst! O Gott über alles! Das ist Deine Natur.«

Es entsteht ein langes Schweigen, welches Mozart schließlich bricht. »Hier in Paris wollte ich meine Souveränität zurück gewinnen und selbständig in Ruhe arbeiten. Die Herrschaften in Salzburg und auch in Wien haben keinen Moment an mich geglaubt, weil ich so jung und unerfahren war. >So kann nichts Großes und Reifes hinter ihm stecken<. Sie werden es aber bald erfahren, dachte ich. Nicht einmal mein Vater begriff, was in mir vor sich ging. Er wünschte mir aber Wohlstand und Ruhm. In seinen Schreiben vom 18.12.1777 und 12.2.1778 drückt er auch meine Sorgen aus: >Man kommt durch die Jahre und durch den Titel, den man als einen Compositeur eines Kurfürsten hat, in mehr Ansehen und Respekt etc, das weißt Du selbst. Dem gegenüber stellt er >kleine Lichter, Halb-Componisten, Schmierer<, die nur darauf aus sind, Niedertracht zu säen. Es läuft letztendlich auf den Gegensatz zwischen dem >gemeinen Tonkünstler, den die ganze Welt vergisst< und dem >berühmten Kapellmeister, von dem die Nachwelt auch noch in Büchern liest< hinaus.«

Verwundert schüttelt Beethoven den Kopf. »Dein Vater hatte nicht begriffen, dass Du ein eigenes Selbstwertgefühl erlangen musstest, um Dich künstlerisch weiter entfalten zu können.«

»In der Tat, mir lag nicht viel am Geldverdienen, dazu hatte ich kein Talent, aber die Familie war in Geldnot, obwohl mein Vater und meine Schwester Nannerl in Salzburg >gut< verdienten. Was sollte ich tun: das äußere >funktionierende< Leben war mir nur zweitrangig. Absolut erstrangig war mir der Freiraum für das eigentliche Schaffen, wozu ich geboren war. Um Gotteswillen, lass mich arbeiten. >Sie dürfen nicht glauben, dass es Faulheit ist, nein! Sondern weil es ganz wider mein Genie, wider meine Lebensart ist<, schrieb ich an meinen Vater. Er war mein wichtigster Lehrer, aber ich ging als moderner Künstler andere Wege, die der Vorstellung meines Vaters und meiner liebsten Schwester Nannerl entgegen stand ...«

»Kann das der Grund für die Entfremdung zwischen Dir, Deinem Vater und Deiner Schwester sein?«

»Vielleicht hegte ich deswegen einen Groll, aber das war nicht die einzige Unstimmigkeit. Es ging viel tiefer, Ludwig. Ich weiß nicht, was es war. Mein künstlerisches Credo erwuchs aus einer inneren Sicherheit, die bei mir alles beherrschte. Niemand konnte sie mir wegnehmen. Ich wusste, wozu ich fähig war, auch wenn mir nahe stehende Personen die Art meiner Arbeit nicht begreifen konnten. Ja, zugegeben, ich war besessen von meiner Musik! Ich habe meiner Arbeit mehr Aufmerksamkeit geschenkt, als meiner Familie. Doch im Nachhinein fühlte ich, dass mein Vater mir verziehen hat. Auch meine Schwester Nannerl, obwohl sie viel mehr darunter gelitten hat, als irgendeine andere.«

Beethoven spürt, dass Mozart in seiner Erinnerung nach Erklärung und Verständnis sucht. Sie gehen wieder eine Weile, ohne ein Wort zu verlieren. Der einzige Laut ist hier und da das Knacken von Zweigen oder das Rascheln des trockenen Laubes. Will Mozart weiter erzählen? Beethoven hat inzwischen gelernt, dass Mozart sich umso freiwilliger öffnet, je weniger er nachfragt.

»Es ist seltsam, Ludwig, welch beruhigende Wirkung die Gespräche mit Dir auf mich ausüben. Ich erzähle nicht nur, ich beichte und hoffe, dass alle mir verzeihen.«

Beethoven nickt. »Ich fühle mich auch immer besser, wenn ich mich ausgesprochen habe.«

Mozart legt so viel Mitgefühl wie möglich in seine Stimme. »Ich muss an Sartres Roman >Der Ekel< denken. Im Gedanken der Freiheit konfrontiert er der Schwere der Melancholie die Fähigkeit des Menschen, nein zu sagen. Nein zu sagen angesichts dieser sinnlosen, wuchernden Anwesenheit des Lebendigen. Nein zu sagen angesichts dieses stummen Urteils des Zuviel, das von einer gleichgültigen Wirklichkeit her an mich ergeht. Sartre schreibt: *Ich war ein Waisenkind ohne Vater. Da ich niemandes Sohn war, wurde ich meine eigene Ursache, ein äußerster Fall von Stolz und von Elend. [...] Um der Verlassenheit des Geschöpfes zu entgehen, erschuf ich mir die unwiderruflichste bürgerliche Einsamkeit: Die Einsamkeit eines Schöpfers.*«

»Sartre, Nizan und Simone de Beauvoir ... gehörten zu großen europäischen Intellektuellen des 20. Jahrhunderts, die sich leidenschaftlich für die menschliche Freiheit engagierten. Sartres berühmte Diktum *Die Existenz geht der Essenz voran*, artikuliert in diesem Sinn zuerst seine Verweigerung der Identifikation von Freiheit und Denken.«

»Und Simone de Beauvoir schreibt: Warum soll ich eine Philosophie entwickeln - , bemerkt sie lakonisch, wenn die Sartres mich vollkommen überzeugt?«

»Ludwig, hätte es ihre Philosophie gegeben, wenn es Sartre in ihrem Leben nicht gegeben hätte?«

Die Antwort lässt auf sich warten!

Die Sonne ist indessen hinter den Mauern des Friedhofs von Saint-Eustache und dessen Kirche verschwunden, und die beiden Männer stehen vor dem Grab von Anna Maria Mozart, Wolfgangs Mutter.

»Es ist erstaunlich, Ludwig, was der Mensch alles ertragen kann. Ich habe den furchtbaren Schicksalsschlag, den Tod meiner Mutter, mit Fassung ertragen. Noch in der Todesnacht richtete ich an den Vater ein Vorbereitungsschreiben, in dem nur von schwerer Erkrankung der Mutter die Rede war und dessen Tenor neben Ermahnung zur Ruhe die Unterwerfung unter den Willen Gottes war...«

»Ich glaube mit Deinem Schreiben an Deinen Vater hast Du vieles wieder gut gemacht, was Du vielleicht wider ihn getan hattest. Deine Worte besitzen Kraft, sie bewegen jeden, sie entdemonisieren den Werdegang des Todes und dazu noch mehr, man spürt hautnah Deine liebevolle Verantwortung nicht nur der Mutter, auch dem Vater gegenüber. Ich kann mir gut vorstellen, wie tapfer Du Dich in der Stunde der Not geschlagen hast.«

Unvermittelt kniet Mozart vor dem Grab seiner Mutter. »O Erde, die Du meine Mutter... meine Kinder verschlucktest...« Dankbar nimmt er die schützende Hand Beethovens. »Ludwig! Meiner Mama, von ihr war nichts übrig, wir wussten, an welchem Tag sie in Paris angekommen war und dass sie am nächsten Tag ... und das war's. Durch den Tod hört alles auf. Wenn das Herz lädiert, traumatisiert, keinen Sauerstoff mehr durch den Körper pumpt, ist Schluss.«

»Nein, Amade! Nein! Da ist nicht Schluss! Wir sind mehr als ein körperliches Wesen, das ist gewiss! Warum sollte die Welt der Materie größeren Einblick in die Wirklichkeit des Lebens haben als die Welt der Geistigkeit und Seele? Der Geist Deiner Mama existiert, so wie wir existieren, für heute bis in die Ewigkeit.«

Überzeugt von dem, was er sagt, zieht er ihn liebevoll an sich.

»Wären wir sonst hier zusammen? Wir sind Geister, aber wir sind!«

Ein tröstlicher Gedanke, findet Mozart, auch wenn er nicht verhehlen kann, dass Beethovens diskrete Erklärungen und liebevolle Gespräche ihn einer Lösung von seinem Seelenschmerz kein Stück näher bringt. Seinetwegen versucht er, die finsteren Gedanken zu vertreiben.

Der Friedhofbesuch hat bei Beiden alte Wunden aufgerissen.

»Fehlte Dir nicht der beschützende Vater?«

»Die eigene Psyche zergliedern! Kein leichtes Unterfangen«, sagt Mozart. »Beschützend oder erdrückend? Der Tod meiner Mutter war ein Verlust. Ich bin mir aber nicht sicher, ob ich mich nach einem Beistand des Vaters sehnte!«

»Das heißt?«

»Das heißt, mich beugte nie die Last eines Vaters, den ich auf dem Rücken trug, mich erwürgte die Last seines Urteils. Auch sein Tod war für mich vernichtend, als ich auf einmal ohne sie beide dastand. Sein Tod war ein Verlust, aber auf gar keinen Fall befreiend, wenn auch seine Vorlieben mir zur Vorschrift drohten. Ich war auch vor seinem Tod mir überlassen, konnte meinen Weg selbst suchen, einen den er nicht angetreten war, einen unsicheren, ökonomisch, riskanten, aber wie ich hoffe fruchtbaren Weg! Am meisten, glaubte ich aber an seine Liebe, seine Hingabe und Interesse für meine Arbeit. Er war stets mein erstes Publikum, selbst ganz am Ende seines Lebens, als seine Kräfte ihn und seine mentalen Funktionen ihn im Stich ließen, hatte er ein brillantes Urteilsvermögen. Ihm verdanke ich alles, was ich war und geleistet habe...«

»Willst Du damit sagen, Amade, dass der Geist Deines Vaters diese Liebeserklärung verdient?«

»Eine Liebeserklärung nach dem Tod hat keine Bedeutung!«

>Nein, mein lieber Sohn, es ist nie zu spät sich auszusprechen. Irrational, ich weiß.<

Der konservative Vater spricht und erteilt auch im Jenseits wieder Ratschläge: >Du hast unsere Seele mit Deiner himmlischen Musik von allen Zwängen befreit. Amade, eines habe ich schon zu meinen Lebzeiten erkannt: man wird mit seinem schlechten Ruf leichter fertig als mit seinem schlechten Gewissen.<

»Und mein liebster Vater tat stets alles für mich, für uns in gutem Gewissen. Daran habe ich nie gezweifelt…«

>Manchen Tag fürchtete ich mich, wenn Dein konzentrierter Blick auf mich fiel, Amade. Nicht, dass es ein ablehnender, herausfordernder oder gar feindseliger Blick gewesen wäre. Aber Du gabst mir nur eine, genau eine Chance, es mir zu überlegen, was ich Dir zu empfehlen oder zu untersagen beabsichtigte. Machte ich einen Fehler oder ließ Unsicherheit erkennen, wurde Dein Blick nicht lauernd oder verächtlich, nicht einmal Zorn oder Enttäuschung war darin zu lesen, nein, Du wandest den Blick einfach ab, wolltest es einen nicht spüren lassen, warst beim Hinausgehen höflich, ehrfürchtig. Aber gerade dieser spürbare Will, nicht zu verletzen, war Deine Stärke. Verstehst Du nun mein Sohn, warum ich Dir nicht sagen konnte, welchen Weg Du einschlagen solltest? Diesen Weg konnte ich Dir nicht zeigen, denn ein Normalsterblicher kann einem Genie nie Wegweiser sein. Doch Du hast Mut bewiesen, Du verdienst die Unsterblichkeit, mein Sohn. Adieu, bis irgendwann, irgendwo.<

»Die Fantasie bestimmt, was wir uns wünschen«, sagt Beethoven.

Mozart hakt sich bei ihm ein – eine gewöhnliche Art, wenn ihn das Gesprächsthema neugierig macht. »Ludwig, ich kann sagen, ich würde immer wieder so leben, wie ich gelebt habe, denn das, was ich jetzt mit Dir erlebe, belohnt mich für alles, was ich im Leben versäumt habe. Als Du sprachst, lauschte ich den Worten; konzentrierte mich nur auf das, was Du sagtest! Schloss alle anderen Gedanken aus, so weit man im Kosmos von Gedanken sprechen kann. Ich dachte nur an die Unendlichkeit, in der wir uns befinden. Blicken wir doch nun beide unendlich weit zurück in die Vergangenheit. Die Zeit hat ja keine Bedeutung für uns, sie erstreckt sich in alle Ewigkeit der Vergangenheit und in alle Ewigkeit der Zukunft. Reicht es etwa nicht, dass wir uns haben, dass wir nimmer allein sein werden, Ludwig? Ist das nicht der beste Lohn für unsere Arbeit? Können wir sagen, dass wir nicht umsonst gelebt haben? Haben wir diese metaphysische Belohnung verdient?«

»Amade, für solche sachlichen Fragen gibt es nur metaphorische Antworten.«

»Und die wären?«

»Unsere Vorstellungen haben keine substantielle Realität, weil wir sie nicht kennen. Wir werden nie erfahren, wie wirklich die Wirklichkeit ist.«

»Ludwig, die Realität ist für mich, geboren sein in einer subjektiv schönen Welt, im Besitz von viel Leidenschaft und Inspiration für die Musik.«

»Dann müssen wir dankbar sein, dass wir objektiv etwas hinterlassen haben, was die Menschen, wie ich hoffe, erfreut!«

Ohne darauf etwas zu sagen, versinkt Mozart in seine Gedanken. Nach einer Weile des Schweigens. »Aber um nichts in der Welt wäre ich so grob gewesen, da die Überzeugung von der Unwürdigkeit meines Verhaltens Dir gegenüber für mich jetzt stärker als alles andere ins Gewicht fällt. Kein Reichtum, Besitz und keine Weisheit der Welt hätte mir einen solchen Trost gewähren können, wie Deine Liebe und Treue; doch ich hatte Angst, dass ich nimmer ungeschehen machen konnte, was ich getan habe«, sagt er demütig, »unter diesen Vorstellungen war noch dies: Ich hatte Dich mit solch treuen Kinderaugen in einem verzweifelten Kampf um Anerkennung Deiner Begabung ignoriert, und verweigerte dem jugendlichen Rivalen den Auftritt … Diese Erinnerungen förderten aus mir einen unbestimmten Schrecken an den Gedanken, ich könnte vielleicht dieses Geschehen nie wieder gut machen …«

Beethovens Naturell entsprechend, spendet er jetzt Trost. »Amor fati – Liebe Dein Schicksal. Ist es nicht ein Wunder, wie verwandt wir im Geiste sind? Ich hatte mich mit meinem Schicksal arrangiert. Was sollte ich sonst tun? Im übrigen…« Beethoven lächelt unbeholfen, in der Hoffnung, dem Gespräch den bitteren Ernst zu nehmen. »Ich habe Dich als meine Inspiration, meinen großen Mentor und Vorreiter in der modernen Musik des 18. Jahrhunderts gesehen; Amade, das darfst Du nicht außer Acht lassen! Gelobt sei Wolfgang Amadeus Mozart«, ruft er und gibt den Auftakt zur Pariser Sinfonie frei.

Mozart tritt zwischen die hohen Grabsteine in Saint-Eustache und hört beglückt die Sinfonie D-Dur. »Ich habe diese Symphonie zur Eröffnung Concert Spirituel komponiert. Sie wurde am Fronleichnamstag mit viel Applaus aufgeführt. Bei der Probe war mir schon bange, denn ich habe mein Lebtag nichts Schlechteres gehört. Du kannst Dir nicht vorstellen, wie sie die Symphonie zweimal nacheinander herunter geheukelt und gekratzt haben. *Am anderen Tag hatte ich mich entschlossen, gar nicht ins Konzert zu gehen. Es wurde aber abends gut Wetter und ich entschloß mich endlich mit dem Vorsatz, dass wenn es so schlecht ging, wie bei der Probe, ich gewiß aufs Orchester gehen werde und dem Herrn Lahoussaye, ersten Violin, die Violine aus der Hand nehmen und selbst dirigieren werde. Ich bat Gott um die Gnade, dass es gut gehen möchte, indem alles zu seiner größten Ehre und Glori ist und – ecce, die Symphonie fing an, Raaf stund neben meiner, und gleich im ersten Allegro war eine Passage, die ich wohl wusste, dass sie mir gefallen müsste. Alle Zuhörer wurden davon hingerissen und war ein großes Applaudissement* ...Von einem verständnisvollen Nicken Beethovens ermutigt, ergänzt Mozart: »Quantz schrieb einmal ›*In der Instrumentalmusik möchten die Franzosen ... entweder bleiben wie sie vor langen Zeiten gewesen sind; oder es steht zu befürchten, dass sie, wegen des Mangels guter Muster, wenn sie ja was Neues einführen wollen, aus der allzu großen Modestie endlich in eine desto größere Freiheit verfallen, und den ihnen immer noch eigen gewesenen netten und deutlichen Vortrag, in eine bizarre und dunkle Art zu spielen, verwandeln möchten. Bey einer neuen und fremden Sache, wendet man mehrentheils nicht Zeit genug zu Untersuchung derselben an; sondern man fällt gemeiniglich von einem äußeren Ende aufs andere; absonderlich wenn es auf die Wahl junger Leute ankömmt, welche durch alles, was nur neu ist, verblendet werden können.*‹ und er schrieb aus meiner Seele.«

»Amade, es wäre wünschenswert wir überließen die sozialpolitische Revolution den Franzosen, im Gegenzug würden sie uns die Revolution in der Musik überlassen!«

»Schiller wäre damit sofort einverstanden«, sagt Mozart, »und der Geheimrat? Keine Befreiung, aber dafür den >Faust<! War die >edelste Kraft<, Goethe, in >äußerer Gebundenheit<. Er konnte doch nach Italien fliehen, wenn es ihm nicht passte.«

»Die Franzosen sollten Deine Erklärung nicht als ein deutsches Lamento über die Französische Revolution missverstehen! Nein, wir folgen instinktiv dem guten Kant, bleiben Schiller auf den Fersen. Wir sind unheilbare Sympathisanten der Französischen Revolution.«

»Der Charakter der französischen Nation ist anders als der unsere!«

»Ja, die Deutschen sind scheu und zu bequem, sonst hätte die Jahrhunderte lange Ausbeutung der Bauern in Sachsen und Schlesien die Nation in Aufruhr versetzt.«

»Das Leben auf der Erde ist wie in einer Kaserne. Sie schult und drillt für den Tod.«

Ehrfürchtig betrachten sie die Steinbilder auf dem Friedhof, Engel und Madonnen, imposante Figuren in ihren starr gefalteten Gewändern stehen, versteinert, unbewegt, nicht mehr menschlich, aber von Menschenhand geschaffen.

»Das ist der triumphierende Sieg über den Tod, Amade, wie sie in ihrer Würde und Schönheit hier stehen und selbst uns Geister ihre Existenzberechtigung trotzen.«

»Was passiert mit uns, wenn alles zu Ende geht?, fragte ich einmal Konstanze. Sie sagte in aller einfacher Naivität: >Du kommst in den Himmel, und über mich selbst will ich nichts wissen!<«

»Siehst Du, Amade, so naiv die Antwort klingen mag, sie hat Recht behalten.«

»Aber warum wollte sie von ihrem eigenen Tod nichts wissen?«

»Amade«, hebt Beethoven an und seufzt tief auf, »weil sie wusste, Du würdest die Welt überdauern, Deine Denkmäler und Monumente, Gestalten der Erinnerung, die ihr Lebens lang Liebe und Qual, Angst und Leidenschaft bedeuteten vor ihr stehen, mit dem großem Namen Wolfgang Amadeus Mozart, der große Komponist und Philanthrop, still, stumm, in Stein oder Metall verewigt und sie ist mit dabei.«

Im Friedhof von Saint-Eustache ertönt in Andacht die Feierliche Messe.

»Missa Solemnis, D-Dur. Die Ankündigung des zweiten Satzes Gloria ist für meine Stimmung der richtige Balsam« flüstert Mozart. »Mein lieber Ludwig, das ist keine religiöse Kirchenmusik, das ist die göttlichste aller himmlischen Töne, die es je gegeben hat und geben wird. Wie sollten wir glücklich sein ohne diese Klänge, ohne Wehmut, ohne Sehnsucht und Tränen?«

»Wer Tränen ernten will, muss Liebe säen.«

»Tametsi quid homini postet dari majus quam gloria et laus et acternitas (Pliniu). Wiewohl was kann man einem Menschen größeres geben als Ruhm und Lob und Unsterblichkcit?«

»Eine kleine Frage, Amade. Eine, die ich stelle, um Zeit zum Nachdenken einer vielleicht größeren Persönlichen, also an mich selbst gerichtet, zu gewinnen!«

»Und die wäre?«

»Warum liegt Anna Maria so Mutterseelen allein hier in der Fremde?«

Nicht im Entferntesten hatte Mozart mit dieser Frage gerechnet. Verwundert wendet er sich zu ihm. »Sie trank mit Genuss das Glas Wasser aus, das ich ihr anbot. Es war spätabends, ich starrte Mama an und sah, wie entgeistert sie war, ihr Mund stand halb offen und die Augen so weit geöffnet, als habe das Glas Wasser sie vergiftet, ich sah, wie ihr Körper zuckte, und sie vor Kopfschmerzen die Augen wieder schloss und einen Handrücken gegen die Lippen presste, sie fieberte und der Schüttelfrost durchzog ihren zarten Körper. Ich wusste nicht, was ich tun sollte, die ärztliche Fürsorge im fremden Land war unzulänglich, meine Mutter verkraftete die fieberhafte Durchfallerkrankung nicht und starb mit siebenundfünfzig am Freitag, dem 3. Juli 1778, einundzwanzig Minuten nach 10 Uhr nachts. Vom Delirium meiner Mutter ergriffen, saß ich macht- und tatenlos allein und verloren an ihrem Bett. All das dauerte Minuten, in denen aus unserer Zwei-Zimmerwohnung ein Schloss mit weiten Fluren und großen Sälen wurde, weit hinten, am Ende aller Gemächer und Gänge war der Festsaal, der sich mit breiten Türen zu einer prachtvollen Terrasse öffnete: eine paradiesische Gartenlandschaft mit Grabsteinen, Statuen, Totenhäusern... Nun begann mich der Tod meiner Mutter zu erschrecken. Am 4. Juli 1778 wurde meine Mutter Anna Maria Mozart hier auf dem Friedhof von Saint-Eutache zu ihrer letzten Ruhe bestattet. Nie habe ich etwas Schlimmeres erlebt. Mutter liegt nun so friedlich und ehrwürdig da und wird vom großen Ludwig van Beethoven besucht. Was hätte ich tun sollen? Wenn ich mein eigenes Schicksal geahnt hätte, wäre ich am liebsten mit ihr ins Grab gestiegen, damit wäre mir einiges erspart geblieben.«

>Die Freuden und die Leiden sind doch vorbei<, fleht eine zarte Frauenstimme.

»Sind Sie es, liebste Mama? Kann es sein, allerliebste Mama? Mein Herz ist entzückt vor Vergnügen, wenn ich mich an meine Reise nach Italien erinnere und meine ersten Gedanken an meine Mama zu schreiben. Mir war auf dieser Reise so lustig, weil es so warm war in dem Wagen und weil unser Kutscher ...«

>... ein galanter Kerl war, welcher, wenn es der Weg ein bisschen zulässt, so geschwind fahrt<, unterbricht ihn die Mutter und lacht.

»Ach, wissen Sie das noch? Ich war in tiefstem Respekt und Liebe, Ihr getreuer Sohn.«

Beethoven ist glücklich über die Liebeserklärung zwischen Mutter und Sohn. >Wer wirklich gar nichts hat als sein Schicksal, der freut sich für jeden Trost der müden Seele, denn er steht ganz allein und hat nur den kalten Weltraum um sich<, flüstert er vor sich hin.

»Meine Mutter hat mich verlassen. Ich stehe ganz allein in Finsternis. Ich kann keinen Schritt allein tun. Hilf mir!«

>Wir müssen uns mit dem Schicksal arrangieren, mein Sohn. Wer nur noch das Schicksal hat, der hat nichts Liebes, nichts Tröstliches ...<

»Er hat auch nicht wählerisch zu sein!«, wirft Beethoven ein.

>Ich habe darauf gewartet, auf diese kluge Erklärung von Ludwig van Beethoven. Leute wie Sie und Wolfgang sind recht einsam, aber

hier im Kosmos wohl nicht allein. Adieu, schöne Träume der Vergangenheit. Passt auf Euch gut auf.< Anna Maria Mozarts Stimme klingt aus.

»Und doch sind sie von betörender Schönheit, die Worte, die von ihr kommen und zu ihr gehen. Wie habe ich sie als Sohn geliebt!«

Die Friedhofsstille wird von Largo attacca, 2. Satz Triple Concerto durchbrochen.

»Ludwig, trotz allem, ein Glücksschimmer bleibt! Der kalte, aber freie Weltraum! Was hältst Du von einer Reise um die Welt?«

Beethoven antwortet wie aus der Pistole geschossen. Offenbar hat er auf diesen Vorschlag gewartet. »Ganz viel Amade, mein Leben lang träumte ich davon.«

IV

Unzusammenhängende Reden, Zufallsbegegnungen verwandeln sich in Beweise von äußerster Durchsichtigkeit, wenn einer Fantasie und eine Spur von Feuer in den Adern hat. Friedrich Schiller

»Es ist seltsam, Ludwig, welch beruhigende Wirkung die Zwiegespräche auf mich ausüben. Ich erfahre binnen Bruchteilen einer Sekunde von siebenundfünfzig Jahren Leben meiner Mutter, während sie so schwärmerisch von meinen Briefen erzählt. Kennst Du Ludwig, Montaignes Essay über den Tod, in welchem er uns ein Zimmer mit Blick auf einen Friedhof empfiehlt? Dies halte den Kopf frei, behauptet er, und bewahre einem den Sinn für die Lebensprioritäten.«

Beethoven nickt. »Ich schätze diese metaphorischen Gedanken sehr. Ich füge aber gerne hinzu: Der Tod ist also kein Endes des *Seins*. Vielmehr ruft er als eine Botschaft für mein empathisches *Ich bin* wach. Also Montaigne musst auch erfahren haben, dass auch im Tode vollstreckt sich >Ich bin<.«

Im rasenden Tempo der Neutronen schleudern sie in den zeitlosen Weltraum. Mit Sonatina 12 und 13 … für Mandalino von Beethoven in Schwung versetzt, düsen sie in die Atmosphäre voller Überraschungen.

»Der Flug durch die endlose Zeit ist berauschend«, ruft Beethoven.

»Deine Musik auch, Ludwig! Lustig und temperamentvoll, südländisch, sie erheitert die Stimmung.«

Neugierig zu erfahren, was alles in der Welt der Musik wohl geschehen ist, sagt Beethoven: »Was werden sie mit unserer Musik anfangen?«

»Oh! Nichts leichter als das. Die Musiker unserer Zeit und nach uns, geistern genauso wie wir herum. Wir werden sie da und dort treffen. Schau mal nach links Ludwig, siehst Du Zirrokumulus?«

»Meinst Du die Schäfchenwolke?«

»Ja, genau, die weiß-graue Lämmerwolke.«

»Ja, ich sehe sie.«

»Mach die Augen richtig auf Ludwig!«

»Das gibt es doch nicht!«

In der Tat, dort sitzen ungezwungen tief im Gespräch Johann Sebastian Bach, Georg Friedrich Händel, Georg Philip Telemann, E.T.A. Hoffmann, Joseph Haydn, Christoph Willibald Glück und Antonio Salieri und solche, die auf Anhieb nicht erkenntlich sind.

»Sitzen Sie etwa um einen Tisch?«

»Ludwig, es scheint hier findet gerade eine Aristokratenkonferenz statt!«

»Wer sitzt neben Bach?«

»Meinst Du den phosphorisierenden Greis am anderen Ende des langen Tisches?«

»Ja, aber den kenne ich nicht, Ludwig, tut mir leid!«

»Aber Amade, Adam de la Halle, er war der bedeutende Vertreter der Trovères, wie die nordfranzösischen Troubadoure genannt werden. Geboren 1237, starb er wahrscheinlich 1286 (1287) und um ihn herum sitzen Tomaso Albinoni aus Venedig und viele andere. Auch Antonio Vivaldi sitzt fröhlich dabei. Der Kreis schließt sich unter anderem mit dem großen Komponisten Anton Bruckner, ein Nachfahre der deutschen Mystiker. Richard Wagner sondert sich von den anderen ab. Er hat hypnotische Macht auf König Ludwig II. von Bayern ausgeübt! Er ist ein Exot!«

»Seine Musik passte wohl gut zur Gesinnung des Nazireichs und zum Antisemitismus!«

»Er war selbst auch nicht ohne, selbstherrlich und arisch!«

»Aber der erste große deutsche Nazionalsozialist war Kaiser Wilhelm II. Dann kam der >große< Irre, der Begründer des Dritten Reichs, Adolf Hitler, der behauptete, er habe außer Richard Wagner >keine Vorläufer< gehabt.«

»Ich verstehe Dich, Ludwig, wenn Du Wagner nicht tadelst. Er hat immerhin 1846 Deine Neunte Sinfonie in Dresden dirigiert und die Öffentlichkeit über die verkannte Dimension des Werkes aufgeklärt.«

»Wenn es um Missachtung der Menschenrechte geht, kann ich nicht vor solchen, mir und meinen Werken wohlgesinnte Interpreten die Augen schließen. Manieker überspannen sich oft bis zur tödlichen Erschöpfung, und ich glaube, Wagner war der Prototyp eines Besessenen.«

»Die Psyche eines Menschen zu zergliedern, den man nicht kennt, ist kein leichtes Unternehmen«, sagt Mozart und erinnert an Karl Richard Ganzer, der über Wagner schrieb: *>Es wäre eine Oberflächlichkeit zu sagen, Richard Wagner sei der erste Nationalsozialist gewesen. Aber er hätte heute Nationalsozialist werden können, weil er die geistigen, politischen und gesellschaftlichen Gegebenheiten einer vergangenen Epoche aus der Haltung heraus bewertet, die in unseren Tagen den entscheidenden Antrieb des Nationalsozialismus bilden. Man kann vielleicht sogar feststellen, dass erst von dieser heutigen Haltung aus die eigentümlich antiliberale und kulturkritische Wirkung Wagners erkannt und richtig gewürdigt werden kann.<*

»Amade, wie beurteilen ihn seine Zeitgenossen?«

»Ein ähnlicher Gedanke kam auch mir!« ruft Mozart. »Hör zu, Wagner spricht gerade dort mit einigen Kollegen: *>Was mich beim Anblick der mühsam verschafften Partitur sogleich wie mit Schicksalsgewalt anzog, waren die lang andauernden reinen Quintenklänge, mit welchen der erste Satz beginnt: die Klänge, die in meinen Jugendeindrücken von der Musik eine so geisterhafte Rolle spielten, traten hier wie der gespenstige Grundton meines eigenen Lebens an mich heran. Diese Symphonie musste das Geheimnis aller Geheimnisse enthalten; und so machte ich mich darüber, durch mühsame Abschriften mir die Partitur davon anzueignen.<*

Unabhängig von dieser Versammlung und gerade beim Vorbeiflug, ruft Grillparzer: *>Beethoven verfügte über große Kreativität und geistig-moralische Kraft. Immer für die Menschen und immer für Frieden und Freiheit. Hätte ich nur den tausendsten Teil seiner Kraft und Festigkeit.<*

>*Der Winkelmann der Literatur*<, ergänzt Friedrich Schlegel.

>*Beethovens Musik überwindet und erweitert sich in die Poesie*<, erwidert Franz Grillparzer.

»Ah! Das klingt in meinen Ohren sehr vertraut«, sagt Mozart.

»Und ich bin überwältigt«, sagt Beethoven und legt Mozart den Arm um die Schulter. »Bin beglückt von so viel Akzeptanz und Güte der geistigen Größen, Schlegel, vor allem Franz Grillparzer, sie haben mir auch in meinem dunkelsten Lebensabschnitt viel Liebe und Aufmerksamkeit geschenkt.«

Wie aus noch höheren Ebenen herabgestiegen, spricht Franz Schubert: >*Als einem auf Menschenliebe und Freiheit arbeitenden Komponisten gebührt Beethoven eigentlich jener Ehrentitel, der keinem in seinem Fach vergeben worden ist, nämlich* >*Der Humanist*<. *Ich habe selten gewagt mir über eine solche Größe ein Urteil auszusprechen, aber mein Abgott war und bleibt Ludwig van Beethoven… Es bedarf gar keiner weiteren Erklärung. Hört Ihr doch Beethovens C-Messe, dann fühlt Ihr Euch wie ich bei Gott!*<

Beethoven sehr bewegt. »Schubert, jung, genial, hoch begabt und vor allem herzlich. Der göttliche Funke, der in seiner Brust loderte, kann ewig nicht erlöschen.«

Wieder in die meteorologische Atmosphäre zurückgekehrt, such vor allem Mozart nach weiteren Geistesgrößen. Etliche Wolkengruppierungen ziehen in gleicher Höhe, aber in unterschiedlichen Formationen vorbei.

»Amade, gib Acht, eine Gewitterwolke kommt uns entgegen«, ruft Beethoven. »Ja, ich sehe, eine sehr gewaltige Formation von einem Kumulonimbus!«

»Spiel jetzt nicht mit Deinem meteorologischen Wortschatz, lass uns rechtzeitig weg kommen!«

»Ohne Johannes Brahms, Peter Tschaikowski, Carl Maria von Weber zu grüssen?«

»Nein, natürlich nicht, aber warum sitzen sie gerade in so einer kalten Zone in Gewitterwolken?«

»Johannes Brahms ist ein Norddeutscher. Er ist gegen Regen und Sturm standhaft!«

»Aber Clara und Robert Schumann nicht! Sie würden lieber in ihrem Sommergarten im Pyrmont sitzen.«

»Schau Ludwig, Altmeister Giuseppe Verdi sitzt in der Mitte umhüllt mit einem dicken schwarzen Mantel! Und er widmet sich liebevoll Felix Mendelsohn Bartholdy.«

»Die Magie des Altmeisters braucht das dunkle, das Mysterium«, sagt Beethoven,

»Verdi braucht die versteckten Geheimnisse hinter den Kulissen und Mendelssohn braucht viel Liebe, das weiß der Meister!«

»Von Süden ziehen ein Nimbus, eine Regenwolke heran.«

»Amade, Du solltest Meteorologe werden und Petrus als Engel der Wolken zu Hilfe kommen!«

Beide lachen.

»Ich liebe Deine Anekdoten.«

»Was sind nun diese Haufenwolken, die uns einzusperren drohen?«

»Das sind Kumulus, sie lockern sich bald auf. Aber wohin irren Johann Strauß` Familie; Vater und Sohn?«

»Sie suchen Anschluss an kleinere Wolkengruppen, worin sich Bed`r´ich Smetana, Franz Liszt und Frédéric Chopin mit Gisachino Rossini in Diskussionen befinden.«

»Mich erstaunt, dass sie alle vergnügt sind!«

»Sie haben keinen Grund unvergnügt zu sein, Amade! Sergej Rachmaninow sorgt für die Stimmung. Siehst Du, wie er Franz Liszt anhimmelt.«

»Ich sehe viel mehr, dass Sie sich nicht mehr als Konkurrenten sehen. Salieri ist so liebenswürdig, aber echt liebenswürdig, verneigt sich nicht mehr mit falscher Freundlichkeit.«

Beethoven lacht. »Salieri spielt nicht mehr den Advocatis diaboli! Die Leidenschaft, die wir für unsere Musik empfinden, ist wirklich, sie hindert jeden intriganten Gedanken. Neid ja, aber keine Intrige.«

»Ludwig, manche unter uns verlangt nach Leidenschaft und mehr! Dionysische Leidenschaft ist Leben und Leiden des gefühlvollen Komponisten … Wir haben die Welt und das Universum nicht ge-

338

schaffen, aber wir haben gerade die Leidenschaften des Lebens den Menschen bewusst gemacht.«

Mitten in den aufgehenden Schleierwolken taucht eine Gruppe Diskutierender mit verschleierten Gesichtern auf.

»Liegt es an der Konfiguration der Wolken, dass wir sie nicht erkennen?«

»Ja, Ludwig, das ist typisch bei Zirrostratus (Schleierwolken).«

Mozart muss selbst lachen, weil er wieder ein Fachausdruck gebraucht hat. »Aber glaube mir, der äußere Schleier trügt… Ich sehe im Vordergrund Gustav Mahler sehr ernst, aber liebenswürdig und intellektuell. Irgendwie wirkt er nachdenklich und enttäuscht!«

Je länger Beethoven über Gustav Mahler nachdenkt, desto neugieriger wird er. Nicht neugierig auf ihn – er vermittelt ihm Würde und Sympathie –, sondern neugierig auf das, was Stefan Zweig der Runde vorträgt: >Der große Sänger der Sehnsucht, die auf der Erde keine Erfüllung finden kann, der Kämpfer um eine künstlerische Vollkommenheit, die nur in >Sternstunden< zu erreichen, der Tiefgläubige, der die Dogmen verwarf und die Göttlichkeit im Unendlichen, im All und in der menschlichen Seele suchte. Mahler ist die musikalische Schlüsselfigur am Übergang vom 19. zum 20. Jahrhundert, der Prophet der Erschütterungen unserer Zeit, der Anreger und Nährvater der Wiener Schule um Schönberg, der letzte Verfechter und der erste Verneiner des klassisch-romantischen Prinzips der Sinfonie. Am 7. Juli 1860 kommt Gustav Mahler im böhmischen Dorf Kalischt zur Welt. Seine Mutter erlebt er als hart arbeitende und ihrer Ehe leidende Frau. Sein Vater eher ein herrischer und grober Mann. Im November 1901 lernt Mahler die Frau seines Lebens, Alma Maria Schindler kennen. Am 9. März 1902 findet die Hochzeit statt. Sie haben zwei Töchter, Maria Anna und Anna Justine. Maria Anna stirbt nach einer Scharlach- und Diphtherieerkrankung. Für Mahler ist das die Tragödie seines Lebens. Er selbst war an einer Endokarditis mit Mitralklappenstenose erkrankt, daher anfällig. Seelisch nahe eines Zusammenbruchs aufgrund seiner Schwierigkeit mit der Ehefrau Alma, konsultierte er Siegmund Freud im Kurbad Leiden. Mahler stirbt im Wiener Sanatorium

Loew kurz vor Mitternacht am 18. Mai 1911. Seinen 10 Sinfonien und Lieder schrieb er während der Theaterferien, wo er als Dirigent und Direktor arbeitete. Er hat neun Sinfonien abgeschlossen; eine zehnte aus der Adagio und Scherzo konnte er nicht vollenden. 1908 entstand >das Lied von der Erde<. Das ist ein Zyklus von sechs Sologesängen, abwechselnd für Tenor und Alt bzw. Bariton. Die Dichtung ist von Hans Bethge.< Bevor Stefan Zweig schließt, wird er pathetisch: >Wir erwägen abstrakte Abschnitte seines Lebens zu durchleuchten, während der Geist des großen Gustav Mahlers unter uns weilt. Er wusste – wie jeder von uns, dass er sterben muss, und unter Qualen sterben wird, schon bald. Es galt vor allen Dingen, die Liebe zu den Menschen zu bewahren. Und wer sollte diese Liebe geben, wenn nicht der Komponist vom *Trinklied vom Jammer der Erde.*<

Mahler, gerührt, singt: >Schon blinkt der Wein in goldenen Pokale,
doch trink noch nicht, erst sing' ich euch ein Lied!
Das Lied vom Kummer
soll auflachend in die Seele euch klingen.
Wenn der Kummer naht,
liegen wüst die Gärten der Seele,
welkt hin und stirbt die Freude, der Gesang.
Dunkel ist das Leben, ist der Tod…<

Er singt ein erschütterndes Gemälde menschlicher Einsamkeit und Leids, und noch ein Zeugnis tiefsten Trostes aus der Natur, aus dem Glauben an die Ewigkeit.

Ergriffen von dem Lied von der Erde, sagt Beethoven: »Man hat Gustav Mahler verkannt, weder in Europa noch in der so genannten Neuen Welt hat man seine großartige Musik richtig verstanden. Er hat, wie einige seiner Kollegen vor ihm, zum Beispiel Johannes Brahms, den von uns eingeschlagenen Weg der klassizistischen Musik fortgesetzt.«

»Eine interessante Begegnung – ein bewegender Moment«, sinniert Beethoven. »Vielleicht werden uns noch mehr solche Überraschungen vergönnt.«

»Weißt Du, wie die Überraschungen sind?« Mozart wartet nicht auf Antwort, »Die Überraschungen sind Ereignisse, die uns in Erstaunen versetzen, unerwartet eine Freude bereiten… Ludwig, mach die Augen auf, Richard Strauss, Max Bruch und Jean Sibelius kommen uns entgegen!«

»Sind wir schon soweit in den Norden gedrungen, dass Du von der >Finlandia< schwärmst?«

»Ja, für uns sind solche Entfernungen wie ein Wimpernzucken kinderleicht, wie im Spielkasten! Kannst Du mir sagen, was mit den beiden los ist?«

»Mit welchen?«

»Na, Ludwig, schau doch Sibelius und Schostakowitsch an. Sie sehen aus, als ob sie noch leben würden; Sie sehen immer noch leidend aus.«

»Schwermut«, sagt Beethoven mit einem diagnostischen Blick, »sie ist eine Sache, die wir ja gut kennen. Auch diese Spätromantiker hatten einiges zu ertragen.«

»Jeder hat seine Sterne«, sagt Mozart, »jeder hat seinen Charakter. Ich meinen und Du Deinen. Wir sehen die Gefahr, alle Menschen sehen sie. Wir Komponisten vielleicht eher, weil wir sensibler sind!?«

»Es ist immer das Gleiche: der I. und II. Weltkrieg, die große Wandlung in der Kunst, die größte Verletzung der Menschenrechte, die globale Not und das Elend beeinflussen die Psyche und künstlerische Arbeit. >Finlandia<, damit protestierte Sibelius gegen die Besetzung seiner Heimat.«

»Und für die Freiheit, genau wie Du in >Fidelio<!«

»Ja, Amade, die Geschichte wiederholt sich und die Menschen lernen nichts daraus!«

Plötzlich taucht einer aus entferntem Zirrostratus auf, mit einem Säbel in der Hand, gut gelaunt und tanzt um seine Kollegen herum.

»Wer ist denn das?«, fragt Mozart.

»Wer? Wo?«

»Na, in der Mitte der Schleierwolken.«

»Ach ja, der mit dem Säbel tanzt, der ist Aram Chatschaturian.«

341

»Aram? Nie gehört.«

»Aram ist ein persischer Name und bedeutet Pazifist oder Ruhe.«

»So ruhig ist er aber nicht!«

»Aber besonnen und friedlich.«

»Friedlich? Mit einem Säbel?«

»Der ist symbolisch, Amade.«

»Was feiert er denn so um sich herum?«

»Vielleicht die Oktoberrevolution! Siehst Du nicht, wie heftig sich beide, Chatschaturian und Schostakowitsch >der Rote<, umarmen!«

»Und wer sind die zwei, die sich von der Gruppe fernhalten? Der eine sieht aus, als ob er gerade aus dem Krankenhaus entlassen wäre!«

»Wer?«

»Der im weißen Rock!«

»Das ist der neoklassizistische Komponist Maurice Ravel, der von Mozart inspiriert war. Er wurde 1875 in Ciboure bei Saint-Jean-de-Luz nahe der spanischen Grenze geboren ...«

»War er Spanier oder Franzose?«

»Der Vater war Franzose, die Mutter Spanierin.«

»Warum hält er sich ständig den Kopf? Hat er immer noch Kopfschmerzen?«

»Amade, 1933 wurde er von einer rätselhaften Krankheit befallen, die Sprachstörungen und Bewegungsausfälle zur Folge hatte. >*Wir sind in dieser Welt wie ein Bettler, der, wenn er aufsteht, mit seinem Kopf an das Dach stößt , und streckt er die Arme aus, berührt er die Wände des Hauses*<.«

»Das ist das eigentliche Weltempfinden Paul Claudels.«

»Ja, Amade, wie gehabt, leiden und sterben! Was bleibt uns sonst für ein Ausweg. Eine misslungene Gehirnoperation setzte Maurice Ravels Leben am 28. Dezember 1937 in Paris ein Ende.«

Mozarts Augen blitzen vor Neugier, als er fragt: »Wie ernst ist die Gefahr des Freitodes, die jedem von uns droht? Konnte niemand den Patienten Beistand leisten?«

»Wer sollte ihm beistehen?«

»Wer spricht mit ihm?«

»Mit wem?«

»Mit Maurice Ravel.«

»Das ist doch, Pjotr Iljitsch Tschaikowski, Amade, hören wir zu, was er sagt!«

>Das Faktum ist unbezwingbar und niemals kann es besiegt werden. Es bleibt nichts übrig, als sich mit ihm abzufinden…<

»Wie es scheint, hat er auch kein Glück gefunden!«

Beethoven schüttelt mitfühlend den Kopf. »Wer redet hier vom Glück, was für eine Illusion! Ein Hirngespinst! Eine Minerva, die der Stirn des Zeus entspringt!

Nein, er hat auch kein Glück gefunden, weder im Leben – er war sehr einsam, schwermütig und depressiv – noch in der Liebe. Für die Frau N. F. von Mack, die ihn angeblich verehrte, war er auf einmal nicht mehr gut genug …«

»So ist das mit der Liebe, Ludwig; nicht anders ist es auch mit Frauen.«

»Tschaikowski starb am 6.11.1893 im Alter von dreiundfünfzig Jahren in St. Petersburg.«

>Hoffnung? Hoffnung ist das Übelste der Übel!<

»Wieso das, Ludwig?«

»Was weiß ich! Ich zitiere ja nur: In seinem Buch >Menschliches, Allzumenschliches< behauptet Nietzsche: >*Als Pandora das Fass öffnete und die Übel, welche Zeus hineingelegt hatte, in die Welt der Menschen ausgeflogen waren, blieb, von allem unbemerkt, ein letztes Übel zurück – die Hoffnung. Seit dieser Zeit betrachten die Menschen das Fass und seinen Inhalt, die Hoffnung, irrigerweise als Schatz, als größtes Glücksgut. Dabei haben wir vergessen, dass Zeus den Menschen wünschte, sie möchten sich weiterhin quälen lassen. Die Hoffnung ist das Übelste der Übel, weil sie die Qual der Menschen verlängert.*< Das hieße demnach auch, dass man sein Ende beschleunigen dürfte, so man es wünschte?«

Mozart wartet gespannt auf Beethovens Folgerungen.

»>Der Mensch ist zwischen Anfang und Ende gezwängt wie zwischen die Presse einer Foltermaschine. Nur die Fixpunkte sind bedeutend, der Rest ist das Leben<, so definiert Beckett das Leben.«

»Demnach hat das Leben nur einen qualvollen Sinn!«

>Und wie läuft es bei >Warten auf Godot< ab?<, fragt von weitem Dimitri Schostakowitsch, ein Anhänger Becketts.

Beethoven und Mozart schauen sich verdutzt an.

»Sollten wir uns aufhängen?«, sagt Mozart als Estragon.

Beethoven überlegt für einen Moment und antwortet als Wladimir: »Dann geht noch mal einer ab.«

Mozart schüttelt den Kopf. »Dann geht einer ab?«

Beethoven schüttelt seinerseits ratlos den Kopf. »Mit allen Folgen. Da, wo es hinfällt, wachsen Alraunen. Darum schreien sie, wenn man sie ausreißt. Wusstest Du das nicht?«

»Komm, wir hängen uns sofort auf.«

»Das wäre eine mögliche Freiheit, gewiss, aber nur mit vollem Bewusstsein, so meint jedenfalls Nietzsche«, sagt Beethoven, »Schostakowitsch ist neben Sergej Prokofjew – Krieg und Frieden nach Tolstois Aufführung – politisch-idiologisch konsequentester sowjetischer Komponist. Oft ist seine Musik als eine Art Synthese von motorischer Rhythmik und bekennendem Gefühl mit psychoanabolischem Charakter. Intellektuell pathetisch und monumental, aber auch tragisch ergreifend.«

Plötzlich ertönt eine freundlich mahnende Stimme: >Ihr seid gut informiert meine Lieben! Aber warum sprecht Ihr andauernd von Schicksal und Tod?<

Gut gelaunt erscheint Giacomo Puccini begleitet von vielen Engeln, im Vordergrund Madame Butterfly, Floria Tosca, Mimi und Musette (La Bohème), das Mädchen aus dem goldenen Westen, Lauretta aus Gianni Schicchi und in der Mitte die chinesische Prinzessin Turandot. Beethoven und Mozart trauen ihren Augen nicht. Was hat Puccini vor? Will er vielleicht noch die Auferstehung Jesus' inszenieren?

Beethoven lächelt breit und hebt den Zeigefinger. »Giacomo, was Du hier inszenierst, ist sehr spektakulär!«

Puccini fühlt sich geschmeichelt, das ist unverkennbar.

>Gott und sein Sohn herbei zaubern, das wäre eine gewagte Inszenierung mit allem Drum und Dran! Ja, wir Italiener haben eine größere Gabe zur Dramatisierung. Wenn ich sage, Dramatisierung, meine ich Übertreibung.<

»Der Glaube wird gewissermaßen Fleisch.«

Beethoven, wie immer wegweisend. »In der Bibel heißt es Ja: Das Wort wird Fleisch. Das erklärt, wie die Wundmale Christi unter den Gläubigen zu tragen kommen. Sie erleben den Kalvarienberg mit allem Drum und Dran. Sie spüren die Leiden Christi am eigenen Leibe. Sie hören Hammerschläge, sehen das Kreuz vor sich, fühlen Peitschenhiebe und das Stechen der Krone. Am Karfreitag fangen ihre Wundmale intensiv an zu bluten…«

»Sie wollen Christus subjektiv ganz nahe sein, indem sie dasselbe wie er empfinden. Es tut ihnen also nicht nur weh. Es ist die Inkarnation am eigenen Leib.«

»Ludwig! Ludwig, das ist doch verrückt!«

Puccini grinst. >Was heißt das – verrückt? Nehmen wir Franz von Assisis, Teresa von Avila oder Katharina von Siena – das waren hochintelligente, geistig gesunde Leute.<

»Wie kann ein normaler Mensch plötzlich blutende Wundmale an den Händen haben?«

>Ludwig van Beethoven, geben Sie Acht. Diese Menschen versenken sich aktiv, also gewollt, in eine religiöse Ekstase, die der Tiefenmeditation zu vergleichen ist. Die Fixation auf den gekreuzigten Jesus ist wie eine Hypnose, die sie in Trance versetzt.<

Mozart schüttelt wieder den Kopf. »Das sind doch stigmatisierte, die entweder Schamane oder Scharlatane sein können.«

>Alles geht nur über das Bild, das die Kirche uns vorspielt<, erwidert Puccini.

»Und dieses Bild ist falsch. Der historische Christus wurde ja nicht ans Kreuz genagelt, sondern daran festgebunden«, sagt Beethoven entschieden.

>Die Wundmale sind multikulturell. Im Islam sind blutige Tränen eben die Tränen der Fatima. Auch bei Fra Elia, Magdalena Lorger

oder Luise Latea wurden spontane Blutungen aus der Kopfhaut beobachtet, wenn sie in ekstatischen Leidenszuständen waren<, erwidert Puccini.

Mozart lächelt zurückhaltend. »Dann kann doch alles bloß eine Inszenierung sein?«

Puccini gibt nicht auf. >Nicht nur. Es ist zwar eine Art religiöses Schauspiel, aber das Erstaunliche daran ist, dass die Wunden immer wieder und zwar zu Ostern, am Karfreitag aufplatzen und bluten.<

Beethoven nickt und lächelt breit. »Da haben die Gutgläubigen doch solidarisch zu ihrem Jesus sicher nachgeholfen! Der Mensch ist bekanntlich der beste Bildhauer seines >Ich<.«

Beethoven schweigt und wartet auf Puccinis Replik. Sie bleibt aus. Er ist tief in Gedanken versunken.

Beethoven hakt nach. »Hat der große Puccini vom Gespenst des Nihilismus gehört? Nein! Es wird behauptet, Nietzsche und Darwin haben Hand in Hand Gott obsolet gemacht, und so wie wir Gott geschaffen hätten, hätten wir ihn ohne Skrupel getötet.«

Mozart macht einen Schritt auf Puccini zu und fragt mit einer Geste der Bewunderung: »Du bist ein genialer Komponist. Glaubst Du an Gott?«

Puccini etwas verlegen. >An Gott vielleicht, aber nicht an die Legende der Auferstehung Jesus.<

»Der ungläubige Apostel Thomas zweifelte auch an der Auferstehung Jesus, bis er dessen Wundmale sah«, sagt Beethoven.

>Es hängt mit dem Empathiewunsch zusammen. Er fühlte, in seine religiöse Ekstase hinein gestiegen, mystische Verschmelzung mit dem leidenden Jesus und wünschte ihm die Auferstehung und Befreiung vom Leid!<

»Nun, Giacomo, wie lautet Deine Überzeugung?«

Puccini lächelt. >Auch ein Apostel Thomas kann unter schwere Persönlichkeitsstörung im religiösen Gewand leiden!<

»Wie bist Du mit dem Leben ohne blutende Hände für Jesus zu Recht gekommen?«

>Oh weh, was fragt der große Mozart so Schweres. Jedem Menschen gehört sein eigenes Leben. Jeder sollte es auf seine Weise

leben. Ich sage leben! Vielleicht, sage ich mit Vorbehalt, gibt es ein Recht sich zu beklagen und den Schöpfer für seine vielen Grausamkeiten anzuklagen? Aber sich das Leben nehmen, wie bei Beckett, dazu hat keiner das Recht. Wenn aber das Leben zu Ende geht, wie es auch immer sein mag, dürfen wir keinem das Sterben nehmen. Dies ist nicht Trost, dies ist Grausamkeit.<

Beethoven fasst nach. »Käme für Dich Selbstmord jemals in Betracht?«

>Sterben ist schwer genug.<

Mozart, nicht überrascht von Puccinis Antwort. »Vor allem in Luxus und Erfolg!«

>Aber Wolfgang Amadeus Mozart, auch ein Puccini musste leiden und sterben. Meine letzte Lebenszeit war so qualvoll, dass ich auch an Freitod gedacht habe. Aber mein Sterben kam mir entgegen. Keiner konnte es hindern, keiner konnte meinen Kehlkopfkrebs heilen, auch die Ärzte in der Brüsseler Klinik nicht.<

Beethoven schüttelt den Kopf. »Also gut, vergessen wir das Leben, das wir nicht wieder leben wollen!«

»Sterben ist schwer«, sagt Mozart, »aber das Vorrecht der Toten ist, nicht mehr sterben zu müssen!«

>Wir haben dieses Vorrecht, meine Freunde! Seid damit beglückt und bleibt für immer meine lieben, lieben Freunde, und ich für ewig Euer Euch liebender Puccini.<

Mit Puccini ziehen die Wolken nach Westen ab. Die nordische Hemisphäre vollstreckt sich in unendlich blauen Horizont. Mozart ist glücklich über die Begegnungen und mit dem Gefühl ein Teil des Universums zu sein, klopft er sanft auf Beethovens Schulter, während er seinerseits das Gesicht auf seinen Ärmel drückt und weint.

Ähnlich wie bei seinem Heiligenstädter Testament fühle er sich. Eine unklare Empfindung. Er ist von Puccinis Schicksal sehr betroffen.

»Eines aber freut mich«, sagt Mozart, »und das ist, dass Du und ich nunmehr universal und omnipräsent sind, Ludwig!«

»Und er über uns, omnipotent! Daran ist nicht zu rütteln. Siehst Du, Amade, die rote Kugel unter uns?«

»Ja! Ja!« Die Überraschung lässt Mozarts Stimme eine Oktave höher gleiten.

»Siehst Du Persepolis?«

»Ja, Ludwig.«

»Brennt Persepolis immer noch?«

»Nein, Amade, im Osten geht die Sonne auf.«

»Ach so, das ist das Schauspiel des Sonnenaufgangs.«

»Purer Schönheit und spektakulär, nicht wahr, Amade.«

>Jede dunkle Nacht hat ein helles Ende<, so kündigt Nizami die Hoffnung an.

Mozart ruft: »*Cape diem*, genieße den Tag.«

Beide strecken den Hals, als eine spannungsvolle Orgelmusik die Sonnenstrahlen in Schwingung versetzt. Sonnenaufgang, aus lapidaren, der Trompete übertragene C-Dur-Urmotiv der Natur herauswachend, eröffnet die von Fantasie geprägte Musik. >Also sprach Zarathustra< klanglich so sinnfällig, dass detaillierte stofflich-programmatische Beschreibung kaum notwendig ist.

»Höchst eindrucksvoll Amade, findest Du das auch? Im Gegensatz zu den denkbar einfachen Klangsymbolen für die strahlende Sonne, verwendet Richard Strauss die Orgel. Die Töne des Glaubens und sinnenfrohen Daseins stehen die dunkleren Klangbereiche der Einsamkeit, des Rätselvollen dar.«

>Ich versuchte das Verhältnis des Menschen zu Welt und Natur auch die Wege und Irrwege schöpferischen Menschen zu schildern, der – frei von Liebesbindungen – nach neuen Werten sucht … >Symphonischer Optimismus in Fin-de-siècle-Form, des 20. Jahrhunderts gewidmet<, wollte ich das Werk ursprünglich im Untertitel nennen<, verkündet die sanfte Stimme Strauss`, >was sollte ich sonst tun, um Jupiter und Saturn der Musikwelt als ein winzig kleines Staubkorn zu folgen.<

Tief beeindruckt von der liebevollen Huldigung, trägt Beethoven ein Gedicht von Friedrich Hölderlin vor: >*Und wenig Wissen, aber der Freude viel ist Sterblichen gegeben, warum, o schöne Sonne, genügst Du mir Du Blüte meiner Blüten! Am Maitag nicht? Was weiß ich höhe-*

res denn? O dass ich lieber wäre, wie Kinder sind! Dass ich, wie Nachtigallen, ein sorglos Lied von meiner Wonne sänge!<

Beglückt von der Begegnung verabschiedet sich Richard Strauss feierlich mit dem Satz: >Hört Ihr meine hochgeschätzten Kollegen, wie meisterhaft Dvòrák Violocello spielen kann: das ist H-moll, Op 104 Konzert von ihm selbst!<

Kaum ist er weg, fragt Mozart: »Was hat Strauss mit Nietzsches Zarathustra? Warum heißt es >Also sprach Zarathustra<? Was bedeutet der Name jenes Propheten im persischen Reich von Kyros und Darius dem Großen?«

»Amade, ich glaube, Zarathustra war für Nietzsche der Erste, mit dem er den Anfang machte. Er sah im Kampf des Guten und Bösen das eigentliche Rad im Getriebe der Dinge, als Kraft, als Ursache, als Zweck an sich. Zarathustra schuf diesen größten Irrtum, folglich muss er auch der Erste sein, der ihn erkennt.«

»Die Hochzeit von >Licht und Finsternis< ist bei Nietzsche eben nicht eine Hochzeit des moralischen Guten und Bösen. Ich weiß aber immer noch nicht warum Richard Strauss das berühmteste Werk des Dichter-Philosophen als symphonische Selbsterkenntnis nahm?«

»Amade, wir sollten doch wissen, Strauss hat nicht die ernste Philosophie Nietzsches in Klänge übertragen, sondern nur den lyrisch-hymnischen Anteil der Dichtung ...«

»Ludwig, Du hast Recht, allein die Lyrik stellt für den Komponisten die Fundgrube.«

»Friedrich Nietzsche hat der Philosophie eine Faszination verliehen, die sie bis dato nicht hatte.«

»Ja, Ludwig. Nun, ich denke seine geistige Besonderheit lag daran, dass er mindestens so sehr Dichter, wie Philosoph war.«

Beethoven stimmt wohlwollend zu.

»Immer wieder, wenn wir uns an solch große Denker herantasten, überfällt uns ein ermutigendes Vermächtnis, ein Orakel, das uns wachrüttelt und zur Besinnung führt. >And let my grave-stone be your oracle<. Lasst mein Grabstein Euch Orakel sein! So lässt Shakespeare durch Timon von Athen sein Vermächtnis zum Ausdruck bringen. Der Glaube an eine überweltliche Macht und das Wissen von der Allmächtigkeit Gottes der Kirche darf kein Hindernis für das Sittengesetz; die Forderung nach Gerechtigkeit, Demokratie und Absage an Machtmissbrauch werden. Der Glaube an den Menschen und das Edle in ihm, seine Würde und Begierden werden von ihm nicht eindeutig beantwortet!«

»Ich glaube, Amade, der Freimaurer Shakespeare überlässt uns sein Bekenntnis zu deuten. Er hat nicht dogmatisch gepredigt wie Dante oder Calderon, sondern diplomatisch-künstlerisch mit der Gelassenheit eines Denkers, von dem wir ahnen, dass er von Ehrfurcht beseelt ist.«

»War Felix Mendelsohn deshalb von Shakespeare begeistert?«

»Weshalb?«

»Vom Sommernachtstraum?«

»Als Mendelsohn die Ouvertüre zu Shakespeares Lustspiel komponierte, dacht er nicht daran, eine Bühnenmusik zum Sommernachtstraum zu schreiben; er hatte eher an eine sinfonische Dichtung gedacht. Erst 17 Jahre später schrieb er sie in eine vollständige Bühnenmusik um.«

»War er dann selig und glücklich?«

»Wie sollen wir glücklich sein, Amade, ohne Neugierde, ohne Fragen, Zweifel und Argumente? Ohne Freude an den Begegnungen? Ohne zu wissen, warum der Tod, und warum die Wiedergeburt?«

»Doch was der Herr aller Welten – unser Gott – uns beschert hat, die >Neugierde<, bedeutet eigentlich unsere wieder Versklavung in das tiefste unendliche Universum und es auch noch nach so einem Leben, hier freiwillig und genüsslich mit Freuden tun, was er vorgesehen hat. Gibt es ein geheimnisvolleres Martyrium? Komm, Ludwig, lass uns auf den Wellen unserer Halluzinationen weiter reiten.«

Nun ist eingetreten, wofür sie sich seit ihrer Wiedergeburt gefreut und wovon sie die ganze Zeit gesprochen haben: Sie begeben sich nicht nur zur südlichen oder nördlichen Hemisphäre, sondern sie bereisen die Welt global und bewundern Länder und Menschen... Dieser Traum kann nur den Wunsch ausdrücken, die Lebensjahre möchten von Ihnen abfallen und sie junge Pioniere werden.

In Italien besteht das Glück darin, dass man sich der Eingebung des Augenblicks überlässt, und dies Glück wird bis zu einem gewissen Grad auch von Deutschland und England geteilt.   Stendhal

Venedig

Nun düsen sie mit Lichtgeschwindigkeit durch die Atmosphäre.

»Wie wäre es mit Venedig?«

Beethoven lässt den Blick durch diffuse Sonne schweifen. Ihm gefällt es in die Stadt der Gondeln zu schnuppern.

»Nichts wie hin, Amade.«

»Unsere große Reise nach Italien fand am 13. Dezember 1769 statt. Aber diesmal ohne meine Mama und Schwester Nannerl.«

»Seit dem 16. Jahrhundert war Italien das gelobte Land in Sachen Musik und Karneval, wie Mekka für die Mohammedaner.«

>*Schafft Euch liebe Erinnerungen*<, erinnert Mozart an Franz Liszts ermutigende Worte zu seinen Klavierstudenten. »Die eigene Psyche retrospektiv zergliedern und prospektiv verarbeiten! Kein leichtes Unterfangen!« Mozart zögert, seufzt tief auf und schließt die Augen, um seine Gedanken zu ordnen. »Es war eine schöne Reise, während der der Sohn viel vom Vater gelernt hat.«

»So denke ich auch«, sagt Beethoven, »eine Reise kann viel zur Reifung beitragen. Man sagt nicht umsonst, >Reisen bildet<.«

»Ludwig, sie kann aber auch zum Verhängnis werden, und das Allerschwerste wird sein, dem Vater stets gehorsam und dankbar bleiben zu müssen.«

»Das ist doch nicht so schwer, wenn er Dich aus Erfahrung heraus vor Gefahren schützen will. Ein Baum, der gradlinig in die Höhe wachsen will, kann weder die Stütze noch den Sturm verneinen. Geniale Ideen und schöpferische Arbeit werden stets unter schweren, und manchmal schwersten Umständen errungen.«

»Ludwig, Deine Worte sind kraftvoll mit tieferem Sinn, doch wenn die Schulung und Belehrung nie aufhört mahnend zu sein und einem das Atmen erschwert, dann ist auch die Genialität hin. Sag mir nicht wieder: Schmerz trägt Früchte! Ich kann trotz aller Genialität nicht arbeiten, wenn meine Seele brennt.«

>*Man muss noch Chaos in sich haben, um einen tanzenden Stern gebären zu können.*<

»Aber Ludwig, Du hast doch gehört, was aus ihm, dem großen Nietzsche, geworden ist. Er landete im Irrenhaus! Dorthin wollte ich nicht, dann lieber sterben! In meinem Herzen, spürte ich nichts mehr von Genialität, wie konnte ich tanzende Sterne gebären!«

»Aber Amade, Dein Vater hat stets Dein Bestes gewollt und sein Bestes versucht.«

Mozart sinkt wie eine Ziehharmonika zusammen, wird ruhiger und spricht gelassen: »Ich darf nicht undankbar sein, was ich von meinem Vater, dem großartigen Musiker über die Welt der Künste erfuhr, kann ich nicht in Kürze erzählen. Das Wichtigste aber, was ich bei ihm lernte, war doch ein großer Schritt auf dem Weg zu mir selbst. Ich war damals, mit meinen etwa zwölf Jahren, ein ungewöhnlicher junger Mensch. In vielen Dingen frühreif, in vielen anderen Dingen sehr naiv, um nicht zu sagen zurückgeblieben und hilflos. Wenn ich mich je, wenn es überhaupt vorkam, mit anderen verglich, war ich oft stolz und eingebildet, ebenso oft aber traurig und verträumt. Oft sah ich mich als begnadetes Genie, oft als einen Verrückten, der all seinen Kummer mit musischen Phantasien überspielt. Es gelang mir nicht, an den Freuden und dem Leben der Altersgenossen teilzunehmen, und oft fand ich keinen Anschluss, als sei ich hoffnungslos durch eine Mauer von ihnen getrennt, als sei mir das normale Leben nicht gegönnt.« Mozart weint. »Mein Vater war ein Einsiedler, ein Eremit in seiner eigenen Welt, aber er lehrte mich das Selbstvertrauen und Mut zu experimentieren. Indem er in meinen musikalischen Einfällen, in meinen phantasiereichen Ideen und Vorstellungen stets etwas Wertvolles, Einmaliges fand, sie stets ernst nahm und mir als Bestätigung für meine Virtuosität als Beispiel vortrug ...«

Mozarts klagender Ton lässt Beethoven beim Überflug innehalten. Vor lauter gebannter Aufmerksamkeit hätte er fast Vicenza und Padua übersehen. »Schau mal!« ruft er und reißt die Augen auf.

Nun sind sie in Venedig, der Stadt vieler Jugenderinnerungen angelangt. Vorbehaltlos stehen sie am Kanal und sehen zu den Häuser-
fassaden hinüber, ihre Blicke von dem angezogen, was sie sehen,
was sie fühlen und was sie hören. Beide spüren die plötzliche Kühle,
die vor dem Sonnenaufgang in der Luft liegt.

>Arrivederci Bonaparte<, sagt der eine Karnevalist in Begleitung
von seiner Desirée zu dem anderen als Ludwig der XIV. Mozart
und Beethoven schlagen die entgegen gesetzte Richtung ein zur
Rialto-Brücke und den Gassen, die zum Markusplatz führen.

»Maskenwirbel auf dem Markusplatz und Redouten unter Obhut
des Herrn Johann Wider liefen auf Hochtouren, als wir hier anka-
men.«

»Dann habt Ihr Euch gut amüsiert, und mit den neuen Eindrücken konntest Du doch was anfangen?«

Mozart schüttelt den Kopf. »Amüsant ja, aber die Eindrücke für
schöpferische Arbeit waren eher schwach, naiv und unterschwellig.«

»Sehen und Erleben hinterlassen doch ihre Spuren? Dein Vater
rechnete mit neuen Früchten, daher lud er soviel Mühe und Geduld
auf sich, um Dir den Weg zum Erfolg zu ebnen.«

»Ah, der Erfolg fordert seinen Tribut, lieber Ludwig, das musst
Du doch am Besten wissen. Wie dem auch sei, die italienische Reise
war keine pure Romantik, wie ich mir immer vorgeschwärmt hatte.«

»Aber Erfahrung!«

Mozart dreht den Kopf und blickt Beethoven geradewegs ins Gesicht. »Wohl weiß ich, dass meine Erfahrungen nicht umsonst waren. Mein Vater sagte immer, ich müsse meine Unlust überwinden,
meine Faulheit und niederen Begierden. Er wollte, ich müsse nach
höherem streben, nach Sternen greifen, aber er sagte mir nicht, wie
ich mich überwinden, wie den Genius in mir stärken soll – gut ge-
meinte Worte voller Liebe, aber auch Strenge, für mich, in meiner
seelischen Lage, nichts als Stress vor Erwartungen.«

»Ein Genius Amadeus braucht keinen Aufpasser! Dein Vater war
ein weiser und liebevoller Wegweiser. Er hat Dich beizeiten gelehrt,
wie Du die Schwermut überwindest und Deinen Weg gehst.«

»Wusste er eigentlich, was Schwermut ist? Wie dem auch sei, die Italiener muss man mit Vorsicht genießen, Ludwig, einerseits sind sie gastfreundlich und zuvorkommend, andererseits intrigant und hinterhältig, je nachdem, wen man trifft.«

»Wir haben doch unseren hochgeschätzten Lehrmeister Salieri erlebt«, sagt Beethoven und grinst.

>Wie dumm von mir, bei soviel Ereignissen immer an das Schlimmste zu denken<, wirft sich Mozart vor. »Eine Wende in Sicht«, sagt er, »mein Vater hatte einen zweiten Empfehlungsbrief Hasses vom 4. Oktober 1769 an den uns schon bekannten Abbato Giovanni Maria Ortes, in dem dieser gebeten wurde, >die Beiden als meine Freunde zu betrachten und ihnen mit ihren guten Ratschlägen beizustehen und mit weisen Ermahnungen.<«

»Wie ging Dein Vater mit solchen Empfehlungsschreiben um?«

»Mein Vater hat diese Anregungen nicht in vollem Umfang befolgt. Er war diplomatischer und konsequenter als viele seiner Zeitgenossen im Umgang mit einflussreichen Persönlichkeiten, da bin ich mir sicher.«

»Ohne die Bereitschaft zu Konzessionen ist es nicht leicht, sich zu der einflussreichen Schicht der Gesellschaft ein Fenster zu öffnen!«

„Ja, vor allem in Italien, wo man nicht weiß, woran man ist. Im Grunde hatte Abbate Recht, meinen Vater vor zu viel Freundlichkeiten und Erwartungen zu warnen …«

»War er wenigstens ehrlich zu Euch, dieser ominöse Abbate?«

»Je nun, Ludwig, was erwartest Du denn? Glaubst Du in der Tat, dass einer von solchen Typen Dich ehrlich ernst nimmt? Am 2. März 1771 offenbarte er seinen Freunden: >Ich glaube nicht, dass zwei mit dieser Stadt sehr zufrieden sind, in der sie glaubten, die Leute würden sie aufsuchen, und zwar mehr, als sie selbst die Leute aufsuchen; wie es ihnen auch noch anderwärts geschehen wird … Es ist interessant, zu beobachten, mit welcher Gleichgültigkeit der Knabe diesen misslichen Verhältnissen gegenüber steht, während der Vater ein wenig bissig erscheint<. Der Beharrlichkeit und Weitsicht meines Vaters ist es zu verdanken, dass durch Intervention Abbato Giovanni Maria Ortes Verbindungen zum Patriarchen Giovanni Bragadino auf Giovanni Dolfin und einige andere >Giovannis< zustande kam. Auch als Gast des Bischofs Marco Giuseppe Cornaro in Vicenza ... Denn in Verona wurden wir von den Jugiatis verwöhnt. Hier spielte ich, der Knabe, den sie väterlich nicht ganz ernst nahmen, vor einer >schönen Gesellschaft< und in gleicher Zeit erreichte uns der auf den 4. März 1771 datierte Opernkontrakt für die Mailänder Karnevalsoper 1772/73 unter verbesserten Honorarbedingungen, nämlich 130 Giliati, sowie die Kunde, dass auch vom Wiener Hof ein Auftrag winkte.«

Angelockt von Trubel lustiger Karnevalisten, laufen sie die Straße hinunter. Und nun betrachten sie neugierig die Szene. Der Markuspalast platzt aus allen Nähten. Er ist vollkommen in der Hand der Karnevalisten, die in feierlichem Trubel und unerträglich lauter Marschmusik, das große Ereignis des Jahres feiern. >Wer nicht sein Herz stärker klopfen fühlt, wenn er auf dem Markusplatz steht, der lasse sich begraben, denn er ist tot, unwiederbringlich tot.<

>*Lebendig warmen Wort,*
das, von dem Mund der Liebe fortpflanzt,
empfangen wird vom Liebesdurst, gen Ohr.<

»Lieber, liebster Franz Grillparzer! Wir hören Dich«, ruft Beethoven.

Aus allen Richtungen, von den Gassen und Gondeln, erscheinen die Reitergruppen und Darsteller, die keinen Wunsch von träumerischer Fantasie nach Schönheit und satirischer Kunst unerfüllt lassen. Die hochgestellten Persönlichkeiten, die Grafen und Fürsten, die an einer Hundeleine von ihren Mätressen geführt werden. Bischöfe und Kardinäle, selbst der Papst, der Oberhirte, in wohl beschmückter Seide und goldenen Kostümen und Maskeraden treten immer näher.

Das Schauspiel vollstreckt sich vor San Marco: >Gelobt sei Gott<, spricht ein Kardinal mit zum Himmel gerichteten Arme.

>Nun ist mir die Last vom Herzen genommen, die mich beinahe erdrückte, die mich überfiel in dem Augenblick, als die junge Gräfin ihre Hand dem Gottesvertreter auf Erden reichen sollte<, spricht der Andere. Das Publikum ist mäusestill, wartet auf die Pointe.

>Immer ist es mir, als würde mein Herzenskind mit offenen Händen dem mächtigen Papst überlassen<, sinniert der Kardinal.

>Sie verblassen<, sagt der Papst, >sie verblassen, mein Kind, mein süßes Fräulein! Ist es das erste Mal? Oder bin ich Ihnen denn ein grauenhaftes Gespenst? Nein! Haben Sie keine Angst, mein Fräulein!<

>Nein haben Sie keine Angst, mein Fräulein!<, schreit das Publikum hoch gestimmt aus tiefen Kehlen.

>Fürchten Sie sich nicht von einem harmlosen Gottesmann, der Sie mit allem himmlischen Feuer, mit aller Inbrunst der Leidenschaften liebt, der Sie verwöhnen könnte, der töricht genug ist, sich um Ihre Liebe zu bewerben, als wenn er nicht wüsste, dass Sie ihr Herz verschenkten. Nein! Selbst das Wort meines Kardinals, Ihres Vaters, mein liebes Fräulein, gibt mir nicht das mindeste Recht auf eine irdische Seeligkeit, die Sie nur spenden mögen …<

>Gelobt sei Jesus Christus<, sagt der Kardinal, >Eure Heiligkeit! Sie liebt den Heiligen Vater innigst und ewig.<

>Dennoch<, erwidert der Papst, >dennoch ihr Herz schlägt für einen anderen! Sie ist frei! Mein Kind, Sie sind frei! Selbst der Heilige Geist kann Sie nicht daran hindern sich Ihrer wahren Liebe zuzuwenden.<

>Ludwig, mein Ludwig<, ruft die Gräfin im Jubel der höchsten Wonne, und wirft sich dem Geliebten an die Brust.

Das Publikum tobt vor Freude. >Josephine! Josephine! Mein Leben, meine Atemluft, mein Leben und mein Himmelreich.<

Er wendet sich dem Papst zu und sagt laut: >Welch ein Edelmut, welch eine Ritterlichkeit!<

>Meine Absolution, meine Absolution! Für Euch, meine Kinder!<

Das Publikum auf dem Markusplatz ruft einhellig: >Viva il Papa! Viva il Papa!<

Die Karnevalskapelle spielt und die Karnevalisten, vorne dran der Papst, singen italienische Arien und Singspielarien von Ludwig van Beethoven.

»Haben es die Karnevalisten darauf abgesehen, unsere Seelenruhe zu vertreiben?« Durch alle Glieder zuckt es Beethoven, er traut seinen Augen nicht. Er muss noch einmal sein Ebenbild, den Karnevalisten Ludwig, beäugen.

»Unglaublich, unglaublich! So leibhaftig und authentisch.« Mozart ist nicht weniger von der Szenerie entzückt.

»In der Tat, der Karnevalist Ludwig bin ich, mit meiner ganz eigentlichen Nonchalance in der Bekleidung.«

»Bemerkenswert! Du wirst naturgetreu, mit Deinem ganzen Gehabe, wie Du Dich bewegst, benimmst und Deine würdevolle Haltung bewahrst, wiedergegeben.«

»In der Tat, Amade, und lebenslang war mir dies nicht bewusst, alle diese meine Eigenarten: durch das Aufsetzen und Tragen des Hutes weit aus dem Gesicht nach hinten bei hoch getragenem Kopfe kam aber die rückwärtige Krempe in Kollision mit dem sehr hoch zum Hinterhaupt tragenden Rockkragen, was der Krempe eine nach aufwärts gestülpte Form gab, der Rockkragen aber durch die ständige Berührung mit der Krempe abgeschabt erschien.« Beethoven ist von seinem Doppelgänger angetan und macht Mozart darauf aufmerksam.

Die beiden ungeknöpften Rockflügel des blauen Fracks mit Messingknöpfen schlagen sich nach außen und fallen Mozart auf. »Besonders beim Gehen gegen den Wind. Sieh mal wie er sich bewegt, und auf den langen Zipfel des um den bereits umgeschlagenen Hemdkragen geknüpften Halstuchs Acht gibt. Mein Kompliment: Fesch, sagen die Österreicher zu einem, der gut angezogen, elegant und akkurat ist.«

Beethoven nickt und lacht. Aus dem Portal San Marcos heraus erklingt der glorreiche Augenblick Op. 136 von Beethoven.

Mozart entdeckt mit Wonne einen Glimmer Freude in Beethovens Gesicht. >Das ist gut. Wenn er glücklich ist, tut es mir auch gut<, denkt er und staunt, dass er langsam am Karneval Spaß findet.

Beethoven streckt den Hals, heftet seinen Blick auf den nächsten Karnevalisten, lächelt breit und hebt den Zeigefinger. »Amade, mach die Augen auf! Du siehst richtig! Exakt dort steht nun Dein Ebenbild! Dicht neben der Karnevalskapelle.«

Beethoven singt: »Es ist vollbracht ... Wo OP. 97. Du bist sehr elegant angezogen, Amade! Dein Ebenbild gibt sich Mühe Dich würdig zu vertreten. Aber warum hält er sich die Ohren zu?«

Ohne seinen bohrenden Blick von dem Karnevalisten abzuwenden, sagt Mozart: »Fast bis in mein zehntes Lebensjahr hatte ich ein unbezwingliche Furcht vor der Trompete, vor allem, wenn sie allein ohne andere Musik geblasen wurde ...«

In diesem Moment bläst in der Tat die Solotrompete der Karnevalskapelle.

>Mein Sohn, Wolfgangerl!<, ertönt Vaters tiefe Stimme >Wenn man Dir eine Trompete nur vorhielt, war es ebenso viel, als wenn man Dir eine geladene Pistole aufs Herz setzte. Ich wollte Dir diese kindliche Furcht abnehmen und befahl Dir einmal trotz Deines Weigerns, ihm entgegen zu blasen. Aber mein Gott! Hätte ich mich nicht dazu verleiten lassen<. Die Stimme Leopold Mozarts wendet sich an Beethoven. >Wolfgangerl hörte kaum den schmetternden Ton, ward er bleich und begann zur Erde zu sinken, und hätte ich länger angehalten, er hätte sicher das Fraise (Krampf) bekommen.<

Mozart grinst, als er das Allegro moderato der Symphonie No. 40 in g Moll hört. Die Kappele gibt sich Mühe, bringt melancholische Umstände des Lebens zum Ausdruck.

»Ludwig, lass uns auf einen Sprung in San Marco gehen, bevor wir Venedig verlassen.«

Im Nu ist Beethoven aufbruchbereit. Er schwärmte immer von San Marco. Kaum das Portal der üppigen Kathedrale erreicht, werden sie mit Mozarts >Ave Verum> empfangen.

»Teufel! Welches Format, und was für eine Eleganz und Würde besitzt doch diese Frau!«, sagt Beethoven, wie aus tiefem Schlaf erwacht.

»Von welcher Frau redest Du Ludwig?«

»Und die Grazie!«, schwärmt er weiter.

»Von welcher der drei Anmutsgöttinnen sprichst Du?«

»Von der ersten der Charitinnen, von Josephine, von wem denn sonst.«

»Aber sie ist doch nur eine Karnevalistin, eine Schauspielerin.«

»Dann spielt sie ihre Rolle gekonnt. So gut, dass mir das Herz erneut anfangen würde zu schlagen! Irrational, ich weiß.«

»Ludwig, Du bist ein Romantiker, ein sentimentaler Schwärmer, mehr als irgendein Mensch, den ich in je kennen lernen durfte. Ich weiß noch, wie ich mich bei unserer ersten Begegnung auf dem Wiener Friedhof freute.«

»Ich bin ein Adam, der vom Paradies träumt, aber immer mit heilen Rippen aufwacht.«

»Du meinst Deine Eva ist noch nicht geschaffen?«

»Sie wird nie geboren, Amade. Jedenfalls nicht für mich.«

Mozart wendet sich plötzlich zu ihm und betrachtet ihn neugierig. »Von wem stammt dieser Satz, Ludwig?«

»Von Juan Jose.«

Mozart bemerkt den Anflug einer Schwermut, die Beethovens gehobene Stimmung zu beeinträchtigen droht. Gleichzeitig aber verspürt er ein Gefühl der Befreiung und Entfesselung von dieser Schwermut in der Fremde, die sie beide schätzen. Die Spuren des närrischen Karnevals auf Psyche und Stimmung wirken auf sie zunehmend eher melancholisch als lustig. Alle Beteiligten sind fröhlich, tanzen und singen.

»Sind Sie alle wirklich so heiter und glücklich?«

»Nein, Ludwig, sie würden es gerne sein.«

»Alles hat seine Grenzen. Jede Freude ein Ende«, murmelt Beethoven. »Unendlich ist nur der Kosmos, unsere weite Welt! Er ist ruhig. In der Ferne blaue Himmelswege, Wolken grauweiß ineinander, unendlich liegt die Stille bis in die Ewigkeit.«

... quia tempus non erit amplius (... dass hinfort keine Zeit mehr sein soll). Offenbarung 10.6

>Was ist nun mit seinem trostbedürftigem Herzen?< denkt Mozart. Es tut ihm bitter Leid um ihn. Zärtlich und langatmig umarmt er

ihn, während sie, mitten im vollbesetzten San Marco unter einem allein stehenden Maria-Ornament zum Stehen kommen. Wer tröstet ihn. Wer nimmt ihm die Last der Schwermut? >Wir nahmen es einfach hin. Aber jetzt wissen wir, dass dieser stille Ort, das Universum über uns wacht, und das gefällt uns. Warum sollten wir skeptisch sein? Wird das Geistesleben dadurch schöner, dass man sich weigert zu glauben? Bloß, weil man viel zu viel böses, jedenfalls nicht viel Gutes erfahren hat, oder weil man gebildet, intelligent und weise ist und alles besser weiß? Was haben wir davon, wenn wir auch hier im Jenseits eingeschworene Agnostiker bleiben? Angenommen, es ist alles nicht wahr, dass man nach dem Tod an einen anderen Ort kommt, wo Gott mit seinen Engeln sitzt und… wir sind doch hier, es ist doch schöner daran zu glauben, dass alles besser wird…<

Beethoven unvermittelt, als ob er ahnt, wonach Mozart grübelt. »Arthur Schopenhauer meint, der Glaube ist wie die Liebe, er lässt sich nicht erzwingen. Daher ist es ein missliches Unternehmen, ihn durch Maßregeln einführen oder befestigen zu wollen.«

»Ludwig, ich verbrachte und verbringe viel Zeit mit solchen Gedanken über Gott und das Universum…«

»Amade, ich auch! Als Napoleon Laplace fragte, welche Rolle Gott im Universum spiele, sagte dieser >ich habe keine Verwendung für diese Hypothese<. Ein spontaner aber prägnanter Spruch, ohne Anspruch auf seine Authentizität. Aber selbst Laplace seufzte dann auf seinem Totenbett >Ach, wir alle jagen Chimären nach!«

»Wer war dieser Laplace?«

»Pierre Simon de Laplace war ein berühmter französischer Astrologe und Mathematiker.«

>*Ach! Das waren noch gute Zeiten, da ich noch alles glaubte, was ich hörte.*<

»Amade, Theodor Fontaine befreit uns von weiteren Spekulationen.«

»Es ist Zeit, es ist höchste Zeit die Wolken zu streichen. Es gilt jetzt nicht zu grübeln und an alten Wunden zu kratzen, die Erinnerungen zu hegen, seien sie noch so wichtig und doch traurig; es gilt sich zu verabschieden, es gilt rechtzeitig die Scheinwelt der Lustigkeit zu verlassen; alles andere ist nicht so wichtig.« Beethoven überwindet die seelische Tiefe und ist dabei wieder Spaß an der imaginären Reise zu finden.

»Amade, bist Du irgendeinmal Casanova begegnet?«

»Ja, aber nicht hier in Venedig, in Prag im Haus von Johann Philipp Joseph Graf von Pachta, ein begeisterter Musikfreund, der die Adelskapelltradition am längsten in Prag – bis zum Ende des Jahrhunderts – aufrecht erhalten konnte. Dort gab es ein glanzvolles Gesellschaftsleben, wo sowohl Goethe, wie auch Casanova gerne erkehrten.«

»Wie?«

»War die Gattin der Lockvogel oder die gehobene Atmosphäre oder die Exklusivität der Küche?«

Mozart lacht auf. »Mit seiner Gattin Josephine, die er 1788 als >eine Frau in mittleren Jahren, die Wohl aussieht< bezeichnete, speiste Goethe gern.«

Mögen die Menschen in aller Welt von mir sagen, was sie wollen – weiß ich doch, wie übel von der Torheit auch die ärgsten Toren reden –, es bleibt dabei: mir, ja mir allein und meiner Kraft haben es Götter und Menschen zu danken, wenn sie heiter und frohgemut sind. [...]

Stilübung von Erasmus von Rotterdam

Gent – Antwerpen >Stadt der Diamanten< – Rotterdam – Amsterdam

»Für meinen Vater erschien die Stadt Gent, wo wir uns nun befinden, mit einigen Gotteshäusern und nicht übervölkert für eine Rast gut geeignet. Am Abend des 4. September 1765 stiegen wir im Hotel >St. Sebastian< auf dem Parkplatz ab. Papa war wieder unpässlich. Dennoch haben wir auf dem Turm die Stadt überblickt, das Glockenspiel, das an Salzburg erinnert beobachtet und einige Gotteshäuser besichtigt. Am Nachmittag spielte ich auf der großen neuen Orgel bei den P.P. Bernardinern... Zum Andenken an jene Zeit und für meinen himmlischen und über alles geliebten Ludwig van Beethoven.«

Er spielt die >Orgelsolo-Messe< KV 258.

Beethoven ist gerührt. »Danke, Amade. Sie ist wohltuend und anmutig.«

Ehe noch die Erinnerungen, die mit Gent verbunden sind, Mozart überwältigen, erreichen sie erst Antwerpen, dann Rotterdam.

»Die Holländer scheinen der Kunst gegenüber sehr empfindsam zu sein.«

»Ludwig, vielleicht ist dieser überrücksichtsvolle Eindruck mit ihrer Mentalität der Gottesfürchtigkeit verbunden...«

»Mag sein.«

Eine Schar Tauben ist um die Erasmusstatue versammelt.

»Amade, mach mal langsam, ich glaube sie konferieren gerade über ein aktuelles Thema.«

»Wer?«

»Na, die Tauben!«

»Hör doch zu, wie empört sie von den Menschen reden!«

»Ich weiß zwar, dass Du mit der Natur sehr verbunden bist und mit Deiner Musik sogar dem Kuckuck nacheiferst, aber dass Du ihre Sprache sprichst!«

»Pst! Hör doch zu.«

>Sind die Menschen übergeschnappt, vollkommen verrückt geworden? Erst sind wir Friedensbringer, jetzt Pest- und Seuchenträger<, gurrt die Eine.

>Erst lieben sie uns, dann auf einmal fangen oder erlegen sie uns, um ihre Gelüste und Feinschmeckergaumen zu verwöhnen, und jetzt wegen der Gefahr einer Pandemie der Vogelgrippe will man unsere Art vernichten!< gurrt die Zweite.

>Sie sollen gefälligst ihre Umwelt schonen; Biotope, Fauna und Flora nicht zerstören<, gurrt die Obertaube.

>Nach uns sind die Schweine daran<, gurrt eine andere Taube.

>Sie sind schon lange daran, geschlachtet zu werden, sie sowieso<, erwidert die zierliche Taube.

>Habt ihr von der Schweinegrippe gehört? Jetzt werden sie alle verbrannt<, gurrt die Obertaube.

»Gut, Du hast mich überzeugt, Ludwig!«

Sie lachen amüsiert.

»Ludwig bist Du ein Manichäer?«

»Was soll ich sein?«

»Ein Anhänger des persischen Propheten Mani (218-276 n. Chr.), der in seiner Lehre jüdisch-christliches mit Anschauungen der Religion Zarathustras und Buddhismus verband.«

»Und was hat das mit mir zu tun?«

»Mani Anhänger waren ornithotrop, sie sprachen auch mit Vögeln. Ha, ha, ha…«

»Ludwig, apropo Erasmus, er scheint hier eine bedeutende Persönlichkeit zu sein.«

Dann sieht er Beethoven erwartungsvoll an.

»Soll ich etwas dazu sagen?«

»Aber sicher, Ludwig.« Er lacht erwartungsvoll. »Schon allein deshalb, weil er als die zentrale Gestalt des Humanismus im 16. Jahrhundert gilt.«

»Erasmus von Rotterdam (1466 – 1536) pries in seinem satirischen Werk >Lob der Torheit< die Menschlichkeit und den neuen Geist eines natürlichen Selbstgefühls. Er verwarf die erstarrten Kirchenstrukturen seiner Zeit und kritisierte in ironischer Distanz Kaufleute, Fürsten, Mönche und Professoren. >Mögen die Menschen in aller Welt von mir sagen, was sie wollen – weiß ich doch, wie übel von der Torheit auch die ärgsten Toren reden –, es bleibt dabei: mir, ja mir allein und meiner Kraft haben es Götter und Menschen zu danken, wenn sie heiter und frohgemut sind. […] …< Dazu kommen ihre Sätze aus der Moral, so paradox, dass die bekannten seltsamen Sprüche der Stoiker, die Paradoxien heißen, daneben plump und abgedroschen erscheinen, Sätze wie die, es sei ein kleineres Verbrechen, tausend Menschen den Hals umzudrehen, als nur einmal am Sonntag einem Armen seinen Schuh zu flicken, oder, es sei besser, die ganze Welt mit Mann und Maus untergehen zu lassen, als eine einzige, noch so harmlose kleine Unwahrheit zu sagen.«

Mozart grinst. »Ich wüsste gern, wie die Kirche darauf reagierte.«

Beethoven zuckt mit den Schultern. »Die Reaktion der Kirche war wie immer auf solche Parodien! Aber Erasmus: - >Noch spitzer spitzen diese Spitzfindigkeiten die Schulen der Scholastiker, zahllos wie Sand am Meer – man fände sich rascher im Labyrinth zurecht als in dem Knäuel von Realisten, Nominalisten, Thomisten, Albertisten, Occamisten, Scotisten, und das sind erst noch nicht alle, nur die bekanntesten. Ihre Systeme strotzen von Gelehrsamkeit und sind gespickt mit Diffikultäten; selbst die Apostel brauchten einen neuen Geist, hätten sie über derlei Dinge mit diesem neuen Theologengeschlecht zu streiten. Paulus war Manns genug für seinen Glauben zu zeugen; aber wenn er sagt: >Glaube ist zuversichtliche Erwartung von Dingen, die man erhofft, Überzeugung von Dingen, die man nicht sieht<, so ist das keine magistrale Definition, und hat er auch die Liebe aufs herrlichste betätigt, so fehlte es ihm doch an der nötigen Dialektik, um ihren Begriff nach Umfang oder Inhalt genügend zu bestimmen […].«

»Amade, die Torheit ist für Erasmus das Evangelium der Lebensphilosophie. Ein Tag ohne Torheiten war für ihn ein verlorener Tag. Er konnte weder die Unwahrheiten, noch die verschleierte Maxime der Kirche dulden. >Die Apostel kannten die Mutter Jesu; aber wer von ihnen wies so philosophisch wie unsere Theologen nach, wie sie von Befleckung durch Adams Ursünde rein blieb? […] Zunächst weiß jedermann, was zudem ein bekanntes Sprichwort lehrt: Fehlt die Sache, tut's auch der Schein.< Daher lässt man die Knaben den Vers lernen:

Stell dich nur dumm zur rechten Zeit,
und keiner ist wie du gescheit.«

»Doch nun sage mir einer bei Gott: Wäre das Leben nicht trübselig, langweilig, reizlos, unerträglich ohne die Lust, das heißt, ohne die Würze der Torheit?«

»Amade, die Antwort könnte heißen, was der unvergleichliche Sophokles bezeugt, der für mich den prächtigen Ausspruch tat >Die Torheit ist des Lebens schönster Teil<.«

»Die katholische Kirche missbraucht die Jungs hier in Rotterdam, lässt sie kastrieren, damit sie ihre homosexuellen Triebe nicht weitergeben! Ich wüsste gern, wie Erasmus darauf reagierte.«

Beethoven ist empört. »Noch schlimmer, die katholische Kirche hat Angst vor Kindern. >Behüt mich Gott vor einem Kind, dem Weisheit von den Lippen rinnt!<

»Draußen am großen See gibt es viele Leute, die ohne die Torheit nicht leben können!«

»Amade, worauf warten wir. Dann nichts wie dorthin.«

Kaum unterwegs legt Mozart los: »Mein Vater war sehr beeindruckt von Rubens Werken.«

>Alle Kirchen sind von Malereien voll und nichts als weißer und schwarzer Marmor zu sehen.<

»Dann lass uns in die Karmeliterkirche schnuppern, Amade.«

»Imposant und großartig die Heilige Dreifaltigkeit!«

»Christus liegt im Schoß des himmlischen Vaters«, sagt Beethoven mit einem gemischten Gefühl der Nachdenklichkeit, »übertriebene Verherrlichung!«

Mozart winkt zum Weitergehen. »Hier in der Marienkirche das unbeschreibliche Kunststück, die Abnehmung Christi vom Kreuz und das Altarbild des Malers mit seinem Portrait und seiner Familie. Ein Blick nach Amsterdam, die bürgerliche Hansestadt. Und vielleicht noch ein Abstecher nach Haarlem und seine große Kirche, wo ich zehnjährig Orgel spielen durfte.«

Beethoven, sehr beeindruckt, grübelt: »Alles sehr bewundernswert. Ich wollte nicht in einer Welt ohne diese Zeugnisse der Zivilisation und Kultur gelebt haben. Ohne diese schöpferisch monumentalen Kunstwerke, ohne die erhabenen Gotteshäuser. Der kultivierte Mensch braucht diese Denkmäler, ihre Schönheit, ihr Erfurcht erweckendes Schweigen, ihre andächtige Ruhe im Glanz des toten Marmors. Ich spielte gerne Orgel, ich brauchte die Fluten der Töne und die fromme Andacht betender Menschen. Ich brauchte den Zauber der lieben Worte, ihre schlichte Poesie...« Nach einer Atempause. »Und umso entschiedener lehnte ich die Apotheose Jesus' ab.«

»Aber mein lieber Ludwig, sei vorsichtig, den Blasphemisten droht das Ketzergericht mit dem Scheiterhaufen!«

And let my grave-stone be your oracle. Laßt meinen Grabstein Euch Orakel sein!

Shakespeare

London

»Nanu, wo sind wir jetzt? Ist das Deine geliebte Stadt London?«

»Ja, in der Tat, Ludwig.«

»Eine multikulturelle Stadt, sie ist mir sofort sympathisch.«

»Das habe ich mir gedacht, als ich die Richtung wählte. Du siehst Iren, Zyprioten, Afrikaner, Inder, Jamaikaner, Pakistaner ... Sie sind alle Engländer. Für einen Kosmopoliten, wie Dich ist London die Stadt der Zukunft.«

»Aber ja, Amade! Ich bin überwältigt, was für eine Gesellschaft. Wie weit der Mensch doch gekommen ist. Leben Sie auch friedlich zusammen?«

»Nicht immer. Hin und wieder gibt es angeblich Reibereien zwischen unterschiedlichen Gruppierungen und Religionen.«

»Die Kirche soll die Menschen in Frieden lassen!« brüllt Beethoven.

Auf einmal stehen sie vor einem Reiterstandbild, vor dem ein Militärorchester dabei ist, die Instrumente zu stimmen. Dann ertönt eine kraftvolle Musik, die Mozart sehr berührt.

»Amade, das ist die >Siegessinfonie<: Allegro Conbrio. Wellingtons Sieg oder die Schlacht bei Vittoria Op. 91/ Wellington`s Victory or the Battle of Victoria Op. 91.« Beethoven lacht. »Pass auf! Halte Dir die Ohren zu.«

Kaum ist er mit seinem Satz fertig, kündigt die Solo-Trompete den Kampf an. Mozart hält sich immer noch die Ohren, als die Siegessymphonie schon längst die Schlacht überwunden hat und ohne die Solo-Trompete den Sieg feiert.

»Amade!« rüttelt ihn Beethoven auf. »Der Trompeter hat aufgehört, auch die Kanonen donnern nicht mehr. Die Siegessymphonie geht in die feierlichen Phasen nach der Schlacht über.«

Sie überfliegen Trafalgar Square, dann Whitehall mit dem Regierungsviertel, Ministerien und Parlament. Auf der rechten Seite die Admiralität und der Beginn der Mall, in der Mitte die National Gallery, dann das Belgravia, Diplomatenviertel und South Kensington, jenseits des Buckingham-Palasts.

»Es war einer jener Apriltage, wo die Sonne heiß scheint und der Wind kalt weht, wo in der Sonne schon Sommer zu sein scheint und im Schatten noch Winter ist«, erzählt Mozart, »und wir wurden im Buckingham-Palast empfangen! Ganz im Gegensatz zu Paris und Wien hat man uns Kinder, meine Schwester 13 und ich erst 8, sehr freundlich aufgenommen. Mein Vater war sehr glücklich und auch stolz, glaube ich.«

»Wann seid Ihr hierher gereist?«

»Mein Vater, meine Schwester und ich, sind am 23. April 1764 hier angekommen. Der junge König Georg III. (1738-1820) und seine Frau Sophie Charlotte, eine Mecklenburg-Strelitzsche Prinzessin, waren begeisterte Musikfreunde. Er schwärmte für Händel-Musik und war ein regelmäßiger, kritischer Hörer der >Concerts of Ancient Musc< sowie der Hofkapellakademie; die Königin sang und spielte das Klavier nach Haydn. Regelmäßig, wöchentlich einmal besuchte sie die Oper.«

»Tat sie es aus Interesse oder als königliches Gehabe und Verpflichtung?«

»Sie war in der Tat eine begeisterte Musikliebhaberin.«

Wie auf einen Sprung überfliegen sie South Kensington jenseits des Buckingham-Palastes und suchen nach der National Gallery und dann nach dem St. Johns Smith Square. Aus der Vogelperspektive werden sie auf eine große Menschenmenge aufmerksam, die in einer Schlange stehen. Sie werden neugierig.

»Was ist dort los, Amade?«

»Bin ich allwissend? Nichts wie hin, dann werden wir es erfahren.«

>*London Solists der Chamber Orchestra gibt sich die Ehre*<. Ein überdimensionales Plakat mit dem Portrait von Ludwig van Beethoven kündigt an: >Totally Beethoven: Symphony No.8, Piano Concerto No.5 (Emperor) Symphony No.2 – Thursday 18 September at 7.30 pm<

Beethoven ist überwältigt vom Enthusiasmus und der Begeisterung der Menschen. Den Blick auf das Plakat geheftet, ist er gerührt und schweigt.

»Von wem ist dieses Portrait, Ludwig?«

»Das ist eine Bleistiftzeichnung von Carl Friedrich August von Kloeber. Gefällt sie Dir?«

»Ja, sehr. Die Zeichnung gibt eine besondere, würdevolle Dynamik wieder, vermittelt aber auch Vertrauen.«

»Findest Du?«

»Ja, aber ja, Ludwig. Ich finde das passt sehr gut zu dieser modernen Zeit.«

Dann ein Abstecher zum nächsten Konzerthaus.

>Das Konzert für Klavier und Orchester zwang nahezu alle Wesenszüge Mozarts zu letzter Konzentration<, erklärt Barenboim und fährt fort: >Er war der Instrumentalvirtuose, der er schon von Kind auf war; der Sinfoniker, zu dem er sich entwickelte; der Meister der Orchestrierung, dem die Emanzipation der Bläser gelang; der mit der Gesellschaft des ausgehenden 18. Jahrhunderts harmonierende Künstler, der zu gefallen trachtete, schließlich den Musiker des hoch gesteigerten Ausdrucks, der die Dimensionen des Ursprünglichen als Bravourauftritt praktizierten Instrumentalkonzerts vertiefte und göttliche Musik komponierte: *Mit Beethovens idealistischer Musik wollen wir uns ermutigen. Mit Beethoven hat die Klassik ihre höchste Entwicklung erreicht. Seine Klaviersonaten habe ich als Kind schon gespielt. Beethoven begleitet mich seither. Und er ist einer der wenigen großen Komponisten, der ein hochpolitischer Mensch war – und sich zu Themen außerhalb der Musikwelt geäußert hat. Beethoven war ein großer Anhänger der Französischen Revolution und ein Kämpfer für die humanistischen Ideale wie Freiheit, Gleichheit und Brüderlichkeit. Das*

ist die Essenz seiner Musik. Er verkörpert noch heute den Geist des Aufbruchs. Darum klingt er auch so zeitgemäß und modern... Mozart und Beethoven sind göttliche Virtuosen, untrennbar wie Glück und Liebe...<

»Ich habe unter den Umständen der Leidenschaft und dem Spaß an Variationen der Musik komponiert und nie unter Zwang gestanden!«, flüstert Mozart, »ich tat es auf Drängen innerer Leidenschaft und Liebe zur Musik.«

»Ich glaube Barenboim will genau dem, was Deine Leidenschaft und Dein Empfinden betrifft, besonderen Ausdruck verleihen.«

»Dann soll er ans Werk gehen, er soll anfangen zu spielen«, sagt Mozart ungeduldig.

>... Nun zum A-Dur-Konzert KV 448, das er Anfang März 1786 vollendete, ist eine groß angelegte Synthese aller Elemente des Mozartschen Konzerttypus...< Mozarts Mimik zeigt eine wohlwollende Übereinstimmung mit der Rezension des Dirigenten. Mit einem Lächeln im Mundwinkel und Geduld zu warten, auf das, was geschieht.

>Das Symphonische steht neben dem Galanten, das Virtuose neben dem Intimen, die melodische Überfülle neben der straffen Form. Es ist auch, wie sie hören werden, eine der Populärsten von Mozarts Konzerten.< Mozart streckt den Hals, um nichts zu überhören. *>Keine stilkritische Untersuchung vermag zu ermitteln, dass gleichzeitig mit dem ausgewogenen A-Dur-Konzert jenes in C-Moll (KV 491) entstanden ist, das Pedant zu KV 466, jedoch mit einem Zug ins Monumentale und >Beethovensche<.*

Dann der große Moment. Barenboim am Klavier gibt mit einer Handbewegung der großen Orchesterbesetzung den Weg zum Auftakt des Konzerts frei. Das Es-Dur-Larghetto verweist auf die Priestersphäre der >Zauberflöte<, das Finale variiert ein Marschthema von 16 Takten. Der Solist und Dirigent in einem, wird triumphierend gefeiert.

>Gott! Welches Format – und was für eine aufreizende Musik schuf doch dieses Genie!< sagt Barenboim. Und kündigt gleich das C-Dur-

Konzert KV 503 an: >*Im Dezember 1788 wurde dieses Konzert voll-*
endet, das letzte der Konzerte aus der erfolgreichen Wiener Zeit. Es ist ein
Werk des Ausgleichs, auch des Ausgleichs zwischen sinfonischer Fülle
und konzertanter Bravour. Das abschließende Allegretto ist ein komposi-
torisches Virtuosenstück: >*Aus einem harmlosen, ja nichts sagenden*
Thema wird ein Gebilde von harmonischen und kontrapunktischen Nu-
ancen entwickelt<. *So beschreibt jedenfalls Karl Schumann, dem ich so-*
fort zustimme.<

Mozart ist beglückt und beeindruckt. Gleichzeitig verspürt er eine
neugierige Sehnsucht auf das, was noch kommen mag.

>*Die Wiener Zeit um 1788 war keine angenehme Periode für unseren*
großen Mozart. Das im Februar 1788 fertig gestellte D-Dur-Konzert
KV 537 hat Mozart 1889 in Dresden und Potsdam aufgeführt. Es
gehört zu den wenigen Klavierkonzerten Mozarts, die auf Effekt und
Glanz angelegt sind, zu den festlichen Konzerten und prunkvollen Virtu-
osenstücken überhaupt. 1790 wurde D-Dur auch bei der Kaiserkrönung
Leopold II. in Frankfurt aufgeführt. Daher die Bezeichnung >*Krö-*
nungskonzert<. Nach andächtigem Schweigen: >*Mir scheint Mozart*
will sich mit dem B-Dur-Konzert KV 595 nicht nur von Wien verab-
schieden<, sagt Barenboim mit gedämpfter Stimme. >*Ein Zeugnis*
der >*zweiten Naivität*<, *zumal im Finale, das mit dem Liede* >*Komm*
lieber Mai< *sympathisiert*<, so Karl Schumann.

Barenboim beeinflusst von den Rezitativen dirigiert in Trance und
spielt meisterhaft. >*Ich glaube, nein, ich bin davon überzeugt, dass*
wenn die Geister Mozart und Beethoven zufällig hier schwebten, sie wür-
den mit uns zufrieden sein<, sagt er zum Ausklang.

Ein ergreifender Augenblick für die beiden Kosmonauten der
Klänge und drei Stunden Genuss für die Konzertbesucher.

»Und wie hast Du das empfunden?«

»Ludwig, ich bin noch ganz beeindruckt. Ich werde noch eine
Weile brauchen, um meine Gefühle zu ordnen.«

»Die Frühjahrssaison hatte ihre ganze Pracht über Seawood aus-
geschüttet«, sagt Mozart unvermittelt, als ob er vom Schlaf aufge-

weckt von seinen Träumen erzählt, »das Ufer mit Menschen und Badekarren bestreut, mit Wanderpredigern und Musikkapellen. Schon am 19. Mai konzentrierten wir, meine Schwester und ich, zum zweiten Mal bei Hof. Diesmal bekam mein Vater 35 Guineen...«

Beethoven schüttelt den Kopf. Er scheint mit dem Geiz der Königlichen Familie nicht einverstanden zu sein. »Diese Leute sind doch alle gleich! Sie behandeln uns Künstler mit ihren schäbigen Almosen, wie einen barfüßigen Clown, den sie für gewisse Momente ihrer Belustigung benötigen!«

»Was haben wir nun für eine Zeit?« fragt er.

»Sieh doch, Ludwig, auf dem Plakat *September to December 2003.*«

»Lass uns kurz in St. Martin-in-the-fields oder in St. Johns Smith Square herumgeistern. Wir stören doch niemanden...«

Im gleichen Augenblick hören sie Junko Krayama >Piano Concerto No.5< spielen. Sie scheint ihre Aufgabe gut zu meistern, denn sie haben keine Beanstandungen.

»Ich würde gerne sehen, wie die Engländer >Fidelio< aufführen!«

»Nichts leichter als das, Ludwig.«

»Aber, Amade, die nächste Veranstaltung ist am 2. Oktober angesagt!«

»Na und, Zeit spielt doch für uns keine Rolle. Ein Lidschlag, schon ist der gewünschte Moment da. Während die modernen Menschen mit ihren Techniken um die Welt düsen und glauben, dass sie schnell sind, geistern wir mit Lichtgeschwindigkeit durch die Jahre, Jahrzehnte und Jahrhunderte wie von Augenblick zu Augenblick...«

Auf ein Zeichen von Mozart erblickt Beethoven durch eine halb geöffnete Tür am St. Johns Smith Square ein großartiges Orchester, das gerade mit der Ouvertüre >Fidelios< beginnt... Nach einer Pause wird ein Intermezzo >Concerto for Piano, Violine and Cello< gespielt. Wiederum eine Pause, dann die >Symphony No.5<.

»Nun, Ludwig, bist Du zufrieden?«

»Ja, doch. Aber da und dort sind die Musiker sehr temperamentvoll, entweder zu schnell oder zu wuchtig! Der Dirigent David Josefowitz hat seine Arbeit gut im Griff.«

»Manche Musiker glauben, hierdurch soll's feurig werden.«

»Nein, Amade, wenn's Feuer nicht in der Komposition steckt, so wird's durch Abjagen wahrlich nicht hineingebracht.«

»Und in Deiner Musik steckt ein gewaltiges Feuer mein Lieber.«

Dann wieder ein Blick in St. Martin-in-the-fields. Ouvertüre >Prometheus<, >Violin Concerto D-Dur, Op.61. Symphony No.4<.

>Bis Dezember wird hier nur Beethoven gespielt. Von >Piano Concerto< über >Egmont< und weitere Symphonien, >Die Neunte< und >Eroica< u.s.w.<, kündigt eine Musikliebhaberin an.

»Dein Ruhm ist hier unübertrefflich. Selbst ihre Nationalhymne haben die Engländer von Dir übernommen. Sie haben halt Geschmack, das muss man ihnen zugute halten.«

»Mag sein, Amade, aber sie sollen mit dieser Hymne nicht überheblich und arrogant von sich behaupten bessere Menschen zu sein und rigoros ferne Länder ausbeuten…«. Den Blick starr zum anderen Plakat gerichtet, sagt Beethoven über die Schulter zurück. »Wenn Du nun das siehst, wirst Du auch überwältigt sein, was hier geschieht!«

Ein monumentales Bildnis von Mozart mit einem jungen Pianisten … Hier heißt es: >Wolfgang Amadeus Mozart (1756-1791) sämtliche Konzerte für Klavier und Orchester, English Chambler Orchestra. Solist und Leitung kein anderer als Daniel Barenboim.<

Mozart kann seine von Überraschung ausgelöste Freude nicht verbergen.

»Lass uns hören, Amade, wie der junge Mann uns diesmal beglückt.«

Sie treten in einen großen Konzertsaal im Cambridge ein.

>*Mozart hat das Klavierkonzert recht eigentlich erschaffen und vervollkommnet. Es ist seine >ureigenste Schöpfung<, wie dies Alfred Einstein bescheinigt,* erläutert Barenboim am Dirigentenpult. >*Mozarts 26 Klavierkonzerte beinhalten die Apotheose des Instrumentalkonzerts:*

die Verbindung des Virtuosenkonzertanten mit dem Sinfonischen. Beet-
hoven, Schumann, Brahms und spätere Komponisten haben diese Errun-
genschaft lediglich abgewandelt und schärfer akzentuiert, aber im Prinzip
nicht verändert. Mozart wäre stolz darauf, hätte er erfahren, wie sehr ihn
Beethoven verehrt hat, und wie gern er ihm ein würdiger Nachfolger sein
wollte. Für meine enthusiastische Begeisterung von beiden Giganten in der
Musikgeschichte sind Beethoven und Mozart nicht von einander zu tren-
nen. Wenn ich in der Lage einer Improvisation wäre, würde ich am liebs-
ten sie beide gleichzeitig nebeneinander interpretieren, sozusagen zwei So-
listen an zwei Klavieren. Der eine gibt Tempo und der andere folgt und
umgekehrt …<

Mozart sehr gerührt, umarmt Beethoven. Beide sind begeistert
von Barenboims Idee.

»Ich konnte nie ahnen, dass die Menschen des 21. Jahrhunderts
trotz ihrer technisierten Weltanschauung so einfühlsam sein können… Ich glaube unsere Hinterlassenschaft hat würdige Interpreten, Amade, also nicht nur solche, die mich im Irrenhaus und Dich
am liebsten verbrennen und damit entsorgt haben wollten!«

»Aber lieber, lieber Ludwig! Bedenke doch, solche Erfahrungen
haben viele unsere Zeitgenossen auch machen müssen. Vergegen-
wärtige doch Grillparzers Stellung und seinen Existenzkampf!
>Wenn meine Arbeiten irgendeinen Wert haben, so haben sie ihn da-
durch, dass ich, ohne mich durch Spekulation und falsche Gründlichkeit
irre machen zu lassen, immer den Weg gegangen bin, den Schiller uns
Deutschen für lange, lange Zeit, wohl gar für jede künftige vorgezeichnet
hat<, so Grillparzer. Selbst ein Schiller musste auf Almosen warten,
kränkeln und hungernd. Das ist eine Schande für jene Zeit!«

»Ich weiß, Amade, ich weiß es nur zu gut. Vor der Übermacht
und dem Gehabe eines Goethe gegenüber Jüngeren versagte Grillparzer auch bei seinem Besuch in Weimar im Jahre 1826; er brach
in Tränen aus und flüchtete vor einer zweiten Begegnung. Als
schwerste und seltenste aller Tugenden hat Grillparzer in seinen
Aphorismen die Gerechtigkeit gepriesen. >Mehr Tugend< auf der
Seite der Menschlichkeit.«

Mozart blickt in die Ferne und sinniert. »Mein Vater zog sich eine schwere Erkältung hier in London zu, die Behandlung, Ruhe und Schonung erforderte. So gingen wir am 6. August 1764 für sieben Wochen in das an der Themse gelegene Großdorf Chelsea. Die Zeit im königlichen Hospital in Chelsea bei London gab mir auch Gelegenheit nachzudenken und mich an ernste Arbeiten, wie Oper und Symphonien zu wagen.«

»Amade, hattest Du auch auf Euren Reisen gesundheitliche Probleme? So interessant auch solche Reisen sind, anstrengend sind sie allemal!«

»Du hast Recht. Auch ich hatte meine Probleme mit immer wiederkehrender lästiger Angina, worunter ich seit dem Pariser Aufenthalt litt.«

»Du hast vielleicht zu oft und zu viel hübsche Sängerinnen und Tänzerinnen unterrichtet, Amade!«

Beide lachen hell auf.

»Das erinnert mich an Stendhal, der über Tänzerinnen des Theatro del Sol in Valencia schreibt: >… während ich heute um Mitternacht mit den kleinen Tänzerinnen in der frischen Nachtluft am Meeresufer spazieren ging, dachte ich zunächst, dass diese überirdische Lust der frischen Seebrise unter dem Himmel von Valencia, angesichts der funkelnden Sterne, die hier ganz nahe gerückt scheinen, in unseren trüben, nebligen Landstrichen unbekannt ist. Das allein lohnt schon die vierhundert Meilen, die man zurücklegen muss, das hält uns vor lauter Eindrücken vom Denken ab…<«

»Stendhals Erzählungen sagen mehr über den Einfluss des Klimas auf unsere Psyche als alle Psychologen uns je erklären könnten.«

»Ja, so ist es. Abgesehen vom Klima ist die Lebensweise Italiens und Spaniens der Musik und der Liebe ebenso förderlich, wie sie ihnen in England abträglich ist. Stendhal tadelt nicht, er stimmt auch nicht zu. Er beobachtet und beschreibt, Amade, er probiert aus.«

»Ich musste dem lieben Vater folgen, viel arbeiten, um ihn bei Laune zu halten. Dass kein Meister vom Himmel gefallen ist, weisen zahlreiche Ungeschicklichkeiten in meinem >Chelsea-Notenbuch<.

Ich musste manchmal mehr, manchmal weniger an meinen Ideen experimentieren, umschreiben und verwerfen.«

»Wem sagst Du das, Amade! Ich habe Lebenslang dafür gekämpft etwas Ordentliches zu schreiben und immer gezweifelt, ob das Geschriebene auch wirklich gut genug ist.«

»Ludwig, ob unsere Hinterlassenschaft gut genug ist oder nicht, haben wir nicht mehr zu beurteilen, sondern die Menschen, die gerne Musik hören.«

»Du hast ja Barenboim gehört, Amade; ich hatte den Eindruck, dass sie an unserer Musik mehr als Gefallen fanden. Sie schätzen unsere Musik, auch wenn sie so >modern< sind!«

»Vielleicht gerade deshalb, Ludwig, denn wir haben, vorne dran natürlich Du, die Musik modernisiert.«

Beethoven nickt. »Wir wollen nur hoffen, dass mit der Modernisierung auch die fundierte Musik gemeint ist! Und eine Frage noch, Amade: Wie war Eure zweite Londonreise?«

»Am 25. Oktober 1765 feierte man in London den Vierjahrestag von Georgs Thronbesteigung und wir durften im Buckingham Palast von 6 bis 10 Uhr musizieren. Unmittelbar daran wurde die Drucklegung von sechs Sonatensammlung Op. III (Ko – V 10 bis 15) der englischen Königin Charlotte gewidmet. Ich war fleißig, dachte ich. Dennoch war dieser zweite Teil des London-Aufenthaltes nicht so glückhaft, wie der vorangehende.«

»Inwiefern?«

»Insofern, dass meine Krankheiten länger anhielten, mich über Wochen quälten. Aber ich will nicht mehr über meine Krankheiten und alte Leiden reden ...«

»Doch Amade, mich interessiert zu erfahren, was Du durchgemacht hast!«

»Ich war gerade 6 Jahre alt, da begann mein Vater mich und oft auch meine 10jährige Schwester Nannerl mitzuschleppen. Aber öfter zog er mit mir allein durch ganz Europa. Immer auf der Suche nach Erfolg. Die meisten Auftritte waren nicht im Konzertsaal, vielmehr in den Kreisen des mittleren und hohen, ja höchsten Adels. Die Strapazen der Reisen waren unter anderem schlecht gefe-

derte, ungeheizte Kutschen, auf holprigen, alle Glieder und Einge-
weide zermürbenden Wegen, dazu noch unregelmäßige, kalte und
oft unbekömmliche Mahlzeiten, Schlafentzug, Strapazen der Höf-
lichkeitsbesuche, öffentliches Spiel und erneuter Aufbruch zum
nächsten. 1762 ging es über Linz nach Wien. Ich erkrankte an
schwerem Katarrh in Linz, dem ein Erythema nodosum in Wien
folgte.«

»Was ist ein Erythema nodosum?«

»Knotenrose: schubweise auftretende druckschmerzhafte, anfangs
hellrote, später bläulich-grünlich-gelbliche Knoten auf der Streck-
seite der Unterschenkel, oft gleichzeitig Fieber und Gelenkschmerzen.
Dann die Reise nach Pressburg im Januar 1763. Unter härtester
Winterkälte kamen wir in Salzburg an. Ich hatte meine erste rheu-
matische Arthritis. Bis 1766 hatte ich ständig mit einer Angina oder
gefährlichem Katarrh und einer schweren Darmgrippe (Typhus
abdominalis) zu kämpfen, dem ich beinahe erlegen wäre. Die Reise
1766 nach München musste abgebrochen werden, weil ich zum
zweiten Mal an akutem rheumatischem Fieber erkrankte. Vom Oktober 1767 bis Dezember 1768 erkrankten wir beide, meine Schwester und ich, an den Pocken, die als schwere Seuche in Wien und
Mähren grassierte.« Mozart schließt die Augen. »Ich sehe uns beide,
Nannerl und mich, davonlaufen. Pocken bedeutet Tod, gnadenloses
Verrecken! Ich war genau 12 Jahre alt, als wir die Pocken glücklich
überstanden hatten. Mein Leben war genau genommen von Krankheiten überschattet. Mein Kampf war eine ständige Auseinanderset-
zung mit den Streptokokken. Meine inneren Organe kämpften mit
mir um mein Überleben, aber wenn die Ärzte machtlos und verzweifelt sind, dann können die Nieren und vor allem das Herz den
ständigen Kampf nicht überstehen; sie versagen. Einmal hatte ich
solche Kopf- und Zahnschmerzen, dass ich an liebsten tot sein
wollte. Medikamente halfen nicht. Ich hatte mich mit meinem
Schicksal abgefunden. Mit brennender Seele, eingesperrt in den
febrilen Körper, halluzinierte ich: Werde ich erblinden? Werde ich
für den Rest meines Lebens Invalide? Leide ich an einem hirnorga-

376

nischen Syndrom, welches in Lähmungen und Paralyse endet, gar im Wahn oder Schwachsinn?«

Beethoven verschlägt es die Sprache. Er schließt die Augen. »Leiden und Ertragen – wer könnte hier mitreden? Ja, ich kann davon Geschichten erzählen.« Er schlägt die Augen wieder auf. »Wem hilft das? Denke an den Theodor Fontane Spruch: >Was macht man sich aus der Liebe der ganzen Menschheit, wenn man Zahnweh hat!<«

»Ja, Ja! Diese Erinnerungen, gute und weniger gute, machen uns bewusst, dass wir gelebt haben.«

»Das Leid ist da; alles kommt darauf an, wie sich der Mensch vor ihm verhalte«, sagt Beethoven, »wir wagen die Behauptung, dass auf diese Frage hin die griechische Tragödie gebaut worden ist; dass ihre Aussage, selbst bei einmaliger Vollendung der Form, von einer gewissen Stufe vor dieser Frage verstummt, an ihr scheitert. Also suchen wir nicht frustriert nach einer Lösung, sie kann nicht in Glaube und Religion zu finden sein! Heute würde man sagen: Wir suchen den Erreger, den Keim, der die Krankheit verursacht. Dann finden wir ein Mittel dagegen.«

»Die Lösung aller Probleme kann also nicht im Bereich der Religion gefunden werden und von Zeus kommt nicht alles Leid:

> *Weißt Du von einem Leide, das vom Vater her*
> *Zeus nicht an uns vollendet, die wir Leben noch?<*,

fragt Antigone die Schwester. Das sind die Worte des Sophokles und führen vor das gewaltige Problem nicht nur das Äschylos, sondern das Drama des Lebens als solches. Also forsche drum nicht weiter Deinem Leide nach, und erwarte keine Hilfe vom Himmel!«

»Aber von Dir Amade, was wird aus meinem Traum? Mein Traum von Londons Altstadt, Straßen und historischen Plätzen …«

Mozart schmunzelt. »Komm Ludwig, wir machen ihn wahr, wir ergreifen alle erdenklichen Initiativen.« Die Freude lässt Mozarts Stimme eine Oktave höher gleiten, denn Entscheidungen zu treffen, ist im Lebtag nicht seine Stärke gewesen. Die Wolkenkratzer haben der Silhouette der Stadt neue Akzente verliehen, so dass man die schweren Zerstörungen der deutschen Bombenangriffe des Jahres

1940 nicht mehr erkennen kann. »Was wir von der Welt um uns wahrnehmen, erfassen wir zum überwiegenden Teil mit den Augen. Diese Wahrnehmung hat ihre Grenzen. Was wir aber im Kopf und in Erinnerungen realisieren, kennt keine Grenzen.« Er zeigt auf eine Szene von 1931 in die Londoner Altstadt: Eine weltgeschichtliche Szene spielte sich am 17. Februar 1931 ab, als Gandhi zu einem Gespräch empfangen wurde, das drei Stunden und vierzig Minuten dauerte. »Siehst Du, Ludwig, unser Geist ist viel schneller und exakter als die ganze technische Maschinerie der modernen Zeit. Wir können die ganze Menschheitsgeschichte in unserem metaphysischen Register abrufen, ohne ein Instrument einzusetzen.«

»Er ist ja halb nackt!«

»Ja, Ludwig, das ist Gandhis innere Einstellung, die in dem weißen Lendentuch, vom Spinnrad und fugaler Lebensweise zum Ausdruck kommt. >*Die Welt ist groß genug für die Versorgung der Menschheit, aber klein für die Gier eines einzigen*<, ist eine von seinen Grundsätzen. Er kam nicht als Bittsteller, er kam als Vertreter des indischen Volkes, das soeben in einer gewaltlosen Kampfprobe für die Unabhängigkeit von der kolonialen Macht England über den britischen Löwen gesiegt hatte.«

»War Gandhi ein Revolutionär?«

»Ja, Ludwig, aber keiner wie Che Guevara und Fidel Castro im 20igsten Jahrhundert. Er war Pazifist und für den gewaltlosen Kampf gegen Ausbeutung und Kolonialismus, einer wie Mossadegh im Iran. Beide kämpften ohne Gewalt gegen die Imperialgier Englands. Während Gandhi in London um einen Dialog mit dem Besatzer suchte, sprach der Rechtsgelehrte Mossadegh vor der UNO und bekam Recht. Die Ölindustrie des Irans wurde verstaatlicht.«

»Die Bedeutung von solchen Persönlichkeiten ist für die Menschheit unermesslich«, sagt Beethoven.

»Gandhi war ein Pragmatiker. 1931 in Bombay berichtet er seinem Volk: Ich erinnere mich an keine einzige Erfahrung während meiner drei Monate in England und Europa, wo ich das Gefühl gehabt hätte, Ost ist Ost und West ist West. Im Gegenteil, ich bin mehr denn je davon überzeugt worden, dass die menschliche Natur dieselbe ist, unter welchem

Himmel sie immer blüht, und dass man, wenn man den Menschen mit Vertrauen und Zuneigung entgegen kommt, zehnfaches Vertrauen und tausendfache Zuneigung erntet.«

»War Gandhi nicht ein unheilbar Optimist in seinem Vertrauen auf das Gute im Menschen?«

»Ja, Ludwig! Diese Erfahrung hat auch Mossadegh 1953 im Iran gemacht, nachdem er durch Waffengewalt seiner Gegner den friedlichen Kampf gegen die Ausbeutung der Bodenschätze durch England und Amerika verlor! Ich kann Deinen Pessimismus, was Vertrauen betrifft gut verstehen, denn Napoleon hat Dir den Rest von Vertrauen und Begeisterung an großartigen Taten genommen.«

»Du hast Recht Amade! Aber man lernt nie aus. Und wie und wo endete das Schicksal der Pazifisten?«

»Gandhi wurde am 30. Januar 1948 kurz nach fünf Uhr nachmittags von dem Hindufanatiker Nathuram Godse in New Delhi erschossen und Mossadegh starb im Hausarrest unter der Militärjunta des Schah.«

»Siehst Du, Amade, die Menschen sind noch nicht reif für die Praxis der Demokratie! Wann werden sie so weit sein? In hundert, in tausend Jahren? Jedenfalls, diese Zeit der Moderne und Postmoderne ist noch unreif für ein Weltbürgertum. Mani der persische Prophet (218 – 276 n. Chr.) und seine Anhänger, Manichäer, sahen den Frieden als Voraussetzung für die menschliche Zivilisation. Mani verband die Lehren Zarathustras, des Buddhismus und Hinduismus mit jüdisch-christlichen Lehren…«

»Nietzsche träumte also nicht umsonst so heftig von Zarathustra?«

»Amade, der Prophet, Philosoph und Dichter Zarathustra hat in vielen Liedern, die er sang, die Menschen zu Liebe und Harmonie, Frieden und Friedfertigkeit beschwören. Nach dem Überfall des Makedoniers Alexander und Mohammeds Nachfolger mit der Zerstörung seiner Tempel, flohen die Parsen in das heutige Indien, wo die Anhänger des Parsismus (Zarathustraglaube) neben Buddhisten und Hinduisten miteinander leben. Aber auch dieses scheinbar friedliche Zusammenleben wird immer wieder erschüttert. Gandhi und viele andere Todesopfer auf den Wurzeln des Hasses, Fanatismus und Feindseligkeit unter den Menschen, weisen auf die Unreife der menschlichen Zivilisation ...«

»Ludwig, schwenke Deinen Blick in das andere Jahrhundert! Siehe die bewegenden Menschenmassen im Londoner Wembley-Stadion, weißt Du, was hier gefeiert wird?«

»Du wirst es mir gleich verraten!«

»Es ist der 20. April 1992 von hier wird Freddie Mercury Tribute Concert for Aids Awareness weltweit übertragen ...«

»Nie zuvor habe ich in meinem Leben eine solche Menschenmenge in einem Konzert versammelt gesehen!«

»Ich auch nicht, Ludwig.«

»Die Mitglieder von Freddie Mercurys Band – Brian May, Roger Taylor und John Decon – haben das Konzert zu Ehren Mercurys mit dem Ziel, das Bewusstsein für AIDS – die Seuche des 20. Jahrhunderts zu verstärken, organisiert. Die Queen-Musiker treten gemeinsam mit einer Vielzahl an Rock- und Popstars auf, darunter sind unter anderem Metalica, Guns n'Roses, David Bowie, George Michael, Lisa Stansfield, Elton John und Liza Minneli.«

»Wie kommt dieser Künstler auf den interessanten Namen Mercury?«

»Amade, ich habe zufällig erfahren, dass man am Besten einen Bezug zu seinem Song >My Fairy King< vom ersten Queen Album gibt. In diesem heißt es in einer Textzeile: Mother Mercury, look what they've done to me, I can not run I can not hide – Mutter Mercury, sieh nur, was sie mir angetan haben, ich kann nicht weglaufen, ich kann mich nicht verstecken. Eine interessante Analyse der Mutter-Sohn-Beziehung. Denn er wurde, bis dahin Freddie Bulsara genannt, gefragt, ob es sich bei >Mother Mercury< um seine eigene Mutter handele, antwortete er: Yes, and from now on I`ll be Freddie Mercury.«

»Siehst Du, Ludwig, im Ganzen hat sich nichts geändert. Auch in der Zeit der Moderne werden Genies geboren und sterben zu früh und zu jung, weil sie unheilbar krank sind.«

»Sie kennen zwar den Erreger, das HI-Virus, aber nicht das Heilmittel.«

»So wird es wohl sein, Ludwig. Er wurde am 5. September 1946 auf der kleinen Gewürzinsel Sansibar, heute Teil von Tansania, als Sohn des Ehepaars Bomi und Jer Bulsara persischer Abstammung geboren. Er hieß Farrokh Bulsara. Die parsische Familie ist Zarathustraanhänger. Er selbst trug das Feuer Zarathustras in sich. Er starb am 24. November 1991 in Kensington, London …«

»Der Tod ist ein Spaßverderber«, sagt Mozart.

»Ja, vor allem, wenn man anfängt am Leben Spaß zu finden, sich wirklich zu freuen, zu singen, zu spielen und zu musizieren, zu tanzen und glücklich zu sein. Amade, schau doch nach unten … Schau Dir doch diese Feierlichkeit mal an. Ein Moment zurück in die Zeit: Draußen am großen Teich feiern die Leute wieder Mercury… Ihre Welt ist nicht von unserem Reich. Es ist 1988, Mercury und die spanische Opernsängerin Monserrat Caballé singen die Eröffnungs-Hymne der Olympischen Sommerspiele in Barcelona. Gemeinsam besingen sie auch das Album >Barcelona<. Mercury hat die eigentliche Feierlichkeit 1992 nicht mehr erlebt.«

Schweigen.

»Ohne Seelengröße ist kein wahrer Mut möglich.«

»Mut für was, Amade?«

»Mut, sich gegen das Schicksal zu erheben, um große Leistungen zu vollbringen.«

»Das ist ein philosophisches Abstraktum.«

»Ja, und Vauvenargues geht weiter mit seiner Abstraktion: Mut gegen das Unglück, das ist Geduld …«

»Dann ist die Frage doch erlaubt, ob viel Geduld nicht zu Resignation und Depression führt. Er hat gut reden!«

»Wer?«

»Der Philosoph Vauvenargues, Ludwig.«

»Ach diese Philosophen! War er selbst mal vom Schicksal heimgesucht, hat er dagegen Mut gezeigt? Hat er gegen Unglück mit Geduld etwas erreicht? Noch schlimmer was er schreibt: >Mut im Krieg, das ist Tapferkeit<. War er jemals in einem Krieg? Hat er zerfetzte Menschen begraben müssen? Die Philosophen reden und reden, von der Praxis des Lebens haben sie keine Ahnung! Aber in einem hat er Recht, Amade: >Mut gegen Ungerechtigkeit, das ist Standhaftigkeit<. Wallenstein identifiziert das Schicksal mit dem Herzen. Und im Grunde hat Schiller perspektivisch Recht, denn das Schicksal setzt sich mit dem Herzen durch, dagegen kann die Liebe nur eine Linderung sein.«

»Fängst Du auch an, Ludwig?«

»Womit?«

»Mit philosophieren.«

»Warum nicht, Amade? Kennst Du das Jugendgedicht Schillers >Monument Moors des Räubers<?«

»Du wirst es mir gleich verraten.«

Beethoven lacht.   *>Jünglinge, Jünglinge!*
Mit des Genius gefährlichem Ätherstrahl
Lernt behutsam spielen<.

»Ludwig, Schiller war, wie stark auch Kant und Schopenhauer auf ihn wirkten, doch immer ganz selbsttreu, ganz Dichter Philosoph geblieben.«

>Made in heaven; I was born to love you<

Die gediegene Stille der Atmosphäre wird von diesem Gesang mit monologem Rhythmus unterbrochen, der mit der Regelmäßigkeit eines Metronoms von der Erde her in die Stratosphäre eindringt, und beiden in entzückten rhythmischen Schwung versetzt. Dann wieder die absolut tiefe Stille in den leeren Ozeanen der Stratosphäre. Unvermittelt schallt von Ferne ein Schrei, wie aus der Kehle eines Menschen, der gefoltert wird. Es ist ein eigenartiger, ein ungeheuerlicher Schrei, ein >Nein<, das in ein lang gezogenes Wimmern übergeht.

>Wie kann es sein, dass allen kosmischen Barrieren zum Trotz dieser Schrei sich bis hier her durchsetzt?! Wo ist der barmherzige Gott!<

Beethoven spürt sein Unbehagen. »Hast Du etwa einen Schrei gehört?«

»Ja, aber ja, Ludwig. Du hast Dich nicht verhört, der Hilfeschrei war klar und deutlich zu hören.«

»Und Du willst wissen, woher und warum? Habe ich Recht, Amade?«

»Aus der unbarmherzigen Erde kommt der Schrei, der Hilfeschrei der Todeskandidaten vor dem Kriegstribunal, der Schrei der Rebellen und Partisanen vor den Erschießungskommandos der Diktatur, der Hilferuf der Menschen unter den Bombenteppichen der Amerikaner und Europäer, der Vertriebenen, der Obdachlosen, der Kranken und gesunden Kinder, die von der eigenen Mutter getötet werden … Traurig, traurig.«

Schweigen.

»Das ist das Edelste in der Metaphysik«, sagt Mozart. »Nichts geht darin verloren! Obwohl im Vakuum, schallt dieser Hilferuf bis in die Ewigkeit.«

»Nur empfängliche Geister wie die Philanthropen hören solche Botschaften, Amade.«

»Gehören wir zu diesen Phänotypen?«

»Sonst hätten wir ihn nicht gehört. Ja, Amade, offensichtlich ja, denn wir hören immer noch den Schrei der Hilfesuchenden!«

»Können wir behaupten: Wir sind die Geister Beethoven und Mozart? Also wir existieren!«

>Ja, lasset uns dieser Vorstellung einen Augenblick mit stillem Vergnügen nachhängen. Ich finde nichts, das den Geist des Menschen zu einem edleren Erstaunen erheben kann<, sagt einer mit sanfter Stimme und fährt fort >Das Edelste in der Metaphysik seid Ihr, meine Lieben! Metaphysik als Naturanlage der Vernunft, ist wirklich, aber sie ist auch für sich allein dialektisch und trüglich.<

Verdutzt schaut Mozart mit neugierigem Blick Beethoven an, mit der Geste ob er richtig gehört hat.

Beethoven flüstert: »Wir wollen ein wenig näher an ihn herantreten. Wenn ein unsichtbares Wesen im Stande wäre, durch seine Haut, hinter das leichte Zucken ihrer Lider, in seinen Geist vorzudringen, wenn es die Möglichkeit gäbe, sich in seinen Traum einzuschleichen, würde man als Erstes sehen, dass der Alleszermalmer Philosoph Emmanuel Kant sich in unserer Nähe befindet!«

»Er ist nicht allein, Ludwig«, sagt Mozart.

»Nein, Amade, Arthur Schopenhauer ist mit ihm.«

Kant ausnahmsweise vergnügt, ruft: >Metaphysik ist vielleicht mehr, wie irgendeine andere Wissenschaft, durch die Natur selbst ihren Grundzügen nach in uns gelegt und kann gar nicht als das Produkt einer beliebigen Wahl oder als zufällige Erweiterung beim Fortgange der Erfahrungen (von denen sie sich gänzlich abtrennt) angesehen werden.<

Schopenhauer erwidert: >Solange Saturn und Jupiter im Universum allen kosmischen Ereignisse trotzen, solange bleiben Beethoven und Mozart das Licht für die Seele der Erde! Ja, meine Lieben! Sie sind noch nicht eingeweiht in die Mysterien der kantschen Philosophie, oder Sie meinen: Ach, wo Mysterien sind, davon will ich nichts wissen.<

>Mein lieber Arthur Schopenhauer, unterschätzen Sie die Virtuosen der Töne, die Genies der leidenschaftlichen Klänge nicht!<

Kant und Schopenhauer betrachten entzückt die beiden Verdutzten.

»Meine Hochachtung!« sagt Beethoven, »Mit den Worten Schopenhauers gesprochen, kann man unseren Verstand messen wie man will: *>Omne lumen Potest extingui*

Intellectus est lumen

Intellectus Potest extingui.<«

Mozart lacht und hängt nach: »Meine Verehrung: *>Alles Licht kann ausgelöscht werden*

Der Verstand ist ein Licht

Der Verstand kann ausgelöscht werden.<«

Hier merken die Philosophen, dass Beethoven und Mozart keinen falschen Respekt üben und nicht scheu vor einem Disput sind.

»Aristoteles hat den Zweck der Dialektik nicht so scharf bestimmt, wie einst Schopenhauer, er gibt Disputieren als Hauptzweck an, aber zugleich auch die Wahrheitsfindung. Später sagt er aber: >Man behandle die Sätze philosophisch nach der Wahrheit, dialektisch nach dem Schein oder Beifall, Meinung anderer<, wir Künstler aber, wir fühlen die Wahrheit, ohne sie keine Muse, keine Gabe zu schönen Künsten«, sagt Beethoven.

»Oder keine Leidenschaft und Genialität«, wirft Mozart ein.

Schopenhauer etwas reserviert. >Er ist sich der Unterscheidung und Trennung der objektiven Wahrheit eines Satzes von dem Geltendmachen desselben oder dem Erlangen der Approbation zwar bewusst …<

»Wer macht den Weg zur Wahrheitsfindung so schwer, Arthur Schopenhauer? Wer ist hier der egozentrische Geist?« fragt Mozart.

>Aristoteles hält sie nicht scharf genug auseinander, um der Dialektik bloß letzteres anzuweisen. Seine Regeln zu letzterem Zweck sind daher oft welche zum ersteren eingemengt. Daher scheint es mir, dass er seine Aufgabe nicht rein gelöst hat<, erwidert Schopenhauer.

»Und das ist für uns doch Abweichung von Logik und Dialektik der Objektivität«, wirft Beethoven ein.

>Um die Dialektik rein aufzustellen, muss man unbekümmert um die objektive Wahrheit (welche Sache der Logik ist), sie bloß betrachten als die Kunst Recht zu behalten, welches freilich um so leichter sein wird, wenn man in der Sache selbst Recht hat<, sagt Schopenhauer mit einer Geste zu Kant.

Kant mit ernster Miene. >Es gibt Gelehrte, denen die Geschichte der Philosophie (der alten sowohl, als neuen) selbst ihre Philosophie ist. Das es doch, objektiv betrachtet, nur eine menschliche Vernunft geben kann: so kann es auch nicht viel Philosophien geben, das ist es. Ist nur Ein wahres System derselben aus Prinzipien möglich, so mannigfaltig und oft widerstreitend man auch über einen und denselben Satz philosophiert haben mag.<

Mozart mit Vorliebe zur Ironie. »Haben die Philosophen ihre konspirativen Kommunikationstechnik, also die geistig >elitäre< Sprache für sich, für den Dialog unter sich, unter den Philosophen erfunden, damit nicht jeder gleich erfährt, wovon sie reden?«

Emmanuel Kant nimmt zum ersten Mal eine heitere Miene an. >Was den Philosophen betrifft, so kann man ihn gar nicht als Arbeiter am Gebäude der Wissenschaften, das ist nicht als Gelehrten, sondern muss ihn als Weisheitsforscher betrachten.<

Beethoven neugierig. »Wie können nun Weltbürger, wie wir es sind, das Gesagte für uns interpretieren?«

>Das Feld der Philosophie in dieser weltbürgerlichen Bedeutung lässt sich auf folgende Fragen bringen: 1. Was kann ich wissen? – 2. Was soll ich tun? – 3. Was darf ich hoffen? – 4. Was ist der Mensch?<

»Siehst Du, Amade, Kant kann doch unsere Sprache sprechen! Und wir dürfen also annehmen die Philosophen wählen wohl diese Begriffe, um ihre Mission zu erfüllen, die Menschheit vor Nihilismus und Trug zu bewahren!«

»Endlich! Eine unseres Verständnisses würdige Unterredung, eine Debatte, die uns die Vermutung beschert, dass wir es mit Männern zu tun haben, die ihr Wissen, die Kunst der Geistigkeit nicht so leicht preisgeben, es sei denn sie werden darum gebeten, um nicht zu sagen in die Enge getrieben!«

Schopenhauer mit einem Lächeln im Mundwinkel. >Merkwürdig, wie nahe Mozart in jungen Jahren der Erkenntnis gekommen war, zum Greifen nahe, und doch nicht immer mit Scharfblick. Es war der unendlich viel versprechende Knabe Beethoven, doch ist Mozart niemals seine göttliche Aufgabe so bewusst gewesen, dem Primaner die Hand zu reichen!<

Kant findet am Gespräch langsam Spaß. >Dem Virtuosen Mozart war nicht bewusst, dass es seine Pflicht war, sich selbst zu überwinden, eigene Probleme, Obsessionen, Rückschläge und Missgunst der stupiden Zeitgenossen außer Acht zu lassen und dem Jüngeren unter die Arme zu greifen!<

Nanu, das wird eng! Mozart muss sich seines jugendlichen Leichtsinns besinnen, welcher ihn in einem Moment seines Lebens tollpatschig irreführte. Wie soll er diese Gedanken am besten beschreiben, um gleich nach einer Entschuldigung zu suchen?

Kant kommt ihm zur Hilfe. >Er war dem nicht gewachsen und war sich und seiner Aufgabe nicht bewusst. Er hat seine Aufgabe nur dem Komponieren göttlicher Werke gewidmet und den Ruhm genossen. Er hat diese Ziele erreicht, ohne die innere Stimme zu hören, die flüsterte: >Werde erwachsen! Traue der Gunst der Zeit nicht, sie ist wie das Wetter anfällig<. Er fiel der Verzweiflung anheim und ihm selbst war auch übler, außerhalb unseres Vorstellungsvermögens.<

>Und was ist aus dem verkannten Knaben, um nicht von dem Wort >abgewiesenen< Gebrauch zu machen, geworden?< fragt Schopenhauer.

Mozart ist nicht überrascht. »Eine gute Frage! Ich stellte sie mir oft. Was ist aus dem braven Jungen mit den treuherzigen Augen geworden? Ich wusste zu spät, dass es keine Gelegenheit in meinem Leben geben würde mich darüber zu äußern! Das war ein strafbares Versäumnis.«

>Dann erklären Sie uns, was Sie unter einem Versäumnis verstehen!<

»Ich bin mir sicher, wäre ich wieder in so einer Situation, würde ich den Fehler nicht wiederholen...«

Schopenhauer grinst.

Beethoven mit vertrautem Blick zu Mozart. »Er hat erkannt, dass wir nicht dem Willen Gottes unterliegen, sondern den Launen der Zeit. Er hat begriffen, dass der Wille machtlos ist gegen das Schicksal. So war es bei ihm und so ist es mit mir geschehen. Doch aller letzten Qual zum Trotz, waren wir stark genug, jeder für sich seinen eigenen Weg zu finden, um würdige Weltbürger zu werden.«

Er umarmt Mozart, der stillschweigend in die Ferne schaut. Kant und Schopenhauer eilen befriedigt über die Wolken fort. Man hört sie rufen: >Adieu, Adieu Ihr lieben Weltbürger ...<

»Du weinst ja!«

»Ja, Tränen der Freude, Ludwig. Aber auch der Trauer, wenn ich bedenke, was ich alles zu Lebzeiten versäumt habe.«

Im Hintergrund hört man das >Ave Verum<. Sie schweigen wieder eine Weile.

»Nun, wir haben immer gewusst, dass die Philosophen sehr gescheit sind, jetzt haben wir aber erfahren, dass sie auch nicht makellos sind!« bricht Mozart das Schweigen.

»Es ist ein sonderbarer Moment«, sagt Beethoven, »trotzdem, lass uns weiter ziehen.«

>Die Philosophie ist eigentlich Heimweh, Trieb, überall zu Hause zu sein.<

Mozart ruft: »Sie ist Novalis versöhnte Weltanschauung und wir sind nicht fern davon. Wir sind überall zu Hause und nirgendwo fremd! Ach, hätte ich gerne gewusst…«

Beethoven lässt ihn nicht zu Ende kommen, flüstert: »…ob wir als Geister Mozart und Beethoven überhaupt existieren?«

»Ja, Ludwig, aber ob die Begriffe Dasein und Existenz hier im Weltall noch gültig sind?«

»Lieber Amade! Die Wesenheit des Geistes und Seienden ist das wahrhafteste und ursprüngliche Weltall, welches nicht aus sich selbst heraustritt und nicht kraftlos wird durch solche Teilung oder unvollständig, auch nicht an seinen Teilen, denn jeder Teil bleibt ungespalten bei der Ganzheit; sondern die Gesamtheit unseres Lebens und Geistes, unseres Daseins und unserer Existenz, ist in einer Einheit versammelt, in welcher sie zugleich lebt und denkt, also lebt und existiert. So ist >Mundus intelligibilis<, also der geistige Kosmos entstanden.«

»Mich erstaunt nicht mehr, dass Du mit den Philosophen konkurrierst, Ludwig. Noch vor wenigen Augenblicken warst Du vor ihnen so bescheiden und gehörig!«

»Nur so, mit dieser Art, kann man lernen.«

»Besagt dies, Ludwig, dass wir die Gelehrten nur zur Orientierung nehmen sollten, denken und handeln müssen wir selbst?«

»Ja, Du triffst den Nagel auf den Kopf. Sie sollen ihre Meinung ohne Überheblichkeit und unverschleiert sagen und uns den Rest überlassen, also was wir daraus machen.«

»Heißt das, am Anfang und Ende ist der selbständige Geist?«

»Mein lieber Amade, ja. Aber ich würde vielleicht so formulieren: Am Anfang war die Urmaterie, Humus, dann das Leben, dann die Evolution und die kosmische Resonanz, dann der Geist und die Intelligenz. Da nun die Materie unweigerlich dem Verschleiß unterworfen ist, bleibt am Ende nur noch der Geist.«

»Ludwig, das war die Partitur, die übersichtliche Aufzeichnung dessen, die wir für das Verständnis der Metamorphose - Materie-Geist - benötigen. Das könnte doch heißen: Wir sind in der Ewigkeit zwischen Quark und Galaxien eine von vielen Dimensionen, und die Zeit spielt dabei keine Rolle mehr, oder?«

Beethoven nickt nachdenklich. »Die Ewigkeit und die Zeit sind Paradigmen, die sich nicht mögen, die sich konkurrieren. Während die Zeit dem Werden des Weltalls zuzuordnen ist, gehört die Ewigkeit der ewigen Wesenheit. Sie sind zwei Phänomene, die in unserem Geist entstanden sind. Das eine, das Phänomen der Ewigkeit beruht auf einer ewigen Wesenheit, das Phänomen Zeit bewegt sich im Reich des Werdens, in unserem Weltall.« Beethoven lacht, als ob er sagen will: >Wenn Du damit anfängst, kommen wir nicht mehr vom Fleck.<

»Aber die Musik kann uns neue Wege öffnen«, sagt Mozart, »lass uns die >Violinromanze No.2 Op. 50< hören.«

>*Vor dir, o Liebe, nehm' ich an*
Den Kelch der bittern Leiden;
Nur einen Tropfen dann und wann,
Nur einen deiner Freuden! ...<

Mozart ist von Eduard Mörikes Versen berauscht. »Nun wollen wir verstehen und begreifen, was für einen Sinn alles hat. Komm Ludwig, wir geben uns der Liebe hin, weil sie uns fühlen lässt, was wir nicht begreifen können.«

Es ist eine Eigentümlichkeit des Geistes, dass er in der Unendlichkeit zu Hause ist.

Liverpool

»Amade, Ungeachtet dessen, dass wir uns an allen bisherigen Begegnungen geistig und seelisch bereichern konnten, möchte ich doch unsere Reise fortsetzen.«

Mozart nickt. »Ja, wir sind schon unterwegs. Wir sind irgendwo im Himmel über England.«

»Es wäre aber gut zu erfahren, wo wir genau in England sind.«

»Ludwig, es könnte Lancashire oder Liverpool sein.«

In Lancashire am rechten Ufer des Mersey gelegen, ist Liverpool am Rande eines ausgedehnten Industriegebietes zum zweit größten Hafen Englands geworden.

>Hier ist die Heimat der britischen Musikgruppe >The Beatles<, sagt einer mit piepsiger Stimme. >Schon mal von ihnen gehört?<

Keine Reaktion.

>Ach, was frage ich, die verstaubten Geister! Gut, ich versuche es nochmals. Seht hierunter, und Ihr werdet Euch wundern! Können sie überhaupt soweit blicken?<

Mozart lässig. »Unterschätzen Sie die verstaubten Geister nicht!«

Beethoven wie erst aufgewacht. »Der Weitwinkel des Geistes übertrifft alle erdenklichen technischen Möglichkeiten der Ultrateleskope und Satellitenkameras; er ist morphisch illustriert und grenzenlos, kann ohne Zeitaufwand kontinental, interkontinental, orbital, exorbital also universal und multiversal aktiviert werden. Nur Dein Fantasievermögen ist dabei entscheidend, denn die Fantasie des Geistes kennt keine technischen Unzulänglichkeiten und menschliche Schwächen.« Mit einer Geste, als ob er sich und Mozart ermutigen wollte. »Dann wollen wir sehen, was uns die jungen Geister anbieten!«

Der erwartungsvolle Blick nach unten überrascht sie: buntes, lautes Treiben herrscht auf dem Marktplatz im Zentrum Liverpool. Schiebend und stoßend versuchen die Menschen, überwiegend junge Teenies die besten Plätze für das angekündigte Konzert zu erhaschen und hautnah die Beatles zu erleben.

>Hallo Jungs!< ruft Mercury.

Keine Reaktion von Beethoven und Mozart. Sie bleiben vorerst reserviert.

>Ihr kennt uns nicht, kein Wunder, woher auch! Ha-ha-ha! Die romantisch-expressionistisch-exzentrische Wesen moderner Zeit, … nein? John Lennon und Freddie Mercury!<

Nachdem die exzentrischen Kosmonauten vergeblich versuchen sich zu erkennen zu geben, schüttelt Lennon den Kopf und macht sich ans Werk, um mit seiner Musik die größten Virtuosen aller Zeiten, seine Idole, willkommen zu heißen. Ertränkt in den Wogen der Klangfluten, verliert er die Beherrschung über sich und das Klavier, und, zur Verzweiflung getrieben, beginnt er die Tasten zu berühren und singt: >*Imagine there's no Heaven*

It's easy if you try
No Hell below us
Above us only sky

Imagine all the people
Living for today

Imagine there's no countries
It isn`t had to do
Nothing to kill or die for
And no religion too

Imagine all the people
Living life in peace ... (Yuhuuuhh)

You may say I am a dreamer
But I'm not the only one
I hope someday you'll join us
And the world will live as one

Imagine no possessions
I wonder if you can
No need for greed or hunger
A brotherhood of man

Imagine all the people

Sharing all the world ... (yuhuuuh)

> *You may say I am a dreamer*
> *But I'm not the only one*
> *I hope someday you'll join us*
> *And the world will live as one.* <

»Die großen Gedanken kommen aus dem Herzen«, flüstert Beethoven in Mozarts Ohr.

> >*Imagine there's no Countries*
> *It isn't hard to do*
> *Nothing to kill or die for*
> *And no religion too*

> *Imagine all the people*
> *Living life in peace ... (yuhuuuhh)* <

Plötzlich singen Mozart und Beethoven mit.

> >*Imagine no possessions*
> *I wonder if you can*
> *No need for greed or hunger*
> *A brotherhood of man* <

John Lennon mit einem glücklichen Blick zu Beethoven und Mozart.

> ——— >*Imagine all the people*
> *Sharing all the world ... (yuhuuuh)* <

Beethoven und Mozart kommen richtig in Schwung.

> >*You may say I am a dreamer*
> *But I'm not the only one* <

Lennon: >Beethoven und Mozart are my companions.

> *We hope someday you'll join us*
> *And the world will live as one.* <

Beethoven mit einem anerkennenden Lächeln im Mundwinkel murmelt vor sich hin: »Was für ein dynamischer Geist schwebt vor uns!«

John Lennon wirft einen Blick über die Schulter zu ihm, während er immer noch am Klavier sitzt.

»Ah, Du bist es also! Ein unsterblicher Pazifist!«

>Pazifist ja, aber unsterblich?< sinniert Lennon. >Ja, ich bin John Lennon. Ich bin schon gestorben.<

»Gestorben, aber nicht tot!« sagt Beethoven und winkt Mozart zu. »Das ist John Lennon, der unsere Seele entstauben will!«

>Das hätte ich nie im Traum gedacht!< ruft Lennon.

»Was hättest Du nie gedacht?«

>Na, dass Du mich überhaupt erkennst! Nein, Gott wie glücklich kann ein Mensch auf einmal sein. Nie in meinem Leben war ich glücklicher als in diesem Moment ...<

»Im Leben vielleicht nicht, aber hier in unserer imaginären Welt der Wunder schon, wo nur der Geist empfängt und entscheidet«, sagt Mozart mit wohlwollender Geste.

»John, wo wärest Du lieber, in Liverpool oder in New York?«

John Lennon wie aus der Pistole geschossen: >In New York!<

Beethoven ist überrascht. »Warum das? Dort hat man Dich doch am 8. Dezember 1980 vor dem Dakota Building, wo Du mit Yoko Ono gelebt hast, ermordet, erschossen, eiskalt hingerichtet!«

»Du lieber Himmel! Warum bringen sie ihre Besten, die Auserwählten um?«

Mozart versucht Beethoven zu beruhigen, denn er ist richtig aufgebracht.

John Lennon hingegen ist von Beethovens Reaktion eher beglückt. Er setzt sich wieder ans Klavier und erzählt von seinem Leben mit einigen Songs: >*India, India, I don't wont to lose you, cookin' in the kitchen of love and all you need ist love, love is all you need.*< Er macht eine Pause, blickt wieder über die Schulter nach den beiden, dann singt er mit flehender Stimme: >*Give peace a chance ...*<

Beethoven und Mozart sind beeindruckt.

»Also warum gerade New York? Warum?«

Beethoven ist wie immer prophetisch. »Vielleicht, weil er New York nicht kannte, Amade, oder weil er immer von der fremden weiten Welt mehr wissen und erfahren wollte, oder einfach und allein ein Weltbürger sein wollte, wie Du und ich? Vielleicht!«

John Lennon lacht. >Ja, weil ich ein Weltbürger sein wollte, und New York ist nun mal die einzige Weltstadt.<

»Aber man hat Dich dort ermordet. In einer Stadt, wo Weltbürger leben, bringt man keinen um. Du hast Dich getäuscht, wie wir alle, die sich immer wieder getäuscht haben!«

Mozart fragt neugierig: »Eins überrascht mich, wie kommt es … Bitte nimm es mir nicht übel … dass Du mit so viel Talent und Einfühlungsvermögen in einer von Krieg und Unrecht verseuchten Welt, erst Courage zeigtest und Dich erhobst, aber dann leichtsinnig im Sumpf von Heroin die große Chance >Power to the people and peace< vergeudet hast? Sage es uns.«

John Lennon ist nicht überrascht. »Und eins überrascht mich auch, nämlich wie Du mit Deiner göttlichen Genialität und schöpferischem Geist bei den dickbäuchigen, dickarschigen Monarchen, bei jener menschenverachtenden Sippschaft in den Königshäusern und den übrigen Haufen von Banditen verkehrt hast?«

Mozart etwas verlegen. »Die einzige Erklärung, die ich dafür habe ist die, auch Genies, an die Du anscheinend glaubst, sind nicht perfekt. Monarchen sind eine Abart des Typus Mensch, eine jener Ausnahmen, die manchmal das Blühen und manchmal den Niedergang der Zivilisation herbeiführen können!«

Beethoven lauscht aufmerksam, entschärft das Gespräch. »Ich möchte Euch beiden etwas verraten, aber nur unter uns, Ihr müsst tiefes Stillschweigen darüber bewahren!«

>Was ist mit ihm los, er redet sonst immer direkt und ohne Umschweife!< denkt Mozart.

»Es ist viel Wahres an dem, was ihr hier so leidenschaftlich sagt; Nehmen wir den Pazifisten Albert Einstein als Beispiel, er hätte mit seiner Genialität fast den Weltuntergang herbeigeführt! Nun haben wir Geister etwas mit den Menschen gemeinsam, wir existieren, aber wir haben keinen Einfluss auf die Materie und das Weltgeschehen. Mögen die noch leben uns hören, sich anstrengen und alles tun, um Frieden zu schaffen.«

Beethoven wirft einen Blick auf Mozart, spürt seine Zustimmung und betrachtet John Lennon, der beglückt ihn und Mozart anhimmelt.

>Ich habe gelebt wie ein Prolet! Ihr müsst enttäuscht sein von mir.<

Beethoven und Mozart schütteln den Kopf. »Nein, nicht im Mindesten.«

>Ich kenne doch eure Maßstäbe<, sagt Lennon.

Beethoven versucht ihn mit einer Seelenmassage zu beruhigen. »Der Geist ist das Auge der Seele, nicht ihre Kraft; ihre Kraft ist das Herz, das bedeutet für die Menschen Leidenschaft. Solange es schlägt, dürfen sie nicht versäumen sich für Frieden, Freiheit und Gleichheit einzusetzen und Lennon hat diese Leidenschaft nicht vergeudet.«

>Ich könnte Euch lebenslang zuhören<, ruft John Lennon.

»Aber John! Wir leben nicht. Also vom Leben ist hier keine Rede mehr.«

John Lennon wie ein guter Schüler. >Ja, das ist wahr, aber wir erleben das Imaginärste was ein Lebender sich vorstellen kann. Diese Weisheit ist unsere einzige Freundin.<

Mozart gefällt dieser Satz. »Bemerkenswert, wie klug er spricht, wie gescheit er urteilt.«

>Der edle Mensch kümmert sich am meisten um Weisheit und Freundschaft, letztere ist ein vergängliches Gut, erstere aber ein unsterbliches.< Gnom. Vat. Ep 78.

Beethoven ruft pathetisch: »Seid Ihr weise? Bleibt Ihr gescheit? Ich rufe dazu auf, unablässig der Metaphysik nachzugehen, und findet vor allem in einem solchen Leben die ewige Ruhe.«

Beethoven und Mozart begeben sich zu John Lennon ans Klavier und spielen ihm zur Freude >Sonate für Klavier zu vier Händen Op. 6 D-Dur<. Mercury hört stillschweigend zu.

Einen Augenblick lang empfindet Lennon, dass seine Liebe und Bewunderung für Beethoven und Mozart ebenso tiefgründig und berechtigt ist, wie seine einstige Abneigung gegen Wagner, dessen Musik er wie die meisten Engländer als allzu sinnenschwül empfand, nicht nur das, vielmehr beängstigend herrschaftlich. Im nächsten Augenblick bleibt Lennon konzentriert auf das Phänomen Wagner, der deutsche Komponist und Nationalist, der von Faschisten und Nationalsozialisten bis heute gefeiert wird. Blitzschnell zuckt etwas wie ein Frösteln ihm auf, das aber alsbald wieder verschwindet.

John Lennon wie verträumt. >Aber welcher Verdienst liegt darin, unliebsame Wahrheiten zu verkünden, den himmlischen Moment zu überschatten? Als ich mich heute Morgen den beiden zuerkennen gab, sagte Beethoven zu Mozart: >Die großen Gedanken kommen aus dem Herzen.< Wer kann die Wahrheit besser erklären? >Überflügeln also das Herz mit besseren Gedanken.<

»Ja, John! Überflügeln wir also den Geist mit besseren Gedanken. Lass uns nicht über herzlose Menschen aus Fleisch und Blut sprechen, sondern über >Die Geschöpfe des Prometheus< aus dem Mythos des ewigen Friedens, dem Sohn des Titanen Japetos, des berühmtesten Widersachers des Göttervaters Zeus. Lass uns von der Kraft des Geistes sprechen, denn Prometheus, Sohn des Titanen kämpft gegen die überhebliche Macht und Gewalt des Zeus nicht mit >titanischer< Brachialgewalt, sondern mit den Waffen des Geistes, mit List und Witz.« Beethoven singt, schlägt zugleich den Takt und dirigiert die Ouvertüre zu >Geschöpfe des Prometheus Op. 43<. »Die Grundgedanken der tanzenden Gruppe basiert auf der choreographischen Vorlage von Salvatore Vigano«, sagt er und kündigt an: »Jetzt erklingt >Polo adagio<, dann >Adagio<, >Allegro con lirion<, >Grave<, dann >Allegro conbrio< u.s.w. schließlich Finale Allegretto.«

Auch Mozart wartet gespannt auf die Reaktion von Lennon, während er fasziniert die Ballettgruppe verfolgt, die ihre absolute Tanzkunst der absoluten Musik >Adagio<, >Andante quasi Allegretto< unterwirft. »Der Grundgedanke des Balletts ist ein Geschehen aus Leidenschaft, eine Handlung aus Überzeugung, eine Stimmung der geistigen Befreiung, darzustellen durch Körperbewegung im Raum.«

Die jungen Geister sind überwältigt, als >Allegro Con brio<, >Presto< die Tanzgruppe, wie eine gewaltige Welle in Vibration versetzt. >Mir kommt in diesem Moment ein Gefühl der Befreiung auf. Ich muss spontan an Jeanne d'Ard, Johanna von Orléans denken, die tapfere Schönheit, die mit unerschütterlichem Kampfgeist für Gerechtigkeit am 23.05.1430 in Burgund im Kampf gegen die Engländer gefangen und nach einem vatikanischen Ketzerprozess auf dem Scheiterhaufen verbrannt wurde<, sagt Lennon. >Von Anfang an, eh unserer Begegnung Gestalt nahm, fühle ich mich im Paradies. Schon zu Lebzeiten war die Verschlagenheit von Liebe, Frieden und Tod das Thema meiner Lebensphilosophie. Keiner konnte das Mysterium der Liebe besser erklären als Shakespeare in >Tod und Unsterblichkeit<. Tod zehrt die Liebe auf, so wie Zeit die Macht aufzehren wird nach den Erfahrungen des Macbeth oder Richard II: *I wasted time, and now doth time waste me.*<

»*Die Zeit verdarb ich, nun verdirbt sie mich!* Richard II., aber nicht John Lennon. Er blieb sich und seiner Zeit treu. Er hat für die Liebe gelebt und sie verbreitet«, sagt Mozart.

>My only love sprung from my only hate. Auch bei Shakespeare geht es um >Love-devouring death<; auch Julia ist es bewusst, dass die Liebe verderblich ist: Es ist die Liebe, die einzige, und sie entkeimt den einzigen Hass<, sagt John Lennon und singt: >*All you need is love, love is all you need.*<

»Ja, dieses Lied kann ein wirksames Heilmittel sein«, sagt Beethoven, »lasst uns gemeinsam singen. Singen wir gegen die Lieblosigkeit der alten Zeit und wider die Kälte unter den Menschen der neuen Zeit.«

>*All you need is love, love is all you need...*<

Es erklingt wieder aus dem Hintergrund Andante, Adagio, Allegro, >Die Geschöpfe des Prometheus, Op. 43.<

>Als ich zum ersten Mal diese Musik hörte, war es mir als ob ich über die Wolken fliege, wie heute.<

»War es die Wirkung der Musik oder die des weißen Pulvers?« scherzt Mozart und sie lachen.

Lennon wird ernst. >Es gab für meine Generation zwei Möglichkeiten: Für diejenigen, welche Seelenfrieden und Glück suchten, und glaubten und an der Religion festhalten zu müssen, für andere, die die Wahrheit suchten und durch die Erfahrung zur Erkenntnis gelangen wollten.<

»Und zu welchen gehörtest Du?«

>Ich musste mich entweder für Behaglichkeit oder wirkliche Wahrheitsfindung entscheiden.<

»Und für was hast Du Dich entschieden, John?«

»Amade, John hat sich für den Humanismus entschieden, für die Befreiung von der tröstlichen Knechtschaft der Kirche und von der Übermacht des Kapitals und der Militärgewalt, habe ich Recht?« fragt Beethoven mit dem Anflug einer Anerkennung.

John Lennon nickt und ist beglückt von Beethovens hoher Meinung über ihn.

>Beethoven stellt es dar, als hätte er meine Seele gekannt, bevor ich geboren war! Ich bitte Euch um Verständnis, wenn ich ein Vagabund aber kein Spießer war<, sagt Lennon mit verhaltenem Respekt und fährt theatralisch fort: >O Beethoven! O Mozart! You are my magnificence! Forgive my sins and pardon me, within me was a hell; and there the poison was a friend confin'd to tyrannize on unreprivable condemned blood...<

»In mir auch, John!« sagt Mozart, »In mir war eine Hölle, und das Gift war eingesperrt, wie ein böser Feind, um rettungslos verdammtes Blut zu quälen, um hoffnungslos zu leiden und einsam zu sterben.«

Obwohl es ihn schmerzt, dass das Gespräch viele bittere Erinnerungen aufwühlt, wagt Lennon nicht Mozart zu unterbrechen.

Mozart wirkt melancholisch, wenn er von vergangenem Leid spricht. Er erhebt die Stimme, dann spricht er bebend: »Für mich kam mein Vater gleich neben dem lieben Gott! Am 29.12.1778 schrieb ich ihm diese Sätze: >... *ich bin den 25:t Gottlob und dank glücklich hier angelangt, allein es war mir bis dato ohnmöglich Ihnen zu schreiben – ich sparre mir alles wenn ich werde das Glück und Vergnügen haben Sie wieder zu sprechen – denn heüte kann ich nichts als weinen – ich habe gar ein empfindsames Herz; ... ich habe von natür aus eine schlechte Schrift, das wissen Sie, denn ich habe niemalen Schreiben gelernt, doch habe ich mein lebtag niemals schlechter geschrieben als diesmal; denn ich kann nicht, - mein Herz ist gar zu sehr zum Weinen gestimmt!* ...< Ich schrieb ihm, dass ich eine Messe schreibe und zwar die >Krönungsmesse<, die ich am 29.3.1779 vollendete ...Er wollte ja immer erst wissen, was ich gearbeitet habe, nicht wie es mir geht! *Du lebst, um zu arbeiten, mein Sohn!*«

>War das ein Versöhnungsgeschenk?<, fragt Mercury.

»Eigentlich ja, als ich 1783 mit meiner Frau Konstanze erstmalig nach der Trauung nach Salzburg fuhr, brachte ich ihm das Fragment der großen Messe in C-Moll mit ...«

Beethoven sagt einfühlsam: »Hast Du damit die gottähnliche Stellung Deines Vaters heraufbeschworen?«

»Das alles hat an meiner zunehmenden Vereinsamung nichts geändert. Meine Konstanze war immer wieder krank. Von fünf unserer Kinder starben drei innerhalb des ersten Lebensjahrs. In meinem Herzen herrschte die Verzweiflung, und die Seele überflutet mit Melancholie... Wo war doch noch ein Meer, indem ich ertrinken könnte! Kann jemand nachfühlen, was für eine Zerstörungskraft die Melancholie besitzt?« Er schaut vertrauensvoll Lennon und Mercury an.

Lennon, sich der Ehre des Vertrauens bewusst, wagt von sich zu sprechen. >Mein Leben war schon im Kindesalter kaputt. 1942 trennten sich meine Eltern Julia und Alfred Lennon. Meine Mutter gab mich zu ihrer Schwester Mary Smith und ihrem Mann George. Ich nannte sie Mimi. Ich wuchs also bei meiner Tante und meinem Onkel auf. Meine Mutter kam 1958 bei einem Autounfall ums Leben, gerade zu einem Zeitpunkt als ich begann zu spüren, was Mutterliebe ist. So war ich bereits in meinen jüngeren Jahren einsam und allein, sehnte mich nach Geborgenheit und Liebe. Ich begann gegen meine Verzweiflung mit Musik zu kämpfen.<

»Tragödien umwälzen die Seele und das Gemüt, und wir versuchen sie zu verstehen, sammeln uns sie zu formen und zu verarbeiten«, sagt Mozart aus eigener Erfahrung.

>Wir waren Gefangene der Obsession; sie hat uns kaum den Fluchtweg gewiesen.< Mit diesem Satz meldet sich Freddie Mercury

zur Diskussion.>Nun fragen wir Ludwig van Beethoven nach seinen Erfahrungen! Wie ist er mit den Schicksalsschlägen fertig geworden und wie gelang ihm die Befreiung von der Zwangsjacke der Obsessionen?<

Beethoven bleibt souverän. »Ich bitte Euch! Die kosmische Perspektive verkleinert alles Tragische. In dieser Höhe, in die wir uns erhoben haben, von hier aus gesehen, hört jede Tragödie auf, tragisch zu sein.«

Im Hintergrund ertönt >Poco Sosstenuto e risoluto Egmont Op. 84.<

Mozart ruft: »Das Dilemma bleibt solange wir existieren. Der Tod ist nicht da, aber das Leid feiert unseren Niedergang!«

»Und wenn der Tod vollzogen ist, existiert das Leid nicht mehr, Amade. Der Tod ist keine Katastrophe. Wenn man tot ist, hat man schon die Katastrophe hinter sich. Daher sterbe nicht, bevor Du tot bist!«

»Die entscheidende Frage lautet: Wie viel Leid hält man aus? Kein leichtes Unterfangen, findest Du nicht, Ludwig?«

John Lennon und Freddie Mercury spitzen die Ohren.

>Entschuldigt meine Ungeduld<, wirft Mercury ein, >es klafft ein Abgrund, ein gewaltiger Abgrund, zwischen der Erkenntnis des Intellektes und jener unserer Empfindung. Welcher führt uns nun zum befreienden Ende?<

»Keiner von beiden, denn der Intellekt ermöglicht erst, dass wir Wahrnehmen und Empfinden, begreifen, verstehen und reagieren. Wenn wir noch zu einer Reaktion fähig sind!« sagt Beethoven.

>Kann man behaupten: kein Intellekt, kein Empfinden, keine Wahrnehmung, kein Leid?< fragt Mercury.

Beethoven mit einem Lächeln im Mundwinkel. »Dasein ohne Intellekt, Existenz ohne Wahrnehmung und Empfindung, könnte heißen: dahin vegetieren.«

»Aber gerade dieses Empfinden kann das Leben zur Hölle machen. Oftmals, wenn ich nachts in Todesangst wach lag, sehnte ich mich nach Befreiung. Der Tod war für mich die Krönung meines Lebens«, sagt Mozart mit bedachtem Unterton.

»Vom Leiden haben wir genug geredet, aber von seiner Überwindung? Im Übrigen ...« Beethoven streckt die Arme überschwänglich, in der Hoffnung, dem Gespräch den bitteren Ernst zu nehmen »... scheint mir, Du hast noch nicht begriffen, Du und ich, wir waren nicht zum Vergnügen geboren, wir hatten kein Recht darauf!«

Mozart versteht Beethovens Absicht. »Ludwig, dann lass uns singen und überwinden!«

> *Voll von Tränen bin ich*
> *denn mein Bild ist dahin.*
> *Verborgen ist meine Sonne,*
> *und einsam bleibe ich hier;*
> *beweint Ihr meinen Schmerz,*
> *denn ich sterbe bald<*

»Wir können gewiss sein, dass wir auf dem Feld des Lebenskampfes, und auf dem Sterbebett als Teil der allerletzten Bilanz festhalten konnten – und dieser Teil hat beruhigend gewirkt wie Morphium –, dass wir viel zu viel Kraft und Herz dafür investieren, um zu wirken, und zwar für die Allgemeinheit.«

»Ludwig, sag uns auch dies: Warum?«

»Lieber Amade, wir waren Gärtner der Liebe und Botschafter der Hoffnung. Leiden ja! Aber für die Menschheit! Der Gärtner pflückt die Früchte nicht aus Eigennutz, den Genuss überlässt er den anderen.«

Mercury reißt die Augen auf und ruft: >Ich will diesen >Opfertod< besser verstehen, erklärt es mir! Der große Mozart leidet nicht nur an psychischem Desaster, vielmehr an physischem Unheil: Kopfschmerzen, Neuralgie und rheumatischen Beschwerden, er schläft nicht und noch schlimmer, er ist einsam, hungert, hat kein Geld ... Warum? Warum?<

>Das ist eine Schande für die Wiener!< ruft Lennon nach.

>Nein, das ist eine Schande für die Menschheit!< ruft Mercury.

»Aber er arbeitet«, sagt Beethoven mit klagendem Unterton. »Am 2. September 1788 gibt er eine Reihe von Kanons heraus. Die heiteren Stücke dieser Sammlung sind wohl bekannt (>bona nox< u.s.w.). Die ersten, die er selbst vorher vorgetragen hat sind die

Ausnahme. Vorausgegangen war die Komposition der drei letzten Sinfonien in Es KV 543, G KV 550 und C KV 551. Wie kann ein Mensch in solch bedrückender Not und psychosozialer Verzweiflung innerhalb von nur sechs Wochen solche Wunderwerke vollbringen? Wolfgang Amadeus Mozart ist vom ersten Atemzug an ganz eingehüllt in Liebe und Leidenschaft; er liebt die Menschen – für die er zu sterben bereit ist.« Beethoven wirft einen liebevollen Blick zu ihm. »Nur ab und zu hast Du einen Moment lang den Vorhang gelüftet und gabst einen Einblick in Deine trübe Stimmung und Ängste!«

Mozart streckt neugierig den Hals und ist gespannt was jetzt kommt.

»So in der Andante der Sinfonie in G-Moll, wo Du den üblichen Tonartenbereich durch einen plötzlich düsteren, chromatischen Einschub trübst. Der traditionelle Schluss z.B. des ersten Teils lautet eigentlich Takt 41, 42, 43, 47 ff; Zwischen Takt 43 und 47 schiebst Du drei Takte ein, die einer völlig anderen Welt angehören. Stimmt's?«

Mozart nickt.

Beethoven macht mit einer Handbewegung Lennon und Mercury darauf aufmerksam, bevor er den Takt zur ersten Satz der >G-Moll-Symphonie< frei gibt, sagt er: »Die Symphonie ist zwischen der Feierlichkeit und Grazie des Es-Dur-Werkes und dem heroischen Pathos der >Jupiter-Symphonie<, die dunkle Mitte der Trias, das dramatischste der drei Stücke, das nicht zufällig mit einem vor Erregung vibrierenden Thema beginnt, das von Cherubions >Non so piu< abstammt. Und erinnern wir uns die leidenschaftliche Sprache im >Figaro<, die einzigartig den musikalischen Erfindungsgeist darstellt, so wird hier das traditionelle G-Moll-Pathos charakterisiert. Im Andante mildert sich die instrumentale Sprache zu einer in Halbtönen fortschreitenden Melodie und Harmonie des späten Mozart, getragenen von melancholischem Gesang… Seine Träume sind da, man kann sie nicht sehen, aber hören…«

Mozart schließt die Augen. Beethovens tiefgründige Erklärung scheint ihm zu gefallen, doch er schweigt.

Beethoven gibt nicht auf, setzt sich ans Klavier. »Das sind einige Klavierstücke, zum Beispiel dies.« Er spielt das Adagio KV 540 und danach das Menuett KV 576b. »Hört Ihr die depressive Stimmung? Jung, ambitioniert, hart zu sich, aber fair zu den Mitmenschen. Seine Werke bekommen immer mehr dankbare gedämpfte Farben, dabei bevorzugt er immer mehr die Klarinette. So ist vor allem sein letztes Klavierkonzert KV 595 in B-Dur deutlich trauriger und stiller als die anderen Klavierkonzerte, die von Einfallsreichtum und Lebendigkeit nur so strotzen.«

»Ich tat es auf Drängen meiner inneren Stimmung. Meine Popularität war geschwunden. Ich war für Wien auf einmal ein Niemand! Wer ignoriert wird, verliert die Selbstachtung und die Freude an Leben und Arbeit, er wird depressiv«, sagt Mozart unvermittelt.

»Das Schlimme daran ist, man findet selten einen Ausweg! Das Leben ist und bleibt eine Prüfung, sagen diejenigen, die immer trösten wollen und selbst gerne und gut leben.«

»Du meinst die >Gottesmänner<, Ludwig, habe ich Recht?«

»Ja, vor allem sie. Das Leben ist eine Prüfung, ist keine richtige Antwort. Aber Amade, sag mir auch dies: hättest Du Dein Leben noch einmal zu leben! Ich fürchte, Du würdest alles genauso machen, die gleiche Opferbereitschaft, gleicher Enthusiasmus für eine Kunst, die Menschen erfreut!«

»Und Du Ludwig?«

»Genauso.«

Mancher kann seine eigenen Ketten nicht lösen, und doch ist er dem Freunde ein Erlöser.   Friedrich Nietzsche

Beethoven und Mozart vertiefen sich in die Mythologie des Leidens. Lennon und Mercury hören neugierig zu.

»Wofür und warum? Vielleicht um unserer Selbst willen, als Sühne für nicht begangene Sünden«, sagt Mozart.

>Ihr erscheint uns nicht wie welche, die Schuld beugten<, sagt Mercury.

»Und Ihr, Junkies und Fixer?« fragt Mozart und lacht.

»Bemerkenswert«, sagt Beethoven, »Ihr habt trotz Eurer leichtlebigen – take it easy–Mentalität und Wohlstand, einen klaren Blick für die Künstler der vergangenen Zeit!«

Überrascht ist Mozart hingegen von dem Schicksal der Pop- und Rocklegenden und von ihrem integren Verhalten, was Leid und Sterben betrifft. Er steht da wie versteinert.

>Was ist mit ihm wieder<, sinniert Beethoven. »Erinnerst Du Dich an die Konzerte in London, wo Daniel Barenboim Dir dem >Großen Mozart< huldigte?«

»Ludwig, das war eine momentane Stimmung ... nicht mehr.«

»Amade, Du irrst Dich! Die Menschen feiern Dich bis ins 21. Jahrhundert mehr als in Deiner triumphalen Jugendzeit des 17. Jahrhunderts!«

»Die Menschen handeln um ihrer Selbst willen, folgen ihrer Laune und momentanen Lust. Sie haben unsere Kunst nie richtig eingeschätzt. Was Du mir jetzt sagst, beweist es.«

»Inwiefern?«, fragt Beethoven, obwohl er die Antwort kennt.

»Inwiefern? Das liegt doch auf der Hand. Du selbst sagst immer, wir haben keine andere Wahl, als daran zu glauben: >Das Leben ist eine Prüfung<. Nein! Keine Sehnsüchte mehr nach dem Leben. Ich empfinde weder Zorn noch Lust auf die vergangene Zeit.«

»Ist Obsession oder Einsamkeit der Verbitterung vorzuziehen? Sie zu überwinden ist nur ein Schritt auf dem Wege zu mir selbst...« Mozart ruft plötzlich wie erleuchtet: »Wozu Obsession oder Einsamkeit? Ich habe doch Ludwig van Beethoven. Ich wünschte so sehr, dass die beiden jungen Künstler des 20. Jahrhunderts, die auch einiges zu ertragen hatten bis sie aus dem Leben schieden, uns verstehen und uns vielleicht ein klein bisschen lieb haben!«

Er macht ein Handzeichen, wie ein kleiner Junge, der um ein bisschen Liebe bittet. Er lacht wieder. Ein Seelen ergreifender Augenblick.

Mercury, wie ein Priester: >*Verbrennen musst du dich wollen in deiner eigenen Flamme: wie wolltest du neu werden, wenn du nicht erst Asche geworden bist. Also sprach Zarathustra.* Draußen, jenseits vom Persischen Golf, sagen die Leute oft, nur wer einmal erleuchtet war, kann den Sinn des Lebens verstehen. Mit gefällt diese Auffassung, weil sie das Dilemma des Lebens genau trifft. Also sprach Zarathustra. Der arme Kerl schuf Ahura-Mazda als die reine Göttlichkeit. Ahura Mazda ist nur gut, und deshalb ist er erleuchtet, er ist das pure Licht. Und wir? Wir sitzen fest. Wie können wir sehen? Wenn die Welt in pures Licht getaucht ist, wie sollen wir da etwa erkennen, was Gut, was Böse ist? So viele Hindernisse, so viele Widersprüche! Wie können wir uns orientieren, wenn es keine Orientierung gibt? Wie können wir existieren, wenn es keine Liebe gibt? Dann sind wir arm dran. Wir brauchen Wärme. Wir brauchen mehr, wir brauchen Liebe, die uns am Leben hält. Was wir bekamen war aber Kälte! Also musste Zarathustra sich etwas einfallen lassen und zugestehen, dass das Böse existiert. Er schuf Wolfgang Amadeus Mozart und Ludwig van Beethoven. Sie sind Lichter der Erde. Sie komponierten die Kraft des Lichts in der Zauberflöte und die Neunte Symphonie für den Frieden mit fünf Tempeln. An Stelle der Tempel der Versuchung finden sich in der >Zauberflöte< das Motiv der Prüfung und die vier Tempel der Natur, der Vernunft, der Weisheit und des Verzeihens und der Friedfertigkeit. Und wir werden erleuchtet sein. Wir waren verwirrt, doch jetzt wissen wir: Zarathustra ist das Licht, er ist unser Retter.<

Mercury hat das Gesicht in den Händen vergraben. Auch Lennon versucht die Tränen zu verbergen, die ihm über das Gesicht laufen.

Beethoven sehr gerührt. »Es ist teuflisch schwer mit einem lebendigen Leib voller Leidenschaften auf die Liebe zu verzichten. Weint ihr um die untersagte Menschenliebe?«

Mercury und Lennon schütteln heftig den Kopf.

»Und die unerträgliche Einsamkeit?«

Wieder Kopfschütteln.

»Weinst Du um die Ermordung, John? Und Du bedauerst den Untergang des Sonnenkönigs des Pop Freddie? Vereinsamt im Marasmus der HIV-Infektion AIDS?«

Wieder Kopfschütteln.

»Wisst Ihr, weshalb Ihr weint, Freddie und John?«

Ein kurzes Schweigen.

>Unsere Tränen sind Ausdruck der Freude und des Glücks, dass es das Schicksal mit uns doch letzten Endes gut gemeint hat, Euch hier zu treffen<, sagt Lennon wie ein Gebet.

>Wir weinen, weil wir das traurige Schicksal von Mozart nicht kannten. Oft habe ich in jüngeren Jahren von ihm, wie von einem König geträumt!< sagt Mercury.

Beethoven bleibt neugierig. »Wie war dieser König in Deinen Träumen?«

>Oft habe ich von einem glücklichen Mozart geträumt, dann aber habe ich davon geträumt, dass man ihm das Leben zur Hölle machte, dass er vor einem Feuerball flieht, so schlimm, dass er lieber sterben wollte! Und ich konnte ihm nicht helfen!<

»Hast Du Dir selbst helfen können?« sagt Mozart taktvoll.

Mercury schüttelt den Kopf.

»Siehst Du, mein Lieber! Du hast auch in Deinem Elend vom Sterben geträumt, vom schnellen Tod!«

Mercury überrascht. >Hat der große Mozart zu sterben gehofft, als ihm das Leben unerträglich wurde?<

Mozart wie auf diese Frage gewartet. »Lebte ich denn? Sterben? Wen kümmert's, niemanden, niemanden!«

>Was meinst Du mit niemanden?< fragt Lennon, als ob er nicht richtig gehört hätte.

»Dass man mich nicht vermissen würde, dass es den Menschen egal wäre!«

>Wie fühlst Du Dich hier und heute?< fragt Mercury mit besorgtem Unterton.

Mozart blickt erst zu Beethoven, schweigt eine kurze Weile. Auf einmal lacht er so laut er kann. »Hier bin ich frei von allen irdischen Lastern. Hier bin ich der ständige Begleiter des großen Beethoven.

Was will ich mehr! Denn das, was ich jetzt mit ihm erlebe, belohnt mich für alles, was ich im Leben versäumt habe!«

»Hier ist unsere Seele frei, grenzenlos frei«, ruft Beethoven.

Was für ein bedeutender Begriff `grenzenlos´!

Ein unbeschreiblicher Augenblick, als wäre eine dunkle Mauer plötzlich weggerissen und in tausend Lichter zerschlagen. Eine sonderbare Stimmung.

»Einsamkeit existiert nur in der Einsamkeit selbst, Amade; sobald sie geteilt wird, löst sie sich auf.«

Mozart muss über Beethovens Äußerung nicht nachdenken und entgegnet gleich: »Es ist eine Eigentümlichkeit des Menschen, dass er zu grenzenlosen Fantasien fähig ist.«

>Draußen, jenseits des großen Teichs, sagen die Leute stolz, sie hätten die neue Welt erfunden. Sie nennen sich >Die Vereinigten Staaten von Amerika – USA<, ruft Lennon.

Beethoven, nicht abgeneigt zu glauben, erwidert spontan: »Dann lasset uns hernieder fahren und ihre Erfindung bewundern, dass keiner sagt, wir hätten kein Interesse.«

>Die Vereinigen Staaten sind das Vorbild von Fortschritt und Demokratie. Sie möchten gerne erste und stärkste Macht, aber auch moralische Instanz der neuen Weltordnung sein! Von der Ausrottung der Indianer über die immensen Kriegsgewinne aus beiden Weltkriegen führt die Supermacht bis heute Kriege in der ganzen Welt. Von Korea nach Vietnam und von Vietnam und Kambodscha zum Persischen Golf…<

»Wovor haben die Amerikaner Angst?« fragt Beethoven. »Angst und Vernunft spielen seit Menschengedenken für das Überleben eine entscheidende Rolle, doch herrscht zwischen Beiden kein Gleichgewicht. Der Engländer Edmund Burke schrieb zwanzig Jahre vor der Revolution in Amerika >Keine Leidenschaft beraubt den Verstand gründlicher seiner Handlungs- und Entscheidungsgewalt, als die Angst<. Und ich frage mich, wovor haben sie Angst, wenn nicht vor Vergeltung!«

>Eugene O'Neill schreibt: >Ich meine, dass Amerika der größte Misserfolg der Geschichte ist. Es ist ihm mehr, viel mehr gegeben

worden als irgendeinem Land der Welt; aber wir haben unsere Seele verloren.< Lennon sieht Beethoven und Mozart groß an. >Wollt Ihr immer noch dorthin?<

Sie nicken.

Beethoven ruft: »Wohlan, lasset uns hernieder fahren und ihre Sprache sprechen, damit wir nichts unversucht lassen, manch Seelenlosen den Frieden schmackhafter zu machen.«

San Franzisco

Der Frühnebel ist einem starken Regen gewichen, der vom Meer gegen die Berge und Brücke treibt. Mozart beobachtet neugierig die Umgebung, hebt den Kopf und wischt sich die Spuren der Tränen aus dem Gesicht. »Du erklärst die geheimnisvollsten Phänomene in einfachsten Worten, so dass keinem eine Frage einfällt!«

Mozart und Beethoven stehen sich gegenüber, getrennt durch ein Klavier. Mozart tritt um das Klavier herum. Ein glücklicher Ausdruck huscht über Beethovens Gesicht. Dann als Mozart mit offenen Armen auf ihn zuschwebt, breitet auch er die Arme aus.

Im gleichen Augenblick ruft John Lennon: >Meine Freunde, schaut nunmehr nach vorn! Seht Ihr die Golden Gate Bridge?<

»Imposant«, sagt Mozart erstaunt, »so etwas habe ich noch nie gesehen.«

»Ein großartiges Werk. Aber was ist das für eine Festung drüben auf der kleinen Insel jenseits dieses Wunderwerkes der Technik?« will Beethoven wissen.

Lennon, sich Beethovens Interesse für die >Nebensächlichkeiten< bewusst. >Das ist >Alcatraz<, das gefürchtete Gefängnis auf amerikanischem Boden!<

»Und ich dachte einen Moment an Guantanamo de Kuba!«

>Nein, das Gefängnis der Gesetzlosigkeit befindet sich wie der Name sagt auf der Insel Kuba<, sagt Mercury und singt >I want to break free … I want to break free<, den Song als Freiheitslied von Brasilien. Lennon kichert vor sich hin.

»Was gibt es da zu lachen, John?« fragt Mozart.

>Freddie hat seine Brüste vergessen!< Lennon lacht weiter.

>Welche Brüste?<

>Am 12. und 19. Januar 1985 trat Freddie zu >I want to break free< im Konzert mit künstlichen Brüsten auf, worüber sich die britische Presse sehr aufregte. Das sei politisch nicht korrekt gewesen, da der Song in Brasilien ein Freiheitslied sei.< Jetzt lachen sie alle.

Lennon hört plötzlich eine Stimme, die ruft: >I want you, I want you!<

>Habt Ihr das gehört?<

Alle schütteln den Kopf.

Die sinnliche Stimme hallt erneut durch den leeren Raum. >I want you for the university chorus!<

Jetzt stehen sie vor einem riesigen Plakat mit einem überdimensionalen Bildnis von Ludwig van Beethoven.

»Wo sind wir?« fragt Beethoven als erster.

>Wir sind in San Francisco an der State University<, sagt Lennon

Voller Unkenntnis mischen sie sich unter die Menschenmenge, die dem großen Ereignis entgegen läuft.

»Ein unglaublich kräftiges Band scheint alle Menschen, die hier versammelt sind, zu vereinen«, sagt Mozart voller Begeisterung.

>I want you! I need everybody! For the university chorus<, ruft wieder die sinnliche Frauenstimme.

>Das ist eine Botin aus dieser Stadt<, sagt Lennon.

>Und eine Botschaft für die Menschheit<, erwidert die Frauenstimme.

Alle Menschen folgen der Stimme und begeben sich zu der großen Versammlung.

Die lange Menschenkette hat viel Staub aufgewirbelt, die feinen Partikel tanzen im Kegel des Sonnenlichts. Die schweigende Menge gibt Beethoven und Mozart das Gefühl Eindringlinge zu sein. Dann die befreiende Botschaft: >Ihr seid hier, weil hier das Ende beginnt<, sagt die Stimme, >weil hier erst der Anfang ist, weil hier die Brüderlichkeit erklingt, weil hier Beethovens Auferstehung stattfindet! Für uns, für unsere Augen, für unsere Herzen sind die Sterne

Beethoven und Mozart nicht untergegangen. Ihr werdet mitsingen, miterleben, dass sie leben, dass sie unter uns sind! Ihr werdet fühlen, dass die Geister des Friedens unter uns sind...<

Sie sind sprachlos und verfolgen den Auftakt zur >Neunten Symphonie, Satz I. Allegro ma non, un Poco maestoso<. Lennon und Mercury beobachten sie neugierig, gespannt auf ihre Reaktion.

>Ob Beethoven mit der Qualität der Ausführung zufrieden sein wird?< flüstert Mercury.

>Das werden wir bald erfahren<, sagt Lennon.

Dann II. Satz Molto vicace. Es scheint beiden zu gefallen, denn sie hören sehr aufmerksam zu! Dann III. Satz Adagio molto cantabile.

»Wer ist der Dirigent? Er versteht sein Handwerk!« sagt Beethoven beglückt.

>Wir werden später die Gelegenheit haben ihn kennen zu lernen! Wir befinden uns im Jahr 1983. 1990 werden wir ihn in New York treffen. Leonard Bernstein ist zu seinen Lebzeiten der größte Chefdirigent der New Yorker Philharmonie<, flüstert Lennon.

Dann der große Auftakt zum IV. Satz Finalc Presto – Allegro ma non troppo – Tempo I – vivace – Tempo I – Adagio cantabile – Tempo I Allegro – Allegro assai – Tempo I Allegro assai – Bariton – Rezitativ: >O Freunde, nicht diese Töne ...<. In dem Moment, wo der Dirigent Leonard Bernstein mit einer fast mystischen Geste den Beginn des Finalsatzes freigibt, steigt eine stille, schweigende Spannung unter tausenden von Menschen, die darauf gewartet haben.

So wie Schillers >Ode< ein ekstatisch-enthusiastischer Aufruf an die Menschheit ist, sich im Namen einer alles beseligenden Freude und Begeisterung zusammenschließen, so bilden Beethoven Variationen mit den beiden jenseitig-ewigen sich öffnenden Ruheepisoden (Andante maestoso: Seid umschlungen ... und Adagio ma non troppo: Ihr stürzt nieder ...) einen hingerissenen, einigenden Reigen, der seine spiralförmige Kreisbahn durch immer weitere, höhere Regionen zieht.

>Wer wollte leugnen, dass Beethovens und Schillers Vision vom Frieden die Menschheit mit dem ersehnten Glück erfüllt<, sagt Leonard Bernstein als er von der überwältigender Menge bejubelt wird. Er steht vor dem Orchester, verbeugt sich mehrmals vor dem begeisterten Publikum und bittet um Aufmerksamkeit. >Diese Musik enthält eine Absage an den Krieg, eine Absage an die Rassendiskriminierung und Fremdenhass. Sie vollzieht die Befreiung zu einer wahrhaft humanen, aus der Würde des Menschen abgeleiteten Welt.<

Auf einmal herrscht eine gespenstige Stille. Beethoven und Mozart inspiriert von dem großen Konzert, verharren reglos mit geschlossenen Augen auf der Stelle. Wie verzaubert beobachten Mercury und Lennon die Beiden.

Plötzlich schlägt Beethoven die Augen auf und sagt energisch: »Nichts ist, wie es scheint. Diese vergängliche Welt ist nicht, wie sie scheint. Sie könnte jedoch friedlicher sein! Wer Glaube und Sehnsüchte der Menschen verstehen will, muss zuerst alle Konvention, imperiale Interessen und Religion hinweg fegen. Dann erst, ohne alle Vorbedingungen und Hintergedanken kann die Arbeit des Friedens heranwachsen.«

>Schade nur, dass die Menschen Dich, den großen Beethoven nicht hören, denn sie würden die Hymne der Bürgerrechtsbewegung als Antwort zu Deinen Visionen singen!< erwidert Lennon enthusiastisch.

»Und wie würde sie klingen?« fragt Mozart.

»Könnten wir sie hören?« fragt Beethoven neugierig.

Mercury hat nur darauf gewartet. >Wir sind Geister, wir können alles! Wollt Ihr sie hören?<

»Was für eine Frage! Bei Eurer Redlichkeit, ja! Lasst hören, lasst hören.«

Mercury und Lennon werfen sich gegenseitig einen vereinbarenden Blick zu, was heißen könnte, lass es uns versuchen.

>*We shall overcome someday*<
We are not afraid …
We are not afraid …

411

We are not afraid today …
Oh, deep in my heart, I do believe …
We shall overcome someday.

Inspiriert von der Hymne, improvisieren Mozart und Beethoven mit einem neuen Rhythmus die Doppelfuge und singen in Allegro energico: *>Eines Tages werden wir siegen*
Wir fürchten uns nicht …
Wir fürchten uns nicht …
Auch heute fürchten wir uns nicht …
Oh, tief in meinem Herzen, da glaube ich …
Eines Tages werden wir siegen.<

>Das nennt man Improvisationsgeist<, ruft Lennon und lacht auf. Begeistert tanzen, er und Mercury um ihre Idole herum. Beethoven und Mozart hoch beglückt folgen spontan dem Rhythmus der Tanzenden.

Es ist nur eine andere Auffassung von Zeit. Es besteht kein Unterschied zwischen der Zeit und den drei Raumdimensionen, außer dass sich unser Bewusstsein in ihr fortbewegt.   H.G. Wells

Hollywood

>Wir wollen also der Zeit objektiv entgegen kommen, und die ewige Gegenwart illustrieren. Wir befinden uns an einem der aufregendsten Plätze der Filmindustrie<, kündigt Lennon an.

»Was ist das für eine Maschinerie?« fragt Mozart, der es genauer wissen will.

Lennon und Mercury schmunzeln.

>Das werdet Ihr sehen. Es wimmelt vor Berühmtheiten, und es strotzt hier von imaginären Kräften, wie aus einem Tempel der Künste. An diesem Ort in Kalifornien, Upper Dublin, für Künstler und Filmemacher Mekka der Improvisation, werdet Ihr die Symbiose der Künste im 20. Jahrhundert sehen. Folgt mir, wir treten in

einen großen Raum im dritten Stock des Sound Department – Gebäude der Columbia Filmstudios – einen Raum, in dem Ton und Bild aufeinander treffen …<

»Wie funktioniert das?« fragt Beethoven neugierig.

>Die Vermischung, Regulierung und Synchronisation, ist das Kunstwerk der Elektronik, womit Filme entstehen, die schließlich von Millionen von Menschen in den Kinos oder Lichtspieltheater gesehen werden. Hier werden Dialoge der Aufnahmen, Handlungen, Musik und Geräuscheffekte eines Films auf einander abgestimmt. Seht Ihr dort?<, Lennon zeigt auf die Mitwirkenden der Schall- und Toneffekte, die vertieft in ihre Arbeit sind. >An drei Abteilungen dieses gigantischen Pult des Instrumentariums treiben die Spezialisten ihr Handwerk. Sie können durch Bewegung der Tasten, Schalter und Knöpfe, die eher der Ausrüstung eines verwirrten Wissenschaftlers ähneln, die unmöglichsten Werke herzaubern. Seht Ihr das wahre Genie der schwarzen Magie der Töne? Das ist Dick Olson, der sich, wie immer gut gelaunt, mit Leonard Bernstein unterhält.<

Beethoven ist überrascht. »Ich dachte wir würden ihn hier kennen lernen!«

>Später in New York<, sagt Lennon.

»Wieso später?« Mozart versteht es nicht.

>Weil er noch lebt! Lasst uns hören, worüber sich beide unterhalten<, flüstert Lennon.

Dick Olson spricht: >Woran merken Sie, dass gerade diese Punkte und Striche auf das Notenpapier geschrieben werden müssen? Woher wissen Sie, wie das klingen wird? Oder dass eine Gruppe von Punkten mich ängstigt oder beunruhigt, während eine andere das Gefühl größter innerer Gelassenheit auslöst? Das ist wie schwarze Magie!<

Leonard Bernstein schmunzelt. >Aber das, was sie hier fabrizieren, ist durchaus schwärzer und geheimnisvoller, denn die Magie, die sie mit ihren Freunden am Schaltpult praktizieren, ist umso bemerkenswerter, und wie es scheint wirkungsvoller bei einer Reihe von sehr spezifischen und eigentlich unvereinbaren Ansprüchen, die sie bewerkstelligen.<

>Das, was wir hier machen, ist eine mit Hilfe der Technik und Elektronik fabrizierte Kunst<, sagt Olson. >In einem Film will man zum Beispiel das Publikum unbewusst auf eine Szene in einer Demonstration, wo dreißigtausend Menschen gegen den Vietnamkrieg protestieren, aufmerksam machen, ohne vom Geräusch der Polizeisirenen, Verkehrslärm und Geschrei der Demonstrierenden den Dialog zwischen John Lennon und einem der Polizisten, der ihn gerade in Gewahrsam nimmt, zu stören. Hier darf natürlich kein Wort des Dialogs verloren gehen, und der Wortwechsel zwischen beiden muss zur gleichen Zeit die Stimmung wiedergeben, die solcher Umgebung eigen ist. Und jetzt ist es für den Komponisten eine Herausforderung eine Musik zu komponieren, die im Hintergrund die Gemüter aufwühlt.<

Plötzlich sieht man John Lennon in Uniform auf einer Riesenleinwand. >How I won the war<, als verletzter Soldat. Er ist überrascht, dass man sich noch an ihn erinnert. Vor allem an diesem mächtigen Ort der Filmindustrie.

Beethoven, hingerissen von der Szene, umarmt Lennon. »Du warst ein richtiger Rebell, meinen Respekt, John! Sieh mal mit welcher Freude sie von Dir sprechen.«

Nächste Szene. >Gut! Ich werde Ihnen mit entsprechender Musik helfen<, Bernstein blättert in seinem Notizheft nach dem Filmprojekt.

>Helfen, sagen Sie? Nein, mein Lieber, komponieren. Sie werden die Geister und Atmosphäre in diesem Filmprojekt ins Leben rufen, mit ihrer Magie und spirituellen Musik<, sagt Olson und lacht erwartungsvoll.

Der Film heißt >On the Waterfront< (Faust im Nacken), eine Elia Kazan-Produktion, hergestellt von S.P.Eagles unter Regie von Elia Kazan, herausgebracht vom Columbus-Filmverleih. Der Film läuft ab. Leonard Bernstein setzt sich neben ihn und ist genauso gespannt wie die vier ahnungslosen Geister, die nicht wissen, was nun geschieht. Bernstein ist hingerissen von der Darstellung Marlon Brandos.

>Der Dialog ist in dieser Szene, die wir gerade sehen, absichtlich karg gehalten, mit langen typischen Kazan-Pausen. Diese Szene ist wie geschaffen für den Komponisten. Eine Musik, die zuerst scheu, dann aber mit wachsender, >tristanischer< Intensität einen großartigen Höhepunkt erreichen sollte und damit Szene und Leinwand zum Bersten bringen, und vielleicht sogar die letzten prosaischen Worte des Dialogs auslösen, die etwa folgendermaßen lauten: >Trinken Sie ein Glas Bier mit mir?< (Lange Pause).

Beethoven und Mozart sind auf die Reaktion des Komponisten gespannt.

>Hm. Hier sollte die Musik die eigentliche Geschichte erzählen<, sagt Bernstein. Aber er sieht, er muss mit der Technik auf einiges gefasst sein. Kazan, Eagle und Olsen stimmen begeistert zu und Bernstein setzt sich ans Klavier und gibt eine Kostprobe für die weitere Orchestrierung seiner Vorstellungen.

>Könntet Ihr unter solchen Umständen arbeiten?< fragt Mercury.

Beethoven und Mozart schmunzeln.

»Wir haben auch unsere Schwierigkeiten gehabt!« sagt Beethoven. Mozart hat alles sehr aufmerksam verfolgt. Wie aus dem Schlaf gerissen. »Redet Ihr von Hindernissen? Habe ich richtig gehört? Unsere Probleme waren herrschaftlicher und hierarchischer Art. Einflussreiche Leute, die von Musik nichts verstanden, aber die Entscheidungsgewalt besaßen. Jede neue Idee, jede neue Komposition musste erst die Wünsche der Hofemporkömmlinge, und der Könige und Kaiser erfüllen. Musik ist zum Vergnügen und nicht für die Aufklärung der braven Bürger da!«

»Du hast mir trotzdem den Weg gezeigt, Amade, wie man den Menschen seine Grundrechte ins Bewusstsein bringen kann.«

»Habe ich das? Hast Du meine innere Stimmung also erkannt, Ludwig!?«

»Nicht nur die Stimmung, sondern Deine Absicht habe ich in fast allen Opern von Dir, wo es um die Liebe und Not der Untertanen

415

geht, wahrgenommen. Zu Aufruhr und Widerstand braucht man keine Waffen, unsere Waffe ist die Musik.«

>Es bleibt aber dabei, dass die Machthaber jeder Epoche die aufklärende Musik als Pelagianische Häresie deklarieren. Kritische Musiker werden nicht wegen ihrer Handlungen, sondern wegen ihren Absichten gerichtet<, ruft Lennon, inspiriert von den beiden großen Komponisten.

>Die meisten Musiker sprechen nicht gern darüber, woran sie gerade arbeiten. Außer natürlich gegenüber dem Auftraggeber, dem Produzenten, dem Regisseur, dem Agenten, Leuten mit denen sie zusammenarbeiten<, sagt Mercury.

»Ich beneide Leonard Bernstein. Fantastisch, wenn man so arbeiten kann«, sagt Mozart.

>Wir müssen wohl aufpassen, wo wir uns hinbewegen! Eh wir uns versehen, finden wir uns in einem Film wieder<, flüstert Lennon.

»Amade, beneide niemanden, bevor Du nicht weißt, wie es mit dem wackeligen Gerüst der Wirklichkeit im eigentlichen Sinne steht, und dass wir, egal in welcher Zeit wir leben, immer uns mit dem Schein einer Wirklichkeit abzufinden haben!«

»Du meinst, Ludwig, selbst auf die Gefahr der Selbsttäuschung hin?«

»Ja, Tatsachen verdrehen, um der Wirklichkeit zu entkommen!«

Es sieht einen Augenblick aus, als würden sie nachdenken, aber plötzlich entschlossen, sagt Mercury gefolgt von Lennon. >Kommt lasst uns aufbrechen, wir haben noch einiges vor uns.<

In der Flut der gegenüber von Metro Goldwin Mayer Picture Palace ausgestrahlten Lichter geht es wieder himmelwärts. Über der Stadt gibt es keine Sterne. Sie ist zu hell. Die Türme der Radio- und TV-Sender werfen rote und weiße elektrische Lichtgirlanden hoch hinauf. Einige Wolkenkratzer vom Hollywood Boulevard erscheinen furcht erregend, wie beleuchtete Felswände des Himalaja. Aus dem scheinbar verschlafenen Winkel eines dunklen Hügels am Cahuengapass bricht von Zeit zu Zeit ein blauer Schuss Licht hervor, das verlischt und wiederkommt.

»Gespenstisch, geheimnisvoll!« ruft Beethoven.

>Nachtaufnahmen in den Universal Studios. Hier wird gearbeitet<, sagt Lennon.

Vom Schauspiel der Lichter beeindruckt, sagt Mozart: »Nanu, was ist hier los? Wird hier Weihnachten gefeiert? Überall funkelnde Leuchtschriften, tanzende Bilder, Riesenleuchttafeln mit Riesenbuchstaben, die durch die Luft im schwarzen Hintergrund aus dem Nichts wandern. >On the waterfront<, glühende Riesenbuchstaben in grün, dann rot und blau, erneut rot >On the waterfront<.<

>Das ist Hollywood<, sagt Mercury, >hier feiert man immer Weihnachten, das ganze Jahr durch!<

Draußen über dem Ozean und Richtung Norden ist der Himmel voll von Sternen. Das Erlebnis der ewigen Gegenwart beschränkt sich nicht auf diese Lichter oder den Rausch der Vergnügten dieser Stadt.

»Hollywood scheint eine vergnügte Stadt zu sein, eine ausnehmend lustige«, ruft Mozart.

>Hollywood ist eine Scheinfirma!< erwidert Lennon. >Hier sind Tränen und Trauer abgeschafft worden. Wer zusammenbricht, tut es möglichst unauffällig und geräuschlos. Keiner interessiert sich für den Anderen. Nein, keiner kümmert sich um den Nächsten!<

»Ludwig, hör mal zu. Angenommen, ist das, was wir... Ludwig, Du hörst mir gar nicht zu! Du wendest den Kopf ab...«

»Doch Amade, ich höre, ich bin ganz Ohr.«

Mozart versucht es erneut. »Angenommen das, was wir sehen, ist die Wirklichkeit!«

»Na und, wie ist es mit Deiner Wirklichkeit?«

»Die Wirkung dieses Erlebnisses schlug mich zusammen wie ein Blitz! Der Blitz war beim Anblick der Lichter, wie aus der Milchstraße entsprungen, der sich aber blitzschnell verflüchtigte und nur einen Hauch von Erlebnis, ein Schwingen des Lichts im Universum. Ich war für einen Moment verzaubert, in dem lautlosen Bewusstsein. In diesem Augenblick begann ich die Bedeutung jenes ungewöhnlichen Wortes zu verstehen, das es das Phänomen Zeit nicht mehr geben soll. Dies ist vielleicht jene Sekunde, die für das Wasser nicht ausreichte, um aus Mohammeds Krug zu fließen, obwohl der Epileptiker prophezeit hatte, alle Wohnstätten Allahs zu schauen. Paul Watzlawick und Dostojewski beziehen sich hier auf die Legende, wonach Mohammed sich beim Eintreten des Boten Gottes in sein Zelt erhob und dabei den bei seinem Lager stehenden Wasserkrug umstieß. Als er aus dem Siebten Himmel zurückkehrte, war das Wasser noch nicht ganz ausgeflossen...«

>... quia tempus non erit amplius. ... dass hinfort keine Zeit mehr sein soll.< Offenbarung 10,6.

»Das sind mystische Momente, Amade! Du warst auch einer, oder? Die Absicht des Mystikers ist die Befreiung aus der Befangenheit in der Vergangenheit und Zukunft, und die Überwältigung der Gegenwart. Der persische Dichter Jalal Rumi schreibt: >Der Sufi ist der Sohn der gegenwärtigen Zeit<. Omar Khayyam sehnt sich nach der Befreiung von Vergangenheit und Zukunft, wenn er träumerisch mit einem Becher in der Hand singt: >Wein klärt den Tag, von Furcht und Gram, was kam und kommen mag!< Nicht alles ist, was uns erscheinen mag.«

Draußen gibt es eine Stadt, wo die Menschen glücklich sagen, sie hätten zu lange an die Demokratie geglaubt. Es ist zu schön, um wahr zu sein. Es ist weniger schön zu erfahren, dass es nicht wahr ist. Resignation ohne Aufstand. Dort sehnt man sich immer noch nach dem Frieden.

New York

New York erwacht sich im ersten Tageslicht. Auf den Straßen der Weltmetropole herrscht kaum Leben; hier und da ein Zeitungsjunge, ein Fußgänger, vereinzelt Radfahrer, gelegentlich ein Auto, der Karren eines Lumpen-Flaschen- und Dosensammlers, da und dort einige Penner, die in ihre Klamotten eingehüllt den Traum von einem besseren Leben träumen. Es ist ein schöner Morgen in der Gegend um die Houston Street und Bowery. Trotzdem, in der Luft hängt ein abgestandener Geruch, als wären alle Penner tot. Nein!

Der eine wacht auf, er hat seine süßen Träume ausgeträumt, weckt die anderen. Sie rennen, so schnell sie können, um sich der Schlange für die Essensausgabe anzuschließen. Nun stehen sie da, mit knurrenden Mägen. Gähnend beobachten sie ihre nächste Umgebung. Am Ende der hungernden Schlange versucht eine kleine Gruppe von Straßenmusikern mit Flöte und Horn den Geist von Wolfgang Amadeus Mozart herbeizuzaubern.

>Wir sind gleich da<, ruft Lennon.

»Wo?« rufen Mozart und Beethoven.

»Na, in New York.«

Es ist ein Novembertag 1954.

»Wir sehen nur Nebel! Nichts als Nebel!« beklagt Beethoven.

In der Tat, die Stadt ist von einem dicken, stickigen Nebel bedeckt. Nach Überwindung dieses Schleiers tauchen die Wolkenkratzer der Mega-City, wie leuchtende Eisblöcke auf.

Beethoven lacht. »Aus der Vogelperspektive ähneln die winzig kleinen Glasfenster der Mammuthäuser den Waben eines Bienenstockes, die aufeinander gestapelt sind.«

>Wir überfliegen gerade Brooklyn Richtung Broadway. Ich bin in dieser Stadt rumgekommen, wie ein Promenadenhund. Nichts habe ich ausgelassen, vom Broadway bis Saskatchewan. Hier seht ihr einen Stand mit Chaplin, auf dem Plakat sieht man ihn mit Cantor, Dagney, Jolson, Jessel und Will Rogers.< Lennon muss selbst lachen.

Alle diese Namen sagen Mozart und Beethoven nichts.

Mercury lenkt sie auf die Wolkenkratzer der Park Avenue und des Time Square in Manhattan. >Der Broadway, der Manhattan in der Länge durchquert, ist das typisch Repräsentative dieser Stadt. Im Süden der Financial District mit dem World Trade Center ...<

Lennon sucht vergeblich nach den beiden Hochhäusern mit den fast 400 Meter hohen Türmen: >Schade!< ruft er, >sie stecken jetzt tief im Nebel. Wir werden sie später sehen, wenn der Nebel sich verzogen hat. Lasst uns nun Leonard Bernstein überraschen.<

Über den Süden des Central Parks erreichen sie Midtown – CBD mit dem an seinen einspringenden Fassaden bekannten Empire

State Building. Von dessen Dachterrasse zeigt John Lennon das Gebäude der New Yorker Philharmonie, beim Lincoln Center Avery Fisher Hall.

>Lasst uns mal sehen, was auf dem Broadway abläuft<, schlägt Mercury vor.

»Broadway! Das hört sich gut an«, rufen Beethoven und Mozart einhellig.

Sie stehen nun auf der geheimnisvollen Straße. Um die Menge abzusperren, hat man Barrieren aufgestellt. Mehrere Polizisten stehen in der Brandung der Autos, die von allen Seiten langsam vorrücken. Die Chauffeure, mit angespannter Mimik, steuern vor das Lichttheater. Zwischen den haltenden Reihen der Autos rennen Fußgänger in gezieltem Schritt zum Lichttheater. Vor dem Eingang des Kinopalastes Posaunenlautsprecher, einer von oben, der einen Vorgeschmack auf die musikalischen Beilagen des Filmes gibt, ein anderer über dem Glasdach des Eingangs, der mit der sanften Stimme einer Frau die baldige Ankunft von Marlon Brando und Eva Maria Saint ankündigt.

>On The Waterfront< ist trotz vielen Widerständen der Filmindustrie – das Projekt ist nicht mit Glamour für die Cinemascope-Technik hergestellt – mehr als ein uneingeschränkter Kritiker und Kassenerfolg. Auf einem riesigen Plakat in schwarz-weiß sieht man Eva Maria Saint mit Marlon Brando auf der Flucht vor Gangstern. Auf dem anderen Karl Malden mit Brando. Vorn bricht jetzt Raserei aus. Diesmal ist das Publikum stärker als die Polizei. Die Barrieren werden unter dem Aufschrei und dem Andrang von Begeisterten beseitigt und die Polizisten geben wohl oder übel nach. Eva Maria Saint und Marlon Brando sind angekommen. Dann ist es erst wieder still. Plötzlich schreit das begeisterte Publikum. Karl Malden, Lee J. Cobb und Rod Steiger erscheinen zusammen, danach Elia Kazan, Sam Spiegel und Dodie mit Horace Hough.

>Marlon Brando ist ein Gigant auf der Schauspielbühne.<

>John, er gilt zurzeit der >On The Front< Premiere als der schönste Mann der Welt<, sagt Mercury, >das Publikum, hungrig nach erfüllten Träumen, betet ihn praktisch an, für seine Kunst und

politisches Engagement gegen Rassendiskriminierung und seinen Kampf für die Freiheit der Indianer. Er versucht alle Ketten der Barbarei zu sprengen.<

Die Menschen schreien auf im Augenblick, da er mit Saint aus dem Wagen steigt. Kazan, Spiegel und Hough haben sich Ihnen zugewandt, aber man reißt dem Reklamemann den Star weg. Brando steht einen Augenblick auf den Trittbrett des Wagens, das beeindruckende, freundliche Gesicht schräg nach hinten gewandt und eine Hand ausgestreckt, um Eva Maria Saint aus dem Wagen zu helfen, die zu zögern scheint. Er lächelt vergnügt und ein wenig schüchtern, dankbar erfreut über die Ovationen des Publikums. Sie werden umzingelt. Mit Mühe begeben sie sich in die Premiere.

»Ludwig, schau hin, nie im Traum haben wir so etwas erlebt.«

»Amade, die Menschen des 20. Jahrhunderts scheinen das Talent zur Begeisterung im Blut zu haben. Sie würdigen die Künstler sehr herzlich. Was will ein Künstler mehr!«

>Seid doch so liebenswürdig und lasst uns durch<, sagt Brando. >Wenn Sie mir ein Autogramm geben<, erwidert ein platinblondes Mädchen und schreit hysterisch. Ihr folgt die aufgewühlte Menge. Im nächsten Moment starrt der Kreis rund um Brando und Saint von Füllfedern. Inzwischen ist fast eine Stunde vergangen, als Kazan ins Mikrophon ruft: >Ladies and Gentlemen, Ladies and Gentlemen, lasst uns gemeinsam >On The Waterfront< ansehen, den größten Film aller Zeiten! Ich habe zwar Regie geführt, aber ich bin selbst mehr als neugierig und aufgeregter als Ihr. Ladies and Gentlemen, ich wünsche viel Spannung und Spaß!<

Mozart ein wenig schüchtern. »Gehen wir auch hinein?«

>Nein! Brando treffen wir nicht!<

>John, du musst aber auch sagen: solange er nicht gestorben ist.<

»Er soll aber nicht unseretwegen so jung sterben!«

»Nein, Brando darf nicht sterben! Solche Menschen sind unsterblich, Amade. Keiner soll unseretwegen sterben! Wir wollen Leonard Bernstein bei seiner Arbeit beobachten.«

Im nächsten Moment werden sie von Lennon in die New Yorker Philharmonie geführt. Es ist der 14. November 1954. Leonard Bernstein ist bei einer Fernsehsendung in sein Element vertieft.

Bernstein: >*Wir wollen heute versuchen, Ihnen ein etwas sonderbares und ziemlich schwieriges Experiment vorzuführen. Wir wollen uns den ersten Satz von Beethovens Fünfter Symphonie vornehmen und neu schreiben*<.

»Was will er machen?« fragt Beethoven richtig entsetzt.

»Warte doch ab, Ludwig!« beruhigt ihn Mozart.

Leonard Bernstein, als ob er die Sorge der Geister geahnt hätte. >*Nun, erschrecken Sie nicht; wir werden dazu nur Noten verwenden, die Beethoven selbst geschrieben hat, nämlich Entwürfe, die für diese Symphonie bestimmt waren. Wir wollen herausfinden, warum er sie verwarf, indem wir sie wieder einsetzen und hören, wie die Symphonie mit ihnen geklungen hätte. Vielleicht können wir dann erraten, warum er diese Skizzen verwarf, und vielleicht können wir, was noch wichtiger ist, etwas von dem entdecken, was in einem Musiker in jenem geheimnisvollen schöpferischen Prozess vorgeht, den wir komponieren nennen.*<

»Da bin ich aber gespannt!«

»Ich auch, Ludwig!«

Leonard Bernstein dreht sich um und blickt auf die Partitur. >*Der Geist von Ludwig van Beethoven möge uns beistehen. Wir haben hier die erste Seite der Dirigentenpartitur von Beethovens Fünfter Symphonie auf den Fußboden gemalt.*<

»Das auch noch! Auf dem Fußboden! Als Fußmatte!«

»Ludwig, warte doch ab, er scheint etwas von Musikpädagogik zu verstehen.«

>*Wenn ich diese Orchesterpartitur betrachte, bin ich stets von neuem erstaunt über die Einfachheit, Kraft und innere Folgerichtigkeit. Und wie sparsam die Musik ist! Schauen Sie nur! Fast alle Takte des ersten Satzes entwickeln sich aus den ersten vier Noten:*

Was macht diese Noten wohl so fruchtbar und bedeutungsvoll, dass sie einen ganzen symphonischen Satz hervorbringen können? Drei G und ein Es?<

Beethoven und Mozart sind gespannt. Nicht nur sie, Lennon und Mercury warten ungeduldig auf Bernsteins Folgerungen.

>Man hat oft darüber nachgedacht und sich gewundert, was dieser Folge von Tönen solche Kraft verleiht. Man hat phantastische Theorien entwickelt, um ihre musikalische Wirkung zu erklären. Sie ahme das Liede eines Vogels nach, das Beethoven im Wienerwald gehört habe; es sei das Schicksal, dass an die Tür klopfe; es seien die Posaunen des jüngsten Gerichts und dergleichen mehr. Aber alle diese Erklärungen sagen uns gar nichts. In Wirklichkeit liegt die wahre Bedeutung in all den folgenden Noten. In allen Noten der fünfhundert Takte, die im ersten Satz folgen. Und mehr als irgendein anderer Komponist, vor ihm oder nach ihm, besaß Beethoven, wie mir scheint, die Fähigkeit, genau die richtigen Noten zu finden, die seinen Themen zu folgen hatten. Aber trotz dieser Fähigkeit erreicht er diese innere Folgerichtigkeit nur durch eine gigantische Anstrengung. Nicht nur die richtigen Noten waren nötig, sondern auch die richtigen Rhythmen, die richtigen Höhepunkte, die richtigen Harmonien und die richtige Instrumentierung. Und diese Anstrengungen möchten wir nachspüren.<

Beethoven bleibt erst still. Er wartet auf eine Reaktion Mozarts und schweigt.

»Sag«, flüstert Beethoven, »was hältst Du von dem Mann, der mein Werk seziert?«

Schweigen.

»Amade, sag doch was! Amade, was denkst Du?«

Mozart sitzt stumm, mit geschlossenen Augen, als hätte er nichts gehört.

»Amade! Amade, wach doch auf!«

Mozart gibt sich einen Ruck, öffnet die Augen und sieht Bernstein an. Immer noch sagt er nichts.

»Siehst Du nicht, Amade, dass ich im Sektionssaal auf dem Tisch liege? Machst Du Dir keine Gedanken?«

Erst jetzt dreht Mozart den Kopf zu ihm. »Wir müssen dankbar sein, dass solch Sachverständige uns beurteilen, Menschen mit Intelligenz und Eloquenz … und Begeisterung.«

Ungeachtet dessen, das die Beiden sich den Kopf zerbrechen, setzt Leonard Bernstein seinen Vortrag fort. >*Tatsächlich sieht sich der Komponist vor einer zweifachen Aufgabe. Einmal muss er die richtigen Noten für sein Thema finden, zum anderen gilt es, die richtigen Noten zu finden, die dem Thema folgen, um dieses als symphonisches Thema zu rechtfertigen. Die erste dieser Schwierigkeiten ist uns vertraut. Wir alle haben auf der Leinwand gesehen, wie Schumann, Brahms und andere Große über die Tasten gebeugt um die richtige Melodie ringen. Wir alle haben Jimmy Gagney als George M. Cohan gesehen, wie er allein auf kahler Bühne unter einer einsamen Arbeitslampe höchst dramatisch nach den unsterblichen Tönen von >Over There< suchte. Das mag aufrichtig gewesen sein oder auch nicht, die Schwierigkeit besteht wirklich. Auch Beethoven teilte dieses Ringen auf sehr konkrete Weise. Wir wissen aus seinen Notizbüchern, dass er mindestens vierzehn Versionen der Melodie niederschrieb, die den zweiten Satz seiner Symphonie eröffnet. So kennen wir sie heute.*<

Leonard Bernstein setzt sich ans Klavier, spielt. >Andante con moto<. Dann wendet er sich wieder an das Publikum. >*Vierzehn Versionen innerhalb von acht Jahren!*< Dann wieder zum Klavier. >*Hier haben wir jetzt eine der Versionen, die ganz anders ist.*< Er spielt vor … und hier noch eine andere … Er spielt wieder vor. Ohne Verzögerung erklärt er dazu: >*Nachdem er acht Jahre lange mit zwölf weiteren Versionen herumexperimentiert hatte, verband er endlich die interessantesten und anmutigsten Elemente all dieser Versionen und kam so zu der Melodie, wie sie uns heute bekannt ist.*<

Beethoven hört sehr interessiert zu. Seine Miene nimmt einen dankbaren Zug an.

Mozart will ihn nicht direkt ansprechen, flüstert vor sich hin: »Verrät er mir wie er auf die Vielfalt solcher Ideen gekommen ist, denn inzwischen entstanden das >G-Dur-Klavierkonzert>, die >vierte Symphonie< und das Violinkonzert? Das hat Bernstein nicht erwähnt; unfasslich, wenn man das Gewicht und die Bedeutung dieser Werke bedenkt. Dazu kommt noch, er hat gleichzeitig seit 1807 an der >Pastorale< gearbeitet, die wenige Monate nach der >Fünften< fertig wurde! Und noch mehr, er hat selbst diese Meisterwerke nicht hören können!«

Beethoven gebannt von Mozarts vorsichtiger Befragung. Dies ist kein Zwischengespräch mehr, findet er. Er blickt gerührt hoch und spricht ihn direkt an:»Ich glaube, ich zog aus meinem Hörschwund Nutzen. Seit Jahren war ich außerstande, die Werke anderer Komponisten zu hören. Ich war sehr einsam, aber nie allein; meine Einsamkeit war meine liebste Freundin. War meine Krankheit ein Segen? Mit dem Verlust meines Hörvermögens wuchs eine besondere Dynamik in meinen Visionen. Ich konnte ungestört den eigenen Gedanken folgen.«

Ahnungslos von diesem vertrauten Gespräch, erklärt Mercury: >Ich glaube, Bernstein will sich nur mit der >Fünften< befassen und die Zuhörer nicht überfordern! Wir sollten seine Folgerungen abwarten.<

Bernstein geht vom Klavier wieder zum Notenpult und blickt auf die Partitur. *>Aber jetzt, da er sein Thema hat, beginnt erst das große Ringen. Jetzt kommt die Aufgabe, dem Thema eine symphonische Bedeutung zu geben, die uns doch erst klar werden kann, wenn wir den ganzen Satz bis zur letzten Note gehört haben. Das heißt nichts anderes, als das die berühmten vier Noten des ersten Satzes: Drei G und ein Es — wiederholt er vor dem Publikum — für sich genommen keine >Bedeutung< im Sinne des herkömmlichen Musikverständnisses haben. Sie sind in Wirklichkeit nur ein Sprungbrett für die ganze Symphoniefolge. Hier haben wir die wahre Funktion von dem, was man Form nennt. Form ist nämlich nicht etwas, in das man Noten gießt, wie in eine Kuchenform, in der Erwartung, dass automatisch ein Rondo, Menuett oder eine Sonate dabei herauskommt. Die Form ist ein Wegweiser auf der abwechslungsreichen und schwierigen Reise, in der sich eine Symphonie stetig entwickelt,*

und darin besteht ihre wirkliche Leistung. Hierfür benötigt der Kompo-
nist gleichsam eine innere Landkarte. Er muss stets das nächste Ziel
kennen. Er muss wissen, welche Note das Gefühl hervorrufen wird, dass
es so richtig ist, und dass nur diese Note an gerade der Stelle stehen kann.
Und genau das vermochte Beethoven, wie gesagt, besser als irgendein ande-
rer. Aber er musste auch mit größter Anstrengung dafür kämpfen.<

Leonard Bernstein seufzt und blickt zum Himmel, dann schließt
er die Augen. *>Es tut wohl, sich Beethoven verbunden zu fühlen<*. Tränen schießen ihm in die Augen; er täuscht einen Hustenanfall vor,
um den Kopf abwenden zu können. *>Wir wollen nun versuchen,*
diesem Kampf zu folgen. Zunächst wählte Beethoven zwölf verschiedene
Instrumente als Besetzung des Orchesters für den ersten Satz<.

Die zwölf Musiker nehmen den für sie bezeichneten Platz auf der
aufgemalten Partitur ein.

>Das ganze Orchester setzt sich natürlich aus einer Vielzahl dieser
zwölf Instrumente zusammen.<

Beethoven und Mozart starren auf das Orchester. Bernsteins
Worte sind bewegend.

Beethoven nickt anerkennend. »Also, so veranschaulicht man im
20. Jahrhundert die Absichten eines Komponisten, den man nicht
kennt!«

Mozart, nicht weniger zufrieden. »Diesen Bernstein müssen wir
kennen lernen.«

Die Musiker gehen langsam über das Notenblatt.

>Beim Anschauen der Partitur muss der Dirigent alle Instrumente
gleichzeitig mit den Augen verfolgen. Beethoven wollte jedoch nicht gleich
das ganze Orchester voll einsetzen und verzichtete deshalb auf die folgen-
den fünf Instrumente: Oboe, Fagott, Horn, Posaune und Pauke. Hier ist
das Originalmanuskript, wie er es angefangen hatte und das auch die
verbliebenen sieben Instrumente anführt. Aber wie Sie sehen, ist auch hier
wieder etwas gestrichen, nämlich der Flötenpart. Wir wissen also, dass
Beethoven anfänglich die Flöte verwenden wollte. Warum hat er sie dann
wohl fallen lassen? Offenbar doch, weil die hohen, schrillen Töne der Flöte
zu der wuchtigen und strengen Stimmung der Eingangsakte nicht recht zu

passen schienen. Es war ganz offensichtlich seine Absicht, diesen Takten einen starken und kraftvollen Ausdruck zu geben, und deshalb verwendet er nur Instrumente, die normalerweise dem Bereich der männlichen Singstimme entsprechen.<

Das Orchester spielt erst mit der Flöte und dann ohne.

>Die Flöte, die der Sopranstimme entspricht, wäre hier so unpassend wie eine Dame im Raucherzimmer eines Herrenklubs. Deshalb weg mit der Flöte.<

Zum ersten Mal lachen Beethoven und Mozart.

»Der Vergleich ist nicht schlecht!« flüstert Mozart.

Beethovens Aufmerksamkeit wächst.

»Bernstein will mit mehr Aufklärung die Menschen für die Geheimnisse der Musik begeistern«, sagt Mozart und schließt die Augen.

>Was will er uns mitteilen? Dass nicht >das Schicksal an die Pforten klopft<, sondern das außerordentliche Wagnis einen großen Symphoniesatz mit viertönigem Motiv zu komponieren.<

Mozart ist überwältigt. »Ich bin sehr glücklich darüber, Ludwig. Es ist das Allerwichtigste, was uns jemals passieren konnte: Ein großartiger Dirigent des 20. Jahrhunderts versucht unsere Musik, unsere Kunst, unser Wesen und Gedanken, unsere Psyche und intellektuelle Weltanschauung zu analysieren und das sehr gekonnt. Lassen wir diesen Gedanken von uns Besitz ergreifen, und ich versichere Dir, er wird uns von Grund auf mit den Vorstellungen der modernen Welt des 20. Jahrhunderts vertraut machen.«

Leonard Bernstein vertieft in seinen Vortrag betont: *>…selbst der Schluss wurde dreimal umgeschrieben.<*

Er gibt dem Orchester ein Zeichen.

>Hier haben wir die erste Lösung, ein abrupter und für Beethoven sehr typischer Schluss.< Orchester.

>Warum lehnt er ihn wohl ab? Er scheint doch ganz befriedigend und in Ordnung, aber offenbar war er ihm zu abrupt; und so setzte er sich hin und schrieb einen zweiten Schluss, der breiter, mehr wie ein Finale, nob-

ler, romantischer und majestätischer war. Hier ist er<, sagt er mit dem Blick zum Orchester.

>Aber wie Sie am Manuskript sehen können, wanderte auch dieser Schluss in den Papierkorb. Jetzt war er ihm zu lang, zu prätentiös, zu majestätisch; und schien nicht zum Thema des ganzen Satzes zu passen, dessen Qualität doch gerade in einer knappen, kraftvollen, sparsamen und direkten Aussage von der größtmöglichen Kraft liegt. Und so versuchte er noch eine dritte Lösung, die ihm dann endlich zur Zufriedenheit gelang. Aber seltsamerweise ist sie noch viel abrupter als die Erste! Hier haben Sie also ein anderes Beispiel dafür, wie sehr er sich quälen musste, bis er die offenbar so einfache Tatsache realisierte, dass nämlich sein erster Schluss nicht etwa zu kurz, sondern im Gegenteil nicht kurz genug war. Auf diese Weise kam er zur dritten und uns so selbstverständlichen Lösung. Hören Sie …< Orchester *>Für diesen einen Satz war Beethovens Suche nach symphonischer Gestaltung damit am Ziel und nun stellt man sich ein ganzen Leben vor, in dem um jeden Satz, jede Symphonie, jede Sonate, jedes Quartett und jedes Konzert so gerungen werden muss, wo Vollkommenheit und innere Geschlossenheit so unbedingt empfunden werden, dass stets neu versucht und verworfen werden muss. Das ist der eigentliche Schlüssel zum Geheimnis großer Kunst, dass der Künstler seine Kraft und sein Leben an die eine Aufgabe hingibt, die richtigen Noten einander folgen zu lassen, wobei er so wenig weiß wie ein anderer, warum er das tut. Es scheint eine absonderliche Art und Weise sein Leben zu verbringen; aber ihre Bedeutung für uns wird sogleich offenbar, wenn man bedenkt, dass es damit einem Menschen gelungen ist, uns das Gefühl zu vermitteln, dass es etwas auf der Welt gibt, das seine Richtigkeit hat, das immer stimmt und stetig seinem eigenen Gesetz folgt, etwas dem wir blind vertrauen können und das uns niemals im Stich lässt.<* Orchester *>Aufführung des ersten Satzes von Beethovens Fünfter Symphonie<*.

»Hm! Er erweckt den Eindruck, als hätte ich nur zu kämpfen gehabt, um ein Werk zustande zu bringen! Man könnte glauben, dass ich keine Freude und keinen Spaß an meiner Arbeit fand! Ich muss mit diesem Gentleman reden. Er soll es nicht übertreiben«, sagt Beethoven mürrisch.

»Verehrung, Huldigung eines großen Komponisten und Aufklärung der Musikfreunde, Ludwig, bedarf all dieser Feinheiten und Pedanterie«, sagt Mozart.

»Ich will ein Wort mit diesem Aufklärer reden! Was ist seine wahre Meinung?«

»Dann musst Du warten bis er unter uns ist!«

>*Nun zu einem anderen, von Gott geschickten Genie*<, setzt Bernstein seinen Vortrag fort, >*Wenn man die wahre Kunst, die Musik fühlen und verstehen will, dann darf man Beethoven und Mozart nicht von einander trennen ... Wie soll man zwischen zwei Erstlingen unter Geschöpfen des Prometheus einen Unterschied machen? Genauso schwer, ja wahrlich unmöglich ist es, sich über die magischen Kräfte Jupiters und Venus ein Urteil zu erlauben. Was versteht man unter Improvisation? Nun, der Musiker hat eine Melodie, auf deren Harmonie und sonstige Eigenart er sich konzentriert; aber dann >legt er los<, wie man zu sagen pflegt, das heißt, er entwickelt sie Stück für Stück aus dem Stegreif. Und indem er >loslegt<, fügt er Ornamente und Figuren hinzu oder variiert einfach das Thema, geradeso wie Beethoven und Mozart es getan haben. Ich will Ihnen zeigen, wie das bei Mozart ausgesehen hat. Vielleicht werden Sie dann verstehen, wie Eroll Garner improvisiert (Jazz-Komponist). Mozart wählte >Ah, vous Dirai – je maman<, ein bekanntes Kinderlied, das wir als >Morgen kommt der Weihnachtsmann< kennen (Das englische Lied lautet >Twinkle, twinkle little star<, auch das Alphabet wird nach dieser Melodie gesungen)<. Leonard Bernstein spielt Klavier und singt: >Mor-gen kommt der Weih-nachts-mann, kommt mit sei-nen Ga---ben. Nun schreibt Mozart eine Serie von Variationen. Eine beginnt folgendermaßen: Moderato. Hier ist eine andere: Allegro. Noch eine: Andante. Eine weitere: Allegro. Sie sind alle verschiedenartig, und enthalten doch in irgendeiner Weise dasselbe ursprüngliche Thema. Der Jazzmusiker tut genau das Gleiche. >Sweet Sue< kann auf ungezählte Arten variiert werden. Der Klarinettist könnte einen Refrain folgender-*

maßen improvisieren: Klarinette: Bright. Er hätte aber auch unbegrenzt
andere Möglichkeiten gehabt. Wenn ich ihn morgen wieder um eine Im-
provisation bäte, so würde wieder etwas anderes dabei herauskommen.
Und es wäre dennoch „Sweet Sue", es wäre dennoch Jazz... Hören Sie
für einen Moment diesem Arrangement unserer alten Freundin >Sweet
Sue< zu<. (Die Kapelle spielt ein sehr >cooles< Arrangement >very
slow and spooky (Arrangement von Danny Hurd).<

Beethoven und Mozart sind begeistert von >Sweet Sue<. Nur
very slow and spooky scheint ihnen zu langsam, aber >cool<.

>Wie kann ein Musiker namens Beethoven, der nicht hört, solche
Werke komponieren?< fragt eine junge Frau vom Podium.

>*Mit der göttlichen Genialität und menschlichen Virtuosität und noch*
mehr durch intuitive Wahrnehmung<, erwidert Leonard Bernstein und
erzählt: >Eine Cellistin erzählte mir einmal etwas Unglaubliches:
>Ich stieg am JFK Airport erst in den Airtrans, dann in die Subway
Richtung Lincoln Center. Am Broadway-Nassau und Washington
Square stiegen fas alle Passagiere aus. In meiner nächsten Nähe
blieb ein älterer blinder Mann sitzen. Dann geschah etwas Merkwürdiges. Kaum setzte sich der Zug wieder in Bewegung, gingen
alle Lichter aus. Nach Sekunden der Finsternis sagte der Blinde:
>Haben Sie keine Angst, Lady! Es ist halb so schlimm! Die Dun-
kelheit ist mein ständiger Begleiter ... Sie hat bisher mir nichts angetan!< >In der Tat, ich hatte riesige Angst. Aber wie hat er von
meiner Unruhe erfahren? Noch wichtiger: Wie hat er bemerkt, dass
die Lichter aus sind, dass es auf einmal überall Finsternis herrscht?
Ist er wirklich blind, fragte ich mich und meine Angst nahm zu. Zu
meiner Beruhigung gingen die Lichter nach einer Weile wieder an.
Der Blinde streckte den Arm aus und streifte mit der Hand über
meine Schulter, während er mit der linken Hand seinen Blinden-
hund an der Leine hielt und sagte freundlich: Sehen Sie, Ihre Angst
war umsonst.<

Bernstein hängt nach. >Ein Blinder kann mehr wahrnehmen,
ahnen, fühlen und mitempfinden als viele von uns jemals sehen
könnten. Musik erweist sich als Kompensationskraft der Sinne. Das
dickste Nervenbündel, das unsere Hirnhälften verbindet, das Cor-

pus Callosum, ist bei uns Musikern so ausgereift, dass wir in einigen Fähigkeiten den anderen überlegen sind, auch wenn wir das eine oder andere Sinnesorgan verlieren. Unser Gehirn formt sich den Anforderungen entsprechend. Dieser Kompensationsfähigkeit ist es zu verdanken, dass die überwiegende Zahl aller blinden Musiker das absolute Gehör besitzen, während bei den sehenden Kollegen nur jeder zehnte auf Anhieb die Höhe eines Tons wahrnehmen.<

>Nun, was sagen die Götter der Schöpfung dazu?< flüstert Mercury.

»Wozu?« fragen Beethoven und Mozart einstimmig.

>Zu dem Vortrag von Leonard Bernstein.<

»Er ist zweifelsohne ein guter Pädagoge«, sagt Beethoven.

»Er redet nicht viel um herum, er bringt die Sache auf den Punkt«, sagt Mozart.

Mercury zieht die Brauen hoch. >Auf welchen Punkt?<

»Auf den Punkt der Verständigung.«

»Aber über sein musikalisches Können als Komponist, erlauben wir uns kein Urteil!« sagt Beethoven.

»Solange ich ein Buch nicht gelesen habe, kann ich mir folgerichtig kein Urteil über den Inhalt und den Verfasser erlauben«, sagt Mozart.

Beethoven fährt sich durch die Haare und runzelt die Stirn. »Anders ausgedrückt, vom pädagogischen Talent hat er uns überzeugt, auf sein musisches sind wir neugierig.«

Lennon lacht vergnügt. >Nichts leichter als das. Wir müssen uns nur ins Lincoln Center begeben. Es ist 1961: Hier dreht sich alles um die schönen Künste. Vorne an klassische Musik, Oper und Ballett. Im Westen geht es um die Musik pur! In den Slums von San Juan können wir die Dreharbeiten von >West Side Story< sehen, Seid Ihr bereit? Seid ihr neugierig genug?<

Blitzschnell stehen sie voller Spannung vor einer großartigen Filmkulisse. >West Side Story< ist ein Musical. Die Musik hat Leonard Bernstein komponiert. Ihr könnt sehen und hören, danach haben wir vielleicht die Gelegenheit mit ihm selbst zu sprechen, denn die Zeit vergeht schneller als mancher denkt, und er ist auch sterblich. Die Texte haben Stephen Sondheim und das Buch Arthur Laurents geschrieben. Die Idee und Choreographie ist von Jerome Robbins und das Drehbuch von Ernest Lehmann. Bernstein und seine Kollegen sitzen im Hintergrund, auch der zuletzt den Film schneidet, Thomas Standford. Der Mann mit einem Lautsprecher in der Hand im Vordergrund ist Robert Wise, neben ihm Jerome Robbins mit einem Block in der Hand, sie führen Regie.

»Und wer ist der, der dauernd wie ein Affe rauf und runter springt und den komischen Kasten vor sich führt?«

Lennon amüsiert sich über Mozarts Frage. >Das ist Daniel L. Fapp, der Kameramann. Ohne ihn wäre alles nur ein Schauspiel. Er nimmt alles auf, er verfilmt das Ganze, er verewigt jede Szene und die Menschen können immer wieder den Film ansehen.<

Beethoven will mehr wissen. »Und worum geht's bei >West Side Story<?«

>Die Urfassung trug den Namen >East Side Story<, sagt Mercury.

»>East< oder >West<, worum geht es bei dem Ganzen?«

>Die Handlung ist eine Übertragung von William Shakespeares Tragödie >Romeo und Julia< in das New York der 50iger Jahre. Ihr werdet gleich sehen, die Liebesgeschichte spielt sich dabei vor dem Hintergrund eines Bandenkrieges rivalisierender ethnischer Jugendgruppen ab: der amerikanischen Jets und der puertoricanischen Sharks.<

Lennon detailliert: >Tony = Jets (Richard Beymer) und Maria = Sharks (Natalie Wood) verlieben sich ineinander. Doch dann wird Tonys bester Freund Riff (Russ Tamlyn) in einem Straßenkampf von Marias Bruder Bernardo (Geoge Chakiris), dem Anführer der Sharks, getötet. Aus Rache sticht Tony auch Bernardo nieder. Er muss nun untertauchen. Durch eine Verkettung unglücklicher Umstände erfährt Tony fälschlicherweise Maria sei gestorben. Tony läuft auf die Straße und fordert Chino (den Mann, mit dem Maria als Kind verlobt wurde) dazu auf, ihn zu erschießen, da sein Leben nun keinen Sinn mehr hätte. In diesem Moment sieht er Maria, die auf dem Weg zu ihrem verabredeten Treffpunkt ist. Die Liebenden stürzen aufeinander zu, doch Chino schießt auf Tony, der getroffen in Marias Armen niedersinkt. Über Tonys Leiche schließen die beiden Banden Frieden. Anders als in Romeo und Julia nimmt sich Maria aber nicht das Leben!<

Bevor das Orchester die Ouvertüre spielt, sagt Mozart: »Es ist auch gut so, dass pretty Maria sich nicht umbringt, sie erinnert mich sehr an meine Konstanze!«

Act 1, Songs
• Overüre (Instrumental)
• Prologue (Instrumental) – Jets and Sharks
»Sehr temperamentvoll«, flüstert Beethoven.
»Passt zum Temperament der streitenden Hähne«, sagt Mozart und sie lachen.
• Jet Song – Riff, Action, Baby John, A-rab, Big Deal and Jets
• Something's coming - Tony
• The Dance at the Gym (Instrumental) – Jets and Sharks
• Maria – Tony
• Tonight – Tony and Maria
• America – Anita (Rita Moreno), Rosalia and Shark Girls
• Cool – Riff and Jets (Ice sings it in the 1961 Movie Version)
• One Hand, one heart – Tony and Maria
• Tonight (Quintet and chorus) – Anita, Tony, Maria, Jets and Sharks
• The Rumble (Dance) – Jets and Sharks
Act 2
• I Feel Pretty – Maria, Consuela, Rosalia, Teresita, Francisca and Shark Girls
• Somewhere – Tony and Maria
• Gee, Officer Krupke – Action, A-rab, Diesel, Baby John and the Jets
• A Boy like that / I have a love – Anita and Maria
• Tauunting secene (Instrumental) – Anita and Jets
• Finale – Tony and Maria

»Vergleicht man mit Shakespears Dramaturgie und Besetzung, dann ist Tony / Romeo, Maria / Juliet, Bernardo / Tybalt, Riff / Mercutio, Jets / Montagues, Sharks /Capulets«, flüstert Beethoven.

Mozart nickt. Beide sind von der Dramaturgie aber auch von der Choreographie sehr angetan, vor allem von den Songs der Liebenden, Maria und Tony.

And still shesk>Tonight, tonight,
wont beginst any night,
tonight these will be no morning star,
tonight, tonight,
I'll see my love tonight.
And for us, stars will stop
Whese they are.
Today the minutes seen like hours.
The hours go slowly,
yis light.
Oh noon, go bright,
And make moon endless day,
Endless night.<

»Tony ist schon beim ersten Auftritt ganz eingehüllt in Liebe und Leidenschaft, er liebt Maria, aber die Mauer der Rivalität der Jets und Sharks ist zu hoch und zu gewaltig«, sagt Mozart.

Beethoven nickt. »Dabei wird jedem bewusst, Maria und Tony haben Angst, dass sich in ihrer Liebe ein Todesbewusstsein verbirgt, eine Art Vorahnung eines tragischen Schicksals.«

Mercury und Lennon sind nicht überrascht von den Erläuterungen der Altmeister.

Beethoven ist für den Bruchteil eines Moments in Gedanken versunken. >*Wir sind, was wir sind, weil wir tot sind, gestorben in der Dimension der Zeitlosigkeit; was wir hier sind, wo wir uns von einem wieder entfernen, und in den Strom der Unendlichkeit begeben. In der unsterblichen Seele, über die wir verfügen, beharrt die unvorstellbare E-nergie der Fantasie, womit der Geist alle Dimensionen der Relativitäts-lehre nämlich der Raum, die Zeit und die Geschwindigkeit überwindet.*

Die Ereignisse finden statt, und wir erleben sie. Wir könnten sagen: Wir befinden uns im Kreislauf der Ewigkeit oder der ewigen Gegenwart! Wissen wir es? Wir wissen es nicht, und das ist das Rätsel des Lebens und der Kobold des Todes.<

>Der Komponist Leonard Bernstein stirbt am 14. Oktober 1990 infolge eines Herzinfarktes in New York. Sein Geist steht nun im Abseits und beobachtet die Szene.<

»Schon am Anfang, ehe das Verhängnis Gestalt nimmt, spricht Tony von seinem >dispised life<, >untimely death< wird sein Los sein; das gehört zu ihm; er weiß es, bevor er vor die Bande tritt!« deutet Mozart an.

Beethoven nickt. »Er weiß, oder ahnt, aber er ist nicht so fatal eingestellt, wie Romeo bei Shakespeare. Tony ist eher ein Optimist mit Lebenslust. Er liebt Maria und denkt an nichts anderes. Er weiß nicht, dass seine Liebe mit dem Tod verschlungen ist, er kämpft gegen den Hass. Die Liebe ist die einzige Kraft, womit er den Hass zu überwinden versucht. [My only love sprung from my only hate. Romeo und Juli 1,5]. Auch Maria ist bewusst, dass die Liebe blind macht, dass der Hass alles verdirbt ...«

Nun liegt Tony tot in Marias Armen und sie will es nicht wahr haben. Mein Auge trügt mich oder Du schläfst, trägt Maria vor.

>O love! O life! Not life, but love in death! (Romeo und Julia)<

>Liebe ist eben in Tod, und Tod in der Liebe. Mit der Leidenschaft zerfallen alle diese Werte, auch der Wert des Lebens!< Mit diesem Satz tritt Leonard Bernstein vor die Diskutierenden.

»Es ist höchste Zeit, dass wir den Komponisten der modernen Zeit kennen lernen!« sagt Beethoven überlaut. Alles ist still.

Bernstein etwas verlegen sagt: >Ich habe mich beeilt! Not life, but love in death!<

Beethoven und Mozart sind gerührt. »Seines Todes ist man gewiss: Warum wollte man nicht heiter sein.«

>Jetzt bin ich tot, jetzt kann ich nur heiter sein!< erwidert Bernstein.

»Dann sag uns, was ist an dem Tod so schön, dass er sie so heiter macht?«

>Nicht der Tod selbst, sondern der Auftritt vor dem göttlichen Beethoven, und Mozart macht mich heiter.<

»Denken Sie über den Tod nach«, redet ihm Beethoven zu. »Lassen Sie Lebensbilder vor sich Revue passieren. Was sehen Sie?«

Bernstein etwas verlegen, blickt in die Ferne. >Ein schwarzes Meer, ein Riesenkrake mit blutigen Tentakeln.<

Beethoven hängt nach: »Blutige Tentakel? Aber sie sprachen von einem heroischen, glücklichen Tod! Wie kann ein grausamer Tod, so blutig wie er ist, für Sie heroisch sein und Sie glücklich machen?«

>Nicht der Tod selbst, sondern die Reinkarnation macht mich heiter. Wir sind, wie Sie sehen, nur Geister jener Körper, die verstaubt sind. Wir sind dem Schein unseres Körpers verpflichtet. Für mich ist ein unfruchtbares Leben ein lebender Tod!<

Bernstein, eloquent wie er ist, ergänzt: >Sie mögen doch alles, wovon ich so träumerisch spreche nicht so wörtlich nehmen!<

Beethoven und Mozart nicken.

»Brause, Wind brause! Nimm allen Staub von mir!« sagt Mozart heiter.

Bernstein fühlt sich sicherer. >Aus Eurem Fußstaub entstanden; selbst zu Staub geworden. Aber bitte, vergessen wir Ursache und Wirkung nicht!<

»Also der Tod als Ursache, in deren Wirkung wir das Glück und den ewigen Frieden finden wollten?«

»Ja, Amade! Vor allem den ewigen Frieden!« ruft Beethoven.

Bernstein klein laut. >Den ewigen Frieden! Den wir auf der Erde nicht fanden! Meine Einsamkeit ist meine Leere. Der einzige Geist, der einzige Gedanke, welcher meine Leere ausfüllen kann, ist die Annäherung zum geistigen Imperium Beethoven und Mozart. Ich eilte, eilte zu diesem Imperium. Liebe ist eben der Tod, und Tod in der Liebe. Und nun, danke Götter in allen Hemisphären, denn ich bin im Elysium, was will ich mehr!<

Lennon und Mercury vom Wortwechsel fasziniert, hören stillschweigend zu.

436

Bernstein ist dankbar. >Ich bin mir des Glücks und dieser Ehre bewusst. Nicht einmal im Traum konnte ich mir ein authentischeres Bild von Beethoven und Mozart malen! Die großen Geister der Vergangenheit, die ewigen Propheten der Kunst, Lichtgestalten der Hoffnung und Fackelträger des Friedens stehen geistesgegenwärtig vor mir in aller Ewigkeit. Dunkle Tage, Ihr wollt zu Ende gehen.<

Erneut füllen sich Bernsteins Augen mit Tränen.

Lennon flüstert vor sich hin. >Ich glaube sie haben uns vergessen!<

>Lass sie ruhig reden, das tut ihnen gut<, sagt Mercury

Beethoven lacht zustimmend.»Euch etwa nicht? Lasst doch unseren Freund so hoffnungsvoll wie er ist, weiter reden.«

»Wir sind in der Tat von Ihrem Vortrag sehr beeindruckt! Vor allem wie Sie sich für die Bedeutung der Musik für die Seele der Menschen und Gesellschaft einsetzten«, sagt Mozart.

Beethovens Augen weiten sich. Bernsteins lehrmeisterliche Erklärung scheint ihn aufhorchen zu lassen, seine Eloquenz, seine Geistesgegenwart und seine Courage für die Aufklärung und Befreiung von Zwängen…

Bernstein ahnt Beethovens Zuspruch. >*Jahrhunderte lang haben sich Ästhetiker, Musiker und Philosophen mit der >Bedeutung< in der Musik beschäftigt. Die Abhandlungen darüber sind Legion und vermehren auch meist nur die Zahl der Worte zu dieser ohnehin dunklen Frage. Aus der Fülle der Versuche lassen sich vier Bedeutungsebenen herausheben:*

Erzählend-literarische Bedeutung (Till Eulenspiegel, Der Zauberlehrling und andere).

Atmosphärisch-bildhafte Bedeutungen (La Mer, Bilder einer Ausstellung und andere).

Die besonders für die Romantik typischen Gefühlsreaktionen wie Triumph, Schmerz, Sehnsucht, Bedauern, Fröhlichkeit, Melancholie, Angst.

Rein musikalische Bedeutung.

Nur die letzteren sind einer musikalischen Analyse wert. In den drei anderen Fällen kann es sich um Assoziationen handeln, mit denen man

vertraut sein sollte, falls sie vom Komponisten überhaupt beabsichtigt wa-
ren; anderenfalls stellen solche assoziativen Bedeutungen nur eine willkür-
liche Rechtfertigung oder billige Aufmachung der Musik aus den vorher
schon erwähnten Gründen dar. Wenn wir Musik >erklären< wollen,
müssen wir eben Musik erklären und nicht jene Unmenge von ganz ande-
ren Vorstellungen und Assoziationen, die die >Musikverständigen< wie
Auswüchse um die Musik haben wachsen lassen.<

Mercury ist neugierig. >Was will die Musik uns vermitteln, wenn nicht die Freude, die Ermunterung und die Ermutigung?<

>Ja. Ermutigung zum Leben!<

>Obwohl die Musiker selbst nicht immer zum Leben fähig sind!< wirft Lennon ein.

Mozart spricht aus Erfahrung: »Leiden gehört zum Leben und Schmerz zum Leiden!«

>Ist Leiden und Sterben die Voraussetzung für die Genialität?< fragt Mercury.

Beethoven bleibt moderat. »Anscheinend! Denn ohne zu erfahren, was Leiden ist und welchen Charakter der Schmerz besitzt, kannst Du Dein Elend nicht definieren.«

>Ihr wollt doch nicht behaupten, dass die Kunst, vor allem die Musik, von der hier die Rede ist, immer unter schwersten Schmerzen vollbracht wird?<

>John! Anscheinend doch, wie bei einer schweren Geburt!< sagt Mercury leichthin.

Bernstein blickt in die Runde und grinst. >Der Schreihals erblickt die neue Welt, die Mutter versinkt in Erschöpfungsglück.<

»Erschöpft, aber glücklich!« sagt Mozart und lacht, »Für wie lange?«

»Glücklich, dass sie beides besitzt: das gesunde Kind und das eigene Leben. Wie lange, ist in diesem Moment obsolet«, sagt Beethoven.

Lennons letzter Versuch. >Also, wenn Mozart und Beethoven unter Milliarden von Menschen zu Auserwählten werden, die ihre Liebe und ihr Leben der Kunst, Humanität, Menschenliebe und dem Frieden gewidmet haben, dann müssen sie der größten Schmerzen gegenwärtig gewesen sein.<

>Ja, ja, ja< Mercury wird ungeduldig. >Beides sind Kehrseiten ein und derselben Medaille; sie lassen sich nicht getrennt erfahren! Ruhm göttlicher Komponisten zu sein, verlangt sein Tribut!<

>Genießen, können sie nicht wollen! Wollen sie weniger Schmerz, weniger Leid und Kälte, dann müssen sie sich zu Normalsterblichen gesellen, wie viele es tun, und sich der höchsten Lebenslust begeben<, entgegnet Bernstein.

Lennon mit verehrungswürdigem Blick zu Beethoven, erinnert an Schillers Spruch: >*Was kümmert uns noch, ob die Götter sich als Lügner zeigen oder sich als wahr bestätigen? Beethoven haben sie das Ärgste angetan*!<

>Mächtiger als jeder König und Kaiser bringt er die Erde zur Einheit, und weil die Götter ihm den Frieden verweigern, so hat er ihn selbst gemacht!< entgegnet Bernstein, >der Friedensmissionar Beethoven und mein Prophet der Liebe.<

Bernstein gibt mit einem Handzeichen zu verstehen: alle mögen nun zu hören. Er dreht sich zu seinem improvisierten Notenpult und gibt einige Takte vor, um das Orchester auf die Tonart und Tempi aufmerksam zu machen. Dann spielt das Orchester: Allegretto >Pastorale< Hirtengesang. Frohe und dankbare Gefühle nach dem Sturm. >Feierlicher kann man für den Frieden nicht komponieren<, ruft er nachdem die Partitur zu Ende geht. Das Orchester ist außer sich! Beethoven und Mozart Hand in Hand mit Lennon und Mercury tanzen im Kreis um Leonard Bernstein.

Nun wollen sie dem Vorschlag von Lennon folgen und sich in die City östlich vom Battery Park begeben, wo sich die 420 m hohen Zwillingstürme des World Trade Centers zum Himmel strecken. Der Mann mit der Nickelbrille, die >Erste Geige<, ist sehr besorgt, als er von dieser Absicht erfährt. >John, John, Deinen Vorschlag kannst Du gleich vergessen!< ruft er untröstlich.

>Warum? Sie sollen das Zentrum der Wirtschaft der Welt sehen, wo die Fäden der Ausbeutung der Entwicklungsländer gezogen werden.<

>Das gibt es nicht mehr!< sagt die >Erste Geige<.

Lennon fragt verdutzt: >Was gibt es nicht mehr? Die Stätte der Ausbeutung oder das WTC?<

>Das WTC, die Zwillingstürme, die gibt es nicht mehr! Aber keine Sorge, an der Ausbeutung der armen Länder ändert sich nichts. Die Gebäude werden an der gleichen Stelle oder anderswo wieder aufgebaut und die spekulativen Geschäfte fortgesetzt!<

Bernstein nicht weniger verdutzt wirft ein: >Aber wie und überhaupt, was ist passiert?<

Die >Erste Geige< sammelt ihre Gedanken und erzählt: >Ich bin im November 2001, also 11 Jahre und 11 Monate nach meinem Meister gestorben.<

Leonard Bernstein hört ungeduldig zu. >Dir mein hoch geliebter Maestro und anderen, die vor mir gestorben sind, ist der Schrecken der Katastrophe des 11. September 2001 erspart geblieben. Dort werden wir heute nur die >Wall of Heroes< an der Church Street sehen, die an fast 3000 Opfer des Anschlags und an die Zwillingstürme des WTC erinnert.<

>Ein Anschlag?< fragt Bernstein.

>Hat es wieder einen Krieg gegeben?< fragt Mercury.

>Nein, die Amerikaner führen nur außerhalb ihrer territorialen Grenzen Kriege! Der große Teich ist für Amerika bester Schutz. Ihnen kann nichts passieren, wenn sie auch den Rest der Welt in Schutt und Asche versetzen! So glaubten sie jedenfalls!< entgegnet Lennon.

>Wir haben doch erlebt, wie die Amerikaner in Korea, Vietnam … Kriege führten, und Vietnam in die Steinzeit versetzen wollten!< erinnert Mercury.

Beethoven und Mozart verstehen kein Wort von dem, was gesprochen wird, verfolgen aber das Gespräch neugierig.

Bernstein will es genauer wissen. >Also was ist passiert, wenn kein Krieg? Was führte zur Zerstörung dieser Gebäudekomplexe, die angeblich aus Beton und Stahl für die Ewigkeit gebaut worden waren?<

Der Mann mit der Nickelbrille, die >Erste Geige<, erinnert sich: >Im Buch der Richter steht geschrieben: Der Attentäter ließ sich zu den Mittelsäulen des Tempels führen. Er betete: Denk an mich und gib mir noch einmal Kraft. Er stellte sich zwischen die beiden Hauptträgersäulen des Gebäudes, als ob er wusste, dass statisch gesehen das Ganze nur so aus dem Gleichgewicht gebracht werden konnte. Er stemmte sich gegen die Säulen. Gegen die eine mit der rechten Hand, gegen die andere mit der linken. Er sagte: So mag ich denn zusammen mit den Philistern sterben. Er streckte sich mit aller Anstrengung, und das Haus stürzte über dem Fürsten und allen Leuten, die im Tempel waren, zusammen. Dabei starben etwa dreitausend Männer und Frauen ...<

>Ist Samson auferstanden?< fragt Bernstein erstaunt und verwirrt.

>Nein<, sagt er, >Wer Menschenblut vergießt, dessen Blut wird durch Menschenblut vergossen< (1. Buch Mose 2,6). Und Selbstmordattentäter sind fanatische junge Menschen, die von diesen irreführenden Botschaften beeinflusst, ihren Befreiungskampf über ihr eigenes Leben stellen. In allen Religionen wird vom heroischen Widerstand gegen Unrecht gesprochen. Wenn es so ist, dann töten die Samsons des 20. und 21. Jahrhunderts alle immer im Namen Gottes!<

>Für den Kampf gegen Unrecht waren wir auch bereit alles zu tun!< erwidern Mercury und Lennon spontan.

Bernstein nicht abgeneigt zuzustimmen. >Also wenn eine kleine Gruppe aus überwiegend intellektuellen jungen Menschen zu dem Schluss kommt, dass das Wohlergehen der Erde in erster Linie durch die reichen Industrieländer gefährdet ist, dann sind sie zu allem bereit, auch zum Selbstmord ... Um den Planeten zu retten, zerstören sie die Zentren der manipulierenden Wirtschaft- und Finanzmärkte. Und sie werden als islamische Terroristen vor allem von Amerikanern gefürchtet ... Kampf gegen Unrecht ist für mich immer heilig, aber nicht genug für einen heiligen Krieg. Krieg kann nie heilig sein!<

Lennon kann nicht alles glauben, was er hört. >Ist das WTC von islamischen Terroristen zerstört worden? Wissen wir es? Weiß es überhaupt jemand?<

Alle strecken den Hals und blicken gespannt zu dem Mann mit der Nickelbrille. >Diese Frage kann ich nicht beantworten, aber die Experten weisen auf eine Verschwörung hin. Einer von diesen ist Andreas von Bülow. >Die Spur der 19 muslimischen Selbstmordattentäter ist zwar unübersehbar, doch sie fällt beim Betrachten einzelner wichtiger Elemente schlichtweg in sich zusammen. Eine Aufklärung der vielen schwerwiegenden Ungereimtheiten findet nicht statt<.

»Warum nicht?« fragt Mozart, »Ein Suizid für Gott, den Gerechten und für benachteiligte Menschen! Mit dieser Parole hat selbst Samson nicht viel erreicht! Aber es muss viel Übles passiert sein, vor allem Krieg, dass die jungen Idealisten zu Terror und Gewalt greifen!«

Der Mann mit der Nickelbrille – nicht John Lennon – sondern der die erste Geige spielte, ist nicht überrascht von Mozarts einfacher Erklärung. >Ja, in der Tat, es ist mehr passiert. Eine andere elitärere Gruppe fühlt sich verpflichtet, den Zusammenbruch der westlichen Zivilisation herbeizuführen, um die Welt zu retten! Sie besteht nicht aus Terroristen. Nein! Maurice Strong erklärt so: >Diese kleine Gruppe von World Leaders bildet also eine Verschwörung mit dem Ziel, die Weltwirtschaft aus dem Lot zu bringen. Es ist Februar. Alle entscheidenden Leute sind in Davos. Die Verschwörer gehören zur Führungselite der Welt. Sie haben sich in den globalen Waren- und Aktienmärkten positioniert. Mittels ihres Zugangs zu den Finanzmärkten, zu den Computerzentren und zu den Goldreserven erzeugen sie eine Panik. Dann verhindern sie, dass überall auf der Welt Finanzmärkte schließen. Sie blockieren das Getriebe. Sie heuern Söldner an, welche die übrigen Konferenzteilnehmer in Davos als Geiseln festhalten. Die Märkte bleiben offen …< Ich weiß, Ihr glaubt so was nicht. Ich habe auch mit solchen Szenarien meine Probleme. Maurice Strong kennt diese Weltelite.

Er sitzt im Zentrum der Macht. Er könnte das alles in die Tat umsetzen. Aber er tut es nicht! Noch nicht!<

Beethoven versucht mystisch-philosophisch zu erklären: »Es ist das Schicksal, das Medea nach der Ankunft von Korinth heran kommen sieht und dem sie entgegnen möchte:

>*Geschehen ist, was nie geschehen sollte,*
und ich bewein's, und bitterer, als Du denkst;
Doch soll ich drum, ich selbst, mich selbst vernichten?<

>Klar sei der Mensch und einig mit sich selbst!< und ich mit Franz Grillparzer. Und dazu habe ich nichts hinzufügen ... oder doch!< Er wendet sich an John Lennon. >John! Von Deiner Lieblingsstadt New York bin ich nicht so begeistert wie Du! Wenn sie sich nicht gegen solche Tyrannen erhebt, die diese Katastrophe herbei führen und die Welt mit Kriegen erschüttern.«

Der Mann mit der Nickelbrille ist beeindruckt von Beethovens Worten. >Der Republikaner J.W. Bush hat erst Afghanistan, dann den Irak in Schutt Asche versetzt!<

Mozart schüttelt den Kopf. »Warum das?«

>Das ist eine gute Frage?<

»Und?«

>Die USA haben lange darauf gewartet.<

»Worauf?«

>Auf einen Grund dort einzumarschieren.<

»Und dann?«

>Nun verdächtigen Sie jeden, der keinen christlichen Namen hat...<

»Und was machen Sie mit ihm?«

>Sie nennen ihn Terrorist und erschießen ihn, oder wenn er weniger >gefährlich< ist, wird er nach Guantanamo verbannt...<

»Und was machen Sie dort mit ihm?«

>Terrorverdächtige sitzen dort angekettet wie wilde Tiere im Käfig und warten auf einen >gerechten< Prozess!<

Nun versteht Beethoven die Welt nicht mehr. »Warum dort? Warum nicht in Amerika?«

>Weil dort >The Human Rights< aufgehoben ist.<

»Wer hat sich das ausgedacht?«

>Na, wer denn, wenn nicht J.W. Bush...<

Mozart und Beethoven schütteln traurig den Kopf.

»Moderne Menschen – was für ein Bild! Eine Katastrophe, die aus der Stirn der intelligenten Bestie – Mensch – entspringt!« sagt Beethoven. »Gott bewahre die Welt vor solchen Christen! Was ist los hier in der neuen Welt? Was geschieht mit unserer Zivilisation? Was haben wir falsch gemacht? Warum haben wir es nicht kommen sehen?«

Bernstein wie versteinert. >Nostradamus hat angeblich alles, was hier geschehen ist, prophezeit!<

Mozart grinst. »Wir Menschen, wir lieben Aberglauben...«

»Keine Behauptung von Nostradamus konnte solange wir gelebt haben, faktisch belegt werden«, entgegnet Beethoven.

Bernstein nicht minder skeptisch. >Die angeblich paranormalen und magischen Fähigkeiten Nostradamus müssen eher als paranoide Anfälle betrachtet werden!<

>Zum Teufel mit ihm! Wer ist Nostradamus?< ruft Mercury.

Bernstein mit einer Geste zu Beethoven und Mozart, ob er erläutern darf. >Nostradamus, bekannt durch apokalyptische Prophezeiungen war ein französischer Astrologe und Mediziner jüdischer Religion. Michel von Notredam wurde am 14.12.1503 in Saint-Rémy-de Provence geboren. Er studierte Medizin. Als Arzt rettete er viele Menschen vor einer Epidemie, aber der eigenen Familie konnte er nicht helfen. Er wurde zu einem radikalen Aufklärer und Visionär. Er behauptete das Schicksal der Welt zu kennen. Er wurde zum Leibarzt Karls IX von Frankreich. Weltuntergang, Endzeitstimmung und Prophezeiung von Katastrophen wurden zu seiner Religion. Er soll die Brandkatastrophe von London, den Tod von Heinrich, II., den Untergang eines neu entstandenen 1000jährigen Reichs unter Führung eines schizoiden Hitler in Deutschland, sowie die Ermordung von großer Persönlichkeiten wie John F. Kennedy und nicht zuletzt den Niedergang von zwei großen Türmen in der neuen Welt vorausgesagt haben... Er soll sogar die furchtbarste Waffe, die Atombombe prophezeit haben!<

Beethoven schmunzelt. »Oder seine Anhänger haben seine Thesen manipuliert und falsch interpretiert!«

Mercury hakt nach: >Und was ist aus ihm selbst geworden?<

>Der `Wahrsager´ ist am 2.7.1566 in Salon-de-Provence gestorben<, sagt Bernstein.

>Hoffentlich treffen wir ihn nicht...<

»Nein, mein Lieber John, mit solchen Geistern haben wir weniger gemeinsam«, sagt Beethoven, »aber zurück zu der Verschwörungstheorie von Bülow, wo gibt es eine Bestätigung, wo liegt nun der Schlüssel zu dieser Verschwörung, die zu solch schändlicher Tat, einer Katastrophe von Menschenhand führte?«

Die 'Erste Geige'. >Soll ich es Euch verraten? Wollt Ihr das Unglaubliche wirklich wissen, was für eine Verschwörung es war?<

>Ja, aber ja, bitte!< ruft Lennon, >wir alle wollen es wissen.<

Die 'Erste Geige', in seiner Stimme schwingt etwas mit, das alle neugierig macht, als er anfängt die Meinung vieler zeitgenössischen Sachverständigen auf einen Nenner zu bringen. >Die Regierung selbst, die Regierung der Vereinigten Staaten hat alles inszeniert mit Intrigen der CIA!<

Mozart reißt die Augen auf. »Das ist doch unglaublich! Was sich Politiker für den Erhalt ihrer Macht erlauben! Dies ist nun die Tragik der Geschichte dieser Stadt und der neuen Welt; die irdische Macht bedient sich der himmlischen Kräfte und verliert sie dadurch; das Göttliche, das von der Liebe gezogen, her niedersteigt, leidet und opfert sich unter den Menschen, bis seine eigene göttliche Kraft es wieder den Menschen entrückt und sie sein Schwinden betrauern.«

Nun beschwört Beethoven die Menschheit mit dem Aufsatz zum 5. Aufzug Grillparzers Drama >Ottokars Glück und das Ende<:

>*Das Edle schwindet von der weiten Erde.*

Das Hohe sieht von Niederen sich verdrängt.

Und Freiheit wird sich nennen die Gemeinheit<.

»Aber liebe Freunde, vor dem Abschied möchte ich doch meinen unabänderlichen Optimismus kundgeben, dass auf dem Wesen des Menschen selbst eine unerschütterliche Hoffnung ruht; im Abgrund der Katastrophe wird er sich wieder finden. Dann wird er die Welt zur besseren verwandeln:

> *Dann kommt die Zeit, die jetzt vorübergeht,*
> *Die Zeit der Seher wieder und Begabten.*
> *Das Wissen und der Nutzen scheiden sich.*
> *Und nehmen das Gefühl zu sich als drittes;*
> *Und haben sich die Himmel dann verschlossen,*
> *Die Erde steigt empor an ihren Platz,*
> *Die Götter wohnen wieder in der Brust,*
> *Und Demut heißt ihr Oberer und Einer*<.

Der Mensch, der ist für uns der Sinn der Welt, und Grillparzers heiligstes Wort! Mit diesen Gedanken vertraut, lasset Euch umarmen und uns verabschieden auf Immerwiedersehen im All.«

>Und wohin geht die Reise?< fragt Mercury, wie ein Junge vor dem Abschied vom Vater.

Beethoven umarmt ihn. »Nach Wien, wohin denn sonst!«

Mozart umarmt Lennon. »Und wohin geistert Ihr beiden?«

>Wir werden dort erwartet...< Lennon winkt zu einer sehr vitalen und rhythmisch tanzenden Gruppe, jenseits der Wolkenkratzer. >Seht Ihr denn die Geistergruppe mit den Fackeln nicht?<

»Doch, nachdem Du es sagst. Und wer sind sie?«

>Das sind Pop- und Rock-Mythen, die einen Neuankömmling im Himmel willkommen heißen: Jimi Hendrix, Kurt Cobain, Janis Joplin, Bob Marley, Elvis Presley, Buddy Holly und andere nehmen Michael Jackson inmitten ihres Kreises auf. Sie erwarten uns.<

>Adieu, Ihr lieben Großen, Vorreiter und Propheten der Kunst für Frieden. Adieu Beethoven! Adieu Mozart!< rufen Mercury und Lennon und gesellen sich zu den Pop-Mythen der ewigen Zeit, der ewigen Gegenwart.

Leonhard Bernstein sagt pathetisch: >Lebet wohl Ihr Geister des Friedens. Und ich für meinen Teil; Zeit meines Geisteslebens freue ich mich wie ein Gott.<

»Es ist Nacht, und es bleibt uns nichts übrig, als den Fackeln des Friedens zu folgen und uns in die heimatliche Ewigkeit zu begeben«, flüstert Beethoven.

»Ist sie nicht bewundernswert?«

»Wer?«

»Die Erde, Amade, die Erde...«

»Wenn wir vor dreihundert Millionen Jahren vom Weltraum aus, auf den Erdball geblickt hätten, hätten wir ein völlig anderes Bild von der Erde gesehen als das, was wir heute erblicken.«

»Amade, Du und ich kennen die Kontinente: sieh mal die beiden tropfenförmigen amerikanischen Landmassen, die über die Nabelschnur Mittelamerika miteinander verbunden sind, dann das breite, auf den Kopf gestellte afrikanische L, das Europa, das einer Hand mit gespreizten Fingern, Skandinavien, Griechenland, Italien ähnelt, von Osteuropa nach unten auslaufende Konglomerat Asien, das einer sitzenden Katze ähnliche persische Hochland, und drüben die versprengten Stückchen Australien, die fadenförmigen Neuseeland und die weiße Antarktis.«

»Sie sind vor etwa zweihundertfünfundzwanzig Millionen Jahren entstanden. Davor war die Erde von einem riesigen Ozean mit einem einzigen Riesenkontinent, Pangäa, griechisch für >All-Erde<, bedeckt.«

»Und wie hat der Urkontinent ausgesehen?«

»Ludwig, ich weiß es nicht, niemand weiß es genau.«

»Wen Du es nicht weißt, dann weiß es doch keiner!« sagt Beethoven und lacht.

»Was gibt es zu lachen, Ludwig?«

»Ich musste an unser Gespräch in Prag denken, wo Du geographisch die Herkunft und den Zusammenfluss der großen Wasserstraßen Europas meisterhaft erklärtest.«

Mozart erklärt mit einem Lächeln: »Ludwig, ich kann mir vielleicht vorstellen, es könnte eine Ähnlichkeit mit einem Embryo gehabt haben, wobei Asien den Kopf bildete, Amerika den Rücken, Afrika den Bauch und Australien und die Antarktis die unteren Extremitäten...«

»Und wo bleiben die oberen Extremitäten?«

»Europa und die skandinavischen Länder waren noch nicht entwickelt...«

»Der Kopf in Asien, der passt gut zu der Evolutionsgeschichte.«

»Wieso das?«

»Amade, die Wiege der menschlichen Zivilisation, Entwicklung und Kultur liegt in Asien.«

»Klingt nach einem evolutionären Abenteuer«, sagt Mozart.

»Ist es auch«, sagt Beethoven.

Da habt Ihr das Wunder Eures Fortschritts! Aus der Wissenschaft habt Ihr Euren Untergang geschmiedet!

Beim Heimflug gut gelaunt über Weißrussland-Ukraine spüren sie auf einmal eine sonderbare Stille in der Atmosphäre. Plötzlich erblicken sie einen gigantischen, hoch in den Himmel ragenden Sarkophag...

>Vielleicht ist es angebracht, an diesem Ort des Grauens die Geschichte dieses Mahnmals in Erinnerung zu rufen!< ertönt eine kratzige Stimme in der staubigen Stille. Überrascht aber neugierig hören Beethoven und Mozart einen jungen Mann erzählen.

>An jenem Tag vor 27 Jahren geschah die noch nie dagewesene Katastrophe hier in Tschernobyl. Bedrohlich ragt nun das mit 7000 Tonnen Blei und 300 000 Tonnen Beton rund 75 Meter hoch in den Himmel; wir, die >Freiwilligen< mussten unter Einsatz unseres Lebens am 26. April 1986 den zerstörten Reaktorblock verschließen. Wir bauten nach der Kernschmelze und anschließenden Explosion, innerhalb von sechs Monaten diesen riesigen >Sarkophag< um den havarierten Meiler, um die tödliche Strahlung zu stoppen. Dieser Sarkophag ist auch ein Mahnmal, das an die Höllenkräfte einer außer Kontrolle geratenen Kernenergie erinnert<.

>Ich habe die Hölle gesehen! Ich habe der Hölle zu entkommen versucht...<

Beethoven und Mozart verstehen kein Wort; nicht weil er russisch spricht, sondern weil sie immer noch nicht ahnen, was in Tschernobyl passiert ist.

Der Strahlentote nicht überrascht, nickt mit einem grimmigen Lächeln und spricht nun englisch. Beethoven und Mozart sind erstaunt, wie seine Augen im Dunkeln leuchten.

>Wir haben Martin Luthers Übersetzung der Bibel von 1912 falsch interpretiert: *Und Gott schuf den Menschen, ihm zum Bilde Gottes schuf er ihn; und schuf sie einen Mann und ein Weib (1. Mose 1,27).* Und der Mann hieß Albert Einstein.<

»Hieß er nicht Adam?« sagt Mozart.

Keine Reaktion.

>Und Gott segnete sie und sprach zu ihnen: *Seid fruchtbar und mehret euch und füllt die Erde und macht sie euch untertan und herrscht über die Fische im Meer und über die Vögel unter dem Himmel und über alles Getier, das auf Erden kriecht (1. Mose 1,28).* Das ganze Elend begann als Kain Abel umbrachte, um uns, seinen Nachkommen ein guter Wegweiser zu sein.<

»Also wir sind nicht die Nachkommen des guten Abel, sondern die des bösen Kain?« sagt Beethoven.

Auch er bekommt keine Antwort.

>Also am Anfang war nicht das Wasser, sondern das Atom und Gott schuf Albert Einstein, und er spaltete seinerseits das Atom und erklärte mit der Formel: $E = mc^2$ den eigentlichen Sinn der Erde!… Also der Mensch oder Universum, jeder ist ein Produkt von $E = mc^2$. Ihr versteht immer noch nicht, wovon ich rede, habe ich Recht?<

Beethoven und Mozart schütteln den Kopf.

Er grinst wieder grausig und fährt fort: >Dies ist die Relativitätslehre vom Propheten Einstein: Energie ist gleich die Masse mal Lichtgeschwindigkeit hoch zwei. Der Mensch in meinem Zeitalter ist gesättigt, was biologische Bedürfnisse, Wasser und Nahrungsmittel betrifft, aber von Energie kann er nicht genug kriegen. Und die Atombombe in Hiroshima und Nagasaki wurde exemplarisch für die unbegrenzte Energie in einem AKW (Kernkraftwerk) umgesetzt. Die atomare Explosion wird hier unter einer Glocke aus Beton und Stahl >gezähmt< für die Energiegewinnung ausgenutzt.<

»Gibt es eine friedliche Nutzung der Atomenergie?« fragt Beethoven kleinlaut.

>Es gibt keine friedliche Nutzung der Atomenergie<, sagt er entschieden. Sehen Sie mich doch an gerade jetzt, wenn die Abenddämmerung anbricht...<

Beethoven und Mozart sind perplex. Der Verstrahlte zeigt auf sein Skelett in nächster Nähe des Sarkophags, der wie eine Skulptur aus purem Phosphor leuchtet.

>Und er wird immer noch strahlen, nachdem die Menschheit aufgehört hat zu existieren. Wir haben geglaubt, wir hätten die Technik im Griff, aber Amerikaner, Europäer und vor allem Japaner, sind Gefangene ihrer Technologie. In Japan wurden die Götter durch die Technologie ersetzt. Der Japaner glaubt erst an sein technologisches Können..., dann an sich selbst..., dann an die Götter. Die Kernschmelze im Reaktor Three Mile Island in den USA haben wir 1979 kaum wahrgenommen, Tschernobyl 1986 wurde schneller vergessen als ich dachte. Jedes hoch technisierte Land sagt von sich: Aber bei uns kann doch so etwas nicht passieren. Nicht mit unserer Spitzentechnik! So denken auch die Deutschen und die Japaner. Das Land, das die Katastrophen von Hiroshima und Nagasaki erlitten hat, trat an auf unverantwortliche Weise die Wirklichkeit durch die Lust am Gewinn zu verdrängen und baute, was das Zeug hält. Nun kämpfen sie bei dem am 11. März 2011 schwer beschädigten AKW Fushima 1, 2, 3 und 4 um den Strahlen Herr zu werden.<

»Zuhören ist das eine, verstehen das andere«, sagt Mozart »Wir wissen immer noch nicht, woher die tödlichen Strahlen kommen!«

>Die Brennelemente im Atomreaktor bestehen aus Plutonium und Uran, wie einer Atombombe. In Wasser getaucht produzieren sie eine unglaubliche Menge Hitze, die das Wasser zum Sieden bringt, bei Temperaturen von Tausenden Grad Celsius, werden mit dem entstehenden Dampf die Elektroturbinen zur Gewinnung von Elektrizität in Rotation gebracht.<

»Und was passiert, wenn die Kühlung der überhitzten Kernelemente versagt?« fragt Mozart naiv.

>Dann geschieht, was hier in Tschernobyl alles zerstörte - die Kernschmelze. Der GAU hat stattgefunden, der >Größte anzunehmende Unfall<. Dabei wurden die in den zerstörten Brennelemente enthaltenen radioaktiven Substanzen Uran, Plutonium und ihre Alpha-, Beta- und Gamma-Strahlen und die Spaltprodukte Krypton, Strontium und Caesium und radioaktive Stoffe und Isotope des Jod, Jod 131 und Jod 133 frei gesetzt. Während die Jod-Isotope sehr kurzlebig sind und eine Halbwertzeit von bis zu acht Tagen aufweisen, haben andere Elemente wie Caesium 134 eine Halbwertzeit von 30 Jahren und andere wie Plutonium, Strontium, Uran bleiben lebenslang radioaktiv…<

»Wie erfährt man, dass es solche Strahlen gibt?« fragt Beethoven kleinlaut.

>Die Strahlen werden mit Geigenzählern gemessen und zwar mit Maßstäben und Einheiten wie Becquerel: Das ist eine Maßeinheit dafür, wie aktiv eine radioaktive Substanz ist. Sie gibt die Zahl der Atomkerne an, die pro Sekunde zerfallen und dabei radioaktive Strahlen aussenden. Und die Maßeinheit für die Strahlenbelastung biologischer Organismen ist Sievert. Die effektive Dosis für uns Menschen liegt bei 50 Millisievert. Ein Millisievert (= 1000 Mikrosievert) ist freigesetzte Strahlen in einer Stunde. Eine Strahlenschädigung beginnt bei 500 Millisievert.<

»Wenn Sie so gut über alles Bescheid wissen, warum haben Sie sich nicht schützen können?« fragt Mozart grimmig.

>Ich war der zuständige Ingenieur im Dienst. Ich musste alles riskieren, um nicht noch mehr Menschenleben zerstören zu lassen.<

»Also Kamikaze für die Menschheit!« sagt Beethoven.

>Ich bin nicht der Einzige, der sein Leben hier zerstören ließ! Hunderte sind mit mir und Tausende nach mir in dieser Hölle verbrannt. Wie war es doch mit Mose 1,28: Seid fruchtbar und mehret euch. Wir sind unfruchtbar und wenn es geboren wird, sind die Kinder entweder tot oder nicht lebensfähig, und was Meer und Fi-

sche betrifft, das Wasser ist verseucht und die Fische kontaminiert, also ungenießbar... Der schwarze Rabe ist ein kluger Vogel, er berichtet Gott, was hier auf der Erde vor sich geht...<

Der Geist des Strahlentoten kann sich darüber, wovon er spricht in einen wahren Rausch hineinreden. Er glüht förmlich, wie sein Skelett, und als er die beiden Ahnungslosen ansieht, sagt er: >Wissen Sie, das Erzählen ist das Zweitschlimmste. Das Schlimmste ist der Strahlentod selbst<. Bevor er mit seiner Erklärung fortfährt, sagt er noch: >Eins verstehe ich aber nicht, wie kommt ihr zwei Glückseeligen in diese Hölle?<

»Wir haben diese Hölle schon länger hinter uns, wir wollten nur kurz vorbeischauen und schnuppern...«, sagt Beethoven. »Wie viele von solchen Plutoniumöfen gibt es nun auf der Erde?«

>450 AKWs gibt es schon, 160 kommen noch dazu.<

»Lernen die Menschen aus solchen Katastrophen gar nichts?" ruft Mozart voller Grimm.

>Nein, sie lernen nicht! Bis es zu spät ist!<

»Was waren unsere Träume? Was ist daraus geworden?« seufzt Beethoven.

Mit allerletzter Kraft ruft der Strahlentote: >Hört Ihr! Wir haben sämtliche Vorsichtsmaßnahmen getroffen!< Er seufzt. >*Aber der Mensch ist und bleibt nicht unfehlbar und die Atomenergie ist riskant.*<

Die Grausigkeit brennt in seinen Augen und sein junges Gesicht ist eingefallen. Er verfällt in tiefes Grübeln. Sein ausgelaugtes Hirn dreht und wendet unzusammenhängende und grausige Bilder hin und her. Plötzlich schreit der Strahlentote von Tschernobyl auf und schlägt wild um sich. Verstohlene Schritte nähern sich. Der Verstrahlte verstummt. >Nein<, heult er auf. Und das Echo seines Schreis scheint verstärkt von den aufgerissenen Mündern der verstrahlten Toten zurückzuschallen...

Hand aufs Herz, tritt Michael Jackson auf. Er wird von Pop-Ikonen, unter ihnen Mercury und Lennon begleitet.

Er spricht: >Heal the Word<. Denkt über die Generationen nach und darüber, zu sagen, dass wir für unsere Kinder und Kindeskinder die Welt verbessern wollen. So dass sie wissen, dass sie in einer besseren Welt leben; und darüber nachdenken, ob sie sie verbessern können.

Er singt:>*There's a place in your heart and I know that it is love*
And this place could be much brighter than tomorrow
And if you really try you'll find there's no need to cry
In this place you'll feel there's no hurt or sorrow.

There are ways to get there if you care enough
For the living make a little space make a better place.

Heal the world make a better place for you and for me
And the entire human race there are people dying
If you care enough for the living
Make a better place for you and for me.
…<

V

>Hoffnung ist eine Art von Glück – vielleicht das Größte, was diese Welt bereit hat.<

»Ein kleiner Spaziergang in die Vergangenheit und die Gegenwart geht nun mit Wehmut zu Ende, was bleibt ist ein Grundsatz von Samuel Johnson«, sagt Beethoven bevor sie im nächsten Moment wieder in den wolkenreichen Himmel über Wien eintauchen.

»Ludwig, lassen wir die Menschen hören, hier soll Jupiter Gebieter über die Erde und Universum, Quelle der Hoffnung für eine bessere Welt werden.«

Im Hintergrund: Molto allegro – Symphonie Nr. 41 in C-dur >Jupiter<.

»Nun, Amade, hier im Kosmos bist Du für die alte Welt ein Jupiter, ein Maßstab für die musische Harmonie und Frieden!«

Während Beethoven diesen Satz ausspricht, seufzt Mozart und schüttelt den Kopf. »Ich hoffe nur, dass es die Menschen nicht zu weit treiben.«

»Womit, Amade?«

»Mit ihrem Ehrgeiz, alles Machbare in die Tat umsetzen zu wollen!«

Beethoven ist skeptisch, will aber nicht weiter grübeln. »Wir waren für eine kurze Weile, vielleicht für einen Moment, weg von hier, haben vieles gesehen, neue und alte, junge und sehr alte Geister kennen gelernt, und viele Städte bestaunt, welche Stadt hat es Dir am meisten angetan? Wo würdest Du nochmals leben wollen?«

Mozart antwortet wie aus der Pistole geschossen. »In Wien! Ja, ich würde nochmals in Wien leben und sterben!«

Beethoven lacht, als ob er diese Antwort erwartet hätte. »Dann höre richtig zu.« >Un Poco adagio< Allegro als Willkommensgruß übertönt die Atmosphäre.

Mozart schwankt über die Altstadt hin und her, offenbar gerührt von dem Willkommensgruß. »Hast Du auch ein Mittel gegen meine Ängste? Mich bedrohen wieder die alten Obsessionen, sie überfallen

454

mich wieder. Auch wenn ich nur ein beseelter Geist bin! Du kennst Dich doch damit gut aus, Du weißt, dass wenn die Seele krank ist, leidet der Geist mit.«

»Angst! Wovor, Amade? Wir sind tot, mehr kann uns nicht passieren!«

»Angst vor dem Alleinsein! Das weißt Du doch! Angst vor der geistigen Einsamkeit im dunklen Schacht, an einem unbekannten Ort, irgendwo!«

»Aber mein lieber Amade, Du bist bei mir und ich bin bei Dir, was wollen wir mehr! Bisher warst Du doch so vergnügt. Keiner sieht uns, keiner hört uns. Wir existieren in einer ätherischen Atmosphäre. Wir sind zum Schein in unseren Körpern erschienen, und folgerichtig sind wir da, oder nicht da; so wie Geister halt sind, blitzartig metaphysisch! Die kosmische Perspektive verkleinert alles Tragische. Wenn wir uns hoch genug erheben, erreichen wir solche Höhen, wo die Ängste samt ihren destruktiven Komponenten aufhören zu existieren.«

Aus dem Hinterhalt ertönen wieder Andante, Adagio, Allegro.

>*Wie soll ich meine Ängste beschreiben? Ich weiß, wir sind tot und meine morbiden, düsteren Gedanken haben keine Grundlage, aber sie sind da, und dazu noch Heimweh!*<

Mozart sinniert und schweigt, schweigt und sinniert, wie soll er es Beethoven besser erklären?

»Wir haben uns mit dem Schicksal und dem Tod abgefunden, Amade! Und zwar seit Jahrhunderten. Es ist vorbei, wir existieren nicht mehr!«

»Ich weiß, es ist trotzdem schwer, mit allen Gewohnheiten des Geistes zu brechen! Wie wirst Du mit Heimweh und Sehnsucht fertig? Sag mir das, Ludwig!«

»Heimweh nach wem?«

»Nach Deiner unsterblichen Liebe, Ludwig!«

»Ich tanze in Gedanken um sie!«

»Und hilft das?«

»Ja, das beruhigt mein Gemüt.«

»Wenn du meinst«, sagt Mozart. »Nun, bevor wir in unser ewiges Heim zurückkehren, will ich kurz dem Stephansdom einen Besuch abstatten.«

»Gut, dann treffen wir uns später auf dem Friedhof. Wie es klingt – Friedhof! Ich hätte ihn besser Friedenshof genannt. Friedenshof - Ort der Ruhe und des Friedens. Das stimmt nicht ganz – Ruhe, ja, aber Frieden? Darauf warten auch die, die noch leben!«

»Also bis dann, Ludwig.«

Mozart eilt zum Stephansdom, wo er und Konstanze am 1. August 1782 ihren Hochzeitsantrag gestellt haben. Im Trauungsregister des Stephansdoms ist unter dem 4. August 1782 >der Wohledle Hr. Wolfgang Adam Mozart, ein Kapellmeister, ledig< aufgeführt.

Kaum unterwegs, fängt er an zu grübeln. >Adam heißen, könnte bedeuten, mächtig sein, Stammherr der Menschheit und der Liebling Gottes, vor dem alle Engel auf die Knie fallen. Adam heißen kann für immer und ewig verpflichten, als Erstgeborene, geformt aus roter Erde, der einzige menschliche Bewohner des irdischen Paradieses. Die magische Bedeutung des Namens erlaubt mir einen Schlussstrich unter alles zu ziehen und mich von der Vergangenheit zu befreien. Durch das Wort bekräftigte ich, dass ich rein, ohne ein Sonderling zu sein, in die Ehe mit Konstanze eintrete. Wir, Konstanze und ich, waren in unserem eigenen Paradies und meine Rippen blieben heil!<

In der imaginären Friedhofslandschaft Wiens spielt auf dramatisch Weise die Schlussszene – die Rückkehr von Beethoven und Mozart.

Mozart ist entrüstet. »Du, Ludwig, ich habe unterwegs immer wieder versucht die Leute, denen ich begegnet bin, anzusprechen …«

»Und?«

»Ich wollte von ihnen erfahren, wie schnell ich wieder hierher zurück finde. Keiner hat mich verstanden, denn keiner gab mir eine Antwort! Was ist mit den Menschen los? Reden sie nicht mehr miteinander?«

»Aber lieber, lieber Amade, beruhige Dich, sie sind doch mehr Schein als sein!«

»Und ich dachte, wir sind zum Schein unseres Körpers erschienen!«

»Amade, die Zeiten haben sich geändert, damit auch der Mensch. Hast Du nichts von der Kulturrevolution gehört?«

»Doch, in China wollte Mao mit den alten, maroden, lähmenden Traditionen der Dynastien und Tempel-Aristokraten abrechnen und den Menschen den Weg zur freien, denkenden und innovativ-dynamischen Gesellschaft zeigen!«

Beethoven schmunzelt. »Aber mein lieber, lieber Amade, wach doch aus Deinem ewigen Schlaf auf! Wer spricht heute noch von Mao, wer sucht nach einem Dialog. Die Zeiten der Aufruhr, Reden, Logik und Dialektik und soziale Revolution haben sich in globalisierte Wirtschafts- und kapitalistische Blöcke umgewandelt. Weder die Bibel noch der Koran, noch Mao haben heute eine Bedeutung. Das Kapital ist das heilige Buch der modernen Zeit!«

»Was soll das heißen?«

»Das soll heißen, Du kannst mit Deinem Nachbarn nicht ohne weiteres kommunizieren. Du musst die neuen Regeln der Sprache kennen.«

»Und das bedeutet, eine neue Sprache mit anderen Regeln und Grammatik als unsere?«

»Genau das, Amade! Die Menschen kommunizieren mit der Sprache der Technik, ob dabei Gefühle und sozialen Belange zugrunde gehen oder nicht, kümmert keinen.«

»Woher willst Du das wissen?«

»Zufall, durch einen puren Zufall, auf dem Weg hierher. Ahnungslos stand ich vor dem Fenster eines schönen alten Hauses, und sah eine bildhübsche junge Frau, die mit der Tastatur eines Cembalo ähnlichen Instruments, eher einem modernen Spinett, spielte.«

»Na, und was hat das mit der neuen Sprache zu tun?«

Beethoven lacht. »Ja, und ob, hab doch Geduld! Das Erstaunliche daran war, ich hörte nichts, keine Töne und Laute!«

»Mein Lieber Ludwig! Sei doch nicht wieder frustriert, dass Du nichts gehört hast.«

»Warte doch mal, das hatte mit meiner Taubheit nichts zu tun! Ungewollt stieß ich mit dem Kopf an den halboffenen Fensterflügel. Sie hat mich vor ihrem Fenster entdeckt und winkte mir freundlich zu und ich erwiderte ihre freundliche Geste mit einem Lächeln. Ich war so perplex, als sie das Fenster öffnete und fragte, was ich wohl hier in dieser Gegend so nah am Friedhof suchen würde.«

>Besuchen Sie die Ruhestätte der großen Künstler, etwa die großen Musiker? Sind Sie hier zu Besuch?...<

Ich habe sie wohl verstanden, aber es kam mir kein Wort über die Lippen.

>Haben Sie ein Problem?< fragt sie wieder. >Ach, ich bin ja so dumm!<, sagte sie sich, >er kann vielleicht nicht hören!<. Sie versuchte mir mit Händen und geschickter Gestik zu sagen, ich solle warten. Ich wartete, ohne ein Wort zu verlieren. Auf einen Sprung holte sie ein kleines handbreites Gerät und schrieb darauf, was sie von mir wissen wollte.

Ich schwieg immer noch.

Plötzlich lachte sie. >Kann er überhaupt lesen?< murmelte sie vor sich hin, und gab mir ein zweites Mal ein Zeichen, ich soll doch noch einen Moment warten. Sie machte die Haustüre auf und bat mich einzutreten. Ohne Widerspruch tat ich das.

>Er kommt mir irgendwie nicht fremd vor, als ob ich ihn irgendwoher kenne!<, murmelte sie vor sich hin. Dann betastete sie einen Blumenstrauß auf einem Tisch, holte eine weiße Rose heraus und tastete meine Schulter, dann den Arm und steckte sie mir vorsichtig in die Hand, mit einer Geste, ich solle daran riechen. >Riecht sie nicht himmlisch? Riechen Sie mal, sie duftet himmlisch!<

Ich tat mit neugieriger Gestik und nickte zustimmend.

Sie ging wieder zu ihrem Instrument und ich konnte gleich auf einer Tafel oberhalb ihres Spielzeugs unsere Schrift deutlich erkennen.

>Können Sie lesen?< War die erste Frage.

Ich bejahte mit Kopfnicken.

Sie schrieb nochmals die gleiche Frage.

Erst dann sagte ich laut und deutlich: »Ja!«

Sie lachte, freute sich richtig. >Sie erinnern mich an jemanden, den Sie auch kennen müssen. Ihr Gang, Ihr würdiges Verhalten ... Ihre Aura und die Dynamik ihrer Bewegung...< Sie drehte sich um und blickte mich nochmals an. Mein Gott! Diese traurigen Augen. Dann stand sie auf, nahm mich bei der Hand und führte mich in einen großen Salon, mitten drin ein prachtvoller Konzertflügel. Ich muss zugeben, ich war sehr überrascht, auf das, was folgte. Du kannst Dir nicht vorstellen Amade, auf dem Flügel imponierte nichts anderes als eine Büste aus Bronze von Dir und rechts davon eine andere von mir mit vielen Blumen um herum.

Sie fragte mich: >Kommen Sie Ihnen bekannt vor?<

Sie tastete mit Sorgfalt Deine Büste, erst über die Stirn, Augenbrauen, Augen, Nase, Wangen und Mund. Mir kribbelte es am ganzen Körper als sie begann an meiner Büste, die Lippen zu berühren.

>Kennen Sie diese göttlichen Geschöpfe?< fragte sie abermals.

Ich war wieder sprachlos. Ich konnte wieder kein Wort über die Lippen bringen.

>Was ist bloß los mit Ihnen?< schrieb sie wieder in ihr Gerät, das sie mir als Computer vorstellte. >Bitte sagen Sie doch was! Sagen Sie mir doch, wer Sie sind! Es ist doch keine Schande, wenn man nicht hören oder sehen kann!< Dann schrieb sie weiter: >Die Zeiten haben sich geändert! Menschen schlüpfen in erfundene Identitäten und leben in den irrealen Welten ihrer Träume. Sie haben die Vergangenheit verlassen, befinden sich in einem virtuellen Leben und einer visionären Zukunft, immer auf der Suche nach ihrem Glück. Sie wendete sich von ihrem Computer ab und fragte mich wieder: >Verstehen Sie, was ich Ihnen sagen will?<

»Ja, die Menschen befinden sich im Rausch des Computerzeitalters, daher reden sie nicht mehr miteinander!« sagte ich unmissverständlich.

Sie lachte hell auf! Was für ein Lachen, was für ein Engelsgesicht! Aber ihre Augen, sie blieben von ihrer Freude unberührt, kalt und teilnahmslos. >Können Sie mich hören?<

»Ja, aber ja!«

Sie freute sich riesig und sah mich nunmehr direkt an, dachte ich jedenfalls.

>Informiert und gesellschaftsfähig sein heißt, online sein< sagte sie und fuhr fort: >Verstehen Sie? Online sein, heißt im Internet und damit in der Welt der Kommunikation präsent sein.<

»Ich muss zugeben, Amade, ich verstand kein Wort, aber sie gab nicht auf und erklärte mit der Engelsgeduld einer guten Lehrerin weiter: >Die Menschen suchen im Internet den Weg zum Glück, den Kick, den Lebenspartner, die Liebe, den Krieg und weltweiten Ruhm. Post und Telefon heißen heute Internet und Internet heißt im Zaubernetz der Kommunikation<. Sie machte mich auf Bilder und Schemata aufmerksam, die sie auf ihrem, wie sie nannte >Bildschirm< darstellte. Der schnelle Wechsel von einem Medium zum anderen wurde mir langsam unheimlich.«

»Sie muss sehr jung gestorben sein. Denn das technische Zeitalter der Kommunikation hat eigentlich erst im zwanzigsten Jahrhundert begonnen, wie wir von Leonard Bernstein, Lennon und Mercury in New York erfahren haben«, sagt Mozart.

»Ja, so muss es gewesen sein, aber ich habe sie erst ausreden lassen.«

>Im Internet einkaufen, Theater-, Konzertbesuche, Spiele wie Second Life oder World of Warcraft oder Facebook schlüpfen die Teilnehmer in einem so genannten AVATAR. Das ist eine Kunstfigur, eine fiktive Identität, hinter der sie sich verbergen. Als Elfenpriesterin, Immobilienmaklerin, Kunst- und Juwelenhändlerin oder Wahrsagerin erobern sie dann eine neue Welt, Leben in der zweiten Dimension. Verstehen Sie das?<

Wohl oder übel bejahte ich. Deutlich erleichtert setzte sie ihren Computer-Vortrag fort. Dann tauchte plötzlich ein neuer Begriff auf: Podcast. In der Tat, es wurde immer schwieriger und ich verstand wieder kein Wort.

Sie merkte es und sagte verständnisvoll: >Keine Sorge, ich erkläre es Ihnen: Podcast ist eine Wortspinnerei aus iPod und Broadcast (englisch: Rundfunk).< Ich verstand immer weniger, je mehr sie erklärte.

Sie sprang auf, drückte auf einen Knopf an einem Gerät und sagte: >Das ist ein Radio und das nächste ist ein Fernseher.<

Ich hörte plötzlich Stimmen und Musik. Die Bilder, die authentisch die bunte Welt der modernen Zeit widerspiegelten, versetzten mich auf einmal in die Welt der jungen Frau und ich begann in der Tat die Geheimnisse der modernen Zeit langsam zu verstehen, denn ich sah lebende, leibhaftige Bilder und Szenen des alltäglichen Lebens... Das Eigenartige war, sie schaute die Bilder selbst nicht an, sie hörte nur zu. Sie lachte und erklärte hartnäckig und liebenswürdig, wie sie war, die Begriffe der modernen Kommunikationssprache des Online seins!

>Also Podcast steht für das automatisierte Herunterladen von Audio- oder Videodateien aus dem Internet. Meist wird damit jedoch eine Radio- oder Fernsehsendung bezeichnet, die die Benutzer selbst produzieren und dann ins Netz stellen<. Amade, Du wirst es nicht glauben, plötzlich tauchte ich zu meinem Staunen in dem Gerät, das sie Fernseher nannte, auf. Sie lachte hell auf, weil Sie merkte wie überrascht ich war. Was mich aber gleich beruhigte, ich sah, sie war selbst auch dabei. Ich kann Dir sagen, das war eine Inszenierung die mich faszinierte, Bild und Ton perfekt und authentisch. Als sie mein Interesse bemerkte, fuhr sie mit ihrem Repertoire von weiteren Begriffen und Wortschatz der Computersprache fort. Sie sprach vom größten sozialen Netzwerk der Welt, Myspace. Jeder Mensch kann kostenlos eine eigene Seite (Memory) anlegen. Mit persönlichen Bedürfnissen, Interessen und Sorgen u.s.w. Entdeckt man jemanden, dessen Profil einem gefällt, kann man ihn fragen, ob er oder sie an einer Freundschaft Interesse hätte. Der Gefragte bestätigt die Anfrage per Klick, ohne dem anderen jemals begegnet zu sein. Und wenn man nicht sehen kann – sie seufzte tief – versucht man sich mit einer neuen Methode sprachlich zu verständigen.<

»Das ist ja Wahnsinn und unheimlich! Ja, unglaublich, was Du da erzählst! Sieh mal wie weit es der Mensch gebracht hat. Keine

Träume, kein Lampenfieber, keine Ängste vor der ersten Begegnung …«

»Und was macht man, wenn man nicht hören kann?« fragte ich.

>Es gibt neuerdings ein Kommunikationssystem auch für Taubstumme. Aber das Schlimmste ist, wenn der Mensch nicht sehen kann!<

Sie machte einen tiefen Seufzer als sie das sagte. Und es ging so weiter. Sie überraschte mich mit der Anmerkung: >Ich will Sie nicht so arg mit unserem langweiligen Dialog der technisierten Romantik belästigen, aber für Sie, den unbelasteten Aussteiger aus der alten Welt; ist es vielleicht nicht falsch, die elementaren Regeln der neuen Zeit zu kennen, damit die modernen Geister Sie nicht in die Irre führen!<

»Nicht übers Ohr hauen«, warf ich ein.

Sie lachte wieder herzhaft. >Durch das Electronic book kann jeder ungehinderten Zugang in einer Bibliothek mit bis zu 3000 Bücher haben. Der Begriff BLOG ist ein neu erfundenes Wort, zusammengestellt aus den englischen Wörtern Web (Netz) und Log (Tagebuch) bezeichnet ein Online-Tagebuch.<

»Was ich interessant fand, war die Nutzung dieser Informationssphäre für jeden und vor allem für die Menschen, die sonst nicht ohne weiteres zu unabhängigen Informationen kommen können.«

»Ludwig, ich muss gleich Deine Freude dämpfen, denn es wird doch immer noch fern gelegene und unterentwickelte Regionen geben, die keinen Anschluss zu diesen Informationsmöglichkeiten haben.«

»Es mag sein, aber sie war sich sicher, dass diese neue Sprache die Welt globalisieren und die Menschen einander näher bringen würde.«

>Wissen Sie, es gab in alten Zeiten große Denker, Künstler, Genies, Idealisten, Humanisten, die mit ihrem schöpferischen Geist, mit ihrer Kunst, Musik und Poesie die Liebe, Freiheit und Brüderlichkeit unter den Menschen verbreiteten wollten, aber ihre Möglichkeiten waren begrenzt, die kosmopolitische Weltanschauung der ganzen Welt zu vermitteln…<

»Als ich sie mit dem Satz: Und wie soll es weiter gehen? Überraschte, sprang sie vor Freude in die Luft und umarmte mich so heftig, dass es mir richtig warm im Herz wurde, denn ich bin noch nie in meinem Leben von einer Frau, dazu noch so einer geistreichen und wunderschönen, umarmt worden.«

»Kaum lässt man Dich allein, wenn auch nur für einen Moment, verliebst Du Dich wieder«, sagt Mozart und lacht herzlich auf.

»Sie erklärte mir noch einige Begriffe: >WEB 2.0 ist ein Begriff der zweiten Generation des World Wide Web (www), bei der die Benutzer die eigentlichen Akteure sind. Damit sie sehen wie es weiter geht. YOUTUBE ist zum Beispiel eine Videoplattform oder >Twittern< oder >Egogoogeln<, also selbstvergewissernde Suche nach sich selbst. Die Nutzer können dort kostenlos Videoclips ansehen oder hochladen.«

»Hochladen? Was ist das wieder«, fragte ich.

Sie lachte. >Warten Sie, ich habe eine Idee!<, sagte sie vergnügt, setzte sich eine eigenartige Brille mit Kopfhörer auf und drückte auf einen Knopf.

»Plötzlich tauchte ein Bild von Dir auf und darunter stand >Amadeus< großgeschrieben, dann tauchte auch Dein Vater mit Dir als Kind auf. Das war ein Film über Dein Lebenswerk. Als ich Deine Musik hörte, konnte ich mich nicht mehr beherrschen; mir liefen die Tränen.«

Sie wurde aufmerksam und sagte: >Ist das nicht himmlisch?<

»Nein, es ist viel mehr, diese Musik ist göttlich!« sagte ich.

»Sie stand auf und umarmte mich noch einmal.«

Mozart lacht vergnügt. »Die leidenschaftliche Umarmung Beethovens! Wohin kann das wohl führen?«

Beethoven fährt fort: »Sie sagte deutlich gelassen: >Das ergreifende Medienphänomen ist, in der Internetplattform Second Life tummeln sich Millionen Menschen, schlüpfen in erfundene Identitäten und schaffen sich eine neue, virtuelle Parallelwelt. Sich ein zweites Leben zulegen, ist kein Problem mehr. So probiere ich heute mich in vergangene Zeiten zurückzuführen.< Sie führte mich wieder in den Salon, wo der Flügel stand und sagte zweideutig: >Nehmen wir nur an, wir befinden uns in der Wiener Gesellschaft in der Zeit zwischen 1790 und 1810. Mein Name ist Therese Gräfin von Brunsvik – wir nehmen nur an – die Gattin von Herrn Franz Graf von Brunsvik, dem Ludwig van Beethoven die Sonate Op. 57 >Appassionata< widmete. Ich verehre Beethoven und nehme bei ihm Klavierunterricht. Sie machte eine kurze Pause und setzte sich dann ans Klavier. >So, und Sie sind nun Beethoven – wir nehmen das nur an<, sagte sie und lachte. >Ich spiele die Sonate, die Sie meinem Mann gewidmet haben ...< Amade, ich kann nur sagen, sie spielte meisterhaft und gefühlvoll.«

»Ja, ich kann mir gut vorstellen, dass auch die modernen Menschen mit uns und unserer Musik, unserem Gefühl und Leidenschaft etwas anfangen können. Wir haben doch Leonard Bernstein kennen gelernt.«

»Während sie spielte, nahm ihr Gesicht eine andere Physiognomie an. Sie versuchte mit ihrem hin und wieder zu mir geworfenen lichtlosen toten Blick etwas Zärtliches zu vermitteln. Sie ahnte aber nicht wie maskenhaft ihr Gesichtsausdruck war! Aber sie wollte ihr Glück und ihr Vergnügen an Kunst und Vermittlung der Freude gegenüber einem Fremden zum Ausdruck bringen. Die anmutigen Klänge, die sie in diesem Augenblick meisterhaft erspielte, verbreiteten im Raum eine sonderbare Stimmung, als ob die Sonne ins Meer sinken würde; als die Bewegung der zarten, schönen Finger, die Klänge herzauberten, aufhörten sich zu bewegen. Dann wieder der beachtenswerte starre Blick auf von Begeisterung angetrunkenen Fremden, auf mich, der mit dem berauschenden Entzücken vom gleichen unveränderten Blick verfolgt, für den dann eine Geste des >Glücklichseins<, die die anmutigste Wahrheit ausdrückten, wo es genügt, vom Himmel einen Blitz fallen zu sehen, der die ruhende Sehnsucht nach Zärtlichkeit zum Feuer der Leidenschaften und Liebe zündet und die Flamme zum ewigen Tempel der Verborgenheit Zarathustra widmet.« Beethoven laufen Tränen über das Gesicht.

»Du bist, wie von Dir nicht anderes zu erwarten, begeistert und beglückt von dieser Begegnung, Ludwig! Kann es sein, dass Du

Dich wieder verliebt hast? In die moderne Zeit, in die moderne, zärtliche, junge Frau?«

»Verliebt! Vielleicht, beglückt auf jeden Fall.«

»Und wie ging es weiter?«

»Ihre Augen starrten leer und emotionslos auf mich, ohne Erregung. Dies war mir erst jetzt richtig aufgefallen. Dann, nachdem sie mit ihrem Repertoire am Klavier fertig war, hörte ich sie leise singen: *Freude, schöner Götterfunken,*

Tochter aus Elysium,

wir betreten feuerfunken,

Himmlische, dein Heiligtum,

deine Zauber binden wieder,

was die Mode streng geteilt,

Alle Menschen werden Brüder,

wo dein sanfter Flügel weilt<.

Dann wurde sie euphorisch und sang noch lauter:

>Seid umschlugen, Millionen!

Diesen Kuss der ganzen Welt!

Brüder – überm Sternenzelt

muss ein lieber Vater wohnen<.

Sie war glücklich, aber ihr Blick blieb versteinert und unbeteiligt in ihrem Glück, reflektierte ihre Freude und ihren Enthusiasmus nicht. Das machte mich unglücklich, aber ich konnte und wollte nicht darüber sprechen. Nein, ich wollte sie von ihrem himmlischen Flug nicht aufhalten. Dann sprach sie wieder: >Ich bin so glücklich, mehr noch als in meinem Leben. Wäre ich Therese Gräfin von Brunsvik, würde ich Beethoven nicht als edlen Freund, sondern als himmlischen Geliebten in mein Herz aufnehmen. Ihn nicht dankbar, sondern für immer, bis in Ewigkeit treu bleiben. Jetzt bin ich nicht Therese und Sie nicht Beethoven, dann lassen Sie uns in seinem Namen froh und glücklich sein.< Sie trat näher zu mir.

Mozart ist gespannt und neugierig auf das, was jetzt kommt.

»Ich zitterte, weil sie mich umarmte. Wir gingen ein paar Schritte, dann im Garten unter den Bäumen, in der nunmehr tiefen Dunkel-

465

heit des Abends. Etwas leuchtete vor uns auf. Ich konnte nicht mehr zurückweichen und sprang mit ihr zur Seite, denn ich glaubte, wir stießen gegen einen Baumstamm, aber das Hindernis verlor sich unter unseren Füßen. Wir schwebten wie die Schatten der Bäume im Licht des Mondes. Sie zog meinen Kopf näher an ihren heran. Sie lächelte. Ich begann vor Glück zu weinen. Wegen der noch nie begegneten Liebe? Ich sah, dass auch sie weinte. Ich glaube, sie verstand warum ich, warum wir weinten, dass der Mond um uns weinte und dass Monds kosmische Traurigkeit und die unsere gleich gestimmt waren, als Resonanz mit der wir uns in Einklang bringen sollten. Der ergreifende und sanfte Klang ihrer Stimme, ähnlich der sanften Streifen des Mondlichtes gingen mir nahe bis in die Tiefe meines Herzens. Wie wir, so weinte der Mond um unsere Liebe. Der Mond im Himmel, der sich die Bäume, die Felder, das Meer als Zeuge nahm, um uns mit Anmut an die Liebe zu erinnern, wonach wir uns gesehnt hätten. Nun blieben uns viele Fragen, darunter die wichtigsten Fragenkomplexe, die Realität von der Phantasie des Geistes zu unterscheiden. Der Erste betrifft die Erkenntnis der Welt, der Zweite die Existenz der Menschen. Sie fing dann an zu philosophieren!«

»Ihr habt bisher nichts anderes getan!«

»Ja, aber nun mehr mit anderen Worten und Allegorien der technisierten Weltanschauung und www.modernewelt.de.«

»Ich war nicht überrascht. Sie sprach auf einmal sehr besorgt und kritisch. >Décadence de La Liberté<. Sie war beängstigt über die Macht des Kapitals und machte sich Sorgen; kritisierte dabei sehr treffend die Rolle eines Giganten in der >Neuen Welt<. Das >einzigartige Volk<, das reichste und gesetzloseste Volk der Erde. Sie sagte das nicht ohne zu grinsen und rezitierte Schopenhauer: >Heuchelei muss dort weit verbreitet sein, wenn eine Nation sich als Auserwählte im Reich Gottes fühlt, dann muss doch was daran sein! Dem Kapitalistischen System hängt ein Hang zur Selbstzerstörung<.«

»Sie hat wohl Amerika, oder wie sie sich selbst USA nennen, gemeint?«

»Ja.«

»War sie vielleicht eine Richterin oder eine Philosophin, eine Re-
volutionärin, Partisanenkommandantin oder gar eine Terroristin?
Hat Sie auch von Terroristen und 11.9.2001 gesprochen?«

»Nein, Amade, nein. Keine von diesen, eine Humanistin mit klarer
Vorstellung von Liberation. Bevor wir uns verabschiedeten sagte sie
über jenes Land, jenseits vom großen Teich in einem Zitat von einem Sigmund Freud aus Wien. >*Amerika ist eine Missgeburt.Ich
hasse es nicht. Ich bedaure, dass Kolumbus es entdeckt hat.*<

»Hat sie von Freddy Mercury und John Lennon gesprochen?«

»Ja, sie schwärmte sehr von beiden.«

»Hat sie auch von einem anderen Land geschwärmt, wo ihrer
Meinung nach die Dinge einigermaßen in Ordnung sind?«

»Ja, sie sprach wieder vom gleichen Land, USA, nicht so direkt,
aber sie sprach auf einmal von Liberté, Egalité, Fraternité.«

Mozart lacht hell auf. »Das sind doch Schlagworte der Französischen Revolution.«

»Du kennst doch solche Situationen, man ist gerade dabei sich zu
verabschieden und da fällt einem doch etwas ein. So erzählte sie
plötzlich: >A propos du caractére héroique de la >>sinfonia
Eroica<<. Es dauerte bis ich jetzt wahrnahm, dass sie mich nicht
erkennen konnte, weil sie nicht sehen konnte, weil sie blind war.«

Mozart wie schockiert. »Blind?«

»Hat sie immer noch nicht gewusst, wer Du bist?«

»Ich glaube nicht. Ja, sie war blind und trotzdem tapfer und agil.
Ich merkte, sie wusste nicht, dass ich erst bei unserem Abschied
dieses Orakel entdeckte, oder sie war froh darüber, dass es mir nicht
aufgefallen war, dass sie blind ist. Dann flüsterte sie: >Ich spiele
Ihnen, wenn Sie mögen, ein schönes Klavierstück als Zeugnis einer
scheinbar unerfüllten Liebe! >Für Therese< oder war es >Für Eli-
se?< Sie spielte meisterhaft, aber in kleinen Sexten.«

»Wie wäre es, wenn Sie einmal in Takt 21 blieben und den folgenden Parallelstellen mit der kleinen Septe probieren!« sagte ich.

Sie tat es und fing wieder von neuem an. >Ja, Sie haben Recht, so
klingt es wohltemperiert und ergreifender<.

Mit regungslosem Blick verstummte sie auf einmal. Ihr Gesicht entspannte sich wieder, wie eine aufgehende Rose, die sich aus dem grünen Gehäuse befreit. Plötzlich stand ein bezauberndes Lächeln auf ihren purpurroten Lippen, während ihre Augen diesen Zauber der Schönheit mit eisiger Kälte ignorierten. Dann war sie wieder für eine Weile still, schüttelte den Kopf mit dem schulterlangen offenen Haar und schwieg, als ob sie unter irgendeinem Zwang stünde. Plötzlich standen wir hier, wo wir beide sind.

>Nun, Sie werden mich verlassen, wie das Licht, das mich für immer im Stich gelassen hat! Sie werden in ihre unberührte und unbeirrbare heroischen metaphorische Welt zurückkehren, ohne mir zu verraten, wer sie sind. Warum? Wie kann ein so feinfühliger und gebildeter Mensch so hart sein?<

Ihr liefen wieder von den eisigen Augen die Schmelztränen über die vibrierenden Wangen. Sie schluchzte einmal tief, dann näherte sie sich zu mir und verhielt sich, wie ein Kind beim Abschied vom Vater. Sie nahm eine von den weißen Rosen aus der Steinvase auf der Grabplatte, hielt sie vor die Nase, küsste sie vorsichtig.

>Dies ist eine wunderschöne Rose, Symbol der Reinheit, sie bringt Segen für Ihre Seele< und während sie mir die Rose überreichte, sagte sie: >Mich hat sie auf jeden Fall glücklich gemacht, denn ich habe Sie getroffen. Ich glaube der Himmel hat Sie geschickt. Denn Sie sind keine irdische Seele, nie gewesen!< Alles was sie sagte, klang rührend und ergreifend. Sie nahm auf einmal meine Hände, taste sie ab, jeden einzelnen Finger, Handrücken und Handteller mit der Vielfalt der Linien und Kurven. Ich blieb still, denn ich wusste nicht, was sie vorhatte.«

Mozart nickt. »Blinde können mit besonders ausgereiftem Tastsinn mehr erkennen, als wir sehen. Genauso gut können sie hören. Viele blinde Musiker verfügen über ein absolutes Gehör, während unter ihren sehenden Kollegen nur jeder Zehnte auf Anhieb die Höhe eines Tones erkennen kann. Das hat doch Bernstein in New York erklärt.«

»Kaum war sie mit der Untersuchung meiner Hände fertig, begann sie mir über die Haare zu streicheln; mit einer Sorgfalt von

Feingefühl, dass sie mir wie elektrisiert hoch standen, dann über die Stirn und die Augenbrauen, sie lächelte ein bisschen, dann über die Augenlider, den Augapfel, die Nase, die Lippen und meinen Mund. In diesem Augenblick tiefer Anmut sagte sie triumphierend, laut und heiter: >Wo mein Geist bis zum Grund aller metaphorischen Dimensionen dringt und sie schnuppert, wie ein Blitz in der Finsternis, so sehe ich klar und deutlich, wenn auch nur für einen Bruchteil der Zeit: Ludwig van Beethoven vor mir.< Ihre Freude war so ergreifend, dass ich sie spontan in die Arme nahm.

»Wann sind Sie gestorben,« fragte ich rücksichtsvoll.

>Eigentlich bin ich schon als Kind gestorben, denn ich bin am 28.3.1988 blind geboren ...< Dann schwieg sie eine Weile. >Aber ich fand mich damit nicht ab, ich wurde zu einem glücklichen Kind und jungen Frau. In der glücklichsten Phase meines Lebens, bin ich an der Seite meiner Mutter am 30.3.2006 durch einen Verkehrsunfall ums Leben gekommen. Seither lebe ich in der >Dritten Dimension, der metaphorischen Welt der Geister<. Sie lachte wieder, so laut wie ein Geist nur kann >im Reich von Beethoven und Mozart in der metaphysischen Welt der Kunst.<

»Ich hatte das merkwürdige Gefühl, dass ihre Augen auf einmal im Dunkeln leuchteten.«

»Nun, Ludwig, wolltest Du in dieser neuen Welt gelebt haben?«

»Nein, eindeutig nein.«

»Ludwig, anders gefragt: Wolltest Du leiblich unsterblich sein?«

»Wer möchte im Ernst unsterblich sein? Wer möchte bis in alle Ewigkeit leben? Wie sinnlos, langweilig es sein müsste zu wissen, dass weder die Freude, noch die Trauer ein Ende haben werden. Es würden unendlich viele Tage, Monate, Jahre kommen, unendliches Leid, unbegrenztes Glück. Wie würde man solches Leid, solches Glück empfinden? Hätte man noch bei solcher Gleichgültigkeit der Zeit, ob Leid oder Glück, überhaupt noch ein Empfinden? Nicht mehr in den Tag hinein leben könnten wir, denn der Genuss dieser Lässigkeit setzt die vergängliche Zeit voraus. Wäre die Zeit unendlich, immer und überall Zeit für alles und jedes, wo bliebe noch Raum für die Freude an Lässigkeit? Nur im Bewusstsein der Endlichkeit und Vergänglichkeit gewinnt die Zeit an Bedeutung, bleibt sie eine lebendige Zeit. Der Tod ist mit all seinem Schrecken, ein realer Augenblick und das Ende der bedrohlichen Endlosigkeit und ewigen Gegenwart.«

»Wir wissen es, und es ist ein Segen für uns.«

»Amade, auch ein Segen für die, die es nicht wissen. Denn das eine können nur Geister wissen: Es wäre die Hölle, ein ewiges Leben leben zu müssen.«

Eine feierliche Posaune mit der amerikanischen Nationalhymne ändert die Stimmung.

»Was feiert man in nicht weiter Ferne?« fragt Beethoven erstaunt.

»Siehst Du die tanzende Geistergruppe nicht?«

»Doch, Amade, das sind doch die Kennedys oder?«

»Du hast Recht, Ludwig, das sind J.F. mit seiner Jackie, Robert und Edward Kennedy, die um Martin Luther King junior tanzen.«

»Was feiern sie denn?«

»Die Wiederwahl des Demokraten Barack Obama zum Präsidenten der USA.«

»Den sehe ich nicht!«

»Wen?«

»Den Präsidenten Barack Obama?«

»Zum Glück nicht, er lebt noch!«

»Sollen wir doch noch mal…?«

»Nein, Ludwig, lass uns in Frieden in unsere ewige Ruhe zurückkehren.«

Kaum ist dieser Satz ausgesprochen, öffnet sich Beethovens Grab. Hand in Hand, erst Beethoven, gefolgt von Mozart, steigen sie anmutsvoll in die ewige Gondel ein. Der Boden samt Grabplatte schließt sich über ihnen wie samtrote Lava, die schnell erstarrt und ergraut.

Unmittelbar erklingt die Ouvertüre von >Geschöpfe des Prome-
theus<.

Nur ich, der Besucher, der die weißen Rosen in die Steinvase
steckt, ist Zeuge dieses Mysteriums.

Das Geheimnis einer geistigen Existenz nach dem Tode ist und
bleibt ein mystisches Phänomen unserer Fantasien; ob man auch
daran glauben mag.